Domaines de l'homme

Cornelius Castoriadis

Domaines
de l'homme

Les carrefours
du labyrinthe

2

Éditions du Seuil

TEXTE INTÉGRAL

ISBN 2-02-037233-9
(ISBN 2-02-009175-6, 1ʳᵉ publication)

Préface

Publiés en 1978, *Les Carrefours du labyrinthe* étaient formés de textes écrits entre 1968 et 1977 qui entouraient, quant au temps et quant à la chose, *L'Institution imaginaire de la société* (1964-1965 ; 1974). Ils l'avaient préparée, accompagnée, suivie – bâtiments de divers types et dimensions explorant la voie d'avancée, couvrant les flancs et les arrières, complétant les munitions et les provendes de l'escadre principale.

Ces textes-ci, composés entre 1974 et 1985, jouent le même rôle et ont même mission à l'égard de deux ouvrages que j'espère bientôt voir quitter le chantier : *L'Élément imaginaire* et *La Création humaine*, dont la construction occupe mes séminaires à l'École des Hautes Études depuis le printemps 1980[a].

Trois textes, que je pensais initialement inclure dans ce recueil, et qui proviennent des mêmes veines, ont dû finalement être réservés faute de place. « Les apories du plaisir »,

---

a. [De *L'Élément imaginaire*, ouvrage resté inachevé, l'auteur n'a publié que deux chapitres : « La découverte de l'imagination », dans *Libre*, n° 3, 1978, repris ici même, p. 409-454, et « Merleau-Ponty et le poids de l'héritage ontologique », dans *Fait et à faire. Les carrefours du labyrinthe, V*, Paris, Éditions du Seuil, 1997, p. 157-195. Les matériaux qui devaient servir à l'élaboration de *La Création humaine* ont fourni le contenu des séminaires de Cornelius Castoriadis à l'EHESS pendant plus de quinze ans ; ceux-ci vont être publiés, sous ce titre, aux Éditions du Seuil. Un premier volume (le commentaire sur *Le Politique* de Platon) doit paraître en 1999 *(NdE)*.]

exposé en 1971 au séminaire de Piera Aulagnier à Sainte-Anne, et « Plaisir et représentation », conférence de 1976 devant le Quatrième Groupe psychanalytique, formeront le noyau d'un livre proprement psychanalytique. « Temps et création », dont une partie avait été exposée en juin 1983 au colloque « Temps et devenir » de Cerisy, s'est démesurément dilaté en cours d'élaboration ; il devra, lui aussi, entrer dans la liste d'attente des travaux à publier[b].

Par contre j'ai décidé de reproduire, dans la partie *Kairos* de ce livre, ceux parmi les textes d'occasion, interventions, articles ou interviews donnés depuis 1979 qui me semblent correspondre le plus aux connotations de ce mot grec.

> *Kairos* : moment de décision, occasion critique, conjoncture dans laquelle il importe que quelque chose soit fait ou dit.

Ces textes, pour la plupart, formulent les positions politiques que j'ai été amené à exprimer pendant cette période[*]. Je pensais initialement les placer à la fin de ce volume, et arranger les parties de celui-ci selon un ordre d'abstraction décroissante. A la réflexion, l'ordre strictement inverse m'a semblé de loin préférable. J'espère qu'il permettra au lecteur, parfois intimidé à tort par les termes philosophiques, de se familiariser avec un mode de pensée qui est essentiel-

---

b. [Une version remaniée de « Temps et création » a été publiée dans *Le Monde morcelé. Les carrefours du labyrinthe, III*, Paris, Éditions du Seuil, 1990, p. 247-278 *(NdE)*.]

* J'ai laissé de côté surtout nombre d'interviews accordées à l'occasion de la parution de *Devant la guerre*, I, Paris, Fayard, 1981 [rééd. Le Livre de poche, coll. « Biblio essais », 1983], ou des controverses que ce livre a suscitées. Pour autant que ces interviews renouvelaient ou développaient l'argumentation, leur contenu trouvera sa place dans le deuxième volume du livre en question. [Le deuxième volume de *Devant la guerre* n'a jamais vu le jour ; pour un aperçu des idées de l'auteur concernant l'évolution du monde occidental – deuxième volet de l'ouvrage –, voir « La crise des sociétés occidentales », *La Montée de l'insignifiance. Les carrefours du labyrinthe, IV*, Paris, Éditions du Seuil, 1996, p. 11-26, et « Le délabrement de l'Occident », *op. cit.*, p. 58-80 *(NdE)*.]

lement le même devant la question des implications philosophiques de la science et celle de la démocratie dans le Tiers Monde, comme d'éprouver sur le concret la pertinence des idées exposées dans les parties théoriques.

« Car c'est avec raison que Platon restait dans l'embarras et se demandait si le bon chemin [*odos*] est celui qui part des principes [*arkhai*] ou celui qui va vers les principes. » Cette remarque d'Aristote à propos du bon chemin, de la bonne voie de l'enquête – de l'*odos*, qui donne *méthodos*, méthode – peut d'autant plus trouver sa place ici que, comme le lecteur le verra, cet « embarras » même *est* ma méthode. C'est sciemment que les bouts de chemin qu'on va faire ont été tracés, tantôt à partir des principes, tantôt menant vers les principes.

Quand même : une esquisse schématique de ces principes, des idées mères plutôt, accompagnée d'une délimitation sommaire à l'égard d'idées déjà exprimées dans l'histoire de la philosophie, facilitera, j'espère, la compréhension des écrits qui suivent. La voici.

Création. Dans l'être/étant *(to on)* surgissent des *formes autres* – se posent de *nouvelles* déterminations.

Ce qui chaque fois (à chaque « moment ») est, n'est pas pleinement déterminé – pas au point d'exclure le surgissement de déterminations *autres*.

Création, être, temps vont ensemble : être signifie à-être, temps et création s'exigent l'un l'autre.

Pas de rapport avec la « création » théologique, qui a été, généralement, pseudo-création. D'abord, le Même une fois pour toutes (ou le miracle fulgurant après lequel tout rentre dans l'ordre de la répétition). Ensuite, cette pseudo-création est imitation. Le Démiurge du *Timée* : producteur imitant, *tant que faire se peut* (cela est la trace grecque chez Platon), le paradigme qu'il a devant les yeux, le Vivant éternel, à l'image de quoi il fabrique, assemble, donne forme au monde. Pour l'essentiel (et pour autant qu'elle s'est voulue « rationnelle »), c'est là-dessus que s'est réglée la théologie chrétienne dans un accord, qui est du reste aussi un malentendu, avec la Genèse, laquelle ne connaît qu'un Dieu *formateur*, non pas créateur *ex nihilo*.

Cela, la théologie n'a cessé de l'être qu'avec Duns Scot – seul, peut-être, novateur philosophique important depuis les Grecs. La création devient alors radicalement arbitraire

aucune « raison » ne peut être motif de la volonté divine déconnectée de tout, d'une pièce, et par là même intégralement incompréhensible

(une seule et longue phrase sans césure à jamais inintelligible, est dit dans *Exil*)

car qu'est-ce qui pourrait empêcher Dieu de faire un monde où non pas les axiomes de Peano ne valent pas (simple jeu d'enfant) mais les axiomes de Peano valent *et* $2 + 2 = 5$?

Mais l'autoposition de l'être comme à-être est position de *déterminations* : interminablement, cela se laisse penser.

Bergson a vu, et bien vu, beaucoup de choses. Mais la « création », pour autant qu'on peut la nommer ainsi, résultat d'un « élan vital », effort pour se libérer de la matière ; le centrage exclusif sur la « vie » ; l'intuition atteignant des qualités pures et sans mélange, simplement et brutalement opposée à une intelligence vouée à la fabrication et au quantitatif ; la fausse antinomie naïvement absolutisée et ontologisée entre le discret et le continu : tout cela, et le reste, incompréhension de la solidarité essentielle qui d'une infinité de manières unit détermination et création ou, autre registre, ensembliste-identitaire et poïétique.

Encore plus intraitables, alors, les apories du temps. Il n'y a pas, chez lui, place pour la création la plus importante de toutes : de sens et de significations. Il y a découverte d'une réalité spirituelle déjà là, Dieu, conclusion paradoxalement presque fatale de cet élan vital prolongé en histoire humaine qui parvient, enfin, à la « religion dynamique ». Spiritualisme de Bergson ; ontologie, malgré les apparences, unitaire ; perspective complètement égologique (et, pour autant, parfaitement « classique » pour ne pas dire cartésienne) ; méconnaissance radicale de la création social-historique – axes convergents de son mode et monde de pensée, sans point de contact avec le mien.

Imagination radicale. Pur surgissement par quoi, dans quoi, pourquoi et pour quoi la subjectivité inéliminable *est*
découverte difficilement et antinomiquement par Aristote, redécouverte et ré-occultée par Kant, puis
hallucinante mimique du même mouvement
par Heidegger à l'époque du *Kantbuch* et puis rien
et en même temps rien (rien dans *L'Être et le Temps*,
schizophréniquement écrit en même temps)
au centre, mais anonyme et comme honteux, de tout le travail de Freud
honteux tous les psychanalystes aujourd'hui encore
pleutres n'osant nommer la phantasmatisation
comme ce qu'elle est
comme une des arborescences de l'imagination radicale
du sujet singulier
l'on s'emploie au contraire à en recouvrir l'importance en appelant imaginaire ce qui porte ce titre
dans les manuels de psychologie des lycées ou pis
encore chez Sartre
le fictif, le spéculaire, l'image dans le miroir,
ce qui n'est pas, n'a pas de consistance
rien ne serait, rien n'est pour nous sans cette puissance
(*dunamis*) de *poser pour soi et devant soi quelque chose*
indépendamment de ce que, « en soi », peut bien être
cette chose, *o pot' estin, whatever it may be, was es
immer sein mag*, et même :

étant bien entendu que ce qui est ainsi posé *ne peut pas*, par
définition, et par hypo*thèse*, être « ce que la chose est »,
mais *toujours* un *phantasma*, une représentation
   représentation *ab ovo, Vorstellung* qui dans les cas
   décisifs ne re-présente *(vertritt)* rien
      n'est là à la place de rien, n'est le délégué de per-
      sonne ni signe d'autre chose qu'elle-même.

Imaginaire social : imaginaire social : imaginaire radical :
société instituante. *Le social-historique* : niveau d'être
méconnu jusqu'ici : autocréation de la société comme telle
et du champ historique comme tel : ni « sujet », ni « chose »,
ni « concept ». Puissance de position, dans et par l'anonyme
collectif, de significations imaginaires et d'institutions qui
les portent et qu'elles animent – les deux tenant ensemble la
société, la faisant être comme société et chaque fois comme
cette société-*ci*, les deux faisant être les individus comme
individus et chaque fois comme *ces* individus-*ci*.
   Idée découverte, formulée, explicitée en 1964-1965
      « Marxisme et théorie révolutionnaire », *Socia-
      lisme ou Barbarie*, nᵒˢ 36 à 40
   rapidement reprise, utilisée à tort et à travers, aplatie,
   mise à toutes les sauces. Époque comique – excrémen-
   tielle ? non, les excréments fument la terre, les produits
   de l'époque la polluent et la stérilisent, de prostitution ?
   non, pourquoi injurier ces femmes, époque qui désarme
   l'épithète,
      le quotidien du parti communiste français parle
      de l'« imaginaire national de notre peuple », vive
      le matérialisme historique et l'internationalisme
      prolétarien
      le grand journal du soir intitule un article « L'ima-
      ginaire : une valeur qui monte », ce n'est pas à la
      page financière, vous avez compris, mais dans les
      pages culturelles

un professeur d'histoire selon qui on peut de
l'histoire affirmer n'importe quoi et le contraire
  il n'en écrit pas moins des livres historiques
après avoir traité en lycéen médiocre de la question
de savoir si un certain peuple ma foi assez connu
croyait en ses mythes ma foi également connus
      certes sans jamais se demander ce que croire
      aux mythes peut vouloir dire et si cela ne peut
      pas changer entre Homère et Pausanias
parle gravement de l'imagination constituante
      certes en se demandant encore moins qu'est-ce
      qu'elle pourrait bien constituer cette imagina-
      tion ni pourquoi, puisqu'elle est sans conteste
      historique, on ne peut pas l'appeler tout aussi
      bien l'animagination déconstituante
une université de Paris crée un centre de recherches
sur l'imaginaire,
      ou quelque chose comme ça, apparemment
      bien financé,
lequel inscrit sur la liste
      somptueusement imprimée
des travaux qu'il patronne ou a patronnés « La
consommation de schnapps, de café, de bière chez
les habitants du Bas-Rhin »
      (je cite de mémoire, mais garantis le sens)

Le portier : Ma foi, monseigneur, nous avons fait la
noce jusqu'au deuxième coq ; et boire, monseigneur, est
un grand instigateur de trois choses.
Macduff : Quelles trois choses provoque spécialement
la boisson ?
Le portier : Pardi, monseigneur, ça colore le nez, ça fait
dormir, et ça fait pisser. Quant à la paillardise, monseigneur, ça la provoque et ça la déprovoque ; ça provoque
le désir, mais supprime la performance.

Tout ce qui circule aujourd'hui sous le titre d'« imaginaire » ou même d'« imaginaire social » se réfère, dans
le meilleur des cas, à ce que j'ai appelé depuis 1964
l'imaginaire *second*, un produit quelconque de l'imaginaire instituant. Ailleurs, on veut faire de l'imaginaire
social un ensemble de « représentations sociales »,
terme nouveau et plus dans le vent pour l'idéologie ; au
mieux (misère) ce qui « dissimule » aux acteurs sociaux
ce qu'ils sont et ce qu'ils font. Mais *que* sont-ils, donc,
ces « acteurs sociaux », qu'est-ce qu'ils font, et qui leur
a fourni les conditions pour être ce qu'ils sont et faire
ce qu'ils font ? Qu'est-ce qui est présupposé, par
exemple, pour que quelqu'un puisse croire en Dieu et
l'adorer, ou partir en guerre sainte contre les infidèles ?
Qu'est-ce qui est présupposé pour que quelqu'un fasse
des mathématiques, ou même de la philosophie ?

Une subjectivité ne peut pas être « toute seule » – ni
comme telle, ni comme rien. Mais ce « tout seul » est
toujours là, aussi bien dans le retour contemporain du crétinisme « libéral » et de la métaphysique infra-débile qui en
forme la base

on voit sous nos yeux renaître l'incohérente fiction
d'un « individu » qui viendrait au monde comme
Athéna sort, tout armée, de la tête de Zeus

que dans l'égologie insurmontable de la philosophie
héritée.

Ayant bien épuré cette subjectivité de tout ce qui n'est
pas elle, le philosophe fait ensuite mine de se trouver
soudain, et tard dans la nuit, devant le menaçant fan-
tôme d'autrui qui, miracle et terreur, ne se laisse pas
constituer par moi.

Ainsi Husserl, dans la cinquième et dernière des
Méditations cartésiennes

1929 !

Bien entendu aussi bien soi qu'autrui, *vus ainsi*, sont des pseudo-problèmes, car la perspective dans laquelle ils apparaissent *ainsi* et comme *ce* genre de problèmes est une pseudo-perspective.

Comme quelqu'un qui, ayant posé une première absurdité, s'épuiserait ensuite vainement à en dissoudre une autre, sans voir un instant qu'elle n'est qu'une des innombrables conséquences de la première.

Dans quelle *langue* pense donc Husserl – ou, *for that matter*, Kant ? Aurait-il pu l'inventer « tout seul » ? L'eût-il pu (!), en aurait-il même eu l'*idée* s'il n'y avait pas toujours déjà là une langue – et une langue *particulière*, non pas transcendantale, ni même transcendantalisable ? Pourrait-il « démontrer » que ce qu'il pense ne doit *rien* à la langue et à la langue particulière dans laquelle il le pense

ce qu'il pense au niveau le plus fondamental, après toutes les réductions, les mises entre parenthèses ou hors circuit

et dans quelle langue nous exposera-t-il sa démonstration ? Qu'est-ce qu'une donation de sens aux phénomènes par la conscience qui ne pourrait à aucun moment *se dire* ?

Soi et autrui ne peuvent un seul moment être sérieusement pensés s'ils sont radicalement coupés du champ social-historique dans et par lequel seulement ils sont possibles

cela n'ayant évidemment rien à voir avec l'autre mystification parisienne des vingt dernières années – le sujet simulacre, effet du langage, dès-être

Magma. Un texte de ce volume est consacré à cette idée. Il suffit ici d'indiquer qu'elle fournit les moyens pour penser autrement que comme alternative exclusive et stérile l'antinomie *et* la solidarité entre le logique et l'autre que logique, entre la raison et le non-rationnel.

L'opposition à l'impérialisme d'une logique de l'entendement, périodiquement renouvelée et considérablement
renforcée pendant la dernière période dans l'exacte
proportion de la dilatation démesurée d'une « raison »
devenue purement instrumentale (même dans le champ
théorique), est restée jusqu'ici stérile, confuse, au mieux
négative ou apophatique

« Tout n'est pas formalisable », certes ; mais comment,
moyennant quoi, pense-t-on ce qui n'est pas formalisable ?
Et comment, moyennant quoi, pense-t-on l'activité formali-
sante elle-même ?

Dans l'attitude simplement apophatique, impossible de
comprendre le caractère, l'importance, et l'effectivité
de la logique que j'appelle désormais logique *ensidique*

　　　logique *en*sembliste-*id*entitaire

　　　ensidiser, ensidisable, ensidisation

et ses interminables conséquences, pratiques comme
théoriques.

Seul l'effort de distinguer à la fois *et* de penser ensemble
la dimension ensidique et la dimension proprement imaginaire, ou poïétique, de l'être

　　　auto-altération comme création/destruction

　　　et insistance comme conservation/répétition

　　　détermination nécessaire mais partielle chaque fois close
　　　et déploiement in-déductible et in-productible

　　　　j'espère le montrer dans *Temps et Création*

cet effort seul permet de résoudre certaines des apories relatives au temps – transporter les autres dans un paysage où
naissent les pensées nouvelles

　　　seul il permet aussi d'élucider l'origine et la situation
de la pensée dans la société et l'histoire effectives.

Création, imagination radicale, imaginaire social-historique et société instituante, magma, solidarité et distinction
de l'ensidique et du poïétique
idées mères interminablement fécondes

thèmes ignorés ou occultés par la pensée héritée.

Sans eux, impossible de restaurer la liaison

dans la mesure où, de la manière dont c'est possible

entre la pensée proprement dite et le faire humain – tout particulièrement, le faire politique instituant. Liaison, ici encore, tout autre que celles auxquelles on a jusqu'ici pensé. Non pas « fonder en raison » une politique ; ni la déduire d'une ontologie. Mais élucider leurs rapports et dissiper

si c'est au pouvoir de la réflexion

les illusions et les fictions d'une « philosophie politique rationnelle »

strictement équivalentes, quant au contenu, à l'affirmation de l'impuissance totale des hommes devant leurs propres créations.

Comprendre que la politique appartient au faire créateur des hommes, lequel a créé, dans la forme de la pensée, la possibilité

certainement pas la fatalité

de sa propre élucidation, elle-même appartenant, en fin de compte, à notre faire.

Paris, 1er décembre 1985.

Cornelius Castoriadis

Tous les textes déjà publiés sont reproduits ici sous leur forme initiale, sauf pour la correction des erreurs typographiques et de quelques *lapsus calami*. Quelques additions sont indiquées par des crochets. Les notes originales sont appelées par des chiffres arabes, les nouvelles par des lettres. Dans certains cas, j'ai ajouté des sous-titres pour faciliter la compréhension.

[Un comité de publication des œuvres de Cornelius Castoriadis a relu le texte de *Domaines de l'homme* pour cette réédition, corrigeant quelques coquilles, remaniant la translittération des termes grecs et essayant de mettre à jour, dans la mesure du possible, les références des notes en bas de page. Ses interventions – sauf quand il s'agit de références aux rééditions des ouvrages de l'auteur – sont signalées par l'abréviation : *(NdE)*.]

KAIROS

Transition *

METROPOLI : – *A travers la discussion du « socialisme réel », vous avez mis en question certaines catégories importantes de la pensée de Marx. De quelle manière peut-on dire que vous avez essayé de relire Marx à partir de Staline, et de trouver dans les réalisations staliniennes les limites de l'horizon politique et culturel non seulement du léninisme, mais du marxisme même ? Voulez-vous expliquer les passages les plus significatifs de ce parcours critique ?*

CORNELIUS CASTORIADIS : – Il ne s'agissait pas, bien entendu, de relire Marx à partir de Staline, auteur nul et bourreau milliardaire, mais à partir de la *réalité* russe, à partir de toute l'évolution qui a conduit de la Révolution de 1917 à l'instauration du régime d'exploitation, d'oppression et de domination le plus lourd que l'histoire ait connu. Il fallait pour cela, d'abord, mettre à nu non seulement la mystification stalinienne (et aujourd'hui, brejnévienne) du « socialisme réel », mais démolir aussi les rationalisations et le confusionnisme trotskiste sur la Russie comme « État ouvrier dégénéré », sur la « nationalisation » et la « planification » comme « bases du socialisme ». Les conclusions de cette analyse étaient acquises pour moi dès 1946 (*cf.* les

* Interview du 30 novembre 1978 avec le mensuel « gauchiste » italien *Metropoli* (« indiens métropolitains », etc.). Je ne crois pas qu'ils l'aient publiée.

textes reproduits dans *La Société bureaucratique*). Il y a eu, en Russie, émergence d'une nouvelle couche ou classe dominante et exploiteuse, la bureaucratie. Cette émergence a été rendue possible par la suppression, entre 1917 et 1921, de tout rôle authentique et autonome des organes créés par les masses (soviets, comités d'usine) au profit du pouvoir exclusif et total du parti bolchevique. Autour de ce parti se sont agglomérées toutes les couches dirigeantes du nouvel État, reconstruit en hâte sur l'ancien modèle par Lénine, Trotski et les bolcheviques, de la production et de l'économie. Conclusion négative : d'aucune manière, le socialisme ne peut être instauré moyennant le pouvoir d'un Parti qui se pose comme *la* direction de la classe ouvrière et de la révolution ; un tel pouvoir ne peut que conduire à la restauration d'un capitalisme bureaucratique total. Conclusion positive : le socialisme, c'est le pouvoir des organes autonomes des masses et des collectivités, ce qui se traduit, certes, par l'élimination des anciennes couches dominantes, capitalistes *et* bureaucrates, mais aussi et surtout par le pouvoir *positif* de ces organismes sur tous les aspects de la vie sociale : gestion collective de la production par les travailleurs, des collectivités locales par les habitants, etc.

Il est clair que cela s'oppose radicalement à la conception léninienne du Parti et de son « rôle dirigeant ». Mais il faut voir que cette conception léninienne a bel et bien ses racines dans Marx lui-même. Brièvement parlant, le « rôle dirigeant » du Parti est « fondé » sur l'idée (la superstition) que le Parti possède la vérité : le « socialisme scientifique », le marxisme. Or Marx lui-même pose sa conception comme l'expression du point de vue du prolétariat, « dernière classe » de l'histoire, classe « universelle », etc. Ainsi cette théorie est posée comme possédant une vérité absolue – et aussi, c'est elle qui *décide* qui est vraiment « prolétaire » et qui ne l'est pas. (Ainsi, Lénine et Trotski fusilleront les révoltés de Kronstadt en disant que ce ne sont pas des

« vrais » ouvriers : ils ne *pouvaient* pas l'être, puisqu'ils s'opposaient au Parti.)

Cela conduisait à un ré-examen critique de Marx lui-même, que j'ai commencé (à propos de la « science économique » de Marx) en 1952-1953 (textes sur « La dynamique du capitalisme ») et qui s'est achevé par une rupture totale et définitive avec l'univers de pensée de Marx en 1964-1965 (« Marxisme et théorie révolutionnaire », dans les numéros 36 à 40 de *Socialisme ou Barbarie*, reproduit en 1975 comme première partie de *L'Institution imaginaire de la société*). Marx a étouffé lui-même l'élément révolutionnaire qui était en germe dans sa pensée et s'exprime dans ses textes de jeunesse surtout, mais pas seulement. Il est revenu à une attitude théoriciste-spéculative. Il croit pouvoir établir des « lois de l'histoire » – ce qui est une absurdité. Par là même, il méconnaît la révolution comme *création* historique. Il fait du socialisme une étape prédéterminée et déterminée de l'histoire – tandis que le socialisme est un *projet* politique et historique, le projet de l'institution d'une société autonome. Il tombe entièrement sous l'emprise des significations imaginaires sociales du capitalisme, en mettant au centre de tout l'économie et le « développement des forces productives » ; à partir de cette position, il massacre toute l'histoire précédente de l'humanité, sur laquelle il exporte de manière illégitime des catégories qui n'ont un sens, et encore partiellement, que pour la société capitaliste classique. Il n'a aucune critique à faire de la pseudo-« rationalité » de la technique capitaliste, de l'organisation de la production capitaliste ; il les considère comme rationnelles sans phrase (ce qu'on retrouvera en plein chez Lénine et dans la pratique de celui-ci), la seule chose à modifier étant qu'elles devraient cesser d'être mises au service du profit, du capital, etc. Sa « philosophie » est en fait essentiellement une philosophie rationaliste. Au total, Marx représente le passage à la limite des significations imaginaires sociales du capitalisme : déterminisme, progrès, productivisme, économisme, et surtout, le phantasme social de l'expansion illimitée de la maîtrise « rationnelle ».

Ce qu'il faut reconnaître, c'est que production et économie ne deviennent des phénomènes sociaux « centraux » que dans et par le capitalisme. L'histoire est *création*, largement indéterminée. L'institution de la société ne découle pas de lois – « naturelles », « rationnelles » ou comme on voudra. Elle est l'œuvre de l'imaginaire social instituant. La société s'institue chaque fois elle-même. Mais elle occulte cette auto-institution en se la représentant comme l'œuvre des « ancêtres », des dieux, de Dieu, de la Nature, de la Raison – ou des « lois de l'histoire », comme c'est le cas avec le marxisme. Le socialisme, comme projet d'institution d'une société autonome, implique aussi et surtout la reconnaissance explicite de cette auto-institution de la société. Une société socialiste est une société qui *sait* que ses institutions sont son œuvre propre, et qui ne s'aliène pas à elles.

METROPOLI : – *Plusieurs éléments de cette critique sont maintenant acceptés par un milieu très vaste de forces culturelles et politiques : par exemple, les « nouveaux philosophes » et le mouvement socialiste. Ne croyez-vous pas que ce débat risque de réduire souvent le problème à une polémique avec le « jacobinisme » des bolcheviques, sans toucher certaines des questions qui sont au fond de la tradition de la pensée socialiste : telles que la supériorité de la planification par rapport au marché, de la politique par rapport à l'économie, de l'État par rapport au « privé » ?*

C. C. : – Soyons d'abord clairs sur un point mineur. La critique que j'ai faite a *toujours* été menée comme une critique politique et révolutionnaire, son souci central a été l'élucidation du projet d'une transformation radicale de la société, de l'instauration d'une société autonome. Cette critique est parasitée et détournée par ceux qui se sont appelés, par une double antiphrase, les « nouveaux philosophes », qui en utilisent sans aucune rigueur certains éléments pour aboutir à la conclusion que la politique c'est le Mal, que la révolution ne peut conduire qu'au totalitarisme, etc. Ni la « critique » qu'ils font, ni ces « conclusions » ne sont nouvelles (les « conclusions » étaient déjà là chez Popper, par exemple). Ce qui n'est pas faux chez ces gens n'est pas nouveau, et ce qui est « nouveau » est faux et réactionnaire.

Et précisément cela se manifeste, comme vous le dites, avec la concentration exclusive de la discussion sur le « jacobinisme » des bolcheviques et même des jacobins, la condamnation de la Révolution française, etc. Mais la simple dénonciation de la terreur totalitaire et la défense des droits de l'homme, certainement très importantes (et pour lesquelles on n'avait pas attendu les nouveaux non-philosophes), ne constituent pas une politique. C'est totalement incohérent de prétendre s'intéresser aux droits de l'homme et de laisser entièrement de côté le problème de l'organisation de la société. Autonomie individuelle et autonomie sociale sont, au sens le plus profond, deux faces du même. Et c'est ce problème, de l'organisation d'une nouvelle société, qui est concerné par les questions que vous soulignez : planification/marché, politique/économie, État/société, « public »/« privé ». Nous n'avons pas le temps d'en discuter vraiment. Je dirai seulement qu'il faut radicalement détruire la conception traditionnelle, selon laquelle le « socialisme » consiste à s'emparer du pouvoir de l'État pour « planifier » l'économie et augmenter la production, après quoi tous les autres problèmes seraient résolus d'eux-mêmes. Le socialisme, c'est l'auto-organisation de la société, ce qui implique, sans aucun doute, l'élimination de la domination de toute catégorie sociale particulière, mais aussi des institutions qui incarnent et instrumentent cette domination – tel l'État actuel.

METROPOLI : – *Dans votre analyse, vous considérez la* *« société bureaucratique » comme un phénomène commun,* *à certains points de vue, aux pays de l'Est et de l'Ouest.* *Dans quelle mesure votre critique atteint-elle, avec le léni-* *nisme, l'expérience des social-démocraties occidentales ?*

C. C. : – Il y a identité profonde des deux systèmes, et il y a la distinction entre eux, que je résume en définissant les pays de l'Ouest comme pays d'un capitalisme bureaucra-tique fragmenté, et ceux de l'Est comme pays d'un capita-lisme bureaucratique total. Je crois que ces termes sont suffisamment parlants et clairs. On peut tout aussi bien dire que la bureaucratie des pays de l'Est est une bureaucratie « dure » et celle de l'Ouest une bureaucratie « molle ». (Je parle évidemment de sa structure et de sa réalité, non pas de la « psychologie » des bureaucrates individuels.) La social-démocratie occidentale est typiquement une bureau-cratie « molle », et tout à fait adaptée au régime bureaucra-tique fragmenté.

METROPOLI : – *Ne croyez-vous pas que l'État moderne va* *devenir, en général, de plus en plus un État bureaucratique* *et autoritaire ?*

C. C. : – Vous voulez parler sans doute des pays occidentaux. Cette tendance existe incontestablement. Mais je ne pense pas que, sauf cataclysme historique, les pays occidentaux tendent vers des régimes totalitaires au sens classique. Il y a une rhétorique et une mythologie du « fascisme toujours imminent » dans la gauche et chez les gauchistes qui crée un épouvantail pour se masquer les vrais problèmes. Dans les pays développés et « riches », l'État bureaucratique arrive à ses fins par d'autres moyens que les moyens ouver-tement totalitaires (manipulation de l'opinion, privatisation des individus, carottes économiques, etc.).

METROPOLI : – *Pensez-vous que le mouvement ouvrier d'Europe occidentale a trouvé, pendant les dernières années, les instruments nécessaires pour éviter d'aboutir à la bureaucratie autoritaire ? Est-ce que l'eurocommunisme a apporté dans la situation des éléments nouveaux ?*

C. C. : – La situation est contradictoire. Les gens ont, sans doute, de plus en plus conscience du problème de la bureaucratie – mais ils n'agissent pas toujours en conséquence. Surtout, ils n'arrivent pas, en général, à trouver les formes d'organisation collectives autogérées qui sont la seule réponse au problème de la bureaucratisation. Et c'est à cela que nous devons, avec eux, travailler.

Quant à l'eurocommunisme, je n'ai jamais pensé qu'il soit autre chose et plus qu'une tentative d'adaptation tactique des partis communistes à une situation dans laquelle ils ne peuvent plus maintenir ouvertement un discours totalitaire. Rien n'est, en fait, changé dans la *réalité effective* de ces partis, qui restent dominés par un Appareil bureaucratique totalitaire.

METROPOLI : – *Que pensez-vous de l'élaboration théorique de l'École de Budapest et des contributions d'Agnès Heller à la constitution d'une théorie des besoins ?*

C. C. : – J'ai beaucoup d'estime et d'amitié pour Agnès Heller et ses camarades. Lorsque nous nous sommes rencontrés pour la première fois, il y a environ deux ans, nous avons constaté avec plaisir que nos points de vue convergeaient sur beaucoup de problèmes importants.

Cela dit, je ne pense pas que la notion de besoin puisse être un point de départ très fécond pour l'élucidation des problèmes sociaux et politiques. A part un « minimum animal », qui ne peut être défini qu'en termes abstraits et inintéressants (tant de calories par jour, etc.), les besoins sont, chaque fois, une fabrication sociale. C'est le problème que

Marx esquivait en fait, lorsqu'il reprenait la formule : « A chacun selon ses besoins. » *Quels* besoins ? Et *qui* les définit ? *Chacun*, souverainement ? C'est absurde.

METROPOLI : – *A tort ou à raison, on vous a considéré, sous certains aspects, comme un précurseur de l'*operaismo *italien. Est-ce que vous vous reconnaissez dans l'école qui comprend les* Quaderni Rossi *et* Classe Operaia *?*

C. C. : – Je sais que *Socialisme ou Barbarie* en général et mes textes en particulier ont été assez connus parmi les militants italiens qui rompaient avec les organisations traditionnelles entre 1955 et 1965. Mais je crois que la plupart de ces camarades en sont restés aux textes plus anciens, notamment antérieurs au « Mouvement révolutionnaire sous le capitalisme moderne » (1959-1960) qui rompait définitivement avec les analyses marxiennes de la société contemporaine et avec la thèse sur le rôle souverain, ou privilégié, du prolétariat. Nous devons comprendre que, si l'on garde au terme de prolétariat le contenu qu'il avait manifestement pour Marx, ce prolétariat est devenu une minorité, et minorité décroissante, dans les pays dits développés. Et si, comme le font dans la confusion ou la sophistique la plupart des marxistes contemporains, on appelle « prolétariat » tous les salariés, cela ne veut plus rien dire : dans la société contemporaine, presque tout le monde est ou tend à devenir salarié. En outre et surtout, des luttes et des demandes absolument fondamentales sont soutenues par des catégories de la population qui ne sont pas le « prolétariat » et même ne se laissent pas définir en termes de « classes sociales » – les femmes, les jeunes, les différentes minorités, etc.

METROPOLI : – *Précisément, votre critique des traditions du mouvement ouvrier se croise avec la considération des nouveaux comportements des sujets sociaux qui avaient été jusqu'ici exclus de la lutte politique. Quelles sont, à votre*

avis, les ruptures les plus importantes provoquées par les
luttes des femmes et des jeunes ces dernières années ?

C. C. : – Elles sont d'une importance colossale. L'une de
ces ruptures est précisément celle que je viens de mentionner : la destruction de l'idée d'*un* « sujet de la révolution »,
identifié à une « classe ». C'est *toute la société* qui est
concernée par la révolution, et toute, hormis une infime
minorité, qui d'une manière ou d'une autre, à tel moment
ou à tel autre, contribue à l'immense transformation historique qui est en cours. Par ailleurs – et c'est précisément ce
que je préannonçais dans ce texte de 1959-1960 –, ces mouvements montrent que la problématique révolutionnaire, à
savoir la problématique humaine aujourd'hui, dépasse infiniment toutes les transformations « économiques » ou étroitement « politiques ». Ce que les mouvements des femmes
et des jeunes, par exemple, ont mis en question, ce sont des
institutions, des normes, des valeurs, des significations
de loin plus anciennes, et plus profondes, que celles du
capitalisme : famille et morale patriarcales, « éducation »
passive, etc. Ces mouvements expriment précisément le
refus de la domination dans tous les domaines, la recherche
de l'autonomie. Et ce qui est caractéristique, c'est que tous
les mouvements politiques avec toutes leurs « théories »
et leurs programmes, toutes les « avant-gardes », se sont
révélés désespérément arriérés – et au départ radicalement
hostiles – par rapport à ces mouvements. Aujourd'hui, ils
se livrent à des entreprises politico-commerciales de récupération, en ajoutant à leurs programmes ou leurs articles
quelques phrases sur les femmes, les jeunes, etc.

METROPOLI : – *Le terrorisme est un phénomène grave*
et important de ces dernières années. Beaucoup de gens le
considèrent comme un reliquat du passé, pour d'autres il
s'agit d'une conséquence des nouveaux mouvements. Comment le jugez-vous ?

C. C. : – Le terrorisme est une impasse. Il ne conduit à rien. Il utilise les moyens mêmes que nous condamnons chez le régime que nous combattons. Lorsqu'on examine la vue de la société avec laquelle les partisans du terrorisme veulent « justifier » et « théoriser » leurs activités, on constate qu'elle relève du marxisme le plus naïf et le plus grossier : la société serait une immense poudrière prête à exploser, il suffirait d'en approcher une allumette. Ou bien : cet appareil d'État est le seul à maintenir le régime, *et* il suffirait d'exterminer quelques-uns de ses agents pour qu'il s'effondre. Ces idées, explicitement formulées ou non, montrent que de ce point de vue les terroristes vivent dans un monde de rêve. Et tout ce que l'on sait de leur organisation indique que celle-ci est construite sur le modèle stalino-totalitaire.

METROPOLI : – *Vous avez écrit que notre époque est marquée par des changements radicaux et irréversibles : crise d'institutions millénaires (famille, école, prison) ; disparition des orientations héritées et des repères traditionnels ; privatisation des individus ; industrialisation de la production idéologique, etc. Comment voyez-vous les années à venir ?*

C. C. : – Je pense que nous serons d'accord pour dire que le temps des prophètes est révolu. Je peux seulement dire ce que sont pour moi les points de repère importants. Premièrement, que les régimes établis, tant à l'Ouest qu'à l'Est, contiennent des antinomies et des irrationalités profondes, de telle sorte qu'il est inévitable qu'ils produisent des ruptures d'équilibre ou des phases de déstabilisation ; des crises, si vous voulez, à condition de ne pas entendre par ce terme uniquement des crises économiques (et encore moins des crises économiques du type « classique »). Deuxièmement, que ces régimes, et leurs représentants idéologiques et politiques, subissent de plus en plus une usure énorme de leur emprise sur les peuples ; aussi bien à l'Ouest que, surtout, à l'Est, la population a une attitude cynique à l'égard des institutions dominantes. Troisièmement, que les changements que vous rappeliez ne peuvent qu'avoir des effets très profonds, certainement cumulatifs, que nous n'apercevons pas encore et sur lesquels il est très difficile de formuler des pronostics. Quel type d'enfants sera, par exemple, produit par les garçons et les filles qui ont aujourd'hui vingt ans, et ont des attitudes et des mentalités inconnues auparavant dans l'histoire ? Enfin, que tout ce que nous voyons fait penser que, sous une forme ou sous une autre, les mouvements qui contestent l'ordre institué continueront. Le grand problème, le grand point d'interrogation, est celui qui concerne la capacité et le désir des gens de s'organiser collectivement en participant de manière pleinement active et responsable à la direction de leurs activités, et d'affronter *la question de l'institution globale* de la société. Et une partie de ce problème qui nous concerne directement, c'est la reconstitution d'un mouvement politique au sens profond de ce terme, et les formes que ce mouvement devra prendre.

L'industrie du vide *

Il est regrettable que la lettre de Pierre Vidal-Naquet publiée dans *Le Nouvel Observateur* du 18 juin 1979 (p. 42) ait été amputée de quelques passages importants : « Il suffit, en effet, de jeter un rapide coup d'œil sur ce livre pour s'apercevoir que, loin d'être un ouvrage majeur de philosophie politique, il fourmille littéralement d'erreurs grossières, d'à-peu-près, de citations fausses ou d'affirmations délirantes. Devant l'énorme tapage publicitaire dont bénéficie ce livre, et indépendamment de toute question politique et notamment de la nécessaire lutte contre le totalitarisme, il importe de rétablir, dans les discussions entre intellectuels, un minimum de probité (…). Qu'il s'agisse d'histoire biblique, d'histoire grecque ou d'histoire contemporaine, M. Bernard-Henri Lévy affiche, dans tous les domaines, la même consternante ignorance, la même stupéfiante outrecuidance, qu'on en juge : (…). »

---

* Dans une lettre adressée aux directeurs de plusieurs journaux et hebdomadaires, Pierre Vidal-Naquet s'était étonné des dithyrambes par lesquels la critique parisienne avait accueilli, à peu près unanime, *Le Testament de Dieu* de B.-H. Lévy, ouvrage qui, comme il le disait, « fourmille littéralement d'erreurs grossières, d'à-peu-près, de citations fausses ou d'affirmations délirantes ». De toutes les publications qui ont reçu cette lettre, seul *Le Nouvel Observateur* l'a fait paraître, accompagnée d'une réponse, grossière et malhonnête au possible, de l'auteur mis en cause (18 juin 1979). Pierre Vidal-Naquet y avait répondu à son tour (25 juin 1979). La note qu'on va lire a été publiée dans le même hebdomadaire le 9 juillet 1979. L'ensemble du dossier a été republié par *Quaderni di storia*, 11 (janvier-juin 1980), p. 315-329.

Shmuel Trigano avait corroboré d'avance ce jugement, quant à l'histoire et l'exégèse bibliques, dans *Le Monde* (25 mai 1979). Il est simplement indécent de parler à ce propos de « jeu de la cuistrerie » et de prétendre que l'on veut « censurer toute parole qui n'aurait point d'abord comparu au grand tribunal des agrégés », comme a le front de le faire quelqu'un qui occupe les médias presque autant que la « bande des quatre » et pour y produire un vide de la même qualité. Vidal-Naquet n'a pas demandé aux responsables des publications de « renforcer le contrôle sur la production des idées et leur circulation ». Il s'est dressé contre la *honteuse dégradation de la fonction critique* dans la France contemporaine. De cette dégradation, il est évident que les directeurs des publications sont *aussi* responsables – comme ils l'étaient (et le restent) d'avoir, pendant des décennies, présenté ou laissé présenter comme « socialisme » et « révolution » le pouvoir totalitaire des Staline et des Mao. Mais peut-être que l'auteur, du haut de la nouvelle « éthique » qu'il veut enseigner au monde, nous dira-t-il, comme naguère les « philosophes du désir », que « la responsabilité est un concept de flic » ? Peut-être n'a-t-il qu'une notion carcérale et policière de la responsabilité ?

Dans la « République des Lettres », il y a – il y avait, avant la montée des imposteurs – des mœurs, des règles, et des standards. Si quelqu'un ne les respecte pas, c'est aux autres de le rappeler à l'ordre *et* de mettre en garde le public. Si cela n'est pas fait, on le sait de longue date, la démagogie incontrôlée conduit à la tyrannie. Elle engendre la destruction – qui progresse devant nos yeux – des normes et des comportements *effectifs*, publics, sociaux que présuppose la recherche en commun de la vérité. Ce dont nous sommes tous responsables, en tant que sujets *politiques* précisément, ce n'est pas de la vérité intemporelle, transcendantale, des mathématiques ou de la psychanalyse ; si elle existe, celle-ci est soustraite à tout risque. Ce dont nous sommes responsables, c'est de la *présence effective* de cette vérité dans et pour la société où nous vivons. Et c'est elle que ruinent aussi bien le totalitarisme que l'imposture publicitaire. Ne pas se dresser contre l'imposture, ne pas la dénoncer, c'est se rendre coresponsable de son éventuelle victoire. Plus insidieuse, l'imposture publicitaire n'est pas, à la longue, moins dangereuse que l'imposture totalitaire. Par des moyens différents, l'une et l'autre détruisent l'existence d'un *espace public de pensée*, de confrontation, de critique réciproque. La distance entre les deux, du reste, n'est pas si grande, et les procédés utilisés sont souvent les mêmes. Dans la réponse de l'auteur, on retrouve un bon échantillonnage des procédés de la fourberie stalinienne. Pris la main dans le sac, le voleur crie au voleur. Ayant falsifié l'Ancien Testament, il accuse Vidal-Naquet de falsification à ce même propos, et à ce même propos il se refalsifie lui-même (prétendant qu'il n'a pas écrit ce qu'il a écrit et renvoyant à d'autres pages qui n'ont rien à voir). On retrouve aussi les mêmes procédés d'intimidation : voyez-vous, désormais, relever les erreurs et les falsifications d'un auteur relève de la « délation », du « rapport de police », du « caporalisme savant » et des tâches de « procureur ». (Ainsi, Marchais engueule les journalistes : « Messieurs, vous ne savez pas ce qu'est la démocratie. »)

Ce qui m'importe n'est pas, évidemment, le cas de la personne, mais la question générale que Vidal-Naquet posait à la fin de sa lettre et que je reformulerai ainsi : sous quelles conditions sociologiques et anthropologiques, dans un pays de vieille et grande culture, un « auteur » peut-il se permettre d'écrire *n'importe quoi*, la « critique » le porter aux nues, le public la suivre docilement – et ceux qui dévoilent l'imposture, sans nullement être réduits au silence ou emprisonnés, n'avoir aucun écho effectif ?

Question qui n'est qu'un aspect d'une autre, beaucoup plus vaste : la décomposition et la crise de la société et de la culture contemporaines. Et, bien entendu aussi, de la *crise de la démocratie*. Car la démocratie n'est possible que là où il y a un *éthos* démocratique : responsabilité, pudeur, franchise *(parrhesia)*, contrôle réciproque et conscience aiguë de ce que les enjeux publics sont aussi nos enjeux personnels à chacun. Et, sans un tel *éthos*, il ne peut pas y avoir non plus de « République des Lettres », mais seulement des pseudo-vérités *administrées* par l'État, par le clergé (monothéiste ou non), par les médias.

Ce processus de destruction accélérée de l'espace public de pensée et de montée de l'imposture exigerait une longue analyse. Ici, je ne peux qu'indiquer et décrire brièvement quelques-unes de ses conditions de possibilité.

La première concerne les « auteurs » eux-mêmes. Il leur faut être privés du sentiment de responsabilité et de pudeur. La pudeur est, évidemment, vertu sociale et politique : sans pudeur, pas de démocratie. (Dans les *Lois*, Platon voyait très correctement que la démocratie athénienne avait fait des merveilles aussi longtemps que la *pudeur, aidôs*, y régnait.) En ces matières, l'absence de pudeur est *ipso facto* mépris d'autrui et du public. Il faut, en effet, un fantastique mépris de son propre métier, de la vérité certes aussi mais tout autant des lecteurs, pour inventer des faits et des citations. Il faut ce mépris du public au carré pour faire mine, lorsque ces bourdes sont relevées, de retourner l'accusation d'ignorance contre celui qui les a signalées. Et il faut une impudeur sans pareille – ou plutôt que les communistes et les fascistes nous avaient déjà exhibée – pour désigner comme « intellectuel *probablement* antitotalitaire » (souligné par moi ; le style de l'insinuation, qui pourrait être rétractée si les choses tournaient mal, pue *L'Humanité* à mille kilomètres) Pierre Vidal-Naquet, qui s'est toujours trouvé, depuis plus de vingt ans, à la première ligne des dénonciateurs du totalitarisme et a combattu la guerre d'Algérie et la torture à une époque où cela, loin de rapporter de confortables droits d'auteur, comportait des risques réels.

Mais des individus richement pourvus de ces absences de

qualités ont existé de tout temps. Généralement, ils faisaient fortune dans d'autres trafics, non dans celui des « idées ». Une autre évolution a été nécessaire, celle précisément qui a fait des « idées » un objet de trafic, des marchandises consommables une saison et que l'on jette (oublie) avec le prochain changement de mode. Cela n'a rien à voir avec une *« démocratisation de la culture »* – pas plus que l'expansion de la télévision ne signifie *« démocratisation de l'information »*, mais très précisément une *désinformation uniformément orientée et administrée.*

Que l'industrie des médias fasse son profit comme elle peut, c'est, dans le système institué, logique : son affaire, c'est les affaires. Qu'elle trouve des scribes sans scrupules pour jouer ce jeu n'est pas étonnant non plus. Mais tout cela a encore une autre condition de possibilité : l'attitude du public. Les « auteurs » et leurs promoteurs fabriquent et vendent de la camelote. Mais le public l'achète – et n'y voit que de la camelote, des *fast-foods*. Loin de fournir un motif de consolation, cela traduit une dégradation catastrophique, et qui risque de devenir irréversible, de la relation du public à l'écrit. Plus les gens lisent, moins ils *lisent*. Ils lisent les livres qu'on leur présente comme « philosophiques » comme ils lisent les romans policiers. En un sens, certes, ils n'ont pas tort. Mais, en un autre sens, ils désapprennent à lire, à réfléchir, à critiquer. Ils se mettent simplement au courant, comme l'écrivait *L'Obs* il y a quelques semaines, du *« débat le plus chic de la saison »*.

Derrière cela, des facteurs historiquement lourds. Corruption des mécanismes mentaux par cinquante ans de mystification totalitaire : des gens qui ont si longtemps accepté l'idée que la terreur stalinienne représentait la forme la plus avancée de la démocratie n'ont pas besoin de grandes contorsions intellectuelles pour avaler l'affirmation que la démocratie athénienne (ou l'autogestion) équivaut au totalitarisme. Mais aussi la crise de l'époque, l'esprit du temps. Minable époque, qui, dans son impuissance à créer ou à reconnaître le nouveau, en est réduite à toujours resucer, remastiquer, recracher, revomir une tradition qu'elle n'est même pas capable de vraiment connaître et de vraiment faire vivre.

Il faut enfin aussi – à la fois condition et résultat de cette évolution – l'altération et la dégradation essentielle de la fonction traditionnelle de la critique. Il faut que la critique cesse d'être *critique* et devienne, plus ou moins, partie de l'industrie promotionnelle et publicitaire.

Il ne s'agit pas ici de la critique de l'art, qui pose d'autres questions ; ni de la critique dans les domaines des sciences exactes, ou des disciplines spécialisées, où jusqu'ici la communauté des chercheurs a su imposer l'*éthos* scientifique. Dans ces domaines, du reste, les mystifications sont rares aussi pour une bonne raison : trafiquer les coutumes des Bamilékés ou les décimales de la constante de Planck ne rapporte rien.

Mais trafiquer les idées générales – à l'intersection des « sciences humaines », de la philosophie et de la pensée politique – commence à rapporter beaucoup, notamment en France. Et c'est ici que la fonction de la critique pouvait et devait être importante, non pas parce qu'elle est facile, mais précisément parce qu'elle est difficile. Devant un auteur qui prétend parler de la totalité de l'histoire humaine et des questions qu'elle soulève, qui et comment peut distinguer s'il s'agit d'un nouveau Platon, Aristote, Montesquieu, Rousseau, Hegel, Marx, Tocqueville – ou d'un faux-monnayeur ?

Que l'on ne vienne pas me dire que c'est aux lecteurs de juger : c'est évident, et futile. Ni que j'invite la critique à fonctionner comme censure, à faire écran entre les auteurs et le public. Ce serait d'une insigne hypocrisie. Car la critique contemporaine accomplit massivement déjà cette fonction de censure : elle enterre sous le silence tout ce qui n'est pas à la mode et tout ce qui est difficile. Parmi ses plus beaux fleurons de honte, par exemple : elle ne mentionne, fugitivement, Levinas que depuis que celui-ci, pillé-haché menu, a été utilisé dans la macédoine-Lévy. Et elle impose, pour autant que cela dépend d'elle, les « produits ». A croire les critiques français, on n'a produit dans ce pays depuis trente ans que des chefs-d'œuvre ; et *rien* qui soit mauvais ou critiquable. Il y a belle lurette que je n'ai vu un critique critiquer vraiment un auteur. (Je ne parle pas des cas où la critique est obligée de se faire l'écho de polémiques entre auteurs ; ni des critiques « politiquement » orientées.) Tout ce qui est publié – tout ce dont on parle – est merveilleux. Le résultat serait-il différent s'il y avait une censure préalable et si les critiques écrivaient sur ordre ? L'asservissement commercial-publicitaire ne diffère pas tellement, de ce point de vue, de l'asservissement totalitaire.

Il y a des standards formels de rigueur, de métier, dont la critique doit exiger le respect, et informer le lecteur si tel n'est pas le cas. Il y a un compte rendu du contenu des ouvrages, aussi honnête et fidèle que possible, à faire (pourquoi le *Times Literary Supplement* ou la *New York Review of Books* peuvent-ils le faire et les critiques français non ?). Et il y a un jugement sur le fond que le critique doit risquer et qu'il risque *quoi qu'il fasse*. Quoi qu'ils fassent, les critiques français qui ont porté aux nues toutes ces années les vedettes successives de l'idéologie française resteront à jamais devant l'histoire avec leur bonnet d'âne.

Le respect des standards formels de rigueur n'est pas une question « formelle ». Le critique doit me dire si l'auteur invente des faits et des citations, soit gratuitement, ce qui crée une présomption d'ignorance et d'irresponsabilité, soit pour les besoins de sa cause, ce qui crée une présomption de malhonnêteté intellectuelle. Faire cela, ce n'est pas être un cuistre mais faire son travail. Ne pas le faire, c'est abuser son public et voler son salaire. Le critique est chargé d'une fonction publique, sociale et démocratique, de contrôle et d'éducation. Vous êtes libre d'écrire et de publier n'importe quoi ; mais, si vous plagiez Saint-John Perse, sachez que cela sera dit haut et fort. Fonction d'éducation des futurs auteurs et des lecteurs, d'autant plus vitale aujourd'hui que l'éducation scolaire et universitaire se dégrade constamment.

Pour deux raisons, le respect de ces standards est important. D'abord parce qu'il montre si l'auteur est capable ou pas de se soumettre à certaines lois, de s'autodiscipliner, sans contrainte matérielle ou extérieure. Aucune nécessité logique, ici : dans l'abstrait, on peut concevoir qu'un auteur génial maltraite au possible les faits et les citations. Mais, par un de ces mystères de la vie de l'esprit – visiblement impénétrables pour les génies-Darty –, on n'en connaît guère d'exemple. *Il se trouve que* les grands créateurs ont toujours aussi été des *artisans* acharnés. Que Michel-Ange allait surveiller lui-même l'extraction de ses marbres dans les carrières. Que, lorsqu'un savant archéologue a voulu dénoncer des « inexactitudes » dans *Salammbô* – roman, non pas ouvrage historique –, Flaubert a pu lui démontrer qu'il connaissait l'archéologie punique et romaine mieux que lui.

Mais aussi parce qu'il n'y a pas d'abîme séparant le « formel » et le « substantiel ». Si les critiques avaient tiqué sur le désormais célèbre auteur Hali-baba-carnasse, ils auraient facilement découvert, de fil en aiguille, que l'« auteur » tire son « érudition éblouissante » du Bailly (excellent dictionnaire pour les terminales des lycées, mais pas pour une enquête sur la culture grecque) et que les âneries qu'il raconte sur l'absence de « conscience » en Grèce tombent déjà devant cette phrase de Ménandre : « Pour les mortels, la conscience est dieu. » S'ils avaient tiqué devant la *« mise à mort du Dieu »* par Robespierre, ils auraient peut-être plus facilement vu ce qui est gros comme une maison : que l'« auteur » falsifie les faits pour lier athéisme et Terreur, et brouiller l'évidence historique massive montrant que les « monothéismes » ont été, infiniment plus que les autres croyances, sources de guerres saintes, d'extermination des allodoxes, complices des pouvoirs les plus oppressifs, et qu'ils ont, dans deux cas et demi sur trois, explicitement réclamé ou essayé d'imposer la confusion du religieux et du politique.

Si la critique continue à abdiquer sa fonction, les autres intellectuels et écrivains auront le devoir de la remplacer. Cette tâche devient maintenant une tâche éthique et politique. Que *cette* camelote doive passer de mode, c'est certain : elle est, comme tous les produits contemporains, à obsolescence incorporée. Mais le *système* dans et par lequel il y a ces camelotes doit être combattu dans chacune de ses manifestations. Nous avons à lutter pour la préservation d'un authentique espace public de pensée contre les pouvoirs de l'État, mais aussi contre le bluff, la démagogie et la prostitution de l'esprit.

Psychanalyse et société I*

DONALD MOSS : – *Si vous nous parliez un peu de la manière dont la pratique psychanalytique vous a aidé, comme vous avez dit, à « y voir plus clair » et de la façon dont votre vue a été éclaircie ?*

CORNELIUS CASTORIADIS : – C'est une chose tout à fait différente de travailler avec des concepts abstraits, de lire simplement les livres de Freud, etc., et d'être dans le processus psychanalytique effectif, de voir comment l'inconscient travaille, comment les pulsions des gens se manifestent et comment s'établissent non pas des mécanismes (nous ne pouvons pas vraiment les appeler « mécanismes »), mais disons des processus plus ou moins stylisés, moyennant lesquels tel ou tel autre type d'aliénation psychique ou d'hétéronomie viennent à exister. Cela, c'est l'aspect concret. L'aspect plus abstrait est qu'il y a encore beaucoup à faire au niveau théorique, à la fois pour explorer la psyché inconsciente et pour comprendre la relation, le pont pardessus l'abîme, qu'est la relation entre la psyché inconsciente et l'individu socialement fabriqué (ce dernier dépendant évidemment de l'institution de la société et de chaque société donnée). Comment se fait-il que cette entité totale-

* Entretien avec deux psychanalystes new-yorkais, tenu à New York le 4 octobre 1981 et publié dans le n° 2 de *Psych-Critique*, New York, 1982. Traduit de l'anglais par Zoé Castoriadis, que je tiens à remercier encore une fois ici.

ment asociale, la psyché, ce centre absolument égocentrique, aréel, ou antiréel, peut être transformé par les actions et les institutions de la société, à commencer évidemment par le premier environnement de l'enfant qu'est la famille, en un individu social qui parle, pense, peut renoncer à la satisfaction immédiate de ses pulsions, etc.? Problème extraordinaire, avec un énorme poids politique que l'on peut voir presque immédiatement.

D. M. : – *Pouvez-vous expliciter plus longuement ce que vous venez de dire ?*

C. C. : – Nous parlions tout à l'heure de la Russie, du stalinisme, du nazisme, et nous disions que ces phénomènes peuvent à peine être compris sans prendre en considération l'énorme attrait que la *force* exerce sur l'homme, c'est-à-dire sur la psyché.

D. M. : – *Oui…*

C. C. : – Et pourquoi en est-il ainsi? Nous devons essayer de comprendre cela. Nous devons essayer de comprendre cette tendance des gens (l'obstacle principal que l'on rencontre toujours quand on s'engage dans une politique révolutionnaire ou radicale) à abandonner l'initiative, à trouver un abri protecteur soit dans la figure du leader, soit dans le schéma d'une organisation, réseau anonyme mais qui fonctionne bien et qui garantit la ligne, la vérité, l'appartenance, etc. Tous ces facteurs jouent un rôle énorme – et finalement c'est contre tout cela que nous sommes en train de lutter.

DAVID LICHTENSTEIN : – *Cela me fait penser à votre façon d'employer le mot « autonomie ». Vous avez dit des choses sur l'autonomie individuelle et sur l'autonomie comme réponse collective. Pouvez-vous élaborer, davantage ce parallèle ?*

C. C. : – Qu'est-ce que l'autonomie collective ? Mais quel est son contraire ? Le contraire, c'est la société hétéronome. Quelles sont les racines de la société hétéronome ? Ici nous affrontons ce qui a été je crois une idée centrale et fallacieuse de la plupart des mouvements politiques de gauche, et d'abord et surtout du marxisme. L'hétéronomie a été confondue, c'est-à-dire identifiée, avec la domination et l'exploitation par une couche sociale particulière. Mais la domination et l'exploitation par une couche sociale particulière n'est qu'*une* des manifestations (ou réalisations) de l'hétéronomie. L'essence de l'hétéronomie est plus que cela. On trouve l'hétéronomie dans des sociétés primitives, en fait dans toutes les sociétés primitives, alors qu'on ne peut pas vraiment parler d'une division entre couches dominantes et couches dominées dans ce type de société. Donc, qu'est-ce que l'hétéronomie dans une société primitive ? C'est que les gens croient fermement (et ne peuvent que croire) que la loi, les institutions de leur société, leur ont été données une fois pour toutes par quelqu'un d'autre : les esprits, les ancêtres, les dieux ou n'importe quoi d'autre, et qu'elles ne sont pas (et ne pouvaient pas être) leur propre œuvre. Cela est tout aussi vrai pour les sociétés historiques (« historiques » au sens étroit) que sont les sociétés religieuses. Moïse reçut la loi de Dieu ; ainsi, si vous êtes hébreu, vous ne pouvez pas mettre en question la loi. Car alors vous mettriez en question Dieu lui-même. Cela reviendrait à dire « Dieu se trompe » ou « Dieu n'est pas juste », ce qui est inconcevable aussi longtemps que l'on reste dans la structure des croyances d'une société religieuse. La même chose est vraie pour le monde chrétien et pour l'islam.

Ainsi l'hétéronomie est le fait que l'institution de la société, création de la société elle-même, est posée par la société comme donnée par quelqu'un d'autre, une source « transcendante » : les ancêtres, les dieux, le Dieu, la nature, ou – comme avec Marx – les « lois de l'histoire ».

D. M. : – *Pas « quelqu'un d'autre », mais « quelque chose d'autre »*.

C. C. : – C'est juste, quelque chose d'autre. Et, selon Marx, on sera capable d'instituer une société socialiste au moment et à l'endroit où les lois de l'histoire dicteront une organisation socialiste de la société. C'est la même idée.

Ainsi la société s'aliène elle-même à son propre produit que sont les institutions. L'autonomie n'est pas *que* l'auto-institution de la société, parce qu'il y a toujours auto-institution de la société : Dieu n'existe pas, et les « lois de l'histoire », au sens marxien, non plus. Les institutions sont une création de l'homme. Mais elles sont, pour ainsi dire, une création aveugle. Les gens ne savent pas qu'ils créent et qu'ils sont en un sens libres de créer leurs institutions. Ils confondent le fait qu'il ne peut pas y avoir de société (ni de vie humaine) sans institutions et lois avec l'idée qu'il doit y avoir une source transcendante, garante des institutions.

Allons plus loin. Que devrait être une société autonome ? Une société autonome devrait être une société qui sait que ses institutions, ses lois sont son œuvre propre et son propre produit. Par conséquent, elle peut les mettre en question et les changer. En même temps, elle devrait reconnaître que nous ne pouvons pas vivre sans lois.

Maintenant, quant à l'autonomie de l'individu : je dirais qu'un individu est autonome quand il (ou elle) est vraiment en mesure de changer lucidement sa propre vie. Cela ne veut pas dire qu'il maîtrise sa vie ; nous ne maîtrisons jamais notre vie parce que nous ne pouvons pas éliminer l'inconscient, éliminer notre appartenance à la société et ainsi de suite. Mais nous pouvons changer notre relation à l'inconscient ; nous pouvons créer une relation avec notre inconscient qualitativement différente de l'état où nous sommes simplement dominés par celui-ci, sans en savoir quoi que ce soit. Nous pouvons être dominés par notre inconscient, c'est-à-dire par notre passé. Nous nous aliénons, sans le savoir, à notre propre passé, du fait que nous ne reconnaissons pas que nous avons, en un sens, à être nous-mêmes la source des normes et des valeurs que nous nous proposons *à nous-mêmes*. Évidemment nous n'en sommes pas la source absolue, et évidemment il y a la loi sociale. Mais j'obéis [volontairement] à la loi sociale – si et quand je lui obéis – soit parce que je crois que la loi est ce qu'elle devrait être, soit parce que je reconnais peut-être qu'elle n'est pas ce qu'elle devrait être mais, dans ce contexte particulier, étant donné, disons, la volonté de la majorité, en tant que membre de la collectivité je dois obéir à la loi même si je considère qu'elle devrait changer.

D. M. : – *Vous avez fait une sorte d'équation entre l'inconscient et notre passé. Vous avez dit : « dominés par notre inconscient, dominés par notre passé ». D'une certaine manière, cela me frappe comme une idée optimiste sur l'inconscient parce qu'elle implique qu'il est accessible par une perlaboration – on peut se remémorer – en un sens, et plus on se remémore moins on est dominé, et finalement…*

C. C. : – Non… pas plus on se remémore : plus on devient capable de perlaborer la remémoration. D'accord ?

D. M. : – *Oui. Quelles sont les limites, dans votre pensée, de cette remémoration et cette perlaboration ? Quand devient-elle problématique ? Où sont les arêtes ?*

C. C. : – D'abord, permettez-moi de clarifier une chose : je n'identifie pas l'inconscient au passé. L'inconscient n'est évidemment pas que le passé. C'est là un point sur lequel certains psychanalystes contemporains voient les choses plus clairement que Freud. Il y avait un idéal freudien, que l'on pourrait appeler un plan modèle de la cure : amener le patient à se remémorer aurait un effet cathartique, un effet dissolvant sur le complexe ou le réseau des complexes. Mais en réalité on peut, dans une très grande mesure, travailler à partir du matériel actuel, et pas nécessairement toujours à travers la remémoration, parce que la structure est présente. Je veux dire que le passé est présent dans le présent.

D. M. : – *Hm, hm...*

C. C. : – D'accord ? C'est clair avec le rêve. L'identité, de toute façon inaccessible, de la signification de *ce* rêve-ci avec quelque configuration datant de l'enfance n'est en soi ni très significative ni très impérative. Ce qui est important, c'est que le patient puisse vraiment voir à travers cette signification et, espérons-le, changer son comportement en fonction de cette signification ainsi que toute la structure complexe des pulsions, des affects, émotions et désirs qui lui sont liés. Ainsi le passé et l'inconscient sont et ne sont pas la même chose, tant au niveau théorique qu'au niveau de la pratique du traitement psychanalytique. Maintenant vous demandez : « Quelles sont les limites ? » C'est une question très importante. Je veux dire, après tout, pourquoi en fait un traitement psychanalytique ne marche pas toujours...

D. M. : – *Oui. Et un autre point serait cette idée de l'attrait de la force. C'est un fait très frappant que la force exerce cet attrait. Je crois que, dans la psychanalyse idéale, la force devrait perdre son attrait atavique, elle pourrait avoir un attrait d'un sens différent, mais pas atavique. Je suis intéressé par la convergence de cette ambition telle qu'elle apparaît en psychanalyse, notamment l'élimination de l'attrait de la force, et cette même ambition telle qu'elle est vécue dans la vie politique, où l'on essaie de créer des organisations sociales qui s'opposent à cet attrait atavique de la force. J'aimerais avoir vos idées sur la manière dont ces deux projets peuvent s'informer mutuellement.*

C. C. : – C'est un problème très difficile et je ne crois pas en connaître la solution. Tout d'abord, le traitement psychanalytique essaie d'aider les gens à devenir autonomes dans le sens que nous venons de mentionner, et par conséquent de détruire aussi en eux-mêmes l'attrait aveugle de la force. En fait, je crois que cela est la seule contribution politique pertinente de la pratique psychanalytique. Je ne crois pas à l'usage politique de la psychanalyse, si ce n'est d'aider les individus à devenir lucides et autonomes et par conséquent, je pense, plus actifs et plus responsables dans la société. Cela implique aussi : ne pas considérer l'institution de la société ou la loi donnée comme quelque chose qui ne peut pas être touché. Maintenant, à l'égard des attitudes collectives, je crois que ce que nous essayons de faire c'est tenter de dissoudre les illusions contenues presque toujours dans cet attrait de la force. Et cela implique aussi bien la critique de l'idéologie que la critique du fonctionnement et de la consistance effectifs des appareils de domination existants, par exemple. En même temps, j'ai toujours pensé qu'une authentique organisation révolutionnaire (ou organisation des révolutionnaires) devrait aussi être une sorte d'école exemplaire d'autogouvernement collectif. Elle devrait apprendre aux gens à se passer de leaders, et à se passer de structures organisationnelles rigides, sans tomber dans l'anomie, ou la micro-anomie. C'est là, je crois, la relation de ces deux facettes du problème.

D. L. : – *Il y a une question qui surgit ici, encore une question compliquée concernant les origines de l'autonomie et les relations sociales s'établissant dès l'enfance, concernant aussi les relations d'objet pré-œdipiennes comme une sorte de modèle ou de terrain de rapprochement, qui se répète ensuite dans la collectivité. Cela, opposé au point de vue un peu plus lié à la position « freudienne orthodoxe » selon laquelle en fait l'infans est radicalement séparé, le processus de socialisation est intégralement une dialec-*

*tique avec la société, et qu'il n'y a pas de qualité sociale
inhérente à l'*infans *au commencement.*

C. C. : – Vous savez, mes propres conceptions qui ne sont
pas tout à fait freudiennes auraient conduit, à cet égard, à
des conclusions très similaires aux conceptions freudiennes.
Je crois que ce qu'on a initialement est une sorte de monade
psychique asociale et antisociale. Je veux dire que l'espèce
humaine est une espèce monstrueuse, inapte à la vie, aussi
bien du point de vue psychologique que du point de vue
biologique. Qu'elle soit biologiquement inapte à la vie,
c'est clair. Nous sommes le seul animal qui ne connaît pas
par instinct ce qui est nourriture et ce qui est poison. Aucun
animal se nourrissant de champignons n'aurait jamais mangé
de champignons vénéneux. Mais nous avons à apprendre
cela ! Je n'ai jamais vu un chien ou un cheval trébucher ; en
fait les chevaux trébuchent rarement et cela seulement dans
les conditions artificielles dans lesquelles nous les mettons.
Nous trébuchons tout le temps. C'est là l'aspect biologique.
    Cela est encore plus vrai quant à l'aspect psychologique.
Je crois qu'il y a une psyché embryonnaire dans tout être
vivant, et notamment chez ce que nous appelons les espèces
supérieures. Mais il y a aussi un monde entre cette psyché
« fonctionnelle » des animaux, et la psyché humaine : cette
dernière correspond à un développement énorme et monstrueux de cette « faculté » de la psychologie traditionnelle,
totalement négligée et ignorée par la philosophie, qu'est
l'imagination. L'imagination est la capacité de poser comme
réel ce qui ne l'est pas. Elle rompt avec la régulation de la
« psyché » préhumaine.
    Ainsi nous avons sur les bras un être qui, comme nous
le savons à partir de Freud, de la pratique psychanalytique
et de la vie quotidienne, est capable de former ses représentations en fonction de ses désirs – ce qui le rend psychiquement inapte à la survie. Sous cette énorme prolifération de
l'imagination survivent des morceaux brisés de l'autorégu-

lation, biologique et psychologique, animale. Cet animal, *homo sapiens*, aurait cessé d'exister s'il n'avait pas créé en même temps, à travers je ne sais quels processus, probablement une sorte de processus de sélection néodarwinienne, quelque chose de radicalement nouveau dans tout le domaine naturel et biologique, à savoir la société et les institutions. Et l'institution impose à la psyché la reconnaissance d'une réalité commune à tous, régulée, n'obéissant pas simplement aux désirs de la psyché.

D. M. : – *Ce que vous venez de dire est très intéressant parce que c'est une façon de dire que l'attrait de la force est relié à la survie en ce que, comme vous dites, cette collectivité, cette société impose la réalité à une entité productrice d'images, laquelle sans cette imposition mourrait...*

C. C. : – ... ou deviendrait hyperpsychotique.

D. M. : – *Oui, hyperpsychotique. Mais l'imposition se fait d'une certaine manière par la force.*

C. C. : – Par la violence.

D. M. : – *Par la violence.*

C. C. : – Pas de problème à cet égard. Et, sans cette violence, on ne peut pas avoir une survie de l'espèce humaine. C'est pour cela que je suis très fortement opposé à certains rêves pastoraux et idylliques provenant de gens bien intentionnés et proches de nous, selon lesquels il pourrait y avoir une entrée dans la vie sociale qui serait heureuse, glorieuse, au goût de chocolat. Pareille chose ne peut tout simplement pas exister. Si vous avez jamais eu un enfant, et indépendamment de la manière dont vous l'élevez, à un certain moment au cours du premier mois il commencera inexplicablement à crier et à hurler de façon infernale. Non pas

parce qu'il a faim ni parce qu'il est malade. Tout simplement parce qu'il découvre un monde qui n'est pas malléable par sa volonté. Et soyons sérieux : pas seulement
inconsciemment, mais même consciemment, nous aurions
tous voulu un monde malléable à volonté, n'est-ce pas ?

D. M. et D. L. : – *Sûrement.*

C. C. : – Qui dirait le contraire ? Nous disons que cela n'est
pas possible, nous renonçons à un souhait, et le souhait est
toujours là. En tant que psychanalyste, je dirais qu'une personne qui ne peut pas avoir un phantasme impliquant la
toute-puissance est très sérieusement malade, vous voyez
ce que je veux dire ? La capacité de former des phantasmes
de toute-puissance est une composante nécessaire pas seulement de la vie inconsciente, mais aussi de la vie consciente.
Si vous ne pouvez pas vous adonner à une rêverie, pensant :
« la fille viendra au rendez-vous », ou « j'écrirai mon livre »,
ou « les choses se passeront comme je le souhaite », vous
êtes vraiment très malade. Et évidemment vous êtes tout
aussi malade si vous ne pouvez pas corriger ce phantasme
et dire : « non, je ne lui plaisais pas, c'est clair », ou « elle a
déjà un amant et elle lui est très attachée ».

Il y a donc cette psyché avec son imagination et ses phantasmes de toute-puissance, et il y a un premier représentant
de la société pour l'enfant qui est évidemment la mère. Et
la fonction de la mère est à la fois qu'elle limite l'enfant –
elle devient l'instrument par lequel l'enfant commence à
reconnaître que tout n'obéit pas à ses souhaits de toute-
puissance – et qu'elle aide l'enfant à donner un sens au
monde. Le rôle de cette première personne est essentiel et
impératif ; peu importe ici si c'est la mère ou la personne
qui joue son rôle, peut-être le père, peut-être la nourrice,
peut-être encore, comme dans le *Brave New World*, une
machine parlante (cas auquel évidemment les effets seraient
différents et plutôt mauvais). La mère aide l'enfant à

donner un sens au monde et à soi-même d'une manière très différente de la manière initiale propre à la monade psychique. Pour la monade psychique, il y a sens pour autant que tout dépend de ses souhaits et de ses représentations [et que tout s'y conforme]. La mère détruit cela, elle est obligée de le détruire. C'est la nécessaire et inévitable violence. Si elle ne le détruit pas, elle conduit l'enfant à la psychose.

D. M. : – *Pensez-vous alors que cet attrait de la force est, d'une certaine, très étrange façon, une sorte de désir de retour vers cette mère ?*

C. C. : – C'est un résidu très puissant de l'attachement à une première figure qui était, selon ma terminologie, le maître de la signification. Et il y a toujours quelque part quelqu'un qui joue ce rôle de maître de la signification et qui probablement peut devenir Adolf Hitler ou Joseph Staline ou Ronald Reagan, peu importe. Je crois que la racine psychique de l'aliénation politique et sociale est contenue dans cette première et très prégnante relation. Mais il y a aussi les étapes suivantes. En l'entendant correctement, et entre guillemets : le « développement normal ».

La mère doit abandonner ce rôle de maître de la signification. Elle doit dire à l'enfant que, si tel mot signifie cela, ou que, si tel acte est interdit, ce n'est pas parce que tel est son désir mais parce qu'il y a telle raison, ou parce que c'est comme ça que tout le monde l'entend, ou parce que telle est la convention sociale. Elle se désinvestit ainsi de la toute-puissance que l'enfant, usant précisément de ses propres schèmes projectifs, lui avait attribuée. L'enfant projette sur quelqu'un – dans ce cas la mère – son propre phantasme de toute-puissance, qu'il doit abandonner à une certaine étape. Quand il pense de façon erronée : « Mais Maman est toute-puissante », Maman doit répondre : « Non, je ne le suis pas. » *« Words do not mean what I want them to mean »*, contrairement à ce que Humpty Dumpty dit à Alice, « les

mots signifient ce que les gens entendent par ces mots »,
et ainsi de suite.

D. L. : – *Comment répondez-vous alors à la position que
développe quelqu'un comme Winnicott, soutenant que la
première situation de la mère n'est pas une situation de
maître de la signification, mais plutôt de co-participant
à la signification ? A savoir que le moment originel social
est un moment partagé entre la mère et l'enfant, à savoir
encore que l'*infans* perçoit la mère comme partageant le
monde phantasmatique ? L'*infans* imagine le sein, et, en
imaginant le sein, en l'appelant, en hurlant, pendant le
moment de l'imagination, le sein apparaît miraculeusement
et ainsi s'établit une sorte de relation fondamentale entre
phantasme et sociabilité.*

C. C. : – Aussi longtemps que tel est le cas, ce n'est pas vrai
qu'il s'agit d'un partage ou d'une co-participation. Je veux
dire qu'aussi longtemps que nous sommes dans cette étape,
l'enfant imagine que le sein est apparu parce qu'il ou elle
désirait qu'il apparaisse. Comme Freud le savait déjà très
bien, le moment décisif est le moment où l'enfant ressent
qu'il désire voir le sein apparaître et où le sein n'apparaît
pas. Et il y a toujours un pareil moment et cela correspond,
comme Klein aurait dit, à très juste titre, au « mauvais
sein ». Cela est également à la racine de l'ambivalence
fondamentale dans toute relation humaine. Je veux dire que
l'autre a toujours hérité de ces deux aspects du bon sein et
du mauvais sein, de la bonne figure et de la mauvaise
figure. La plupart du temps, l'un de ces deux aspects couvre
et domine totalement l'autre. Ainsi nous aimons ou nous
haïssons les gens. Pour les gens avec qui nous entretenons
des relations, l'un ou l'autre de ces éléments prédomine.
Mais nous savons tous que même dans le plus grand amour
se cache toujours l'élément négatif, ce qui ne l'empêche
pas d'être un amour.

Le vrai changement vient d'abord lorsque l'enfant doit admettre que la mère [et non pas lui-même] est le maître du sein et le maître de la signification. Et un autre point de rupture intervient quand l'enfant découvre qu'il n'y a pas de maître de la signification. Maintenant, dans la plupart des sociétés jusqu'à aujourd'hui, cela arrive à un nombre très limité de gens. Parce que Yahvé est maître de la signification, ou le secrétaire du Parti, ou peut-être le scientifique.

D. M. : – *Ainsi, quand le Grand Inquisiteur prétend que le peuple a besoin de l'Église comme maître de la signification (il n'utilise évidemment pas ces termes), et accuse le Christ de cruauté parce qu'il refuse d'assumer le rôle du maître de la signification, qu'est-ce que vous en pensez ? Que pensez-vous du dessein de l'Inquisiteur ?*

C. C. : – Je crois que la position du problème est vraie. Elle correspond à ce que nous disons. La seule objection est que l'Inquisiteur prend une position normative : il dit que ce fait est trans-historique et produit une situation qui est comme elle devrait être. Nous disons qu'il existe un autre stade.

D. M. : – *Je crois crucial de localiser les racines psychiques de l'autonomie dans les étapes ultérieures où l'on réalise qu'il n'y a pas de maître de la signification, plutôt que dans un retour à une sorte d'état infantile de signification partagée.*

C. C. : – Mais quelles seraient les implications de la « signification partagée » ? A moins que l'on ait l'idée d'une certaine sociabilité biologique de l'animal humain, qui est à mon avis intenable, la signification partagée ne peut venir que de la position de deux personnes séparées et indépendantes, comme entités en elles-mêmes. Il y a A et il y a B et il y a lui ou elle et moi. Lui ou elle pense ou souhaite ou appelle les choses de telle manière et moi je les appelle de telle autre manière et l'on peut trouver un certain terrain commun. Mais cela est un stade déjà très avancé.

Quelques éléments embryonnaires de cela – tout cela touchant des points difficiles parce que après tout nous ne pouvons jamais être dans la psyché d'un *infans* de six ou même de dix-huit mois –, quelques éléments embryonnaires de cela pourraient être là avant. Mais je crois que cette situation existe qualitativement seulement à partir du moment où l'enfant est devenu capable de reconnaître sa mère comme une entité à la fois indépendante et limitée.

D. L. : – *Êtes-vous en train de parler de la résolution du complexe d'Œdipe ?*

C. C. : – Non, c'est là une autre discussion spécifique. Ce qui n'a pas été reconnu par les critiques de gauche de la construction œdipienne de Freud, étant entendu que celle-ci contient une grande part d'idéologie patriarcale, c'est que le centre du problème œdipien pour Freud est le problème de la civilisation. Ce n'est pas tellement le souhait de faire l'amour avec sa mère et tuer son père ; c'est qu'aussi longtemps qu'il n'y a que deux, il n'y a pas de société. Il doit y avoir un troisième terme pour briser ce face-à-face. Le face-à-face est fusion, ou domination totale de l'autre, ou domination totale par l'autre. Soit l'autre est l'objet total, soit on est l'objet total de l'autre. Et, afin que cette sorte de situation absolue, quasi psychotique, soit cassée, on doit avoir un troisième terme. Peu importe si c'est le père ou l'oncle maternel. J'entends par là que toutes les discussions entre Malinowski et Roheim là-dessus ont bien peu de pertinence. C'est le père ou c'est l'oncle maternel et ainsi de suite – le problème n'est pas là. Le point principal c'est qu'on ne peut pas être que deux ; on doit avoir un troisième élément. Évidemment, cela ne conduit pas à la conclusion que le père doit être le maître – cela est un *non sequitur* total. Et on doit même avoir un quatrième élément. Je veux dire que ce couple doit se comporter de manière à rendre l'enfant conscient que le père n'est pas la source ou l'origine de la loi, qu'il n'est lui-même qu'un parmi beaucoup, beaucoup d'autres pères, qu'il y a une collectivité humaine, n'est-ce pas ?

Et cela Freud l'avait vu. Les gens qui citent le mythe de *Totem et Tabou* s'arrêtent toujours au meurtre du père et au repas rituel cérémonial. Ils oublient le serment collectif des frères qui est la véritable pierre angulaire de la société. Chacun des frères renonce à la toute-puissance, renonce à l'omnipotence du père archaïque : je n'aurai pas toutes les femmes et je ne tuerai personne. Cela est l'autolimitation à travers la position collective de la loi.

D. M. : – *C'est le moment approprié de revenir à ce que vous disiez tout à l'heure, à propos de cette union de militants radicaux ou rassemblement de militants radicaux, exemplaire dans sa capacité d'autogouvernement et dans sa capacité d'éviter l'attrait de la force et de la domination. Quand vous disiez cela, je pensais à la horde des frères dans* Totem et Tabou. *Pensez-vous qu'ils sont une sorte de métaphore mythique pour le groupe de révolutionnaires que vous décriviez ?*

C. C. : – Je ne formulerais pas la chose de cette façon. Je veux tout simplement dire que, lorsque Freud écrivait *Totem et Tabou*, il affrontait le problème de l'institution initiale de la société. Évidemment, *Totem et Tabou* est un mythe, et il est stupide de le critiquer même si Freud le considérait comme une sorte d'histoire dont l'exactitude ne serait jamais assurée pour nous, mais qui représente plus ou moins la manière dont les choses se sont passées – cela n'a aucune pertinence. Je veux dire qu'en cela il se trompait. Mais ce qui le préoccupait était les conditions ontologiques d'existence d'une société dans laquelle personne ne pourrait exercer un pouvoir sans limites comme le père archaïque. A cet égard, non pas le mythe en lui-même mais les significations dont il est porteur sont très importantes. La société se met en place précisément au moment où personne n'est tout-puissant et où il y a autolimitation de tous les frères, de tous les frères et sœurs.

D. M. : – *Mais, même dans ce mythe, ils créent un totem et le totem est toujours présent comme maître de la signification. Il est là toujours, comme un rappel.*

C. C. : – Oui, et avec la relation ambivalente au totem. Je pense précisément, que le totem est l'incarnation de l'hétéronomie dans les sociétés existantes jusqu'à maintenant. C'est là que Freud est très profond, quoique probablement inconsciemment, mais tel est un grand penseur. Qu'est-ce que le totem ? Après un temps, cela devient un Panthéon de dieux, ou le Dieu unique, ou l'institution, ou le Parti. Et cela est ce que les lacaniens et d'autres appelleraient le « symbolique ». Ici nous pouvons voir les faiblesses de cette conception : dans l'essai de tirer de tout cela un concept *normatif*. Car le totem n'est rien d'autre que le « symbolique » rendu totalement indépendant et investi d'un pouvoir magique. C'est une création imaginaire instituée et investie d'un pouvoir magique.

D. L. : – *Mais, comme vous dites, l'existence d'institutions est toujours nécessaire.*

C. C. : – Oui, certes, mais pas en tant que totems.

D. L. : – *Donc elles seraient créées et destituées...*

C. C. : – Juste.

D. L. : – *En construction continue.*

C. C. : – Justement. Avec cette relation particulière, certainement très difficile à atteindre : je sais que les lois sont notre création, que nous pouvons les changer. Mais, aussi longtemps que nous ne les avons pas changées, dans une société que je reconnais comme effectivement gouvernée de manière démocratique, je suis encore obligé de les observer, parce que je sais qu'autrement la communauté humaine est impossible.

Les gens oublient d'habitude que les lois du langage sont, après tout, des conventions partagées. Et il s'est trouvé des gens comme Roland Barthes pour dire cette énorme ânerie, que le fascisme et l'hétéronomie sont dans le langage parce que chacun ne peut pas en changer comme il veut les règles. Cela n'a rien à voir avec le fascisme et l'hétéronomie. C'est la reconnaissance du fait qu'il ne peut pas y avoir de collectivité humaine sans règles, d'une certaine manière arbitraires et conventionnelles. Et il faut dire, au contraire, que la langue ne m'asservit pas mais qu'elle me libère.

D. M. : – *Mais quand ces règles commencent à avoir une aura, une aura totémique, alors elles deviennent problématiques.*

C. C. : – C'est vrai. Elles deviennent aliénantes.

D. L. : – *Pour revenir sur un autre point. Les frères n'ont pas en fait renoncé à la toute-puissance, mais ils ont retranché une part de leur toute-puissance et l'ont préservée dans le totem.*

C. C. : – Ils renoncent à la toute-puissance et ils attribuent une toute-puissance imaginaire au totem. Et ça c'est le facteur compensateur dans cette économie psychique aliénée, aliénée encore, des frères du mythe. La question politique est : ce facteur compensateur aliénant est-il vraiment nécessaire pour la collectivité humaine ? Je dis qu'il n'y a pas de réponse *théorique* à la question. Cela veut dire que c'est à partir des faits que l'on jugera, et c'est de cela qu'il s'agit dans l'action radicale ou révolutionnaire. Poser et essayer de prouver dans les faits que nous n'avons pas besoin de totem, mais que nous pouvons limiter nos pouvoirs sans les investir dans une entité mythique.

D. L. : – *Il s'ensuivrait donc qu'il y a un parallèle entre la collectivité et l'individu pour ce qui est de la « perlaboration ». A savoir, qu'il y a une sorte d'incertitude par rapport à l'histoire, une vision d'indéterminité dans laquelle on ne résout pas la question de l'histoire et dans laquelle on ne peut pas expliquer le passé et apprendre par le passé que faire. Une collectivité est capable de prendre une position au sein de laquelle le futur peut être élaboré.*

C. C. : – Absolument. Je pense que c'est là la position correcte. En fait je pense que la vraie position humaine est *d'assumer* : d'accepter, de prendre sur soi l'indéterminité, le risque ; connaissant qu'il n'y a ni protection ni garantie. C'est-à-dire que les protections et garanties existantes sont triviales et ne valent pas la peine d'en parler. Au moment vraiment décisif, il n'y a pas de protection ni de garantie. Nous devons prendre les risques, et prendre des risques veut dire que nous sommes responsables de nos actions. Évidemment, un plein concept de responsabilité impliquerait la conscience. Il y a toujours le « je ne savais pas ». On peut toujours utiliser cet argument devant le tribunal, mais, devant ses propres yeux, même si l'on sait qu'on n'est pas omniscient, on ne peut pas tout simplement dire : « je ne savais pas ». On doit se donner une norme face à laquelle on est vraiment responsable.

D. M. : – *Y a-t-il des gens en France qui ont engagé un dialogue avec vous comme celui que nous venons d'avoir ? Je veux dire non pas par-ci par-là, mais y a-t-il une sorte de…*

C. C. : – Je ne serais pas capable de répondre. C'est le genre de dialogue que j'essaie de promouvoir.

D. M. : – *Réussissez-vous – avez-vous réussi ?*

C. C. : – Je ne peux pas en juger. Pas tellement pour l'instant, quand même.

Illusions ne pas garder[*]

Que le coup de Varsovie n'était pas et ne pouvait pas être une « affaire intérieure des Polonais », ni au plan politique et moral, ni au plan des faits, on le savait – à moins d'être débile – avant qu'il n'ait lieu (voir encadré). Que l'on connaisse maintenant que le Gauleiter Jaruzelski ait agi et continue d'agir sur instructions et sous la supervision de la Kommandatura de Koulikov n'apporte qu'une banale vérification *a posteriori*.

On sait aussi maintenant que les scandaleuses déclarations de Cheysson avaient l'aval de Mitterrand, que les instructions de celui-ci à Jobert à Moscou allaient dans le

* Dès que le coup d'État de Jaruzelski a été connu, le matin du dimanche 13 décembre 1981, Claude Cheysson, alors ministre des Affaires extérieures, s'était empressé de déclarer à une radio périphérique que « c'était là des affaires intérieures des Polonais » et que la France « ne pouvait rien faire et ne ferait rien ». J'avais alors rédigé la protestation reproduite dans la note qu'on va lire, qui avait été signée par la vingtaine d'amis que j'étais parvenu à joindre au cours de cette journée agitée, et expédiée par pneumatique dès l'ouverture des postes le lundi 14 à Jacques Fauvet, alors directeur du *Monde*. (Jacques Fauvet m'avait écrit quelque temps auparavant, me demandant si je voulais écrire pour *Le Monde* un ou plusieurs articles commentant la politique des socialistes au pouvoir.) La protestation n'a pas été publiée par *Le Monde*, lequel en revanche imprimait le jour suivant un éditorial de Fauvet intitulé « Raison garder ». Le texte qu'on va lire a été publié dans *Libération* du 21 décembre 1981.

Inutile de souligner combien la récente visite officielle de Jaruzelski à Paris (décembre 1985) illustre de manière édifiante ce texte.

même sens, et que l'infléchissement phraséologique du PS n'a eu lieu que devant la fureur commençante des gens (Jean Daniel, dans *Le Nouvel Observateur* du 19 décembre 1981).

On ne saurait s'arrêter à ces constatations comme s'il s'agissait d'amusants traits idiosyncrasiques du pouvoir « socialiste ». Pas plus qu'on ne saurait tolérer davantage la respectuosité bêlante qui l'a longtemps entouré (et qui, plus ou moins, continue ; je ne parle pas évidemment de l'« opposition »). Si l'on veut faire vraiment quelque chose pour la lutte du peuple polonais, il faut poser le regard le plus froid possible sur le gouvernement français, comme sur les autres gouvernements occidentaux.

Après les victoires électorales du PS, le nouveau pouvoir a déclaré le pays en état de grâce. Pauvre pays, et pauvre langue française, livrée depuis des décennies à tous les outrages. Est en état de grâce celui qui bénéficie d'une inspiration exceptionnelle venant d'en haut (Hugo). Qui donc en a fait montre ? Le peuple – jusqu'au 13 décembre – est resté dans un état d'apathie légèrement euphorique et quelque peu stupide. Serait-ce le gouvernement ? On chercherait à la loupe une idée neuve, une invention quelconque dans ce qu'il fait. Ne parlons pas de « socialisme » – ni même de social-démocratie : à ses débuts, la social-démocratie innovait et réformait. Les mesures prises jusqu'ici ne sont même pas à la hauteur de celles que prenaient ou prônaient, en leur temps, les « vrais » bourgeois/libéraux/démocrates – un Gladstone, un Cavour, un Clemenceau jeune. On a mis fin au scandale des immigrés [en régularisant la situation des clandestins], très bien ; on a aboli la peine de mort (toute l'Europe l'avait déjà fait) ; on a permis les radios libres (*ditto* ; et lisez Delfeil de Ton). Le SMIC a été relevé de moins, en termes réels, que par Giscard lors de son élection. La décentralisation (encore faut-il voir ce qu'il en sera dans la pratique) corrige une monstruosité française qui n'a jamais existé dans des pays parfaitement capita-

Aux premières heures du lundi 14, j'ai envoyé le texte ci-dessous par pneumatique à Jacques Fauvet, le priant de le publier dans Le Monde. *Il n'en a, évidemment, rien été.*

Les soussignés tenons à exprimer notre indignation devant les déclarations du ministre Cheysson, s'empressant d'affirmer, face au coup de force du pouvoir communiste totalitaire à Varsovie, qu'il s'agit là d'une affaire intérieure entre Polonais.

Cette affirmation serait un pernicieux truisme (l'instauration du nazisme en Allemagne en 1933 n'avait-elle pas été une « affaire intérieure » des Allemands ?) si elle ne contenait – de même que toutes les déclarations des responsables politiques qui lui ont succédé – une contrevérité flagrante. Le ministre des Affaires extérieures n'ignore pas que les décisions prises à Varsovie reflètent la volonté de Moscou et comblent les vœux de celle-ci, lui épargnant les risques et l'opprobre d'une intervention directe. Elle ne pourra être comprise, aussi bien par les geôliers du peuple polonais et ceux qui, à Moscou, en tirent les ficelles, que par ce peuple lui-même poussé ainsi au désespoir, que comme impliquant l'indifférence face à l'étranglement en cours d'un mouvement démocratique et populaire embrassant l'immense majorité du pays.

Le porte-parole d'un gouvernement qui se dit socialiste s'empresse ainsi d'adresser un *nihil obstat* au coup de force d'un appareil totalitaire décomposé lequel, tout en continuant à se proclamer « parti ouvrier », ne tient plus, contre la classe ouvrière, que par le seul recours aux forces armées. Les préoccupations affichées à grand tapage concernant les peuples d'Amérique centrale acquièrent ainsi un air d'hypocrisie et perdent toute crédibilité.

Nous demandons que le gouvernement français en finisse avec le double langage, et qu'il se prononce avec la même clarté sur les régimes totalitaires dits « socialistes » que sur les dictatures d'Amérique latine.

Des morts innombrables qui risquent derechef d'ensanglanter l'histoire de la Pologne sont d'ores et déjà aussi responsables ceux qui, par lâcheté, complicité secrète ou machiavélisme de foire, ont confirmé les bourreaux des pays de l'Est dans leur abjecte certitude qu'ils peuvent tout se permettre sur les peuples qu'ils oppriment.

13 décembre 1981

Lucien Bianco, André Burguière, Claude Cadard, Cornelius Castoriadis, Claude Chevalley, Vincent Descombes, Jean-Marie Domenach, Jacques Ellul, Eugène Enriquez, François Fejtö, Zsuzsa Hegedus, Serge-Christophe Kolm, Jacques Julliard, Edgar Morin, Claude Roy, Pierre Rosanvallon, Evry Schatzman, Ilana Schimmel, Alain Touraine, Pierre Vidal-Naquet.

listes. La réduction de la durée du travail, cela fait cent trente ans qu'elle est en cours sous le capitalisme.

Où est l'innovation ? Seraient-ce les « nationalisations » ? Cela fait au moins trente ans que le bruit court dans les milieux informés – pas si loin de la rue de Bièvre – qu'elles n'ont rien à voir, en elles-mêmes, avec le socialisme. Remplacer des managers autocooptés par des managers nommés par le parti au pouvoir peut apparaître comme un grand progrès pour la section des cadres de ce parti ; pour le reste, demandez aux postiers, aux cheminots, aux ouvriers de Renault (pour ne pas dire : demandez aux Polonais). Les nationalisations signifient simplement une redistribution secondaire de pouvoirs et de privilèges entre les couches bureaucratiques « privées » et politico-étatiques – au détriment des premières, à l'avantage des secondes. Politiquement, elles sont une diversion démagogique.

L'autogestion : disparue même comme thème de rhétorique dominicale. Chômage et inflation : valse-hésitation entre barrisme et stimulation timide et insuffisante de la demande.

Tout cela n'est même pas du réformisme. Serait-ce qu'il

n'y aurait plus, historiquement, place pour des réformes ? Que si, en France en tout cas. Comparez donc le système fiscal français, taux et rendement de l'impôt sur le revenu, avec celui de l'affreuse Amérique capitaliste – et vous pouvez tranquillement parier que la réforme annoncée par Mauroy n'y changera pas grand-chose.

Mais l'essentiel est ailleurs. Beaucoup plus important que toutes les mesures prises ou non prises : la substance politique de ce pouvoir, sa manière de gouverner, son rapport à la population. De ce rapport, rien à dire, car il est nul et inexistant. L'exercice solitaire du pouvoir (élargi certes aux barons socialistes) est toujours là. Quand a-t-on associé les citoyens à une décision ou réflexion quelconque ? Montré la moindre velléité de le faire ? (Je laisse de côté le cirque Chevènement sur la « recherche ».) A cet égard, l'affaire nucléaire est d'une clarté admirable. Avant les élections, le PS avait fait des promesses. Une fois au pouvoir (social-démocratie oblige), il s'est empressé de faire le contraire de ce qu'il promettait. Aurait-il organisé un référendum (je passe sur les arguties constitutionnelles), il aurait eu 70 % des voix pour approuver sa volte-face. Mais où irait-on si l'on commençait à demander l'avis des gens ?

Au vocabulaire près (imposé, comme on l'a vu), l'attitude du gouvernement « socialiste » français face aux événements polonais est la même que celle de tous les gouvernements occidentaux, de Trudeau à Schmidt. Mentionnons pour le comique le silence du « socialiste » Papandréou, comme de ceux du Tiers Monde. Pourquoi ? « On ne peut rien faire et on ne fera rien », s'est empressé de dire Cheysson. C'est, bien sûr, faux. Personne n'a proposé d'envoyer une armée en Pologne. Mais les moyens d'agir existent. L'embargo économique total sur les pays du Pacte de Varsovie (limité à la Pologne, il serait évidemment absurde et inefficace) serait une arme très lourde, vu la situation économique de ces pays – et de la Russie en tout premier lieu. On aurait pu et dû, depuis longtemps, clairement signifier au Kremlin qu'on n'hésiterait pas à l'utiliser. On ne l'a pas fait, et on ne le fait pas. Pourquoi ?

Écartons le pseudo-argument des répercussions sur l'emploi chez les pays fournisseurs. *Primo*, il postule que les Russes accepteraient le défi, ce qui n'est nullement certain. *Secundo*, les exportations vers le bloc russe ne représentent que quelques pour-cent des exportations totales des pays industrialisés. *Tertio*, pour une bonne partie elles pourraient être remplacées (certes non pour les mêmes produits) par des exportations vers des pays pauvres, si l'on faisait à ceux-ci les mêmes conditions ultraphilanthropiques (de crédit) que l'on fait à la Russie. *Quarto*, on est disposé à dépenser 200 à 300 milliards de dollars pour des armements, mais non pas à « perdre » 10 à 15 milliards d'exportations.

C'est en un sens, et un sens seulement, que les gouvernements occidentaux ne « peuvent » rien faire : c'est que, pas plus qu'il n'y a d'« alliance » occidentale – chacun tirant à hue et à dia –, il n'y a de « gouvernement » ayant une politique cohérente et la capacité de l'imposer. Les sociétés occidentales deviennent, de plus en plus, politiquement, un conglomérat de *lobbies* (patrons, syndicats ouvriers, associations paysannes, formations « politiques », etc.) dont aucun ne peut imposer une politique cohérente, mais dont chacun est capable de bloquer toute action contraire à ses « intérêts ». Ainsi, tels exportateurs vers la Russie.

Mais, plus profondément, aucun gouvernement occidental ne *veut* vraiment rien faire pour la Pologne. Aucun n'a jamais eu de véritable sympathie pour ce qui s'y passait. Dès le début, l'ambivalence : contentement pour autant que cela créait, sans frais, des embêtements pour les Russes ; malaise, et plus, devant un véritable mouvement populaire, dont on ne savait pas jusqu'où il irait, et qui introduisait un facteur d'imprévisibilité dans leurs ineptes calculs et tactiques.

C'est ainsi seulement que l'on peut comprendre la stupide insistance de tous sur le thème : « Aussi longtemps qu'il n'y a pas d'intervention russe… » L'espoir des gouvernements occidentaux, qu'ils partagent avec Marchais et Krasucki, est que Jaruzelski réussira la normalisation sans Russes (ou seulement avec Russes travestis en Polonais) –, après quoi, au bout de quelques mois, reprendrait le cours normal des affaires (négociations de Genève et contrats commerciaux). Le précédent de la Tchécoslovaquie est d'une clarté aveuglante à cet égard.

Il n'y a rien à attendre des gouvernements occidentaux, « socialistes » ou autres. Cela ne veut pas dire qu'il ne faut pas exercer sur eux le maximum de pression possible. Mais il faut comprendre qu'ils ne feront quelque chose qu'en fonction de la mobilisation populaire. Il faut aussi comprendre que celle-ci, par elle-même, pourrait énormément.

Ici encore, ouvrons une parenthèse, il faut regarder la sombre réalité en face. Nous sommes, en France, quelque peu privilégiés à cet égard. Mais l'image globale des pays occidentaux est pour l'instant affligeante. Comparez ce qui se passe actuellement en Europe, l'absence presque totale de réactions importantes, avec les mobilisations « pacifistes » d'il y a quelques semaines ! Ne nous racontons pas d'histoires : à présent, et à première vue, ces populations veulent bien se mobiliser pour sauver leur peau (qu'elles croient), mais pour rien de plus.

Une longue pente d'apathie et de privatisation est à remonter. Ce ne sont pas les meetings à ténors du PS qui y contribueront. Des moyens nouveaux sont à trouver – et à cela, tous ceux qui se sentent concernés peuvent et doivent contribuer. Le mouvement polonais lui-même nous montre la voie : la source de l'invention politique ne peut être que la créativité des milliers de gens qui s'associeront au mouvement. La colonne « Initiatives » de *Libé* pourra jouer un rôle précieux à cet égard. Déjà, la résolution des salariés d'Empain-Schneider, de boycotter les fabrications destinées à la Russie (*Libé* du 19/20 décembre, p. 11), me semble avoir valeur exemplaire. Il faut lancer un mouvement de boycottage des exportations vers les pays de l'Est, et des firmes qui s'y engagent. Pour le peu de moyens dont les « intellectuels » comme tels disposent, une chose paraît évidente : boycotter immédiatement tous les contacts, relations, etc., scientifiques, culturels, artistiques avec tous les pays du Pacte de Varsovie. Évident aussi, qu'il faut aider par tous les moyens l'organisation de *Solidarité* en exil, se mettre à sa disposition.

Enfin et surtout, ce devoir qui plus que jamais est dramatiquement urgent : expliquer, faire comprendre à tous ce qu'est la Russie, son régime, les partis communistes. Faire comprendre à tous que le communisme ne se discute pas davantage que le nazisme, qu'entre les deux il n'y a pas à choisir.

20 décembre 1981

Le plus dur et le plus fragile
des régimes *

PAUL THIBAUD : – *L'événement polonais, la façon dont les Russes et leurs représentants en Pologne sont intervenus le 13 décembre contre Solidarité, qu'est-ce que cela nous apprend sur le fonctionnement du système soviétique et sur ses possibilités ?*

CORNELIUS CASTORIADIS : – Au niveau tactique, il était depuis longtemps clair qu'il y avait trois possibilités pour le Kremlin. A une extrémité, l'intervention militaire directe ; à l'autre, une politique essayant de provoquer et/ou d'accélérer le pourrissement ou la décomposition du mouvement populaire. La troisième, c'était un coup de force utilisant des éléments polonais. Ce qui a pu surprendre, c'est que le coup n'ait pas été fait par une fraction « dure » du parti, mais par l'armée – et celle-ci, visiblement, ne joue pas dans l'affaire un rôle simplement technique.

La solution de l'intervention directe n'a pas été retenue, car elle aurait été certainement très coûteuse ; mais il ne faut pas oublier qu'elle est toujours à l'horizon, et que sa menace est l'ultime appui de Jaruzelski. Quant à la deuxième, réfléchissant depuis très longtemps sur la dégénérescence des mouvements révolutionnaires, je trouve extraordinaire que,

* Entretien avec Paul Thibaud, enregistré le 3 février 1982 et publié dans *Esprit* en mars 1982.

en dix-huit mois, le pouvoir n'ait pu ni diviser, ni corrompre, ni décourager Solidarité. Cela renvoie, d'abord et avant tout, à l'unité et la cohésion, à l'intégrité (au sens étymologique), intégralité, entièreté de cette société dans son opposition au régime. En deuxième lieu, cela traduit la décomposition du pouvoir et du parti communiste, son incapacité de définir et d'appliquer une stratégie politique quelconque.

Après le coup militaire, beaucoup de gens m'ont dit : voilà qui confirme jusqu'à la caricature vos thèses sur la stratocratie. C'est évidemment faux. La Pologne n'est aucunement une société stratocratique, au sens où l'est la Russie. Mais le coup polonais confirme l'autre versant de mes thèses : la faillite et la décomposition du Parti (qui n'a rien pu faire en Pologne) et, au-delà, celle du totalitarisme « classique ». Il faut enfin tirer les conséquences de ce fait, que le totalitarisme stalinien n'a pas pu survivre dans ce qui en constituait l'essence : comme système délirant. Certes, en Russie le Parti continue à tenir la société ; mais il n'a rien à proposer, il a lui-même renoncé à tracer une perspective quelconque, il n'a aucun projet historique – sauf l'expansion par la Force brute. On vient d'apprendre la mort du prétendu « idéologue » du régime, Souslov. Pourquoi « idéologue » ? Je mets au défi quiconque de me citer une seule phrase de Souslov, un seul slogan inventé par lui (on le pourrait encore pour Jdanov). En Russie, cette nullité, cette nécrose de l'idéologie communiste est contrebalancée par l'émergence d'un secteur social, qui, lui, fonctionne, qui est animé par l'imaginaire nationaliste-impérial, qui porte un projet d'expansion réalisable. La Terreur de type stalinien, la « transformation stalinienne de la nature », la « création d'un type d'homme nouveau » relevaient du délire ; et elles étaient accompagnées de ce *total disregard for efficiency*, le mépris total de l'efficacité, comme disait justement Hannah Arendt, qui était caractéristique du totalitarisme « classique ». Tandis que la conquête du monde par la stratocratie russe est peut-être très improbable, mais ce n'est pas un projet délirant, ni quant à l'objectif, ni quant aux moyens employés. L'usage de la police pour faire avancer la génétique l'était.

P. T. : – *Pour revenir à la Pologne, l'Armée a fourni non seulement les moyens, la force, mais aussi la légitimité de rechange. Légitimité qui tient largement à sa position par rapport au Parti : elle est ce que les Polonais préfèrent au Parti, sa légitimité est différentielle. Mais l'utilisation de ce crédit dont jouit l'Armée ne relève pas de la force brute, c'est une manipulation politique.*

C. C. : – Certes. Aucun régime ne peut avouer, surtout dans des circonstances de crise sociale extrême, n'avoir d'autre fondement que la force brute. Un minimum de prétention à la légitimité reste nécessaire. Il y avait donc deux raisons pour faire intervenir l'Armée. D'abord, le Parti comme Appareil ne fonctionnait plus, il n'avait plus prise sur rien, pas même sur lui-même. Ensuite, il fallait un drapeau ; ce ne pouvait plus être le drapeau rouge, on a hissé le drapeau polonais.

P. T. : – *Il n'empêche que ceci représente une délégitimation du système. Quand un parti communiste est à bout de souffle, il y a deux remèdes classiques. Le remède stalino-maoïste s'appelle la purge, ou la Révolution culturelle. Il consiste à faire de la démagogie aux dépens des cadres, qui se retrouvent au Goulag ou en rééducation, alors que le Petit Père ou le Grand Timonier entament une nouvelle jeunesse. Ceci suppose que l'idéologie fonctionne...*

C. C. : – ... et que la société ne soit pas dans un état d'opposition totale au régime.

P. T. : – *Le second procédé, c'est de faire intervenir le bras séculier de l'internationalisme prolétarien, employé quand les ressources « nationales » sont insuffisantes. C'est alors le Kremlin qui dissout le Parti en question et en organise un autre. C'est arrivé en 1937 pour le parti communiste polonais, dans des conditions totalement différentes de celles d'aujourd'hui ; c'est arrivé en Hongrie après 1956 ; c'est arrivé en Tchécoslovaquie, après 1968. La nouveauté jaruzelskienne, c'est que le principe de légitimité (l'intérêt de la nation, l'entente nationale) est cette fois extérieur à l'idéologie du régime et au monde communiste.*

C. C. : – A partir du moment où la société commence à bouger, le Parti ne peut plus se maintenir. La condition d'existence du Parti est la passivité totale des gens. La décrépitude du Parti est telle qu'il ne peut plus tenir, ni comme référence idéologique, ni comme Appareil dirigeant ; ni même, et c'est le comble, comme coalition d'intérêts. Ce dernier aspect mérite, lui aussi, qu'on y réfléchisse. Les gens qui bénéficient directement du régime – et il s'agit quand même de quelque 10 à 15 % de la population – ne sont même plus capables de suffisamment d'unité pour permettre à l'Appareil d'avoir prise sur la société et d'y trouver des collaborateurs. Depuis le 13 décembre, Jaruzelski n'a pas trouvé un seul allié, ni un évêque, ni un écrivain…

P. T. : – *On se trouve devant un organisme dont les plaies ne cicatrisent plus. Il faut donc maintenir le pansement serré en permanence.*

C. C. : – On en vient aux perspectives du régime polonais actuel. Le maintien du régime militaire tel quel semble presque matériellement impossible à la longue. On connaît l'état de l'économie polonaise, on peut être certain qu'il s'est encore aggravé après le coup d'État. Comment, en l'absence de la société polonaise, par contumace si l'on peut dire, remettre en marche (ou plutôt : régénérer) la machine productive ? On ne voit pas la possibilité d'un processus de kadarisation – qui présuppose un état de décrépitude moins avancé. Le régime ne pourra être maintenu à flot que par des transvasements de substance russes ; ce qui rend encore plus caractéristique l'attitude des gouvernements occidentaux, qui ne font rien pour diminuer les possibilités des Russes à ce niveau. Pour le reste, le maintien indéfini d'une dictature militaire est-il possible ?

P. T. : – *En ce qui concerne l'ensemble du système, on voit se multiplier les situations que seule la force militaire permet de contrôler : l'Afghanistan ; la Tchécoslovaquie où la présence de l'Armée rouge reste nécessaire ; la Pologne où l'usage direct de la force risque de durer longtemps. En dehors de la zone formée par l'URSS et ses glacis, on constate aussi une série de plus en plus longue d'engagements militaires. Cela n'entraîne-t-il pas une fragilité croissante ?*

C. C. : – En un sens, oui certes. Un régime qui n'est assis que sur la force militaire est historiquement fragile ; or, telle est plus ou moins la situation de tous les régimes communistes pro-russes extérieurs à l'URSS.

Je voudrais revenir sur la question de l'idéologie, pour éviter des fausses interprétations de ce que je dis. Par opposition à sa mort *à l'intérieur* des régimes communistes, l'idéologie continue à fonctionner comme article d'exportation, comme moyen de pénétration. Plus tellement en Europe, certes ; mais dans le Tiers Monde, où l'incapacité totale de l'Occident capitaliste-libéral de fournir une solution aux dramatiques problèmes de ces pays (comme, certes aussi, l'incapacité de ces pays eux-mêmes de trouver cette solution), et le soutien qu'il accorde à des régimes d'exploitation extrême et de terreur policière-militaire conditionnent un état de crise sociale, économique et politique permanente. Si, dans ces situations, dans ces bouillons de culture, on introduit ces deux enzymes – ou cette enzyme double – de l'idéologie « marxiste » simplifiée et de l'organisation politico-militaire lénino-stalinienne, elles s'avèrent posséder une virulence considérable.

P. T. : – *Même là, il y a un recul. Les métallurgistes de Saõ Paulo, à la demande de « Lula », ont observé une minute de silence pour Solidarité.*

C. C. : – Depuis l'Afghanistan, il y a en effet quelque chose qui bouge en Amérique latine à cet égard. Il semble que les gens commencent à sortir du dilemme : être avec les Russes contre les Américains, ou bien l'inverse.

Mais, une fois installés, les régimes « progressistes » ne se maintiennent que militairement, qu'il s'agisse de Cuba, de l'Angola ou de l'Éthiopie. Cela signifie qu'ils ont besoin de l'aide continue de la Russie, et en particulier de son aide militaire. Ce qui aussi, par contrecoup, augmente le poids de la société militaire en Russie même.

Jusqu'où cela peut-il aller, et jusqu'à quand cela peut-il continuer ? La Russie, dans son état économique lamentable, peut-elle porter à bout de bras plusieurs Cuba, une deuxième Pologne ? Les indications de la dégradation interne de la société russe se multiplient (progrès de l'alcoolisme, hausse impressionnante de la mortalité infantile, etc.). On aboutit à une représentation du régime comme quelque chose d'à la fois très dur, et très fragile.

P. T. : – *Du verre !*

C. C. : – Le verre est quand même trop fragile pour fournir une image fidèle. Il s'agit de quelque chose d'extrêmement dur, rigide, tranchant et lourd – et qui pourrait craquer brutalement à tout instant. Il y a des dissidents russes qui pensent que la rupture risque d'être quelque chose d'effrayant, qui ne ressemblerait nullement aux seize mois de Solidarité en Pologne.

Je suis convaincu qu'il n'y a pas d'autre voie pour le régime : il poursuit sa course actuelle, ou il explose. Lequel des deux ? Cela dépend évidemment avant tout de la population russe et autre. Et là-dessus, nous ne pouvons rien dire, non pas seulement faute d'« informations », ni même pour la raison générale de l'imprévisibilité des explosions sociales. Je crois que la réponse que nous cherchons est en cours d'élaboration dans les profondeurs de la société russe. N'est pas encore tranchée, à mon avis, la question de savoir jusqu'à quel point le régime a réussi à transformer les gens en hyper-moujiks, ou mieux en hommes zinoviéviens, et jusqu'à quel point la société peut résister à cette pression destructrice continuelle qu'imposent tout simplement ne serait-ce que les nécessités de la vie et de la survie dans ce type de système. Nous ne connaissons pas la réponse : ce n'est pas qu'il nous manque quelques bonnes enquêtes sociologiques, c'est que ce n'est pas encore joué.

P. T. : – *Dans le même ordre d'idées, parmi les méthodes d'abaissement de la population, il faut aussi parler de la politique d'exil, d'évacuation des caractères et des compétences vers les grandes capitales occidentales. Ce qui est à la fois un élément de solution aux difficultés politiques et une honteuse preuve de faiblesse : un régime qui a exercé une immense séduction sur les élites occidentales est devenu un repoussoir.*

C. C. : – Cependant, il faut remarquer que, si l'émigration, forcée ou provoquée, suit les grandes crises (Hongrie, Tchécoslovaquie, et déjà Pologne), elle n'est pas volontiers encouragée en Russie : on ne s'est pas débarrassé de Sakharov. Je crois que si l'on bouche cette issue c'est pour convaincre la population qu'il n'y a pas d'alternative, aucune autre réalité envisageable que celle qu'elle subit : votre vie c'est ça, le socialisme réel c'est ça, ça va durer indéfiniment (comme l'a dit Brejnev, la période historique qui va de l'instauration du socialisme réel à celle du communisme est d'une « durée indéterminée »), vous ne pouvez pas en sortir, vous êtes là « pour l'éternité » comme le dit le titre de Kopelev [1].

P. T. : – *Dans le cas polonais, ils comptent bien qu'après avoir essayé une fois, deux fois, trois fois, les gens vont enfin se convaincre que c'est inéluctable. C'est même, je crois, la responsabilité essentielle des intellectuels, d'Orient et d'Occident ensemble, de lutter contre le sentiment d'inéluctabilité historique.*

De ce point de vue, on peut espérer que ce sur quoi ils comptent pour gagner les fera perdre. Ce cynisme, cette manière de cultiver le désespoir doit provoquer un rejet de la part de ceux qui, sans être des victimes directes du système, assistent à ses méfaits. Le 13 décembre 1981 est peut-être une date historique s'il marque le moment où, en Europe occidentale, tout homme sensé et moral ne peut que se déclarer ennemi actif de ces régimes. On peut espérer un profond mouvement de rejet d'un régime qui dit presque ouvertement qu'il ne compte que sur le désespoir des gens.

C. C. : – Oui, mais les pensées ne décident pas de tout. Prenons encore l'affaire de Pologne. Terrible échec pour le Kremlin, acculé aux trois solutions dont nous parlions tout à l'heure, dont aucune n'est « bonne », ne pouvant choisir qu'un moindre mal. Mais de cet échec – dont le 13 décembre ne l'a pas sorti, car *ce n'est pas terminé* – le Kremlin arrive quand même à tirer deux avantages considérables : une nouvelle démonstration de l'inéluctabilité du sort de ceux qui sont soumis au joug russe ; une nouvelle série de zizanies et de discordes entre les « alliés » occidentaux.

---

1. Lev Kopelev, *A conserver pour l'éternité*, Paris, Stock, 1er vol. 1976 ; 2e vol. 1977.

Disons quand même quelques mots sur la situation des pays occidentaux. On y constate, certes, la pleine décomposition des couches dominantes et de leurs dispositifs de direction de la société. Mais on constate aussi, beaucoup plus important, une décomposition de la société, toutes classes confondues. Décomposition probablement pas irréversible, mais qui d'ores et déjà atteint un point critique. En un sens, la société éclate en groupes d'intérêts, en lobbies. En un sens aussi, la limite de ce processus est réalisée par les mouvements pacifistes : groupement d'intérêts zoologiques, *better red than dead*, on ne veut pas crever, peu importe ce qui arrive par ailleurs. Les slogans apparemment plus « sérieux » et plus « politiques » mis en avant – « dénucléarisation de l'Europe de la Pologne au Portugal » – sont politiquement débiles et moralement insoutenables. Peu importe que Russes et Américains se vitrifient nucléairement les uns les autres pourvu que nous autres Européens survivions. Tout se passe comme si, pour les hommes des sociétés occidentales, il n'y avait plus rien pour quoi il vaille la peine de payer, de payer de sa personne, de risquer sa vie.

La séduction idéologique est effectivement terminée, mais je suis certain que joue en Occident vis-à-vis de la Russie, pour beaucoup, un autre facteur, plus puissant et plus sombre, plus archaïque : la profonde, obscure et abjecte fascination qu'exerce la Force. Cette fascination qui a fait qu'au début de l'Occupation tellement de gens étaient attirés par le nazisme non pas en fonction de son idéologie, mais en fonction de l'exhibition de l'invincibilité apparente de sa machine militaro-sociale. Je ne parle pas des calculs des opportunistes, je parle de l'inconscient.

P. T. : – *Tout cela est évident et grave, c'est peut-être même la crise de la démocratie. Mais pourquoi ne pas augurer une prise de conscience, une réaction disons churchillienne des démocraties ? Certes, la démocratie elle-même incite chacun à défendre ses intérêts propres, mais les gens savent bien que si la démocratie est menacée ils doivent la défendre, ne serait-ce qu'à cause de tous ces intérêts divergents qu'elle seule garantit en définitive. Sans compter que le cynisme totalitaire détruit l'illusion que la démocratie est comme donnée naturellement, sans qu'on ait besoin de payer pour, comme tu disais.*

C. C. : – La comparaison avec 1940 n'est pas probante. Outre que l'entreprise nazie ne disposait pas de moyens comparables à ceux dont dispose l'entreprise communiste, les mécanismes politiques qui ont permis aux régimes capitalistes libéraux de fonctionner pour la guerre sont maintenant détraqués, les mécanismes sociaux qui leur ont assuré le soutien des populations semblent l'être aussi.

La décomposition des mécanismes de direction est évidente au plan économique ; elle l'est aussi au plan militaro-stratégique. La seule réponse du gouvernement Reagan à l'expansion russe est un programme de réarmement économiquement et socialement ruineux, et intrinsèquement (militairement et stratégiquement) absurde. Le fait que, pris dans une situation aussi difficile pour lui que l'est la situation polonaise, le Kremlin parvient quand même à minimiser ses pertes montre l'absence de capacité de manœuvre des gouvernements occidentaux. Certes le Kremlin fait lui aussi des erreurs, et parfois très grosses, mais il faut voir ce qu'il y a en face.

P. T. : – *Cette fascination et cette crainte devant la force est considérablement accentuée par un fait terriblement paralysant pour l'imagination et la volonté : l'existence des armes nucléaires. Les antisoviétiques conséquents butent souvent sur cette objection : ce que vous dites peut conduire à la guerre. Et, en effet, on ne peut pas promettre qu'une politique d'affrontement ne mènera en aucun cas à un danger de guerre.*

C. C. : – Il existe une manière de se garantir contre le danger de guerre, c'est d'inviter les Russes à s'installer dans tous les pays. Comme ça, on est sûr d'éviter la guerre – du moins sous la forme de guerre étrangère. Cela dit, cette objection que tu mentionnes ne vaut pas grand-chose. Le risque de guerre est augmenté lorsqu'on fortifie l'idée des Russes qu'ils peuvent tout se permettre impunément (car il y a quand même, probablement, un cran au-delà duquel une réaction américaine devient probable) et lorsqu'on augmente le découragement et le désespoir des populations dans les pays satellites et en Russie même, en aidant leurs maîtres à se montrer irrésistibles.

Cela dit, la question se pose effectivement : comment vit-on « devant la guerre » (nucléaire) ? Comment vit-on devant la mort ? Pour la première fois, peut-être, est monnayé de façon massive et atroce le fait que nous vivons *toujours* devant la mort. Seul cadeau que nous apportons avec nous en venant au monde : la promesse de la mort. Ce n'est qu'une fois qu'on l'a compris, une fois qu'on s'est déjà compté pour déjà, en droit, mort, que l'on peut commencer à vivre vraiment, se débarrasser de cette angoisse annihilante, du moins faire ménage avec elle. C'est pareil en ce moment pour l'action politique.

Dans cette action aujourd'hui, deux points sont immédiats et urgents. En premier lieu, la résistance au régime russe, l'aide qu'on peut apporter à la lutte des Polonais. Puis, la véritable lutte contre la guerre, qui n'a rien à voir avec le « pacifisme » et le « neutralisme », qui requiert une entreprise beaucoup plus vaste, et beaucoup plus claire : un mouvement populaire pour le désarmement universel et total. J'espère que nous pourrons en parler de manière plus précise lorsque paraîtra le deuxième tome de *Devant la guerre*.

Pologne, notre défaite*

Des dizaines d'images. Autant d'artistes de tous âges, toutes origines ; sans doute aussi, comme on dit, d'opinions diverses. Une constante frappe au visage : aucun appel au combat, aucun espoir. Le deuil, l'impuissance, la rage muette dominent ici, comme ils nous ont tous dominés lorsque, après le flot des calomnies et des menaces, nous n'avons pu que serrer nos poings aux nouvelles du 13 décembre 1981. Étouffement, écrasement, misère. Les bourgeons massacrés, la vie recommençante broyée par la Force brute dans sa simple bestialité.

Le gris et le noir règnent ici. La couleur du sang n'apparaît parfois que pour les assombrir. Peut-on encore exprimer quelque chose, et comment ? Que dire, que faire devant la Bête mécanique ? Nous vivons la défaite, beaucoup plus qu'un moment où l'on serait assommé. Mais la progression de la Bête va au-delà de la sphère du pouvoir, elle atteint depuis longtemps – et, peut-être, mortellement – le fait même de l'expression humaine.

Que reste-t-il du langage, complètement imbibé par la marée du mensonge qui recouvre tout ? Il existe un parti ouvrier unifié polonais. Pourquoi parti ouvrier ? Parce qu'il

* Préface au livre *Banque d'images pour la Pologne*, Paris, Limage 2, 1983. Le livre contient les reproductions de 214 tableaux, gravures, dessins, etc., d'artistes et étudiants d'écoles d'art vivant en France qui avaient été exposés pendant l'année 1982 puis vendus sous forme de cartes postales pour venir en aide aux artistes polonais en exil.

est sans ouvriers et contre les ouvriers. Pourquoi polonais ?
Parce que les Polonais le vomissent, et qu'il est à la botte de
la Russie. Et pourquoi unifié ? Cela, on l'a dit pour vous
embrouiller.

Ruine du langage. La Bête sans visage s'en réjouit. Est-ce
même vrai ? Pour qu'elle s'en réjouisse, il faudrait qu'elle
en ait conscience. Comment le pourrait-elle, de cela ou
d'autre chose ? La démolition du langage, qu'elle cause
sans discontinuer, est simplement le résultat de sa terne et
monotone opération mécanique. Il lui suffit de faire passer
et repasser ses disques rayés, socialisme…, démocratie…,
classe ouvrière…, peuple…, humanité…, pour que les
significations se gangrènent.

Il ne s'agit pas seulement des vocables abstraits, des
idées politiques. Les faits les plus courants, les plus brutaux
subissent un travestissement intégral. L'Armée russe exter-
mine-t-elle, par vallées entières, les paysans afghans ? C'est
qu'elle lutte contre le droit de cuissage, dit Marchais. Les
gouvernements qui s'appellent démocratiques en sont
largement complices. A Helsinki, ils signent un acte garantissant la libre circulation des personnes et des idées, violé
au vu et au su de tout le monde par le Kremlin avant,
pendant et après sa signature.

On voudrait, en regardant les images de ce volume,
qu'elles gardent leur puissance de dénonciation. Et pourtant. Qui a vu les présentateurs militaires des nouvelles
à la télévision de Jaruzelski, sinistres zombies, repoussoirs
incalculables, ne peut plus croire que ces régimes se sou-
cient de leur image : pas au sens que nous donnons à ce
terme. Comment douter que, pour ces gens-là, un immense
pan de la sensibilité humaine – le simple sens de la vue,
avec ce qu'il comporte naturellement et inévitablement
d'*esthétique* – s'est irrémédiablement effondré ? Mais ce
n'est là que l'exemple le plus récent, et il n'était pas indispensable. Daumier aurait difficilement pu faire mieux que
les photographes officiels des portraits de Jaruzelski, du

Bureau Politique russe (ou français). Les bonnes, ou simplement humaines, manières interdisent de parler du physique des gens. Mais en l'occurrence il ne s'agit pas des gens ; ces gens-là sont et se veulent symboles de leur régime. Étonnante puissance de celui-ci, d'avoir produit si rapidement, sans changement génétique, un nouveau phénotype humain qui en présente si parfaitement la quintessence. Pour qui a bien regardé une photo de M. Brejnev, l'intérêt des analyses sociologiques du régime russe pâlit inexorablement. Étonnante puissance surtout, d'avoir pu l'imposer au point que, si longtemps, des personnes ni plus stupides ni plus malhonnêtes que d'autres aient pu voir dans la figure de Staline, ou dans sa prose, l'annonce de l'avenir de l'humanité.

Nous vivons la défaite. Comme nous, les auteurs de ces images ne peuvent que la ruminer. Ont-ils, avons-nous vieilli ? Est-ce le siècle qui a vieilli ? Est-ce l'humanité ? Comment ne pas s'user, ne pas se tarir, devant la répétition de l'absurde et du monstrueux, qui n'est même pas répétition puisqu'elle va s'aggravant ?

Le fascisme ne passera pas, criait-on avant la guerre, l'autre. Il passe tout le temps – et d'autant plus facilement, qu'il se réclame désormais de l'antifascisme. Ici, le bruit et la fureur, l'assassinat industrialisé ou sur le point de l'être – Cambodge, Afghanistan, Amérique latine. Là, le silence, l'immense cimetière qui enferme quatre cents, quatorze cents millions de vivants.

Répétition de cette réalité monstrueuse, apparemment indéplaçable : le Golem ne lâche pas ses proies. En 1956, les Hongrois voulaient la démocratie et la neutralité. Ils ont eu le massacre. En 1968, les Tchèques et les Slovaques voulaient réformer le Parti communiste et libéraliser l'État. Ils ont eu l'invasion, la normalisation, l'enfermement. En 1980-1981, les Polonais ne voulaient toucher ni au Pacte de Varsovie, ni au fameux Parti : seulement que la société respire et que la ruine du pays s'arrête. Ils ont eu l'état de guerre. Que se passera-t-il la prochaine fois ? Il ne faut pas cacher sa tête dans le sable – ni se donner courage à bon marché, en repoussant ses pensées les plus sombres. Que pourrait-il se passer une prochaine fois ? Y aura-t-il une prochaine fois ? Personne ne peut l'assurer – pas plus que le contraire.

Mais la Pologne le prouve une fois encore, avant comme après le 13 décembre : dans l'immense cimetière, on vit. Autrement qu'ici, plus et mieux qu'ici si l'on ose dire. Ici : l'effritement, la distraction, la courte vue, l'inconscience, l'irresponsabilité. Ici, de plus en plus, on oublie et on s'oublie – et on oublie que l'on s'oublie, moyennant quelques faux-semblants.

Là-bas, impossible de s'oublier. On est forcé de se rappeler, de se recollecter, de se rassembler – en soi-même, et avec les autres, dans la solidarité. Ou alors basculer complètement : dans le végétal, dans le franc cynisme ou dans l'ignominie. Mais la distraction, le faux-semblant, ne sont pas possibles – pas comme modes de vie.

La Pologne pourra-t-elle, pour elle et pour nous, nous rappeler à nous-mêmes ? Nous rappeler que la vie est infiniment grave, que rien ne nous est dû par droit de naissance ou par promesse des dieux, que le peu que nous avons risque à tout instant d'être perdu, que l'humanité doit être solidarité et que celle-ci ne doit pas avoir de frontières ? Alors seulement nous aurons le droit d'espérer qu'il y aura une prochaine fois, et qu'elle se terminera autrement.

Tripotamos, Tinos, 11-15 août 1982

Le régime russe
se succédera à lui-même*

Les traits sous lesquels la période Brejnev entrera, comme on dit, dans l'histoire me paraissent parfaitement clairs et nets. Pendant cette période, la Russie a émergé comme la première puissance militaire mondiale. Elle a traduit cette position par des gains territoriaux, directs et indirects, importants. En même temps, il était mis fin à toute tentative et à tout projet d'« autoréforme » interne de la bureaucratie. A la mort de Brejnev, le régime est clairement installé dans son cours : augmentation continue de la puissance militaire, exploitation de toutes les possibilités d'expansion externe, acceptation de la stagnation interne. Il ne s'agit pas là des résultats de décisions politiques conjoncturelles et modifiables. Ces traits expriment l'évolution structurelle du régime, sa dynamique intrinsèque irréversible (sauf explosion ou implosion intérieure). C'est pourquoi la « succession de Brejnev » importe finalement peu. Abstraction faite du cas (très improbable, mais formellement pas impossible) où la question de la « succession » provoquerait une fracture au sommet de l'Appareil bureaucratique étalée au grand jour (induisant, peut-être, des réactions de la population et/ou une intervention directe de l'Armée), le nouveau secrétaire général conti-

* Publié dans *Libération* le 12 novembre 1982 (lendemain de la mort de Brejnev).

nuera à gérer un système que personne ne veut et personne ne peut « réformer », et dans lequel le secteur militaire est en fait le secteur dominant.

L'accession de Brejnev au pouvoir a marqué la fin des timides et contradictoires tentatives d'« autoréforme » de la bureaucratie qu'avaient représentées, successivement, Malenkov puis Khrouchtchev. Dès 1964, les orientations militaires de Khrouchtchev sont renversées : au lieu d'une concentration sur les armes modernes et une réduction des forces « conventionnelles » qu'il voulait imposer, l'Armée obtient les moyens pour son développement rapide tous azimuts et toutes armes. 15 % du produit national (c'est-à-dire les deux tiers ou les trois quarts des ressources sur lesquelles un gouvernement peut « jouer librement ») sont consacrés aux dépenses militaires, qui augmentent chaque année d'un pourcentage substantiel. Au début de la période brejnévienne, les États-Unis sont, et de loin, la première puissance militaire du monde. A sa fin, la Russie ajoute à une supériorité écrasante dans le domaine des forces conventionnelles, une parité (et peut-être une « supériorité » émergente) dans le domaine nucléaire.

Cela se fait, pour la majeure partie de la période, sous le couvert de la rhétorique de la « détente », des accords SALT I et d'Helsinki. Cette même rhétorique couvre une expansion territoriale substanticlle : installation dans les trois pays de l'ancienne Indochine, pénétration pour la première fois en Afrique (Angola, Mozambique), contrôle de la mer Rouge (Éthiopie, Yémen du Sud), occupation de l'Afghanistan.

A ce point de vue – le seul important pour le régime – le bilan de la période brejnévienne n'est pas « globalement » positif ; malgré quelques échecs, inévitables, il est pleinement et sans réserve positif.

L'évolution intérieure de la Russie, pendant cette période, fournit le complément cohérent de cette image. Le très relatif et très contradictoire « dégel » de la période khroucht-chévienne est immédiatement arrêté (procès Siniavski-Daniel, 1965). La répression se durcit rapidement – le retour à la terreur stalinienne n'est ni possible ni nécessaire – et Brejnev aura emporté avec lui la satisfaction de voir la dissidence dissoute.

Les « priorités » objectives du régime se laissent lire clairement sur les résultats de ces dix-huit ans. A l'accumulation colossale d'armements, qui va de pair avec une expansion considérable de l'industrie « militaire » au sens large, fait pendant une atonie croissante de l'économie (et de la société) non militaire, qui a abouti, ces dernières années, à une stagnation virtuellement complète. Si le taux considérable des investissements et le passage de la population active de l'agriculture à l'industrie ont permis, jusqu'au milieu des années soixante-dix, de réaliser une augmentation de la production et de la consommation, les taux de croissance ont constamment décliné, pour devenir, ces dernières années, pratiquement insignifiants. (Les journalistes occidentaux attribuent parfois le phénomène à la crise économique des pays capitalistes – ce qui est absurde.) Le secteur militaire de la société *fonctionne efficacement*, il fournit ce qu'il est censé fournir (même si sa productivité est basse), moyennant une foule de traits qui lui sont spécifiques : écrémage des meilleurs personnels scientifiques, techniques et ouvriers ; privilèges qui leur sont accordés ; priorités absolues d'approvisionnement ; organisation séparée (« entreprises fermées ») ; motivations nationalistes-impérialistes. Le secteur non militaire présente un fonctionnement lamentable. Ce n'est pas là simplement l'effet des moindres ressources qui lui sont affectées. Les énormes investissements consacrés depuis des années maintenant à l'agriculture ont eu, on le sait, un résultat nul. C'est l'effet de l'indifférence et de la résistance passive universelles (« ils font semblant de nous payer, nous faisons semblant de travailler » est la phrase courante des ouvriers russes), et de

la désorganisation, de l'incurie et de la corruption dans lesquelles sont solidement installés des millions de bureaucrates privilégiés.

A cette situation, on n'a en fait pas touché pendant la
période brejnévienne. Très peu parmi les « réformes » introduites sous Brejnev importent tant soit peu, et aucune n'importe vraiment. Année après année, de Congrès du Parti à
Comité Central, les mêmes discours creux, les mêmes critiques, les mêmes appels – suivis toujours de la même
absence de mesures et d'effets concrets.

C'est que le « Parti » présente tous les symptômes d'une
nécrose avancée. Son « idéologie » est à la fois morte et
inutile ; le cynisme est général ; recrutement et promotions
n'ont affaire qu'avec l'arrivisme. Aucune perspective, aucun
projet propres ne l'animent, si ce n'est l'expansion extérieure qui désormais repose de plus en plus sur la Force
brute. Mais de ce projet d'expansion, le porteur naturel,
organique et efficace n'est pas le Parti – mais l'Armée,
l'Appareil militaro-industriel.

Imposant ses orientations pour tout ce qui lui importe,
obtenant que tout autre objectif concevable soit sacrifié à
celui de son renforcement continu, le secteur militaire
domine *de facto* la société russe. Il ne faut pas s'attendre à
ce que cet état de fait prenne une expression formelle.
L'Armée n'a aucune raison de vouloir « exercer le pouvoir » officiel. Aussi lamentable qu'il soit, le Parti continue
de lui être indispensable, non seulement comme façade jus-
tificatrice, mais surtout comme gérant des marécages de la
société non militaire – dans lesquels elle n'a certes aucune
raison de vouloir s'embourber elle-même (*cf.* Pologne
de Jaruzelski). C'est pourquoi aussi il est gratuit de supposer des conflits et des antagonismes entre l'Armée et le
« Parti ». Depuis longtemps, le sommet de celui-ci n'a et
ne peut avoir d'autres projets que ceux que l'Armée peut
réaliser.

Au plan essentiel, rien de tout cela ne peut changer avec la mort de Brejnev et sa succession. Les commentaires occidentaux sont pleins de prévisions « optimistes », motivées par des vœux pieux et des illusions, concernant les « réformes » qui pourraient être introduites par les nouveaux grands dignitaires du régime. Aucun argument de substance n'accompagne ces pronostics. L'idée que le régime « ne pourrait pas continuer comme cela », qu'il lui faudra faire face enfin aux problèmes de développement de la production et de la société russes, ne repose que sur la projection des préjugés occidentaux sur une situation qui ne s'y prête pas. Ce qui importe au régime russe n'est pas le « développement » de l'économie et de la société, mais de sa puissance militaire. Il a prouvé jusqu'ici que les deux sont parfaitement dissociables – et qu'il peut en faire accepter les conséquences par sa population. – Quant à l'idée que la mort de Brejnev serait suivie, à plus ou moins brève échéance, par une « relève des générations » entraînant des changements de politique, elle semble oublier les cohortes plus que suffisantes de gérontes, semi-gérontes et quart-degérontes qui peuplent les degrés supérieurs de l'Appareil russe – et n'invoque aucune raison valable pour croire que les générations « nouvelles » de bureaucrates seraient moins bureaucratiques que les précédentes.

On oublie surtout de se demander de *quels* changements de politique il pourrait s'agir, *qui* les inventerait, *qui* les imposerait, qui pourrait les faire appliquer. On parle constamment de « réformes » à introduire en Russie. *Quelles* « réformes » ? Pour faire des réformes il faudrait d'abord des *idées* – ce qui est la dernière chose au monde que le Parti communiste soit capable de produire. Ces « idées » ne sont nullement évidentes ; en vérité, elles sont introuvables. Comment vous y prendriez-vous, s'il vous plaît, pour « réformer » la Russie, en supposant qu'on vous en ait donné le pouvoir ? Y a-t-il la moindre réforme effective et efficace concevable, qui ne lèse pas mortellement l'existence même de telle ou telle catégorie de bureaucrates ? Y a-t-il la moindre réforme effective qui ne rencontrerait pas, dès le départ, le sabotage muet et résolu de tout le monde (y compris des ouvriers : chacun s'est fait, tant bien que mal, sa misérable niche dans le système, et ce qu'il craint par-dessus tout, ce sont les changements, quels qu'ils soient) ? Pour qu'une réforme quelconque puisse acquérir une réalité, il ne suffit pas de prendre des décrets ; son application réelle exigerait l'activité constante, consciencieuse, enthousiaste de centaines et de centaines de milliers de « cadres » qui n'existent tout simplement pas en Russie, que le régime ne produit pas.

Les craquements internes de l'Empire ne risquent-ils pas de modifier cette perspective ? Ces craquements ne se sont, jusqu'ici, manifestés que dans les protectorats, les pays asservis d'Europe orientale. On a pu constater que, malgré l'intensité de leurs révoltes – voir encore la Pologne – Moscou n'a en rien modifié sa politique. Et il semble bien que, à moins de conflagration généralisée et synchrone, qui paraît peu probable, ces révoltes ne peuvent pas aboutir, aussi longtemps que le régime se maintient en Russie. Une fois de plus nous sommes renvoyés à l'énigme de la population russe dont l'attitude est certainement le facteur qui pèse le plus, négativement, dans la situation mondiale contemporaine.

Nous sommes habitués à penser que, là où il y a oppression et exploitation, il y a conflit – ce qui n'est que plus ou moins vrai ; et que, là où il y a conflit, ce conflit *doit* prendre, tôt ou tard, la forme d'une attaque frontale du peuple contre le régime – postulat qui n'est vérifié presque nulle part en dehors de l'histoire « européenne ». Le peuple russe réagit, jusqu'ici (et cela fait plus d'un demi-siècle), à une oppression et une exploitation sans précédent, par la résistance passive, l'apathie, le sabotage, le cynisme, l'indifférence ; pratiquement pas par ce que nous appelons la lutte. Cela ronge la société, la pourrit, la gangrène. C'est à cette situation aussi que le régime a « répondu » par la relative séparation du secteur militaire et du secteur non militaire ; et c'est cette situation qui ne pourrait – par définition, pourrait-on dire – être dépassée par aucune « autoréforme ».

Le nom du vieillard qui enfilera, pour quelques années, les décorations de Brejnev importe peu. La question est de savoir si et quand le peuple russe se réveillera.

11 novembre 1982

Marx aujourd'hui[*]

LUTTER : – *Pour des militants qui veulent se battre contre le capitalisme, qu'il s'agisse du capitalisme occidental ou des sociétés bureaucratiques de l'Est, à quoi peut servir Marx aujourd'hui, en 1983 ?*

CORNELIUS CASTORIADIS : Le terme « servir » n'est pas bon : un auteur n'est pas un outil. Cela dit, Marx est un grand auteur et, comme avec tout autre grand auteur, si on ne le lit pas pour y trouver un dogme, une vérité toute faite, si on le lit en réfléchissant et de manière critique, on voit ce que c'est que penser, on découvre des manières de penser, et de critiquer la pensée.

Or, à cet égard, Marx est un auteur particulièrement difficile et même particulièrement « dangereux », particulièrement « leurrant » – d'abord parce qu'il s'est leurré lui-même. Auteur qui a énormément écrit, dont les écrits ne sont ni très homogènes, ni très cohérents, auteur très complexe, et finalement antinomique.

Pourquoi antinomique ? Parce que Marx apporte une inspiration, une intuition, une idée, une vue qui est relativement nouvelle : ce sont les hommes qui font leur propre histoire, « l'émancipation des travailleurs sera l'œuvre des

* Entretien avec des militants libertaires enregistré le 23 mars 1983 et publié dans *Lutter*, n° 5, mai-août 1983. Traduction anglaise dans *Thesis Eleven*, n° 8, 1984, Bundoora (Australie).

travailleurs eux-mêmes ». Autrement dit, la source de la
vérité, notamment en matière de politique, n'est pas à chercher dans le ciel ou dans des livres mais dans l'activité
vivante des hommes existant dans la société. Cette idée,
apparemment simple et même banale, a une foule innombrable de conséquences capitales – mais que Marx n'a
jamais tirées. Pourquoi ? Parce que en même temps – c'est-
à-dire dès sa jeunesse – Marx est dominé par le phantasme
de la théorie totale, achevée, complète. Non pas du *travail*
théorique (évidemment indispensable), mais du *système*
définitif.

Ainsi, il se pose – et cela, dès *L'Idéologie allemande* –
comme le théoricien qui a découvert *la* loi de la société et
de l'histoire : loi de fonctionnement de la société, loi de
succession des formations sociales dans l'histoire, puis
« lois de l'économie capitaliste », etc.

Ce deuxième élément – que l'on peut à bon droit appeler
l'élément théoriciste, ou spéculatif – domine dès le départ
la pensée et l'attitude de Marx, et relègue l'autre à quelques
phrases lapidaires et énigmatiques. C'est pourquoi aussi il
passera l'essentiel de sa vie adulte, trente ans, à essayer de
finir ce livre qui s'appelle *Le Capital*, qui devra démontrer
théoriquement l'effondrement inéluctable du capitalisme à
partir de considérations économiques. Évidemment il n'y
parviendra pas, et il ne finira pas *Le Capital*.

Cette deuxième position est fausse. Et elle est incompatible avec la première. Ou bien il y a vraiment des *lois*
de l'histoire – et alors, une véritable activité humaine est
impossible, sinon tout au plus comme technique ; ou bien
les hommes font vraiment leur histoire – et la tâche du travail théorique n'est plus de découvrir des « lois », mais
d'élucider les conditions qui encadrent et limitent cette activité, les régularités qu'elle peut présenter, etc.

Or c'est cette deuxième position qui a permis à Marx et
au marxisme de jouer un rôle si important – et si catastrophique – pour le mouvement ouvrier. Les gens ont cherché,

et ont cru trouver, dans Marx un certain nombre de vérités
toutes faites ; ils ont cru que toutes les vérités, en tout cas
les vérités les plus importantes, se trouvent dans Marx, que
ce n'est plus la peine de penser par soi-même – que même,
à la limite, c'est dangereux et suspect. C'est elle aussi qui a
légitimé la bureaucratie des organisations ouvrières se
réclamant du marxisme, en l'instaurant dans la position
d'interprète officiel et autorisé de l'orthodoxie socialiste.

Et il faut voir, car c'est toujours important, que si cette
prétention de Marx et du marxisme de représenter *la* vérité
scientifique a eu le succès qu'elle a eu, ce n'est pas parce
qu'elle a violé les gens. C'est parce qu'elle répond à
quelque chose que les gens cherchaient, et qu'ils cherchent
toujours. Cette chose correspond très profondément à
l'*aliénation*, à l'*hétéronomie* des gens. Il y a le besoin d'une
certitude, d'une sécurité psychique et intellectuelle ; et la
tendance correspondante à se décharger de la tâche de penser sur quelqu'un d'autre, qui pense pour vous. Et il y a
la pseudo-garantie fournie par la théorie : notre théorie
démontre que le capitalisme s'écroulera fatalement, et que
le socialisme lui succédera nécessairement. Fascination
avec la « science », caractéristique évidemment du XIXe siècle
mais qui continue ; et fascination d'autant plus forte que
cette étrange « science », le marxisme, à la fois se prétend
tout à fait « objective », à savoir indépendante des désirs,
des souhaits, etc., de ceux qui la professent, et en même
temps, comme un prestidigitateur sort un lapin d'un cha-
peau, « produit » un état futur de l'humanité qui correspond
à nos souhaits, à nos désirs : des « lois de l'histoire » qui
garantissent que la société de l'avenir sera nécessairement
une « bonne société ».

Soit dit en passant : il est quand même drôle de voir
tous les marxistes interminablement occupés à « interpréter » tel ou tel point de la théorie de Marx – et ne pas se
poser, *une seule fois*, la question « marxiste » par excellence : comment donc le marxisme a *effectivement fonc-*

tionné dans l'histoire effective, et *pourquoi* ? Ce simple fait les disqualifie radicalement et définitivement.

LUTTER : – *Il y a donc un aspect totalitaire dans la conception même de la théorie, de sa nature et de son rôle chez Marx. Mais les libertaires ont l'habitude de condamner le marxisme d'une façon globale et plutôt rapide en y voyant le fondement théorique de ce qu'on peut appeler le socialisme autoritaire (léninisme, stalinisme, etc.). Mais n'y a-t-il pas, à ton avis, chez Marx, des catégories, des notions théoriques qui pourraient être utiles pour un combat autogestionnaire ?*

C. C. : – Le rapport de Marx avec la naissance du totalitarisme est une question très complexe. Je n'appelle pas une théorie, théorie totalitaire. Le totalitarisme est un régime politique et social. Et je ne pense pas que Marx était un totalitaire, ni qu'il est le « père » du totalitarisme. La preuve, du reste, en est simple et immédiate. Il n'y a pas que le léninisme-stalinisme qui est « sorti » de Marx, il y a aussi – et auparavant – la social-démocratie, dont on peut dire tout ce qu'on veut, mais non pas que c'est un courant totalitaire. Pour que naisse le totalitarisme, il a fallu une foule d'autres ingrédients historiques. Un des plus importants parmi ceux-ci a été la création du *type* d'organisation totalitaire par Lénine, avec le parti bolchevique et le rôle accordé à celui-ci dans l'État et la société russes après 1917. En ce sens, le véritable « père » du totalitarisme, c'est Lénine.

Mais certes, il y en a, parmi ces ingrédients, qui viennent de Marx lui-même – de la théorie de Marx. J'ai essayé de le montrer dans des textes publiés dans *Socialisme ou Barbarie* en 1959 (« Prolétariat et organisation »), puis en 1964 (« Marxisme et théorie révolutionnaire », republié maintenant comme première partie de *L'Institution imaginaire de la société*).

Le premier, on y a déjà touché, c'est la position même de la théorie comme telle. Comme la philosophie hégélienne, la théorie de Marx se présente comme la « dernière théorie », elle prend la place du « Savoir absolu » de Hegel. Certes, les marxistes protestent et jurent qu'ils ne *pensent* pas cela. Mais il faut regarder ce qu'ils *font* : ils peuvent bavarder sur la « dialectique », la « relativité », etc., mais leur « travail » consiste toujours à interpréter, corriger, compléter, améliorer, etc., la « pensée de Marx » : comme si, dans l'ensemble, on devait être, à jamais, *soumis* à cette pensée. En vérité, donc, ce qu'ils font revient à affirmer : l'essentiel de la vérité pour notre époque a déjà été dit par Marx. Cela aboutit à des résultats grotesques, par exemple dans le domaine de l'économie. Plus d'un siècle après que les idées et les analyses de Marx ont été conçues et formulées, on continue à vouloir démontrer à tout prix que Marx avait raison, qu'il y a baisse du taux de profit, etc. Comme si la question n'était pas de constater et de comprendre ce qui se passe dans l'économie réelle, mais de sauver quelques propositions de Marx.

Maintenant, cette position de la théorie comme « dernière théorie » et, en fait, Savoir Absolu, ce n'est pas quelque chose d'extérieur qu'on pourrait enlever en conservant le reste. Elle est impérieusement portée, et exigée, par le *contenu* même de la théorie. Celle-ci affirme en effet que le prolétariat est la « dernière classe » de l'histoire, et, par ailleurs, qu'à chaque classe correspond une conception qui en exprime « véritablement » les intérêts ou le rôle historique. Donc, ou bien le marxisme n'est rien du tout ; ou bien il est *la* théorie, la seule, la vraie, du prolétariat, lui-même « dernière classe » de l'histoire.

Et, si cette théorie est l'expression théorique de la situation historique du prolétariat, contester cette théorie revient à s'opposer au prolétariat, devenir un « ennemi de classe », etc. (ce qui a été dit et *pratiqué* des millions de fois). Et que se passe-t-il si X, Y, vous, moi, un ouvrier n'est pas d'accord ? Eh bien, « il se met de lui-même en dehors de sa classe », il passe du côté de l'« ennemi de classe ». On voit par là qu'une composante fondamentale du marxisme est absolument inacceptable pour un mouvement ouvrier démocratique, pour un mouvement révolutionnaire démocratique. Car la démocratie est impossible sans la liberté et la diversité des opinions. La démocratie implique que personne ne possède une *science*, moyennant laquelle il peut affirmer, dans le domaine politique, « cela est vrai » et « cela est faux ». Autrement, celui qui « possède » cette « science », pourrait, et *devrait*, prendre la place du corps politique, du souverain.

Et c'est exactement ce qui s'est passé, au plan idéologique, avec les partis léninistes. Plus généralement, la bureaucratie qui dirige les partis ouvriers dès la IIe Internationale se légitime à ses yeux et à ceux des ouvriers à partir de cette idée : nous sommes ceux qui détenons la vérité, la théorie marxiste. Maintenant, une théorie, ce n'est jamais que des mots et des phrases, qui ont nécessairement plusieurs significations possibles, qui ont donc besoin d'*interprétation*. Mais une interprétation, c'est encore des mots et des phrases, qui ont besoin d'interprétation, et ainsi de suite… Comment arrêter cela ? Les Églises ont trouvé la réponse depuis très longtemps : en définissant une interprétation *orthodoxe* et, surtout, une instance *réelle* qui incarne l'orthodoxie, la garantit et la « défend ». Or, on ne le remarque jamais, cette monstruosité réactionnaire – l'idée d'une *orthodoxie* et de *gardiens réels* de l'orthodoxie – s'abat sur le mouvement ouvrier et l'asservit avec le marxisme, par le marxisme et grâce au marxisme. Sur ce plan, le léninisme a été certes beaucoup plus conséquent que la social-démocratie – d'où sans doute son « succès » beaucoup plus grand.

Autre exemple, qui a joué un rôle énorme dans la légitimation de la bureaucratie lénino-stalinienne et les discours des cryptostaliniens et compagnons de route couvrant les horreurs du régime stalinien : le matérialisme historique dit qu'à chaque étape du développement des forces productives correspond un régime social, que donc l'instauration du socialisme dépend d'un degré « suffisant » de développement des forces productives. Donc, Staline a beau terroriser, assassiner, envoyer des millions de gens en Sibérie – on construit quand même des usines, donc les bases matérielles du socialisme et, avec un développement « suffisant » de la production, tous ces phénomènes malheureux, dus au « retard » des forces productives en Russie, disparaîtront. Encore aujourd'hui, si vous grattez un peu un communiste, c'est ce qu'il vous dira. Et cela encore est porté par le *contenu* de la théorie marxiste : le socialisme n'est pas vu comme un projet historique et politique, l'activité, socialement enracinée, d'un grand nombre d'hommes visant à modifier l'institution de la société, mais comme le résultat d'un mouvement objectif de l'histoire incarné par le développement des forces productives.

LUTTER : – *Mais y a-t-il ou non dans la théorie des idées qui peuvent servir au combat pour l'autogestion ouvrière ?*

C. C. : – Je prendrai l'exemple que je connais le mieux : le mien. Quand j'ai commencé à écrire sur l'autogestion, la gestion collective de la production et de la vie sociale – dès le premier numéro de *Socialisme ou Barbarie*, en 1949 – j'étais marxiste. Et je pensais que l'idée de gestion ouvrière collective était la concrétisation nécessaire de la conception marxiste du socialisme. Mais assez rapidement, quand j'ai voulu développer cette idée – dans « Le contenu du socialisme », à partir de 1955 –, je me suis aperçu qu'elle était profondément incompatible avec Marx et que Marx, à cet égard, ne pouvait « servir » à rien.

Lorsqu'on veut développer l'idée de la gestion ouvrière, de la gestion de la production par les producteurs, on bute rapidement sur la question de la technique. Or Marx n'a

rien à dire là-dessus. Quelle est la critique de la technique
capitaliste qu'ont fait Marx et les marxistes ? Aucune. Ce
qu'ils critiquent, c'est le détournement au profit des capitalistes d'une technique qui leur paraît, en soi, indiscutable.

Et y a-t-il une critique de l'organisation de l'usine capitaliste chez Marx ? Non. Certes, il en dénonce les aspects les
plus inhumains, les plus cruels. Mais, pour lui, cette organisation est vraiment l'incarnation de la rationalité, du reste
complètement et nécessairement dictée par l'état de la technique ; donc, on n'y peut rien changer. C'est pourquoi du
reste il pense que la production et l'économie seront à
jamais le domaine de la nécessité, et que le « royaume de la
liberté » ne pourra s'édifier qu'en dehors de ce domaine,
moyennant la réduction de la journée de travail. Autant dire
que le travail comme tel c'est l'esclavage, qu'il ne pourra
jamais être un champ de déploiement de la créativité
humaine.

En fait, la technique contemporaine est bel est bien *capitaliste*, elle n'est pas neutre. Elle est modelée d'après des
objectifs qui sont spécifiquement capitalistes, et qui ne sont
pas tellement l'augmentation du profit, mais surtout l'élimination du rôle humain de l'homme dans la production,
l'asservissement des producteurs au mécanisme impersonnel du processus productif. Pour cette raison, aussi longtemps que cette technique prévaut, il est impossible de
parler d'autogestion. L'autogestion d'une chaîne de mon-
tage par les ouvriers de la chaîne est une sinistre plaisanterie. Pour qu'il y ait autogestion, il faut casser la chaîne. Je
ne dis pas qu'il faut détruire du jour au lendemain toutes les
usines existantes. Mais une révolution qui ne s'attaquerait
pas *immédiatement* à la question du changement conscient
de la technique pour la modifier et permettre aux hommes
comme individus, comme groupes, comme collectivités de
travail, d'accéder à la domination du processus productif,
une telle révolution marcherait à sa mort à courte échéance.
Car des gens qui travaillent sur une chaîne six jours par

semaine ne peuvent pas jouir, comme le prétendait Lénine,
de dimanches de liberté soviétique.

Cette critique de la technique, Marx ne l'a pas faite, et
ne *pouvait* pas la faire. Et cela est profondément lié avec
sa conception de l'histoire : comme chez Hegel la Raison
ou l'Esprit du monde, chez Marx c'est la « rationalité »
incarnée dans la technique (le « développement des forces
productives ») qui fait avancer l'histoire. C'est pourquoi, si
l'on veut penser dans une perspective autogestionnaire,
d'autonomie, d'autogouvernement des collectivités humaines,
Marx et le marxisme fonctionnent comme des énormes
blocs massifs qui barrent la route.

LUTTER : – *Pourtant, l'impression qu'on tire de tes écrits –
qui certes se développent dans le temps et montrent, heureusement, une pensée qui évolue –, c'est qu'en même temps
qu'une critique très décapante du marxisme, tu utilises un
certain nombre de catégories forgées ou du moins mises en
ordre par Marx. Ainsi, par exemple, lorsque tu démontres
que les sociétés des pays de l'Est sont des sociétés d'exploitation.*

*Par ailleurs, la critique que tu fais de la technologie est
très juste. Mais toi aussi, lorsque tu avances les éléments
d'un projet révolutionnaire, tu t'appuies sur certains aspects
de la technologie existante, et dont tu montres la possibilité de détournement. Par exemple l'informatique : elle peut
être un élément d'une totalitarisation de la société, mais
elle peut tout aussi bien, en étant transformée, devenir un
élément d'une démocratie pratiquement à l'échelle pla-
nétaire.*

C. C. : – Encore une fois, Marx est un auteur très important
– mais il y a, dans l'histoire gréco-occidentale, peut-être
trente ou quarante autres auteurs tout aussi importants, dont
on utilise constamment les idées, les méthodes, etc., sans
pour autant se proclamer platonicien, aristotélicien, kantien

ou je ne sais quoi d'autre. De *ce* point de vue, Marx n'a aucun privilège.

Il a un privilège uniquement quant au premier élément de l'antinomie que je formulais au début : dans la mesure où il voit que c'est l'activité vivante des hommes qui crée les formes sociales et historiques (ce ne sont certes pas là les termes qu'il utilise, et ce n'est pas un hasard). Et qu'en même temps il ne se borne pas à attendre ce que donnera la prochaine phase de cette activité, mais il prend position politiquement, il veut être partie prenante de ce mouvement ou le prendre en charge (mais, dans cette dernière formulation, on voit déjà l'ambiguïté sinistre dont la position est grosse). Avoir un projet politique, et essayer de voir en même temps dans quelle mesure ce projet politique est nourri et porté par la réalité historique – par la lutte des ouvriers contre le capitalisme –, c'est cela l'originalité, la singularité absolue de Marx. Personnellement, si je sens encore un lien particulier avec Marx, c'est à travers cet élément : il m'a appris cela (ou je l'y ai trouvé…). Mais cela n'est pas « être marxiste ».

Maintenant, lorsqu'on passe au contenu, c'est évident que plusieurs notions mises en avant par Marx sont désormais incorporées dans notre pensée. Mais même là, on est obligé d'être critique et d'aller plus loin. Par exemple, dans mon texte « Le régime social de la Russie » (*Esprit*, juillet-août 1978, reproduit maintenant par les Éditions Le vent du ch'min[1]), où j'ai résumé sous forme de thèses l'essentiel de ce que j'ai écrit sur la Russie depuis 1946, l'exposition commence par une partie en quelque sorte pédagogique, à l'usage des marxistes, utilisant les notions des rapports de production, des classes comme définies par leur position dans ces rapports, etc., pour leur dire : si vous êtes vraiment marxistes, vous devez convenir que le régime russe est un régime d'exploitation, qu'en Russie il existe des classes,

---

1. Voir plus bas, p. 215 *sq*.

etc. Mais, immédiatement après, je montre que cette analyse est tout à fait insuffisante. Parce que, par exemple, l'asservissement *politique* total de la classe ouvrière en Russie transforme du tout au tout sa position, *y compris dans les rapports de production*. Et cela va très loin : indépendamment du cas concret de la Russie, cela a des implications très lourdes du point de vue des concepts et du point de vue de la méthodologie. Car cela signifie que je ne peux pas définir la position d'une catégorie sociale dans les rapports de production en considérant uniquement les rapports de production. A partir de là, les idées de « déterminisme historique », de détermination des « superstructures » par les « infrastructures » et de la politique par l'économie commencent à s'effondrer.

Quant à la technologie, ce que je veux dire, c'est qu'il n'y a pas de neutralité de la technique en tant que technique effectivement appliquée. La télévision, par exemple, telle qu'elle est aujourd'hui, est un moyen d'abrutissement. Et il serait faux de dire qu'une autre société utiliserait *cette* télévision autrement : ce ne serait plus cette télévision-là. Beaucoup de choses devraient être modifiées *dans* la télévision, pour qu'elle puisse être « utilisée autrement ». Ce type de rapport : tout le monde en liaison avec un seul centre actif qui émet, où tous les autres sont en position de récepteur passif et sans liaisons « horizontales » entre eux, c'est évidemment une structure politique, et une structure d'aliénation. Elle est incarnée dans la technique appliquée. Comment cela pourrait être changé, c'est une autre question – une question qu'un individu ne peut régler, qui relève de la création sociale.

Ce qui est vrai, c'est qu'il y a dans le *savoir* scientifique et technologique actuel des virtualités – et c'est ces virtualités qui devront être explorées et exploitées pour modifier la technique effective.

LUTTER : – *Si l'on résume, donc, ta pensée sur Marx, on peut dire que c'est un auteur important, utile sur certains*

points, mais qu'il est vain de s'y référer comme à un système
de pensée constitué. L'utilité de Marx aujourd'hui apparaît
pour toi très relativisée.

C. C. : – Il y a une chose qui depuis longtemps me frappe
et même me choque. Il y a un paradoxe tragi-comique dans
le spectacle de gens qui se prétendent révolutionnaires, qui
veulent bouleverser le monde et qui en même temps cherchent à s'accrocher à tout prix à un système de référence,
qui se sentiraient perdus si on leur enlevait ce système ou
l'auteur qui leur garantit la vérité de ce qu'ils pensent.
Comment ne pas voir que ces gens se placent eux-mêmes
dans une position d'asservissement mental par rapport à
une œuvre qui est déjà là, maîtresse de la vérité, et qu'on
n'aurait plus qu'à interpréter, raffiner, etc. (en fait : rafis-
toler…).

Nous avons à créer notre propre pensée au fur et à mesure
que nous avançons – et certes, cela se fait toujours en liaison avec un certain passé, une certaine tradition – et cesser
de croire que la vérité a été révélée une fois pour toutes
dans une œuvre écrite il y a cent vingt ans. Il est capital de
faire pénétrer cette conviction chez les gens, et en particulier chez les jeunes.

Et une autre chose, tout aussi importante : il est impossible de faire l'économie du bilan historique du marxisme,
de ce que le marxisme est effectivement devenu, de la
manière dont il a fonctionné et fonctionne toujours dans
l'histoire réelle. Car il y a Marx lui-même déjà antinomique, plus que complexe, plus que critiquable. Il y a le
marxisme sans guillemets – des auteurs ou des courants qui
se réclament de Marx, essaient honnêtement et sérieusement de l'interpréter, etc. (disons Lukács jusqu'à 1923, ou
l'École de Francfort). Ce marxisme, du reste, n'existe
plus aujourd'hui. Et puis il y a le « marxisme » – et, dans
la réalité historique, ce qui est massif et écrasant c'est
ce « marxisme »-là, le « marxisme » des États bureaucra-

tiques, des partis staliniens, de leurs divers appendices. Ce
« marxisme »-là joue un rôle énorme – et il est *le seul* à
avoir un rôle effectif. Il continue – maintenant presque plus
en Europe, mais beaucoup dans le Tiers Monde – à attirer
les gens qui veulent faire quelque chose contre l'horrible
situation de leurs pays et à les faire entrer dans des mouvements qui confisquent leur activité et la détournent vers
l'établissement de régimes bureaucratiques. Et il fournit
toujours une couverture de légitimation au régime russe et
à ses entreprises d'expansion.

LUTTER : – *C'est vrai, mais il y a quand même un problème.*
Le besoin psychologique de sécurité des militants existe,
mais ce n'est qu'un aspect de la question. Lorsqu'on
est révolutionnaire, préoccupé par la transformation du
monde, on a besoin d'un certain nombre d'outils. On ne
peut pas uniquement se confronter au monde, ouvrir tout
grands nos yeux et nos oreilles et tenter de comprendre
de manière subjective. Au-delà des critiques que tu fais, et
avec lesquelles nous sommes d'accord, se pose le problème
des références, des éléments à dégager. C'est d'ailleurs le
processus que tu as engagé, d'une certaine manière lorsque
tu écrivais L'Institution imaginaire de la société *: le pre-*
mier tiers du livre est consacré à un bilan critique du
marxisme. Il y a quand même aujourd'hui un vide réel.

C. C. : – Je ne dis pas que chacun doit commencer par faire
table rase. De toute façon, personne ne le fait et personne
ne peut le faire. Chacun à tout instant charrie avec lui un
ensemble d'idées, de convictions, de lectures, etc. Ce dont
il s'agit, c'est de se débarrasser de l'idée qu'il y a une théorie donnée en position privilégiée d'avance.

Quand j'écrivais le début de *L'Institution...* (« Le marxisme,
bilan provisoire »), je visais, entre autres, à détruire cette
idée, dont je suis convaincu qu'elle ferme la voie pour
réfléchir lucidement.

Mais considérons sérieusement le problème que tu poses. En effet, nous avons besoin de nous orienter dans le monde contemporain. Et nous avons besoin d'élucider notre projet d'une société future : qu'est-ce que nous voulons, qu'est-ce que les gens veulent, qu'est-ce que ce projet implique, comment serait-il réalisable, quels nouveaux problèmes il soulèverait, quelles contradictions il ferait peut-être surgir ? etc.

Sur tout cela, Marx n'a rien à nous dire – *strictement* rien, sauf qu'il faut abolir la propriété privée des moyens de production ; ce qui est exact, à condition encore de savoir ce que cela veut dire exactement (on continue à faire passer les « nationalisations » pour du socialisme, n'est-ce pas ?). Et il y a encore d'autres problèmes : toute collectivisation forcée est évidemment à exclure radicalement. Sur le fond, l'essentiel des idées qui ont encore pour nous aujourd'hui en tant que révolutionnaires une pertinence avait été déjà formulé par le mouvement ouvrier avant Marx, entre 1800 et 1848, notamment dans les journaux des premiers *trade-unions* anglais et les écrits des socialistes français.

Et, lorsque nous voulons nous orienter dans le monde social contemporain, tel qu'il existe, l'objet essentiel, central quant aux structures du pouvoir, de l'économie, et même de la culture, c'est visiblement la bureaucratie et les Appareils bureaucratiques. Qu'est-ce que Marx peut nous dire là-dessus ? Rien. Moins que rien, pis que rien : c'est moyennant ce qu'il dit que les trotskistes ont pu s'efforcer pendant soixante ans d'évacuer le problème de la bureaucratie : « tout le problème, c'est la propriété du capital, ce n'est pas la bureaucratie, la bureaucratie n'est pas une classe », etc. Alors qu'il est clair que, de plus en plus, le problème c'est la bureaucratie et non pas le « capital » au sens de Marx. Et ce n'est pas seulement la bureaucratie « en face », comme couche dominante ; c'est aussi la bureaucratie « chez nous », l'énorme et angoissante question que pose la bureaucratisation perpétuelle et perpétuellement

renaissante de toutes les organisations, syndicales, politiques ou autres. C'est cela aussi, une des expériences capitales depuis un siècle. Et, sur cette expérience, Marx et le
marxisme n'ont rien à dire, plus même, ils rendent, si l'on
peut dire, aveugle : il n'y a pas moyen, dans le marxisme,
de penser une bureaucratie qui naît d'une différenciation
organisationnelle et politique, comme la bureaucratie
ouvrière, et qui poursuit des objectifs propres, devient pour
ainsi dire « autonome » jusqu'à s'emparer pour son propre
compte du pouvoir et de l'État. Une telle bureaucratie,
d'après le marxisme, ne *doit* pas exister – puisqu'elle ne
s'enracine pas dans les « rapports de production ». Et tant
pis pour la réalité – puisque le stalinisme existe quand
même...

Quelle Europe ? Quelles menaces ?
Quelle défense ?*

« L'homme naît libre, et il est partout dans les fers », écrivait Rousseau. Non : aucune loi naturelle ou disposition divine ne fait naître l'homme libre (ou pas libre). Mais, s'il est en effet presque partout dans les fers, c'est qu'il naît au milieu de fers prêts à l'accueillir – et qui le rendent tel qu'il ne demande qu'à les accepter. Fers surtout immatériels, et qui ne sont pas seulement et pas tellement ceux forgés par la domination d'un groupe social particulier. Aucun groupe ne saurait maintenir vingt-quatre heures sa domination sur une société dont la grande majorité ne l'accepterait pas.

Cette domination est celle de l'institution chaque fois établie : de la loi donnée, des significations et des représentations instituées et sanctionnées. Les plus « égalitaires » des sauvages sont tout autant, sinon plus, aliénés, à savoir hétéronomes, que les esclaves à Rome ou les serfs médiévaux. Ni les uns ni les autres ne *peuvent* penser que l'institution sociale pourrait être mise en question et changée. Presque partout, presque toujours, les humains socialisés – et, sans cette socialisation, ils ne seraient pas des humains – n'ont pu exister qu'en intériorisant pleinement l'institution, c'est-à-dire en s'y asservissant complètement. Ce qui entraîne

* Publié sous une forme quelque peu abrégée dans *Le Monde* du 26 février 1983 et intégralement dans *Europe en formation*, n° 252, avril-juin 1983.

aussi que les institutions des *autres* sont nécessairement inférieures, étranges, monstrueuses, diaboliques.

L'*hétéronomie* – caractère intangible de l'institution existante, caractère indiscutable des croyances de la tribu – a été, presque partout, presque toujours, l'état des sociétés humaines.

Cet état – à bien y réfléchir « normal », à savoir de loin le plus probable – n'a été vraiment rompu qu'en Europe. Il n'y a qu'en Europe – en Grèce d'abord, en Europe occidentale à nouveau plus tard – qu'une société s'est créée, capable de se mettre en cause et en question elle-même. C'est ici que les questions : qu'est-ce qui est juste ? et qu'est-ce qui est vrai ? surgissent et travaillent effectivement la société, non pas comme questions de philosophie de cours ou d'interprétation d'un livre sacré, mais comme questions qui informent une lutte sociale et une activité politique. C'est ici aussi que la division sociale n'a pas été passivement acceptée, n'a pas conduit à des révoltes sans lendemain ou visant simplement la permutation des rôles dans le même scénario, à de nouvelles prophéties ou de nouvelles religions – mais à une activité politique. La politique, comme activité collective orientée explicitement vers le changement des institutions ; la philosophie, comme interrogation illimitée ; et surtout leur fécondation et solidarité réciproque émergent ici. Ici aussi naît le projet d'autonomie individuelle et collective, porté par les luttes des peuples pour la démocratie, et dont le contenu a fini par concerner tous les aspects de l'institution de la société (au-delà des aspects étroitement « politiques »). Et c'est en Europe aussi que, pour la première fois, la mise en question des institutions établies, impliquant leur relativisation, a entraîné la reconnaissance de l'égalité en droit de toutes les cultures.

Ainsi entendue, l'Europe n'est plus *en droit*, depuis longtemps, ni une entité géographique ni une entité ethnique. Un des moments les plus forts de la création européenne se situe en Nouvelle-Angleterre, à la fin du XVIIIe siècle – et ses effets n'ont pas cessé d'être vivants. Et elle ne l'est plus, *en fait*, depuis deux siècles. Le Japon, les dissidents du Mur de Pékin, des millions de gens éparpillés sur toute la planète lui appartiennent. L'Afrique du Sud blanche, non.

L'Europe n'a certes pas engendré que cela. Elle est aussi l'aire social-historique où se crée le capitalisme, projet démentiel mais efficace de l'expansion illimitée d'une maîtrise « rationnelle » ; l'impérialisme, qui en a été la matérialisation à l'échelle de la planète ; enfin, moyennant une torsion et une inversion monstrueuses du projet socialiste, le totalitarisme. Sur ce point aussi, un Européen ne doit pas faire preuve de fausse modestie. Partout et toujours, les hommes ont pu être d'une cruauté infinie les uns pour les autres. Mais Auschwitz et le Goulag sont des singularités de *notre* histoire.

L'Europe n'a pas inventé la guerre, la haine des autres, le racisme, l'asservissement, les massacres d'extermination, l'acculturation forcée : l'histoire enregistrée en regorge. Elle les a également pratiqués. Mais sa singularité, c'est que tout cela en Europe a été contesté et combattu de l'intérieur.

Le projet d'autonomie, né en Europe, est loin d'y avoir trouvé sa réalisation : c'est pourquoi, appeler les sociétés occidentales « démocratiques » est abus de langage ou mystification. Les sociétés « européennes » restent des sociétés mixtes, *à institution duelle*, où la division sociale, la domination par le capitalisme bureaucratique, l'impérialisme à l'égard du Tiers Monde, coexistent avec les éléments démocratiques que les luttes des peuples ont réussi à imposer à l'institution de la société. Ce sont, rigoureusement parlant, des oligarchies libérales. Mais le projet d'autonomie continue de les travailler, et les a, déjà, substantiellement transformées. Les institutions et les droits permettant aux individus de mener, plus ou moins, leur vie comme ils l'entendent, et d'agir politiquement s'ils le veulent ; l'existence même d'individus pouvant contester l'autorité, s'opposer aux pouvoirs, se battre contre l'injustice même si elle ne les affecte pas personnellement – tout cela n'est pas « formel », cela fait une différence profonde quant à la texture même de la société. Et tout cela n'a pas poussé de la terre, ni n'a été donné par Dieu – et pas davantage octroyé par le capitalisme. Cela est le produit de luttes plusieurs fois séculaires, le prix de montagnes de cadavres et d'océans de sang. Cela ne fait pas des sociétés « européennes » des sociétés idéales, ni des sociétés autonomes ; mais cela en fait un socle historique extrêmement précieux – car improbable, et fragile – sur quoi autre chose pourra être édifié.

Ce qui se trouve à présent mortellement menacé, dans son essence, ce n'est ni l'impérialisme américain ni les régimes de tortionnaires qui en dépendent. Le remplacement de l'Amérique par la Russie, et des policiers argentins par des collègues de M. Andropov, ne ferait que porter le système de domination à un degré supérieur de perfection. Ce qui est menacé, c'est la composante démocratique des sociétés « européennes », et ce qu'elle contient comme mémoire, source d'inspiration, germe et espoir de recours pour tous les peuples du monde.

Cette composante est menacée d'abord, militairement aussi bien que politiquement, par la stratocratie russe, que sa dynamique interne pousse à la domination mondiale et qui ressent comme un danger mortel la simple existence de sociétés où se pratiquent des droits et des libertés effectifs. (C'est cela aussi, la leçon de Jaruzelski.)

Elle est ensuite menacée d'être submergée par un Tiers Monde trois fois plus peuplé que les pays « européens ». Certes, les créations européennes y pénètrent aussi. Mais cette pénétration est fortement déséquilibrée. L'emploi des Jeeps et des mitraillettes, des méthodes avancées de torture et de la manipulation abrutissante des médias est assimilé

partout avec une vitesse et une facilité infiniment plus
grandes que les attitudes démocratiques et l'esprit critique.
Jusqu'ici, il semble bien que l'*amindadaïsation* (ou *kadha-
fisation*, ou *khomeinisation*, ou *galtiérisation*) représente
pour les pays du Tiers Monde la pente politique la plus
forte.

Elle est enfin menacée par un processus de décomposition sociale dont la progression s'accélère. La société politique s'y morcelle en *lobbies*. Le conflit politique et social,
évanescent, cède la place à la simple défense des intérêts
sectoriels et des situations acquises. L'irresponsabilité s'y
propage rapidement, dans tous les sens et tous les domaines
(des ministres aux automobilistes, et des écrivains aux postiers). Imagination et créativité politiques y ont disparu.

La symétrie que veulent établir les plus audacieux des
« pacifistes » entre « impérialisme russe » et « impérialisme
américain » (ou « occidental ») est absurde. Politiquement,
il n'y a rien à défendre – à part les vies humaines – dans
la société russe. Dans les sociétés « européennes », il y a à
défendre beaucoup de choses dont rien n'assure que, une
fois détruites, elles resurgiraient.

Mais ce qui est à défendre ne peut pas l'être avec les
États et les gouvernements tels qu'ils existent. D'abord,
parce que ceux-ci en sont organiquement incapables. La
décomposition des couches dirigeantes occidentales et des
mécanismes de direction de la société n'est ni accidentelle
ni passagère. Les manifestations en sont innombrables :
de l'aberration des « politiques » économiques actuelles à
l'inexistence d'une stratégie face à la Russie, et des absurdités du réarmement américain à la guérilla permanente
entre les prétendus « alliés ». La « politique » occidentale
à l'égard des pays du Tiers Monde est le principal allié
qu'y rencontre la pénétration russe : les événements en
cours en Amérique centrale le montrent jusqu'à la caricature.

Ensuite et surtout, parce que l'on ne défend pas les mêmes choses. Il est certain qu'on peut revenir de Franco, de Salazar, de Papadopoulos, des généraux brésiliens, probablement demain de Pinochet – et que l'on ne revient pas d'un régime communiste une fois établi. Mais ni ce fait ni la rhétorique officielle ne peuvent masquer l'appui massif des gouvernements occidentaux aux régimes dictatoriaux du Tiers Monde. (L'hypocrisie de la « gauche » française à cet égard est, comme d'habitude, particulièrement savoureuse. Plusieurs régimes soutenus par la France en Afrique n'ont rien à envier, c'est le moins qu'on puisse dire, aux régimes latino-américains ; et ils dépendent beaucoup plus, pour leur survie, de Paris que les régimes d'Amérique du Sud ne dépendent de Washington.) Le réalisme élémentaire indique que, plus la confrontation avec la Russie s'intensifiera, plus MM. Marcos, Mobutu et d'Aubuisson bénéficieront de l'appui inconditionnel des gouvernements « démocratiques ». Et le jour n'est pas loin où les populations seront invitées à soutenir M. Botha au nom des valeurs démocratiques et humanistes de l'Occident.

A ces gouvernements et à ces États on ne peut accorder aucune confiance au plan réaliste, et aucune solidarité au plan des principes.

La défense de ce qui est à défendre dans les sociétés « européennes » ne sera possible qu'à condition que les peuples de ces pays sortent de leur apathie et de leur privatisation (dont l'état de disgrâce de la France en sommeil offre aujourd'hui l'exemple le plus affligeant), qu'ils se ressaisissent, s'engagent derechef dans l'activité politique, luttent à nouveau pour faire leur histoire au lieu de la subir. S'ils le font, des répercussions décisives en Europe de l'Est et dans plusieurs pays du Tiers Monde ne manqueront pas de se produire. Dans le cas contraire, ni les Pershing ni les MX n'empêcheront le pire : la guerre totale, ou la domestication graduelle de l'Europe par la stratocratie russe, prélude à son asservissement complet.

Travailler à ce réveil est le seul objectif *réaliste* que peuvent se proposer ceux qui veulent défendre ce qui est à défendre dans la création historique européenne et le tissu social où elle est aujourd'hui sédimentée.

Psychanalyse et société II*

MICHEL REYNAUD : – *En fonction de votre double pratique, politique et psychanalytique, voyez-vous apparaître des signes cliniques nouveaux dans le malaise social actuel, et comment les interprétez-vous ?*

CORNELIUS CASTORIADIS : – Votre question contient, vous le savez, de multiples pièges. Pour diagnostiquer des changements significatifs dans la symptomatologie, il faudrait disposer à la fois d'une nosologie rigoureuse et univoque, de la distance temporelle, de méthodes fiables d'observation statistique, etc. Rien de tout cela n'existe – ou même n'a de sens – dans le domaine qui nous concerne. Ayant cela fortement présent à l'esprit, je suis d'accord avec la constatation faite depuis longtemps que – la psychose mise de côté – la manière dont se manifeste la névrose, les troubles psychiques plus généralement, s'est modifiée. La symptomatologie classique, celle de la névrose obsessionnelle ou de l'hystérie, n'apparaît plus aussi fréquemment et aussi clairement. Ce que l'on observe beaucoup plus souvent chez les gens qui demandent une analyse, c'est la désorientation dans la vie, l'instabilité, les phénomènes dits « caractériels » ou une tonalité dépressive. Cette série de phénomènes me semble établir une homologie entre un processus

* Entretien enregistré le 21 novembre 1983 et publié dans *Synapse*, n° 1, janvier 1984.

en cours, de relative destructuration de la société, et une destructuration ou moindre structuration de la personnalité, y compris dans sa pathologie. Une proportion importante des gens semble souffrir d'une sorte de névrose informe ou « molle » : pas de drame aigu, pas de passions intenses, mais une perte des repères, allant de pair avec une extrême labilité des caractères et des comportements.

M. R. : – *Pourriez-vous être plus précis sur ce que vous appelez destructuration ?*

C. C. : – Il s'agit d'un phénomène sociologique et culturel nouveau. On peut en prendre la mesure en comparant avec le passé – et un passé que certains d'entre nous ont encore connu. Non seulement dans les sociétés traditionnelles, mais même dans la société capitaliste occidentale, il existait des « valeurs » et des « normes » socialement imposées et acceptées, c'est-à-dire intériorisées. Il leur correspondait des façons d'être et des façons de faire, des « modèles » de ce que chacun pouvait être et avait à être, selon l'endroit où sa naissance, la fortune de ses parents, etc., l'avaient jeté. Même s'ils étaient transgressés – et certes ils l'étaient –, ces modèles étaient généralement acceptés ; lorsqu'ils étaient combattus, ils l'étaient pour en faire prévaloir d'autres (par exemple, l'ouvrier soumis/le militant révolutionnaire). Or, tels qu'ils étaient, ces modèles fournissaient des repères évidents pour le fonctionnement social des individus. Par exemple, pour ce qui est de l'élevage des enfants, il n'y avait aucune ambiguïté sur ce qu'un enfant pouvait et ne pouvait pas, devait et ne devait pas faire. Et cela traçait nettement une conduite aux parents dans l'éducation de leurs enfants.

Bien évidemment, tout cela était plus ou moins cohérent avec le système social institué. Je parle de la situation de fait : le jugement de valeur sur ce système social et ces modèles est une autre affaire. On sait que tous les deux allaient de pair avec des structures oppressives. Mais cela fonctionnait.

Le dysfonctionnement de la société se situait à d'autres niveaux : conflits de classe, crises économiques, guerres.

A présent, normes et valeurs s'effritent et s'effondrent. Les modèles proposés, dans la mesure où ils existent, sont creux, ou plats, comme on voudra. Les médias, la télévision, la publicité proposent des modèles, certes. Ce sont des modèles de « succès » : ils fonctionnent extérieurement, mais ils ne peuvent pas être vraiment intériorisés, ils ne sont pas valorisables, ils ne pourraient jamais répondre à la question : que dois-je faire ?

MARCOS ZAFIROPOULOS : – *Pourrait-on dire qu'il y aurait là des systèmes d'identification proposés hors famille, qu'il ne s'agit plus des systèmes internes à la famille qui étaient antérieurement transmis de père en fils ?*

C. C. : – Vous avez raison, et j'allais y venir. Dans le temps, la famille formait le chaînon concret entre l'institution sociale et la formation de la psyché individuelle ; peu importent, à cet égard, les critiques (justifiées) qu'on peut adresser à son caractère patriarcal, etc. Le grand fait actuel est la dislocation de la famille. Je ne parle pas des statistiques de divorce, mais de ce que la famille n'est plus un centre normatif : les parents ne savent plus ce qu'ils ont à permettre et à interdire. Et ils ont tout autant mauvaise conscience lorsqu'ils interdisent que lorsqu'ils n'interdisent pas. En théorie, ce rôle de la famille aurait pu être rempli par d'autres institutions sociales. Dans les sociétés occidentales, l'école était, de toute évidence, une telle institution. Mais l'école est elle-même en crise. Tout le monde parle maintenant de la crise de l'éducation, des programmes, des contenus, de la relation pédagogique, etc. Pour ce qui me concerne, j'ai écrit là-dessus dès le début des années 1960[1].

---

1. Dans « La jeunesse étudiante » (1963) et « La crise de la société moderne » (1965), reproduits maintenant dans *Capitalisme moderne et Révolution*, vol. II, Paris, UGE, coll. « 10/18 », 1979.

Mais l'aspect essentiel de cette crise, et dont personne ne parle, est ailleurs. C'est que l'école, et l'éducation, ne sont plus vraiment investies, comme telles, par personne. Il n'y a pas tellement longtemps, l'école était pour les parents un lieu vénéré, pour les enfants un univers presque complet, pour les maîtres plus ou moins une vocation. A présent, elle est pour les maîtres et les élèves corvée instrumentale, lieu du gagne-pain présent ou futur (ou contrainte incompréhensible et refusée), et, pour les parents, source d'angoisse : l'enfant sera-t-il ou non admis à la filière menant au Bac C ?

M. Z. : – *Ne faut-il pas introduire ici des différenciations selon les classes sociales ? Dans les années soixante, il y a eu une relance de la consommation scolaire pour toutes les classes sociales. Aujourd'hui, pour assurer sa place dans la reproduction sociale, on ne peut plus se légitimer simplement d'un titre d'héritier, il faut passer par l'authentification d'un diplôme scolaire, même si l'on possède un petit capital économique. N'est-ce pas un peu paradoxal, par rapport à ce que vous dites, cette sur-consommation scolaire et ce manque d'investissement dont vous parlez ?*

C. C. : – C'est un paradoxe seulement apparent. La valeur économique devenant la seule valeur, la sur-consommation scolaire et l'angoisse des parents de toutes les catégories sociales concernant le succès scolaire de leurs enfants se réfèrent uniquement au papier que les enfants obtiendront ou pas. Facteur devenu encore plus lourd depuis quelques années, car avec la montée du chômage le papier n'ouvre plus la possibilité automatique d'un emploi ; angoisse redoublée, l'enfant doit obtenir le bon papier. L'école est le lieu où l'on obtient (ou non) ce papier, elle est simple instrument – elle n'est plus le lieu supposé faire de l'enfant un être humain. Il y a encore trente ans, en Grèce, l'expression traditionnelle était : « Je t'envoie à l'école pour que tu deviennes un être humain – *anthrôpos.* »

M. R. : – *Ce que vous décrivez ne s'est-il pas encore accé-
léré ces dernières années ? Depuis 1975, on cherche tous
azimuts, et de façon un peu désespérée. Depuis quatre ou
cinq ans, à la perte des valeurs générales vient s'ajouter un
désarroi.*

C. C. : – Certainement. La crise économique n'aurait pas
été vécue de la même manière par les gens si elle n'était
pas survenue en cette période d'atrophie des valeurs. Sans
cette usure extraordinaire des valeurs, les gens auraient sans
doute réagi autrement.

M. R. : – *Ne risque-t-on pas, par un retour du balancier, de
revenir à des valeurs extrêmement rigides ?*

C. C. : – On a eu en effet le retour de politiques réaction-
naires, Reagan ou Thatcher, appuyées sur le rejet de ce
qui a été considéré comme une période de laxisme. Mais
qu'est-ce qui s'est passé dans la réalité ? Les effets sont
restés limités au niveau politique superficiel ; ou bien, au
plan économique, on a attaqué la position des couches les
plus pauvres. Mais rien, dans la situation sociologique la
plus profonde, n'a été modifié par la présidence Reagan
ou le gouvernement Thatcher. Ces mêmes gens qui crient
pour la loi et l'ordre se comportent exactement comme le
reste de la société ; et, retournerait-on, pas impossible, à une
génération de « parents sévères », que cela ne changerait
rien. Car il faudrait encore que ces parents sévères croient
à quelque chose, que l'ensemble du fonctionnement social
permette qu'on y croie, ou que l'on fasse semblant d'y
croire sans que les antinomies et les contradictions soient
trop fréquentes et trop flagrantes. Ce n'est pas le cas, et on
en est aussi loin que jamais.

M. Z. : – *Il y aurait là, peut-être, à ponctuer que, les pères
ne croyant plus, ils transmettent cette non-croyance à leurs*

fils, et les fils héritent de cette non-croyance. La loi ne vient plus, à ce moment-là, faire barrage à l'exigence de la jouissance. L'on pourrait alors repérer du côté de la clinique des signes comme la vague de toxicomanie, par exemple, à laquelle nous avons affaire.

C. C. : – On peut préciser ce que vous dites par une interrogation : qu'est-ce que c'est, aujourd'hui, que d'être un père ? Supposons que la réponse à la question : qu'est-ce que c'est que d'être une mère ? soit moins difficile – bien que ce serait superficiel, parce que en fait les deux ne sont pas séparables, et qu'en outre, dans la réalité, de plus en plus de femmes sont obligées d'assumer les deux rôles. Je n'ai pas en ce moment les chiffres en tête, mais aux États-Unis le nombre des « chefs de ménage » femmes s'accroît constamment ; chez les Noirs il atteint une proportion énorme, de l'ordre de 90 % dans le cas des ménages à un seul « chef ». Mais centrons-nous sur ce point : être un père, c'est quoi ? Est-ce simplement nourrir la famille ? Y a-t-il une parole du père, laquelle est-elle, où est-elle, qu'est-ce qu'elle vaut, qu'est-ce qui lui donne sa valeur ? Nous avions commencé par l'altération de la symptomatologie et nous l'avions reliée à une certaine usure des valeurs – dont le représentant concret dans la famille devient le vide de la parole du père (ou, ce qui revient au même, le vide de la place du père chez la mère). Et il y a en même temps, en fonction d'une foule de facteurs, une usure de l'épreuve de réalité pour les enfants : rien de dur à quoi ils se cognent, il ne faut pas les priver, pas les frustrer, pas leur faire de la peine, il faut toujours les « comprendre ». Vous connaissez peut-être la merveilleuse boutade de Winnicott : « Je donne toujours au moins une interprétation à chaque séance, pour que le patient soit sûr que je n'ai pas tout compris. » J'aurais envie de dire, sans humour : il faut montrer, de temps en temps, à un enfant, qu'on ne le « comprend » pas. L'expérience du fait qu'on n'est pas nécessairement « compris », même par les êtres les plus proches, est constitutive de l'être humain.

Tout cela se retrouve au plan de l'éducation. L'école contemporaine se propose simultanément deux objectifs contradictoires, et dont chacun pris séparément est absurde : fabriquer en série des individus prédestinés à occuper telle place, dans le dispositif de production, par sélection mécanique et précoce ; ou bien, « donner libre cours à l'expression de l'enfant ».

M. Z. : – *Pour en venir à la France, ne pensez-vous pas que l'arrivée de la gauche au gouvernement, qui est quand même une date historique, pourrait représenter la mise en place d'une nouvelle enveloppe – ou bien est-on encore dans la simple reproduction sociale ?*

C. C. : – Ce que nous essayons de discuter et de cerner se situe à des niveaux beaucoup plus profonds du monde social que le changement politique en France. Le régime politique n'y peut pas grand-chose ; d'ailleurs, il est manifeste qu'il n'y comprend pas grand-chose et ce qu'il fait ne change rien aux tendances que nous évoquons, au contraire même, il les renforcerait plutôt.

M. Z. : – *Ne pensez-vous pas quand même que la réintroduction de la notion d'histoire dans le discours des dirigeants politiques actuels les différencie de la mentalité technocratique des dirigeants antérieurs ?*

C. C. : – Mais suffit-il que le président de la République découvre un jour l'affligeante qualité des manuels scolaires d'histoire et demande l'augmentation des horaires d'histoire ? Est-ce que l'effondrement de la conscience historique de nos sociétés, l'absence de projet d'avenir et la mise au Frigidaire du passé peuvent être contrecarrés par des manuels et des horaires ? Nous vivons dans une société qui a instauré avec le passé un type de relation tout à fait original et inédit : le désinvestissement complet. Certes, nous avons des spécialistes nombreux et admirables – science oblige ; mais pour le reste, le rapport au passé est, au mieux, touristique. On visite l'Acropole comme on va aux Baléares.

M. R. : – *Il est vraisemblable que le rapport à l'histoire soit lié au rapport à l'histoire familiale.*

C. C. : – Sans doute. Autrefois, quelque chose comme une histoire familiale se transmettait de génération en génération. Aujourd'hui, cette famille nucléaire repliée sur elle-même, où, au mieux, on parle vaguement d'un grand-père et ça s'arrête là, s'accorde parfaitement avec cette société qui vit dans l'instant.

Il faut insister sur un point : tout cela est profondément lié a l'effondrement des perspectives d'avenir. Jusqu'aux débuts des années soixante-dix, et malgré l'usure manifeste des valeurs, cette société soutenait encore des représentations de l'avenir, des intentions, des projets. Peu importe le contenu, et que pour les uns cela ait été la révolution, le Grand Soir, pour les autres le progrès au sens capitaliste, l'élévation du niveau de vie, etc. Il y avait, en tout cas, des images apparaissant comme crédibles, auxquelles les gens adhéraient. Ces images se vidaient de l'intérieur depuis des décennies, mais les gens ne le voyaient pas. Presque d'un coup, on a découvert que c'était du papier peint – et l'instant d'après même ce papier peint s'est déchiré. La société s'est découverte sans représentation de son avenir, et sans projet – et cela aussi c'est une nouveauté historique.

M. Z. : – *Ne pensez-vous pas qu'en France, après l'expérience de gauche, et l'épuisement d'un certain type de discours, il y aura nécessairement un renouvellement du discours politique ?*

C. C. : – Je ne vois pas pourquoi il y aurait nécessairement renouvellement. Certes, on fabriquera toujours des discours ; nous sommes quand même en France, même lorsque tout sera vitrifié, les dissertations d'agrégation continueront impeccables. Mais je parle des choses ayant une substance. La substance d'un discours, c'est l'imagination politique, laquelle a simplement disparu. Disparition de l'imagination qui va de pair avec l'effondrement de la volonté. Il faut quand même pouvoir se représenter quelque chose qui n'est pas, pour pouvoir vouloir ; et il faut, aux couches les plus profondes, vouloir autre chose que la simple répétition, pour pouvoir imaginer. Or on n'aperçoit aucune volonté de cette société quant à ce qu'elle veut être demain – aucune volonté autre que la sauvegarde apeurée et grincheuse de ce qui est aujourd'hui. On est dans une société défensive, crispée, rétractée, frileuse.

M. Z. : – *N'est-on pas dans une sorte de passage, de l'homme de la culpabilité (avec, derrière lui, le père, le mythe, etc.) à l'homme de l'angoisse et de la jouissance ?*

C. C. : – Votre question touche à deux points. D'abord, je ne peux pas m'empêcher de mettre en regard ce qui se passe et ce que je veux qu'il se passe, ma visée, mon projet politique et psychanalytique. Ma visée, c'est que l'on passe d'une culture de la culpabilité à une culture de la responsabilité. Or, une culture de l'angoisse et de la jouissance, au sens où vous le dites, nous en éloignerait encore plus. Mais, deuxième point, une culture de l'angoisse et de la jouissance est-elle tout simplement possible ? Nous touchons là, de nouveau, au problème fondamental, et plus qu'obscur, de l'articulation des organisations psychiques avec l'institution de la société. Une culture de la culpabilité – comme aussi une culture de la honte, pour reprendre le thème de Dodds [2]

2. E. R. Dodds, *Les Grecs et l'Irrationnel*, trad. fr., rééd. Flammarion, coll. « Champs », 1977 (1re éd. angl., 1951).

– est parfaitement concevable parce que les affects sur lesquels joue de façon privilégiée la fabrication sociale des individus dans ces cultures peuvent porter une structure instituée, peuvent en être le versant subjectif. Mais on ne voit pas – du moins, moi je ne vois pas – comment une institution sociale cohérente et capable de fonctionner pourrait s'édifier sur l'angoisse et la jouissance obligée.

M. R. : – *Le fonctionnement responsable est un fonctionnement cortical, tandis que le fonctionnement dans la culpabilité ou dans l'angoisse est beaucoup plus instinctuel.*

C. C. : – Il y a sans doute un malentendu. Une culture de la responsabilité n'est pas du tout, pour moi, une culture qui ne ferait fonctionner chez les individus que l'intellect et la raison. Je ne serais pas psychanalyste si je pensais qu'une chose pareille était possible ou souhaitable.

J'ai en vue des individus qui peuvent prendre en charge aussi bien leurs pulsions que leur appartenance à une collectivité qui ne peut exister autrement que comme instituée, qui ne peut pas exister sans lois, ni par accord miraculeux des spontanéités comme le croyaient, et le croient encore, certains de nos amis gauchistes naïfs.

M. Z. : – *On est peut-être maintenant dans le deuxième moment de ce choc culturel considérable qu'a été 1968, de l'idée de jouir de manière indéfinie. A l'époque c'était : Dieu est mort, on peut tout faire ; on se rend compte maintenant qu'on ne peut pas faire grand-chose.*

C. C. : – Au contraire, c'est parce que Dieu est mort – ou qu'il n'a jamais été – qu'on ne peut pas tout faire. C'est parce qu'il n'y a pas d'autre instance que : nous sommes responsables.

M. Z. : – *Je crois qu'on est en train d'expérimenter collectivement, dans toute une partie de la société française, cet aspect des choses ; d'où la possibilité d'un appel au Maître qui se présenterait comme un sauveur. Les maîtres à penser, les gourous, etc., tout cela prolifère depuis 1968 de manière paradoxale.*

C. C. : – Mais sans prendre vraiment racine. Les gourous de chaque automne sont fanés au printemps suivant. Mais, en effet, on aurait pu dire dans l'abstrait que la situation, telle qu'elle est, aurait pu induire l'émergence d'une figure autoritaire – ou de mouvements fascistes ou totalitaires, etc. Mais en fait elle ne le fait pas, et je ne crois pas que ce soit un hasard. Au plus pourrait-on avoir une sorte d'autoritarisme mou, mais pour aller plus loin il faudrait autre chose. La crise ne suffit pas ; pour faire un mouvement fasciste ou totalitaire il faut une capacité de croire et un déclenchement de passion, branchés l'un sur l'autre, l'un nourrissant l'autre. Ni la première, ni le second n'existent dans la société actuelle. C'est pourquoi toutes les sectes d'extrême droite ou d'extrême gauche sont condamnées à des gesticulations dérisoires. Elles jouent leurs petits rôles, marionnettes marginales dans le spectacle politique global, mais sans plus. La population française n'est absolument pas prête à chausser des bottes et à se rassembler par centaines de milliers place de la Concorde pour acclamer on ne sait même pas qui ou quoi. Certes, en histoire rien n'est impossible ; mais, à mes yeux, un « appel au Maître » est plus qu'improbable, en France comme en Amérique ou en Allemagne.

M. Z. : – *On a envie de vous poser la question : d'où viennent les passions ?*

C. C. : – Je ne sais pas. Passions ici signifie, bien entendu, la mobilisation quasi totale de l'affect sur un « objet ». Or, vous le savez, les affects et leurs mouvements sont la partie la plus obscure du fonctionnement psychique. On en a la preuve quotidienne en psychanalyse. Dans la mesure où les affects dépendent des représentations, le travail de l'interprétation fonctionne. Dans la mesure où les représentations dépendent des affects, on constate qu'on a très peu de prise.

M. Z. : – *Je crois qu'un point central de votre réflexion c'est le passage de ce que vous appelez la monade psychique à des individus socialement organisés. Je crois que c'est vraiment là qu'on peut dire : « il y a de l'homme ». Pourriez-vous reprendre cette idée : comment se constitue un être humain, un homme ? Par ailleurs : pensez-vous que le désir est une force sociale ?*

C. C. : – Le désir, comme tel, ne saurait être une force sociale ; pour qu'il le devienne, il faut qu'il cesse d'être du désir, qu'il se métabolise. Si l'on parle du désir au vrai sens du terme, le désir inconscient, c'est évidemment un monstre, anti-social et même a-social. Première description, superficielle : je désire cela, je le prends. Je désire untel ou unetelle, je le ou la prends. Je déteste untel, je le tue. Le « règne du désir », ce serait cela. Mais c'est encore superficiel, car ce « désir » est déjà immensément « civilisé », médiatisé par une reconnaissance de la réalité, etc. Le vrai désir forme immédiatement la représentation psychique qui le satisfasse – et il s'y satisfait ; et il forme des représentations contradictoires : je suis homme et femme, ici et ailleurs, etc. Contre les absurdités des chantres du désir depuis vingt ans, on voit immédiatement que le désir c'est la mort, pas seulement des autres, mais d'abord de son propre sujet. Mais le désir lui-même n'est que le premier éclatement de la monade psychique, de la première, originaire unité de la psyché, point limite qu'on peut tenter de décrire comme : pur plaisir de la représentation de soi par soi, complètement fermé sur lui-même. De cette monade dérivent les traits décisifs de l'inconscient : l'« autocentrisme » absolu, la toute-puissance (dite, à tort, « magique »

– elle est réelle) de la pensée, la capacité de trouver le plaisir dans la représentation, la satisfaction immédiate du
désir. Ces traits rendent évidemment radicalement inapte à
la vie l'être qui les porte. La socialisation de la psyché – qui
implique une sorte de rupture forcée de la clôture de la
monade psychique – n'est pas seulement ce qui adapte
l'être humain à telle ou telle forme de société ; elle est ce
qui le rend capable de vie tout court. Moyennant ce processus de socialisation de la psyché – de la fabrication sociale
de l'individu – les sociétés humaines ont réussi à faire vivre
la psyché dans un monde qui contredit de front ses exigences les plus élémentaires. C'est cela, le vrai sens du
terme sublimation : la sublimation c'est le versant subjectif, psychique, de ce processus qui, vu du côté social, est la
fabrication d'un individu pour lequel il y a logique vigile,
« réalité » et même acceptation (plus ou moins) de sa mortalité. La sublimation présuppose évidemment l'institution
sociale, car elle signifie que le sujet parvient à investir des
objets qui ne sont plus des objets imaginaires privés, mais
des objets sociaux, dont l'existence n'est concevable que
comme sociale et instituée (langage, instruments, normes,
etc.). Des objets qui ont une validité, au sens le plus neutre
de ce terme, et s'imposent à une collectivité anonyme et
indéfinie. A y bien réfléchir, ce passage est quelque chose
de miraculeux [3].

M. Z. : – *Le passage à l'échange social ; car il n'y a plus
simplement des objets de la pulsion, mais des équivalences.*

C. C. : – Oui certes, il y a des équivalences et il y a aussi,
tout aussi frappant et important, des complémentarités. Les
objets dont il s'agit ne sont pas et ne peuvent pas être isolés

---

3. Voir *L'Institution imaginaire de la société*, Paris, Éd. du Seuil,
1975, chap. VI, en particulier p. 405-431 [rééd. coll. « Points Essais »,
1999, p. 437-466].

ou ponctuels, ils forment nécessairement un système cohérent et qui fonctionne. Voilà ce que l'inconscient ne saurait jamais produire, voilà l'œuvre de ce que j'appelle l'imaginaire social ou la société instituante.

Dans ce processus de socialisation, nous observons toujours cet extraordinaire ajustement réciproque entre une institution sociale – qui ne peut exister qu'en se déployant dans ces immenses systèmes d'objets, de normes, de mots, de significations, etc. – et une psyché pour laquelle, au départ, rien de tout cela ne pourrait faire sens, puisque leur mode d'existence même est contraire aux exigences les plus profondes de la psyché. A ces exigences, la monade psychique est amenée à renoncer en partie – et cela signifie toujours une violence exercée sur elle, même lorsque cela se passe dans les conditions les plus « douces » – en même temps qu'elle crée successivement une suite d'organisations « secondaires », qui la recouvrent sans jamais la faire disparaître, et s'approchent du mode de fonctionnement requis par la « réalité » – c'est-à-dire la société. Mais dans ce processus il y a toujours une constante – c'est pour cela que je parlais d'« ajustement réciproque ». L'institution sociale peut faire faire à la psyché à peu près tout – à preuve l'infinie diversité des cultures humaines –, mais il y a quelques réquisits minimaux. L'institution sociale peut refuser à peu près tout (trivialités mises à part) à la psyché, mais il y a une chose qu'elle ne peut pas lui refuser si elle doit exister comme société en régime permanent, en régime stationnaire – et cela c'est le sens.

M. Z. : – *Vous voulez parler du système symbolique.*

C. C. : – Dans ma terminologie, il s'agit des significations imaginaires sociales. Et cela a été, bien entendu, le rôle de cette institution centrale qu'a été jusqu'il n'y a guère, dans toutes les sociétés, la religion. C'est ici que nous rejoignons le problème contemporain : la société actuelle, du fait de

l'usure de ses significations imaginaires (progrès, croissance, bien-être, maîtrise « rationnelle », etc.) est de moins
en moins capable de fournir du sens. Que chaque individu
fabrique son sens pour lui-même ne peut jamais être vrai
qu'à un niveau second ; jamais au niveau radical.

M. Z. : – *Cette usure du sens est-elle reliée, selon vous,
avec cette espèce d'« appel à l'aide » au psychanalyste ?*

C. C. : – Que, dans les faits, il se passe quelque chose
comme ça, c'est incontestable. Que cela doive se passer
ainsi, c'est une autre question.

M. Z. : – *Comment définiriez-vous le but de l'analyse ?*

C. C. : – Le but de l'analyse, c'est d'aider le sujet à devenir
autonome, tant que faire se peut. Et encore une fois, évitons
les malentendus. Autonomie ne veut pas dire victoire de la
« raison » sur les « instincts » ; autonomie signifie un autre
rapport, un nouveau rapport entre le Je conscient et
l'inconscient ou les pulsions. Je me suis permis d'écrire, il
y a déjà vingt ans de cela, qu'il fallait compléter le fameux :
« Où était Ça, Je dois devenir », de Freud, par un « Où Je
suis, Ça doit surgir »[a]. La tâche de l'analyse n'est pas la
« conquête » de l'inconscient par le conscient, mais l'établissement d'un autre rapport entre les deux, qu'on peut
décrire comme une ouverture du conscient à l'inconscient –
non pas une assimilation, ou un assèchement, de l'inconscient par le conscient. Et, dans ce travail, je ne vois pas
comment on pourrait ne pas reconnaître, si l'on veut rester
cohérent, que nous sommes guidés par une idée, une visée :
l'idée d'un sujet humain qui peut dire, en connaissance de
cause : « Cela est mon désir », et « je pense que cela est

a. Voir *L'Institution imaginaire de la société, op. cit.*, p. 139-143
[rééd. coll. « Points Essais », 1999, p. 150-156].

vrai » – non pas, « peut-être bien que oui, peut-être bien que non ».

M. R. : – *Ou bien dire : « Cela est vrai », sans pouvoir dire avant « je pense » ?*

C. C. : – Je crois que la clause : « je pense que… » est importante, car elle ouvre la discussion et la critique. Je pense que cela est vrai ; je sais que cela est mon désir. Or cet énoncé, qui passe par un je pense et je sais, ce n'est pas un cri inarticulé, informe, de la pulsion ; c'est un énoncé du Je conscient qui s'ouvre en même temps pour accueillir tout ce que le sujet est – ce qui ne veut pas dire forcément qu'il l'« approuve » : « Je sais que cela est mon désir » peut très bien être accompagné par « et je ne le suivrai pas ».

M. Z. : – *Au fond, pour vous, votre engagement psychanalytique et votre engagement politique sont de même nature.*

C. C. : – Je ne pourrais pas les soutenir ensemble, si je ne pensais pas la chose ainsi.

M. R. : – *Nous voudrions aussi que vous nous parliez du deuxième tome de* Devant la guerre, *sur lequel vous travaillez maintenant. Mais il se fait tard…*

C. C. : – Ce sera pour une autre occasion.

Tiers Monde,
tiers-mondisme, démocratie*

Je n'ai pas l'intention, contrairement à ce qu'a annoncé le président de séance, d'entrer dans un débat contradictoire avec M. Revel. Je présenterai seulement quelques réflexions, générales et brèves, sur la question du Tiers Monde et du tiers-mondisme.

Mais je voudrais d'abord, pour éviter les malentendus, dire en deux mots d'où je parle. Je parle comme quelqu'un qui a critiqué le totalitarisme bureaucratique russe depuis 1945, et les bureaucraties coloniales d'obédience communiste dès qu'elles sont apparues. J'ai mené cette critique au nom et à partir d'un projet politique de transformation sociale dont le contenu essentiel est l'autogouvernement effectif de la société, articulé dans et par l'autogouvernement des groupes qui la composent – groupes de producteurs, groupes locaux, etc. Ce projet est toujours le mien.

Dans une discussion comme celle qui se déroule ici, il y a évidemment des présupposés lourds qui sont, inutile de se le cacher, philosophiques aussi bien que politiques : ils concernent la vue qu'on a de l'histoire.

Il y a eu en Europe moderne deux vues de l'histoire de l'humanité, qui forment encore aujourd'hui le noyau des deux idéologies dominantes, et qui ne sont, au fond, que

* Intervention au cours du colloque « Le tiers-mondisme en question » organisé par *Liberté sans frontières*, le 24 janvier 1985.

deux faces du même : deux faces du même, car les deux invoquent une évolution, un progrès, comme une tendance immanente, quoi qu'il arrive, de l'histoire humaine.

Pour la première de ces vues, la vue libérale, la plus ancienne historiquement, il existe une tendance naturelle de l'être humain vers la plus grande liberté, la reconnaissance des droits d'autrui, la démocratie. L'histoire conduit, ou doit conduire, vers un état canonique de la société, la république « représentative » plus le marché libre et la concurrence des producteurs, qui assure en même temps l'exercice par l'homme de ses droits « naturels » et « inaliénables ». Typiquement et en général – il y a certes des exceptions – cette vue ne se contente pas de proposer cette forme de société comme « bonne société » ou d'appeler à lutter pour les droits de l'homme ; elle affirme qu'il s'agit de la forme vers laquelle l'histoire tend de manière intrinsèque. On peut le vérifier chez des penseurs aussi éloignés l'un de l'autre que Kant, pour qui l'*Aufklärung* est un moment obligé de l'histoire universelle, et Tocqueville, qui voit la tendance vers l'égalité dominer toute l'époque moderne et surmonter invinciblement tous les obstacles qu'elle peut rencontrer, égalité qui, dit-il, correspond sans doute à un dessein de la Providence.

Pour la deuxième vue, la vue marxiste, l'affirmation est beaucoup plus claire et ferme : l'histoire se développe vers des formes toujours plus élevées. Ce « toujours plus » revient de façon obsessionnelle, à propos de tout, chez Marx comme chez Lénine. Dans ce développement, on le sait, le facteur déterminant n'est pas une tendance vers un régime politique, mais l'accroissement des forces productives et la succession des modes de production. Les régimes politiques ne sont qu'une conséquence. La domination du capitalisme à l'époque moderne n'apparaît pas alors comme ce qu'elle est, à savoir création arbitraire d'une humanité particulière, mais comme phase fatale de tout le mouvement historique, fatale et bienvenue à la fois, puisque c'est le mode de production qui assure la productivité et l'efficience maximales, et qui, arrachant les hommes aux conditions traditionnelles de vie, à leurs horizons particuliers bornés, à leurs superstitions de tous ordres, les oblige à regarder « avec des sens sobres les conditions de leur vie et leurs rapports avec leurs semblables » (Marx). Ce capitalisme, en fonction de ses « contradictions internes », est gros d'une révolution socialiste, qui transformera le mode de production mais aussi, par surcroît et comme par miracle, réalisera toutes les aspirations de l'humanité. De cette révolution, le capitalisme engendre l'agent et le porteur, le prolétariat. Mais, dans la version du marxisme qui s'avère la seule historiquement efficace, le léninisme, le prolétariat est remplacé par le Parti, qui possède la conscience socialiste et l'inculque au prolétariat, qui en tout cas dirige celui-ci et, moyennant sa prétendue possession de la « vraie théorie », est juge en dernière instance de ce qui est à faire et à ne pas faire.

Mais, on le sait, après une certaine période, le prolétariat cesse de se manifester comme un facteur révolutionnaire, et apparaît comme de plus en plus intégré dans la société capitaliste. Les espoirs mis par les révolutionnaires ou certains idéologues dans le prolétariat s'affaiblissent ou s'évanouissent. Cependant, au lieu d'une analyse et d'une critique de la nouvelle situation du capitalisme, ces espoirs sont purement et simplement reportés ailleurs. C'est cela l'essence de ces opérations suprêmement dérisoires qu'ont été, pour les intellectuels *d'ici*, le fanonisme, le tiers-mondisme « révolutionnaire », le guévarisme, etc. Et ce n'est évidemment pas un hasard si elles ont eu l'appui de ce paradigme de confusionnisme politique qu'a été Sartre, ou d'autres scribes mineurs qui depuis ont, du reste, complètement retourné leur veste.

Opérations dérisoires car elles consistent à simplement reprendre le schéma de Marx, en enlever le prolétariat industriel et lui substituer les paysans du Tiers Monde. Indigence théorique, absence de toute réflexion : quelles que soient les critiques que l'on peut adresser à Marx, s'il imputait un rôle révolutionnaire au prolétariat c'était en vertu de certaines caractéristiques qu'à tort ou à raison il lui reconnaissait, caractéristiques qui découlent précisément de son « éducation » par la grande industrie et la vie urbaine. Cette substitution illégitime ne pouvait avoir aucun résultat, si ce n'est – et c'est là un aspect essentiel de la question – de servir de couverture idéologique à une catégorie sociale particulière des pays sous-développés dans sa marche vers le pouvoir : ces micro-couches ou sous-couches sociales formées par les étudiants, les intellectuels, les aspirants « cadres politiques » de ces pays, qui y trouvèrent – comme elles continuent à trouver dans un marxisme vulgaire et abâtardi – un instrument idéologique pour constituer des organisations sur un modèle militaro-léniniste et lutter pour le pouvoir, dont elles se sont emparées d'ailleurs dans trois ou quatre cas très notoires.

Je ne pense pas utile de revenir ni sur la critique théorique du marxisme ni sur l'analyse de la réalité des régimes « marxistes-léninistes ». Je présume que tout le monde ici est au clair quant à la réalité de la Russie, de la Chine, de Cuba, du Vietnam, de l'Éthiopie, etc.

En revanche, il me paraît indispensable de ramener la discussion à l'autre point, le libéralisme. Car, en vertu d'un de ces mouvements pendulaires foncièrement irrationnels et hélas trop fréquents dans l'histoire, on assiste à un pur et simple retour dans l'autre direction, comme si la faillite du marxisme « prouvait » que le libéralisme est le régime idéal ou le seul possible.

Nous sommes ici pour discuter du Tiers Monde, et je ne m'attarderai pas sur la question du « libéralisme » et de l'« individualisme » (termes sous lesquels se cachent d'innombrables malentendus et fallaces) dans les pays riches. Je constate simplement que des républiques représentatives ont été, formellement, instaurées dans la plupart des pays d'Amérique latine depuis plus d'un siècle et demi et dans le reste de ces pays depuis environ un siècle. Aussi, que l'Inde depuis son indépendance est une république parlementaire. Enfin, que les pays africains, au moment de la décolonisation, se sont dotés, à une ou deux exceptions près, de constitutions calquées sur les modèles européens. Et je constate aussi que dans tous ces cas les régimes qu'en Europe et en Amérique du Nord on appelle démocratiques, à savoir les régimes d'oligarchie libérale, n'ont jamais pu y prendre racine.

Longtemps avant la CIA et les multinationales, les dictatures militaires ou autres occupaient une place de choix dans l'histoire politique de l'Amérique latine, et les constitutions libérales y ont coexisté, à une ou deux exceptions près, avec une situation quasi féodale, sinon pis, dans les campagnes.

L'Inde a vécu depuis 1947, à part une brève interruption, sous un régime de république parlementaire, avec une Constitution garantissant les droits de l'homme, etc. Mais un régime de castes aussi rigide que par le passé est toujours en place, de sorte qu'il y a toujours des parias, lesquels n'entreprennent aucune lutte révolutionnaire et aucune campagne politique de masse pour modifier par la loi leur situation, mais, dans les cas – rarissimes – où ils veulent par-dessus tout cesser d'être des parias, ils embrassent l'islam, parce que l'islam ne connaît pas les castes.

Quant à l'Afrique, on en connaît la désolation. Là où les apparences « constitutionnelles » sont maintenues, la « démocratie » est une farce ; ailleurs, tout est tragédie. L'Europe a fait beaucoup de cadeaux à l'Afrique (mais *non pas* la traite des esclaves, cadeau des Arabes – monothéistes encore plus rigoureux que les chrétiens). Entre autres, sa division en prétendues nations, définies par des méridiens et des parallèles. Ensuite, des Jeeps et des mitraillettes moyennant lesquelles un sergent quelconque peut s'emparer du pouvoir et proclamer une révolution populaire socialiste

pendant qu'il massacre une bonne partie de ses compa-
triotes ; des télévisions aussi, qui permettent à ce même sergent ou à ses collègues d'abrutir la population. Elle lui
a aussi fait cadeau de « Constitutions » – et de beaucoup
de machines industrielles. Mais elle n'a pas pu lui faire
cadeau du capitalisme, ni de régimes politiques libéraux.

Car le capitalisme, comme système productif/écono-
mique, n'est pas simplement exportable, et le régime d'oligarchie libérale, fallacieusement appelé « démocratie »,
n'est pas exportable non plus. Aucune tendance immanente
ne pousse les sociétés humaines vers la « rationalisation » à
outrance de la production au détriment de tout le reste, ni
vers des régimes politiques acceptant certaines formes
ouvertes de conflit intestin et assurant certaines libertés.
Créations historiques, ces deux formes n'ont rien de fatal –
et leur concomitance historique est, elle aussi, amplement
contingente. Le capitalisme, comme système productif/éco-
nomique, présuppose en même temps qu'il exprime une
mutation anthropologique survenue dans *certains* pays
d'Europe occidentale, et que les colons de *certaines* colonies
de peuplement ont emportée, sur la semelle de leurs souliers.
Mais cette mutation n'est pas nécessairement contagieuse.
Elle *peut* l'être : le Japon en est évidemment l'exemple
extrême, comme les pays sub-sahariens l'exemple extrême
du contraire. Et le capitalisme adopté *n'entraîne* pas un
régime politique libéral – comme le montre le Japon encore
de 1860 à 1945, ou la Corée du Sud depuis la guerre.

Et pas davantage ne sont exportables les régimes d'oligarchie libérale. Pourquoi parler d'oligarchie libérale là
où journalistes, politiciens et écrivains irréfléchis parlent
de démocratie ? Parce que démocratie signifie le pouvoir
du *dèmos*, du peuple, et que ces régimes se trouvent sous
la domination politique de couches particulières : grands
financiers et industriels, bureaucratie managériale, haute
bureaucratie étatique et politique, etc. Certes, la population
y a des droits ; certes, ces droits ne sont pas « simplement

formels », comme on l'a dit stupidement, ils sont seulement *partiels*. Mais la population n'a pas le pouvoir : elle ne gouverne ni ne contrôle le gouvernement ; elle ne fait ni la loi ni les lois ; elle ne juge pas. Elle peut périodiquement sanctionner la partie apparente – émergée – des gouvernants par les élections – c'est ce qui s'est passé en France en 1981 –, mais pour ramener au pouvoir d'autres de la même farine – c'est ce qui va se passer probablement en France dans quelques mois.

Dans ces sociétés, les institutions comportent une forte *composante* démocratique ; mais celle-ci n'a pas été engendrée par la nature humaine ni octroyée par le capitalisme ni entraînée nécessairement par le développement de celui-ci. Elle est là comme résultat rémanent, sédimentation de luttes et d'une histoire qui ont duré plusieurs siècles. Parmi ces institutions, la plus importante est le type anthropologique du *citoyen* européen : création historique d'un type d'individu inconnu ailleurs, qui peut mettre en question la représentation déjà instituée, et généralement religieuse, du monde, qui peut contester l'autorité existante, penser que la loi est injuste et le dire, qui veut et qui peut agir pour la changer et pour participer à la détermination de son sort. C'est cela qui, par excellence, n'est pas exportable ni ne peut apparaître du jour au lendemain dans une culture autre, dont les présupposés anthropologiques institués sont diamétralement opposés.

Le mouvement démocratique, ou émancipateur, ou révolutionnaire, est une création historique qui surgit une première fois en Grèce ancienne, disparaît pendant longtemps, resurgit sous des formes et avec des contenus modifiés en Europe occidentale depuis la fin du haut Moyen Age. Il n'exprime aucune nature humaine, aucune tendance immanente ou loi de l'histoire. Il ne constitue pas non plus, malheureusement, un catalyseur ou une enzyme qui, instillé en quantité infinitésimale dans n'importe quelle société, la ferait inéluctablement évoluer vers la mise en question de ses institutions traditionnelles. Cela est certes possible, mais nullement nécessaire. En particulier, les cas de l'Inde, du monde musulman et même de la Russie semblent illustrer l'obstacle quasi insurmontable que constitue pour la naissance et le développement d'un tel mouvement l'adhésion continuée d'une population à une religion, ou ses effets rémanents, *en l'absence* de facteurs d'un autre type qui la contrebalancent. A l'autre bout du spectre des possibles : il a suffi que la terreur étatique se relâche un peu pour qu'à Pékin le Mur de la démocratie se couvre de dazibaos contestataires. Et c'est dans le même sens que vont plusieurs évolutions récentes en Amérique latine.

Pour conclure :

Nous affirmons que, *pour nous*, tous les peuples et tous les individus ont les mêmes droits à la liberté, à la recherche de la justice, à la réalisation de ce qu'ils considèrent comme lc bien-être. Je dis bien *pour nous* : car ce n'est pas le cas du fidèle d'une religion à prosélytisme et – pour prendre l'exemple prêtant le moins à controverse – certainement pas le cas d'un vrai musulman, si du moins il est fidèle aux prescriptions du Coran. Et dans ce *pour nous* se trouve tout le paradoxe de notre situation. Car la nôtre est, depuis Hérodote, la première et la seule culture affirmant que toutes les cultures ont, en tant que telles, les mêmes droits. Et sans doute aussi, *pour nous*, c'est là un point où les autres cultures sont vraiment en défaut par rapport à la nôtre. *Mais aussi*, le contenu de notre culture nous impose de juger négativement (et de condamner) des cultures et des régimes qui torturent, tuent ou emprisonnent sans juste procès ; ou qui admettent la mutilation parmi les peines légales ; ou persécutent ceux qui n'appartiennent pas à une religion officielle ; ou qui tolèrent et encouragent des pratiques comme l'excision et l'infibulation des femmes. Et c'est ici aussi que le vide du « libéralisme », de l'« individualisme » et plus généralement des « théories des droits de l'homme » devient manifeste. Car certes le premier de ces droits (et la présupposition de tout droit et de tout discours sur les droits) est le droit de l'homme d'instituer une culture ou d'adhérer à une culture existante. Que faut-il donc dire devant des institutions de la société qui jouissent de l'adhésion des populations mais comportent des aspects à nos yeux monstrueux ? Bien entendu cette adhésion est fabriquée par l'institution déjà existante de la société ; et alors ? Faudra-t-il donc, ces gens qui ont intériorisé, certes sans aucun libre choix, le régime des castes, les « forcer à être libres » ? Je pense qu'une des fonctions contemporaines du simple discours sur les « droits de l'homme » et l'« individualisme » est de dissimuler une fuite devant la responsabilité politique et historique. Responsabilité qui consiste à pouvoir affirmer fortement que *nous* ne voulons pas, ni ici ni ailleurs, d'une société où l'on coupe les mains des voleurs, et cela en fonction d'une option politique ultime et radicale qu'il ne peut être question de « fonder » (sur quoi ?), mais dont nous, et ce que nous sommes et ce que nous faisons, sommes les témoins et les fragilissimes garants, pour notre salut et pour notre damnation.

Mais, dira-t-on, ce sont là subtilités secondaires lorsque « notre » propre société s'apprête peut-être à détruire la vie sur terre, et par ailleurs la détruit constamment à petit feu. Certes oui, en un sens. C'est ce qui m'amène au point central de cette conclusion : il est vain et oiseux de discuter de nos attitudes face aux pays du Tiers Monde, lorsque dans nos propres pays règne le vide politique total que nous connaissons aujourd'hui.

Nous pouvons et devons exercer notre critique à l'égard des gouvernements et des régimes du Tiers Monde, comme à l'égard des nôtres ; nous pouvons et devons tenter d'élucider les questions, pour « nous » comme pour « eux », et diffuser des idées ; nous pouvons et devons soutenir les mouvements que nous jugeons démocratiques et émancipateurs dans les pays du Tiers Monde. Mais, actuellement, *nous* ne pouvons pas « avoir une politique » à leur égard.

Car – c'est un truisme – celle-ci relève des gouvernements, et ceux-ci sont ce qu'ils sont.

Autrement dit, à la question : quelles sont donc les conclusions politiques de tout ce que vous venez de dire ? on ne peut répondre que par une autre question : les conclusions *pour qui* ? *Qui* fait cette politique ? Nous ne sommes pas les gouvernements, et les gouvernements suivent des politiques déterminées par de tout autres considérations. On pourrait dire par exemple : pas d'aide, en deçà d'un étiage donné de libertés politiques (ce qui n'est nullement évident : fallait-il, faut-il, en fonction de Mengistu, laisser mourir de faim *tous* les Éthiopiens – ou envoyer de l'aide, même sachant que les quatre cinquièmes en seraient détournés par le régime et ses hommes ?). Mais *qui* appliquerait cette règle ? Peut-on oublier que bon nombre de tortionnaires sud-américains ont été « éduqués » par la CIA dans les installations de la « plus grande démocratie du monde » ? Ou que la France, giscardienne aussi bien que « socialiste », porte à bout de bras en Afrique des régimes de terreur et de corruption intégrales ? Et croit-on que l'une ou l'autre de ces questions pourraient, actuellement, devenir des enjeux politiques domestiques aux États-Unis ou en France ?

Aussi longtemps que la démission politique actuelle des peuples occidentaux continue, toute tentative de réponse *politique effective* de notre part aux problèmes du Tiers Monde est, au mieux, utopique, au pire, couverture non consciente et non voulue de politiques réelles sans rapport avec les intérêts du Tiers Monde.

La « gauche » en 1985 *

QUESTION 1 : – *Le parti communiste français vient de tenir son XXVe Congrès. Les indices de sa popularité sont au plus bas. Il y a eu rupture avec les socialistes. Comment expliquer la chute du PCF ?*

CORNELIUS CASTORIADIS : – Ce qui fait problème, et qui demande explication, n'est pas la chute actuelle du PCF, mais la durée si longue de son influence et, même aujourd'hui, la persistance d'une influence relativement significative. Le premier aspect correspond surtout à un ensemble de traits archaïques du capitalisme français, qui subsistaient longtemps encore après la guerre, et permettaient au PCF de se poser comme le seul défenseur efficace de revendications élémentaires des salariés. Le second s'explique en partie par le « clientélisme » très fort pratiqué par le PCF aussi bien dans les syndicats que dans les municipalités où il est implanté. Mais, dans les deux cas, cette influence exprime la puissance des tendances totalitaires auprès de différentes couches de la société contemporaine.

QUESTIONS 2 ET 3 : – *Quelle est la raison pour laquelle Georges Marchais n'a pas expulsé du Comité Central les contestataires Juquin, Rigout et Damette : a-t-il eu peur, ou*

---

* Interview accordée par écrit au *Jornal do Brasil* de Rio de Janeiro le 17 février 1985 et publiée le 24 mars 1985.

*envie de se donner une image de démocrate permettant
l'expression de courants au sein du parti ?*

C. C. : – Ici encore, ce dont on pourrait s'étonner c'est qu'il
ait chassé Juquin du BP ; car celui-ci n'y serait qu'un
élément décoratif. La solution adoptée par Marchais lui
permet à la fois de se montrer « démocrate », et d'indiquer
que l'on ne peut pas « contester » impunément le sommet
de l'appareil.

QUESTION 4 : – *Le PCF est resté un produit du stalinisme
quand d'autres partis communistes européens embras-
saient l'eurocommunisme. Comment expliquer le maintien
au sein du PCF des pratiques et des valeurs staliniennes ?*

C. C. : – D'abord, il faut voir qu'une grande partie des
pratiques et des valeurs staliniennes sont toujours là dans
les partis « eurocommunistes ». En politique, il faut considérer les actes et les comportements réels, non pas les
paroles et les proclamations. Ensuite, il n'y a pas d'explication « théorique » générale de tels phénomènes : pour expliquer le stalinisme persistant du PCF, il faut reprendre toute
son histoire. Brièvement, celui-ci, pas négligeable avant la
guerre, s'est énormément renforcé pendant l'Occupation
et la Résistance ; puis, comme je l'ai dit, grâce à la pourri-
ture complète de la social-démocratie française, il a pu
monopoliser longtemps la « défense des intérêts des travailleurs ». D'où, constitution d'un appareil énorme, et
très solide (et des carrières à vie rémunérées ouvertes à
des dizaines de milliers de personnes). Maintenant il s'est
trouvé, historiquement, que la direction de cet appareil
(nommons-la : Maurice Thorez) était beaucoup plus liée et
inféodée à Moscou que la direction italienne. (Thorez était
une nullité qui avait été imposée au PCF par Moscou ; ce
n'était pas tout à fait le cas de Togliatti.) Il s'est aussi trouvé
qu'elle a persisté à jouer la « carte russe », ce qui avait un

sens jusqu'aux années soixante, mais pas après : le PC italien, plus fort localement et plus indépendant, a pu jouer la carte du condominium avec la démocratie chrétienne. Mais cela fait maintenant plus de vingt ans que le PCF est au fond d'un cul-de-sac : quoi qu'il fasse, ce sera une « erreur », il sera piégé. Il n'y a pas de « bonne politique » concevable pour le PCF. Dans ces conditions, la cohésion du parti ne peut être maintenue que par la persistance des méthodes staliniennes. Je suis convaincu que Marchais « a raison », et que, contrairement aux vœux pieux des larmoyants réformateurs du PCF, une « libéralisation » le ferait éclater.

QUESTION 5 : – *On assiste à un reflux de la gauche en général. Est-ce que les pertes du PCF en sont seulement le début le plus manifeste ?*

C. C. : – Je ne fais pas ce genre de prévision en politique. Cela dit, le recul du parti socialiste est déjà aussi un fait en France, et un fait compréhensible. Pourquoi diable les gens soutiendraient-ils un gouvernement qui ne fait rien de différent de ce que ferait un gouvernement de « droite » ? Les socialistes français s'offensent lorsqu'on les qualifie de « social-démocrates ». Mais la social-démocratie, à sa belle époque, faisait des réformes importantes et réelles. Les socialistes français n'ont rien fait. On a rarement vu un tel néant d'imagination politique. Le résultat du passage du PS au pouvoir en France est, actuellement, une dépolitisation encore plus poussée des gens. C'est ce qui explique aussi la résurrection politique de ces improbables dinosaures que sont Giscard, Chirac ou Barre.

QUESTION 6 : – *Les chemins parcourus par les partis socialistes, surtout le choix de vivre dans une économie de marché, représentent-ils une progression par rapport aux standards traditionnels du socialisme ?*

C. C. : – Le « choix » en question ne date pas d'aujourd'hui, mais de trois quarts de siècle. Ce n'est pas un choix pour l'économie « de marché », mais *pour l'économie capitaliste actuelle*. Celle-ci n'est que très partiellement une « économie de marché » (monopoles, oligopoles, ententes, secteur directement étatique, prix garantis, interventions ouvertes ou cachées de l'État, etc.). Lorsque vous faites la liste des produits qui entrent dans le PNB, vous voyez qu'il est douteux si, dans *un quart* des cas, les prix sont formés comme le supposent les traités d'économie politique. Certes, pour des raisons qu'il n'est pas possible d'analyser ici, cette économie bâtarde conserve une énorme supériorité, quant à l'« efficacité économique », sur les économies bureaucratiques centralisées, comme celles des pays communistes. Mais autant c'est une mystification d'appeler celles-ci « économies socialistes », autant, presque, c'est une mystification d'appeler les premières « économies de marché ». Une société autonome, une société qui aura aboli le pouvoir aussi bien des capitalistes que des bureaucrates, instaurera certainement un véritable marché des biens de consommation ; mais cela exige, de toute évidence, l'élimination des énormes inégalités de revenu qui existent aujourd'hui, en France comme au Brésil, aux États-Unis comme à Cuba, en Chine comme au Chili.

QUESTION 7 : – *La thèse de la disparition de l'État reste un facteur de convergence politique entre les partis de gauche. Pourquoi ?*

C. C. : – Ici, encore, il faut distinguer entre les paroles et les actes. Les léninistes proclamaient que leur objectif était la disparition de l'État. Et jamais dans l'histoire on n'a connu un État aussi monstrueusement renforcé que le parti-État communiste. Quant aux socialistes, ils sont toujours restés vagues sur cette question, dans la théorie. Mais, dans la pratique, ils ont eux aussi toujours accentué la bureaucratisation de la société par l'intermédiaire de l'accroissement des interventions étatiques : bureaucratisation « molle », mais bureaucratisation quand même. Les activités du PS français en fournissent de nombreuses illustrations. Ainsi, dans l'affaire de la loi sur les écoles privées, ils ont préféré perdre des voix et augmenter le déficit budgétaire plutôt que de renoncer à un petit accroissement du contrôle de la bureaucratie étatique et syndicale sur les enseignants.

Cela dit, il y a le fond de la question. Ce fond, c'est la confusion créée par Marx, avec l'idée d'une société où tout serait régulé « spontanément », ce qui est une absurdité. Une société autonome est inconcevable sans la destruction de l'État comme appareil bureaucratique séparé de la société et la dominant. Mais une société autonome aura aussi à se gouverner et à légiférer sur elle-même. Il y aura donc un pouvoir, et des magistrats. Mais cela ne fait pas un « État ». La *polis* grecque ancienne était une collectivité politique (autogouvernée, lorsqu'elle était démocratique); elle n'« avait » pas un État et n'« était » pas un État.

QUESTION 8 : – *Est-ce que l'acceptation des règles de la démocratie parlementaire par certains partis communistes et par tous les partis socialistes européens implique une révision de leur conception de la participation politique ?*

C. C. : – Les partis socialistes ont toujours joué le jeu parlementaire. Quant aux partis communistes, il faut toujours distinguer entre la tactique et l'objectif final. L'objectif final n'a pas changé : c'est la conquête intégrale du pouvoir, et la transformation totalitaire de la société. Cet objectif se présente, la plupart du temps, comme non réalisable dans les circonstances « normales » (mais il ne faut pas oublier qu'au Portugal il s'en est fallu de peu, en 1974-1975, qu'un PC avec un soutien infime dans la population ne s'empare du pouvoir). Les PC sont donc obligés de suivre des tactiques sinueuses et tortueuses, qui couvrent toute l'étendue du spectre (de la participation au gouvernement jusqu'à la guerre civile). Parmi ces tactiques, la proclamation, dans certains cas, qu'ils acceptent les règles de la démocratie parlementaire. On pourra en rediscuter lorsqu'on aura vu un parti communiste installé au pouvoir organiser des élections démocratiques, les perdre et démissionner. Jusque-là, autant vaut discuter de Blanche-Neige et des sept nains.

QUESTIONS 9, 10 et 11 : – *Comment considérez-vous l'avenir des forces de la gauche française ? Et du socialisme en Europe occidentale ? Quelqu'un a écrit que la véritable libération des énergies nationales en France, et l'explosion de ces mêmes énergies, passe par la marginalisation ou l'isolement du PCF. Êtes-vous d'accord ?*

C. C. : – Encore une fois, je ne m'occupe pas de « prévisions » politiques, et je ne crois pas qu'on puisse en faire sérieusement, si elles ne sont pas banales. Mais à travers votre question, il y a tout le problème politique des pays industriels et libéraux qui est posé. Il est clair que les idéologies *traditionnelles* de la « gauche » sont en faillite, et que les gens s'en aperçoivent de plus en plus. C'est ce qui donne, dans certains cas (Reagan et Thatcher sont les plus évidents et les plus importants), ce regain de force à une droite qui est tout autant en faillite idéologique, tout autant incapable d'avoir une idée « réactionnaire » nouvelle. Mais il est aussi clair que ce sont là seulement des symptômes de quelque chose de beaucoup plus profond, qui est la crise et la décomposition des sociétés occidentales. Une manifestation (effet à la fois et cause) beaucoup plus importante de cette crise est la privatisation des gens, leur dépolitisation, la disparition du véritable *conflit* social et politique, la transformation complète de la *politique* en affrontements et compromis entre *lobbies*, etc. Dans cette évolution, tous les partis politiques existants, de « gauche » comme de « droite » (ces termes ont depuis longtemps perdu leur sens), ne sont pas seulement pris eux-mêmes, ils en sont parmi les agents les plus actifs. Une véritable libération des énergies, en France et ailleurs, passe par la marginalisation de *tous* les partis politiques existants, la création par le peuple de nouvelles formes d'organisation politique, fondées sur la démocratie, la participation de tous, la responsabilité de chacun à l'égard des affaires communes – bref, par la renaissance d'une véritable pensée et passion politique, qui serait en même temps lucide sur les résultats de l'histoire des deux derniers siècles. Rien ne dit que cela est fatal ; mais rien ne dit, non plus, que c'est impossible. En dehors d'une telle renaissance, les sociétés occidentales tomberont, au pis, sous le pouvoir de la Russie ; au mieux, dans un cauchemar de plus en plus mal climatisé.

Cinq ans après[*]

Je tiens d'abord à exprimer ici ma gratitude à l'égard des amis polonais qui ont décidé d'entreprendre la traduction et la publication en polonais de ce premier volume de *Devant la guerre*. C'est aussi sur leur demande que j'ai rédigé les quelques pages qui suivent, et où j'essaie de faire brièvement le point de l'évolution pendant les cinq ans qui nous séparent de la publication de ce livre. J'espère que le lecteur polonais ne s'étonnera pas si je n'y parle guère de la Pologne : ce serait simplement présomptueux de ma part.

J'ajouterai seulement ceci. Lorsque le coup d'État de Jaruzelski a eu lieu, beaucoup de gens m'ont dit : voilà qui confirme jusqu'à la caricature vos thèses sur la stratocratie, à savoir l'évolution de la Russie vers un nouveau type de régime, où le rôle dominant appartient à la « société militaire » (Armée, Appareil de l'industrie militaire, secteurs du Parti qui leur sont liés). Le lecteur sérieux des pages qui suivent s'apercevra sans difficulté qu'il s'agit là d'une incompréhension totale de mes idées. L'évolution du régime communiste vers un régime stratocratique est spécifique à la Russie et liée à des conditions particulières, sociales, historiques et autres, de ce pays. La Pologne d'aujourd'hui n'est pas, et pourrait très difficilement être, une

* Préface pour l'édition polonaise de *Devant la guerre*, I, Aneks, Londres, 1985. Une traduction espagnole a été publiée dans *El País* (Madrid) du 19 mai 1985.

société stratocratique. Ce que le coup d'État de décembre 1981 confirme, en revanche, c'est l'autre moitié de mes thèses : le pourrissement total du régime, comme en Russie, l'état précadavérique du Parti communiste, son incapacité complète de s'autoréformer, et même de mettre à profit un immense mouvement social pour se modifier tant soit peu *dans son propre intérêt*, la réduction de son « idéologie » à un chapelet de mots vides de tout sens que même les porte-parole officiels ne prononcent que du bout des lèvres. A la fin de 1979, l'Armée russe envahissait l'Afghanistan, en occupait en quelques jours les grandes villes et les principales voies de communication. En août 1980, les grèves en Pologne entamaient un processus qui devait aboutir à la démission de Gierek et à la reconnaissance officielle de *Solidarité*. En novembre 1980, Ronald Reagan était élu à la présidence des États-Unis. Le 13 décembre 1981, le général Jaruzelski proclamait l'« état de guerre » (guerre contre son propre peuple, aurait dit Hannah Arendt) et mettait en prison par milliers les opposants au régime. En novembre 1982, Andropov succédait à Brejnev. En février 1984, Tchernenko succédait à Andropov. En novembre 1984, Reagan se succédait à lui-même. En mars 1985, Gorbatchev succédait à Tchernenko.

Y a-t-il eu quelque part – Pologne exceptée – changement important pendant cette période ? Ma réponse est que, du point de vue de la confrontation russo-américaine, rien n'a vraiment changé, que les mêmes tendances profondes sont toujours à l'œuvre et façonnent la réalité.

Aucune évolution du système russe. Plus exactement, ce système s'enfonce de plus en plus dans ce que, depuis l'élimination de Khrouchtchev, sont devenues ses caractéristiques. Il s'est trouvé, en Occident, des « soviétologues » et « kremlinologues » assez ridicules pour proclamer, lors de l'avènement d'Andropov, qu'une grande période de réformes économiques et politiques allait s'ouvrir. A qui voulait bien les entendre, A. Adler dans *Libération* ou Jerry Hough dans les journaux américains expliquaient que la longue carrière d'Andropov à la tête du KGB en faisait l'homme tout indiqué pour une libéralisation politique de la Russie, de même que son rôle essentiel lors de l'écrasement de la Révolution hongroise de 1956 le prédestinait à introduire en Russie la « variante hongroise » du socialisme. Curieusement, les commentaires de tous ceux qui pariaient sur le « changement des générations » ont été beaucoup plus prudents lors de l'avènement de l'adolescent Gorbatchev.

Ce qu'a tenté de faire Andropov, et ce qu'est probablement en train de faire Gorbatchev, n'a pourtant rien de transcendant. Il ne s'agit pas de « réformer » le système, il s'agit de manier un peu plus et un peu mieux la carotte et le bâton – et surtout le bâton – pour en limiter quelque peu les absurdités. Il ne peut être question de « réformer » le système. Abstraction faite de toute considération relative aux capacités ou aux ambitions de Gorbatchev ou de qui que ce soit, manquent pour une telle réforme aussi bien les idées que les cadres et que les possibilités sociales. Comment s'y prend-on, on a envie de demander à tous ces donneurs de conseils gratuits, comment vous y prendriez-vous pour « réformer » un régime tel que le régime russe ? Avez-vous une idée quelconque à proposer ? Et avec l'aide de qui ? Où se cachent donc les quelques millions de cadres qui brûlent d'envie de changer le système pourvu qu'on leur donne le feu vert ? Et comment surmonter le sabotage, l'opposition silencieuse mais acharnée à toute « réforme » qui viendrait non seulement des quelques dizaines de millions de bureaucrates privilégiés, mais finalement de presque tout le monde, de haut en bas du système, chacun à présent se débrouillant tant bien que mal, ayant creusé sa niche, et craignant par-dessus tout un changement ?

Le système est irréformable. Il peut exploser sous l'effet d'une révolte populaire. Il peut, à la rigueur, imploser –

s'effondrer – si la pagaille de la société non militaire dépasse toute limite. Il ne peut pas s'autoréformer pacifiquement : c'est ce que montre l'analyse théorique ; c'est ce dont témoignent les échecs successifs de Malenkov et de Khrouchtchev.

Mais surtout, l'idée que le régime « voudrait » ou « tendrait à » se réformer est une naïve projection occidentale (soutenue, comme toutes les projections, par un souhait). Se réformer pour quoi, en vue de quelle fin ? Pour donner plus de liberté aux gens ? Mais le régime hait la liberté, il est construit *pour* qu'elle soit impossible. Pour donner le bien-être aux masses ? Mais pour quoi faire ? Pour qu'elles apprennent à demander ensuite plus et autre chose ? Est-il donc si difficile de voir que la pénurie (organisée et administrée comme elle l'est en Russie) est un magnifique instrument de contrôle et de corruption – de même qu'une arme presque absolue de dissuasion politique, puisque l'opposant potentiel, avant même d'être conduit en hôpital psychiatrique ou en camp de concentration, est privé de quoi manger ? Pour améliorer la production ? Mais, là où la quantité et la qualité de la production importent vraiment au régime – dans le secteur militaire –, on fait ce qu'il faut pour que cela marche : avantages directs et indirects accordés aux employés des « entreprises fermées », contrôles serrés de la qualité, responsabilité des dirigeants de la production, etc.

Le système n'est certes pas « parfait », beaucoup s'en faut, relativement à ses propres objectifs. Mais, considéré relativement à ceux-ci, il n'a ni la nécessité ni la possibilité de se réformer. Sa seule visée, sa seule perspective possible, est l'extension de sa domination. Avec la décrépitude de son idéologie et le dévoilement mondial de sa réalité monstrueuse, le moyen qui en est devenu le moyen central, c'est la Force brute. D'où la subordination complète de la production, de l'économie, de la vie sociale russes à l'accumulation de force militaire et à la politique extérieure.

La Force brute comme fin en soi, la Force brute pour la Force brute, est devenue la « valeur » centrale de cette société, sa signification imaginaire dominante. Cela ne vaut pas seulement à l'égard de l'extérieur, mais tout autant à l'intérieur. Le « pouvoir », grand ou infime, y devient à la fois seul objectif de l'existence et seul moyen pour satisfaire les besoins, quels qu'ils soient, de l'individu. Et c'est ainsi, évidemment, que ce régime tend à produire le type anthropologique d'individu qui lui correspond, individu défini par le cynisme, l'absence de tout scrupule, la soif du pouvoir (secrétaire général du Parti ou chef d'équipe dans une usine, cela ne fait aucune différence à cet égard). Qu'il y parvienne, par dizaines de millions, est hors de doute ; autrement, il se serait effondré depuis longtemps. Qu'il y soit déjà parvenu pour l'essentiel de la population russe, c'est une autre question, qui doit rester ouverte, mais dont dépend aussi, pour une bonne part, notre propre avenir.

Cinq ans d'administration Reagan n'ont pas non plus, malgré les apparences et la rhétorique du « grand communicateur » (c'est-à-dire du grand gaffeur), changé quoi que ce soit d'essentiel à la situation du monde occidental ; plutôt, les signes de son processus de décomposition se sont multipliés. Parmi ces signes – ou ces symboles – sans doute, la triomphale réélection de Reagan elle-même, comme, plus généralement, la médiocre farce que présentent sous le nom de « politique » les différents scapins qui « dirigent » les pays occidentaux.

Après avoir connu ses deux pires années d'après-guerre en 1981 et 1982 (avec un chômage de 10,5 %, ce qui veut dire 20 % pour les Noirs et 40 à 50 % pour les jeunes Noirs), l'économie américaine est entrée à nouveau en expansion à partir de 1983. Mais en fonction de quoi ? Sous le couvert de psalmodies contre le keynésianisme, par le moyen d'une politique ultra-keynésienne, portant le déficit budgétaire à des hauteurs (quelque 6 % du produit national) auxquelles le plus fanatique des keynésiens n'aurait jamais osé rêver. Pourtant, avec un tel déficit budgétaire, le chômage reste de 7,5 % aux États-Unis. A part le Japon, l'économie des autres pays capitalistes stagne et il n'est pas possible de voir comment le chômage, qui atteint déjà quelque 12 % en moyenne dans les pays du Marché Commun, ne continuera pas d'augmenter. Le système monétaire et financier international est aussi fragile que jamais. Dans la plupart des pays du Tiers Monde – où se déroule la véritable confrontation avec la Russie –, la misère et la famine augmentent.

Mais je ne m'étendrai pas ici sur les aspects économiques et politiques de la décomposition des sociétés occidentales (j'en parlerai longuement dans le deuxième volume de *Devant la guerre*). Je me limiterai aux aspects politico-militaires de la confrontation russo-américaine.

Beaucoup de bruit a été fait autour du réarmement américain sous Reagan, et certes les *dépenses* militaires des États-Unis ont beaucoup augmenté. Je laisserai de côté les « comparaisons » avec les *dépenses* militaires russes – comparaisons qui, comme je l'ai montré dans *Devant la guerre*, n'ont aucun sens. La question est : où vont et à quoi servent ces dépenses ? Oublions aussi le fait que tous les jours les journaux américains rendent publics de nouveaux scandales (qui visiblement ne le sont même plus pour une Amérique blasée) sur le *procurement* militaire américain. Qui pourra jamais calculer quelle part des crédits militaires des États-Unis a été dépensée à l'achat de sièges de W.-C. pour les avions à 800 dollars pièce, de marteaux facturés à 200 dollars (les mêmes qui coûtent 1 ou 2 dollars au magasin du coin), ou aux honoraires des avocats qui défendent les firmes produisant du matériel militaire contre les accusations de malversation ou de facturation frauduleuse au détriment de l'État américain ? Le bilan du « réarmement » américain sous Reagan est simple : à part les trous partiellement bouchés dans les domaines des pièces de rechange, des munitions et de l'entraînement des personnels (la situation des forces armées américaines à ces trois égards était lamentable en 1980), et une croissance de la marine qui n'a guère de sens stratégique (*cf.* E. N. Luttwak, « Le navalisme dans la politique de défense du président Reagan », in *Stratégie navale et Dissuasions*, Éditions du CNRS, Paris, 1985), il s'agit d'une augmentation des commandes de matériel à laquelle ne préside aucun plan d'ensemble, aucune conception stratégique. C'est toujours l'imaginaire capitaliste (et marxiste, bien entendu) : 1° *tout* problème peut être résolu avec un nombre suffisant de dollars, car 2° avec les dollars, on achète (ou on fabrique) la technique, et avec la technique on résout tout. Il y a toute la différence au monde entre : avoir une politique et une stratégie, et leur fournir les moyens appropriés ; et : accumuler les moyens (ou plutôt, les crédits budgétaires) sans aucune idée politique et stratégique. L'affaire du missile MX dont la construction, les plans et les spécifications ont été décidés, puis décommandés, puis modifiés au moins une dizaine de fois, et qui est finalement en train d'être fabriqué mais en quantités moitié moindres de celles prévues au départ et avec un mode de déploiement qui contredit radicalement les justifications initiales de sa production, est, à cet égard, typique jusqu'à la caricature. Comme le dit assez joliment Luttwak, les dépenses militaires américaines « relèvent plus d'un phénomène culturel que stratégique ».

Le déséquilibre entre la Russie et les États-Unis n'a pas été « corrigé » par l'Administration Reagan. Au plan conventionnel, la situation n'a pas été modifiée ; au plan nucléaire, elle n'est pas modifiable. (Je ne prends pas au sérieux la « guerre des étoiles », sauf pour ce qui est des profits des firmes qui bénéficient déjà des crédits y afférents.) La supériorité conventionnelle des Russes sur le front européen reste écrasante. Elle ne résulte pas seulement des nombres. Pour n'en citer que quelques composantes : la Russie bénéficie de l'énorme avantage de pouvoir agir « selon les lignes intérieures ». Pour se rendre compte de ce que cela

veut dire dans la pratique (et de la mystification perpétuellement entretenue par les journalistes et les « spécialistes »),
il suffit de réaliser que les décomptes des forces qu'on lit
d'habitude additionnent les chèvres et les choux, les divisions turques, grecques, italiennes, portugaises et norvé-
giennes avec celles stationnées en Allemagne. Comme s'il
pouvait jamais être question que les premières puissent participer à une bataille sur l'Elbe ! Comme s'il pouvait aussi
être question que les divisions anglaises, canadiennes ou
américaines qui ne sont pas déjà en Europe puissent jamais
y être transportées – alors qu'il suffirait d'un petit nombre
de bombes de petite puissance, ou même d'importants
bombardements strictement conventionnels sur Hambourg,
Rotterdam, Anvers, Le Havre et Bordeaux pour que le
continent soit complètement isolé. En deuxième lieu, il y a
une Armée russe, face à une mosaïque aussi bigarrée que
possible de divisions « atlantiques », à armements différents
et non « interopérables » (voir International Institute for
Strategic Studies, *The Military Balance 1984-1985*, p. 148-
151). En troisième lieu, lorsqu'on connaît le « moral »
actuel des populations européennes, on ne peut que nourrir
les plus grands doutes sur le comportement au combat des
divisions stationnées en Allemagne. On cite souvent les
pays du Pacte de Varsovie, autres que la Russie, pour dire
que leurs soldats ne se battraient pas non plus. C'est oublier
que l'état-major russe n'a aucune raison de les utiliser
dans des opérations autres que de gendarmerie dans leurs
pays respectifs – comme l'Armée polonaise dès maintenant. Enfin, on passe constamment sous silence le fait que
le « déploiement » allié en Allemagne représente l'exemple
même de ce qu'il ne faut pas faire : depuis au moins Clau-
sewitz, cette « défense en cordon » est condamnée comme
la forme la plus stupide de défense. Or ce déploiement est
imposé au commandement de l'OTAN par les conventions
avec l'Allemagne fédérale, qui interdisent aux forces de
l'OTAN d'abandonner volontairement une portion quel-

conque de territoire allemand. Cela revient à obliger un boxeur à se battre après qu'on lui a bien bétonné les pieds sur le ring.

Bien évidemment, l'hypothèse d'une vraie guerre limitée aux moyens conventionnels – même s'ils étaient considérablement perfectionnés – n'a aucun intérêt. Car, ou bien les États-Unis n'accepteraient à aucun prix que l'Europe tombe entre les mains des Russes – et ce serait l'immédiate et fulgurante escalade nucléaire. Ou bien les États-Unis reculeraient devant cette éventualité, et les opérations en Europe, si même il y en avait du tout, seraient de très courte durée.

Bien évidemment aussi, la question de la confrontation entre la Russie et ce qu'il est convenu d'appeler l'« Occident » n'a jamais été une question militaire au sens étroit, au moins depuis que la Russie a acquis, elle aussi, les armes nucléaires. La confrontation essentielle est politique, sociologique et psychologique, et à cet égard, le seul décisif, rien n'a changé depuis 1980. D'un côté, il y a un Empire qui bande toutes ses forces vers la puissance et l'expansion (quelles que soient ses contradictions internes et la résistance des peuples qu'il a asservis). De l'autre, il y a une fausse « alliance », rongée par les dissensions internes, dont les membres veulent surtout être protégés par les États-Unis en faisant eux-mêmes le minimum et tout en protestant et récriminant contre cette « protection ». Il suffit de réfléchir à ce simple fait : la France et l'Allemagne, seules probablement, avec la Grande-Bretagne certainement, n'auraient aucun besoin de la « protection » des États-Unis, si elles voulaient faire vraiment ce qu'il faut pour faire face à la Russie. Mais, en même temps que l'on bavarde sur l'unité de l'Europe, la CEE traverse deux crises par an à cause de quelques tonnes de poisson ou de quelques centimes quant au prix du lait – cependant qu'elle subventionne richement les exportations de beurre vers la Russie.

Mais sur ce plan, le plan politique, et sans parler des tentations « finlandaises » d'une bonne partie des couches dominantes en Europe, l'essentiel se joue dans le Tiers Monde – et la faillite totale des gouvernements occidentaux y est flagrante. Le Fonds monétaire international serait-il un instrument du KGB, il ne suivrait pas une autre politique que celle qu'il suit : pousser les populations des pays sous-développés au chômage et à la famine. La résistance afghane est pratiquement abandonnée à elle-même et la Russie dans ce pays réussit ce qu'aucune puissance impériale n'avait jamais réussi : contrôler les villes et les voies de communication. Les Russes n'ont peut-être pas gagné au Liban, mais les Occidentaux y ont bel et bien perdu. Aux Philippines, ça commence. Après les prétendus accords de retrait simultané, on avoue maintenant que les Libyens n'ont jamais quitté la moitié nord du Tchad. Est-ce la peine de rappeler que les gouvernements occidentaux n'ont réagi à l'instauration de la dictature militaire en Pologne que par des paroles ?

L'incapacité, la courte vue, la myopie historique des couches dirigeantes des pays occidentaux apparaissent d'autant plus lourdes de signification historique qu'elles s'accompagnent d'une dépolitisation et d'une privatisation toujours plus poussées des populations, d'une évanescence du conflit social et politique dans les pays industriels qui laisse libre cours à l'irrationalité du système et à l'irresponsabilité des dirigeants.

Y a-t-il un espoir, et où est-il ?

Pour les affaires essentielles, il n'y a pas, en histoire, des prévisions. Cela signifie *aussi* que nous ne pouvons pas passer l'humanité contemporaine par pertes et profits, décider qu'elle a définitivement accepté l'esclavage ouvert de la stratocratie russe ou celui, plus subtil et plus déguisé, d'un cauchemar climatisé – de plus en plus cauchemar et de moins en moins climatisé. La Pologne, depuis cinq ans – comme depuis trente ans –, nous le montre. La résistance du peuple afghan aussi. On a vu récemment au Brésil des

populations pauvres, sans emploi, peu « cultivées », pré-
férer manifester pour la liberté plutôt que pour les salaires
ou l'emploi. Dans toute l'Amérique latine, des signes certains montrent que les gens commencent à échapper au faux
dilemme dans lequel, avec une parfaite complicité objective, les deux superpuissances réussissaient jusqu'ici à les
enfermer : si vous voulez lutter contre le statu quo, il vous
faut vous allier avec les communistes et la Russie ; si vous
ne voulez pas des communistes et de la Russie, il vous faut
vous ranger du côté des possédants et de l'Amérique.

La faillite désormais commune des idéologies marxiste
et libérale est d'une étendue beaucoup plus générale – et
plus intense encore, peut-être, dans les pays industrialisés.
Elle est masquée actuellement par la renaissance factice
d'un « libéralisme » qui a son origine dans la tentative des
couches dominantes, après l'inflation, la crise du pétrole et
les secousses du système monétaire international, de retrou-
ver une relative maîtrise de leur économie et de re-modifier
la distribution du revenu national au détriment des salariés,
et qui a été considérablement renforcé par la réaction
des populations contre l'étatisation et la bureaucratisation
croissante de la vie sociale. (Il fallait le génie politique des
« socialistes » français pour ne pas comprendre cette signification commune aux mouvements « de droite » comme
« de gauche » depuis vingt ans, et pour achever de se ruiner
dans l'opinion par leur tentative d'accentuer le contrôle
étatique du système scolaire.) Mais ce libéralisme pourra
difficilement survivre à ses résultats, lorsque ceux-ci com-
menceront à apparaître en clair : misère croissante pour la
grande majorité des pays sous-développés, chômage croissant dans les pays industrialisés, menace permanente d'un
effondrement du système monétaire et financier international.

La première grande inconnue concerne ce qui se passera,
parmi les populations des pays industrialisés, lorsque la
fumée du reaganisme, du thatchérisme et de leurs diverses

imitations sera dissipée. Trouveront-elles la force de créer un nouveau mouvement politique, d'éliminer la bureaucratie capitaliste et socialiste, d'avancer sur la voie de l'auto-gouvernement ?

La deuxième grande inconnue concerne évidemment le peuple russe. Jusqu'à quand supportera-t-il l'oppression et la misère que lui impose le régime ? Dans quelle mesure est-il déjà complètement atomisé, ou bien intégralement pris dans le chauvinisme grand-russien que le régime essaie par tous les moyens de faire revivre ?

Malgré l'immense différence des situations par rapport au premier comme au second de ces deux cas, l'incroyable résistance du peuple polonais et sa capacité d'inventer, dans les pires des conditions, les moyens qui empêchent Jaruzelski d'asseoir son emprise sur le pays, montrent que la lutte pour la liberté garde toujours tout son sens – que nous n'avons pas à espérer la liberté, mais à travailler et à combattre pour elle.

Paris, 5 mai 1985

KOINÔNIA

Réflexions sur le « développement »
et la « rationalité » *

1. *Position de la question*

Il y a déjà un certain temps que le « développement » est devenu à la fois un slogan et un thème de l'idéologie officielle et « professionnelle » – comme aussi des politiques des gouvernements. Il peut être utile de rappeler brièvement sa généalogie.

Le XIXe siècle a célébré le « progrès », en dépit des critiques acerbes et amères des adversaires du capitalisme triomphant. La Première Guerre mondiale, puis, après un

---

* Rapport présenté au colloque de Figline-Valdarno sur « La crise du développement » (13-17 septembre 1974). Rédigé en anglais, traduit en français par Mme de Venoge et sous cette forme publié dans *Esprit* (mai 1976), puis dans *Le Mythe du développement*, édité par Candido Mendès, Éd. du Seuil, 1977, volume contenant les actes de ce colloque. Je reproduis également ici mes interventions au cours de la table ronde tenue à Paris, sur l'initiative de Jean-Marie Domenach, deux ans plus tard, pour discuter les « modèles socialistes » de développement qui n'avaient guère été évoqués à Figline-Valdarno (*Le Mythe du développement, op. cit.*, p. 111-140). J'ai été ainsi amené à restituer ici une partie des interventions des participants à la table ronde, sans laquelle ce que je dis resterait incompréhensible ; je les remercie d'avance de leur compréhension, et je prie le lecteur intéressé de se reporter, pour la totalité de la discussion, à l'ouvrage collectif déjà cité.

court interlude, la Grande Dépression, la montée du fascisme et du nazisme en Europe et l'inéluctabilité flagrante d'une nouvelle guerre mondiale, qui semblaient toutes démontrer que le système était ingouvernable, ont provoqué un effondrement de l'idéologie officielle. La « crise du progrès » était le thème des années trente.

Dans le monde d'après-guerre, les pouvoirs établis se sont d'abord et surtout préoccupés de la reconstruction, et des problèmes nouveaux créés par la lutte entre les États-Unis et la Russie. En Occident, le succès de la reconstruction économique dépassa tous les espoirs, et une longue phase d'expansion commença. Lorsque, avec la fin de la guerre de Corée, l'antagonisme russo-américain parut s'atténuer ; lorsque aussi, malgré quelques sanglantes exceptions, la « question coloniale » sembla être en cours de liquidation plus ou moins pacifique, l'opinion officielle commença à rêver que l'on avait enfin trouvé la clef des problèmes humains. Cette clef, c'était la croissance économique, réalisable sans difficulté grâce aux nouvelles méthodes de régulation de la demande, et les taux de croissance du PNB par habitant contenaient la réponse à toutes les questions. Certes, le conflit potentiel avec le Bloc oriental restait toujours menaçant ; mais l'idée se répandait aussi que, ces pays atteignant la maturité industrielle et allant être envahis par le consommationnisme, leurs maîtres seraient amenés à suivre une politique internationale moins agressive et, peut-être, à introduire un certain degré de « libéralisation » interne. Certes aussi, la faim était (comme elle l'est toujours) réalité quotidienne pour une énorme partie de la population de la planète, et le Tiers Monde *ne* réalisait *pas* une croissance économique, ou bien sa croissance restait trop faible et trop lente. Mais la raison en était que les pays du Tiers Monde *ne* se « développaient » *pas*. Le problème donc consistait à les développer, ou à les faire se développer. La terminologie internationale officielle a été adaptée en conséquence. Ces pays, auparavant nommés, avec une

sincère brutalité, « arriérés », puis « sous-développés », ont
été poliment appelés « moins développés » et finalement
« pays en voie de développement » – joli euphémisme,
signifiant en fait que ces pays *ne* se développaient *pas*.
Comme les documents officiels l'ont formulé à maintes
reprises, les développer voulait dire : les rendre capables
d'entrer dans la phase de la « croissance auto-entretenue ».

Mais à peine la nouvelle idéologie était-elle mise en place
qu'elle était attaquée de divers côtés. Le système social établi commença d'être critiqué non pas parce qu'il serait
incapable d'assurer la croissance, ni parce qu'il distribuait
inéquitablement les « fruits de la croissance » – critiques
traditionnelles de la gauche –, mais parce qu'il ne se sou-
ciait *que* de la croissance et ne réalisait *que* de la croissance
– une croissance d'un type donné, avec un contenu spécifique, entraînant des conséquences humaines et sociales
déterminées. Limitées à l'origine à l'intérieur d'un cercle
très étroit de penseurs politiques et sociaux hétérodoxes,
ces critiques se sont largement répandues, en l'espace de
quelques années, parmi les jeunes et ont commencé d'influencer aussi bien les mouvements étudiants des années
soixante que le comportement effectif de divers individus
et groupes, qui décidèrent d'abandonner la « course de
rats[1] » et tentèrent d'établir pour eux-mêmes de nouvelles
formes de vie communautaire. De manière de plus en plus
insistante, on commença à soulever la question du « prix »
auquel les êtres humains et les collectivités « achetaient » la
croissance. Presque simultanément, on « découvrait » que
ce « prix » comprenait une composante énorme, jusqu'alors
passée sous silence, et dont souvent les conséquences ne
concernaient pas directement les générations présentes. Il
s'agissait de l'amoncellement massif et peut-être irréver-

---

1. *Rat race* : expression devenue courante aux États-Unis depuis
les années cinquante, désignant le mode de vie dominé par la tentative
de tous de monter dans la hiérarchie et dans l'échelle de la consommation.

sible de dommages infligés à la biosphère terrestre, résultant de l'interaction destructrice et cumulative des effets de l'industrialisation ; effets déclenchant des réactions de l'environnement qui restent, au-delà d'un certain point, inconnues et imprévisibles et qui pourraient éventuellement aboutir à une avalanche catastrophique finale dépassant toute possibilité de « contrôle ». Depuis l'enfoncement de Venise dans les eaux jusqu'à la mort peut-être imminente de la Méditerranée ; depuis l'eutrophisation des lacs et des fleuves jusqu'à l'extinction de douzaines d'espèces vivantes ; depuis les printemps silencieux jusqu'à la fonte éventuelle des calottes glaciaires des pôles ; depuis l'érosion de la Grande Barrière de Corail jusqu'à la multiplication par mille de l'acidité des eaux de pluie – les conséquences effectives ou virtuelles d'une « croissance » et d'une industrialisation effrénées commençaient à se dessiner, immenses. La récente « crise de l'énergie » et les pénuries de matières premières sont survenues au moment approprié pour rappeler aux hommes qu'il n'était même pas certain qu'ils pourraient continuer longtemps à détruire la Terre.

Comme c'était prévisible, les réactions des pouvoirs établis ont été conformes à leur nature. Puisque le système était critiqué pour s'être uniquement préoccupé des quantités de biens et de services produits, de nouveaux organismes bureaucratiques ont été établis pour prendre soin de la « qualité de la vie ». Puisqu'il semblait y avoir un problème de l'environnement, des ministères, des commissions et des conférences internationales ont été organisés pour le résoudre. Ces organismes ont en effet résolu efficacement certains problèmes très graves, tel, par exemple, celui des postes ministériels à trouver pour des politiciens qu'il fallait accommoder à des places sans importance politique, ou celui des raisons à inventer pour maintenir et accroître les crédits budgétaires accordés à des organisations nationales et internationales moribondes ou désœuvrées. Les économistes découvrirent immédiatement un terrain neuf et prometteur pour leurs délectables exercices d'algèbre élémentaire – sans s'arrêter une seconde pour remettre en question leur cadre conceptuel. Les indicateurs économiques ont été complétés par des « indicateurs sociaux » ou des « indicateurs de bien-être », et de nouvelles lignes et colonnes ont été ajoutées aux matrices des transactions interindustrielles. La question de l'environnement n'était discutée que du point de vue des « coûts » et des « rendements », et de l'impact possible des mesures de contrôle de la pollution sur les taux de croissance du PNB ; cet impact risquait d'être négatif, mais, avançait-on avec espoir, cela pourrait bien à la fin être compensé par la croissance de la nouvelle « industrie de contrôle de la pollution ». Il est à peine utile d'ajouter que la phrase « *travail d'avant-garde en matière de contrôle de la pollution* » a aussitôt pris une place éminente dans la publicité des principaux pollueurs, les compagnies industrielles géantes. Le point le plus gravement discuté était la question de savoir si et comment on pouvait et on devait « internaliser » les coûts du contrôle de la pollution [2]. L'idée que l'ensemble du problème dépassait de loin les « coûts » et les « rendements » n'a presque jamais traversé l'esprit des économistes et des politiciens.

Même les réactions les plus « radicales » qui se sont fait jour à l'intérieur des couches dominantes n'ont pas, en réalité, mis en question les prémisses les plus profondes des vues officielles. Puisque la croissance créait des problèmes

---

2. C'est-à-dire faire supporter ces coûts par les firmes polluantes, et non par le public (l'État). Les « économies externes » ou « externalités » (positives ou négatives), dont il sera aussi question plus loin, englobent tous les effets des activités d'une firme sur les autres firmes et la société (comme aussi les effets des activités des autres firmes etc., sur une firme donnée) qui diminuent (ou augmentent) les coûts de production de celle-ci. Dans la conceptualisation économique régnante, la destruction de l'environnement apparaît – et ne peut apparaître que – comme une « économie (négative) externe » résultant du fonctionnement de la firme.

impossibles à contrôler et, encore plus, puisque tout processus de croissance exponentielle devait inéluctablement
se heurter, tôt ou tard, à des limites physiques, la réponse
était « pas de croissance » ou « croissance zéro ». Aucune
considération n'était accordée au fait que, dans les pays
« développés », la croissance et les gadgets étaient tout ce
que le système pouvait offrir aux gens et qu'un arrêt de la
croissance était inconcevable (ou ne pourrait conduire qu'à
une explosion sociale violente), à moins que l'ensemble de
l'organisation sociale, y compris l'organisation psychique
des hommes et des femmes, ne subisse une transformation
radicale.

Pas davantage ne tenait-on sérieusement compte des dramatiques aspects internationaux de la question. Est-ce que
l'écart entre les pays ayant un PNB de 6 000 dollars par
habitant et par an, et les pays ayant un PNB de 200 dollars
par habitant et par an, devait être maintenu ? Est-ce que
ces derniers accepteraient le maintien d'un tel écart, étant
donné leurs besoins physiques impératifs, l'« effet de
démonstration » qu'y exerce constamment l'exemple de la
vie dans les pays riches et, *last but not least*, la politique de
puissance et le désir de puissance des couches dominantes
de tous les pays ? (Existe-t-il un seul président d'un seul
« pays en voie de développement » qui ne donnerait pas
volontiers la vie de la moitié de ses sujets pour avoir sa
propre bombe H ?) Et si l'on devait combler cet écart –
c'est-à-dire si, *grosso modo*, la totalité de la population de
la terre devait être amenée au niveau d'un PNB par habitant et par an de 6 000 dollars [12 000 dollars en 1985] –,
comment pouvait-on concilier les conclusions et les raisonnements sous-tendant l'idée de la « croissance zéro » avec
le triplement [et beaucoup plus] du « produit mondial brut »
qu'impliquerait cette égalisation (triplement qui exigerait
encore un quart de siècle de « croissance » mondiale au
taux composé de 4 % par an, supposant une population
statique), comme aussi avec la continuation subséquente

indéfinie d'une production au niveau annuel d'environ 25 000 milliards de dollars aux prix de 1970 – soit à peu près vingt-cinq fois le PNB présent des États-Unis, et donc aussi à peu près vingt-cinq fois leur consommation présente d'énergie, de matières premières, etc.[3] ? Enfin, avec les structures politiques et sociales existantes, est-ce que les pays « développés » accepteraient de devenir et de rester une minorité impuissante face à des pays asiatiques, africains et latino-américains tout autant « riches » et beaucoup plus peuplés ? Est-ce que la Russie tolérerait l'existence d'une Chine trois fois plus forte qu'elle ? Est-ce que les États-Unis accepteraient l'existence d'une Amérique latine deux fois plus forte qu'eux-mêmes ? Comme toujours, le réformisme prétend être réaliste, mais, lorsqu'on en vient aux questions vraiment importantes, il se révèle comme une des manières les plus naïves de prendre ses désirs pour des réalités.

2. *Les « obstacles au développement »*

Les questions ici en cause sont, évidemment, étroitement liées à l'ensemble de l'organisation sociale, au niveau tant national qu'international. Plus encore sont-elles liées aux idées et aux conceptions fondamentales qui ont dominé et formé la vie, l'action et la pensée de l'Occident depuis six siècles, et moyennant lesquelles l'Occident a conquis le monde et l'aura encore conquis même s'il doit être matériellement vaincu. « Développement », « économie »,

---

3. Ces chiffres – correspondant en gros aux données statistiques officielles pour 1973 et 1974 – ont surtout une valeur illustrative, mais ils représentent correctement les ordres de grandeur des variables en cause.

Pour 1985, et en dollars courants, il faudrait en gros parler, respectivement, de 12 000 et 200 dollars par habitant et par an. Les autres chiffres de ce passage devraient être ajustés de façon correspondante ; exercice académique.

« rationalité » ne sont que quelques-uns des termes que l'on peut utiliser pour désigner ce complexe d'idées et de conceptions, dont la plupart restent non conscientes, aussi bien pour les politiciens que pour les théoriciens.

Ainsi, personne ou presque ne s'arrête pour se demander : *qu'est*-ce que le « développement », *pourquoi* le « développement », « développement » de *quoi* et *vers quoi* ? Comme déjà indiqué, le terme « développement » a commencé à être utilisé lorsqu'il devint évident que le « progrès », l'« expansion », la « croissance » n'étaient pas des virtualités intrinsèques, inhérentes à toute société humaine, dont on aurait pu considérer la réalisation (actualisation) comme inévitable, mais des propriétés spécifiques – et possédant une « valeur positive » – des sociétés occidentales. Ainsi considérait-on celles-ci comme des sociétés « développées », entendant par là qu'elles étaient capables de produire une « croissance auto-entretenue » ; et le problème semblait consister uniquement en ceci : amener les autres sociétés à la fameuse « étape du décollage ». Ainsi l'Occident se pensait, et se proposait, comme modèle pour l'ensemble du monde. L'état normal d'une société, ce que l'on considérait comme l'état de « maturité » et que l'on désignait par ce terme apparemment allant de soi, était la capacité de croître indéfiniment. Les autres pays et sociétés étaient naturellement considérés comme moins mûrs ou moins développés, et leur problème principal était défini comme l'existence d'« obstacles au développement ».

Pendant un certain temps, ces obstacles ont été vus comme purement « économiques », et de caractère négatif : l'absence de croissance était due à l'absence de croissance – ce qui, pour un économiste, n'est pas une tautologie, puisque la croissance est un processus autocatalytique (il suffit qu'un pays entre dans la croissance pour qu'il continue de croître de plus en plus rapidement). Par conséquent, on posait que des injections de capital étranger et la création de « pôles de développement » étaient les conditions nécessaires et suffisantes pour amener les pays moins développés à l'étape de « décollage ». En d'autres termes, l'essentiel était d'importer et d'installer des machines. Assez rapidement, on a été obligé de découvrir que ce sont les hommes qui font marcher les machines, et que ces hommes doivent posséder les qualifications appropriées ; alors l'« assistance technique », la formation technique et l'acquisition de qualifications professionnelles devinrent à la mode. Mais à la fin, on a dû se rendre compte que les machines et les ouvriers qualifiés ne suffisaient pas, et que beaucoup d'autres choses « manquaient ». Les gens n'étaient pas partout et toujours prêts et capables de renoncer à ce qu'ils avaient été pour devenir de simples rouages du processus d'accumulation – même lorsque, étreints par la famine, ils « auraient dû » le faire. Quelque chose n'allait pas, dans les « pays en voie de développement » : ils étaient pleins d'hommes qui, eux, n'étaient pas « en voie de développement ». De manière tout à fait naturelle et caractéristique, on a alors identifié le « facteur humain » avec l'absence d'une « classe d'entrepreneurs ». Cette absence fut profondément regrettée – mais les économistes n'avaient pas beaucoup de conseils à offrir sur la manière dont il faut procéder pour développer une « classe d'entrepreneurs ». Les plus cultivés parmi eux avaient quelques vagues souvenirs relatifs à l'éthique protestante et la naissance du capitalisme – mais ne pouvaient pas se transformer de missionnaires de la croissance en apôtres de l'ascèse intramondaine.

On a ainsi commencé à s'apercevoir obscurément qu'il n'existait pas d'« obstacles au développement » particuliers et séparables et que, si le Tiers Monde devait « être développé », les structures sociales, les attitudes, la mentalité, les significations, les valeurs et l'organisation psychique des êtres humains devaient être changées. La croissance économique n'était pas quelque chose qui pouvait être « ajouté » à ces pays, comme l'avaient pensé les écono-

mistes ; elle ne pouvait pas non plus être simplement super-
posée à leurs autres caractéristiques. Si ces sociétés devaient
« être développées », elles devraient subir une transformation globale. L'Occident avait à affirmer, non pas qu'il
avait trouvé un truc pour produire moins cher et plus vite
davantage de marchandises, mais qu'il avait découvert *le*
mode de vie approprié pour toute société humaine. Ce fut
une chance pour les idéologues occidentaux que le malaise
qu'ils auraient pu éprouver à cet égard ait été apaisé par
la précipitation avec laquelle les nations « en voie de développement » ont essayé d'adopter le « modèle » occidental
de société – même lorsque sa « base » économique faisait
défaut. Ce fut aussi leur malchance, que la crise des
« politiques du développement » en un sens réel mais
limité, l'échec du « développement » des « pays en voie
de développement », ait coïncidé avec une crise beaucoup
plus ample et profonde dans leurs sociétés, l'écroulement
interne du modèle occidental et de toutes les idées qu'il
incarnait.

3. *Le « développement »*
   comme signification imaginaire sociale

Qu'est-ce que le développement ? Un organisme se développe lorsqu'il progresse vers sa maturité biologique. Nous
développons une idée lorsque nous explicitons autant que
possible ce que nous pensons qu'elle « contient » implicitement. En bref : le développement est le processus de la réalisation du virtuel, du passage de la *dunamis* à l'*énergéia*,
de la *potentia* à l'*actus*. Cela implique évidemment qu'*il y a*
une *énergéia* ou un *actus* pouvant être déterminés, définis,
fixés, qu'*il y a* une norme appartenant à l'essence de ce qui
se développe ; ou, comme aurait dit Aristote, que cette

essence *est* le devenir-conforme à une norme définie par une forme « finale » : l'*entéléchéia*.

En ce sens, le développement implique la définition d'une « maturité » et, au-delà, celle d'une *norme naturelle* : le développement n'est qu'un autre nom de la *phusis* aristotélicienne. Car la nature contient ses propres normes, en tant que *fins* vers lesquelles les êtres se développent et qu'ils atteignent effectivement. « La nature est fin *(telos)* », dit Aristote. Le développement est défini par le fait d'atteindre cette fin, en tant que norme naturelle de l'être considéré. En ce sens aussi, le développement était une idée centrale pour les Grecs – et non seulement pour ce qui est des plantes, des animaux ou des hommes en tant que simples vivants. La *paidéia* (élevage/dressage/éducation) est développement : elle consiste à amener le petit monstre nouveau-né à l'état propre d'un être humain. Si cela est possible, c'est parce qu'il *existe* un tel état propre, une norme, une limite *(peras)*, la norme incarnée par le citoyen, ou le *kalos kagathos*, qui, s'ils sont atteints, *ne peuvent pas* être dépassés (les dépasser serait simplement retomber en arrière). « Meurs maintenant, Diagoras, car tu ne monteras pas sur l'Olympe. » Mais la question : comment et sur quelle base un tel état propre peut être déterminé une fois que la constitution de la *polis* (qui pose la norme du développement des citoyens individuels) a été mise en cause et perçue dans son caractère relatif ; en quel sens peut-on dire qu'il y a une *phusis* de la *polis*, un état propre unique de la cité – cette question devait nécessairement rester pour les grands penseurs grecs, malgré ou à cause de leur préoccupation constante avec la *dikaiosunè* et la *orthè politéia*, un point obscur à la frontière de leur réflexion. De la même manière, et pour les mêmes raisons profondes, la *technè* devait rester en fait non définie, flottant quelque part entre la simple imitation de la nature *(mimésis)* et la création proprement dite *(poiésis)* – entre la répétition d'une norme déjà donnée et, comme Kant devait le dire vingt-cinq siècles plus tard, la position effective d'une nouvelle norme incarnée dans l'œuvre d'art[4].

La *limite (peras)* définit à la fois l'être et la norme. L'illimité, l'infini, le sans-fin *(apeiron)* est de toute évidence non achevé, imparfait, moins-être. Ainsi, pour Aristote, il n'y a qu'un infini virtuel, pas d'infini effectif ; et réciproquement, pour autant qu'une chose quelconque contient des virtualités non actualisées, elle est infinie, puisqu'elle est, par là même et dans la même mesure, inachevée, indéfinie, indéterminée. Ainsi, il ne peut y avoir de développement sans un point de référence, un état défini qui doit être atteint ; et la nature fournit, pour tout être, un tel état « final ».

Avec la religion et la théologie judéo-chrétiennes, l'idée de l'illimité, du sans-fin, de l'infini acquiert un signe positif – mais cela reste, pour ainsi dire, sans pertinence sociale et historique pendant plus de dix siècles. Le Dieu infini est *ailleurs, ce* monde est fini, il y a pour chaque être une norme intrinsèque correspondant à sa nature telle qu'elle a été déterminée par Dieu.

Le changement survient lorsque l'infini envahit *ce* monde-ci. Il serait risible de comprimer ici, en quelques lignes, la masse immense des faits historiques bien connus, et moins bien connus qu'on ne le croit, concernant tant de pays et tant de siècles. J'essaie seulement d'en rassembler quelques-uns dans une perspective particulière en éliminant les explications-justifications « rationnelles » de leur succession que l'on fournit habituellement (explications et justifications qui sont, bien entendu, une auto-« rationali-

---

4. Pour une discussion plus ample de ce problème, le lecteur peut se rapporter à mon étude : « Valeur, égalité, justice, politique : de Marx à Aristote et d'Aristote à nous », *Textures*, n°s 12/13, 1975 ; reprise maintenant dans *Les Carrefours du labyrinthe*, Paris, Éd. du Seuil, 1978 [et coll. « Points Essais », 1998, p. 325-413]. *Cf.* aussi *L'Institution imaginaire de la société, op. cit.*, p. 272-274 [et coll. « Points Essais », 1999, p. 293-296].

sation » du rationalisme occidental, tendant à prouver qu'il existe des raisons rationnelles expliquant et justifiant le triomphe de la variété de « Raison » exhibée en Occident).

Ce qui importe ici est la « coïncidence » et la convergence, que l'on constate à partir, disons, du XIVᵉ siècle, entre la naissance et l'expansion de la bourgeoisie, l'intérêt obsédant et croissant porté aux inventions et aux découvertes, l'effondrement progressif de la représentation médiévale du monde et de la société, la Réforme, le passage « du monde clos à l'Univers infini », la mathématisation des sciences, la perspective d'un « progrès indéfini de la connaissance » et l'idée que l'usage propre de la Raison est la condition nécessaire et suffisante pour que nous devenions « maîtres et possesseurs de la Nature » (Descartes).

Il serait sans intérêt, et privé de sens, d'essayer d'expliquer « causalement » la montée du rationalisme occidental par l'expansion de la bourgeoisie, ou l'inverse. Nous avons à considérer ces deux processus : d'une part, l'émergence de la bourgeoisie, son expansion et sa victoire finale marchent de pair avec l'émergence, la propagation et la victoire finale d'une nouvelle « idée », l'idée que la croissance illimitée de la production et des forces productives est *en fait* le but central de la vie humaine. Cette « idée » est ce que j'appelle une *signification imaginaire sociale* [5]. Lui correspondent de nouvelles attitudes, valeurs et normes, une nouvelle définition sociale de la réalité et de l'être, de ce qui *compte* et de ce qui *ne compte pas*. Brièvement parlant, ce qui compte désormais est ce qui peut être compté. – Par ailleurs, philosophes et scientifiques imposent une torsion nouvelle et spécifique à la pensée et à la connaissance : il n'y a pas de limites aux pouvoirs et aux possibilités de la Raison, et la Raison par excellence, du moins s'il s'agit de

---

5. Cf. *L'Institution imaginaire de la société, op. cit.*, en particulier p. 190 *sq.* et p. 457 *sq.* [rééd. coll. « Points Essais », 1999, p. 204 *sq.* et p. 493 *sq.*].

la *res extensa*, est la mathématique : *Cum Deus calculat, fit mundus* (« Au fur et à mesure que Dieu calcule, le monde est fait », Leibniz). N'oublions pas que Leibniz chérissait également le rêve d'un calcul des idées.

Le mariage – probablement incestueux – de ces deux courants donne naissance, de diverses manières, au monde moderne. Il se manifeste dans l'« application rationnelle de la science à l'industrie » (Marx) – aussi bien que dans l'application (rationnelle ?) de l'industrie à la science. Il s'exprime dans toute l'idéologie du « progrès ». Puisqu'il n'existe pas de limites à la progression de notre connaissance, il n'en existe pas davantage à la progression de notre « puissance » (et de notre « richesse ») ; ou, pour s'exprimer autrement, les limites, où qu'elles se présentent, ont une valeur négative et doivent être dépassées. Certes, ce qui est infini est inépuisable, de sorte que nous n'atteindrons peut-être jamais la connaissance « absolue » et la puissance « absolue » ; mais nous nous en approchons sans cesse. De là la curieuse idée, aujourd'hui encore partagée par la plupart des scientifiques, d'une progression « asymptotique » de la connaissance vers la vérité absolue. Ainsi, il ne peut pas y avoir de point de référence fixe pour notre « développement », un état défini et définitif à atteindre ; mais ce « développement » est un mouvement avec une *direction* fixe, et, bien entendu, ce mouvement lui-même peut être mesuré sur un axe sur lequel nous occupons, à tout instant, une abscisse à valeur croissante. En bref, le mouvement est dirigé vers le plus et plus ; plus de marchandises, plus d'années de vie, plus de décimales dans les valeurs numériques des constantes universelles, plus de publications scientifiques, plus de gens avec un doctorat d'État – et « plus », c'est « bien ». « Plus » de quelque chose de positif et, bien entendu, algébriquement, « moins » de quelque chose de « négatif ». (Mais qu'est-ce qui *est* positif ou négatif ?)

Ainsi parvenons-nous à la situation présente. Le développement historique et social consiste à sortir de *tout* état défini, à atteindre un état qui n'est défini par rien sauf par la capacité d'atteindre de nouveaux états. La norme est qu'il n'existe pas de norme. Le développement historique et social est un déploiement indéfini, sans fin (aux deux sens du mot *fin*). Et pour autant que l'indéfinité nous est insoutenable, la définitude est fournie par la croissance des quantités.

Je répète : je n'essaie pas de comprimer en quelques lignes des siècles de faits et de pensée. Mais j'affirme qu'il y a une strate de vérité historique qui ne peut être représentée que par la bizarre coupe transversale tentée ici et qui traverse, disons, Leibniz, Henry Ford, l'IBM et les activités de quelque « planificateur » inconnu, en Ouganda ou au Kazakhstan, qui n'a jamais entendu le nom de Leibniz. C'est là, évidemment, une vue en survol, que la plupart des philosophes et des historiens critiqueraient sévèrement. Mais on doit renoncer au spectacle des vallées et à l'odeur des fleurs si l'on veut « voir » que les Alpes et l'Himalaya appartiennent à la « même » chaîne de montagnes.

C'est ainsi que, finalement, le développement en est venu à signifier une croissance indéfinie, et la maturité la capacité de croître sans fin. Et conçus ainsi, en tant qu'idéologies mais aussi, à un niveau plus profond, en tant que significations imaginaires sociales, ils étaient et restent consubstantiels avec un groupe de « postulats » (théoriques et pratiques), dont les plus importants semblent être :

– l'« omnipotence » virtuelle de la technique ;

– l'« illusion asymptotique » relative à la connaissance scientifique ;

– la « rationalité » des mécanismes économiques ;

– divers lemmes sur l'homme et la société, qui ont changé avec le temps mais qui tous impliquent soit que l'homme et la société sont « naturellement » prédestinés au progrès, à la croissance, etc. (*homo œconomicus*, la « main invisible », libéralisme et vertus de la libre concurrence), soit – ce qui est beaucoup plus approprié à l'essence du système – qu'ils

peuvent être manipulés de diverses manières pour y
être amenés (*homo madisoniensis Pavlovi*, « ingénierie
humaine » et « ingénierie sociale », organisation et planification bureaucratiques en tant que solutions universelles
applicables à tout problème).

La crise du développement est évidemment aussi la crise
de ces « postulats » et des significations imaginaires correspondantes. Et cela exprime simplement le fait que les institutions qui incarnent ces significations imaginaires subissent un ébranlement brutal dans la réalité effective. (Le
terme « institution » est utilisé ici au sens le plus large possible : au sens, par exemple, auquel le langage est une institution, de même que le sont l'arithmétique, l'ensemble des
outils de toute société, la famille, la loi, les « valeurs ».) Cet
ébranlement, à son tour, est dû essentiellement à la lutte que
les hommes vivant sous le système mènent contre le système – ce qui revient à dire que les significations imaginaires dont on a parlé sont de moins en moins acceptées
socialement.

C'est là l'aspect principal de la « crise du développement », que je ne peux pas traiter ici [6].

Mais les « postulats » s'effondrent aussi en eux-mêmes et
par eux-mêmes. J'essaierai d'illustrer sommairement la
situation, en discutant quelques aspects de la « rationalité »
économique et de l'« omnipotence » de la technique [7].

---

6. Je me permets de renvoyer le lecteur à mes livres *La Société
bureaucratique*, vol. I et II et *L'Expérience du mouvement ouvrier*,
vol. I et II, Paris, UGE, coll. « 10/18 » 1973 et 1974.
7. J'ai discuté ailleurs certains aspects du problème de la science
moderne, y compris l'« illusion asymptotique » : « Le monde morcelé », *Textures* n°s 4/5 1972, élargi par la suite en « Science moderne
et interrogation philosophique », *Encyclopaedia Universalis*,
vol. XVII (Organum), 1974 ; repris maintenant dans *Les Carrefours
du labyrinthe, op. cit.* [rééd. coll. « Points Essais », 1998, p. 191-285].

4. *La fiction d'une économie « rationnelle »*

Il n'est peut-être pas difficile de comprendre pourquoi l'économie a été considérée pendant deux siècles comme le royaume et le paradigme de la « rationalité » dans les affaires humaines. Son thème est ce qui était devenu l'activité centrale de la société ; son propos, de prouver (et pour les opposants, comme Marx, de réfuter) l'idée que cette activité est accomplie de la meilleure manière possible dans le cadre du système social existant et par son moyen. Mais aussi – heureux « accident » – l'économie fournissait la possibilité apparente d'une mathématisation, puisqu'elle concerne le seul champ d'activité humaine où les phénomènes paraissent mesurables de manière non triviale, où même cette « mesurabilité » semble être – et, jusqu'à un certain point, est effectivement – l'aspect essentiel aux yeux des agents humains concernés. L'économie traite de « quantités » et, sur ce point, tous les économistes sont toujours tombés d'accord (bien qu'ils aient été forcés, de temps en temps, de discuter la question : quantités *de quoi*?). Ainsi, les phénomènes économiques semblaient se prêter à un traitement « exact » et passible de l'application de l'instrument mathématique, dont la formidable efficacité était démontrée jour après jour en physique.

Identifier maximum (ou extremum) et optimum semblait, dans ce domaine, la chose évidente à faire – et elle a été faite rapidement Il y avait un produit à maximiser, et des coûts à minimiser. Il y avait donc une différence à maximiser : le produit net vendable pour la firme, le « surplus » net pour l'économie globale (« surplus » apparaissant sous forme de « biens » ou d'accroissement des « loisirs » tel qu'il est mesuré par le « temps libre », sans considération de l'usage ou du contenu de ce « temps libre »).

Mais qu'est-ce que le « produit », et que sont les « coûts » ? Les bombes H sont incluses dans le produit net – car l'économiste « ne s'occupe pas des valeurs d'usage ». Y sont également incluses les dépenses de publicité moyennant lesquelles les gens ont été induits à acheter de la camelote qu'ils n'auraient probablement pas achetée sans cela ; et, bien entendu, cette camelote elle-même. Le sont aussi les dépenses encourues pour nettoyer Paris de la suie industrielle ; et, à chaque accident de la route, le produit national net augmente à divers titres. Il augmente également chaque fois qu'une firme décide de nommer un vice-président supplémentaire touchant un salaire substantiel (car, *ex hypothesi*, la firme ne l'aurait pas nommé si son produit marginal net n'était pas au moins égal à son salaire). Plus généralement, la « mesure » du produit reflète les valuations de divers objets et de divers types de travail faites par le système social existant – valuations qui, bien entendu, reflètent elles-mêmes, à leur tour, la structure sociale existante. Le PNB est ce qu'il est *aussi* parce qu'un dirigeant d'entreprise gagne vingt fois autant qu'un balayeur. – Mais, même si ces valuations étaient acceptées, la mesurabilité des phénomènes économiques, trivialités mises à part, n'est qu'une apparence trompeuse. Le « produit », quelle qu'en soit la définition, est mesurable « instantanément » au sens que l'on peut toujours sommer, pour l'ensemble de l'économie et pour un moment donné, les quantités des biens produits multipliés par les prix correspondants. Mais, si les prix relatifs et/ou la composition du produit changent (ce qui, en fait, est toujours le cas), les « mesures » successives effectuées à des moments différents dans le temps ne peuvent pas être comparées (pas plus que ne peuvent l'être, et pour la même raison, les « mesures » effectuées sur des pays différents). Rigoureusement parlant, l'expression « croissance du PNB » est privée de sens, sauf dans le cas où il n'y a qu'une expansion homothétique de tous les types de produits, et rien d'autre. En particulier, dans une économie à changement technique, le « capital » ne peut être mesuré de façon qui ait un sens – sauf à l'aide d'hypothèses *ad hoc* hautement artificielles et contraires aux faits.

Tout cela entraîne immédiatement qu'il n'est pas davantage possible de mesurer vraiment les « coûts » (puisque les « coûts » de l'un sont pour la plupart des « produits » de l'autre). Les « coûts » ne peuvent pas être mesurés aussi pour d'autres raisons : parce que l'idée classique de l'*imputation* de telle part du produit net à tel ou tel « facteur de production », et/ou de tel produit à tel assortiment de moyens de production, est inapplicable. L'imputation de parts à des « facteurs de production » (travail et capital) implique des postulats et des décisions qui dépassent largement le domaine de l'économie. L'imputation des coûts à un produit donné ne peut pas être effectuée à cause de divers types d'indivisibilités (que les économistes classiques et néo-classiques traitent comme des exceptions, cependant qu'elles sont partout présentes), et à cause de l'existence d'« externalités » de toutes sortes. Les « externalités » signifient que le « coût pour la firme » et le « coût pour l'économie » ne coïncident pas, et qu'un surplus (positif ou négatif) non imputable apparaît. Ce qui est encore plus important, les « externalités » ne sont pas confinées à l'intérieur de l'économie comme telle.

On avait l'habitude de considérer la plus grande partie de l'environnement (sa totalité, à l'exception des terres sous propriété privée) comme un « don gratuit de la nature ». De la même manière, le cadre social, les connaissances générales, le comportement et les motivations des individus étaient traités implicitement comme des « dons gratuits de l'histoire ». La crise de l'environnement n'a fait que rendre manifeste ce qui était toujours vrai (Liebig le savait il y a plus d'un siècle) : un « état approprié » de l'environnement *n'est pas* un « don gratuit de la nature » en toutes circonstances et sans égard au type et à l'expansion de l'économie considérée. Et il n'est pas non plus un « bien » auquel on pourrait affecter un « prix » (effectif ou « dual ») – puisque personne, par exemple, ne sait quel serait le coût d'une reglacialisation des calottes glaciaires polaires, si elles venaient à fondre. Et le cas des pays « en voie de (non-) développement » montre que l'on ne peut pas traiter le judaïsme, le christianisme et le shintoïsme comme des « dons gratuits de l'histoire » – car l'histoire a fait « don » à d'autres peuples de l'hindouisme ou du fétichisme, lesquels apparaissent plutôt jusqu'ici comme des « obstacles au développement » fournis gratuitement par l'histoire.

Derrière tout cela se trouve l'hypothèse cachée de la *séparabilité totale*, aussi bien *à l'intérieur* du champ économique, qu'*entre* ce champ et les processus historiques, sociaux ou même naturels. L'économie politique suppose tout le temps qu'il est possible de séparer sans absurdité les conséquences résultant de l'action X de la firme A et le flux total des processus économiques à l'intérieur et à l'extérieur de la firme ; comme aussi, que les effets de la présence ou de l'absence d'un « total » donné de « capital » et de « travail » peuvent être séparés du reste de la vie humaine et naturelle de manière qui fasse sens. Mais, lorsque l'on abandonne cette hypothèse, l'idée d'un calcul économique dans les cas non triviaux s'effondre – et, avec elle, l'idée de la « rationalité » de l'économie au sens admis du terme (comme obtention d'un extremum ou d'une famille d'extremums), aussi bien au niveau théorique (de la compréhension des faits) qu'au niveau pratique (de la définition d'une politique économique « optimale »).

Ce qui est ici en cause n'est pas simplement l'« économie du marché » et le « capitalisme privé », mais la « rationalité », au sens indiqué plus haut, de l'économie (de toute économie en expansion) comme telle. Car les idées qui fondent ce qui vient d'être dit s'appliquent tout autant, tantôt littéralement, tantôt *mutatis mutandis*, aux économies « nationalisées » et « planifiées ».

Pour illustrer ce dernier point, j'utiliserai un autre exemple, qui touche à la question fondamentale du *temps*. Le temps n'est pris en compte par l'économie politique que pour autant qu'il peut être traité comme non-temps, comme médium neutre et homogène. Une économie en expansion implique l'existence de l'investissement (« net »), et l'investissement est intimement lié avec le temps, puisque dans l'investissement le passé, le présent et l'avenir sont mis en relation. Or, les décisions concernant l'investissement ne peuvent jamais être « rationnelles », sauf au niveau de la firme et à condition de s'en tenir à un point de vue très étroit. Il en est ainsi pour de multiples raisons, dont je ne mentionnerai que deux. D'abord, non seulement « l'avenir est incertain », mais *le présent est inconnu* (il se passe constamment des choses partout, d'autres firmes sont en train de prendre des décisions, l'information est partielle et coûteuse, et cela à des degrés différents pour les différents agents, etc.). Deuxièmement, comme déjà dit, les coûts et le produit ne peuvent pas être vraiment mesurés. Le premier facteur pourrait, en théorie, être éliminé dans une économie « planifiée ». Le deuxième ne le pourrait pas.

Mais, dans tous les cas, une question beaucoup plus importante surgit : quel est le taux *global* correct d'investissement ? La société devrait-elle consacrer à l'investissement (« net »), 10, 20, 40 ou 80 % du produit (« net ») ? La réponse classique, pour les économies « privées », était que « le » taux d'intérêt constituait le facteur d'équilibre entre l'offre et la demande d'épargne, et par conséquent le « régulateur » approprié du taux de l'investissement. Cette réponse, on le sait, est pur non-sens. (« Le » taux d'intérêt n'existe pas ; il est impossible d'admettre que le taux d'intérêt est le déterminant principal de l'épargne totale, que le niveau des prix est stable, etc.). Von Neumann a prouvé, en 1934, que, moyennant certaines hypothèses, le taux d'intérêt « rationnel » devrait être égal au taux de croissance de l'économie. Mais quel *devrait* être ce taux de croissance ? Supposant que ce taux de croissance est fonction de la capacité de production, et sachant que cette capacité dépend du taux d'investissement, nous sommes ramenés à la ques-

tion initiale : quel devrait être le taux d'investissement ?
Faisons l'hypothèse additionnelle que les « planificateurs »
se fixent l'objectif de maximiser la « consommation finale »
sur une période donnée. La question devient alors : quel
est le taux d'investissement qui maximiserait (sous des
hypothèses complémentaires concernant la « productivité
physique » du capital additionnel) dans un « état permanent » (ou « stationnaire » : *steady state*) l'intégrale de la
« consommation finale » (individuelle ou publique, de
« biens » ou de « loisirs ») ? La valeur de cette intégrale
dépend, bien entendu, de l'intervalle d'intégration – c'est-à-
dire de l'horizon temporel que les « planificateurs » ont
décidé de prendre en considération. Si la consommation à
maximiser est la consommation « instantanée » (horizon
temporel nul), le taux d'investissement approprié est évidemment zéro. Si la consommation doit être maximisée
« pour toujours » (horizon temporel infini), le taux approprié de l'investissement est presque 100 % du produit
(« net ») – en supposant que la « productivité physique
marginale » du capital reste positive pour toutes les valeurs
correspondantes de l'investissement. Les réponses qui « ont
un sens » sont évidemment situées entre ces deux limites ;
mais où exactement, et *pourquoi* ? Aucun « calcul rationnel » n'existe pouvant montrer qu'un horizon temporel de
cinq ans est (pour la société) plus ou moins « rationnel »
qu'un horizon temporel de cent ans. La décision devra être
prise sur des bases autres que les bases « économiques ».

Tout cela ne signifie pas que tout ce qui se passe dans
l'économie est « irrationnel » en un sens positif, encore
moins qu'il est inintelligible ; mais que nous ne pouvons
pas traiter le processus économique comme un flux homogène de valeurs, dont le seul aspect pertinent serait qu'elles
sont mesurables et doivent être maximisées. *Ce* type de
« rationalité » est secondaire et subordonné. Nous pouvons
nous en servir pour déblayer une partie du terrain, éliminer
quelques absurdités manifestes. Mais les facteurs qui,

aujourd'hui, façonnent effectivement la réalité, et parmi ceux-ci, les décisions des gouvernements, des firmes et des individus, ne peuvent pas être soumis à ce genre de traitement. Et, dans une société nouvelle et autre, ils seraient d'une nature totalement différente.

5. *La technique moderne comme véhicule de l'illusion de toute-puissance*

La question de la technique est depuis longtemps discutée à l'intérieur de cadres mythiques qui se succèdent les uns aux autres. Tout d'abord, le « progrès technique » était, bien entendu, bon et rien que bon. Puis, le progrès technique est devenu bon « en lui-même », mais utilisé mal (ou pour le mal) par le système social existant; en d'autres termes, la technique était considérée comme pur moyen, en lui-même neutre quant aux fins. Cela reste, à ce jour, la position des scientifiques, des libéraux et des marxistes; il n'y a, par exemple, rien à dire contre l'industrie moderne comme telle : ce qui ne va pas, c'est qu'elle est utilisée pour le profit et/ou la puissance d'une minorité, au lieu de l'être pour le bien-être de tous. Cette position s'appuie sur deux fallaces combinées : la fallace de la séparabilité totale des moyens et des fins, et la fallace de composition. Le fait que l'on puisse utiliser l'acier pour fabriquer, indifféremment, des charrues ou des canons, *n'*implique *pas* que le système total des machines et des techniques existantes aujourd'hui pourrait être utilisé, indifféremment, pour « servir » une société aliénée et une société autonome. Ni idéalement, ni réellement on ne peut séparer le système technologique d'une société de ce que cette société *est*. Et maintenant, nous sommes plus ou moins parvenus à une position située exactement aux antipodes de la position initiale : de plus en plus nombreux sont les gens qui pensent que la technique est mauvaise en elle-même.

Nous devons tenter de pénétrer plus profondément dans la question. L'illusion non consciente de l'« omnipotence virtuelle » de la technique, illusion qui a dominé les Temps modernes, s'appuie sur une autre idée non discutée et dissimulée : l'idée de *puissance*. Une fois cela compris, il devient clair qu'il ne suffit pas de demander simplement : la puissance *pour quoi faire*, la puissance *pour qui* ? La question est : qu'*est*-ce que la puissance et, même, en quel sens non trivial *y a-t-il* jamais réellement puissance ?

Derrière l'idée de puissance gît le phantasme du contrôle total, de la volonté ou du désir maîtrisant tout objet et toute circonstance. Certes, ce phantasme a toujours été présent dans l'histoire humaine, soit « matérialisé » dans la magie, etc., soit projeté sur quelque image divine. Mais, assez curieusement, il y a toujours eu aussi conscience de certaines limites interdites à l'homme – comme le montrent le mythe de la Tour de Babel, ou l'*hubris* grecque. Que l'idée de contrôle total ou, mieux, de maîtrise totale soit intrinsèquement absurde, tout le monde évidemment l'admettrait. Il n'en reste pas moins que c'*est* l'idée de maîtrise totale qui forme le moteur caché du développement technologique moderne. L'absurdité directe de l'idée de maîtrise totale est camouflée derrière l'absurdité moins brutale de la « progression asymptotique ». L'humanité occidentale a vécu pendant des siècles sur le postulat implicite qu'il est toujours possible et réalisable d'atteindre plus de puissance. Le fait que, dans tel domaine particulier et dans tel but particulier, on pouvait faire « plus » a été vu comme signifiant que, dans tous les domaines pris ensemble et pour tous les buts imaginables, la « puissance » pouvait être agrandie sans limites.

Ce que nous savons maintenant avec certitude, c'est que les fragments de « puissance » successivement conquis restent toujours locaux, limités, insuffisants et, très probablement, intrinsèquement inconsistants sinon carrément incompatibles entre eux. Aucune « conquête » technique majeure n'échappe à la possibilité d'être utilisée autrement qu'il n'était visé à l'origine, aucune n'est dépourvue d'effets latéraux « indésirables », aucune n'évite d'interférer avec le reste – aucune, en tout cas, parmi celles que produit le type de technique et de science que *nous* avons « développées ». A cet égard, *la « puissance » accrue est aussi, ipso facto, impuissance accrue, ou même « anti-puissance », puissance de faire surgir le contraire de ce que l'on visait*; et qui calculera le bilan net, en quels termes, sur quelles hypothèses, pour quel horizon temporel ?

Ici encore, la condition opérante de l'illusion est l'idée de séparabilité. « Contrôler » les choses consiste à isoler des facteurs séparés et à circonscrire avec précision les « effets » de leur action. Cela marche, jusqu'à un certain point, avec les objets courants de la vie quotidienne ; c'est ainsi que nous procédons pour réparer un moteur de voiture. Mais, plus nous avançons, plus nous voyons clairement que la séparabilité n'est qu'une « hypothèse de travail » à validité locale et limitée. Les physiciens contemporains commencent à se rendre compte du véritable état de choses ; ils soupçonnent que les impasses apparemment insurmontables de la physique théorique sont dues à l'idée qu'il existerait des choses telles que des « phénomènes » séparés et singuliers, et se demandent si l'Univers ne devrait pas être plutôt traité comme une entité unique et unitaire[8]. D'une autre manière, les problèmes écologiques nous obligent à reconnaître que la situation est similaire en ce qui concerne la technique. Ici aussi, au-delà de certaines limites, on ne peut pas considérer que la séparabilité va de soi ; et ces limites restent inconnues jusqu'au moment où la catastrophe menace.

---

8. *Cf.* les beaux articles de Wigner, d'Espagnat, Zeh et Bohm *in* d'Espagnat (éd.), *Foundations of Quantum Mechanics*, New York et Londres, 1971. Et, ici même, « La logique des magmas », spécialement p. 504-507.

La pollution et les dispositifs visant à la combattre en fournissent une première illustration – banale, et difficilement contestable. Depuis plus de vingt ans, des dispositifs contre la pollution ont été installés sur les cheminées des usines, etc., pour retenir les particules de carbone contenues dans la fumée. Ces dispositifs se montrèrent très efficaces, et l'atmosphère autour des villes industrielles contient actuellement beaucoup moins de CO_2 qu'auparavant. Toutefois, au cours de la même période, l'acidité de l'atmosphère a été multipliée par 1 000 (mille fois) et la pluie qui tombe sur certaines parties de l'Europe et de l'Amérique du Nord est aujourd'hui aussi acide que du « pur jus de citron » – entraînant de graves effets sur la croissance des forêts, déjà perceptibles –, car le soufre contenu dans la fumée et fixé auparavant par le carbone se dégage maintenant librement et se combine avec l'oxygène et l'hydrogène atmosphériques pour former des acides [9]. Que les ingénieurs, les hommes de science, les administrations n'y aient pas pensé avant que cela n'arrive, peut paraître ridicule ; cela ne rend pas la chose moins vraie. La réponse sera : « La prochaine fois, nous saurons et nous ferons mieux. » Peut-être.

Considérons maintenant la question de la pilule contraceptive. Les discussions et les préoccupations sur ses éventuels effets latéraux indésirables se sont centrées sur la question de savoir si les femmes utilisant la pilule pourraient grossir ou avoir le cancer. Admettons qu'il soit démontré que de tels effets n'existent pas, ou que l'on puisse les combattre. Mais ayons le courage de reconnaître que ces aspects de la question sont microscopiques. Laissons de côté ce qui est peut-être l'aspect le plus important de la pilule, l'aspect psychique, dont pratiquement personne ne parle : que pourrait-il arriver aux êtres humains s'ils commençaient à se considérer comme maîtres absolus de la décision de donner ou de ne pas donner la vie, sans qu'ils

9. *International Herald Tribune*, 14 juin 1974.

aient à payer cette « puissance » d'un prix quelconque (sauf 20 F par mois) ? Que pourrait-il arriver aux êtres humains s'ils se coupaient de leur condition et de leur destin animaux, relatifs à la production de l'espèce ? Je ne dis pas que quelque chose de « mauvais » arriverait nécessairement. Je dis que tout le monde considère comme allant de soi que cette « puissance » supplémentaire ne peut être que « bonne » – et même simplement : qu'elle *est* vraiment « puissance ». Venons-en à l'aspect proprement biologique. La pilule est « efficace » parce qu'elle interfère avec des processus de régulation fondamentaux, profondément liés aux fonctions les plus importantes de l'organisme, sur lesquels nous ne « savons » pratiquement rien. Or, pour ce qui est de ses effets éventuels sous ce rapport, la question pertinente n'est pas : qu'est-ce qui peut arriver à une femme si elle prend la pilule pendant dix ans ? La question pertinente est : que pourrait-il arriver à l'espèce, si les femmes prenaient la pilule pendant mille générations (je dis bien mille générations), c'est-à-dire après vingt-cinq mille ans ? Cela correspond à une expérimentation sur une souche de bactéries *pendant trois mois environ*. Or, vingt-cinq mille ans sont évidemment un laps de temps « privé de sens » pour nous. En conséquence, nous agissons comme si ne pas se soucier des résultats possibles de ce que nous faisons était « plein de sens ». En d'autres termes : nous étant donné un temps linéaire et un horizon temporel infini, nous agissons comme si le seul intervalle de temps significatif était celui des quelques années à venir.

Dans le pays d'où je viens, la génération de mes grands-pères n'avait jamais entendu parler de planification à long terme, d'externalités, de dérive des continents ou d'expansion de l'Univers. Mais, encore pendant leur vieillesse, ils continuaient à planter des oliviers et des cyprès, sans se poser de questions sur les coûts et les rendements. Ils savaient qu'ils auraient à mourir, et qu'il fallait laisser la terre en bon état pour ceux qui viendraient après eux, peut-être rien que pour la terre elle-même. Ils savaient que, quelle que fût la « puissance » dont ils pouvaient disposer, elle ne pouvait avoir des résultats bénéfiques que s'ils obéissaient aux saisons, faisaient attention aux vents et respectaient l'imprévisible Méditerranée, s'ils taillaient les arbres au moment voulu et laissaient au moût de l'année le temps qu'il lui fallait pour se faire. Ils ne pensaient pas en termes d'infini – peut-être n'auraient-ils pas compris le sens du mot ; mais ils agissaient, vivaient et mouraient dans un temps véritablement *sans fin*. Évidemment, le pays ne s'était pas encore développé.

6. *Questions pour conclure*

Il s'est trouvé que, sur cette planète, au long de milliards d'années, un bio-système équilibré comportant des millions d'espèces vivantes différentes s'est déployé et que, pour des centaines de milliers d'années, les sociétés humaines ont réussi à se créer un habitat matériel et mental, une niche biologique et métaphysique, en altérant l'environnement sans l'endommager. Malgré la misère, l'ignorance, l'exploitation, la superstition et la cruauté, ces sociétés sont parvenues à se créer à la fois des façons de vivre bien adaptées et des mondes cohérents de significations imaginaires d'une richesse et d'une variété stupéfiantes. Posons le regard sur la vie au XIIIᵉ siècle, promenons-le de Chartres à Borobudur et de Venise aux Mayas, de Constantinople à Pékin et de Kublai-Khan à Dante, de la maison de Maïmonide à Cordoue jusqu'à Nara et de la *Magna Carta* jusqu'aux moines byzantins copiant Aristote ; comparons cette fantastique diversité avec la situation présente du monde, où les pays ne diffèrent pas vraiment les uns des autres en fonction de leur présent – lequel, comme tel, est partout *le même* –, mais seulement en fonction des restes de leur passé. *C'est cela*, le monde « développé ».

Mais les emplois du passé sont limités. Malgré la sympathie que l'on peut éprouver pour les mouvements « natura-
listes » d'aujourd'hui, et pour ce qu'ils tentent d'exprimer,
il serait évidemment illusoire de penser que nous pourrions
rétablir une société « pré-industrielle », ou que ceux qui
aujourd'hui détiennent le pouvoir l'abandonneraient spontanément s'ils se trouvaient confrontés avec une hypothé-
tique désertion grandissante de la société industrielle. Et ces
mouvements sont pris eux-mêmes dans des contradictions.
Il n'y a guère eu de « communautés » sans musique enregistrée ; et un magnétophone implique la totalité de l'industrie moderne.

Il serait également catastrophique de mal comprendre,
mal interpréter et sous-estimer ce que le monde occidental a
apporté. A travers et par-delà ses créations industrielles et
scientifiques, et les ébranlements correspondants de la
société et de la nature, il a détruit l'idée de *phusis* en général
et son application aux affaires humaines en particulier.
Cela, l'Occident l'a fait moyennant une interprétation et une
réalisation, « théorique » et « pratique », de la « Raison » –
interprétation et réalisation spécifiques, poussées à leur
limite. Au bout de ce processus, il a atteint un lieu où il n'y
a plus et il ne peut plus y avoir de point de référence ou
d'état fixe, de « norme ».

Dans la mesure où cette situation induit le vertige de
la « liberté absolue », elle peut provoquer la chute dans
l'abîme de l'esclavage absolu. Et, dès maintenant, l'Occident est esclave de l'idée de la liberté absolue. La liberté,
conçue autrefois comme « conscience de la nécessité » ou
comme postulat de la capacité d'agir selon la pure norme
éthique, est devenue liberté nue, liberté comme pur arbitraire *(Willkür)*. L'arbitraire absolu est le vide absolu ; le
vide doit être rempli, et il l'est avec des « quantités ». Mais
l'augmentation sans fin des quantités a une fin – non seulement d'un point de vue extérieur, puisque la Terre est finie,
mais d'un point de vue interne, parce que « plus » et « plus

grand » n'est plus désormais « différent » et le « plus »
devient qualitativement *indifférent*. (Une croissance du
PNB de 5 % dans une année signifie que, qualitativement,
l'économie est dans le même état que l'année précédente ; les
gens estiment que leur condition a empiré si leur « niveau
de vie » ne s'est pas « élevé » et n'estiment pas qu'elle
s'est améliorée si ce « niveau » ne s'est élevé que suivant
le pourcentage « normal ».) Tout cela, Aristote et Hegel
le savaient déjà parfaitement. Mais, comme c'est souvent
le cas, la réalité suit la pensée avec un retard considérable.

Cependant, à moins d'un choc en retour religieux, mystique ou irrationnel de nature quelconque – choc en retour
improbable, mais non impossible –, le résultat principal de
cette destruction de l'idée de *phusis* ne saurait être désormais escamoté. Car *il est vrai* que l'homme n'est pas un
être « naturel » – bien qu'il ne soit pas, non plus, un animal
« rationnel ». Pour Hegel l'homme était « un animal
malade ». On devrait plutôt dire que l'homme est un animal
fou qui, moyennant sa folie, a inventé la raison. Étant un
animal fou, il a fait naturellement de son invention, la raison, l'instrument et l'expression la plus méthodique de sa
folie. Cela, nous pouvons le savoir maintenant, parce que
cela s'est produit.

Dans quelle mesure ce savoir peut-il nous aider dans
notre épreuve actuelle ? Très peu, et beaucoup. Très peu, car
la transformation de l'état présent de la société mondiale
n'est évidemment pas une affaire de savoir, de théorie ou
de philosophie. Très peu aussi, car nous ne pouvons pas
renoncer à la raison – pas plus que nous ne pouvons séparer
librement « la raison en tant que telle » et sa réalisation historique actuelle. Nous serions insensés si nous pensions, à
notre tour, que nous pourrions considérer la raison comme
un « instrument » qui devrait être affecté à un meilleur
usage. Une culture n'est pas un menu dans lequel nous
pourrions choisir ce que nous aimons et négliger le reste.

Mais ce savoir peut nous aider beaucoup s'il nous rend capables de dénoncer et de détruire l'idéologie rationaliste, l'illusion de l'omnipotence, la suprématie du « calcul » économique, l'absurdité et l'incohérence de l'organisation « rationnelle » de la société, la nouvelle religion de la « science », l'idée du développement pour le développement. Cela nous pouvons le faire si nous ne renonçons pas à la pensée et à la responsabilité, si nous voyons la raison et la rationalité dans la perspective appropriée, si nous sommes capables d'y reconnaître des créations historiques de l'homme.

Car la crise actuelle avance vers un point où, soit nous serons confrontés avec une catastrophe naturelle ou sociale, soit, avant ou après cela, les hommes réagiront d'une manière ou d'une autre et tenteront d'établir de nouvelles formes de vie sociale qui aient pour eux un sens. Cela, nous ne pouvons pas le faire pour eux et à leur place ; pas plus que nous ne pouvons dire comment cela pourrait être fait. Ce que nous pouvons faire, c'est détruire les mythes qui, plus que l'argent et les armes, constituent l'obstacle le plus formidable sur la voie d'une reconstruction de la société humaine.

Juillet 1974

COMMUNICATION
ET RÉPONSE AUX CRITIQUES[**]

D'abord, une remarque sur les propos de Candido Mendès relatifs au « langage impérial » de Domenach et à

[**] Je fais suivre cette présentation orale devant le colloque de mes réponses à quelques remarques formulées pendant la discussion. Le lecteur reconstituera aisément le contenu de ces remarques.

l'« absence de langage » des barbares[a]. Ils me rappellent un beau poème de Cavafis intitulé précisément *Les Barbares* : les gens d'une ville de l'Empire, ayant appris que les barbares allaient arriver le jour même, se réunissent sur le forum ; ils attendent les barbares, espérant qu'enfin quelque chose va les faire sortir de leur ennui, de leur « mal du siècle ». Les consuls et les préteurs portent pour la circonstance leurs toges brodées et leurs plus beaux bijoux ; on peut supposer que les vieillards s'attendent à être égorgés et les femmes à être violées. Mais la journée passe, la nuit commence à tomber – et soudain, tout ce monde se disperse, dans le malaise et la confusion Car des messagers viennent d'arriver de la frontière, annonçant qu'il n'y a plus de barbares. « Et maintenant, qu'allons-nous devenir sans barbares ? Ces hommes étaient, en quelque sorte, une solution. » Ce sont les deux derniers vers du poème.

Si j'étais, moi aussi, dans l'attente des barbares – ce qui n'est pas le cas –, je devrais dire que je ne les vois pas – pas ici, en tout cas. Je vois seulement Candido Mendès, que je n'arrive pas à distinguer d'un Occidental ultra-décadent, et qui, moyennant un langage dont la préciosité repose sur quarante siècles de culture et dont il exploite savamment toutes les ressources, se flatte de se poser en barbare – ce qui est évidemment une idée de « civilisé ». Mais supposons qu'il y ait des barbares et qu'ils se présentent ici. Que pourrions-nous faire ? Ou bien les barbares veulent effectivement nous égorger et la seule question qui se pose alors est celle du rapport de forces : ils nous égorgent ou nous les égorgeons. Ou bien une discussion est possible, et dans ce cas il faut se plier à certaines règles d'usage du langage, et ne pas chercher, dans la discussion, la victoire par la violence, par la violence du discours, mais l'élucidation

a. Après la communication orale de Jean-Marie Domenach, Candido Mendès, un des organisateurs du colloque, lui avait reproché de tenir un « langage impérial » face à la « marginalité des barbares » et à « celle de la périphérie ».

des questions; la « civilisation » n'est rien d'autre que cela.

Candido Mendès taquinait gentiment Domenach sur l'Occident, et Domenach a répondu qu'il pensait effectivement qu'en un certain sens il existait une supériorité de l'Occident. Pour ma part, je récuse ces termes (tout en constatant que ceux qui se veulent barbares parlent en fait un langage occidental). Il y a *une particularité* de l'Occident qui nous importe ici : la culture occidentale (gréco-occidentale : puisque cela commence au moins avec Hérodote) est la seule à s'être intéressée à l'existence d'autres cultures, à s'être interrogée sur elles, et finalement à se mettre en question elle-même, à se relativiser en fonction de ce savoir portant sur les autres cultures. Cela, les Gréco-Occidentaux l'ont fait – et c'est à partir de cela que nous pensons. Si aujourd'hui nous pouvons discuter du problème du développement comme d'un problème mondial, c'est-à-dire intéressant tous ceux qui vivent sur cette planète indépendamment de la culture particulière à laquelle ils appartiennent, c'est grâce à cela : c'est la condition de fait et de droit de notre discussion. Au-delà de cela, il n'y a, à mes yeux, ni supériorité, ni infériorité de l'Occident. Il y a simplement un fait : une terre qui a été unifiée par la violence occidentale. Dans les faits, l'Occident a été et reste victorieux – et non pas seulement par les armes : il le reste par les idées, par les « modèles » de croissance et de développement, par les structures étatiques, etc., qui, créées par lui, sont reprises aujourd'hui partout.

Une deuxième remarque sur le rapport de la philosophie et de la « science », à partir d'une phrase d'Attali, qui a dit : « Le philosophe accompagne le scientifique, qui ouvre les portes. » Erreur gravissime. Le scientifique ouvre les portes en utilisant des clefs qui sont fabriquées à partir d'un certain nombre d'idées, d'idées philosophiques. Si, au début du siècle, on avait dit à un physicien : tout ce que vous faites se fonde sur l'*idée* de causalité, il vous aurait ri au nez. Quelques années après, la maison des physiciens a explosé et les débris continuent de leur tomber sur la tête. L'« évidence » de la causalité est redevenue problème, et les physiciens sont obligés de discuter de philosophie. Il en va de même en politique. Il est affligeant de voir des jeunes militants s'aliéner dans un activisme irréfléchi et proclamer que ce qui leur importe c'est l'action, non pas la philosophie. Car, lorsqu'on regarde en quoi consiste leur action et de quoi sont faites les idées de leurs tracts et de leurs affiches, on constate qu'elles ne sont que les sous-produits des écrits d'un philosophe-sociologue allemand du XIXe siècle, nommé Karl Marx. Et, lorsqu'on regarde d'un peu près les écrits de Marx, c'est Hegel et Aristote qu'on y trouve.

J'en viens maintenant au problème du « développement ». Il nous faut revenir à l'origine de ce terme et de cette idée. Le développement est le procès moyennant lequel le germe, l'œuf, l'embryon se déploie, s'ouvre, s'étale – où le vivant en général parvient à son état de « maturité ». Parler de développement, c'est se référer à la fois à un « potentiel » qui est déjà là *et* à un accomplissement, un achèvement, un acte, une *énergéia* donnés, définis, déterminés ; c'est opposer une « matière » déjà riche de déterminations non explicitées à *la forme* qu'elle va devenir – et cette forme est une norme. C'est là le langage d'Aristote, de l'ontologie aristotélicienne, mais cette ontologie, sous une forme ou une autre, sous-tend toute la pensée occidentale. Ainsi, pour ce qui est du problème qui nous occupe : on parle du « développement » des pays du Tiers Monde en posant qu'il existe un état de maturité définissable qu'ils doivent atteindre. Ainsi aussi, lorsque Marx parlait des « facultés qui dès l'origine sommeillent chez l'homme producteur », il parlait le langage d'Aristote. Dans ce langage, dire que quelque chose est, c'est dire que sa forme correspond à une norme, que son *eidos* est défini par son *télos*, et qu'il n'*est* « vraiment », ou « pleinement » que pour autant qu'il est achevé, déterminé, défini. Et c'est ce qui guide, encore aujourd'hui, le scientifique lorsqu'il travaille à la connaissance de la nature : il essaie de traduire dans son domaine cette conception, que ce qui est doit être parfaitement déterminé.

Mais le contenu de cette détermination se modifie, de la Grèce ancienne aux Temps modernes. Pour les Grecs, déterminé signifie fini, achevé, et infini signifie moins-déterminé, in-achevé, donc finalement moins-être. Les signes s'inversent avec le christianisme (et le néoplatonisme) : l'être véritable est Dieu, et Dieu est infini. Mais ce Dieu infini est loin, est ailleurs : ce monde-ci reste, si l'on peut dire, aristotélicien. Le véritable bouleversement a lieu lorsque l'infini envahit ce monde-ci. Comment donc la déterminité, la conception de l'être comme être-déterminé, peut-elle être sauvée s'il y a de l'infini « actuel » ? Elle peut l'être si la déterminité est pensée comme mathématique, et en fait comme détermination quantitative : le point de référence fixe est fourni par la possibilité de calculer ce dont il s'agit.

Ce bouleversement est conditionné par la confluence, convergence, coïncidence de deux grands facteurs historiques, si toutefois on peut les séparer. L'un, c'est la naissance et le développement de la bourgeoisie, et l'instauration par celle-ci d'un nouvel univers de significations imaginaires sociales. L'autre, c'est la révolution philosophique et scientifique que l'on peut symboliser par quelques noms. Par exemple Descartes, pour qui sa philosophie et sa mathématique sont indissociables, et dont il faut comprendre que le but qu'il assignait au savoir : faire de nous les maîtres et possesseurs de la nature, n'est rien d'autre que le phantasme programmatique des Temps modernes. Par exemple aussi Leibniz : *Cum Deus calculat fit mundus* – phrase décisive pour la nouvelle onto-théologie, mais aussi pour l'économie contemporaine. Le Dieu de Leibniz calcule les *maxima* et les *minima*, plus généralement les *extrema* qui se trouvent toujours être des *optima*, il pense le calcul différentiel et le calcul des variations, et pendant ce temps-là le monde prend forme. Ce sont aussi ces *extrema* et ces *optima* que prétend calculer l'économiste moderne, ce sont les brachistochrones du développement qu'il essaie de déterminer.

Dans ce monde, à la fois infini et soumis (prétendument) au calcul, il ne subsiste plus aucune forme/norme fixe, sauf celles que fait surgir la quantité elle-même en tant que calculable. Ainsi, l'évolution du savoir scientifique lui-même est de plus en plus vue comme une suite d'« approximations croissantes », en termes de précision de plus en plus grande (des lois, des constantes universelles, etc.). Ainsi aussi dans les affaires humaines, sociales, le point de vue quantitatif de la croissance, de l'expansion devient absolument décisif : la forme/norme qui oriente le « développement » social et historique est celle des quantités croissantes.

Pourquoi rappeler, si vite et si mal, tout cela ? Pour souligner le plus fortement possible que le paradigme de « rationalité » sur lequel tout le monde vit aujourd'hui, qui domine aussi toutes les discussions sur le « développement », n'est qu'une création historique particulière, arbitraire, contingente. J'ai essayé de le montrer de manière un peu plus circonstanciée dans les paragraphes de mon rapport écrit relatifs à l'économie, d'une part, à la technique, d'autre part. J'ajouterai seulement ici que si ce paradigme a pu « fonctionner », et avec l'« efficacité » relative, mais néanmoins terrifiante, qu'on lui connaît, c'est qu'il n'est pas totalement « arbitraire » : il y a certes un aspect non trivial de ce qui est, lequel se prête à la quantification et au calcul ; et il y a une dimension inéliminable de notre langage et de tout langage qui est nécessairement « logico-mathématique », qui incarne en fait ce qui est, sous sa forme mathématique pure, la théorie des ensembles. Nous ne pouvons pas penser à une société qui ne saurait pas compter, classer, distinguer, utiliser le tiers exclu, etc. Et en un sens, à partir du moment où l'on comprend que l'on

peut compter au-delà de tout nombre donné, toute la mathématique est virtuellement là, et puis les possibilités de son
application ; en tout cas, cette « virtualité » est aujourd'hui
développée, déployée, réalisée, et nous ne pouvons ni revenir en arrière, ni faire comme si elle ne l'avait pas été. Mais
la question est de réinsérer cela dans une vie sociale où il
ne soit plus l'élément décisif et dominant, comme il l'est
aujourd'hui. Nous devons remettre en cause la grande folie
de l'Occident moderne, qui consiste à poser la « raison »
comme souveraine, à entendre par « raison » la rationalisation, et par rationalisation la quantification. C'est cet esprit,
toujours opérant (même ici, comme l'a montré la discussion), qu'il faut détruire. Il faut comprendre que la « raison » n'est qu'un moment ou une dimension de la pensée,
et qu'elle devient folle lorsqu'elle s'autonomise.

Qu'est-ce qui est donc à faire ? Ce qui est à faire, ce
qui se trouve devant nous, est une transformation radicale
de la société mondiale, qui ne concerne pas et ne peut pas
concerner seulement les pays dits « sous-développés ». Il
est illusoire de croire qu'un changement essentiel pourrait
jamais se produire dans les pays « sous-développés » s'il
ne se produisait pas aussi dans le monde « développé » ;
cela est évident à partir de la considération aussi bien des
rapports bruts, militaires et économiques, que des rapports
« idéologiques ». Si une transformation essentielle a lieu
elle ne pourra concerner que les deux parties du monde.
Et une telle transformation sera nécessairement, d'abord
et surtout, une transformation *politique* – que je ne peux
concevoir, pour ma part, que comme l'instauration de la
démocratie, démocratie qui actuellement n'existe nulle part.
Car la démocratie ne consiste pas à élire, dans le meilleur
des cas, tous les sept ans un président de la République. La
démocratie, c'est la souveraineté du *dèmos*, du peuple, et
être souverain c'est l'être vingt-quatre heures sur vingt-
quatre. Et la démocratie exclut la délégation des pouvoirs ;
elle est pouvoir direct des hommes sur tous les aspects de la

vie et de l'organisation sociales, à commencer par le travail et la production.

L'instauration de la démocratie ainsi conçue – et dépassant les formes de vie « nationales » du présent – ne peut venir que d'un immense mouvement de la population mondiale, que l'on ne peut concevoir que comme couvrant toute une période historique. Car un tel mouvement – excédant de loin tout ce que l'on a l'habitude de penser comme « mouvement politique » – ne pourra pas exister s'il ne met pas aussi en cause toutes les significations instituées, les normes et les valeurs qui dominent le système actuel et sont consubstantielles à celui-ci. Il ne pourra exister que comme transformation radicale de ce que les hommes considèrent comme important et comme sans importance, comme valant et comme ne valant pas –, bref comme une transformation psychique et anthropologique profonde, et avec la création parallèle de nouvelles formes de vie et de nouvelles significations dans tous les domaines.

Peut-être en sommes-nous très loin. Peut-être non. La transformation sociale et historique la plus importante de l'époque contemporaine, que nous avons tous pu observer pendant la dernière décennie car c'est alors qu'elle est devenue vraiment manifeste mais qui était en cours depuis trois quarts de siècle, ce n'est ni la révolution russe, ni la révolution bureaucratique en Chine, mais le changement de la situation de la femme et de son rôle dans la société. Ce changement, qui n'était au programme d'aucun parti politique (pour les partis « marxistes », un tel changement ne pourrait être que le sous-produit, un des nombreux sous-produits secondaires d'une révolution socialiste), n'a pas été fait par ces partis. Il a été effectué de manière collective, anonyme, quotidienne par les femmes elles-mêmes, sans même que celles-ci s'en représentent explicitement les buts ; sur trois quarts de siècle, vingt-quatre heures sur vingt-quatre, à la maison, au travail, à la cuisine, au lit, dans la rue, face aux enfants, face au mari, elles ont graduellement transformé la situation. Cela, les planificateurs, les techniciens, les économistes, les sociologues, les psychologues, les psychanalystes non seulement ne l'avaient pas prévu, ils n'ont même pas pu le voir lorsqu'il a commencé à se dessiner.

La même chose, *mutatis mutandis*, est vraie pour le changement de la situation et des attitudes des jeunes – et même maintenant des enfants – qui n'a résulté d'aucun programme politique et que les politiciens n'ont pas été capables de reconnaître lorsqu'il a commencé à leur exploser à la figure. Voilà, entre parenthèses, à quoi revient l'utilité des « sciences humaines » d'aujourd'hui. Je crois pour ma part que dans tous les domaines de la vie, et aussi bien dans la partie « développée » que dans la partie « non développée » du monde, les êtres humains sont actuellement en train de liquider les anciennes significations et peut-être d'en créer de nouvelles. Notre rôle est de démolir les illusions idéologiques qui les entravent dans cette création.

RÉPONSE : Bien entendu, la mathématique dépasse ce qui est simple quantification. Cela n'empêche pas que la presque totalité des *applications* de la mathématique au réel se fondent sur les branches de la mathématique où il est question de quantité et de mesure (algèbre, analyse, etc.). Et c'est dans ces applications, en physique notamment et depuis Newton, que les mathématiques ont démontré ce que l'on a pu appeler leur « efficacité déraisonnable ». Ces succès ont fourvoyé les hommes des sciences sociales, et en tout premier lieu les économistes. Depuis un siècle, l'économie politique essaie d'imiter la physique mathématique – avec des résultats pratiquement nuls. Quant aux tentatives plus récentes d'appliquer la formalisation mathématique « non quantitative » aux sciences sociales, comme le structuralisme, leurs résultats sont extrêmement pauvres ; le seul domaine où ils semblent posséder une certaine validité est celui des aspects les plus élémentaires du langage (phonologie), où du reste on ne peut même pas parler d'une véritable formalisation, mais de la mise en œuvre d'une *ars combinatoria* rudimentaire. Pour ma part, je pense que la dimension essentielle des phénomènes sociaux et historiques dépasse la puissance de l'instrument mathématique, quel qu'il soit ; je ne pense pas, par exemple, qu'une mathématisation ou formalisation quelconque de l'inconscient freudien soit possible et ait un sens.

Je ne fais, et n'ai jamais fait, aucune apologie de l'inaction. *Ici*, notre action c'est la parole. Je parle en mon nom, et je m'accorde le droit de critiquer et de proposer. Et ce n'est pas parce que nous critiquerions l'idéologie que recouvre le terme de développement et son utilisation actuelle, que les gouvernements arrêteront leur aide (ou leur non-aide) au développement. Les gouvernements continueront de faire ce qu'ils font, pour des raisons qui les concernent, et qui n'ont, du reste, rien à faire avec le fait que des gens meurent de faim : elles concernent uniquement le jeu du pouvoir à l'échelle mondiale.

Je ne « confonds » pas, comme il a été dit, science et religion ; il s'agit de comprendre que la science aujourd'hui prend la place de la religion. Vous dites : « La crise du développement c'est la crise de la foi. » Vous appelez donc cela foi ; c'est peut-être votre héritage, ce n'est pas le mien. La science prend la place de la religion aujourd'hui parce que la religion s'effondre et que la croyance devient croyance en la science. Telle qu'elle existe aujourd'hui, cette croyance en la science est tout aussi irrationnelle que n'importe quelle croyance religieuse. La grande majorité des hommes actuels, y compris les scientifiques, n'ont pas à l'égard de la science une attitude rationnelle : ils y *croient* ; il s'agit effectivement d'une sorte de foi. Et c'est cette croyance qu'il faut ébranler, qui se monnaye dans l'idée que les médecins, les ingénieurs, les physiciens, les économistes possèdent la réponse à tous les problèmes qui se posent à l'humanité.

Enfin, en filigrane à travers plusieurs discours tenus ici, apparaît une idéalisation du monde dit sous-développé. Je dis, pour ma part : vous êtes comme les autres, ni meilleurs, ni pires. Vous pouvez fort bien vous égorger les uns les autres, et en réalité vous le faites très souvent. En France, j'ai appartenu à la faible minorité qui a tenté de lutter contre la guerre d'Algérie. Mais j'ai toujours été certain que, si les positions avaient été inversées et que les Algériens dominaient la France, ils s'y seraient comportés, en gros, comme les Français se sont comportés en Algérie. Je crois donc qu'il faut abandonner ce type de polémique et consacrer la discussion aux questions de fond qui sont devant nous.

DISCUSSION SUR LE « MODÈLE
SOCIALISTE » DU DÉVELOPPEMENT

Cornelius Castoriadis : – Je voudrais poursuivre directement sur l'intervention de Bianco : sans entrer dans une discussion terminologique ou lexicographique, encore moins philosophique, je conteste la terminologie utilisée[b]. On semble avaliser l'idée qu'il existerait un « modèle socialiste » incarné par des « pays socialistes ». On peut faire ce que l'on veut avec les mots, mais enfin socialisme a toujours signifié : abolition de l'exploitation. Je prétends que dans tous ces pays dits par antiphrase « socialistes » existe toujours l'exploitation de l'homme par l'homme – ou bien l'inverse, comme le dit une histoire tchèque bien connue –, et par conséquent je leur refuse absolument le qualificatif de « socialiste ». Libre aux journalistes du *Monde* et autres

b. Les interventions précédentes (Edgar Morin, René Dumont et Lucien Bianco) ne s'étaient pas attardées au terme « socialisme » appliqué à la Russie, la Chine, etc.

journaux très sérieux de parler constamment de « socialisme » et de « révolution » à propos de tout et de n'importe
quoi. Il suffit qu'un caporal dans n'importe quel pays
prenne le pouvoir, et qu'il se dise « socialiste » (et que
se dirait-il d'autre ?) pour qu'on voie des articles sur « le
nouveau visage du socialisme sénétchadien » par exemple.
Les colonels en Grèce parlaient, eux aussi, de « *la* Révolution nationale » – et l'on en est arrivé au point qu'actuellement, dans les journaux grecs, le mot « révolution » signifie
le régime de Papadopoulos. Il y a cinq ou six ans tout le
monde parlait de « socialisme arabe » et de « révolution
socialiste arabe » : il s'agissait en fait du régime du citoyen
Nasser. Maintenant les choses sont un peu plus claires ;
avec le citoyen Sadate on ne parle plus de « socialisme
arabe », et encore je n'en suis pas tout à fait sûr.

RENÉ DUMONT : – *Il y a toujours un parti qui s'appelle
l'Union socialiste arabe, avec Sadate.*

C. C. : – Et aussi le « socialisme » et la « révolution »
d'Amin Dada. Mais venons-en à des choses plus importantes. On a également utilisé le terme de « modèle » ; je le
récuse également, car il n'y a pas de modèle. Il y a une
nébuleuse idéologique-imaginaire avec un seul noyau dur :
le pouvoir d'un appareil bureaucratique. C'est la seule
caractéristique constante à travers tous les pays en question.
Ces appareils bureaucratiques sont sans doute structurés
différemment d'un pays à l'autre : le PC russe et le PC chinois ne sont pas exactement similaires, la situation est
encore autre à Cuba et autre en Libye. Cet appareil se forme
le plus souvent autour d'un parti politique, mais il peut être,
à la limite, l'armée elle-même. Non pas l'armée de Tamer-
lan, mais l'armée telle que nous la connaissons au moins
depuis Rome, et en tout cas telle que l'Europe l'a imposée à
tous les pays.

Bureaucratie ne signifie pas, évidemment, les « bureaux »

– encore moins les employés derrière le guichet des PTT. Il s'agit d'un appareil de gestion-direction fortement hiérarchisé, où la province de compétence de chaque instance est délimitée, où cette compétence diminue au fur et à mesure que l'on descend l'échelle hiérarchique ; où donc il y a une division interne du travail de direction et de commandement. Cet appareil dirigeant s'oppose à une masse d'exécutants, qui théoriquement en forment la « base » mais qui lui sont en réalité extérieurs.

Or, ce que nous pouvons trouver comme caractéristique commune à tous les pays dont il a été question, c'est, d'une part, ce noyau dur d'un appareil bureaucratique dirigeant la société, et, d'autre part, l'idéologie du développement. Car nous ne pouvons pas parler comme s'il y avait quelque chose d'incontestable dans son contenu et dans ses finalités, qui serait à la fois le Beau, le Bien et le Vrai, et qui serait le Développement avec un grand D. Ce que nous constatons en considérant les pays prétendument « socialistes », c'est qu'ils poursuivent un développement au sens capitaliste occidental – même si cela se fait moyennant une « planification » centralisée ou « décentralisée », etc. J'entends par là que dans ces pays le type de civilisation au sens le plus large du terme, le type de culture si l'on préfère, le type d'individus que la société vise à produire, le type de produits fabriqués ou d'outils utilisés, le type d'arrangement spatio-temporel des activités humaines, le type des rapports des hommes les uns avec les autres, quelle que soit la nébuleuse idéologique-imaginaire qui les entoure, sont les types que l'Occident capitaliste a créés depuis cinq ou six siècles.

Qu'il y ait sur la planète un immense problème de faim et de misère matérielle est une évidence, un fait massif et tragique ; que l'on utilise cela pour parler et pour faire comme si la seule réponse consistait à implanter dans les pays non occidentaux le modèle capitaliste occidental dont la substance – le productivisme, la pseudo-« rationalisation », etc. – est masquée par une phraséologie « socialiste », c'est

tout à fait autre chose. Le « développement », c'est le développement de type occidental-capitaliste ; il n'y en a pas
eu d'autre jusqu'ici, et on n'en connaît pas d'autre.

On peut, à cet égard, ajouter une note sur certains aspects
de la politique de la bureaucratie chinoise, qui a semblé par
moments vouloir suivre des voies différentes : moins de
grandes usines, moins d'urbanisation, moins de médecine
centralisée – on en discutait il y a un an avec Illich. La discussion là-dessus exigerait d'être approfondie ; pour ma
part, je note d'un côté que, sur tous ces points, la bureaucratie chinoise en est revenue tôt ou tard aux voies traditionnelles et, d'un autre côté, qu'il s'agit dans tout cela simplement de méthodes plus souples et plus efficaces, du
point de vue de la bureaucratie, pour mobiliser la population et l'utiliser au service d'une politique et d'un projet qui
sont quand même, finalement, le « développement » de la
Chine au sens où les États-Unis et la Russie sont « développés ». On sait d'ailleurs que même l'organisation des camps
de concentration chinois est beaucoup plus « intelligente »
et subtile, beaucoup moins brutale et grossière que celle
des camps russes sous Staline. De même l'exploitation de
la paysannerie, la mobilisation des citoyens du quartier,
etc., sont faites avec plus de souplesse et d'« efficacité ».
Les « mobilisations » publiques dans la Russie stalinienne
des années trente, par exemple, étaient de grotesques représentations théâtrales ; en Chine, elles semblent bien posséder une certaine « efficacité » du point de vue des objectifs
du régime. Mais c'est quand même bien ces objectifs
qu'il s'agit chaque fois de réaliser – qui sont les mêmes
qu'ailleurs, même si la bureaucratie chinoise accepte plus
de lenteur et met plus d'astuce dans leur réalisation.

R. D. : – *Attention, la société que bâtit la Chine est foncièrement différente de la société occidentale, au moins sur
un point fondamental, celui des inégalités sociales. Il reste
en Chine des privilèges, des inégalités, mais leur ordre de*

grandeur est fondamentalement différent du nôtre, et la Chine se bâtit sur un modèle consciemment différent.

LUCIEN BIANCO : – *Oui, les inégalités matérielles sont infiniment plus réduites en Chine qu'en France ou en URSS par exemple. Mais ici encore on doit prendre en considération la pauvreté du pays.*

EDGAR MORIN : – *Dans les pays pauvres il y a toujours eu le luxe d'une petite minorité ; ce n'est pas un argument décisif, ça.*

L. B. : – *C'est vrai : si on compare l'Inde à la Chine, il faut bien reconnaître que la société chinoise est beaucoup plus égalitaire. Mais même dans la Chine pré-révolutionnaire, les « grandes » propriétés étaient en fait fort petites et leur revenu fort médiocre au point que Sun Yat-sen disait : « En Chine il n'y a que deux classes sociales : les très pauvres et les moins pauvres. »*

C. C. : – Les éléments dont je dispose ne me font pas penser que les inégalités sont « infiniment moindres » en Chine qu'ailleurs. Mais l'essentiel n'est pas là. Lorsqu'on parle de l'Inde, pays capitaliste – où il est vrai que le capitalisme a des difficultés pour se développer –, comme lorsqu'on parle de la France, il ne faut pas oublier que l'inégalité des revenus a, dans le cadre capitaliste, une fonction non individuelle, une fonction « sociale » : le financement de l'accumulation, des investissements. En Russie ou en Chine, cette fonction n'est pas accomplie moyennant les revenus privés, mais moyennant le prélèvement direct d'une partie du produit social par le Plan, etc. Ce qui est à comparer, n'est pas ce que M. Dassault gagne et ce que MM. Brejnev et Mao gagnent ; car la plus grande partie des revenus de M. Dassault est investie, tandis que MM. Brejnev et Mao n'investissent rien. Ce qui est à comparer, c'est ce que

M. Dassault consomme et ce que MM. Brejnev et Mao consomment. Or, la réponse est simple : ils consomment la même chose, car ils consomment tout ce qu'ils ont envie de consommer.

JULIETTE MINCES : – *En employant le terme de consommation quand il s'agit de chefs d'État ou de Parti, je crois que vous mélangez plusieurs choses. Je prendrai un exemple qui m'avait beaucoup frappée lorsque j'étais en Guinée en 1962. Nous avons connu Sékou Touré qui, à titre personnel, consommait très peu relativement. Ça ne l'intéressait pas outre mesure. Ce qu'il consommait c'était le pouvoir, et c'est ça qui était le plus important. Alors quand vous parlez de consommation, ça me gêne beaucoup. En outre, il y a une distinction que vous ne faites pas, c'est que tous les appareils d'État sont privilégiés, partout. Mais ils ne sont pas tous caractérisés par leur aspect parasitaire.*

C. C. : – On parlait d'inégalités économiques. Je ne crois pas que René Dumont voulait dire que l'inégalité du point de vue du pouvoir est infiniment moindre en Chine qu'en France ; sur ce point, nous sommes tous d'accord, je crois. Mais on parlait des inégalités « matérielles », on essayait de voir comment juger ces inégalités, et c'est à cet égard, me plaçant au point de vue étroit de l'économiste, que je disais que, quel que soit le jugement politique qu'on porte, lorsqu'on parle de revenu d'un capitaliste dans une société capitaliste libérale, il ne faut pas oublier qu'il a deux fonctions, dont la moins importante est la consommation individuelle du capitaliste et la plus importante l'accumulation. Un capitaliste n'est pas essentiellement quelqu'un qui consomme, c'est quelqu'un qui investit dans des usines. En Russie, en Chine, dans les « démocraties populaires », ces usines sont construites sur le compte du budget général ; le prélèvement sur le revenu social est direct, il ne se médiatise pas par un revenu « individuel » comme en Occident, c'est toute la différence. Il me reste donc à comparer les trente-sept voitures de Brejnev et ses datchas avec les Rolls et les villas à Saint-Tropez des riches d'ici – et, bien entendu, le nombre de privilégiés là-bas et ici.

Mais ne sommes-nous pas toujours en train de postuler ce qu'il s'agit de démontrer[c] ? Nous parlons de progression de la production : je veux bien admettre que cette progression ait été plus rapide en Chine qu'en Inde. Mais comment peut-on faire de cette progression le critère suprême ou un critère indiscutable sans avaliser tout l'univers de vie et de pensée capitaliste ? Et cela conduit à un autre aspect qui est négligé dans ces comparaisons et les fausse : on parle comme si la structure sociale et anthropologique du monde chinois et celle du monde hindou étaient identiques au départ. Or, sans entrer dans un culturalisme facile, il faut tenir compte de l'immense importance de la différence de ces mondes. De nombreux pays « non développés » étaient quand même, pour des raisons historiques profondes, infiniment plus « proches » du monde capitaliste, ou plus « préparés » à un développement capitaliste, que d'autres. Par exemple, même dans ses périodes les plus pauvres, la Grèce a toujours « appartenu » à l'Occident en un sens ; et la Grèce est en train de se développer – tandis que la Turquie rencontre beaucoup plus de difficultés. Pour l'Espagne, même chose : l'Espagne c'est déjà presque la France ; cela peut plaire ou non, mais, en quinze ans, l'Espagne de Franco a réalisé un « développement » aussi rapide que n'importe quel autre pays. Et je ne pense pas que la situation soit essentiellement autre en Amérique latine, bien que les difficultés du « développement » capitaliste y soient beaucoup plus grandes. Je vois l'horreur du régime brési-

c. La discussion s'était portée entre-temps sur les « mérites comparés » des développements de l'Inde et de la Chine, en particulier sur la comparaison de leurs taux de croissance.

lien actuel, mais je n'y vois aucune impossibilité princi-
pielle pour un décollage capitaliste du Brésil ; ce décollage
est déjà là, il se fait. Mais il se trouve que tous les pays que
je viens de mentionner appartiennent à une certaine aire
anthropologique, culturelle, social-historique. Or, en Asie
par exemple, il y a une telle aire à laquelle appartiennent
Chinois et Japonais (et sans doute aussi Indochinois) – et
une autre, tout à fait différente, celle des Hindous (et par
ailleurs des Indonésiens). On ne peut pas oublier si facilement trois mille ans d'histoire chinoise. Les Chinois sont
des gens qui, comme le dit une expression grecque, ont toujours su extraire la graisse des mouches.

R. D. : – *Et utiliser les excréments.*

C. C. : – Oui, utiliser les excréments humains, ce à quoi
se référait Victor Hugo dans ce livre admirable qui s'appelle *Les Misérables*, lorsqu'il dénonçait déjà le fait
que Paris seul, par ses égouts, jetait chaque jour dans la mer
cinq cents millions de francs-or de l'époque tandis
que, disait-il, la terre chinoise est toujours aussi féconde
qu'au premier jour de la Création, parce que les Chinois
épanchent leurs excréments dessus. De même, les Japonais : est-ce que le Japon représente un « modèle socialiste » ? En un siècle, il est devenu la deuxième puissance
industrielle du monde.

JEAN-MARIE DOMENACH : – *Mais les chauffeurs de taxi
japonais couchent dans leurs voitures.*

C. C. : – C'est exactement ce que je dis : ce qui importe,
c'est d'« économiser », de « produire », de « gagner ». De
même à Hong Kong : en arrivant à minuit à l'aéroport, vous
y trouvez des émissaires des tailleurs, qui vous proposent
un costume sur mesure, avec essayage à cinq heures du
matin et livraison à huit heures, vous permettant de conti-

nuer votre vol à neuf heures, etc. Il s'agit d'artisans – et qui ne sont pas affamés. Mais, lorsque j'étais en Inde, j'avais loué les services d'un chauffeur de taxi hindou pour visiter les admirables temples autour de Madras : au bout de longues conversations amicales, il en était venu à me dire qu'il avait pu mettre de côté une somme considérable d'argent. Je lui avais demandé, bêtement : vous allez sans doute acheter un deuxième taxi ? Pas du tout, m'a-t-il répondu : depuis cinq ans, nous préparons le grand pèlerinage de toute la famille à un grand temple (je crois qu'il s'agissait de Ramesvaram), et cet argent y suffira tout juste. Cela peut sembler facile ; mais cela illustre, en une phrase, la structure anthropologique hindoue et les « obstacles » qu'elle oppose au « développement » capitaliste. Et, à cet égard, la situation est la même en Afrique – bien que l'Inde soit une société « historique », et que les sociétés africaines, comme telles, soient des sociétés « pré-historiques ».

J.-M. D. : – *La structure anthropologique chinoise, c'était qu'il y avait des millions de gens qui mouraient de faim. Maintenant, ce n'est plus la même chose. Alors, qu'est-ce qui a changé ?*

C. C. : – Il y a eu une période de décomposition de la société chinoise traditionnelle, comme il y en avait eu périodiquement, infiniment aggravée depuis un siècle par l'invasion de l'impérialisme occidental. Le nouveau régime a « ré-organisé » le pays, mais il a pu le faire en fonction d'une attitude déjà existante et profondément enracinée chez le peuple chinois : produire, économiser, arranger, mettre de l'ordre, utiliser les moindres bouts utilisables. C'est l'attitude des Chinois, c'est celle des Japonais ; ce n'est pas celle des Hindous.

Je voulais intervenir sur d'autres points, mais les dernières formulations de Bianco me font revenir sur ce qui me frappe dans cette discussion[d]. On parle comme si créer une nation était « positif » sans plus. Pour ma part, je me suis battu contre le nationalisme dès que je suis entré dans la vie politique. Or il se passe à ce point de vue ce qu'Edgar Morin décrivait si justement tout à l'heure, en parlant de la « honte » des intellectuels occidentaux. Ils se sentent coupables de critiquer le « développement » à l'occidentale car quelqu'un en provenance du Tiers Monde – et nous en avons rencontré à Figline-Valdarno – pourra dire : ah, mais tout cela ce sont des critiques de gens rassasiés. De même, pour ce qui est de l'idée de nation, tout se passe comme si on avait peur que les gens vous disent : pour vous peut-être la nation est une idée dépassée, mais pour nous la nation signifie ne plus être sous la botte des sergents français ou anglais, mais ils restent sous la botte d'un sergent bien de chez eux : d'Amin Dada, de Kadhafi, ou de Boumediene.

Deuxièmement, se débarrasser de l'oppression étrangère (qui, certes, se manifeste aussi comme oppression « nationale », plus exactement oppression de l'indigène en tant qu'indigène) n'est pas du tout équivalent avec la création de « nations » artificielles, telle qu'elle se produit actuellement en Afrique – ce que je dirai devant n'importe quel Africain. Il suffit de regarder une carte pour voir l'aspect grotesque de la chose : les frontières de ces « nations » suivent la plupart du temps exactement les méridiens et les parallèles de la carte, elles sont les frontières fixées aux territoires conquis autrefois par l'Angleterre, la France, etc., uniquement en fonction de leurs traités de partage ou de la convenance de leurs administrations, et grâce à l'esprit cartésien, puisqu'il est plus simple de délimiter un territoire moyennant des lignes droites coïncidant avec les méridiens

---

d. « La création et l'affermissement de la nation chinoise, c'est (...) le plus incontestable dans le bilan de cette révolution », avait dit Lucien Bianco dans son intervention immédiatement précédente (*Le Mythe du développement, op. cit.*, p. 134).

et les parallèles. Ce que cela donne maintenant pour les populations concernées, on l'a bien vu pendant ces dernières années : cela a donné le Nigeria et le Biafra, cela a donné les sanglantes luttes tribales dans l'ex-Congo belge, ou le Sénégal contemporain, avec quatre ou cinq ethnies différentes, dont certaines débordent sur des pays voisins, et qui sont prêtes à se tuer les unes les autres.

L'idée de « nation » est actuellement un des ingrédients essentiels de l'idéologie bureaucratique, moyennant quoi la lutte contre l'exploitation et l'oppression impérialiste est confisquée par une bureaucratie naissante. L'appareil bureaucratique se présente aux masses indigènes comme l'instance qui à la fois va « leur créer » ou « leur donner » une nation, et qui l'incarne et en garantit l'existence. C'est aussi par là que s'opère le glissement de la lutte des masses contre l'oppression en lutte « nationale », c'est-à-dire en lutte pour la création d'un État « national », avec tout ce que la création d'un État implique. Je suis intervenu longuement sur ce point, car je suis frappé de constater à quel point des gens comme ceux réunis ici peuvent être grevés par cette monstrueuse dialectique de l'histoire des dernières cent années, qui a rendu tous les mots et toutes les significations ambigus, qui en a fait, dans leur usage courant, des instruments mystificateurs.

E. M. : – *Mais ce vide laissé par le colonialisme refluant ou chassé est rempli par la nation, et on ne voit pas dans les conditions actuelles ce qui aurait pu remplir ce vide.*

C. C. : – Nous sommes d'accord. Mais que quelque chose devait le remplir ne veut pas dire que nous ayons à avaliser ce quelque chose. Le dernier philosophe de l'histoire est mort il y a cent quarante-cinq ans. Si je parlais en tant que philosophe de l'histoire, j'aurais dit comme lui : tout ce qui a été réel, a été rationnel, point à la ligne, il n'y a rien d'autre à dire. Mais je parle en politique ; que ce qui a été l'a été en fonction de certaines causes fait pour moi partie de la discussion, mais ne la clôt pas. On disait tout à l'heure qu'en politique les « illusions » comptent autant que la « réalité », sinon plus – et c'est évident : autrement il n'y aurait pas eu, par exemple, les deux grandes guerres. Or parler aujourd'hui du soi-disant modèle du soi-disant développement soi-disant socialiste et le dénoncer, ce n'est pas faire œuvre de philosophe, c'est faire œuvre de politique, c'est dénoncer et tenter de dissoudre ces « illusions » tellement importantes dans leur action « réelle » ; et c'est cela précisément que l'on voit lorsqu'on constate que tous ces mots et tous ces termes véhiculent des représentations, motivent des activités, justifient des réalités, radicalement contraires à celles que nous avons dans l'esprit ou que nous serions – moi en tout cas – prêts à défendre. Jean-Marie Domenach demandait tout à l'heure : quelles sont les raisons pour lesquelles ces pays adoptent le « modèle socialiste » ? Une de ces raisons, et non la moindre, se trouve précisément dans ces « illusions » et leur force. La même chose vaut pour la « nation ».

Je reviens à la question de la bureaucratie, et à ma vieille querelle avec Edgar [Morin] à ce sujet. Aucun doute, à mes yeux, ne peut exister sur la spécificité, l'originalité de l'organisation bureaucratique contemporaine, son appartenance au monde moderne, même si l'on peut en trouver beaucoup de noyaux, de germes dans le passé – en Chine, dans la Rome impériale, l'Église chrétienne officialisée, etc. Mais la bureaucratie moderne trouve ailleurs sa véritable origine, ses sources social-historiques – et ces sources sont au nombre de trois. La première, c'est l'évolution spontanée, *la logique interne du capitalisme occidental* : concentration et centralisation, organisation de l'entreprise, liaison croissante de l'économie et de l'État, etc. La deuxième est *la dégénérescence des organisations ouvrières* elles-mêmes et de la Révolution de 1917 : la classe ouvrière russe, pour des raisons que l'on n'a pas à discuter maintenant, ne parvient pas à assumer, à exercer effectivement le pouvoir, ni dans la production, ni dans la politique ; le parti bolchevique, qui s'y préparait, émerge, accapare le pouvoir, devient couche dominante et noyau autour duquel se cristallise la nouvelle classe dominante et exploiteuse. La troisième source – et qui montre l'incapacité du marxisme à rendre compte de l'histoire contemporaine, car les deux premières peuvent être, tant bien que mal, interprétées dans les cadres marxistes –, c'est ce que j'ai appelé *l'émergence de la bureaucratie dans le vide* et à partir du vide : la société traditionnelle, pré-capitaliste, s'effondre au contact du capitalisme ; l'impérialisme s'avère incapable de continuer de s'imposer, soit directement, soit par bourgeoisie nationale interposée ; la crise de la société et la lutte des masses s'amplifient sous l'effet chacune de l'autre. Cette situation peut durer longtemps – elle a duré au moins cinquante ans en Chine, par exemple ; mais si et lorsqu'elle est dépassée, nous constatons qu'elle l'est toujours de la même manière, essentiellement. L'appareil qui, dans la société considérée, présentait les « structures d'accueil » les plus appropriées (ou les moins étrangères) à la création d'une société capitaliste bureaucratique, qui possédait les éléments d'« organisation » et d'« information » au sens biologique, l'ADN, lui permettant d'entreprendre une catalyse sociale, cet appareil se met à proliférer et à étendre son influence et son pouvoir, et finalement devient l'instance qui « résout » la crise de cette société. Un tel appareil, de toute évidence privilégié pour un tel rôle, c'est un parti « marxiste », « communiste », etc., parce qu'il possède déjà une organisation interne « moderne » ; un « message » comme dit Edgar ou une idéologie et un système d'explication du monde, enfin des modèles de stratégie et de tactique tout faits (*cf.* du reste le Portugal depuis avril 1974) ; il existe déjà, tout prêt pour ce rôle.

Mais nous constatons aussi que, dans d'autres pays, tout

aussi nombreux, la « soupe primordiale » créée par la décomposition de la société traditionnelle ne permet pas la naissance ou le développement d'un tel parti. Tel est le cas de presque toutes les sociétés africaines ; tel est aussi le cas de l'Inde, où le (ou les) parti communiste (ou marxiste-léniniste, etc.) se trouve devant une situation en or massif, et n'arrive pas à en faire quoi que ce soit ; et pourquoi donc ? Tel est aussi, enfin, le cas de presque tous les pays musulmans. Je ne veux pas revenir à l'anthropologie, mais je suis certain qu'elle y est pour beaucoup. Dans tous ces cas, lorsque quelque chose se passe, on constate qu'un autre appareil joue, certes avec beaucoup moins d'efficacité en général, le rôle de l'appareil du Parti : c'est l'appareil militaire, à la limite en la personne de M. Amin Dada et de ses soldats. Cet appareil a, lui aussi, bien entendu, besoin d'une idéologie – ou d'une phraséologie – « socialiste », pour les raisons déjà discutées et par ailleurs évidentes.

Enfin, un dernier mot sur la question « positive » de la politique proprement dite, au sens du : que faire ? C'est effectivement la question décisive, mais il y a une question préalable : d'où parlons-nous, en quelle qualité parlons-nous ? Sommes-nous les partenaires d'une firme de « Conseillers en développement à horreur atténuée » ? Allons-nous tracer les lignes de contour qui maximisent la production de blé en minimisant la population concentrationnaire ? Je n'en suis pas, pour ma part. Je ne suis pas conseiller en développement à horreur minimale.

E. M. : – *Est-ce que tu n'es pas contraint de l'être à certains moments ?*

C. C. : – Je ne vois pas ce qui pourrait m'y contraindre pour l'instant, et je n'entrerai pas dans ce genre de discours. Mais je reviens à ce que disait Edgar : peut-être faudrait-il un peu de ceci, un peu de cela, un peu d'autogestion, etc. Je n'ironise pas, il est clair que ce n'est pas « faux » et qu'il est préférable d'être ouvrier dans une usine yougoslave plutôt que dans une usine hindoue. Mais ces petites doses de ceci et de cela ne peuvent pas vaincre cette puissance terrible de la totalité de la société, de la société comme institution globale et en l'occurrence comme société bureaucratique. Et cela on le voit par exemple en Yougoslavie, où la contrainte exercée par l'appareil d'État et du Parti est très efficacement complétée, précisément moyennant l'« autogestion décentralisée », par la contrainte des mécanismes économiques, de la demande, du marché mondial, etc.

Ce qui est à mes yeux, depuis très longtemps, l'essentiel dans toute la question du « développement », c'est que les pays du Tiers Monde contenaient, et peut-être contiennent toujours, la possibilité d'un apport positif original à la transformation nécessaire de la société mondiale. C'est cette possibilité qui est totalement escamotée dans les discussions habituelles sur le développement ; et c'est elle qui est détruite par le « développement » capitaliste-bureaucratique de ces pays – et en ceci aussi la haine que l'on peut éprouver à l'égard des bureaucraties qui s'y créent est d'autant plus grande. En parlant schématiquement, on peut dire que dans la plupart de ces pays les formes traditionnelles de culture n'étaient pas encore, et ne sont pas encore aujourd'hui, complètement dissoutes, ni le type traditionnel d'être humain complètement détruit. Il va sans dire que ces formes traditionnelles allaient de pair, la plupart du temps, avec l'exploitation, la misère, toute une série de facteurs négatifs ; mais elles préservaient quelque chose qui a été brisé dans et par le développement capitaliste en Occident : un certain type de socialité et de socialisation, et un certain type d'être humain. Je pense depuis longtemps que la solution aux problèmes actuels de l'humanité devra passer par la conjonction de cet élément avec ce que l'Occident peut apporter ; j'entends par là la transformation de la technique et du savoir occidentaux de sorte qu'ils puissent être mis au service du maintien et du développement des formes authentiques de socialité qui subsistent dans les pays « sous-développés » – et, en retour, la possibilité pour les peuples occidentaux d'y apprendre quelque chose qu'ils ont oublié, de s'en inspirer pour faire revivre des formes de vie véritablement communautaire.

Le régime social
de la Russie *

AVERTISSEMENT

Ce texte résume et articule les résultats de plus de trente ans (1944-1977) de réflexion et de travail sur la « question russe », ses interminables implications théoriques ses incalculables répercussions réelles. Peu de temps après sa rédaction, l'invasion russe en Afghanistan m'amenait à reprendre, prolonger et compléter ces analyses ; c'est ce que j'ai fait avec l'article « Devant la guerre » (Libre, n° 8, mai 1980), puis avec le livre du même nom, dont le premier volume a été publié en mai 1981 (Fayard) et dont j'espère publier prochainement le second volume.

* Rapport introductif à la quatrième et dernière journée du séminaire historique qui s'est tenu à Venise dans le cadre de la Biennale consacrée à la dissidence dans les pays de l'Est (15-18 novembre 1977). Les limitations du temps m'ont obligé à présenter dans ce rapport sous forme de thèses quelques-unes des idées que j'ai élaborées depuis 1946 sur la « question russe » et ses implications. On en trouvera le développement et l'argumentation dans les écrits dont la liste est donnée à la fin de ce texte, et auxquels les renvois sont faits par l'indication de leur date.
    Texte publié dans la revue *Esprit*, juillet-août 1978, puis, sous forme de brochure, par *Les Cahiers du vent du ch'min*, Saint-Denis, 1982.

La publication de Devant la guerre *a eu divers résultats objectivement étranges, parmi lesquels un tout à fait prévisible pour moi : les « pacifistes » des différentes espèces se sont mis à m'accuser de soutenir le réarmement occidental et de gonfler à dessein les quantités d'armements russes (en cela, à leur habitude, plus royalistes que le roi, puisque les Russes n'ont jamais en fait contesté, lors des palabres sur la réduction des armements, les chiffres établissant la « parité » nucléaire qu'ils avaient atteinte déjà entre 1970 et 1975) – et un autre qui l'était moins : les gens se sont mis à parler de (et à écrire sur) ma « théorie sur la stratocratie russe », comme si je n'avais jamais écrit rien d'autre sur la Russie que* Devant la guerre *– ou bien, dans la meilleure des hypothèses, comme si les nouvelles analyses de ce livre signifiaient l'abandon de mes analyses précédentes ou en entraînaient la caducité. C'est là une curieuse façon de lire.* Devant la guerre *s'appuie explicitement sur mes écrits antérieurs concernant le capitalisme bureaucratique total et totalitaire, qui y sont cités à plusieurs reprises, et dont il utilise les résultats. Sans ces résultats toujours valides, l'analyse de la société russe comme stratocratie perd ses fondements sociaux aussi bien qu'historiques. Le problème que je me suis posé – le lecteur s'en convaincra facilement en lisant, plus loin dans le présent volume, « Les destinées du totalitarisme » – a été de rendre compte de l'évolution du régime, de sa dynamique propre, à partir du moment où l'échec de la tentative d'autoréforme de la bureaucratie (Khrouchtchev, 1964) a définitivement laissé libre cours au processus de nécrose du Parti et de son idéologie. A ce problème – comme aussi au fait que, à mille titres, l'évolution de la Russie est fortement singulière – on ne répond pas en psalmodiant du matin au soir « totalitarisme, totalitarisme » ou « idéocratie, idéocratie ». Idéocratie en 1921 et en 1985 ? Totalita-*

risme dans la Russie de Staline et dans la Hongrie de Kadar ? L'incapacité continuée de penser ce qui est historique se traduit par l'impuissance de faire autre chose que de plaquer une et la même abstraction sur des réalités qui changent continuellement depuis bientôt soixante-dix ans et qui concernent des sociétés aussi improbablement différentes, au départ, que l'Éthiopie et l'Allemagne de l'Est, la Tchécoslovaquie et le Vietnam, Cuba, la Chine et la Russie elle-même. Et, comme cette abstraction devient, si l'on peut dire, chaque jour plus abstraite, le résultat est que l'on perd de vue ce qui fait la véritable unité de l'histoire de la Russie depuis 1917 – ou la véritable parenté des régimes communistes quelle que soit la région de leur greffe.

Novembre 1985

1. Que la société russe soit une société divisée, soumise à la domination d'un groupe social particulier, où règnent l'exploitation et l'oppression, est une évidence immédiate au regard des faits les plus élémentaires et les plus connus. La présentation du régime russe comme « socialiste » ou comme « État ouvrier », dans la complicité pratiquement universelle de la « gauche » et de la « droite » ; ou même simplement la discussion de sa nature par référence au socialisme, pour savoir sur quels points et à quel degré il s'en écarterait, représentent une des plus formidables entreprises de mystification connues dans l'histoire. Le succès persistant de cette entreprise pose évidemment une question de première grandeur sur la fonction et l'importance de l'idéologie dans le monde contemporain.

I

2. La société russe, comme les sociétés des pays de l'Europe de l'Est, de la Chine, etc., est une société divisée asymétriquement et antagoniquement – dans la terminologie traditionnelle, une « société de classes ». Elle est soumise à la domination d'un groupe social particulier, la bureaucratie, dont le noyau actif est la bureaucratie politique du PCUS. Cette domination se concrétise comme exploitation économique, oppression politique, asservissement mental de la population par la bureaucratie et à son profit. La bureaucratie n'exerce pas pour autant – pas plus qu'aucune autre couche dominante dans une société quelconque – une maîtrise absolue sur la société. Elle doit faire face au conflit qui l'oppose à la population, conflit dont le régime totalitaire étouffe les manifestations sans pouvoir les supprimer. Elle est sujette aux antinomies et aux irrationalités consubstantielles au régime bureaucratique moderne. Enfin, la bureaucratie est elle-même dominée par son système, par l'institution de la société dont elle est corrélative et par les significations imaginaires sociales que cette institution porte. La société russe est, elle aussi, une société aliénée ou hétéronome « toutes classes confondues ».

3. Les rapports de production en Russie sont des rapports antagoniques, qui divisent et opposent dirigeants et exécutants. Ils impliquent l'exploitation des producteurs (ouvriers ; paysans, travailleurs des « services ») et leur asservissement à un procès de travail et de production qui échappe entièrement à leur contrôle. La « nationalisation » (étatisation) des moyens de production et la « planification » bureaucratique n'entraînent nullement l'abolition de l'exploitation et n'ont rien à voir avec le socialisme. La suppression de la « propriété privée » laisse entièrement ouverte la question : *qui*

dispose effectivement, désormais, des moyens de production et de la production elle-même ? Or en Russie (comme dans les pays de l'Europe de l'Est, en Chine, etc.) c'est la bureaucratie (des entreprises, de l'économie, de l'État et surtout du PCUS) qui dispose *(verfügt)* collectivement des moyens de production, du temps de la population travailleuse, des résultats de la production. Sous le couvert de la forme juridique de la « propriété nationalisée » (étatique), elle en a le jus *fruendi, utendi et abutendi*. De cette disposition, l'étatisation et la « planification » bureaucratique sont les moyens adéquats et nécessaires. La bureaucratie dispose des moyens de production et de la production « statiquement » à tout instant. Elle en fait « ce qu'elle veut », physiquement et économiquement, autant et plus qu'un capitaliste « fait ce qu'il veut » de son capital. Mais surtout, elle en dispose « dynamiquement ». Elle décide des moyens par lesquels un surplus est extrait à la population travailleuse, du taux de ce surplus et de son affectation (de sa répartition entre consommation bureaucratique et accumulation, comme de l'orientation de cette accumulation). Le « capital » russe aujourd'hui n'est rien d'autre, dans son « essence », que le surplus accumulé de l'exploitation du peuple russe depuis soixante ans, et, dans sa forme physique, que le résultat sédimenté des décisions de la bureaucratie et du fonctionnement de son système pendant cette même période [1946, 1947*a*, 1947*b*, 1949*a*, 1949*b*, 1949*c*, 1957*a*, 1958*b*, 1960*a*].

4. Cette nature des rapports de production, et du régime social, est inscrite dans la matérialité des moyens de production et portée par ceux-ci. En tant qu'instruments de travail – par la forme et le contenu qu'ils impriment au procès de travail –, ces moyens visent à assurer l'asservissement des producteurs au procès de travail, à la fois par la nature du travail qu'ils imposent et par le type d'organisation du travail et de l'entreprise qu'ils entraînent. En tant qu'instruments de production – par la nature des produits

qu'ils sont destinés à fabriquer – ils incarnent l'orientation imprimée à la vie sociale par la bureaucratie, ses buts spécifiques, les valeurs et les significations auxquelles la bureaucratie est elle-même asservie. La production d'armements, de biens de consommation destinés à la bureaucratie, le type et la nature des objets de consommation populaire, et surtout la production de machines destinées à reproduire le même type de production et les mêmes rapports de travail et de production illustrent amplement la correspondance de la nature du régime social avec les « moyens » productifs qu'il développe. L'identité totale de ceux-ci avec ceux inventés et mis en œuvre par le capitalisme occidental témoigne de la parenté profonde des deux régimes. Elle crée aussi des problèmes identiques au plan politique. Loin de pouvoir simplement hériter d'un « développement des forces productives » et d'une technologie prétendument neutre à mettre au service du socialisme, une révolution sociale en Russie aura à s'attaquer à la base matérielle-technique de la production et à la transformer tout autant que dans les pays occidentaux [1957c].

5. Depuis soixante ans, la situation et le sort effectif du travailleur russe dans la production sont essentiellement identiques à ce qu'ils ont toujours été sous le capitalisme. L'escamotage de ce fait par presque tous les courants « marxistes », y compris « oppositionnels » (par exemple trotskistes), défenseurs autoproclamés de la classe ouvrière, est hautement révélateur. L'asservissement des travailleurs dans le travail n'est pas un « défaut », secondaire ou important, du système, ni simplement un trait inhumain à déplorer. En lui se dénonce, au plan le plus concret comme au plan philosophique, l'essence du régime russe comme régime d'aliénation. A considérer strictement le procès de travail et de production, la classe ouvrière russe se trouve soumise au rapport de « salariat » autant que n'importe quelle autre classe ouvrière. Les ouvriers ne disposent ni

des moyens, ni du produit de leur travail, ni de leur propre activité de travailleurs. Ils « vendent » leur temps, leurs forces vitales, leur vie à la bureaucratie qui en dispose selon ses intérêts. L'effort constant de la bureaucratie est d'augmenter le plus possible le rendement du travail tout en comprimant les rémunérations, et ce par les mêmes méthodes que celles utilisées en Occident. La division toujours plus poussée des tâches, la définition des tâches visant à rendre le travail toujours plus contrôlable et toujours plus impersonnel et le travailleur toujours plus interchangeable, la mesure et le contrôle des gestes du travailleur, le salaire aux pièces et au rendement, la « quantification » de tous les aspects du travail et de la personnalité même du travailleur sont portés, là-bas comme ici, par une technologie qui, loin d'exprimer une « rationalité » neutre, est destinée à soumettre le travailleur à un rythme de production indépendant de lui, à briser les groupes « informels » qui se constituent parmi les travailleurs, à exproprier le travail vivant de toute autonomie et à transférer le moment de direction de l'activité, aussi menue soit-elle, aux ensembles mécaniques d'une part, à l'Appareil bureaucratique dirigeant l'entreprise d'autre part [1958*a*].

6. Cette analyse (qui serait en fait la véritable analyse marxienne) est toutefois incomplète et insuffisante, car abstraite. En considérant la production en elle-même, en la séparant de l'ensemble de la vie et de l'organisation sociale, elle aboutirait à assimiler purement et simplement la situation de l'ouvrier russe et celle de l'ouvrier occidental. Mais le sort qui est fait à l'ouvrier, et à la population en général, en dehors de la production n'est pas un trait additionnel, mais une composante essentielle de sa situation. Privée de droits politiques, civiques et syndicaux ; enrôlée de force dans des « syndicats » qui sont des simples appendices de l'État, du Parti et du KGB ; soumise à un contrôle policier permanent, au mouchardage dans les lieux de travail et hors

ceux-ci, au régime des passeports intérieurs et des livrets de travail ; constamment harcelée par la voix omniprésente d'une propagande officielle mensongère, la classe ouvrière russe est soumise à une entreprise d'oppression et de contrôle totalitaires, d'expropriation mentale et psychique qui dépasse très nettement les modèles fasciste et nazi et n'a connu quelques perfectionnements supplémentaires qu'en Chine maoïste. Situation sans analogue dans les pays capitalistes « classiques », où très tôt la classe ouvrière a pu arracher des droits civiques, politiques et syndicaux et contester explicitement et ouvertement l'ordre social existant – en même temps qu'elle exerçait constamment une pression décisive sur l'évolution du système, qui a été finalement le principal facteur limitant l'irrationalité de celui-ci [1953*a*, 1959, 1960*b*, 1973, 1974]. La différence est capitale, y compris du point de vue étroit et abstrait de la production et de l'économie. Sous le régime capitaliste classique, la classe ouvrière négocie explicitement le niveau des salaires nominaux et d'autres éléments du « contrat de travail » encore plus importants (durée journalière, hebdomadaire, annuelle et « vitale » du travail, conditions de travail, etc.). Le « contrat de travail » est certes une forme juridique – mais il n'est pas une forme *vide*, parce que la classe ouvrière peut lutter, et lutte, explicitement pour sa modification. Sans une classe de travailleurs « libres », aux deux sens du terme, on aurait peut-être connu un « capitalisme esclavagiste » ou un « capitalisme de servage » – non pas le capitalisme tel qu'il a effectivement existé. Moyennant ces luttes et cette liberté, qu'il est stupide d'appeler simplement « formelle », la classe ouvrière a pu, depuis cent soixante-quinze ans, réduire la durée du travail, empêcher l'augmentation du taux d'exploitation, limiter le chômage, etc. Or, la suppression de toute liberté en Russie et l'impossibilité de toute lutte ouverte font précisément que le « contrat de travail » y devient une forme vide, et que l'on ne peut pas parler dans ce cas de « salariat », sauf en un sens formel.

La conséquence n'en est pas seulement une exploitation du travail beaucoup plus lourde qu'ailleurs. La suppression de toute possibilité pour la classe ouvrière, et pour la population en général, d'exercer ouvertement une pression sur les événements laisse libre cours au déploiement de l'irrationalité bureaucratique, et aboutit au monstrueux gaspillage de travail humain et de ressources productives en général qui caractérisent l'économie russe (sans parler du Goulag, qui pose des problèmes dépassant de loin ces considérations).

7. Il n'en est que plus frappant de constater que l'oppression totalitaire demeure incapable d'étouffer la lutte implicite permanente des ouvriers (et des paysans) contre le système dans la production. Sous le régime russe, comme en Occident, le point de départ et l'objet premier de cette lutte sont le niveau des taux effectifs de rémunération/rendement (rapport entre salaire reçu et travail effectivement fourni). Mais dans les deux cas, loin d'être simplement « économique », cette lutte traduit la résistance des travailleurs à l'oppression et à l'aliénation auxquelles tendent à les soumettre les rapports de production établis. Elle s'exprime en Russie de manière particulièrement aiguë par la crise permanente de la productivité quantitative et qualitative, l'absentéisme, les dépassements chroniques du « plan des salaires » des entreprises, etc. [1949*b*, 1949*c*, 1956*b*, 1957*c*, 1958*a*, 1960*b*].

8. La condition ultime de cette lutte est la contradiction fondamentale du capitalisme bureaucratique. Dans la production, comme dans toutes les sphères de la vie sociale, le régime vise à exclure les individus et les groupes de la direction de leurs activités et à la transférer à un Appareil bureaucratique. Extérieur à ces activités, et rencontrant l'opposition des exécutants, cet Appareil devient incapable la moitié du temps de les diriger ou de les contrôler, et

même de savoir réellement ce qui se passe. Il est ainsi obligé de faire constamment appel à la participation de ces mêmes exécutants qu'il voulait exclure, à l'initiative de ceux qu'il voulait transformer en robots. Cette contradiction pourrait se figer en simple opposition des deux groupes dans une société statique. Le bouleversement continuel des moyens et des méthodes de production, que le régime lui-même doit introduire, en fait un conflit qui ne s'apaise jamais [1956*b*, 1957*c*, 1958*a*, 1960*b*, 1963].

9. Cette contradiction fondamentale, et la nature même de l'Appareil bureaucratique, font que la « planification » bureaucratique est essentiellement chaotique et irrationnelle, y compris du point de vue des buts qu'elle se propose. Considérant la société capitaliste de son époque, Marx opposait le despotisme dans l'atelier à l'anarchie dans la société. Mais le capitalisme bureaucratique, à l'Est comme à l'Ouest, c'est le despotisme *et* l'anarchie, dans l'atelier *et* dans la société. Les immenses gaspillages et absurdités de la « planification » bureaucratique, amplement connus depuis longtemps, ne sont nullement un trait accidentel ou réformable ; ils résultent des caractères les plus importants de l'organisation bureaucratique. L'existence même de l'Appareil bureaucratique porte l'opacité sociale à un degré inconnu auparavant, et fait que l'information requise pour une planification – de l'économie, ou même de la production d'une grande entreprise – fait constamment défaut. La masse des exécutants cache la vérité à l'Appareil. La condition vitale d'existence de tout secteur de la bureaucratie est la falsification des faits aux yeux du reste de la bureaucratie. L'Appareil essaie de résoudre le problème par la multiplication des contrôles et des instances bureaucratiques, qui ne font que multiplier les facteurs qui le font naître. A moitié aveugle, l'Appareil est aussi à moitié décérébré. « Expertise », « savoir », « compétence » de la bureaucratie sont des leurres idéo-

logiques. Dans un système bureaucratique-hiérarchique moderne (à l'opposé d'un tel système traditionnel), il n'existe ni ne peut exister aucun dispositif ou procédure « rationnels » de nomination et de promotion des bureaucrates. Par conséquent, une grande partie de l'activité de ceux-ci vise à essayer par tous les moyens de résoudre leur problème personnel. La lutte entre cliques et clans devient ainsi un facteur sociologique essentiel qui domine la vie de l'Appareil et en vicie radicalement le fonctionnement, transformant la plupart du temps les options objectives en enjeux de la lutte entre cliques et clans. Créant une scission radicale dans la société de par son existence même, la fragmentant de plus en plus afin de la mieux contrôler, introduisant nécessairement en son propre sein la même fragmentation, la même division du travail et des tâches qu'il impose partout, l'Appareil prétend être le lieu de la synthèse, de la recomposition de la vie sociale – mais ne l'est que fictivement. Les instances bureaucratiques particulières s'enlisent régulièrement dans leur propre inertie. Les interventions brutales du Sommet de l'Appareil doivent trancher chaque fois *in extremis* dans l'arbitraire les problèmes qui ne peuvent plus être ajournés [1956*b*, 1960*b*, 1976].

10. L'industrialisation de la Russie – et l'extension du régime bureaucratique sur 1,3 milliard d'individus – n'a guère atténué les conflits et les antinomies qui déchirent la société russe, pas plus qu'elle n'a réduit le pouvoir de la bureaucratie. Certes la terreur policière a changé de degré et de méthodes depuis la mort de Staline, en même temps que la bureaucratie essaie d'entrer dans la voie de la « société de consommation ». Mais aussi bien le contenu que l'échec du khrouchtchévisme montrent les limites des tentatives d'autoréforme de la bureaucratie, et les contradictions qu'elles rencontrent. Ainsi, un certain degré de « démocratisation » apparaît comme requis pour surmon-

ter les traits les plus irrationnels du système. Mais les tentatives, même timides, dans cette direction risquent d'aboutir à des explosions (événements de 1956 en Europe de l'Est), ou bien ouvrent la porte à une utilisation des « droits » concédés qui devient rapidement intolérable pour la bureaucratie (dissidence des intellectuels depuis une quinzaine d'années). C'est que toute possibilité de remettre en question le pouvoir du Parti serait un suicide pour la bureaucratie, et toute « démocratisation », même limitée, du Parti serait un suicide pour l'instance qui incarne, personnifie et exerce le pouvoir, à savoir le Sommet de l'Appareil. – De même, le besoin de réformer la gestion de l'économie à tous les niveaux, pour en limiter les absurdités, se heurte à la nécessité, pour ce faire, de réduire le rôle et les pouvoirs discrétionnaires de la bureaucratie – soit, de procéder à une automutilation de la couche dominante. Tel serait le cas si l'on tentait d'injecter des « mécanismes de marché » dans le système actuel ; mais aussi, si l'on voulait procéder à une « cybernétisation » de l'économie, laquelle – de toute façon irréalisable dans la situation russe – exigerait l'élimination de la plus grande partie de la bureaucratie « productive » et économique existante et ne conduirait qu'à la prolifération de nouvelles instances bureaucratiques. Ainsi, les « réformes » économiques de la bureaucratie se traduisent essentiellement par des oscillations récurrentes entre des tentatives de plus grande et de moins grande centralisation [1956*b*, 1957*b*]. Certes, un régime bureaucratique plus « souple » n'est pas inconcevable, ni en droit ni en fait (*cf.* la Yougoslavie). Ce sont les conditions concrètes de la Russie qui en rendent l'éventualité extrêmement improbable : le risque de l'effondrement de l'Empire russe (*cf.* aussi bien les événements de 1956 que l'invasion de la Tchécoslovaquie en 1968), et la situation virtuellement explosive existant dans le pays même.

11. En effet, les problèmes fondamentaux qui se posaient à l'Empire des tsars et ont provoqué son renversement non seulement n'ont pas été résolus, mais se trouvent considérablement aggravés. Problème agraire : les paysans étaient, jusqu'à très récemment, en état de servage juridique, attachés à la glèbe en droit (ne possédant pas de passeport intérieur), et sans doute le sont-ils toujours en fait ; la Russie, grenier de l'Europe déjà avant les temps d'Hérodote, parvient à peine à nourrir sa population, alors que les pays occidentaux subventionnent la paysannerie pour qu'elle ne produise pas ; l'« organisation » de l'agriculture doit être constamment remise sur le tapis, sans aucun résultat tangible. Problème du développement industriel : le système ne parvient toujours pas à satisfaire la demande solvable de la population pour des objets d'usage courant ; la fabrication de produits d'une qualité satisfaisante et constante constitue toujours une question insoluble ; l'équilibre militaire avec les États-Unis n'est maintenu qu'en consacrant une proportion exorbitante des ressources productives (probablement trois ou quatre fois plus grande qu'aux États-Unis) à la production d'armements et au prix d'un sous-développement considérable de tous les secteurs civils ; après soixante ans de « socialisme » et de surexploitation de la population, le produit national par habitant est du même ordre de grandeur que celui de l'Espagne si ce n'est de la Grèce. Ce régime « socialiste » n'a pas encore pu résoudre le problème que les hommes ont résolu dès le néolithique : assurer la soudure entre une récolte et la récolte suivante ; ni cet autre, résolu au moins depuis les Phéniciens : fournir à ceux qui sont disposés à en payer le prix les marchandises qu'ils demandent. Question nationale : chauvinisme grand-russien et antisémitisme aussi forts que jamais rencontrent toujours la haine des nationalités enfermées de force dans la prison modernisée des peuples ; la Russie reste le seul pays important et « développé » où des nations entières sont maintenues dans la servitude. Question politique : indépen-

damment de l'exclusion radicale du peuple de tout contrôle sur les affaires publiques et de toute connaissance de celles-ci, la bureaucratie n'a pu et ne peut trouver aucun mode de fonctionnement régulier pour résoudre le problème de sa propre direction, hormis la lutte entre cliques et clans et les intrigues de cour. Comme les changements au Sommet doivent être le plus espacés possible, sous peine d'ébranlement fatal de tout l'édifice, la gérontocratie en est la conséquence inéluctable. L'État, et le Parti qui en est l'âme, qui prétendent réguler tous les aspects de la vie sociale et résoudre tous les problèmes à la place des intéressés, ne font que multiplier ces problèmes de par leur existence même et par leur mode d'opération. Leur monstrueux gonflement témoigne de l'extrême acuité de la scission antagonique de la société. La persistance et l'aggravation de ces problèmes s'accompagnent d'une véritable involution culturelle. Le peuple qui a produit Dostoïevski, Moussorgski, Maïakovski, doit subir le crétinisme, le pompiérisme et l'effarante stérilité de la culture « officielle ». En même temps, l'idéologie d'État se décompose. L'invocation du « marxisme-léninisme » est devenue un simple rituel [1956*a*]. La bureaucratie condamne la culture russe à la stérilité, parce qu'elle est elle-même condamnée au mutisme. Il lui est impossible de parler ou de laisser parler véritablement de son péché originel, de sa naissance sanglante dans et par la terreur de Staline – qu'elle n'ose ni condamner ni réhabiliter pleinement ; il lui est impossible d'effacer purement et simplement trente ou quarante ans d'histoire russe, d'autant que celle-ci continue sans altération essentielle. Tout autant lui est-il impossible de laisser présenter une image véridique, fût-elle artistique, de son présent, d'accepter une discussion sur l'état de la société russe, de tolérer des recherches et des initiatives qui échapperaient à son contrôle. Le résultat en est l'usure, pour ne pas dire la disparition totale, de son emprise surtout sur les jeunes générations mais aussi sur une partie grandissante de la population. En fait, le seul ciment de la société bureaucratique, hormis la répression, est désormais le cynisme. La société russe est la première société *cynique* de l'Histoire. Mais on ne connaît pas dans l'histoire d'exemple de société qui ait pu survivre longtemps dans le cynisme pur et simple ; aussi ce n'est pas un hasard si le chauvinisme et le nationalisme grand-russes deviennent de plus en plus marqués. Comprimés par la terreur bureaucratique, ces conflits n'en explosent que plus violemment lorsque l'occasion se présente (*cf.* les exemples décrits par Soljenitsyne ou Pliouchtch). Parmi les pays industrialisés, la Russie reste le premier candidat à une révolution sociale.

12. Le régime russe fait partie intégrante du système mondial de domination contemporain. Avec les États-Unis et la Chine il en constitue un des trois piliers ; il est, solidairement avec les autres, le gérant et le garant du maintien du *statu quo* social et politique à l'échelle de la planète. Cette solidarité et complicité, qui sont constamment à l'œuvre en coulisse, se sont manifestées de manière éclatante par exemple lorsque les Trois sont intervenus de concert pour aider le gouvernement de Ceylan à écraser le soulèvement de 1971 ; de même qu'il est plus que possible qu'États-Unis et Russie interviendraient de concert pour étouffer une révolution en Europe ou ailleurs dès qu'ils seraient convaincus qu'ils ne pourraient pas la contrôler ou l'utiliser. Parallèlement, l'antagonisme impérialiste des Trois reste aigu et continue d'avoir comme horizon une guerre mondiale qui n'est nullement rendue impossible, comme le prétend la propagande officielle, par l'équilibre de la terreur nucléaire.

II

13. Convenons d'appeler *régime social* un type donné
d'institution de la société en tant qu'il dépasse une société
singulière. La notion et le terme de « mode de production »
ont une validité s'il s'agit de caractériser la production
comme telle ; non pas une société ou une classe de sociétés. Tel ne pourrait être le cas que si production et « mode
de production » déterminaient nécessairement et suffisamment l'ensemble de l'organisation et de la vie sociales – ce
qui est, non pas même faux, mais privé de sens. Le rapport
même entre la production (et les rapports de production) et
l'organisation globale de la société est chaque fois spécifique au *régime social* dont il s'agit, à l'institution donnée
de la société, et fait partie de cette institution [1964*b*,
1974*a*, 1975]. Le régime social de la Russie (et des pays
de l'Europe de l'Est, de la Chine, etc.) est le *capitalisme
bureaucratique total*, le régime social des pays industrialisés de l'« Occident » est le *capitalisme bureaucratique
fragmenté* [1949*a*, 1949*b*, 1976].

14. L'émergence de la bureaucratie moderne et du capitalisme bureaucratique, total ou fragmenté, soulève un
nombre immense de problèmes, dont il n'est ici possible
que d'effleurer quelques-uns. La réflexion de ces problèmes fait éclater les conceptions héritées sur la société
et l'histoire ; l'avènement historique de la bureaucratie et
le fonctionnement de la société bureaucratique restent
insaisissables dans le cadre des grandes théories traditionnelles [1949*a*, 1963, 1964*a*, 1964*b*, 1973, 1975]. Le monde
contemporain vit sur des représentations de la société et de
l'histoire lesquelles, formées déjà en 1848, n'ont rien à dire
sur le monde contemporain. Cela est immédiatement évident pour ce qui est des conceptions « libérales » et « néoli-

bérales », économiques et sociologiques. Que peut être pour celles-ci le régime bureaucratique, qui transgresse constamment la « rationalité économique », sinon un mauvais accident contraire à la nature humaine ? Que faire de la transformation des citoyens en rouages de la machine étatique, si ce n'est une inexplicable résurgence, au milieu de la « démocratie » et de la « diffusion des connaissances », de la forme transhistorique de la tyrannie ? – La situation est en partie différente pour ce qui est de la conception de Marx, mais à condition d'en casser l'ossature systématique-dogmatique, d'en comprendre les limites, et de la mettre en relation avec les altérations de la réalité historique. *Le Capital* est à lire à la lumière de la Russie, non pas la Russie à la lumière du *Capital*. En restant asservis non pas même à la pensée de Marx, mais à ce que de cette pensée ils ont transformé en schéma mécanique, les « marxistes » contemporains se sont rendus incapables de dire quoi que ce soit de pertinent sur le monde moderne. En particulier, la bureaucratie et le régime bureaucratique restent pour eux carrément impossibles comme objets de pensée.

15. Ainsi, pour la presque totalité des courants et des auteurs marxistes (laissant évidemment de côté les communistes orthodoxes), tout semble avoir été dit lorsque le régime russe est caractérisé comme le produit de la dégénérescence de la Révolution d'Octobre, elle-même causée par l'« arriération » du pays et l'« isolement » du nouveau pouvoir. Que le régime russe ait trouvé son origine dans une révolution se réclamant du socialisme et où les ouvriers et les paysans ont joué un rôle décisif et dans une large mesure autonome, est une chose. Que l'on puisse, en invoquant cette origine, évacuer la question de la nature présente de ce régime, du produit final de cette « dégénérescence », en est une autre, tout à fait différente. La conjoncture historique à travers laquelle un régime s'instaure a son importance, mais ne suffit nullement pour le

caractériser. Un capitalisme établi moyennant la fusion pacifique de la bourgeoisie avec l'ancienne aristocratie ou même la simple transformation de celle-ci en classe capitaliste (Japon) ne diffère pas essentiellement à cet égard d'un capitalisme qui s'instaurerait à la suite d'une élimination violente de l'aristocratie par la bourgeoisie. Le terme même de dégénérescence ne correspond pas à ce qui est ici en cause. Au « double pouvoir » du Gouvernement provisoire et des soviets entre février et octobre 1917 a succédé le « double pouvoir » du parti bolchevique et des organismes des travailleurs (essentiellement les comités de fabrique), dont le deuxième terme a été graduellement réprimé et définitivement éliminé en 1921 [1949*a*, 1958*b*, 1960*a*, 1964*a*]. L'explication de l'avènement du régime bureaucratique par la dégénérescence d'une révolution s'effondre devant l'accession au pouvoir de la bureaucratie en Chine et ailleurs. L'interprétation de la dégénérescence elle-même comme effet de l'« arriération » et de l'« isolement » – dérisoirement superficielle, et dont la fonction est de masquer la problématique *politique* d'une révolution socialiste et le caractère dès le départ bureaucratique-totalitaire du parti bolchevique – est devenue totalement anachronique, puisque l'industrialisation de la Russie et l'extension de l'Empire bureaucratique n'ont en rien entamé la domination de la bureaucratie. Si, les prétendues causes ayant disparu, l'effet persiste, et si le même effet se produit là où les causes n'existent pas, force est de reconnaître que cet effet a un autre enracinement dans la réalité que les circonstances entourant sa première apparition. Continuant de se réclamer de Marx – qui écrivait : « au moulin à bras correspond la société féodale, au moulin à vapeur la société capitaliste » –, ces conceptions affirment implicitement qu'à la chaîne d'assemblage correspond, ici, le capitalisme, là-bas, le « socialisme » ou l'« État ouvrier ». Incapables de réfléchir cette nouvelle entité social-historique qu'est la bureaucratie moderne, elles ne peuvent parler de la Russie, de la Chine, etc., que par référence à une société socialiste, dont ces régimes représenteraient des déformations. Elles ne conservent ainsi en fait de Marx que son schéma métaphysique/déterministe de l'histoire : il existerait une étape prédéterminée de l'histoire de l'humanité, le socialisme, succédant nécessairement au capitalisme. Par conséquent, ce qui n'est pas « capitalisme » (conçu au surplus de la manière la plus superficielle à partir de la « propriété privée », de la « marchandise », etc.) ne pourrait être que du socialisme – au besoin déformé, dégénéré, très dégénéré, etc. Mais le socialisme n'est pas une étape nécessaire de l'histoire. C'est le projet historique d'une nouvelle institution de la société, dont le contenu est l'autogouvernement direct, la direction et la gestion collective par les humains de tous les aspects de leur vie sociale et l'auto-institution explicite de la société. En réduisant le socialisme à une affaire purement « économique » et la réalité économique aux formes juridiques de la propriété ; en présentant comme socialistes l'étatisation et la « planification » bureaucratique, ces conceptions ont pour fonction sociale de masquer la domination de la bureaucratie, d'en occulter les racines et les conditions, pour justifier la bureaucratie en place ou camoufler les visées des bureaucrates « révolutionnaires » candidats au pouvoir.

16. La bureaucratie moderne est, jusqu'à un certain point, pensable dans le référentiel marxien ; mais aussi, au-delà de ce point, elle le fait éclater. A un certain niveau d'abstraction (comme l'avait vu Max Weber, et comme ne l'avait pas vu Marx), elle constitue l'aboutissement immanent de l'évolution « idéale » du capitalisme. Du point de vue productif-économique étroit, l'évolution technologique, l'organisation concomitante de la production et le procès de concentration du capital entraînent l'élimination du capitaliste individuel « indépendant » et l'émergence d'une strate bureaucratique qui « organise » le travail de milliers

de travailleurs dans les entreprises géantes, assume la gestion effective de l'entreprise et des complexes d'entreprises, et prend en charge les modifications incessantes des instruments et des méthodes de production (par quoi elle diffère radicalement de toute bureaucratie « traditionnelle » gérant un système *statique*). Parvenue à son plein développement, cette strate s'approprie une partie du surplus produit (sous la forme de « salaires », etc.), et décide de l'affectation de l'autre partie de ce surplus par des mécanismes dont la « propriété privée du capital » n'est une condition ni nécessaire ni suffisante. Le ou les capitalistes « propriétaires », s'il en subsiste, ne peuvent jouer un rôle dans l'entreprise moderne que moyennant la place qu'ils y occupent dans la pyramide bureaucratique. Si, comme le pensait Marx, la concentration du capital « ne s'arrête pas avant que tout le capital social ne se trouve concentré entre les mains d'un seul capitaliste ou groupe de capitalistes », ce seul capitaliste ou groupe de capitalistes ne saurait dominer en personne des centaines de millions de travailleurs ; une telle situation n'est pas concevable sans l'émergence et la prolifération d'une strate contrôlant, gérant, dirigeant effectivement la production et disposant en fait de celle-ci, et dont ce capitaliste lui-même dépendrait. Dans l'histoire effective des pays capitalistes classiques, la concentration n'atteint pas (et ne pourrait pas atteindre) sa « limite idéale » de cette manière (en fonction de la seule évolution économique). Mais les tendances que l'on vient de décrire s'y réalisent amplement, et suffisamment pour permettre de définir le régime social des pays occidentaux comme *capitalisme bureaucratique fragmenté*. La bureaucratie moderne est donc interprétable, dans le référentiel de Marx, comme le produit organique de l'évolution de la production capitaliste et de la concentration du capital, comme la « personnification du capital » à une certaine étape de son histoire, comme l'un des pôles du rapport de production capitaliste, la division dirigeants/exécutants, et l'agent actif de la réalisation, de la diffusion, de la pénétration toujours plus poussée de ce rapport dans les activités de production (et dans toutes les autres). La séparation de la direction et de la production immédiate, le transfert de la direction de l'activité de travail à une instance extérieure au travail et au travailleur ; la pseudo-« rationalisation » ; le « calcul » et la « planification » étendue à des segments de plus en plus grands de la production et de l'économie, etc. – toutes ces fonctions, il est exclu qu'elles soient accomplies par des « personnes » et moyennant simplement la « propriété du capital ». Il est tout autant exclu qu'elles soient accomplies par le « marché », à moins de penser celui-ci selon la mythologie de l'économie politique (que Marx a, en fait, partagée). Elles ne peuvent être accomplies que par la bureaucratie, et moyennant la création de l'Appareil bureaucratique [1949*a*, 1959, 1960*b*]. Et la domination de la bureaucratie apparaît comme la forme adéquate par excellence de la domination de l'« esprit » du capitalisme (ici encore, Max Weber avait vu les choses beaucoup plus clairement que Marx) – soit du magma de significations imaginaires sociales que réalise l'institution du capitalisme.

17. La cécité de Marx devant les implications de sa propre vue correcte de la concentration du capital n'est pas accidentelle (et elle a les mêmes raisons que l'indigence de la plupart des autres abords théoriques de la bureaucratie moderne). La concentration, à sa limite, implique non seulement l'élimination des « capitalistes individuels », mais l'abolition du « capital » comme tel et de l'« économie » comme secteur effectivement séparé du reste de la vie sociale. Concentration et monopolisation entraînent la réduction croissante du « marché », l'altération essentielle du caractère de ce qui en subsiste, son remplacement par le condominium des oligopoles et monopoles et finalement par une organisation « intégrée » (« planifiée ») de la production et de l'économie. A la limite de la concentration

totale (et en fait, longtemps avant que celle-ci ne soit atteinte), il n'y a plus de « marché » véritable, plus de « prix de production », plus de « loi de la valeur » et finalement plus de « capital » au sens que Marx donnait à ce terme (qui contient comme moment inéliminable l'idée d'une somme de « valeurs » en processus d'auto-agrandissement). Au mieux, la « loi de la valeur » est transformée dans ce cas en règle (norme, prescription) de comportement subjectif « rationnel », du capitaliste unique ou de la bureaucratie, dont non seulement rien ne garantit qu'elle serait suivie, mais tout assure qu'elle ne pourrait pas l'être [1948, 1953*a*]. Sous le capitalisme bureaucratique total, on ne peut plus parler de « lois économiques », trivialités exceptées (les contraintes physiques et techniques ne sont pas des « lois économiques »). C'est pourquoi aussi sont vides de contenu les conceptions qui voient dans la Russie un « capitalisme d'État », et prétendent que les « lois économiques du capitalisme » continuent d'y régner, avec simple substitution de l'« État » à la « classe capitaliste ».

18. Mais, à en rester à cette interprétation de la bureaucratie, on négligerait des dimensions essentielles de sa réalité – celles précisément qui mettent en question la conception marxienne et la rendent finalement intenable. Même dans les pays capitalistes « classiques », émergence et croissance de la bureaucratie ne sont nullement réductibles à la concentration du « capital » et à la bureaucratisation concomitante de la production et de l'entreprise. En fait, l'organisation industrielle occidentale, dès ses origines, emprunte son modèle à l'organisation bureaucratique-hiérarchique séculaire des États et des Armées, qu'elle transforme à son usage – non seulement en l'adaptant aux nécessités de la production, mais surtout en en faisant l'instrument et le porteur du « changement », à l'opposé de la bureaucratie « statique » traditionnelle. Par la suite, le modèle bureaucratique « industriel » est à son tour repris par l'État, l'Armée

et les Partis. La bureaucratisation des sociétés capitalistes « classiques » trouve une source puissante dans l'expansion considérable du rôle et des fonctions de l'État, tant générales que proprement économiques, indépendante de toute « étatisation » formelle de la production (*cf.* les États-Unis), qui entraîne aussi bien la prolifération de la strate bureaucratique et l'amplification de ses pouvoirs, que la multiplication de mécanismes institutionnels non marchands d'intégration et de gestion des activités sociales. Enfin, elle trouve une source importante dans l'évolution du mouvement ouvrier. La constitution d'une bureaucratie syndicale et politique « ouvrière » traduit l'adoption du modèle capitaliste par les organisations ouvrières et son acceptation par leurs adhérents [1959] ; soit, la domination continuée des significations imaginaires du capitalisme et des dispositifs institutionnels correspondants (division dirigeants/exécutants, hiérarchie, spécialisation, etc.) sur la classe ouvrière en dehors de la production et dans les instruments mêmes qu'elle a créés pour lutter contre le capitalisme.

19. Déjà donc l'évolution d'une société capitaliste « classique » vers le capitalisme bureaucratique fragmenté n'est pas interprétable seulement en termes de production et d'économie. Mais, encore plus important, l'émergence et la domination de la bureaucratie en Russie ne résultent pas d'une telle évolution « organique », mais de la rupture qu'a été la Révolution de 1917 et d'un processus essentiellement politique. La première bureaucratie moderne à se constituer en couche dominante – et qui a servi, mondialement, de catalyseur et d'accélérateur au processus de bureaucratisation – n'est pas la bureaucratie « canonique » que le capitalisme traditionnel aurait engendrée, mais naît dans et par la destruction du capitalisme traditionnel [1964*a*, 1964*b*]. Encore plus éclairant est le cas des pays « pré-capitalistes », et par excellence de la Chine. Ici, la bureaucratie, accédant au pouvoir à partir d'un processus politique et instaurant à

son profit des rapports de domination, crée pratiquement *ab ovo* des « rapports de production capitalistes » et l'infrastructure matérielle correspondante. Ce n'est pas la bureaucratie chinoise qui est le produit de l'industrialisation de la Chine, mais l'industrialisation de la Chine qui est l'œuvre de la bureaucratie chinoise. La médiation effective et concrète entre le système mondial de domination et la transformation bureaucratique de la Chine n'a pas été fournie par les « infrastructures », sauf négativement, pour autant que la pénétration et l'impact du capitalisme avaient disloqué l'organisation traditionnelle en Chine ; ce qui s'est fait aussi ailleurs, sans que le résultat soit le même. Le porteur « matériel » des conditions de la transformation bureaucratique de la Chine a été les catéchismes « marxistes » et le modèle militaro-politique bolchevique, non pas les machines ni même les fusils (Tchang Kaï-chek en avait autant et plus). La médiation concrète entre le capitalisme mondial et la transformation bureaucratique de la Chine se trouve dans la pénétration en Chine des significations imaginaires sociales du capitalisme et des types d'institution et d'organisation correspondants (idéologie « marxiste », parti politique, « progrès », « production », etc.). Et c'est en ce sens – et non pas parce qu'il y aurait domination du « capital » – que la Chine, comme la Russie, etc., appartiennent finalement au même univers social-historique que les pays « occidentaux », celui du capitalisme bureaucratique.

20. Le capitalisme bureaucratique total n'est donc ni une simple variante du capitalisme traditionnel ni un moment de l'évolution « organique » de celui-ci. Appartenant à l'univers social-historique du capitalisme, il représente aussi une rupture et une création historique nouvelle. Et la relation entre ce qui s'altère et ce qui ne s'altère pas lorsqu'on passe du capitalisme traditionnel au capitalisme bureaucratique intégral est elle-même nouvelle [1964*a*,

1964*b*, 1975]. Cette rupture est évidente lorsque l'on considère le groupe social concret qui exerce, dans les deux cas, la domination. Elle l'est tout autant lorsque l'on considère l'institution spécifique du régime social, notamment les mécanismes et dispositifs explicites et implicites, formels et informels, moyennant lesquels est réalisée et assurée la domination d'un groupe social particulier sur l'ensemble de la société. L'institution nucléaire et germinale du capitalisme – l'*entreprise* – reste le lien entre les deux phases. Mais la « propriété » (ou mieux, la *disposition*) « privée » du « capital », le « marché » comme mécanisme d'intégration économique, la distinction formelle de l'« État » et de la « société civile », essentiels pour l'existence du capitalisme traditionnel, disparaissent sous le capitalisme bureaucratique total, lequel est caractérisé par l'extension universelle de l'Appareil bureaucratique-hiérarchique moderne, le « plan » comme mécanisme d'intégration, l'effacement de la distinction formelle entre la « société civile » et l'« État ». La relation de la couche dominante à ces mécanismes est évidemment différente dans les deux cas – comme, dans tous les régimes sociaux, la relation de la couche dominante aux mécanismes institués correspondant à sa domination est chaque fois sui *generis*, partie propre et spécifique de l'institution de *ce* régime social. Pour une bonne partie, l'incompréhension du régime russe provient aussi de ce qu'on veut toujours voir la relation entre la bureaucratie et les mécanismes institués à partir du modèle de la relation de la bourgeoisie à la propriété du capital et au marché (que ce soit pour affirmer que les deux relations sont identiques, ou pour conclure de leur différence qu'il n'y a pas en Russie d'exploitation). Mais la relation entre les propriétaires d'esclaves et les mécanismes du régime esclavagiste, les seigneurs et les mécanismes du régime féodal, les bourgeois et les mécanismes du régime capitaliste, est chaque fois différente et fait partie du mode d'institution des régimes sociaux correspondants [1964*b*, 1974, 1975].

De même, il est tout autant faux de penser le groupe social dominant comme simple « personnification » des mécanismes et dispositifs institués (comme le fait Marx pour les capitalistes et le « capital ») que de voir dans ces mécanismes un simple « instrument » de ce groupe (comme le font la plupart des marxistes pour l'État). Ce rapport n'est pas pensable sous les catégories de l'« instrumentalité », de la « personnification » ou de l'« expression » ; c'est un rapport sans analogue ailleurs, à penser pour lui-même. Et, politiquement, il est tout autant fallacieux de parler du « pouvoir » en évacuant le fait qu'il est toujours aussi pouvoir d'un groupe sur les autres, que de parler de groupes ou de classes en évacuant les systèmes institués qui leur correspondent. – Dans le capitalisme bureaucratique total, l'intrication de l'« économique », du « politique », de l'« idéologique », etc., acquiert un caractère nouveau relativement aux sociétés capitalistes « classiques » ; il y a institution *autre* des sphères de l'activité sociale et de leur articulation. Il est absurde de raisonner à son propos comme si les catégories sociales posées et instituées comme séparées par d'autres types de société, et par excellence par la société capitaliste « classique » – économie, droit, État, « culture », etc –, y subsistaient inaltérées [1964*b*, 1974*a*, 1975].

21. L'avènement du capitalisme bureaucratique total confirme ce que l'étude des sociétés pré-capitalistes aurait déjà pu montrer : ce n'est pas dans et par la production que les « classes » se forment en général [1964*b*, 1974]. L'institution d'un régime social de division asymétrique et antagonique équivaut à l'instauration d'un rapport de domination entre un groupe social et le reste de la société, à laquelle correspond un ensemble d'institutions « secondes » [1975, p. 495-496]. Telles sont les institutions qui incarnent et réalisent dans la sphère étroitement politique et coercitive le pouvoir du groupe dominant, et notamment l'État ;

celles qui permettent la création d'un *surplus* économique et son appropriation par le groupe dominant ; enfin, celles qui assurent la domination des mythes, des croyances religieuses, des idées, bref des représentations et significations sociales correspondant à l'institution de la société, leur intériorisation par les individus, et la fabrication indéfinie d'individus conformes à cette institution. Ainsi, par exemple, des rapports de production antagoniques ne peuvent exister ni logiquement ni réellement que comme moment et dimension des rapports de domination. Ils *sont* intrinsèquement des rapports de domination dans la sphère spécifique de la production et du travail : rapports de domination extérieurs au procès de travail lui-même dans un régime esclavagiste ou féodal, le pénétrant de plus en plus sous le régime capitaliste [1949*b*, 1964*b*]. Et ils impliquent la constitution d'un pouvoir sur la société et son appropriation par un groupe social particulier. L'origine, et le fondement de l'unité, de ce groupe, ne se trouvent pas nécessairement dans la position identique des individus qui le composent relativement à la production, mais dans leur participation à ce pouvoir sur le reste de la société – pouvoir qui doit bien entendu se traduire aussi comme « pouvoir économique », soit disposition du temps des gens et affectation d'une partie de ce temps à des activités qui servent le groupe dominant ou dont il s'approprie le résultat. Il se peut qu'un tel pouvoir soit déjà historiquement constitué dans la société considérée, et qu'une catégorie sociale formée à partir de la production/économie (ou même autrement) s'en empare, en le transformant peu ou beaucoup, pour parvenir à la pleine domination. Tel fut le cas de la bourgeoisie – extrapolé à tort, par Marx, sur l'ensemble de l'histoire. Même dans ce cas, du reste, il serait faux de voir dans le pouvoir et l'État quelque chose qui se surajoute à une structure productive-économique en lui restant extérieur, ou un simple instrument de la couche sociale en train d'accéder à la domination. Mais il se peut aussi que ce soit par l'instauration directe d'un nouveau rapport de domination et d'une nouvelle forme de pouvoir qu'un groupe social (ethnie conquérante, groupe « politique ») crée et impose les rapports de production correspondant à cette domination et permettant sa reproduction sociale. Telle a été, vraisemblablement, l'origine des sociétés esclavagistes, et, certainement, l'origine la plus fréquente des régimes féodaux ; et telle est l'origine des régimes bureaucratiques contemporains en Russie, en Chine ou en Europe de l'Est.

22. Sous le capitalisme bureaucratique total, l'abolition de l'« économie » comme sphère séparée et relativement autonome fait partie d'une altération essentielle du rapport entre « société civile » et État. A vrai dire, cette distinction elle-même – qui reste encombrée d'importants éléments idéologiques, correspondant au point de vue de la bourgeoisie classique sur la société – doit être réexaminée. La réalité des rapports entre la « société civile » et l'État n'a jamais été telle que l'ont présentée les constructions théoriques (y compris chez Hegel et Marx). Mais en tout cas la société bourgeoise vit et se développe dans la distinction entre une sphère privée, une sphère publique « civile » et une sphère publique étatique. Cette distinction se trouve déjà ébranlée par l'évolution qui conduit au capitalisme bureaucratique fragmenté : l'extension des activités de l'État restreint de plus en plus le domaine public « civil », la sphère « privée » elle-même tend à devenir, sous de multiples formes, « publique » [1960*b*, 1963]. Un saut qualitatif se produit avec le capitalisme bureaucratique total. La distinction entre la sphère publique « civile » et la sphère publique étatique est effacée, la sphère « privée » est réduite au minimum (à la limite, aux fonctions biologiques des individus). Il n'y a pas, pour autant, domination de l'État *comme tel* sur la société – ni « absorption de la société civile par l'État ». L'État est lui-même dominé par un organisme « politique » séparé – dans le cas typique et prévalent : le Parti, instance

ultime de décision et de pouvoir, et, dans le Parti lui-même, le Sommet de l'Appareil. Le Parti, organisation et milieu unificateur du groupe dominant, ne peut s'identifier en paroles à la société qu'aussi longtemps que la terreur qu'il exerce sur elle, la réduisant au silence, dénonce cette identification. Et il ne pourrait « absorber » la société sans cesser d'être ce qu'il est et que son nom indique clairement : une *partie* de la société, un corps *particulier* dans celle-ci. Par ailleurs, l'effacement formel de la distinction entre société civile et État ne signifie ni l'« absorption » de celle-là par celui-ci, ni une « unification » de la société. La prétention de l'unification et de l'homogénéisation de la société (formulée dans l'idéologie du Parti) n'a de réalité que sous un seul angle : la soumission indifférenciée de tous au pouvoir illimité et à l'arbitraire du Sommet de l'Appareil. Hormis cela, elle ne peut pas masquer la persistance d'une différenciation sociale (et non simplement « professionnelle ») aussi forte que sous le capitalisme traditionnel (citadins/ paysans, travailleurs manuels/travailleurs intellectuels, hommes/femmes, etc.) ; d'une division asymétrique et antagonique de la société entre dirigeants et exécutants (de plus en plus complexifiée par l'interpénétration réciproque des différentes pyramides bureaucratiques-hiérarchiques) ; enfin, des clivages et des conflits au sein de la bureaucratie elle-même. Plus encore, cette prétention fait surgir une nouvelle opposition, entre l'existence formelle d'un État qui devrait recouvrir la totalité du social et coïncider avec celle-ci, et la réalité du social, qui constamment échappe à cet État, et en diffère à la fois par excès (faisant plus et autre chose que ce qu'elle est censée faire) et par défaut (ne faisant pas, beaucoup s'en faut, tout ce qu'elle est censée faire). A cette opposition fait pendant, lorsque l'on considère l'État en lui-même, une nouvelle scission entre son apparence et sa réalité. La vie « publique civile » est devenue étatique. Mais la vie étatique n'est plus du tout publique ; son déroulement doit être caché dans les moindres détails, et

ce qui ailleurs est « public » sans problème devient ici
secret d'État (depuis les statistiques économiques les plus
banales jusqu'aux annuaires du téléphone et les plans du
métro de Moscou).

23. Le régime russe appartient à l'univers social-historique du capitalisme parce que le magma des significations
imaginaires sociales qui animent son institution et se réalisent dans et par elle est celui-là même qui advient dans
l'histoire avec et par le capitalisme. Le noyau de ce magma
peut être décrit comme l'expansion illimitée de la maîtrise
« rationnelle ». Il s'agit, bien entendu, d'une maîtrise en
grande partie illusoire, et de la pseudo-« rationalité » de
l'entendement et de l'abstraction [1955, 1957*c*, 1960*b*,
1964*a*, 1964*b*, 1973, 1974*b*, 1975]. C'est cette signification
imaginaire qui constitue le point de jonction central des
idées qui deviennent des forces et des processus effectifs
dominant le fonctionnement et l'évolution du capitalisme :
l'expansion illimitée des forces productives ; la préoccupation obsédante avec le « développement », le « progrès
technique » pseudo-rationnel, la production, l'« économie » ; la « rationalisation » et le contrôle de toutes les activités ; la division de plus en plus poussée des tâches ; la
quantification universelle, le calcul, la « planification » ;
l'organisation comme fin en soi, etc. Les corrélats en sont
les formes institutionnelles de l'entreprise, de l'Appareil
bureaucratique-hiérarchique, de l'État et du Parti modernes,
etc. Plusieurs de ces éléments – significations et formes institutionnelles – sont créés au cours de périodes historiques
antérieures au capitalisme. Mais c'est la bourgeoisie, pendant sa transformation en bourgeoisie capitaliste, qui, en les
reprenant, en altère le sens et la fonction, les réunit et les
subordonne à la signification de l'expansion illimitée de la
maîtrise « rationnelle » (explicitement formulée dès Descartes, et toujours centrale chez Marx, par où la pensée de
celui-ci reste ancrée dans l'univers capitaliste). Et cette

signification, médiatisée par la transformation du marxisme
en idéologie et par l'organisation politique du Parti, rassemble, unifie, anime et guide la bureaucratie dans son
accession à la domination de la société, dans l'institution
spécifique de son régime et dans la gestion de celui-ci.

24. La « réalisation » de cette signification imaginaire
sociale est profondément antinomique. C'est là un trait
décisif des sociétés modernes, qui les oppose radicalement
aux sociétés traditionnelles, « archaïques » ou « historiques », où l'on ne rencontre pas une antinomie de ce type
[1960*b*, 1964*b*, 1975]. La société moderne ne vise que la
« rationalité » et ne produit, massivement, que de l'« irrationalité » (du point de vue de cette « rationalité » même).
Ou encore : dans aucune autre société connue, le système
de représentations que la société se donne d'elle-même ne
se trouve en opposition flagrante et violente avec la réalité
de cette société, comme c'est le cas sous le régime du capitalisme bureaucratique. Il est parfaitement logique que cette
antinomie atteigne à un paroxysme délirant sous les formes
extrêmes du totalitarisme « marxiste », sous le règne de
Staline et de Mao.

25. Ce système de représentations tend de plus en
plus, dans les sociétés modernes, à se réduire à l'idéologie.
L'idéologie est l'élaboration « rationalisée-systématisée »
de la partie émergée, explicite, des significations imaginaires sociales qui correspondent à une institution donnée
de la société – ou à la place et aux visées d'une couche
sociale particulière au sein de cette institution. Elle ne peut
donc apparaître ni dans les sociétés « mythiques », ni dans
les sociétés « simplement » religieuses. Elle ne connaît son
véritable développement qu'à partir de l'institution du capitalisme, ce qui se comprend de soi. Elle y prend une importance grandissante du fait même que la signification imaginaire centrale du capitalisme est la prétendue rationalité,

et que son contenu même exige cette forme d'expression « rationnelle » qu'est l'idéologie. L'idéologie doit ainsi rendre tout explicite, transparent, explicable et rationalisable – en même temps que sa fonction est de tout occulter. Sujette à cette contradiction intrinsèque, et en opposition frontale avec la réalité sociale, l'idéologie est obligée de tout aplatir et de s'aplatir elle-même, elle devient forme vide et se condamne à une usure interne accélérée. Le destin actuel du « marxisme-léninisme » en Russie et en Chine en fournit une illustration éclatante et extrême.

Octobre 1977

RÉFÉRENCES

1946 : « Sur le régime et contre la défense de l'URSS », *Bulletin intérieur du PCI*, n° 31, août 1946, réédité dans *La Société bureaucratique*, vol. I, Paris UGE, coll. « 10/18 », 1973, p. 63-72 [et Christian Bourgois éditeur, Paris, 1990, p. 57-64].

1947a : « Le problème de l'URSS et la possibilité d'une troisième solution historique », in *l'URSS au lendemain de la guerre*, matériel de discussion préparatoire au IIᵉ Congrès mondial de la IVᵉ Internationale, t. III, février 1947 ; réédité dans *La Société bureaucratique*, vol., I *op. cit.*, p. 73-90 [rééd. Bourgois, p. 65-77].

1947b : « Sur la question de l'URSS et du stalinisme mondial », *Bulletin intérieur du PCI*, n° 41, août 1947 ; réédité dans *La Société bureaucratique,* vol. I, *op. cit.*, p. 91-100 [rééd. Bourgois, p. 78-85].

1948 : « La concentration des forces productives », inédit (mars 1948), publié dans *La Société bureaucratique*, vol., I, *op. cit.*, p. 101-113 [rééd. Bourgois, p. 86-94].

1949a : « Socialisme ou barbarie », *Socialisme ou Barbarie*, n° 1, mars 1949 ; réédité dans *La Société bureaucratique*, vol. I, *op. cit.*, p. 139-184 [rééd. Bourgois, p. 111-143].

1949b : « Les rapports de production en Russie », *Socialisme ou Barbarie*, n° 2, mai 1949 ; réédité dans *La Société bureaucratique*, vol. I, *op. cit.*, p. 205-281 [rééd. Bourgois, p. 159-214].

1949c : « L'exploitation de la paysannerie sous le capitalisme bureaucratique », *Socialisme ou Barbarie*, n° 4, octobre 1949 ; réédité dans *La Société bureaucratique*, vol. I, *op. cit.*, p. 283-312 [rééd. Bourgois, p. 217-338].

1953*a* : « Sur la dynamique du capitalisme, I », *Socialisme ou Barbarie*, n° 12, août 1953.

1953*b* : « Sartre, le stalinisme et les ouvriers », *Socialisme ou Barbarie*, n° 12, août 1953 ; réédité dans *L'Expérience du mouvement ouvrier*, vol. I, Paris UGE, coll. « 10/18 », 1974 p. 178-248.

1955 : « Sur le contenu du socialisme, I » *Socialisme ou Barbarie*, n° 17, juillet 1955 ; réédité dans *Le Contenu du socialisme*, Paris, UGE, coll. « 10/18 ».

1956*a* : « Khrouchtchev et la décomposition de l'idéologie bureaucratique », *Socialisme ou Barbarie*, n° 19, juillet 1956 ; réédité dans *La Société bureaucratique*, vol. II, Paris, UGE, coll. « 10/18 », 1973, p. 189-209 [rééd. Bourgois, p. 333-342].

1956*b* : « La révolution prolétarienne contre la bureaucratie », *Socialisme ou Barbarie*, n° 20, décembre 1956 ; réédité dans *La Société bureaucratique*, vol. II, *op. cit.*, p. 267-337 [rééd. Bourgois, p. 371-406].

1957*a* : « Bilan, perspectives, tâches », *Socialisme ou Barbarie*, n° 21, mars 1957 ; réédité dans *L'Expérience du mouvement ouvrier*, vol. I, *op. cit.*, p. 383-408.

1957*b* : « La voie polonaise de la bureaucratisation », *Socialisme ou Barbarie*, n° 21, mars 1957 ; réédité dans *La Société bureaucratique*, vol. II, *op. cit.*, p. 339-371 [rééd. Bourgois, p. 407-423].

1957*c* : « Sur le contenu du socialisme, II », *Socialisme ou Barbarie*, n° 22, juillet 1957 ; réédité dans *Le Contenu du socialisme*, *op. cit.*, p. 103-221.

1958*a* : « Sur le contenu du socialisme, III », *Socialisme ou Barbarie*, n° 23, janvier 1958 ; réédité dans *L'Expérience du mouvement ouvrier*, vol. II, Paris, UGE, coll. « 10/18 », 1974, p. 9-88.

1958*b* : « Sur la dégénérescence de la révolution russe », *L'École émancipée*, avril 1958, réédité dans *La Société bureaucratique*, vol. II, *op. cit.*, p. 373-393 [rééd. Bourgois, p. 424-433].

1959 : « Prolétariat et organisation, I », *Socialisme ou Barbarie*, n° 27, avril 1959 ; réédité dans *L'Expérience du mouvement ouvrier*, vol. II, *op. cit.*, p. 123-187.

1960*a* : « Conceptions et programme de *Socialisme ou Barbarie* », *Études*, n° 6, Bruxelles, octobre 1960 ; réédité dans *La Société bureaucratique*, vol. II, *op. cit.*, p. 395-422 [rééd. Bourgois, p. 434-448].

1960*b* : « Le mouvement révolutionnaire sous le capitalisme moderne », *Socialisme ou Barbarie*, n°s 31, 32 et 33, décembre 1960, avril et décembre 1961 ; réédité dans *Capitalisme moderne et Révolution*, vol. II, Paris, UGE, coll. « 10/18 », 1979, p. 47-203.

1963 : « Recommencer la révolution », *Socialisme ou Barbarie*, n° 35, janvier 1964 ; réédité dans *L'Expérience du mouvement ouvrier*, vol. II, *op. cit.*, p. 307-365.

1964*a* : « Le rôle de l'idéologie bolchevique dans la naissance de la bureaucratie », *Socialisme ou Barbarie*, n° 35, janvier 1964 ; réédité dans *L'Expérience du mouvement ouvrier*, vol. II, *op. cit.*, p. 385-416.

1964*b* : « Marxisme et théorie révolutionnaire », *Socialisme ou Bar-barie*, n°s 36 à 40, avril 1964 à juin 1965 ; réédité comme première partie de *L'Institution imaginaire de la société*, Paris, Éd. du Seuil, coll. « Esprit », 1975 [et coll. « Points Essais », 1999].

1973 : « Introduction » au vol. I de *La Société bureaucratique, op. cit.*

1974*a* : « La question de l'histoire du mouvement ouvrier », Introduction au vol. I de *L'Expérience du mouvement ouvrier, op. cit.*

1974*b* : « Réflexions sur le "développement" et la "rationalité" », rapport au colloque de Figline-Valdarno, septembre 1974, publié dans *Esprit*, mai 1976 et maintenant dans *Le Mythe du développement*, Paris, Éd. du Seuil, 1977, p. 205-240 [ici même p. 159-214].

1975 : « L'imaginaire social et l'institution » : deuxième partie de *L'Institution imaginaire de la société, op. cit.*

1976 : « The Hungarian Source », *Telos*, Saint Louis, Miss., automne 1976 ; version française dans *Libre*, 1, Paris, Payot, 1977 ; réédité dans *Le Contenu du socialisme, op. cit.*, p. 367-411.

Les destinées du totalitarisme*

On n'honore pas un penseur en louant ou même en inter-prétant son travail, mais en le discutant, le maintenant par là en vie et démontrant dans les actes qu'il défie le temps et garde sa pertinence.

La pertinence est là, pour nous, dans les deux dimensions principales du travail de Hannah Arendt : l'analyse du tota-litarisme, la tentative de reconstruire la pensée politique sur une base nouvelle. La connexion profonde entre les deux devrait être évidente. C'est l'expérience du totalitarisme – et l'effondrement concomitant de la vue libérale aussi bien que de la vue marxiste – qui a conduit Hannah Arendt à chercher un référentiel nouveau pour la pensée politique.

Si j'ai choisi de discuter aujourd'hui le problème du tota-litarisme, c'est, d'abord, parce que le sujet est au centre de mes préoccupations actuelles qui devraient, j'ose dire, être les préoccupations de tous. Mais c'est aussi pour une rai-son moins conjoncturelle. C'est dans ce champ que Hannah Arendt a eu l'audace de traiter quelque chose de nouveau et, en fait, d'incompréhensible avec et sans guillemets, *en tant que* nouveau et *en tant qu'*incompréhensible :

---

* Texte d'une conférence faite le 3 octobre 1981 à la New York University, lors d'un symposium sur l'œuvre de Hannah Arendt orga-nisé par l' Empire State College, le Bard College, la New School for Social Research et la New York University. L'original anglais a été publié dans *Salmagundi* (Skidmore College, Saratoga Springs, N. Y.), n° 60, printemps-été 1983. Traduit par moi.

« La conviction que tout ce qui arrive sur terre doit être compréhensible pour l'homme peut conduire à interpréter l'histoire au moyen de lieux communs. Comprendre ne signifie pas nier l'insupportable, déduire à partir de précédents ce qui est sans précédent, ou expliquer les phénomènes par le moyen d'analogies et de généralités telles que l'impact de la réalité et le choc de l'expérience ne sont plus ressentis. Cela signifie, plutôt, examiner et assumer consciemment la charge que notre siècle a placée sur nous – sans nier son existence, ni se soumettre bassement à son poids. Comprendre, en bref, signifie faire face attentivement et sans préméditation à la réalité, et lui résister – quelle que soit cette réalité[1]. »

Dans l'analyse du totalitarisme par Hannah Arendt, il y a le postulat implicite que nous faisons face, dans ce cas, à quelque chose qui dépasse non seulement les « théories de l'histoire » héritées, mais *toute* « théorie ». Mais, en fait, le totalitarisme n'est, à cet égard, que l'exemplification extrême, monstrueusement privilégiée, de ce qui est vrai pour l'ensemble de l'histoire et pour tous les types de société.

Nous pouvons, il est vrai, « expliquer » l'histoire partiellement – très partiellement. Dire que nos explications sont limitées ou incomplètes serait une énorme litote. Au mieux, elles retracent quelques connexions très partielles, fragmentaires, conditionnelles. Il en est ainsi non seulement à cause de la « disproportion grotesque entre cause et effet » que

1. *The Origins of Totalitarianism*, 1re éd., Harcourt, Brace and Co, New York, 1951, p. VIII. Passage traduit par moi, comme ceux cités dans la note suivante [trad. fr. *Sur l'antisémitisme*, coll. « Points Essais », 1998, p. 16-17. La première édition de cette traduction française de la première partie des *Origines du totalitarisme* est parue en 1973 aux Éditions Calmann-Lévy. La troisième partie avait été publiée un an plus tôt aux Éditions du Seuil (coll. « Politique ») sous le titre *Le Système totalitaire*. Quant à la deuxième partie, elle ne fut publiée qu'en 1982 (aux Éditions Fayard). L'ensemble a été réédité dans la coll. « Points Essais » *(NdE)*].

signale Hannah Arendt dans le cas de l'impérialisme *(ibid.)* ;
mais aussi en fonction du fait fondamental de la *synergie* :
des enchaînements de faits ou événements « sans relation
interne » mais extérieurement coexistants mènent à l'émergence de phénomènes situés à un autre niveau.

Mais il en est ainsi, aussi, pour une raison beaucoup plus
profonde. L'histoire est création de sens – et il ne peut pas y
avoir d'« explication » d'une création, il ne peut y avoir
qu'une compréhension *ex post facto* de son sens. Et il en est
ainsi tout particulièrement lorsqu'il s'agit de la création
massive de sens originaux et irréductibles qui sont au noyau
des diverses formes de société et des diverses cultures – de
leurs significations imaginaires sociales et des institutions
où elles se trouvent incarnées.

Maintenant, ce que Hannah Arendt a clairement vu, c'est
que le totalitarisme nous confronte avec quelque chose
d'autre encore : avec la création de l'*a-sensé*. Cela ressort
puissamment de la troisième partie des *Origines du totalitarisme* et spécialement du chapitre XII (« Le totalitarisme au
pouvoir »).

Comme telle, l'histoire n'est pas « sensée » : l'histoire
n'« a » pas de « sens ». L'histoire est le champ où du sens
est créé, où le sens émerge. Les humains – les *anthrôpoi* –
créent du sens ; et ils peuvent aussi créer ce qui est totalement a-sensé. « Personne en ce temps [des révolutions américaine et française] n'aurait jamais pu prévoir que la
"nature" de l'homme, définie et redéfinie par deux mille
ans de philosophie, aurait pu contenir des possibilités
imprédictibles et inconnues. » Ces possibilités imprédictibles et inconnues devaient conduire à la création de l'absolument a-sensé – qu'elle a osé appeler le mal absolu :
« … les régimes totalitaires ont découvert sans le savoir
qu'il existe des crimes que l'homme ne peut ni punir ni pardonner. Lorsque l'impossible a été rendu possible, il est
devenu le mal absolu impunissable et impardonnable, qui
ne pouvait plus être compris et expliqué par les mauvaises

motivations de l'intérêt centré sur soi, de l'avidité, de l'envie, du ressentiment, du désir de pouvoir et de la lâcheté ; et que, pour cette raison, la colère ne pouvait pas venger, ni l'amour supporter, ni l'amitié pardonner [2] ». Ce que Hannah Arendt appelle le mal absolu, je préfère l'appeler le monstrueux. *Anthrôpos* crée le sublime, mais il peut aussi créer le monstrueux. Et nous pouvons comprendre le Parthénon ou *Macbeth* ; mais il n'y a pas, et il ne peut pas y avoir, de « compréhension » d'Auschwitz ou du Goulag.

Ce que je vais soutenir ici est que la monstruosité initiale du totalitarisme « classique », du totalitarisme analysé par Hannah Arendt (le nazisme jusqu'à 1945, le stalinisme jusqu'à 1951), a laissé la place à un type de monstruosité différent et nouveau – la stratocratie russe – auquel l'essentiel de l'analyse « classique » ne s'applique plus. Mais, avant d'entrer dans mon sujet, je veux souligner que le même refus de « faire face à la réalité » que dénonçait Hannah Arendt, la même réduction à des banalités et la même déduction à partir de précédents de ce qui n'a pas de précédent a eu et continue d'avoir cours à l'égard du régime russe. En fait, le totalitarisme a été « digéré », comme quelque chose appartenant au passé, un thème de films à succès pour la TV ou d'exploitation littéraire. La commercialisation des horreurs du passé sert, pour ainsi dire, à repousser encore plus loin dans le révolu les possibilités du monstrueux et à fuir la monstruosité qui nous fait face aujourd'hui. Des rationalisations creuses – comme la « théorie de la convergence » – sont mises en avant, dans le but essentiellement d'éviter de regarder les faits en face. On peut en trouver une explication partielle dans les catégories mentales de l'homme occidental, qu'il soit spécialiste ou simple citoyen : l'incapacité de reconnaître le nouveau dans l'histoire ou même d'admettre son existence, incorporée

2. *Op. cit.*, p. 435 et 433 [trad. fr. *Le Système totalitaire*, coll. « Points Essais », p. 200-201].

dans la métaphysique dominante de l'histoire, l'influence prévalente des schèmes libéral et marxiste, schèmes jumeaux, pour lesquels il n'existe, à rigoureusement parler, ni place ni statut pour un régime tel que le régime russe. Mais à un niveau plus profond il y a un aveuglement volontaire, résultat du refus d'accepter que l'histoire peut produire ce qui est absolument a-sensé, le monstrueux.

La question que je veux traiter est celle-ci :

Qu'advient-il d'un régime totalitaire, lorsqu'il reste en place pendant deux tiers de siècle et plus ? Et, puisqu'il ne sert à rien de prétendre parler en termes généraux, comme s'il existait toute une classe de régimes totalitaires avec une vie aussi longue : qu'est-il advenu du régime russe depuis la mort de Staline ?

Je pense que nous serons généralement d'accord pour dire que depuis 1953 plusieurs caractères du régime russe, plusieurs de ses traits distinctifs qui étaient, dans la conception de Hannah Arendt, d'une importance décisive, qui n'étaient pas simplement descriptifs, mais manifestaient l'essence du totalitarisme, ont disparu, ont changé ou ont beaucoup perdu de leur intensité. Je dresserai une liste schématique, sans élaboration, d'une série de points qui me semblent évidents et entre lesquels il existe certainement une connexion intime et profonde. Je compare la situation de 1981 avec celle des années trente ou même de 1945-1953.

1. Disparition de la terreur *de masse* et des camps de travail *de masse*. La terreur et les camps de travail existent certes toujours – mais, comme Lénine avait l'habitude de dire, la quantité a une qualité qui lui est propre. La répression est devenue une affaire « rationnelle » et, pour ainsi dire, « efficiente » (« productive ») : le quantum d'obéissance sociale par cadavre ou par homme/année de camp a immensément augmenté. Des innovations technologiques intéressantes (comme l'utilisation de la psychiatrie) ont été introduites dans ce domaine.

2. Disparition du délire en général et, en particulier, des proclamations d'« objectifs » délirants. En fait, il y a eu disparition de *tous* les objectifs proclamés non triviaux, à l'exception d'un seul : la domination mondiale (« victoire mondiale du socialisme »).

3. En particulier, le mépris total de l'efficience, caractéristique de la période de Staline, et sur lequel Hannah Arendt insistait à juste titre, n'est plus là. Le secteur militaire fonctionne avec un degré assez élevé d'*efficacité* – même si son *efficience* est beaucoup plus basse qu'aux États-Unis. Le secteur non militaire est, certes, dans un état de crise rampante continue. Mais il n'est plus secoué et profondément perturbé périodiquement par des purges ou des « réformes » délirantes.

4. En relation intime avec les deux points précédents, il n'y a plus ce que Hannah Arendt appelait la construction d'une réalité fictive. Certes, l'image officielle de la réalité est toujours très éloignée de la réalité tout court. Mais, ici encore, la différence n'est pas de degré, mais de qualité. La propagande officielle produit un torrent incohérent de mensonges subalternes – elle est incapable de mettre sur pied un monde de fiction grandiose et paranoïaquement étanche.

5. Décomposition et, potentiellement, mort de l'idéologie. On ne doit pas confondre l'idéologie avec le vocabulaire ou la rhétorique. N'importe quelle concaténation arbitraire de mots ne forme pas une idéologie. L'idéologie, correctement comprise, doit, d'une part, montrer quelques prétentions à la rationalité et l'universalité et, d'autre part, jouer un certain rôle dans la formation de la réalité sociale. C'est, compte tenu de quelques réserves mineures, de moins en moins le cas en Russie. Ce que les couches dominantes russes retiennent du « marxisme », et même du « léninisme », sont quelques éléments de « réalisme » politique transformés en cynisme vulgaire et en « machiavélisme ». (Et, bien entendu, de la rhétorique propagandiste destinée à l'exportation et la consommation extérieure.) Il n'y a aucune

tentative, même ridicule, de « développer » le marxisme-léninisme, devenu un cadavre rigide. Pas davantage, le « marxisme-léninisme » ne conserve une efficacité quelconque (encore moins, une efficience quelconque) dans le modelage de la réalité sociale. Comment se sert-on du « marxisme-léninisme » pour résoudre le problème de la production agricole, ou pour surmonter l'état lamentable de la production industrielle non militaire ?

6. Intimement liée, encore, avec le point précédent est la fin de la tentative d'établir un *contrôle idéologique positif total* (qui a culminé sous Jdanov, mais était déjà pleinement en cours avant la fin des années vingt). Bien entendu, les artistes authentiquement créatifs, par exemple, sont harcelés et empêchés de publier, ou de présenter leur travail. Mais on permet la publication d'œuvres littéraires « neutres » et même pas tellement « neutres » – par exemple, russo-nostalgiques ou slavophiloïdes. En fait, il semble bien que les normes positives uniformes ont été abandonnées presque partout (voir les groupes de rock), sauf en matière de politique, de philosophie, de sociologie et d'économie.

7. Le régime a visiblement renoncé au contrôle de la pensée et de l'âme des gens. La persécution de ceux qui « pensent autrement » – c'est-à-dire des dissidents – continue bien évidemment, mais seulement si ceux-ci se manifestent. Pour le reste, le régime est devenu pleinement pavlovien-skinnérien : il est satisfait s'il obtient le contrôle du comportement manifeste. Si vous vous conformez, vous êtes en sécurité.

8. Sauf au niveau le plus superficiel, le régime a renoncé à l'hyper-socialisation forcée des gens. On ne vous traîne plus de force à des meetings où vous devez hurler : « Mort aux chiens trotskistes-zinoviévistes-boukhariniens », « Vive notre secrétaire général bien-aimé », etc., et où vous n'osez pas vous arrêter d'applaudir de peur de devenir suspect. Au contraire : ce qui est en cours aujourd'hui équivaut à un processus de *privatisation* officiellement encouragé. On

pousse les gens à cultiver leurs carrières, leur vie privée, leurs jardins s'ils en ont – ou à consommer de la vodka.

9. Disparition du *Führerprinzip* – du « Leader » de Hannah Arendt, de l'« Égocrate » de Soljenitsyne. Comme l'avait noté Trotski, la devise de Staline était en fait : *La société, c'est moi*. Rien de semblable avec Brejnev [et ses successeurs]. L'important à cet égard n'est pas la réalité ou non de la « direction collective », l'équilibre malaisé entre les différents clans et sections de la bureaucratie quant à leur part de pouvoir, etc. C'est que l'imago d'un leader ne joue plus le rôle qu'elle jouait. Le secrétaire général, aujourd'hui, est la pleine incarnation de l'« ennuyeux entêtement » (pour utiliser la phrase de Hannah Arendt à propos de Molotov).

Pris dans leur ensemble, ces faits détruisent la cohérence du totalitarisme *« classique »* et renvoient à des changements en profondeur de la texture du régime. Nous sommes, par conséquent, confrontés immédiatement à, au moins, deux questions fondamentales : comment le changement s'est-il produit ? Et qu'est-ce que le régime russe *présent* représente – ou : qu'est-ce qui tient ensemble la société russe aujourd'hui ?

La réponse à la première question, je pense, peut être trouvée dans la double faillite du totalitarisme « classique » originaire : la faillite de sa forme initiale, et la faillite des tentatives de la modifier de manière qu'elle « marche » – en bref, la faillite du Parti.

La faillite de la forme initiale, « classique », du totalitarisme est simplement celle-ci : le régime n'a pas pu se reproduire sous sa forme « classique » ; il a été incapable de produire un Staline Deux, en même temps qu'il s'est avéré incapable de continuer sa construction d'une réalité délirante. Pourquoi ?

Je ne pense pas qu'il y ait, ou qu'il pourrait y avoir, une « explication » de ce fait, ni qu'il existe un ensemble de conditions nécessaires et suffisantes que nous pourrions exhiber et qui rendrait le résultat « inévitable ». Mais l'évolution est certainement liée à deux facteurs sur lesquels il semble utile de s'attarder un peu. Ces deux facteurs, à leur tour, soulèvent de nouvelles questions, que je ne peux pas discuter ici.

D'abord, on peut douter que l'état des choses tel qu'il était sous Staline était vraiment tenable à long terme – dans un environnement plus ou moins « pacifique ». Le totalitarisme, tel que les règnes de Hitler et de Staline l'ont à la fois incarné et symbolisé, et tel que Hannah Arendt l'a correctement décrit, était nécessairement lié à la guerre : guerre extérieure aussi bien que, selon la phrase profonde de Hannah Arendt, « guerre contre son propre peuple ». Un ingrédient nécessaire du totalitarisme « classique » est beaucoup moins l'« économie de guerre permanente » que la *psychologie de guerre permanente*. (Dans *1984*, dont la publication précède de deux ans celle des *Origines du totalitarisme*, George Orwell l'avait montré avec une profondeur admirable.) Seule, une telle psychologie peut soutenir la mobilisation et l'hyper-socialisation permanentes qui sont inhérentes au totalitarisme classique, et fournir aussi bien le ciment de cohérence paranoïde que l'« explication en dernière instance » constamment requis par le délire totalitaire ; bref, la guerre totale et permanente correspond simultanément aux affects, aux désirs et aux représentations de l'homme totalitaire considéré comme type anthropologique.

Le totalitarisme hitlérien a été écrasé dans la guerre ; le totalitarisme stalinien est sorti de la guerre victorieux et y a gagné une expansion substantielle. La période 1945-1953 peut être décrite comme celle d'un compromis malaisé et instable entre le besoin intrinsèque du régime d'être dans une guerre, peu importe de quelle sorte, et la compréhension par Staline du fait que, dans une confrontation ouverte et totale avec des États-Unis nucléairement armés, il allait certainement être écrasé. Ce deuxième facteur a empêché une guerre ouverte. (Malgré la production en 1949 de la première bombe A russe, les États-Unis ont conservé une supériorité nucléaire « significative » au moins jusqu'au début des années soixante.) Le premier facteur s'est matérialisé dans la « guerre froide », commencée *avant* la fin de la Seconde Guerre mondiale (Grèce, décembre 1944), et continuée avec le Vietnam, la Malaisie, la Grèce de nouveau, Berlin, la Yougoslavie, la Corée ; il s'est aussi matérialisé dans les purges des pays d'Europe de l'Est, et celles que Staline était en train de relancer lorsqu'il mourut.

Néanmoins, une sorte de « paix » a été imposée au régime russe moyennant le *containment* américain et du fait de l'infériorité militaire globale de la Russie. Et, après la mort de Staline, la société russe avait à continuer – continuer de *vivre*.

Ensuite, la domination de Staline *n'*avait *pas* réussi à détruire la société russe – et c'est ici que se trouve la limite de l'analyse du totalitarisme par Hannah Arendt. La logique profonde de l'absurde qu'elle a si admirablement disséquée, la rationalité cauchemardesque de l'irrationnel qu'elle a dégagée ne sont pas de simples constructions brillantes de l'esprit ; elles se sont pleinement matérialisées dans le *Crépuscule des démons* allemand, la *Teufeldämmerung* de 1945, dans la destruction corporelle de l'Allemagne. Si cette destruction n'a pas été complète, ce n'est certainement pas la faute de Hitler, ni même des Allemands, qui ont continué de se tuer jusqu'au dernier jour. En Russie, ce point extrême n'a jamais été atteint. Je ne peux ici qu'indiquer deux facteurs qui éclairent quelque peu la spécificité de l'évolution russe, mais devraient être eux-mêmes élaborés davantage.

En premier lieu, il me semble clair que le stalinisme en Russie n'a jamais obtenu, ni en profondeur ni en extension, le degré d'adhésion populaire que le nazisme a pu obtenir en Allemagne. Pourquoi il devait en être ainsi, c'est une autre question. Je crois que ce fait est lié à la fois aux conditions économiques effroyables imposées à la population russe, et à la platitude et vacuité particulièrement prononcées de l'« idéologie » stalinienne. Quoi qu'il en soit, en 1941, les paysans russes étaient prêts à se battre avec les Allemands contre leur gouvernement. Vers 1952, au plus tard, la jeunesse n'éprouvait plus à l'égard du régime qu'un profond ennui (cf. *Le Pavillon des cancéreux* de Soljenitsyne). A la mort de Staline, la situation devait présenter un mélange d'apathie et d'opposition (comme en témoignent les explosions de violence et les révoltes dans les camps).

En second lieu, une analyse de l'évolution de la Russie depuis 1917 qui serait faite *uniquement* en termes de totalitarisme pourrait induire en erreur et serait finalement fausse. Paradoxalement, la « pureté » du totalitarisme nazi (et la raison pour laquelle l'analyse de Hannah Arendt lui convient beaucoup plus qu'à son espèce russe) provient du fait qu'il croît au sein d'une société pleinement développée et bien articulée, entrée dans une phase de crise et de désorientation profondes. Une fois au pouvoir, le nazisme n'a rien à *construire* : il se nourrit sur le corps existant et organisé de la société, en même temps qu'il commence à le détruire. Le processus en Russie est radicalement différent. Par suite de la guerre, de la révolution et de la guerre civile, la société en 1920-1921 est en ruine. Depuis cette époque jusqu'à 1931 ou même 1939, une nouvelle société est construite, ou plutôt créée. Le nazisme peut simplement utiliser un appareil industriel capitaliste existant, et la même chose est vraie pour ce qui est de l'appareil d'État ou de l'Armée. Le communisme doit construire l'appareil industriel, en fait il doit importer en Russie l'essence « matérielle » du capitalisme (machines, méthodes de production, organisation du travail), détruire et reconstruire les formes de la production agricole, établir un appareil d'État et une Armée. Ces dimensions productives, économiques, administratives, sociologiques de l'instauration du pouvoir

communiste en Russie ne peuvent pas être mises de
côté ; c'est parce qu'elles sont négligées dans l'analyse
de Hannah Arendt qu'il est impossible de comprendre
l'évolution d'après 1953 en termes de cette analyse.

La meilleure façon de comprendre le régime qui s'établit
en Russie après la victoire finale du parti bolchevique est
d'y voir l'effet de la synergie de (au moins) trois facteurs
importants : le capitalisme (instruments, méthodes, organisation et rapports de production, d'une part ; la signification
imaginaire de l'expansion illimitée de la maîtrise « rationnelle », d'autre part) ; la création par Lénine du totalitarisme
proprement dit (déjà dans sa conception du Parti, puis dans
sa construction du Parti/État) ; enfin, les fortes influences
résiduelles du passé russe (tsariste), ré-émergeant après une
interruption de soixante-quinze ans due à un processus
d'européanisation [resté à ses premières phases]. J'appelle
ce régime capitalisme bureaucratique total et totalitaire,
pour des raisons que j'ai expliquées ailleurs [3].

Comme on le sait, l'instauration du nouveau régime a
marché la main dans la main avec l'émergence d'une nouvelle couche sociale privilégiée et, en un sens, dominante –
la bureaucratie –, et aurait été impossible sans celle-ci. Il
s'agissait d'une formation sociale nouvelle, même quant
aux individus qui la composaient, mais surtout au point de
vue sociologique, groupant ensemble les dirigeants de la
production et de l'économie, les cadres de l'Appareil d'État
et des activités culturelles, les militaires et, bien entendu, au
premier rang et dominant tous les autres, l'appareil politique du Parti, noyau et âme du tout.

Pourquoi dire que la bureaucratie était la couche dominante – mais en un sens seulement ? Parce que, dès le début,
et même avant l'accession de Staline au pouvoir total, sa
domination a toujours été soumise au contrôle dernier et

---

3. Voir plus haut, « Le régime social de la Russie ».

incontrôlé du Sommet de l'Appareil politique du Parti. Avec la victoire finale de Staline sur ses rivaux, vers la fin des années vingt, les traits historiquement originaux de la situation ont connu une accentuation monstrueuse : la vie même des bureaucrates les plus puissants en est venue à dépendre des caprices du Maître absolu, dont dépendaient aussi les décisions sur n'importe quel sujet, depuis les méthodes pour moissonner et la localisation des usines jusqu'au destin des théories cosmologiques, biologiques ou linguistiques.

Il s'était ainsi créé une situation historiquement originale et très embarrassante pour le sociologue (spécialement marxiste). La bureaucratie était, en fait, la classe privilégiée : le surproduit, extrait de la population au travail moyennant une exploitation impitoyable, profitait à la bureaucratie à la fois sous forme de niveaux de consommation très élevés et d'une accumulation orientée exclusivement vers l'expansion de la puissance du Parti/État. La bureaucratie jouait aussi le rôle de classe dominante dans les rapports de production, elle assumait la charge de diriger le procès de production et d'extraire le surproduit. Cependant, le pouvoir absolu de Staline ne signifiait pas seulement que la bureaucratie était simplement « couche dominante » et non pas « couche dirigeante » ou « couche gouvernante », ou même que la position et la vie de n'importe quel bureaucrate individuel ne comptait pour rien. Il signifiait qu'il n'y avait pas de mécanisme impersonnel, institué, pouvant assurer la correspondance, en moyenne et à long terme, entre les « intérêts bien compris » de la bureaucratie et les décisions de l'Autocrate ; et, encore plus, que ces décisions pouvaient être contraires à ces intérêts dans une foule de cas cruciaux, et l'ont été en effet (l'exemple le plus frappant à cet égard étant la presque destruction de l'Armée pendant les purges de 1937-1938). Pour résumer, et le dire de la manière la plus prosaïque possible : les « intérêts bien compris » de la bureaucratie auraient exigé, une fois celle-ci au pouvoir, un système de domination et d'exploitation « raisonnable ». Le « système » imposé par Staline était, sans aucune métaphore, délirant.

Cette antinomie était là, dans la réalité. Aucune tentative de l'éliminer par des théorisations ne peut aboutir. Tel est le cas de l'abord suivi par les marxistes critiques – par exemple, Trotski – présentant Staline comme un « instrument » ou un « représentant » de la bureaucratie. La logique de cet abord a conduit récemment quelques-uns à soutenir la thèse ridicule que, vers la fin des années trente, Staline n'avait plus entre ses mains aucun pouvoir réel. Inversement – bien que non symétriquement –, la concentration exclusive sur le pouvoir absolu de Staline et/ou les similitudes avec le totalitarisme nazi constitue, comme déjà dit, la faiblesse principale de l'analyse de Hannah Arendt.

L'antinomie s'est trouvée résolue avec la mort de Staline. On n'a pas permis à un Staline Deux de surgir. En un sens, on peut dire que la sociologie banale a réaffirmé ses droits. Une sorte de serment tacite des frères – désormais, nous ne nous tuerons plus les uns les autres – a été prêté par les bureaucrates, et a été effectivement respecté (le sort de Beria étant la seule exception). Le pouvoir absolu du Sommet a été limité moyennant une série de compromis difficiles entre clans et cliques bureaucratiques (compromis déguisés sous la dénomination pompeuse de « direction collective »). Enfin, un certain nombre de réformes partielles a été introduit – dont j'ai résumé plus haut les principaux effets – et dont le sens était la fin du délire totalitaire classique.

On a pensé pendant longtemps – et beaucoup pensent encore aujourd'hui – que ces changements représentaient l'arrivée de la bureaucratie à l'âge adulte, son autodomestication, l'évolution de la société russe vers ce que l'on considère en Occident, aussi bien parmi les chercheurs que parmi les citoyens ordinaires, comme une situation « normale » : l'imposition de la « rationalité économique », une sociologie des « intérêts » et des « groupes d'intérêts », l'instauration d'une sorte de « légalité ». Les événements pendant les périodes Malenkov et Khrouchtchev (1953-1964), bien que contradictoires, semblaient appuyer cette façon de voir. Mais la chute de Khrouchtchev en 1964 a marqué la fin de la période de « réformes ». Depuis lors, rares sont les « réformes » introduites qui importent, et aucune qui importe vraiment. En même temps, tandis qu'on mettait rapidement fin à toutes les tendances vers la « libéralisation », il n'y a eu *aucun retour* vers un type de régime à la Staline. C'est plutôt un autre processus qui a commencé à s'affirmer. Mais, avant de considérer cela, il est nécessaire de discuter brièvement les raisons de l'avortement des tendances « réformistes ».

Le Parti a échoué dans sa tentative d'autoréforme. Jusqu'à un certain point, cet échec peut être « expliqué » par des considérations sociologiques et historiques. Dans cette mesure, son échec était le résultat « nécessaire » de facteurs existants et intelligibles.

Premièrement, une véritable autoréforme équivaudrait à l'autoliquidation d'une énorme partie de la bureaucratie en place. Deuxièmement, elle nécessiterait des *idées* – la dernière chose au monde que le Parti soit capable de produire. Troisièmement, elle aurait besoin de centaines de milliers, et plutôt de millions, de nouveaux cadres d'un type non existant jusqu'ici, disposés à et capables de pousser inlassablement les mesures de réforme, quelles qu'elles fussent, à travers les marécages interminables de la Russie bureaucratique.

Aucune de ces conditions n'existait, et n'existe, et la probabilité qu'elles puissent jamais se réaliser simultanément est virtuellement nulle. Cela n'entraîne évidemment pas une nécessité stricte, une inévitabilité du résultat garantie par une loi physique. Théoriquement, il est à la limite concevable que Khrouchtchev – ou un Khrouchtchev « plus intelligent » – eût pu réussir. A la fin, nous sommes obligés de dire : *il s'est trouvé – sunebè*, aurait dit Aristote – qu'il n'a pas réussi.

Cependant, derrière ce *sumbebèkos*, cet « il est arrivé que... », se tient un autre facteur : l'émergence de la sous-société militaire comme agent de plus en plus autonome, et la position dominante qu'elle a acquise quant aux orientations ultimes du régime. Par sous-société militaire, j'entends la bureaucratie militaire proprement dite et l'immense complexe des industries qui lui sont reliées. Nous avons des preuves positives du rôle décisif des militaires dans la défaite de Malenkov en 1954 (Malenkov voulait accroître la production de biens de consommation au prix de quelques limitations de l'« industrie lourde », c'est-à-dire de la production d'armements). Nous ne pouvons pas isoler le rôle des militaires dans la chute de Khrouchtchev, mais nous savons qu'il existait un conflit ouvert et presque public entre sa ligne et celle de l'Armée – et que la dernière a été pleinement appliquée après 1964.

Plusieurs éléments sous-tendent cette évolution – bien qu'ici encore il serait vain de tenter de trouver une explication « causale » nette et claire. A partir de la fin des années quarante, l'appareil militaire a traversé une transformation considérable. L'Armée de Staline était une armée de tubes d'acier, de tracteurs et de millions de fantassins. L'Armée russe d'aujourd'hui est une armée d'ingénierie nucléaire, d'électronique et de spécialistes. Cela a entraîné un formidable développement technico-industriel, embrassant presque toutes les branches de l'industrie, mais limité essentiellement, pour ne pas dire exclusivement, au domaine des produits militaires. Les signes peuvent en être clairement déchiffrés en comparant ce qui sort, respectivement, de la production militaire et de la production non militaire. La Russie est internationalement compétitive pour ce qui est des bombes H, des sous-marins nucléaires, des missiles autoguidés « intelligents », des satellites et de la guerre anti-satellites, des avions militaires – et *dans aucun autre domaine*. En fait, comme on le sait bien, la production non militaire, agricole aussi bien qu'industrielle, est dans un état lamentable. Les marchandises ordinaires font défaut, ou sont rares ou de très basse qualité – alors que sont produites en abondance des armes qui incorporent, chacune dans sa catégorie, l'« état de l'art » mondial.

Comment de tels résultats ont-ils pu être réalisés, et comment peut-on expliquer une si grande différence *qualitative* entre les productions militaire et non militaire ? Bien entendu, des ressources énormes – de l'ordre de 15 % du PNB – ont été consacrées à l'Armée, et les besoins de la production militaire sont prioritaires à tous égards. Ces faits sont, en eux-mêmes, très éloquents : il s'agit là de décisions *politiques* fondamentales, et aucun « intérêt bien compris » de la bureaucratie n'explique pourquoi elle devrait suivre ce cours, cours qui accroît, du moins en théorie, les risques d'une explosion interne à la seule fin d'accumuler une force militaire dirigée contre le monde extérieur. Mais aussi, la simple *quantité* de ressources consacrées à la production militaire n'explique pas la différence *qualitative* de fonctionnement entre secteur militaire et secteur non militaire. La réponse se trouve essentiellement dans la relative *séparation* des deux secteurs. D'après mes calculs, le sous-secteur militaire emploie environ vingt millions de personnes. Le recrutement de celles-ci se fait par écrémage de la meilleure partie de la formation annuelle de scientifiques, d'ingénieurs, etc. – et de la meilleure partie de la main-d'œuvre qualifiée. Ces gens travaillent dans les « entreprises fermées » (familièrement appelées en Russie des « boîtes », mot qui dans le parler populaire signifie aussi « cercueil »), où ils jouissent d'une paie substantiellement plus élevée qu'ailleurs et, encore plus important, d'avantages non monétaires – en échange de quoi ils abandonnent le seul « droit » d'un ouvrier russe : le droit de changer d'entreprise. Mais la différence ne concerne pas seulement les privilèges matériels. Ces travailleurs travaillent avec les meilleures machines et machines-outils, et ils ont des motivations positives : leur travail est « intéressant » et efficace, les choses sont faites – par opposition à ce qui se passe dans une usine non militaire – et ils sont, très probablement, imbibés d'idées chauvines, nationalistes et impérialistes grand-russiennes [4].

Cette sous-société militaire est la seule *force vive* réelle en Russie : le seul secteur animé et efficace de la société russe. En Russie, il ne se passe jamais rien – si ce n'est le développement de nouveaux moyens militaires, et des « mouvements » de politique internationale. Cette sous-société militaire existe en symbiose – plutôt : en commensalité – avec un Parti devenu un cadavre vivant, impropre à n'importe quel rôle social et historique (excepté la répression). Le Parti a définitivement échoué dans ses tentatives d'« autoréforme ». Il a aussi définitivement échoué par rapport à tous ses objectifs proclamés – même ceux qui, pris en eux-mêmes, n'exprimaient pas le délire totalitaire. Non seulement on a oublié la « transformation stalinienne de la nature », la « création d'un type d'homme nouveau », etc. ; non seulement la « réalisation du communisme en 1980 » inscrite dans le Programme du Parti a été, enfin, gommée par le XXVIe Congrès, en mars 1981 ; même l'objectif de « rattraper et dépasser les États-Unis » (en lui-même plus que raisonnable) n'est plus mentionné. En fait, le Parti a compris qu'il doit renoncer même aux objectifs les plus modestes concernant le « développement » social et économique de la Russie. La déclaration de Brejnev, selon laquelle « le socialisme avancé réellement existant » représente une période historique de durée *indéfinie* s'intercalant entre le « socialisme » et le « communisme », correspond à la reconnaissance officielle de cet échec et constitue une clarification audacieuse et dure de la question à l'usage de

---

4. Voir *Devant la guerre*, 1, Paris, Fayard, 1981, p. 97-212.

tous les sujets de l'Empire : ne vous attendez pas à quelque chose de meilleur ou de différent, demain sera exactement pareil à aujourd'hui[a].

La stagnation interne est complète. Le régime se trouve dans une impasse, non seulement économiquement et sociologiquement, mais historiquement et, si l'on peut dire, philosophiquement. Il ne peut engendrer aucun objectif, aucun projet, aucune activité significative visant l'avenir – sauf l'expansion externe dans l'horizon de la domination mondiale. Ce n'est qu'à cet égard que l'« idéologie communiste » conserve quelque pertinence : comme marchandise d'exportation, spécialement pour les marchés du Tiers Monde.

Mais, cette utilité partielle et instrumentale de l'« idéologie » à des fins extérieures étant reconnue, le porteur et vecteur principal de l'expansion est, réellement, mais encore plus virtuellement, la Force, la Force brute. Et le dépositaire réel de la Force, à l'égard aussi bien de l'intérieur que de l'extérieur, est l'Armée – la sous-société militaire.

Nous pouvons maintenant nouer les divers fils ensemble. L'Armée est le porteur naturel et nécessaire du seul projet qui tient ensemble le régime russe. Elle représente le seul secteur efficace et vivant de la société russe. Et toute la vie, tout le fonctionnement de cette société est subordonné et en

a. Rien ne change à tout cela avec les « objectifs » visiblement irréalisables mis en avant maintenant (novembre 1985) par Gorbatchev pour… l'an 2000. On peut parier, sans crainte de grever indûment l'héritage de ses enfants, qu'ils seront gommés à leur tour vers 2010. Quant aux illusions que continuent de propager les compagnons de route résiduels et autres nostalgiques en retraite anticipée d'un « bon » communisme, à savoir, qu'avec l'arrivée des « jeunes » au pouvoir tout va changer, on peut seulement noter qu'au premier compte à rebours commencé en 1953 (sur la possibilité d'autoréforme de la bureaucratie après la mort du « monstre ») s'en ajoute maintenant un second (sur les réformes qu'introduiront les « jeunes ») commencé en février 1985. On en reparlera dans dix ans.

fait sacrifié au développement illimité de la sous-société militaire. Dans la mesure où nous considérons que la domination, ou le pouvoir, exercé sur une société consiste en la capacité d'influencer de manière décisive les orientations fondamentales de la vie sociale, et non pas dans la gestion d'affaires triviales, nous devons dire que la sous-société militaire a émergé, pendant les vingt dernières années, comme *le* secteur dominant de la société russe. Et ce fait est, bien entendu, tout à fait indépendant de la composition personnelle des organes qui, officiellement et formellement, « gouvernent ». L'Armée n'a ni le besoin, ni le désir d'avoir le plus de maréchaux possible dans le Bureau Politique. Ce dont elle a besoin est que les grands choix politiques soutiennent, avec continuité et cohérence, son développement et ses projets. Et c'est ce qu'ils font – avec continuité et cohérence.

Nous avons ici devant nous un type nouveau de formation social-historique : une *stratocratie* (*stratos* = armée). Étant donné les spécificités nombreuses et significatives de la situation historique et du cadre social où elle a émergé, cette formation sociale ne peut pas être davantage assimilée aux cas déjà connus de sociétés où « les militaires » jouaient un rôle puissant que la bureaucratie communiste russe ne saurait l'être à la bureaucratie impériale chinoise ou son régime à celui du « despotisme oriental ». Parmi ces spécificités, deux exigent d'être rapidement mentionnées ici. La première, évidente, est la coalescence substantielle et très profonde de l'Appareil militaire proprement dit avec la technologie et l'industrie contemporaines. La seconde, beaucoup plus importante et aussi plus difficile à saisir, est relative aux significations imaginaires sociales incorporées dans cette formation social-historique nouvelle. Une multiplicité de niveaux doit être distinguée à cet égard. Au niveau le plus superficiel – le niveau de la simple rhétorique et du verbiage –, le *vocabulaire* « communiste » est, bien entendu, toujours en usage (et continuera de l'être). De tous ses termes, il y en a encore un qui, une fois décodé, garde une certaine relation à la réalité : la « victoire mondiale inévitable du socialisme », en d'autres termes, le projet de domination mondiale. Mais domination par qui, et pour quoi faire ? La « réponse » est, à un niveau un peu moins superficiel : par la Russie. Ainsi, la société militaire (de même que le Parti lui-même) mobilise le chauvinisme et le nationalisme grand-russiens. Mais, comme j'ai essayé de l'expliquer ailleurs, ce nationalisme est aujourd'hui creux, presque vide[5]. Nous atteignons ainsi le noyau de cet imaginaire : il s'agit de la domination par la Force brute, et pour la Force brute. Et nous découvrons alors que là gît aussi, tout compte fait, le « principe » ultime que gouverne la vie interne de la société russe : la Force brute pour la Force brute.

Nous devons maintenant revenir à la question du totalitarisme. Avant de le faire, cependant, nous devons souligner, le plus fortement possible, un fait par ailleurs évident : cette société – la société russe d'aujourd'hui – *n'*est évidemment *pas* homogène. Elle est, en fait, à la fois conflictuellement déchirée et chaotique. Il y a le *régime* – et il y a la *société* (ou : le peuple). D'aucune manière, on ne peut les identifier. Le régime lui-même est, en un sens, dual : la sous-société militaire – et le Parti au sens étroit. La « société » elle-même, à son tour, est multiple. Il y a les diverses couches sociales, il y a les nationalités différentes – et il y a, pour ainsi dire, des *courants* qui traversent les frontières des couches et des nationalités. Une résistance ouverte très limitée ; une énorme, presque universelle, résistance passive ; quelques grèves ; une « deuxième économie » et une « deuxième société » en pleine croissance ; le nationalisme – anti-russe et russe ; et une privatisation envahissante.

---

5. Voir *Devant la guerre, op. cit.*, p. 256-264.

Dans ce chaos, dans cette société sans foi ni loi, la sous-société militaire est le seul facteur cohérent, et qui se propose un but. C'est pourquoi elle est devenue la force qui, *de facto*, domine. Mais ce qu'on vient de dire montre qu'il n'y a ni « homogénéisation », ni « unification » de la société, même pas au sens le plus superficiel – l'« homogénéisation » et l'« unification » que le totalitarisme « classique » avait essayé de réaliser.

Alors : s'agit-il encore de totalitarisme ? Si nous n'utilisons pas ce terme comme simple adjectif dépréciateur, mais avec toute la profondeur de signification politique, anthropologique, sociologique et philosophique qu'il a acquis surtout par le travail de Hannah Arendt ; si nous prenons au sérieux les caractères du totalitarisme « classique » que j'ai mentionnés plus haut, en y voyant non pas des traits descriptifs extérieurs mais des expressions nécessaires de l'essence du système – alors la réponse est un *non* catégorique. La stratocratie russe est une création originale – un animal historique nouveau. Elle partage certainement, avec le totalitarisme « classique », dont elle est née, un caractère fondamental : la poussée vers l'expansion illimitée de la domination. Mais cette poussée a dû subir un changement essentiel. L'objectif est toujours la domination mondiale – mais comme domination *externe*. Le projet totalitaire originaire et, si je peux dire, authentique, le projet de domination *totale* a dû être abandonné. Le totalitarisme « classique », dans sa réalisation russe, a échoué pour ce qui est de sa fin centrale : assimiler totalement les êtres humains – ou les détruire.

Cela s'est avéré impossible, et *cette impossibilité s'exprime dans la décadence du Parti et l'émergence de l'Armée.* La Force brute pour la Force brute est poursuivie comme un objectif purement matériel et externe, sans hymnes de gloire, sans confessions ni auto-accusations. J'espère que tout le monde se rappelle la terrible dernière phrase de

1984, le dernier sentiment de Winston Smith assis au Café des Marronniers : « Il aimait Big Brother. » Il n'y a plus de Big Brother, il n'y a qu'un appareil sans figure, qui ne demande plus des sentiments ou des pensées, mais seulement un minimum d'actes.

Le totalitarisme « classique » a été possible et réel : cela signifie que le projet monstrueux de domination et d'assimilation totales est une des possibilités que la société humaine a créées et réalisées. La totalitarisme « classique » a été, soit vaincu de l'extérieur, soit desséché de l'intérieur ; aucune de ces destinées n'était inévitable et fatale. Et il s'est trouvé qu'*en Russie*, une stratocratie a émergé à sa place, qui a abandonné le projet de domination totale, en profondeur, mais non pas de la domination extensive appuyée seulement sur la Force brute. Projet non moins monstrueux que le précédent et comportant, peut-être, des possibilités de succès encore plus grandes.

Le combat n'est pas terminé – loin de là. Et l'échec du projet initial du totalitarisme, de même que la résistance constamment renouvelée des peuples contre la domination de la stratocratie russe et ses représentants locaux, comme en Pologne, montrent qu'il existe de vastes possibilités de lutte – par quoi je n'entends *certainement pas* l'alignement derrière les politiciens et les généraux de l'Occident.

Septembre 1981

L'imaginaire : la création
dans le domaine social-historique*

Mon propos concerne le domaine social-historique. Mais, avant de m'y engager, je dois commencer par quelques affirmations tout à fait dogmatiques.

Premièrement, « l'Être » n'est pas un système, n'est pas un système de systèmes, et n'est pas une « grande chaîne ». L'Être est Chaos, ou Abîme, ou le Sans-Fond. Chaos à stratification non régulière : cela veut dire, comportant des « organisations » partielles, spécifiques chaque fois aux diverses strates que nous découvrons (découvrons/construisons, découvrons/créons) dans l'Être.

Deuxièmement, l'Être n'est pas simplement « dans » le Temps, mais il est par le Temps (moyennant le Temps, en vertu du Temps). Essentiellement l'Être est Temps. [Ou aussi : l'Être est essentiellement à-Être.]

Troisièmement, le Temps n'est rien, ou il est création. Le Temps, rigoureusement parlant, est impensable sans la création ; autrement, le Temps ne serait qu'une quatrième dimension spatiale surnuméraire. Création signifie évidemment ici création authentique, création ontologique, la création de nouvelles Formes ou de nouveaux *eidè* pour utiliser

* Conférence prononcée au Symposium international de Stanford « Désordre et ordre » (14-16 septembre 1981). Traduit de l'anglais par moi. Original publié dans *Disorder and Order*, Proceedings of the Stanford International Symposium, Paisley Livingstone ed., Stanford Literature Studies 1, Anma Libri, Saratoga, 1984.

le terme platonicien. Soit dit incidemment, la création comme telle, au sens propre, n'a jamais été considérée par la théologie. Philosophiquement parlant, la « création » théologique n'est qu'un mot : un faux nom pour ce qui est en vérité simplement production, fabrication ou construction. La « création » théologique suit toujours le modèle du *Timée* et est obligée de le suivre : Dieu est un Constructeur, un Artisan, qui regarde les *eidè* (Formes) pré-existants et les utilise comme modèles ou paradigmes en modelant la matière. Mais Dieu ne crée pas de l'*eidos*, ni chez Platon, ni dans aucune théologie rationnelle[a].

Quatrièmement, ces faits fondamentaux relatifs à l'Être, au Temps et à la création ont été recouverts par l'ontologie traditionnelle (et, à sa suite, par la science) parce que cette ontologie a toujours travaillé, dans son courant principal, au moyen de l'hyper-catégorie fondamentale de la *déterminité* (*peras*, en grec ; *Bestimmtheit*, en allemand). La déterminité mène à la négation du temps, à l'a-temporalité : si quelque chose est vraiment déterminé, il est déterminé depuis toujours et pour toujours. S'il change, les modes de son changement et les formes que ce changement peut produire sont déjà déterminés. Les « événements » ne sont alors que la réalisation des lois, et l'« histoire » n'est que le déploiement le long d'une quatrième dimension d'une « succession » qui n'est que simple coexistence pour un Esprit absolu (ou pour

a. Je dis bien théologie *rationnelle*. Je soutiens en effet que l'idée d'une « contingence » absolue de tout *eidos* et de toute relation logique et l'affirmation du caractère créé des « vérités éternelles » sont un recours désespéré incompatible avec tout ce que la théologie *rationnelle* vise à établir par ailleurs. J'y reviendrai dans la première partie de *La Création humaine*. Chez Platon, Dieu est artisan (démiurge) des formes « intermédiaires » – le « lit » de *La République*, X, 597 a-c, le monde entier et tout ce qu'il contient, dans le *Timée* –, mais il *n'est* pas, et *ne saurait être* créateur des *eschata*, comme dira Aristote (*Métaphysique* X, 3, 1069 b 37-38) : de la matière nue et des *eidè*, formes ultimes, des éléments mathématiques du *Timée*, pas plus que du « Vivant éternel ». Le Dieu de la Genèse ne l'est pas non plus, du reste, qui donne *forme* au *tohu-bohu* déjà là.

la théorie scientifique achevée). Alors aussi le temps est
pure répétition des instanciations de lois, sinon des « événements ». Pour cette ontologie, la négation du Temps comme
possibilité permanente de l'émergence de l'Autre est une
question de vie et de mort. Et c'est aussi pour des raisons
profondément liées à ce référentiel de déterminité que
l'ontologie traditionnelle doit limiter les types possibles
d'être à trois et seulement trois catégories : des substances
(en fait, des « choses »), des sujets et des concepts ou idées –
et les ensembles, combinaisons, systèmes et hiérarchies
d'ensembles possibles de substances, de sujets et d'idées.

Cinquièmement, d'un point de vue ultime, la question :
« Qu'est-ce qui, dans ce que nous connaissons, provient
de l'observateur (de nous) et qu'est-ce qui provient de ce
qui est ? » est, et restera à jamais, indécidable.

Le lien entre ce que j'ai à dire et les préoccupations des
hommes des sciences « dures » peut être trouvé – du moins,
je l'espère – dans l'effort ici tenté d'élucider quelque peu
certains aspects de ces deux questions jumelles : qu'est-ce
qu'une forme ? comment émerge-t-elle ? J'essaierai de le
faire en discutant de ces deux questions telles qu'elles
apparaissent dans le domaine social-historique, le domaine
de l'homme (*anthrôpos*, mâle aussi bien que femelle :
l'espèce).

Est-il nécessaire de justifier cela ? L'homme n'est peut-
être pas davantage, mais certainement pas moins, un être
que ne l'est une galaxie ou l'espèce *escherichia coli*. Les
« bizarreries » possibles de l'homme doivent non pas diminuer mais augmenter l'intérêt relatif à ses manières d'être,
ne fût-ce que parce qu'elles peuvent ébranler, ou réfuter,
des conceptions générales sur « l'Être » cueillies dans
d'autres domaines. *« Deux »* ne cesse pas d'être un nombre
premier parce qu'il possède la bizarrerie d'être le seul
nombre premier pair. Et c'est un nombre premier bizarre-
ment précieux, ne serait-ce que parce que son existence
nous permet de réfuter une proposition qui est vraie dans

une infinité dénombrable de cas, à savoir : « Tout nombre premier est impair. » Peut-être en va-t-il aussi ainsi de l'homme.

L'homme ne nous intéresse pas seulement parce que nous sommes des hommes. L'homme doit nous intéresser parce que, d'après tout ce que nous savons, le fantastique nœud de questions liées à l'existence de l'homme et au type ontologique d'être représenté par l'homme n'est pas réductible à la physique ou à la biologie. Si je peux oser ce qui n'est, à mes yeux, qu'à moitié une plaisanterie, le temps est venu peut-être d'inverser la manière traditionnelle de procéder. Peut-être, au lieu de tenter de voir dans quelle mesure nous pouvons expliquer ce qui survient avec l'homme par le moyen de la physique et de la biologie et, par exemple, continuer de supposer qu'une idée, un mythe, un rêve ne sont que les résultats épiphénoménaux d'un certain état du système nerveux qui serait, à son tour, réductible à, disons, un certain arrangement d'électrons, pourrions-nous essayer, à des fins heuristiques, d'inverser la procédure. Vous vous souvenez que, presque toujours, les philosophes commencent en disant : « Je veux voir ce qu'est l'Être, ce qu'est la réalité. Maintenant, voici une table ; qu'est-ce que cette table me montre comme traits caractéristiques d'un être réel ? » Aucun philosophe n'a jamais commencé en disant : « Je veux voir ce qu'est l'Être, ce qu'est la réalité. Maintenant, voici mon souvenir de mon rêve de la nuit dernière ; qu'est-ce que cela me montre comme traits caractéristiques d'un être réel ? » Aucun philosophe ne commence jamais en disant : « Soit le *Requiem* de Mozart comme paradigme de l'Être ; commençons par cela. » Pourquoi ne pourrions-nous pas commencer en posant un rêve, un poème, une symphonie comme instances paradigmatiques de la plénitude de l'Être, et en considérant le monde physique comme un mode *déficient* de l'Être – au lieu de voir les choses de la façon inverse, au lieu de voir dans le mode d'existence imaginaire, c'est-à-dire humain, un mode d'être déficient ou secondaire ?

L'homme n'existe que dans et par la société – et la société est toujours historique. La société comme telle est une forme, et chaque société donnée est une forme particulière et même singulière. La forme implique l'organisation, en d'autres termes, l'ordre (ou, si l'on préfère, l'ordre/désordre). Je n'essaierai pas de définir ces termes – forme, organisation, ordre. Je tenterai plutôt de montrer qu'ils acquièrent un sens non trivialement *nouveau* dans le domaine social-historique et que la confrontation de ce sens avec celui donné à ces termes dans les mathématiques, la physique ou la biologie pourrait s'avérer bénéfique pour toutes les parties prenantes.

Deux questions fondamentales surgissent dans le domaine social-historique.

Premièrement, qu'est-ce qui tient une société ensemble ? En d'autres termes : quelle est la base de l'unité, de la cohésion et de la différenciation organisée de ce tissu fantastiquement complexe de phénomènes que nous observons dans toute société ?

Mais nous sommes aussi confrontés à la multiplicité et à la diversité des sociétés, et à la dimension historique interne à chaque société qui s'exprime comme *altération* de l'ordre social donné et peut éventuellement conduire à une fin (soudaine ou pas) de l'« ordre ancien » et à l'instauration d'un ordre nouveau. De sorte que nous devons nous demander :

Deuxièmement, qu'est-ce qui fait surgir des formes de société autres et nouvelles ?

Qu'il me soit permis de noter brièvement les raisons pour lesquelles je ne m'engagerai pas ici dans la discussion et la réfutation des vues traditionnelles concernant la société et l'histoire, y compris les plus récentes parmi elles (par exemple, le fonctionnalisme et le structuralisme ; le marxisme est, en fait, une variante du fonctionnalisme). Virtuellement toujours, ces vues conçoivent la société comme un assemblage ou collection d'« individus » reliés entre eux et tous ensemble reliés aux « choses ». Il y a là une manière de supposer la question comme résolue d'avance, puisque individus et choses sont des créations sociales – aussi bien en général que sous la forme particulière qu'ils prennent dans chaque société donnée. Ce qui, dans les « choses », n'est pas social est la strate du « monde physique » que percevrait un « singe humain » et *telle qu'*il la percevrait. Mais cela, que nous ne connaissons pas, n'a pas de pertinence pour notre problème. Et ce qui, dans l'« individu », n'est pas social – à part un animal dégénéré, malhabile et inapte à la vie – est le noyau de la psyché, la monade psychique qui serait tout autant incapable de survivre (j'entends, survivre psychiquement) sans l'imposition violente, sur elle, de la forme sociale « individu ». Ni des besoins biologiques « permanents », ni des « pulsions », « mécanismes » ou « désirs » psychiques éternels ne peuvent rendre compte de la société et de l'histoire. Des causes constantes ne sauraient produire des effets variables [1].

J'en viens maintenant à ma première question. Ce qui tient une société ensemble est évidemment son institution, le complexe total de ses institutions particulières, ce que j'appelle l'« institution de la société comme un tout » – le mot institution étant ici pris dans le sens le plus large et le plus radical : normes, valeurs, langage, outils, procédures et méthodes de faire face aux choses et de faire des choses et, bien entendu, l'individu lui-même, aussi bien en général que dans le type et la forme particuliers que lui donne la société considérée (et dans ses différenciations : homme/femme, par exemple).

Comment les institutions s'imposent-elles – comment assurent-elles leur validité effective ? Superficiellement,

---

1. Pour une discussion détaillée de ces points, cf. *L'Institution imaginaire de la société* (en particulier le chapitre IV) et *Les Carrefours du labyrinthe*.

et dans quelques cas seulement, moyennant la coercition et les sanctions. Moins superficiellement, et plus amplement, moyennant l'adhésion, le soutien, le consensus, la légitimité, la croyance. Mais, en dernière analyse : au moyen et au travers de la formation (fabrication) de la matière première humaine en individu social, en lequel sont incorporés aussi bien les institutions elles-mêmes que les « mécanismes » de leur perpétuation. Ne vous demandez pas : comment se fait-il que la plupart des gens, même s'ils avaient faim, ne voleraient pas ? Ne vous demandez même pas : comment se fait-il qu'ils continuent de voter pour tel ou tel parti, même après avoir été trompés de manière répétée ? Demandez-vous plutôt : quelle est la part de tout votre penser et de toutes vos façons de voir les choses et de faire des choses qui *n'est pas*, à un degré décisif, conditionnée et co-déterminée par la structure et les significations de votre langue maternelle, l'organisation du monde que cette langue porte, votre premier environnement familial, l'école, tous les « fais » et « ne fais pas » qui vous ont constamment assailli, les amis, les opinions qui circulent, les façons de faire qui vous sont imposées par les artefacts innombrables dans lesquels vous nagez, et ainsi de suite. Si vous pouvez vraiment répondre, en toute sincérité : à peu près un pour cent, vous êtes certainement le penseur le plus original qui ait jamais vécu. Nous n'avons certainement aucun mérite à ne pas « voir » une nymphe habitant chaque arbre ou chaque fontaine (pas plus que cela ne traduit, de notre part, une infirmité). Nous sommes tous, en premier lieu, des fragments ambulants de l'institution de notre société – des fragments complémentaires, ses « parties totales », comme dirait un mathématicien. L'institution produit, conformément à ses normes, des individus, lesquels, par construction, sont non seulement capables de, mais obligés à reproduire l'institution. La « loi » produit les « éléments » de telle manière que leur fonctionnement même incorpore et reproduit, perpétue, la « loi ».

L'institution de la société, au sens général que je donne ici à ce terme, est évidemment faite de plusieurs institutions particulières. Celles-ci forment, et fonctionnent comme, un tout cohérent. Même dans des situations de crise, au milieu des conflits internes et des guerres intestines les plus violentes, une société est encore *cette même* société ; si elle ne l'était pas, il n'y aurait pas et il ne pourrait pas y avoir de lutte autour des mêmes objets, d'objets communs. Il y a donc une *unité* de l'institution totale de la société ; en y regardant de plus près, nous trouvons que cette unité est, en dernière instance, l'unité et la cohésion interne du tissu immensément complexe de *significations* qui imbibent, orientent et dirigent toute la vie de la société considérée et les individus concrets qui, corporellement, la constituent. Ce tissu est ce que j'appelle le *magma* des *significations imaginaires sociales*, portées par et incarnées dans l'institution de la société considérée et qui, pour ainsi dire, l'animent. De telles significations imaginaires sociales sont, par exemple : esprits, dieux, Dieu ; *polis*, citoyen, nation, État, parti ; marchandise, argent, capital, taux d'intérêt ; tabou, vertu, péché, etc. Mais aussi : homme/femme/enfant, tels qu'ils sont spécifiés dans une société donnée. Au-delà de définitions purement anatomiques ou biologiques, homme, femme et enfant sont ce qu'ils sont moyennant les significations imaginaires sociales qui les font être cela. Un homme romain, une femme romaine, étaient et sont quelque chose de tout à fait différent de l'homme américain et de la femme américaine d'aujourd'hui. « Chose » est une signification imaginaire sociale, de même qu'« outil ». La pure et simple « outilité » de l'outil est une signification imaginaire particulière, spécifique surtout aux sociétés occidentales modernes. Rares sont, si même elles ont existé, les autres sociétés qui aient jamais vu les outils comme simples outils ; on n'a qu'à penser aux armes d'Achille ou à l'épée de Siegfried.

J'appelle ces significations imaginaires parce qu'elles ne correspondent pas à et ne sont pas épuisées par des références à des éléments « rationnels » ou « réels », et parce qu'elles sont posées par *création*. Et je les appelle sociales parce qu'elles n'existent qu'en étant instituées et participées par un collectif impersonnel et anonyme. Je reviendrai plus bas sur le terme « magma ».

Quelle est la source, la racine, l'origine de ce magma et de son unité ? Sur ce point, nous pouvons voir clairement les limites de l'ontologie traditionnelle. Aucun « sujet » ou « individu » (ou « groupe » de sujets et d'individus) n'aurait jamais pu être cette origine. Non seulement le savoir écologique, sociologique, psychanalytique, etc., aussi bien théorique qu'appliqué, nécessaire pour mettre sur pied l'organisation d'une tribu primitive, par exemple, défie, en quantité comme en complexité, notre imagination et se trouve, de toute manière, très au-delà de notre prise ; mais, beaucoup plus radicalement, les « sujets », les « individus » et leurs « groupes » sont eux-mêmes les produits d'un processus de socialisation, leur existence présuppose l'existence d'une société instituée. Pas davantage, nous ne pouvons trouver cette origine dans les « choses » ; l'idée que les mythes ou la musique sont le résultat (aussi médiatisé qu'on voudra) de l'opération des lois de la physique est simplement privée de sens. Et tout aussi peu, finalement, pouvons-nous réduire les différentes institutions des sociétés que nous connaissons et les significations correspondantes à des « concepts » ou à des « idées » [Hegel]. Nous devons reconnaître que le champ social-historique est irréductible aux types traditionnels d'être, et que nous observons ici les œuvres, la création de ce que j'appelle l'*imaginaire social* ou la *société instituante* (en tant qu'elle s'oppose à la société instituée) – prenant grand soin de ne pas en faire, de nouveau, une autre « chose », un autre « sujet » ou une autre « idée ».

Si nous considérons comment, pour une société donnée, « opèrent » son magma de significations imaginaires sociales et les institutions correspondantes, nous apercevons une similarité de l'organisation sociale avec l'organisation biologique à un égard précis : à l'égard de la *clôture*, pour utiliser le terme de Francisco Varela[b]. Aussi bien l'organisation sociale que l'organisation biologique exhibent une clôture organisationnelle, informationnelle et cognitive.

Toute société (comme tout être ou espèce vivants) *instaure, crée son propre monde*, dans lequel, évidemment, elle « *s'* » inclut. De la même manière que pour l'être vivant, c'est l'« organisation » propre (significations et institution) de la société qui pose et définit par exemple ce qui, pour la société considérée, est de l'« information », ce qui est du « bruit » et ce qui n'est rien du tout ; ou la « pertinence », le « poids », la « valeur » et le « sens » de l'« information » ; ou le « programme » d'élaboration de, et de réponse à, une « information » donnée, etc. Bref : c'est l'institution de la société qui détermine ce qui est « réel » et ce qui ne l'est pas, ce qui « a un sens » et ce qui en est privé. La sorcellerie était réelle à Salem il y a trois siècles, et plus maintenant. « L'Apollon de Delphes était en Grèce une force aussi réelle que n'importe quelle autre » (Marx). Il serait même superficiel et insuffisant de dire que toute société « contient » un système d'interprétation du monde. Toute société *est* un système d'interprétation du monde ; et, ici encore, le terme « interprétation » est plat et impropre. Toute société est une construction, une constitution, une création d'un monde, de son propre monde. Sa propre identité n'est rien d'autre que

b. Francisco Varela, *Principles of Biological Autonomy*, Amsterdam, North Holland, 1980. (Une édition française, profondément remaniée, de cet ouvrage est parue en 1989 aux Éditions du Seuil, sous le titre *Autonomie et connaissance. Essai sur le vivant.*) *Cf.* aussi « Science moderne et interrogation philosophique », 1973, repris dans *Les Carrefours du labyrinthe*, p. 180-181 [et coll. « Points Essais », p. 191-195]. L'idée initiale est due à H. Maturana.

ce « système d'interprétation », ce monde qu'elle crée. Et c'est pourquoi (de même que chaque individu) elle perçoit comme un danger mortel toute attaque contre ce système d'interprétation ; elle la perçoit comme une attaque contre son identité, contre elle-même.

En ce sens, le « soi-même » d'une société, son *ecceitas,* comme auraient dit les scolastiques, le fait qu'elle est *cette* société et non pas n'importe quelle autre, peut être rapproché de ce que Varela a appelé l'« autonomie » de l'être vivant, et des spécifications de cette « autonomie ». Mais les différences sont tout aussi essentielles, et pas seulement descriptives. En voici quelques-unes.

1. Comme il est bien connu, la fixation des « caractères » d'une société ne possède pas de base physique (comme le génome) qui garantirait (fût-ce de manière « probabilistique ») leur conservation à travers le temps, leur transmission ; il n'y a pas ici l'équivalent d'un code génétique quelconque (même si, comme Atlan l'a déjà dit[c], ce code ne fonctionne pas comme on pensait il y a dix ans qu'il fonctionne).

2. Pour la société, il n'y a pas, à proprement parler, de « bruit ». Tout ce qui apparaît, tout ce qui survient à une société doit *signifier* quelque chose pour elle – ou doit être explicitement déclaré « privé de sens ».

3. Bien qu'il semble y avoir, dans l'être vivant, une redondance non négligeable des processus qui fabriquent l'information, dans le cas de la société cette fabrication et élaboration de l'information apparaît comme virtuellement illimitée et va loin au-delà de toute caractérisation « fonctionnelle ».

4. La finalité (ou, comme voudrait l'appeler la vague la plus récente de pudibonderie scientifique, la « téléonomie ») semble bien une catégorie inévitable, aussi bien

c. Henri Atlan, « Disorder, Complexity and Meaning », in *Disorder and Order, op. cit.*, p. 109-128.

lorsque l'on traite de l'être vivant que de la société. Mais (et sans oublier que la « finalité » *finale* de l'être vivant est enveloppée dans un épais mystère) on peut affirmer que les processus se déroulant dans l'être vivant sont gouvernés par la « finalité » de sa conservation, elle-même gouvernée par la « finalité » de la conservation de l'espèce, elle-même gouvernée par la « finalité » de la conservation de la biosphère, du biosystème comme tout. Dans le cas de la société, bien que la plupart des « finalités » que nous y observons soient évidemment gouvernées par une sorte de « principe de conservation », cette « conservation » est, en fin de compte, conservation d'« attributs arbitraires » et spécifiques à chaque société – ses significations imaginaires sociales.

5. A tout ce qui *est* pour un être vivant, le méta-observateur peut assigner un corrélat physique. Il en va tout autrement pour la société, qui crée à grande échelle et massivement de l'être sans corrélat physique : des esprits, des dieux, des vertus, des péchés, des « droits de l'homme », etc. – et pour laquelle ce type d'être est toujours d'un ordre plus élevé que l'être « purement physique ».

6. La société crée un nouveau type d'autoréférence : elle crée ses propres méta-observateurs (et tous les problèmes embarrassants que ceux-ci créent).

Bien entendu il n'y a pas, et il ne pourrait jamais y avoir, de « solipsisme », ni biologique ni social. L'être vivant organise pour soi une partie ou strate du monde physique, il la reconstruit pour former son propre monde. Il ne peut ni transgresser ni ignorer les lois physiques, mais il pose des lois nouvelles, ses lois. Jusqu'à un certain point, la situation est la même dans le cas de la société. Mais le type de relation que la société crée et institue avec le monde « pré-social » – ce que j'appelle la première strate naturelle – est différent. C'est une relation d'étayage *(Anlehnung)*. Les opérations « logiques/physiques » par lesquelles toute société se rapporte à la première strate naturelle, l'organise et l'utilise sont toujours sous la coupe des significations imaginaires sociales, qui sont à la fois « arbitraires » et radicalement différentes entre les différentes sociétés. Les contraintes imposées par le monde physique à l'organisation de l'être vivant nous fournissent une partie essentielle de notre compréhension de cette organisation. Mais ce que le monde physique comme tel impose ou interdit insurmontablement à la société – et par là, à toutes les sociétés – est de part en part trivial et ne nous apprend rien.

Tout ce qui précède concerne la démarcation de la société relativement au vivant et par opposition à celui-ci. Mais la tâche la plus importante est celle de la caractérisation *intrinsèque* de l'organisation de la société.

Commençons par quelques faits banals. Il n'y a pas de société sans arithmétique. Il n'y a pas de société sans mythe. (Dans la société contemporaine, l'arithmétique est devenue, évidemment, un des mythes principaux. Il n'existe pas, et il ne pourrait pas exister, de fondement « rationnel » de la domination de la quantification dans la société contemporaine. La quantification n'est que l'expression d'une des significations imaginaires dominantes de cette société : ce qui ne peut pas être compté ne compte pas.) Mais nous pouvons faire un pas de plus. Il n'y a pas de mythe sans arithmétique – et pas d'arithmétique sans mythe. Notons, par parenthèse, que l'essentiel pour ce qui est du mythe n'est pas, comme le voudrait le structuralisme, que par le moyen du mythe la société organise le monde *logiquement*. Le mythe ne se réduit pas à la « logique » (même si, bien entendu, il contient de la logique), et encore moins à la logique binaire des structuralistes. Le mythe est essentiellement une manière par laquelle la société investit avec des significations le monde et sa propre vie dans le monde – un monde et une vie qui seraient autrement, de toute évidence, privés de sens.

Ces remarques conduisent à une proposition centrale concernant l'organisation de la société, qui la caractérise d'une manière intrinsèque et positive.

L'institution de la société, et les significations imaginaires sociales qui y sont incorporées, se déploient toujours dans deux dimensions indissociables : la dimension ensembliste-identitaire (« logique ») et la dimension strictement ou proprement imaginaire.

Dans la dimension ensembliste-identitaire, la société opère (« agit » et « pense ») avec et par des « éléments », des « classes », des « propriétés » et des « relations » posés comme *distincts* et *définis*. Le schème souverain est ici celui de la *détermination* (déterminité ou déterminabilité, *peras, Bestimmtheit*). L'exigence ici est que tout le concevable soit soumis à la détermination et les implications ou conséquences qui en découlent. Du point de vue de cette dimension, l'existence *est* la déterminité.

Dans la dimension proprement imaginaire, l'existence *est* signification. Les significations peuvent être *repérées*, mais ne sont pas déterminées. Elles se rapportent indéfiniment les unes aux autres sur le mode fondamental du *renvoi*. Toute signification renvoie à un nombre indéfini d'autres significations. Les significations ne sont ni « distinctes » ni « définies » (pour reprendre les termes de Cantor dans sa « définition » des éléments d'un ensemble). Elles ne sont pas non plus reliées par des conditions et des raisons nécessaires et suffisantes. Le renvoi (la relation de renvoi), qui couvre ici également une « quasi-équivalence » et une « quasi-appartenance », opère essentiellement moyennant un *quid pro quo*, un « x est là pour y », qui, dans les cas non triviaux, est « arbitraire », à savoir institué. Ce *quid pro quo* est le noyau de ce que j'appelle la *relation signitive* – la relation entre le signe et ce dont le signe est signe, qui est au fondement du langage. Comme tout le monde sait, il n'y a pas et il ne pourrait pas y avoir de raison nécessaire et suffisante faisant que « chien » est là pour *canis* ou que « sept » a affaire avec « Dieu ». Mais la relation de *quid pro quo* va très au-delà du langage proprement dit.

On peut illustrer ce que j'ai en vue sur l'exemple du lan-

gage. Dans le langage, la dimension ensembliste-identitaire
correspond à ce que j'appelle *code* (à ne pas confondre avec
le « code » de Saussure, qui signifie tout simplement « système »). La dimension proprement imaginaire se manifeste
à travers ce que j'appelle *langue*. Ainsi, dans un certain
contexte, des phrases telles que : « Passe-moi le marteau »,
ou « Dans tout triangle, la somme des angles est égale à
deux droits », appartiennent au *code*. Des phrases comme :
« Dans la nuit de l'Absolu, toutes les vaches sont noires »,
ou : « Un soir, j'ai assis la Beauté sur mes genoux. Et je l'ai
trouvée amère. Et je l'ai injuriée », appartiennent à la
langue. La distinction entre code et langue – plus généralement, entre la dimension ensembliste-identitaire et la
dimension proprement imaginaire – n'est évidemment pas
une distinction de « substance », mais une distinction
d'usage et d'opération. (Depuis que je les connais, j'ai
trouvé que les énoncés : « Tout corps fini est commutatif »,
ou : « Le spectre de tout opérateur hermitien est nécessairement réel », sont parmi les plus beaux vers jamais écrits.)
Les deux dimensions sont, pour utiliser une métaphore
topologique, partout denses dans le langage et dans la vie
sociale. Cela veut dire : « aussi près qu'on voudra » de
chaque « point » du langage, il existe un « élément » appartenant à la dimension ensembliste-identitaire – et aussi un
« élément » appartenant à la dimension proprement imaginaire. Le poème surréaliste le plus fou contient encore de
la « logique » en quantité indéfinie – mais, « par » cette
« logique », il matérialise l'Autre de la « logique ». L'arithmétique et la mathématique sont partout, dans Bach ; mais
ce n'est pas parce qu'il contient de l'arithmétique et de la
mathématique que *Le Clavier bien tempéré* est ce qu'il est.

   Ainsi, les significations imaginaires sociales dans une
société donnée nous présentent un type d'organisation
inconnu jusqu'ici dans d'autres domaines. J'appelle ce
type un *magma*. Un magma « contient » des ensembles – et
même un nombre indéfini d'ensembles –, mais *n'est pas*

réductible à des ensembles ou à des systèmes d'ensembles, aussi riches et complexes soient-ils. (Cette réduction est l'entreprise sans espoir du fonctionnalisme et du structuralisme, du causalisme et du finalisme, du matérialisme et du rationalisme dans le domaine social-historique.) Et pas davantage un magma ne peut être reconstitué « analytiquement », à savoir au moyen de catégories et d'opérations ensemblistes. L'« ordre » et l'« organisation » sociaux sont irréductibles aux notions habituelles de l'ordre et de l'organisation en mathématique, en physique ou même en biologie – du moins, telles que ces notions sont conçues jusqu'ici. Mais ce qui importe ici n'est pas cette négation, mais l'assertion positive : le social-historique *crée* un type ontologique nouveau d'ordre (d'unité, cohésion et différenciation organisée).

Qu'il me soit permis d'ajouter un corollaire. Si l'on accepte le lemme suivant (à mes yeux évident) : des théories déterministes ne peuvent exister que comme des systèmes ensemblistes-identitaires d'énoncés, capables d'induire une organisation ensembliste-identitaire exhaustive de leur « domaine d'objets », alors il est clair qu'aucune théorie déterministe du social-historique ne peut prétendre à plus qu'à une validité très partielle et lourdement conditionnelle. (Par théories « déterministes », j'entends évidemment aussi des théories « probabilistes » au sens propre, c'est-à-dire des théories qui assignent des probabilités *définies* aux événements ou classes d'événements.)

Pour en venir maintenant à ma deuxième question : le social-historique ne crée pas seulement, une fois pour toutes, un type ontologique nouveau d'ordre, caractéristique du genre « société ». Ce type est, chaque fois, « matérialisé » par le moyen de *formes* autres, dont chacune incarne une *création*, un nouvel *eidos* de société. À part l'existence d'institutions et de significations imaginaires sociales, et trivialités mises de côté, rien de substantiel n'est

commun à la société capitaliste moderne et à une société
« primitive ». Et, si ce que j'ai dit jusqu'ici est vrai, il n'y a
et il ne pourrait pas y avoir des « lois » ou des « procédures » déterminées moyennant lesquelles une forme donnée de société pourrait « produire » une autre société ou
« causer » son apparition. Les tentatives visant à « dériver »
les formes sociales à partir des « conditions physiques »,
des « antécédents » ou des caractéristiques permanentes de
l'« homme » échouent régulièrement – et, pis encore, elles
sont privées de sens. L'ontologie et la logique héritées sont,
ici, démunies, car elles sont condamnées à ignorer l'être
propre du social-historique. Non seulement cette logique et
cette ontologie ne peuvent voir dans la création qu'un mot,
et un mot obscène (sauf dans un contexte théologique où
cependant, comme indiqué plus haut, seule une pseudo-
création est prise en considération). Elles sont aussi irrésistiblement poussées à demander : création *par qui* ? Mais la
création, en tant qu'œuvre de l'imaginaire social, de la
société *instituante* (*societas instituans*, non pas *societas ins-
tituta*) est le mode d'être du champ social-historique
moyennant lequel ce champ *est*. La société est auto-création qui se déploie comme histoire. Certes, reconnaître cela
et arrêter de poser des questions privées de sens sur les
« sujets » et les « substances », ou les « causes », requiert
une conversion ontologique radicale.

Cela ne veut pas dire que la création historique a lieu
sur une table rase – pas plus que René Thom n'a besoin
de craindre que je fasse une apologie de la paresse. Au
contraire : comme le montrent les principes mêmes de
l'« économie de la pensée » et de la « simplicité », le déterminisme est *la* méthodologie de la paresse par excellence.
Aucun besoin de penser sur cet événement particulier, si
l'on possède sa « loi » générale. Et si nous pouvions écrire
l'hyper-équation globale et ultime de l'Univers, nous pourrions dormir béatement pour le reste des temps. Il y a toujours une masse fantastique et fantastiquement complexe de

choses existantes et de conditions partielles, et c'est à son intérieur qu'a lieu la création historique. Et il y a aussi une recherche utile et pleine de sens, recherche immense et en fait interminable, autour de la question : qu'y avait-il dans l'« ancien » qui, d'une manière ou d'une autre, « préparait le nouveau » ou se rapportait à celui-ci ? Mais ici encore, le principe de la « clôture » intervient avec tout son poids. Pour le dire brièvement : *l'ancien entre dans le nouveau avec la signification que le nouveau lui donne et ne pourrait pas y entrer autrement.* Pour s'en convaincre, il suffit de se rappeler comment des idées et des éléments grecs anciens, ou chrétiens, ont été, pendant des siècles, continuellement « redécouverts » et re-modelés (ré-interprétés) dans le monde occidental en vue de satisfaire ce qu'on appelle, mal, les « besoins », c'est-à-dire en vérité les schèmes imaginaires, du « présent ». Pendant très longtemps, nous avions des philologues et des chercheurs travaillant sur l'Antiquité classique. Nous avons depuis quelque temps une nouvelle discipline scientifique [qu'on appelle parfois « historiographie »], qui enquête sur les changements des vues de l'Occident concernant l'Antiquité classique. Et il est à peine nécessaire d'ajouter que ces enquêtes nous instruisent beaucoup plus sur les XVIe ou XVIIIe ou XXe siècles occidentaux que sur l'Antiquité classique.

De même, nous ne pouvons pas renoncer à la tentative d'établir, autant que possible, les connexions et régularités « causales » ou « quasi causales » qui apparaissent dans le domaine social-historique, portées par sa dimension ensembliste-identitaire. Mais il suffit de mentionner, à cet égard, l'état et le destin de l'économie politique, pour montrer les limites très étroites de ce type d'approche même là où il s'agirait de son domaine « naturel » et privilégié, et la nécessité de tenir solidement compte, si l'on veut y comprendre quoi que ce soit, de tout le magma de la réalité social-historique où se trouvent immergées les relations économiques quantifiables et déterminées.

Notre deuxième question était : comment des formes social-historiques nouvelles émergent-elles ? La réponse est, simplement : par création. A cette réponse, la mentalité traditionnelle réagirait en ricanant : « vous n'offrez qu'un mot ». J'offre un mot pour un fait – une classe de faits – qui a été, jusqu'ici, recouvert et qui doit, désormais, être reconnu. De ces faits, il se trouve que nous avons, dans une certaine mesure, une expérience « directe » : nous avons été, pour ainsi dire, témoins, indirectement ou directement, de l'émergence de formes social-historiques nouvelles. Par exemple, de la création de la *polis* démocratique en Grèce ancienne ; ou, beaucoup plus, du capitalisme occidental ; ou, encore plus – *de visu* – de la bureaucratie totalitaire en Russie après 1917. Dans chacun de ces cas, il y a beaucoup à dire et un travail interminable à faire, sur les conditions précédant et entourant ces émergences. Nous pouvons *élucider* ces processus ; mais non pas les « expliquer ». Une « explication » impliquerait soit la dérivation de significations à partir de non-significations, ce qui est privé de sens ; soit la réduction de tous les magmas de significations apparaissant dans l'histoire aux diverses combinaisons d'un petit nombre d'« éléments de signification » déjà présents « dès le début » dans l'histoire humaine, ce qui est manifestement impossible (et conduirait de nouveau à la question : comment donc ces « premiers éléments » ont-ils surgi ?).

Pour prendre un exemple particulier, et un schème explicatif spécifique (et à la mode) : considérons l'émergence du capitalisme, et un abord néo-darwinien possible de la question qu'elle pose. Nous *n'*observons *pas* en Europe occidentale, entre, disons, le XIIᵉ et le XVIIIᵉ siècle, une production « aléatoire » d'un nombre immense de variétés de sociétés, et l'élimination de toutes sauf une parmi ces variétés comme « inaptes », sélectionnant le capitalisme comme la seule forme sociale « apte ». Ce que nous observons, c'est l'émergence d'une nouvelle signification imaginaire sociale : l'expansion illimitée de la maîtrise « rationnelle » (qui s'instrumente, pour commencer, dans l'expansion illimitée des forces productives), qui va de pair avec le travail d'un grand nombre de facteurs d'une diversité extrême. *Ex post*, et une fois en possession du résultat, nous ne pouvons nous empêcher d'admirer la *synergie* (incroyable et énigmatique) de ces facteurs dans la « production » d'une forme, le capitalisme, qui n'était « visée » par aucun acteur ou groupe d'acteurs, et qui ne pourrait certainement pas être « construite » par un assemblage aléatoire d'« éléments » préexistants. Mais, dès que nous fixons le regard sur cette signification imaginaire sociale nouvelle et émergente, l'expansion illimitée de la maîtrise « rationnelle », nous pouvons comprendre beaucoup plus : ces « éléments » et ces « facteurs » entrent dans l'institution capitaliste de la société si et lorsqu'ils peuvent être « utilisés » par elle ou s'insérer dans son instrumentalité – et cela se fait, la moitié du temps, parce qu'ils sont attirés, pour ainsi dire, à l'intérieur de la sphère capitaliste des significations et se trouvent de ce fait investis d'un sens nouveau. Un bel exemple de cela est la création par la monarchie absolue de l'appareil d'État moderne et centralisé, que Tocqueville a décrite dans *L'Ancien Régime et la Révolution* : conçu et construit pour servir le pouvoir absolu du Monarque, cet appareil est devenu le porteur idéal de la domination impersonnelle de la « rationalité » capitaliste[d].

De la même manière, je doute que les principes d'« ordre à partir du bruit » ou « organisation à partir du bruit » puissent aider à élucider l'émergence de formes sociales nouvelles. Comme je l'ai dit plus haut, je ne pense pas que l'on puisse parler de « bruit », au sens rigoureux, à propos d'une société. Même le terme « désordre » n'est pas à sa place ici. Ce qui apparaît comme « désordre » à l'intérieur d'une

---

d. *Cf.* « Marxisme et théorie révolutionnaire », *Socialisme ou Barbarie*, n° 37 (juillet-septembre 1964), p. 32-43 ; maintenant dans *L'Institution imaginaire de la société, op. cit.*, p. 61-73 [rééd. « Points Essais », p. 66-79].

société est, en réalité, quelque chose d'interne à son institution, *significatif et négativement évalué* – et cela est
quelque chose de tout à fait différent. Les seuls cas où nous
pourrions parler correctement de « désordre » sont, je
pense, ceux de « vieux système en crise » ou « en cours
d'effondrement ». Par exemple, le monde romain tardif –
ou plusieurs sociétés du Tiers Monde aujourd'hui. Dans le
premier cas, un nouveau « principe unificateur », un nouveau magma de significations imaginaires sociales a finalement émergé avec le christianisme. Je ne vois aucune relation du « désordre » précédent avec cette émergence, sauf
celle d'une « condition négative ». Dans le deuxième cas –
celui des pays du Tiers Monde –, aucun « principe unificateur » nouveau ne semble émerger, et le processus d'effondrement de l'ordre ancien ne fait que continuer –, sauf dans
les cas (qui *ne* sont *pas* les plus fréquents) où des « principes unificateurs » sont importés avec succès de l'étranger.
Pour prendre un autre exemple, qui éclaire un autre aspect
de la question : lorsque la proto-bourgeoisie commence
à émerger dans le cadre général de la société féodale
(XIIe-XIIIe siècles), traiter ce phénomène comme « bruit »
ou « désordre » n'a pas beaucoup de sens ; cela ne serait,
au mieux, légitime que d'un point de vue « féodal ». Car ce
« bruit » ou « désordre » est, dès ses premiers débuts, porteur d'un (nouvel) ordre et de (nouvelles) significations, et
ne peut, *matériellement*, exister *qu'en étant* ce porteur.

Mais ce qui, par-dessus tout, établit, me semble-t-il, la
différence radicale entre le monde biologique et le monde
social-historique est l'émergence, au sein de ce dernier, de
l'*autonomie* – ou d'un sens nouveau de l'autonomie. Dans
l'usage que fait de ce mot Varela (et que je regrette, comme
je me suis permis de lui dire), l'« autonomie » du vivant *est*
sa clôture – sa clôture organisationnelle, informationnelle,
cognitive. Cette clôture signifie que le fonctionnement du
« soi » vivant et sa correspondance avec les divers « cela »
ou « choses » qui lui sont extérieurs sont gouvernés par des

règles, des principes, des lois, des sens qui sont posés par le vivant mais qui, une fois posés, sont donnés une fois pour toutes et dont le changement, lorsqu'il survient, est, semble-t-il, « aléatoire ». Mais cela est exactement ce que nous appellerions – et que j'appelle – *hétéronomie* dans le domaine humain et social-historique : l'état où les lois, les principes, les normes, les valeurs et les significations sont donnés une fois pour toutes et ou la société, ou l'individu, selon les cas, n'a aucune possibilité d'agir sur eux. Un exemple extrême, mais parfaitement éclairant, de ce que serait l'« autonomie » la plus complète au sens de Varela et l'hétéronomie la plus complète dans mon usage des termes est celui de la psychose paranoïaque. Le paranoïaque a créé, une fois pour toutes, son propre système interprétatif, absolument rigide et recouvrant tout, et rien ne peut jamais pénétrer dans son monde sans être transformé suivant les règles de ce système. (Bien entendu, sans une certaine dose de paranoïa, aucun de nous ne pourrait survivre.) Mais un exemple beaucoup plus courant et massif nous est fourni par toutes les sociétés « primitives », comme aussi par toutes les sociétés religieuses, où les règles, les principes, les lois, les significations, etc., sont posés comme étant donnés une fois pour toutes, et où leur caractère indiscuté et indiscutable est garanti institutionnellement par la représentation instituée d'une source, d'un fondement et d'une garantie extra-sociaux de la loi, des significations, etc. : de toute évidence, vous ne pouvez pas changer la loi de Dieu, ni dire que cette loi est injuste (ce dernier énoncé serait, dans une telle société, impensable et incompréhensible – autant que « *Big Brother is ungood* » l'est dans la phase finale du *Newspeak*). Nous observons dans ce cas (comme aussi dans le totalitarisme) l'« autonomie » la plus grande possible, la « clôture » la plus complète possible du sens et de l'interprétation – c'est-à-dire l'*hétéronomie* la plus pleine possible, de notre point de vue.

Et quelle est l'origine de « notre point de vue » ? Une

autre création historique, une brisure ou rupture historique qui a lieu pour la première fois en Grèce ancienne, puis de nouveau en Europe occidentale à la fin du Moyen Age, moyennant laquelle est créée, pour la première fois, l'autonomie au sens propre : l'autonomie non pas comme *clôture*, mais comme *ouverture*. Ces sociétés représentent, derechef, une forme nouvelle d'être social-historique – et, en fait, d'être tout court : pour la première fois dans l'histoire de l'humanité, de la vie et, pour autant que nous sachions, de l'Univers, on est en présence d'un être qui met ouvertement en question sa propre loi d'existence, son propre ordre donné.

Ces sociétés mettent en cause leur propre institution, leur représentation du monde, leurs significations imaginaires sociales. C'est ce qui est, évidemment, impliqué par la création de la démocratie et de la philosophie qui, toutes les deux, brisent la clôture de la société instituée qui prévaut jusqu'alors et ouvrent un espace dans lequel les activités de la pensée et de la politique conduisent à mettre et à remettre en question, encore et encore, non seulement la forme *donnée* de l'institution sociale et de la représentation sociale du monde, mais les fondements possibles de *n'importe quelle* forme de ce type. L'autonomie prend ici le sens d'une auto-institution de la société, auto-institution désormais plus ou moins *explicite* : nous faisons les lois, nous le savons, nous sommes ainsi responsables de nos lois et donc nous avons à nous demander chaque fois pourquoi cette loi plutôt qu'une autre ? Cela implique évidemment aussi l'apparition d'un nouveau type d'être historique au plan individuel, c'est-à-dire d'un individu autonome, qui peut *se demander* – et aussi *demander* à voix haute : « Est-ce que cette loi est juste ? » Tout cela va de pair avec la lutte contre le vieil ordre et les vieux ordres hétéronomes, lutte qui, c'est le moins qu'on puisse dire, est loin d'être terminée.

C'est cette création historique de l'autonomie, et, je le répète, d'un nouveau type d'être capable de mettre en question les lois mêmes de son existence, qui conditionne pour nous aussi bien la possibilité de la discussion d'aujourd'hui que, ce qui est beaucoup plus important, celle d'une véritable action politique, d'une action visant une nouvelle institution de la société, réalisant pleinement le projet d'autonomie. Mais cela est une autre histoire.

Septembre 1981

POLIS

Une interrogation sans fin[*]

EMMANUEL TERRÉE : – *Un spectre hante l'Europe des intellectuels : le spectre du totalitarisme. Il en découle un repli frileux sur soi entre Européens possédant une expérience démocratique que l'on oppose à un Tiers Monde longtemps porteur d'espoir et aujourd'hui suspect de toutes les tentations et déviations totalitaires ; puis, à l'intellectuel engagé, plein de certitudes mais aussi parfois de générosité, succède un intellectuel plus réservé mais aussi plus soucieux d'éthique. Que pensez-vous de ce double mouvement de repli ?*

CORNELIUS CASTORIADIS : – Il n'y a pas de repli possible sur l'Europe. C'est une illusion, c'est la politique de l'autruche. Ce n'est pas le « repli » de quelques intellectuels qui changera quoi que ce soit à la réalité contemporaine, essentiellement mondiale. C'est aussi une attitude tout à fait « anti-européenne ». Il y a une et une seule singularité qualitative de l'Europe, du monde gréco-occidental, qui compte pour nous, c'est la création de l'universalité, l'ouverture, la mise en question critique de soi-même et de sa propre tradition.

Les « intellectuels de gauche » ont depuis longtemps essayé d'esquiver le problème politique véritable. Ils ont constamment cherché quelque part une « entité réelle », qui

* Entretien avec Emmanuel Terrée et Guillaume Malaurie, réalisé le 1er juillet 1979 et publié dans *Esprit*, septembre-octobre 1979

jouerait le rôle de sauveur de l'humanité et de rédempteur de l'histoire. Ils ont cru d'abord la trouver dans un prolétariat idéal et idéalisé, puis dans le Parti communiste qui le « représenterait ». Ensuite, sans faire une analyse des raisons de l'échec, provisoire ou définitif peu importe, du mouvement ouvrier révolutionnaire dans les pays capitalistes, ils ont biffé ces pays et ont reporté leur croyance sur les pays du Tiers Monde. Gardant le schéma de Marx dans ses aspects les plus mécaniques, ils ont voulu mettre les paysans africains ou vietnamiens à la place du prolétariat industriel, et leur y faire jouer le même rôle. Maintenant certains, dans ce mouvement pendulaire de oui à non qui masque leur absence de pensée, crachent sur le Tiers Monde pour des raisons aussi stupides que celles qui les faisaient l'adorer. Ils expliquaient que la démocratie, la liberté, etc., étaient des mystifications occidentales et bourgeoises dont les Chinois n'auraient pas besoin ; à présent, ils laissent entendre que ces barbares ne sont pas encore mûrs pour ces biens trop précieux. Mais il a suffi d'une petite ouverture dans la trappe totalitaire à Pékin il y a quelques mois pour voir, ô miracle, que malgré Peyrefitte, Sollers et Kristeva, les Chinois n'étaient pas tellement différents de nous à cet égard et qu'ils revendiquaient des droits démocratiques dès qu'ils avaient la possibilité de le faire.

E. T. : – *Il semble que les intellectuels ont rompu avec l'engagement et se préoccupent plus d'éthique. Comment pensez-vous que les intellectuels peuvent établir un lien entre eux-mêmes et le mouvement de la société ?*

C. C. : – Le « repli sur l'éthique » est, au mieux, une « fausse conclusion » tirée de l'expérience du totalitarisme, et joue actuellement comme une mystification. Que montre – que montrait, depuis longtemps – l'expérience des pays du Tiers Monde ? Que des révoltes populaires qui, dans ces pays, provoquent ou accompagnent l'effondrement des sociétés traditionnelles ont toujours été, jusqu'ici, canalisées et récupérées par une bureaucratie (le plus souvent, de type « marxiste-léniniste », bien que maintenant l'on puisse espérer qu'il y aura aussi des bureaucraties monothéistes), qui en profite pour accéder au pouvoir et installer un régime totalitaire. Or cela pose le problème *politique* du totalitarisme – de même que ce problème a été posé en Europe à partir d'autres évolutions. Bien évidemment, devant ce problème toutes les conceptions héritées, le marxisme comme le libéralisme, se trouvent en faillite totale, là-bas comme ici. C'est ce problème que nous devons affronter, au plan théorique comme au plan pratique. Le « repli sur l'éthique » est à cet égard une esquive, et une dérision de l'éthique elle-même. Il n'y a pas d'éthique qui s'arrête à la vie de l'individu. A partir du moment où la question sociale et politique est posée, l'éthique communique avec la politique. Le « ce que je dois faire » ne concerne pas et ne peut pas concerner seulement mon existence individuelle, mais mon existence en tant qu'individu qui participe à une société dans laquelle il n'y a pas de tranquillité historique, mais où le problème de son organisation, de son institution, est ouvertement posé. Et il est posé aussi bien dans les pays « démocratiques » que dans les pays totalitaires. C'est l'expérience même du totalitarisme, et sa possibilité toujours présente, qui montre l'urgence du problème politique en tant que problème de l'institution d'ensemble de la société. Dissoudre ce problème dans des attitudes prétendument « éthiques » équivaut, en fait, à une mystification.

Maintenant, lorsque l'on parle du rôle et de la fonction des intellectuels dans la société contemporaine, il faut établir des distinctions et éviter les simplifications et les superficialités qui commencent à se propager. On tend actuellement à faire des intellectuels une « classe » à part, et même à prétendre qu'ils sont en train d'accéder au pouvoir. On reprend, une fois de plus, le même schéma marxiste

éculé, et on le rafistole en y plaçant les « intellectuels »
comme « classe montante ». C'est une variante de la même
platitude que la « technocratie » ou la « technostructure ».
Dans les deux cas, on évacue en fait la spécificité du
fait moderne par excellence à cet égard : l'émergence et la
domination de l'*Appareil bureaucratique*, qui invoque la
« technicité » ou la « théorie » comme voile de son pouvoir,
mais n'a rien à voir ni avec l'une ni avec l'autre.

On peut le voir très clairement dans les pays occidentaux : ce ne sont pas les techniciens qui dirigent la Maison-
Blanche, ou l'Élysée, ou les grandes firmes capitalistes,
ou les États. Lorsqu'ils montent à des positions de pouvoir,
ce n'est pas moyennant leurs capacités de technicien, mais
leurs capacités de combine et d'intrigue (Giscard est nul en
tant qu'« économiste », mais plus qu'astucieux quand il
s'agit de crocs-en-jambe « politiques »).

On peut le voir aussi dans tous les partis et les pays de la
mouvance « marxiste » ou « marxiste-léniniste ». Une des
farces à multiples tiroirs de l'histoire – qui montre combien
il est ridicule de remplacer l'analyse sociale et historique
par de simples recherches sur la filiation des idées – c'est
l'affaire des rapports de la « théorie » et du mouvement
effectif de la classe ouvrière. On connaît la conception de
Kautsky-Lénine, selon laquelle ce sont les intellectuels
petits-bourgeois qui introduisent, de l'extérieur, le socialisme dans la classe ouvrière. On a à juste titre critiqué cette
théorie, moi aussi entre autres. Mais il faut voir qu'elle est à
la fois, paradoxalement, fausse et vraie. Fausse, parce que
ce qu'il y a eu comme socialisme, c'est le prolétariat qui
l'a produit, et non pas une « théorie » quelconque, et que, si
les conceptions socialistes devaient être « introduites de
l'extérieur » dans le prolétariat, elles cesseraient, *de ce fait
même*, d'avoir quelque rapport que ce soit avec le socialisme. Mais « vraie » aussi, si par « socialisme » on entend
le marxisme, car celui-ci, il a bel et bien fallu l'inoculer,
l'introduire de l'extérieur, l'imposer finalement presque de

force au prolétariat. Maintenant – autre tiroir – au nom de cette conception, les partis marxistes ont toujours prétendu être *les* partis de la classe ouvrière, la représentant « essentiellement » ou « exclusivement », *mais* au nom de leur possession d'une théorie, laquelle, en tant que théorie, ne peut être qu'en la possession des intellectuels. C'est déjà assez drôle. Mais le meilleur c'est que dans ces partis ce n'étaient en fait ni les ouvriers, *ni les intellectuels* comme tels qui dominaient et dominent. Cela a été un genre d'homme nouveau, l'*apparatchik* politique, qui n'était pas un intellectuel mais un demi-analphabète – comme Thorez en France ou Zachariadis en Grèce. Il existait dans la IIIe Internationale à peu près un seul intellectuel que l'on puisse lire encore aujourd'hui : c'était Lukács. Il n'y était rien. Staline, qui écrivait des choses infantiles et illisibles, y était tout. Voilà les rapports *effectifs* entre la théorie et la pratique à travers les multiples inversions qu'ils subissent dans la *camera obscura* de l'histoire.

Dans la société contemporaine, où certes la « production » et l'utilisation du « savoir » ont pris une place énorme, il y a prolifération d'« intellectuels » ; mais, en tant que participants à cette production et utilisation, ces intellectuels n'ont qu'une spécificité très restreinte ; dans leur grande majorité, ils s'intègrent dans les structures de travail et de rémunération existantes, la plupart du temps dans les structures bureaucratiques-hiérarchiques. Et, par là même, ils cessent d'avoir, que ce soit en fait ou en droit, une position, une fonction, une vocation spécifiques. Ce n'est pas parce que quelqu'un est informaticien, spécialiste de telle branche de la biologie, de la topologie algébrique ou de l'histoire des Incas qu'il a quelque chose de particulier à dire sur la société.

La confusion se fait parce qu'il y a une autre catégorie de gens, numériquement très restreinte, qui ont affaire, fût-ce à partir d'une spécialisation, avec les « idées générales » et à partir de là revendiquent ou peuvent revendiquer une autre

fonction – une fonction « universelle ». C'est là une tradition vivace, du moins sur le continent. Évidemment, elle
commence déjà dans l'Antiquité, lorsque le philosophe
cesse d'être philosophe-citoyen (Socrate) et, « s'extrayant »
de sa société, parle *sur* elle (Platon). On sait comment elle
est reprise en Occident, et l'apogée qu'elle atteint pendant
le siècle des Lumières (mais aussi après : Marx). En France,
c'est devenu une sorte de péché mignon national, avec des
formes risibles : tout normalien ou agrégatif de philo part
dans la vie avec l'idée qu'il a un bâton de Voltaire ou
de Rousseau dans son cartable. Les trente-cinq dernières
années en fournissent une liste plus qu'hilarante d'exemples.

Cela dit, il est évident que le problème de la société et de
l'histoire – et de la politique – ne peut pas être dissous entre
une liste de spécialistes, que donc quelques-uns, à partir
ou non d'une spécialisation, en font l'objet de leur préoccupation et de leur travail. Si nous parlons de ceux-là, nous
devons comprendre le rapport étrange, ambigu, contradictoire qu'ils entretiennent avec la réalité sociale et historique
qui est par ailleurs leur objet privilégié. Ce qui caractérise
ce rapport, c'est évidemment la distance qu'ils ont nécessairement vis-à-vis du mouvement effectif de la société.
Cette distance leur permet de ne pas être noyés dans les
choses, de pouvoir essayer de dégager des grandes lignes,
des tendances. Mais en même temps elle les rend plus
ou moins étrangers à ce qui se passe effectivement. Et
jusqu'ici, dans ce rapport ambigu, contradictoire, aux deux
termes antinomiques, un des termes a été surchargé, en
fonction de tout l'héritage théoriciste qui commence avec
Platon, qui a été transmis à travers les siècles et dont Marx
lui-même a hérité, malgré quelques tentatives de s'en dégager. L'intellectuel qui s'occupe d'idées générales est porté
par toute sa tradition et tout son apprentissage à privilégier
sa propre élaboration théorique. Il pense qu'il peut trouver
la vérité sur la société et l'histoire dans la Raison ou dans la
théorie – non pas dans le mouvement effectif de l'histoire

elle-même, et dans l'activité vivante des humains. Il occulte d'avance le mouvement historique comme création. Par là, il peut être extrêmement dangereux pour lui-même et pour les autres. Mais je ne pense pas qu'il y a là une impasse absolue. Car il peut aussi *participer* à ce mouvement, à condition de comprendre ce que cela veut dire : non pas s'inscrire à un parti pour en suivre docilement les ordres, ni simplement signer des pétitions. Mais *agir* en tant que *citoyen*.

E. T. : – *Vous aviez dit à* Esprit *en février 1977 : il ne peut pas y avoir de savoir rigoureux sur la société*[a]. *On assiste depuis à une hécatombe des savoirs globalisants (le marxisme, la psychanalyse, la philosophie du désir), ce qui confirme votre affirmation. Reste la question de penser le présent. Ce présent est tissé de crises. Est-il possible de penser ces crises de manière non globalisante, mais tout de même satisfaisante ? Ou faut-il accepter de penser en crise, mais alors, de quelle façon ?*

C. C. : – Évitons les malentendus. Qu'il n'y ait pas de savoir rigoureux sur la société ne veut pas dire qu'il n'y a *aucun savoir* de la société, que l'on puisse dire n'importe quoi, que tout se vaut. Il existe une série de savoirs partiels et « inexacts » (au sens où cela s'oppose à « exacts »), mais qui sont loin d'être négligeables quant à l'apport qu'ils peuvent fournir à notre tentative d'élucider le monde social-historique.

Autre risque de malentendu : vous utilisez le terme « globalisant » visiblement avec une connotation critique ou péjorative. Nous sommes d'accord pour condamner l'idée d'un savoir globalisant au sens d'un savoir total ou absolu ;

---

a. Entretien avec Olivier Mongin, Paul Thibaud et Pierre Rosanvallon, réalisé en juillet 1976, publié dans *Esprit*, février 1977, et repris maintenant dans *Le Contenu du socialisme, op. cit.*, p. 323-366.

cela dit, lorsque nous *pensons* la société (je ne parle plus de savoir, mais de pensée), ce mouvement de pensée vise quand même le tout de la société.

La situation n'est pas différente en philosophie. Une pensée philosophique est une pensée qui nécessairement vise le tout dans son objet. Renoncer à l'illusion du « système » ne signifie pas renoncer à penser l'être, ou la connaissance par exemple. Or ici l'idée d'une « division du travail » est visiblement absurde. Voit-on des philosophes décidant : toi, tu vas penser tel aspect de l'être et moi tel autre ? Voit-on un psychanalyste disant à un patient : vous me parlerez de vos problèmes relatifs à l'analité – quant à l'oralité, je vous adresserai à mon collègue X ? Il en va de même pour ce qui est de la société et de l'histoire : une totalité effective est là, déjà d'elle-même, et c'est elle qui est visée. La question première de la pensée du social – comme je la formulais dans *L'Institution imaginaire de la société* – est : qu'est-ce qui tient une société ensemble, qu'est-ce qui fait qu'il y a *une* société, et non pas éparpillement ou dispersion ? Même quand il y a éparpillement ou dispersion, c'est encore un éparpillement, une dispersion *sociaux*, non pas celle des molécules d'un gaz contenu dans un récipient que l'on aurait percé.

La visée du tout lorsque l'on pense la société est inévitable ; elle est *constitutive* de cette pensée. Et elle l'est tout autant lorsque l'on pense la société non pas dans une perspective théorique, mais dans une perspective politique. Le problème politique est celui de l'institution globale de la société. Si l'on se situe à ce niveau-là, et non à celui des élections européennes par exemple, on est obligé de se poser les questions de l'institution, de la société instituante et de la société instituée, du rapport de l'une à l'autre, de la concrétisation de tout cela dans la phase actuelle. Il faut dépasser l'opposition entre l'illusion d'un savoir global sur la société et l'illusion que l'on pourrait se rabattre sur une série de disciplines spécialisées et fragmentaires. C'est le terrain même sur lequel cette opposition existe qui doit être détruit.

Penser la crise, ou pensée en crise : certes, nous avons à penser la crise de la société et, certes, notre pensée n'étant pas extérieure à cette société, étant enracinée – si elle vaut quelque chose – dans ce monde social-historique, cette pensée ne peut être elle-même qu'en crise. C'est à nous d'en *faire* quelque chose.

E. T. : – *Et la société française ? C'est elle qui nous préoccupe. Selon vous, il existe un projet révolutionnaire vieux de deux siècles ; et il y a homologie de significations entre toutes les révoltes qui renvoient à ce projet. Qu'en est-il aujourd'hui des révoltes ? On donne toujours en exemple la lutte des femmes, les immigrés, l'expérimentation sociale, les luttes antinucléaires. Mais ces lieux de tension, ces terrains d'affrontement ne correspondent-ils pas à des déficiences du système social susceptibles de régulation et même d'annihilation à terme ?*

C. C. : – Je commencerai par une remarque plus générale. La leçon principale que nous pouvons tirer de l'expérience du siècle dernier, du destin du marxisme, de l'évolution du mouvement ouvrier – qui n'est, du reste, nullement originale –, est que l'histoire est le domaine du risque et de la tragédie. Les gens ont l'illusion de pouvoir en sortir, et l'expriment par cette demande : produisez-moi un système institutionnel qui *garantira* que cela ne tournera jamais mal ; démontrez-moi qu'une révolution ne dégénérera jamais, ou que tel mouvement ne sera jamais récupéré par le régime existant. Mais formuler cette exigence, c'est rester dans la mystification la plus complète. C'est croire qu'il pourrait y avoir des dispositions sur le papier qui pourraient, indépendamment de l'activité effective des hommes et des femmes dans la société, assurer un avenir paisible, ou la liberté et la justice. C'est la même chose lorsque l'on cherche – c'est l'illusion marxienne – dans l'histoire un facteur qui serait *positif et rien que positif*; c'est-à-dire, dans la dialectique marxienne, *négatif et rien que négatif*, donc jamais récupérable, jamais positivisable par le système institué. Cette position, assignée par Marx au prolétariat, continue souvent à dominer l'esprit des gens, soit positivement (ainsi certaines féministes semblent dire qu'il y a dans le mouvement des femmes une radicalité inentamable et incorruptible); soit négativement, lorsque l'on dit : pour croire dans tel mouvement, il faudrait nous montrer qu'il est par nature irrécupérable.

Non seulement de tels mouvements n'existent pas, mais il y a beaucoup plus. Tout mouvement partiel non seulement peut être récupéré par le système mais, aussi longtemps que le système n'est pas aboli, contribue quelque part à la continuation du fonctionnement de celui-ci. J'ai pu le montrer, depuis longtemps, sur l'exemple des luttes ouvrières[1]. A son corps défendant, le capitalisme a pu fonctionner non pas *malgré* les luttes ouvrières, mais *grâce* à celles-ci. Mais on ne peut pas s'arrêter à cette constatation; sans ces luttes, nous ne vivrions pas dans la société où nous vivons, mais dans une société fondée sur le travail d'esclaves industriels. Et ces luttes ont mis en question des significations imaginaires centrales du capitalisme : propriété, hiérarchie, etc.

On peut en dire autant du mouvement des femmes, du mouvement des jeunes et, malgré sa confusion extrême, du mouvement écologique. Ils mettent en cause des significations imaginaires centrales de la société instituée et, en même temps, ils *créent* quelque chose. Le mouvement des femmes tend à détruire l'idée d'un rapport hiérarchique entre les sexes; il exprime la lutte des individus de sexe

1. *Cf.* « Sur le contenu du socialisme, III » (1958), « Prolétariat et organisation, I » (1958), « Le mouvement révolutionnaire sous le capitalisme moderne » (1960-1961), « La question de l'histoire du mouvement ouvrier » (1973), repris maintenant dans *L'Expérience du mouvement ouvrier*, vol. I et II, *op. cit.*, et *Capitalisme moderne et Révolution*, vol. II, *op. cit.*

féminin pour leur autonomie ; comme les rapports entre les sexes sont nucléaires dans toute société, il affecte toute la vie sociale et ses répercussions restent incalculables. De même, pour ce qui est du changement des rapports entre générations. Et, en même temps, femmes et jeunes (et par là aussi, hommes et parents) sont *obligés* de continuer de vivre, donc de vivre *autrement*, de faire, de chercher, de créer quelque chose. Certes, ce qu'ils font reste nécessairement intégré dans le système, aussi longtemps que le système existe : c'est une tautologie. (L'industrie pharmaceutique fait des profits sur les contraceptifs ; et alors ?) Mais, en même temps, le système est miné dans ses points essentiels de soutènement : dans les formes concrètes de la domination, et dans l'*idée* même de domination.

Je reviens maintenant au premier volet de votre question : ces mouvements peuvent-ils être unifiés ? C'est évident, au niveau abstrait, qu'ils doivent être unifiés. Et le fait, très important, est qu'ils ne le sont pas. Et cela n'est pas un hasard. Si le mouvement des femmes, ou le mouvement écologique, se rebiffent tellement devant ce qu'ils appelleraient probablement leur politisation, c'est qu'il y a, dans la société contemporaine, une expérience de la dégénérescence des organisations politiques qui va très loin. Il ne s'agit pas seulement de leur dégénérescence organisationnelle, de leur bureaucratisation ; mais aussi de leur pratique, de ce que les organisations « politiques » n'ont plus rien à voir avec la vraie politique, que leur seule préoccupation est la pénétration ou la conquête de l'appareil d'État. L'impossibilité actuelle d'unification de ces divers mouvements traduit un problème infiniment plus général et plus lourd : celui de l'activité politique dans la société contemporaine et de son organisation.

GUILLAUME MALAURIE : – *On peut le voir avec ce qui se passe dans l'extrême gauche française, ou avec les écologistes qui hésitent à se constituer comme un parti...*

C. C. : – On ne demande pas aux écologistes de se constituer comme un parti ; on leur demande de voir clairement
que leurs positions mettent en cause, à juste titre, l'ensemble de la civilisation contemporaine et que ce qui leur
tient à cœur n'est possible qu'au prix d'une transformation
radicale de la société. Le voient-ils ou non ? S'ils le voient,
et qu'ils disent : pour l'instant, tout ce que l'on peut faire
c'est se battre contre la construction de telle centrale
nucléaire, c'est une autre affaire. Mais, très souvent, on
a l'impression qu'ils ne le voient pas. Du reste, même s'il
s'agit d'une centrale nucléaire, le problème général apparaît immédiatement. Ou bien il faut dire aussi qu'on est
contre l'électricité ; ou bien il faut mettre en avant une autre
politique énergétique, et cela met en cause toute l'économie, et toute la culture. Le gaspillage constamment accru
d'énergie est du reste *organiquement incorporé* dans le
capitalisme contemporain, dans son économie, jusques et
y compris dans le psychisme des individus. Je connais des
écologistes qui n'éteignent pas la lumière en sortant d'une
pièce…

E. T. : – *Vous avez écrit que la société moderne est celle
de la* privatisation *croissante des individus, non plus solidaires, mais atomisés. Privatisation et passage d'un social
fécond, vivant, à un social atone ne vont-ils pas de pair ?*

G. M. : – *La société française n'a-t-elle pas trop profondément changé pour qu'un bouleversement global y reste possible ?*

C. C. : – Dire qu'un social atone a pris la place d'un social
fécond, que tout changement radical est désormais inconcevable, voudrait dire que toute une phase de l'histoire,
commencée, peut-être, au XIIe siècle, est en train de s'achever, qu'on entre dans je ne sais quel nouveau Moyen Age,
caractérisé soit par la tranquillité historique (au vu des faits,

l'idée semble comique), soit par des conflits violents et des désintégrations mais sans aucune productivité historique : en somme, une société fermée qui stagne, ou ne sait que se déchirer sans rien créer. (Soit dit par parenthèse, c'est là le sens que j'ai toujours donné au terme « barbarie », dans l'expression : socialisme ou barbarie.)

Il ne s'agit pas de faire des prophéties. Mais je ne pense absolument pas que nous vivons dans une société où il ne se passe plus rien. D'abord, il faut voir le caractère profondément antinomique du processus. Le régime pousse les individus vers la privatisation, la favorise, la subventionne, l'assiste. Les individus eux-mêmes, dans la mesure où ils ne voient pas d'activité collective qui leur offre une issue ou qui simplement *garde un sens*, se retirent dans une sphère « privée ». Mais aussi, c'est le système lui-même qui, au-delà d'une certaine limite, ne peut plus tolérer cette privatisation, car la molécularisation complète de la société aboutirait à l'effondrement ; ainsi on le voit se livrer périodiquement à des tentatives d'attirer à nouveau les gens vers des activités collectives et sociales. Et les individus eux-mêmes, chaque fois qu'ils veulent lutter, se « collectivisent » à nouveau.

Ensuite, on ne peut pas juger des questions de cet ordre sur une perspective courte. J'ai formulé pour la première fois cette analyse, sur la privatisation *et* l'antinomie dont nous venons de parler, en 1959[2]. Plusieurs « marxistes », à l'époque et depuis, n'y ont vu que l'idée de privatisation, et se sont empressés de déclarer que je liquidais les positions révolutionnaires, puis que mon analyse avait été réfutée par les événements des années soixante. Bien entendu, ces événements *confirmaient* ces analyses, aussi bien par leur contenu (et leurs porteurs) « non classique » que par le fait qu'ils ont achoppé précisément sur le *problème politique*

---

2. *Cf.* « Le mouvement révolutionnaire sous le capitalisme moderne », art. cité.

global. Et les années soixante-dix – malgré les grandes secousses subies par le régime – ont, de nouveau, été des années de repli des gens sur leur sphère « privée ».

G. M. : – *Vous définissez l'auto-institution à réaliser comme désacralisée. C'est un corpus provisoire que la société peut redéfinir et transformer toujours à sa guise.*

En fait, la plupart des grandes civilisations comme des grandes révoltes violentent l'histoire à partir d'un mythe réconciliateur des contradictions. Les peuples semblent devenir des forces réelles et efficaces lorsqu'une perspective eschatologique se dessine. Cela semble rendre particulièrement aléatoire le recours à l'énergie critique. Peut-on mobiliser les hommes sur un imaginaire institué provisoire et friable ? Peut-on fonder un rapport à l'institution uniquement sur la raison ?

C. C. : – La désacralisation de l'institution est déjà réalisée par le capitalisme dès le XIXᵉ siècle. Le capitalisme est un régime qui coupe virtuellement toute relation de l'institution à une instance extra-sociale. La seule instance qu'il invoque, c'est la Raison, à laquelle il donne un contenu bien particulier. De ce point de vue, il y a une ambiguïté considérable des révolutions du XVIIIᵉ et du XIXᵉ siècles : la loi sociale est posée comme œuvre de la société, *et* en même temps elle est prétendument fondée sur une « nature » rationnelle ou une « raison » naturelle ou transhistorique. Cela reste finalement *aussi* l'illusion de Marx. Illusion qui est encore un des masques et une des formes de l'hétéronomie : que la loi nous soit dictée par Dieu, par la nature ou par les « lois de l'histoire », elle nous est toujours *dictée*.

L'idée qu'il y a une source et un fondement extra-social de la loi est une illusion. La loi, l'institution est création de la société ; toute société est auto-instituée, mais jusqu'ici elle a garanti son institution en *instituant* une source extra-sociale d'elle-même et de son institution. Ce que j'appelle l'auto-institution *explicite* – la reconnaissance par la société de ce que l'institution est son œuvre – n'implique nullement un caractère « friable » de l'institution ou des significations que celle-ci incarne. Que je reconnaisse dans *L'Art de la fugue* ou les *Élégies de Duino* des œuvres humaines, des créations social-historiques, ne me conduit pas à les considérer comme « friables ». Œuvres humaines ; simplement humaines ? Toute la question est de savoir ce qu'on entend par là. Est-ce que l'homme est « simplement humain » ? S'il l'était, il ne serait pas homme, il ne serait rien. Chacun de nous est un puits *sans fond*, et ce *sans-fond* est, de toute évidence, ouvert sur le *sans-fond* du monde. En temps normal, nous nous agrippons à la margelle du puits, sur laquelle nous passons la plus grande partie de notre vie. Mais *Le Banquet*, le *Requiem*, *Le Château* viennent de ce *sans-fond* et nous le font voir. Je n'ai pas besoin d'un mythe particulier pour reconnaître ce fait ; les mythes eux-mêmes, comme les religions, à la fois ont affaire avec ce *sans-fond* et visent à le masquer : ils lui donnent une *figure* déterminée et précise, qui en même temps reconnaît le *sans-fond* et, en vérité, tend à l'occulter en le *fixant*. Le sacré, c'est le simulacre institué du *sans-fond*. Je n'ai pas besoin de simulacres, et ma modestie me fait penser que, ce que je peux à cet égard, tous le peuvent. Or, derrière vos questions, il y a l'idée que seul un mythe pourrait fonder l'adhésion de la société à ses institutions. Vous savez que c'était déjà l'idée de Platon : le « noble mensonge ». Mais l'affaire est simple. Dès que l'on a parlé de « noble mensonge », le mensonge est devenu mensonge et le qualificatif de « noble » n'y change rien.

On le voit aujourd'hui avec les grotesques gesticulations de ceux qui veulent fabriquer, sur commande, une renaissance de la religiosité pour de prétendues raisons « politiques ». Je présume que ces tentatives mercantiles doivent provoquer la nausée de ceux qui restent vraiment croyants. Des camelots veulent placer cette profonde philosophie de préfet de police libertin : moi je sais que le Ciel est vide, mais les gens doivent croire qu'il est plein, autrement ils n'obéiront pas à la loi. Quelle misère ! Lorsqu'elle existait, lorsqu'elle pouvait exister, la religion était une autre affaire. Je n'ai jamais été croyant ; mais, encore aujourd'hui, je ne peux pas écouter *La Passion selon saint Matthieu* en restant dans mon état normal. Faire renaître ce moyennant quoi *La Passion selon saint Matthieu* est venue au monde dépasse les pouvoirs de la maison Grasset et du trust Hachette. Je pense que croyants et non-croyants seront d'accord pour ajouter : heureusement.

G. M. : – *Mais à part le cas grec, que vous prenez souvent comme exemple, il est vrai que, dans l'histoire, des mythes ont souvent fondé l'adhésion de la société à ses institutions.*

C. C. : – C'est certain ; et non pas souvent, mais presque toujours. Si je mets en avant le cas grec, c'est qu'il a été la première, que je sache, rupture de cet état de choses, qui reste exemplaire et n'a été reprise en Occident qu'au XVIIIe siècle, avec les Lumières et la Révolution.

L'important dans la Grèce ancienne est le mouvement effectif d'instauration de la démocratie, qui est en même temps une philosophie en acte, et qui va de pair avec la naissance de la philosophie au sens strict. Lorsque le *dèmos* instaure la démocratie, il *fait* de la philosophie : il ouvre la question de l'origine et du fondement de la loi. Et il ouvre un espace public, social et historique, de pensée, dans lequel il y a des philosophes, qui pendant longtemps (jusques et y compris Socrate) restent des *citoyens*. Et c'est à partir de l'*échec* de la démocratie, de la démocratie athénienne, que Platon élabore le premier une « philosophie politique », qui est tout entière fondée sur la méconnaissance et l'occultation de la créativité historique de la collectivité (que l'*Épitaphe* de Périclès dans Thucydide exprime avec une profondeur indépassable), et qui n'est plus déjà – comme *toutes* les « philosophies politiques » qui la suivront – qu'une philosophie *sur* la politique, *extérieure* à la politique, à l'activité instituante de la collectivité.

Au XVIIIe siècle, il y a certes le mouvement de la collectivité, qui prend des proportions fantastiques dans la Révolution française. Et il y a la renaissance d'une philosophie politique, laquelle est ambiguë : d'une part elle est, comme on sait, profondément *critique* et libératrice. Mais en même temps elle reste, dans l'ensemble, sous l'emprise d'une métaphysique rationaliste, à la fois quant à ses thèses sur *ce qui est* et quant au fondement de la norme de ce qui *doit être*. Elle pose, généralement, un « individu substantiel » aux déterminations fixes, dont elle veut dériver le social ; et elle invoque une raison, *la* Raison (peu importe si elle la nomme par moments nature ou Dieu), comme fondement dernier, et extra-social, de la loi sociale.

La poursuite du mouvement radicalement critique, démocratique, révolutionnaire, par les Révolutions du XVIIIe et les Lumières d'abord, par le mouvement ouvrier socialiste ensuite, présente des « plus » et des « moins » considérables relativement à la Grèce du VIe et du Ve siècle. Les « plus » sont évidents : la contestation de l'imaginaire social institué par le mouvement ouvrier va beaucoup plus loin, met en cause les conditions instituées *effectives* de l'existence sociale – économie, travail, etc. –, s'universalise en visant, en droit, toutes les sociétés et tous les peuples. Mais on ne peut pas négliger les « moins » : les moments où le mouvement parvient à se dégager pleinement de l'emprise de la société instituée sont rares et, surtout, à partir d'un moment, le mouvement tombe, en tant que mouvement organisé, sous l'influence, exclusive ou prépondérante même lorsqu'elle est indirecte, du marxisme. Or celui-ci, dans ses couches les plus profondes, ne fait que reprendre et porter à la limite les significations imaginaires sociales instituées *par le capitalisme* : centralité de la production et de l'économie, religion plate du « progrès », phantasme social de l'expansion illimitée de la maîtrise « rationnelle ». Ces signications et les modèles d'organisation correspondants sont ré-introduits dans le mouvement ouvrier moyennant le marxisme. Et, derrière tout cela, il y a toujours l'illusion spéculative-théoriciste : toute l'analyse et toute la perspective fait appel à des « lois de l'histoire » que la théorie prétend avoir découvertes une fois pour toutes.

Mais il est temps de parler aussi « positivement ». Le prolongement des mouvements émancipateurs que nous connaissons – ouvriers, femmes, jeunes, minorités de toutes sortes – sous-tend le projet de l'instauration d'une société autonome : autogérée, auto-organisée, autogouvernée, auto-instituée. Ce que j'exprime ainsi au plan de l'institution et du mode de s'instituer, je peux aussi l'exprimer quant aux significations imaginaires sociales que cette institution incarnera. Autonomie sociale et individuelle ; à savoir liberté, égalité, justice. Peut-on appeler ces idées des *« mythes »* ? Non. Ce ne sont pas des *formes* ou des *figures* déterminées et déterminables une fois pour toutes ; elles ne ferment pas l'interrogation, au contraire elles l'ouvrent. Elles ne visent pas à boucher le puits dont je parlais tout à l'heure, en en conservant au mieux une étroite cheminée ; elles rappellent avec insistance à la société le *sans-fond* interminable qui est son fond. Considérons, par exemple, l'idée de justice. Il n'y a pas, et il n'y aura jamais, une société qui soit juste une fois pour toutes. Une société juste est une société où la question effective de la justice effective est toujours effectivement ouverte. Il n'y a pas, il n'y aura jamais, de « loi » qui règle la question de la justice une fois pour toutes, qui soit à jamais juste. Il peut y avoir une société qui s'*aliène* à sa loi une fois posée ; et il peut y avoir une société qui, reconnaissant l'écart constamment re-créé entre ses « lois » et l'exigence de justice, sait qu'elle ne peut pas vivre sans lois, mais aussi que ces lois sont sa propre création et qu'elle peut toujours les reprendre. On peut en dire autant de l'exigence d'égalité (*strictement équivalente* à celle de liberté, une fois qu'elle est universalisée). Dès que je sors du domaine purement « juridique », que je m'intéresse à l'égalité *effective*, à la liberté *effective*, je suis obligé de constater qu'elles dépendent de *toute* l'institution de la société. Comment peut-on être *libre*, s'il y a *inégalité* de participation *effective* au *pouvoir* ? Et, une fois cela reconnu, comment laisser de côté toutes les dimensions de l'institution de la société où s'enracinent et se produisent les différences quant au *pouvoir* ? C'est pourquoi, soit dit par parenthèse, la « lutte pour les droits de l'homme », pour importante qu'elle soit, non seulement *n'est pas* une politique, mais risque, si elle reste cela, d'être un travail de Sisyphe, un tonneau des Danaïdes, un tissu de Pénélope [3].

Liberté, égalité, justice ne sont pas des mythes. Elles ne sont pas non plus des « idées kantiennes », des étoiles polaires qui guident notre navigation mais dont il ne serait pas, par principe, question de s'approcher. Elles *peuvent* se réaliser effectivement dans l'histoire ; elles *l'ont été*. Il y a une différence radicale et réelle entre le citoyen athénien et le sujet d'un monarque asiatique. Dire qu'elles n'ont pas été réalisées « intégralement » et qu'elles ne pourraient jamais l'être, c'est montrer que l'on ne comprend pas comment la question se pose, et cela parce que l'on reste toujours prisonnier de la philosophie et de l'ontologie héritée, c'est-à-dire du platonisme (en fait, il n'y en a jamais eu d'autre). Est-ce qu'il y a jamais de « vérité intégrale » ? Non. Est-ce que cela veut dire qu'il n'y a jamais de vérité *effective* dans l'histoire, est-ce que cela abolit la distinction entre le vrai et le faux ? Est-ce que la misère de la démocratie occidentale abolit la différence entre la situation effective d'un citoyen français, anglais, américain – et la situation effective d'un serf sous les tsars, d'un Allemand

---

3. Je résume ici et dans ce qui suit des idées que j'expose dans un ouvrage sur la politique en cours de rédaction. Le lecteur intéressé trouvera davantage d'indications sur le sujet dans la nouvelle Introduction au *Contenu du socialisme* [« Socialisme et société autonome », *Le Contenu du socialisme, op. cit.*, p. 11-45].

sous Hitler, d'un Russe ou d'un Chinois sous le totalitarisme communiste ?

Pourquoi liberté, égalité, justice ne sont pas des idées
kantiennes et donc par principe irréalisables ? Lorsque l'on
a compris de quoi il s'agit philosophiquement, la réponse
est évidente et immédiate : ces idées ne peuvent pas être
« ailleurs », « extérieures » à l'histoire – *parce que ce sont
des créations social-historiques*. Parallèle illustratif : *Le
Clavier bien tempéré* n'est pas une approximation phéno-
ménale et imparfaite d'une « idée de la musique ». Il *est*
de la musique, autant que quoi que ce soit puisse l'être. Et
la musique est une création social-historique. Parallèle
approximatif, certes : l'art réalise effectivement, dans le
chef-d'œuvre, ce à quoi il ne manque rien et qui, en un
sens, repose en soi. Il n'en va pas de même de notre
existence, individuelle ou collective. Mais le parallèle est
valide dans l'essentiel : l'exigence de vérité, ou de justice,
c'est *notre* création, la reconnaissance de l'écart entre
cette exigence et ce que nous sommes l'est *aussi*. Or de cet
écart nous n'aurions aucune *perception* – nous serions des
coraux – si nous n'étions *aussi* capables de répondre *effectivement* à cette exigence que nous avons fait surgir.

Pas davantage, il ne peut être question de « fonder rationnellement » ces idées – et cela à peu près pour la même
raison qu'il ne peut être question de « fonder rationnellement » l'idée de vérité : elle est déjà présupposée dans toute
tentative de la « fonder ». Et, encore plus important, sont
présupposées non seulement l'*idée* de vérité, mais une *attitude* à l'égard de la vérité. Pas plus que vous ne pouvez
jamais, face à un sophiste, à un menteur, à un imposteur, le
« forcer d'admettre » la vérité (à chaque argument, il répon-
dra par dix nouveaux sophismes, mensonges et impostures) ; pas plus vous ne pouvez « démontrer » à un nazi ou
un stalinien l'excellence de la liberté, de l'égalité, de la justice. Le lien entre les deux peut apparaître subtil, mais il est
solide ; et il est tout autre que celui que supposent les

kantiano-marxistes qui réapparaissent actuellement. On ne peut pas « déduire » le socialisme de l'exigence de vérité – ou de la « situation de communication idéale » –, non seulement parce que ceux qui combattent la liberté et l'égalité se moquent totalement de la vérité ou de la « situation de communication idéale », mais parce que ces deux exigences, de la vérité, de l'interrogation ouverte d'une part, de la liberté et de l'égalité d'autre part, vont de pair, naissent – sont *créées* – ensemble et n'*ont de sens*, finalement, qu'ensemble. Ce sens n'existe que pour nous, qui sommes en aval de la première création de cette exigence et voulons la porter à un autre niveau. Il n'existe que dans une tradition qui est la nôtre – et qui est devenue, maintenant, plus ou moins universelle – qui a créé ces significations, ces matrices de signification en même temps du reste que les significations opposées. Et là apparaît tout le problème de notre relation à la tradition – totalement occulté aujourd'hui, malgré les apparences –, relation que nous avons à re-créer presque intégralement : dans cette tradition nous choisissons, mais nous ne faisons pas que cela. Nous interrogeons la tradition, et nous nous laissons interroger par elle (ce qui n'est nullement une attitude passive : se laisser interroger par la tradition et la subir sont deux choses diamétralement opposées). Nous choisissons pour le *dèmos* et contre les tyrans ou les *oligoi*, pour les ouvriers regroupés en comités de fabrique et contre le parti bolchevique, pour le peuple chinois et contre la bureaucratie du PCC.

Maintenant, vous me demandez : est-ce que ces significations, et les institutions qui les portent, peuvent être *investies* par les humains ? Question importante et profonde, qui rejoint celle que me posait, dans une discussion analogue il y a deux ans, Paul Thibaud : une société aime ses institutions ou les déteste [4]. En somme : est-ce que les hommes et

---

4. « L'exigence révolutionnaire », *Esprit*, février 1977 [voir plus haut, n. a].

les femmes peuvent être *passionnés* par les idées de liberté, d'égalité, de justice – d'autonomie ? On pourrait dire qu'aujourd'hui ils ne le sont pas tellement. Mais aussi il est incontestable qu'ils l'ont souvent été dans l'histoire, et au point de leur sacrifier leur vie. Pourtant, j'aimerais profiter de notre discussion pour approfondir quelque peu le problème.

Si la vérité, la liberté, l'égalité, la justice ne pouvaient pas être objet d'« investissement », elles ne seraient pas apparues (ou n'auraient pas survécu dans l'histoire). Mais le fait est qu'elles ont toujours été liées *aussi* à autre chose : à l'idée d'une « bonne vie » (le *eu zèn* d'Aristote) qui ne s'épuise pas en et par elles. Pour le dire autrement : une société autonome, une société qui s'auto-institue explicitement, oui ; mais *pour quoi faire* ? Pour l'autonomie de la société et des individus, certes ; parce que je veux mon autonomie et qu'il n'y a de vie autonome que dans une société autonome (c'est là une proposition très facile à élucider). Mais je veux mon autonomie *à la fois* pour elle-même et pour faire (et *en faire*) quelque chose. Nous voulons une société autonome parce que nous voulons des individus autonomes et nous nous voulons comme individus autonomes. Mais, si nous en restons simplement là, nous risquons de dériver vers un formalisme cette fois-ci vraiment kantien : ni un individu ni une société ne peuvent vivre simplement en cultivant leur autonomie pour elle-même. Autrement dit, il y a la question des « valeurs matérielles », des « valeurs substantives » d'une nouvelle société : autant dire, d'une nouvelle création culturelle. Ce n'est évidemment pas à nous de la résoudre ; mais quelques réflexions là-dessus ne me semblent pas inutiles.

Si une société traditionnelle – disons, la société judaïque, ou la société chrétienne – est hétéronome, elle ne se pose pas elle-même comme hétéronome *pour* être hétéronome ; son hétéronomie – qu'elle ne pense pas, évidemment, comme telle, en tout cas pas comme nous – est là pour autre chose, elle n'est, dans son imaginaire, que comme un aspect de sa « valeur matérielle » centrale (et de sa signification imaginaire centrale), Dieu. Elle est et se veut esclave de Dieu par la grâce et pour le service de qui elle se pense exister, parce qu'elle « valorise » sans limites ce point projectif « externe » d'elle-même qu'elle a créé comme la signification : Dieu. Ou : lorsque la démocratie apparaît dans les cités grecques, les idées de liberté et d'égalité sont indissociables d'un ensemble de « valeurs substantives » que sont le « bon et beau » citoyen *(kalos kagathos)*, la renommée *(kudos* et *kleos)* et surtout la vertu *(aretè)*.

Plus près de nous, lorsque l'on observe la longue émergence et montée de la bourgeoisie en Occident, on constate qu'elle n'a pas seulement institué un nouveau régime économique et politique. Longtemps avant qu'elle ne parvienne à la domination sur la société, la bourgeoisie a été porteuse d'une création culturelle immense. Notons en passant un des points sur lesquels Marx reste le plus paradoxalement aveugle : il adresse des hymnes à la bourgeoisie parce qu'elle développe les forces productives, et ne s'arrête pas une seconde pour voir que tout le monde culturel où il vit, les idées, les méthodes de pensée, les monuments, les tableaux, la musique, les livres, tout cela, à l'exception de quelques auteurs grecs et latins, est exclusivement une création de la bourgeoisie occidentale (et les quelques indications qu'il donne font penser qu'il ne voit la « société communiste » que comme l'extension et l'élargissement de *cette même* culture). La « bourgeoisie » – cette société décisivement co-déterminée par l'émergence, l'activité, la montée de la bourgeoisie, depuis le XIIe siècle – a créé à la fois un « mode de production », le capital, la science moderne, le contrepoint, la peinture à perspective, le roman, le théâtre profane, etc. L'Ancien Régime n'était pas seulement gros d'un « nouveau mode de production » ; il était aussi gros, et plus que gros – la bourgeoisie en avait déjà accouché –, d'un immense univers culturel.

C'est à cet égard qu'il faut convenir, à mon avis, que les choses ont été, et restent, différentes depuis cent cinquante ans. Pas de nouvelle culture, et pas de culture populaire véritable, s'opposant à la culture officielle – laquelle semble entraîner tout dans sa décomposition. Il y a, certes, des choses qui se passent; mais elles sont ténues. Il y a d'énormes possibilités; elles s'actualisent très peu. La « contre-culture » n'est qu'un mot. A mes yeux, l'interrogation là-dessus est tout autant critique que celle concernant la volonté et la capacité des humains d'instaurer une société autonome. Au fond, c'est, en un sens, la même interrogation[5].

Cela dit, ce qui est en cours dans la société contemporaine, à la fois « positivement » et « négativement » – la recherche de nouveaux rapports humains, le heurt contre le mur de la finitude du « monde disponible » – me semble fournir un support à ce que j'ai toujours pensé quant à la « valeur » et à la visée centrale d'une nouvelle société. Il faut en finir avec les « transformations du monde » et les œuvres extérieures, il faut envisager comme finalité essentielle notre propre transformation. Nous pouvons envisager une société qui ne se donne comme finalité ni la construction de Pyramides, ni l'adoration de Dieu, ni la maîtrise et la possession de la nature, mais l'être humain lui-même (au sens, certes, où je disais plus haut que l'humain ne serait pas humain s'il n'était pas plus qu'humain).

G. M. : – *Pouvez-vous préciser ?*

C. C. : – Je suis convaincu que l'être humain a un potentiel immense, qui est resté jusqu'ici monstrueusement confiné. La fabrication sociale de l'individu, dans toutes les sociétés connues, a consisté jusqu'ici en une répression plus que

5. *Cf.* « Transformation sociale et création culturelle », dans *Le Contenu du socialisme, op. cit.* [p. 413-439].

mutilante de l'imagination radicale de la psyché, par l'imposition forcée et violente d'une structure d'« entendement » elle-même fantastiquement unilatérale et biaisée. Or il n'y a là aucune « nécessité intrinsèque » autre que l'être-ainsi des institutions hétéronomes de la société.

Je parlais dans « Marxisme et théorie révolutionnaire [6] » de l'autonomie au sens individuel comme instauration d'un nouveau rapport entre le conscient et l'inconscient. Ce rapport n'est pas la « domination » du conscient sur l'inconscient. Je reprenais la formule de Freud : « Où était Ça, Je dois devenir » en disant qu'il fallait la compléter par son opposé et symétrique : « Où Je suis, Ça doit surgir ». Cela n'a rien à voir avec les impostures qui ont fait florès depuis : les « philosophies du désir », le règne de la libido, etc. La socialisation de la psyché – et, tout simplement, sa survie même – exige de lui faire reconnaître et accepter que le désir au sens véritable, le désir originaire, est irréalisable. Or cela a toujours été fait, dans les sociétés hétéronomes, en frappant d'interdit la représentation, en bloquant le flux représentatif, l'imagination radicale. En somme, la société a appliqué à l'envers le schème même de fonctionnement de l'inconscient originaire : à la « toute-puissance de la pensée » (inconsciente), elle a répondu en essayant de réaliser l'*impuissance* de cette pensée, donc de *la pensée*, comme seul moyen de limiter les *actes*. Cela va beaucoup plus loin que le « surmoi sévère et cruel » de Freud ; cela a toujours été fait par une *mutilation* de l'imagination radicale de la psyché. Je suis certain que, de ce point de vue, des modifications très importantes peuvent être cherchées et réalisées. Il y a, à notre portée, infiniment plus de spontanéité, et infiniment plus de lucidité à atteindre, que nous n'en sommes actuellement capables. Et les deux choses non seulement ne sont pas incompatibles, elles s'exigent réciproquement.

6. Publié dans *Socialisme ou Barbarie* en 1964-1965, repris maintenant dans *L'Institution imaginaire de la société, op. cit.*, p 138-145 [et coll. « Points Essais », p. 150-158].

G. M. : – *Vous parlez en tant que psychanalyste, ou à partir de considérations sociologiques et historiques ?*

C. C. : – Les deux. Du reste, c'est indissociable. Mais ce que je vois dans mon expérience d'analyste me pousse de plus en plus dans cette direction. Je suis immensément frappé de voir combien peu nous faisons de ce que nous sommes ; comme aussi d'observer, dans une psychanalyse qui se fait vraiment, le prisonnier détendant graduellement les liens où il s'était pris pour finalement s'en dégager.

La *polis* grecque
et la création de la démocratie*

Comment peut-on s'orienter dans l'histoire et la politique ? Comment juger et choisir ? C'est de cette question politique que je pars – et dans cet esprit que je m'interroge : la démocratie grecque antique présente-t-elle quelque intérêt politique pour nous ?

En un sens, la Grèce est de toute évidence une présupposition de cette discussion. L'interrogation raisonnée sur ce qui est bon et ce qui est mal, sur les principes mêmes en vertu desquels il nous est possible d'affirmer, au-delà des vétilles et des préjugés traditionnels, qu'une chose est

* Les principales idées de ce texte ont été présentées pour la première fois lors d'une conférence (29 octobre 1979) au séminaire du Max-Planck Institut à Starnberg, animé par Jürgen Habermas, auquel participaient notamment Johann Arnasson, Ernst Tugendhat et Albrecht Wellmer. Depuis, elles ont été au centre du travail dans mon séminaire à l'École des hautes études à partir de 1980 et ont fourni la substance, entre autres, d'un cours en août 1982 à l'université de São Paulo, d'un séminaire en avril 1985 à l'université de Rio Grande do Sul (Porto Alegre) et de plusieurs autres exposés. Le texte publié ici est celui d'une conférence prononcée le 15 avril 1982 à New York, lors de l'un des *Hannah Arendt Memorial Symposia in Political Philosophy* organisés par la New School for Social Research, et portant sur « L'origine de nos institutions ». L'original anglais a été publié en automne 1983 par le *Graduate Faculty Philosophy Journal* de la New School (vol. IX, n° 2). La présente traduction, revue par moi, est due à Pierre-Emmanuel Dauzat, que je tiens à remercier pour l'excellence de son travail. – Un long extrait en a été publié dans *Le Débat*, n° 38, janvier 1986.

bonne ou mauvaise, est née en Grèce. Notre questionnement politique est, *ipso facto*, une continuation de la position grecque même si, à plus d'un point de vue important,
nous l'avons bien sûr dépassée et tentons encore de la
dépasser.

Les discussions modernes sur la Grèce ont été empoi-
sonnées par deux pré-conceptions opposées et symétriques
– et par conséquent, en un sens, équivalentes. La première,
et celle que l'on rencontre le plus souvent depuis quatre
ou cinq siècles, consiste à présenter la Grèce tel un modèle,
un prototype ou un paradigme éternels [1]. (Et une des modes
d'aujourd'hui n'en est que l'exacte inversion : la Grèce
serait l'anti-modèle, le modèle négatif.) La seconde conception, plus récente, se résume en une « sociologisation » ou
une « ethnologisation » complètes de l'étude de la Grèce :
les différences entre les Grecs, les Nambikwaras et les
Bamilékés sont purement descriptives. Sur un plan formel,
cette seconde attitude est sans nul doute correcte. Non seulement, et cela va sans dire, il n'y a ni ne saurait y avoir la
moindre différence de « valeur humaine », de « mérite » ou
de « dignité » entre des peuples et des cultures différents,
mais on ne saurait opposer non plus la moindre objection à
l'application au monde grec des méthodes – si tant est qu'il
y en ait – appliquées aux Arunta ou aux Babyloniens.

Cette seconde approche passe néanmoins à côté d'un
point infime et en même temps décisif. L'interrogation
raisonnée des autres cultures, et la réflexion sur elles, n'a
pas commencé avec les Arunta ni avec les Babyloniens. Et,
de fait, on pourrait démontrer que c'était là chose impossible. Jusqu'à la Grèce, et en dehors de la tradition gréco-
occidentale, les sociétés sont instituées sur le principe d'une

---

1. Marx lui-même écrivait (dans l'*Introduction générale à la critique de l'économie politique*, trad. fr. M. Rubel et L. Évrard *in* Karl
Marx, *Œuvres 1. Économie*, Paris, Gallimard, « Bibliothèque de La
Pléiade », 1965, p. 266) que l'art grec représentait un modèle *inaccessible* : non pas indépassable ni insurmontable, mais *inaccessible*.

stricte clôture : notre vision du monde est la seule qui ait un sens et qui soit vraie – les « autres » sont bizarres, inférieurs, pervers, mauvais, déloyaux, etc. Comme l'observait Hannah Arendt, l'impartialité est venue au monde avec Homère[2], et cette impartialité n'est pas simplement « affective » mais touche la connaissance et la compréhension. Le véritable intérêt pour les autres est né avec les Grecs, et cet intérêt n'est jamais qu'un autre aspect du regard critique et interrogateur qu'ils portaient sur leurs propres institutions. Autrement dit, il s'inscrit dans le mouvement démocratique et philosophique créé par les Grecs.

Que l'ethnologue, l'historien ou le philosophe soit en position de réfléchir sur des sociétés autres que la sienne ou même sur sa propre société n'est devenu une possibilité et une réalité que dans le cadre de cette tradition historique particulière – la tradition gréco-occidentale. Et de deux choses l'une : ou bien aucune de ces activités n'a de privilège particulier par rapport à telle ou telle autre – par exemple, la divination par le poison chez les Azandé. Dans ce cas, le psychanalyste, par exemple, n'est que la variante occidentale du chaman, comme l'écrivait Lévi-Strauss ; et Lévi-Strauss lui-même, ainsi que toute la confrérie des ethnologues, ne sont aussi qu'une variété locale de sorciers qui se mêlent, dans ce groupe de tribus particulier qui est le nôtre, d'exorciser les tribus étrangères ou de les soumettre à quelque autre traitement – la seule différence étant qu'au lieu de les anéantir par fumigation, ils les anéantissent par structuralisation.

Ou bien nous acceptons, postulons, posons en principe une différence qualitative entre notre approche théorique des autres sociétés et les approches des « sauvages » – et nous attachons à cette différence une valeur bien précise,

---

2. « Le concept d'histoire », in *La Crise de la culture*, trad. fr. sous la direction de P. Lévy, Paris, Gallimard, coll. « Idées », 1972, p. 70 [rééd. coll. « Folio Essais », 1989].

limitée, mais solide et positive[3]. Alors commence une discussion philosophique. Alors seulement, et non pas avant.
Car entamer une discussion philosophique suppose l'affirmation préalable que penser sans restrictions est la seule
manière d'aborder les problèmes et les tâches. Et, puisque
nous savons que cette attitude n'est aucunement universelle,
mais tout à fait exceptionnelle dans l'histoire des sociétés
humaines[4], nous devons nous demander comment, dans
quelles conditions, par quelles voies la société humaine s'est
montrée capable, dans un cas particulier, de briser la clôture
moyennant laquelle, en règle générale, elle existe.

En ce sens, s'il est équivalent de décrire et d'analyser la
Grèce ou toute autre culture prise au hasard, méditer et réfléchir sur la Grèce ne l'est pas ni ne saurait l'être. Car, en
l'occurrence, nous réfléchissons et nous méditons sur les
conditions sociales et historiques de la pensée elle-même –
du moins, telle que nous la connaissons et la pratiquons.
Nous devons nous défaire de ces deux attitudes jumelles : ou
bien il y aurait eu autrefois une société qui demeure pour
nous le modèle inaccessible ; ou bien l'histoire serait foncièrement plate et il n'y aurait de différences significatives
entre cultures autres que descriptives. La Grèce est le
locus social-historique où ont été créées la démocratie et la
philosophie et où se trouvent, par conséquent, nos propres
origines. Pour autant que le sens et la puissance de cette
création ne sont pas épuisés – et je suis profondément
convaincu qu'ils ne le sont pas – la Grèce est pour nous un
germe : ni un « modèle » ni un spécimen parmi d'autres,
mais un germe.

3. Inutile de préciser qu'en soi cela n'autorise pas la moindre
conclusion « pratique » ou « politique ».
4. Les linguistes dénombrent, semble-t-il, quelque 4 000 langues
pratiquées aujourd'hui. Bien qu'il n'y ait pas de correspondance bi-
univoque entre la langue et l'institution totale de la société, cela
fournit une indication très grossière de l'ordre de grandeur du nombre
de sociétés différentes qui ont existé dans un passé très récent.

L'histoire est création : création de formes totales de vie humaine. Les formes social-historiques ne sont pas « déterminées » par des « lois » naturelles ou historiques. La société est autocréation. « Ce qui » crée la société et l'histoire, c'est la société instituante par opposition à la société instituée ; société instituante, c'est-à-dire imaginaire social au sens radical.

L'auto-institution de la société est la création d'un monde humain : de « choses », de « réalité », de langage, de normes, de valeurs, de modes de vie et de mort, d'objets pour lesquels nous vivons et d'autres pour lesquels nous mourons – et, bien sûr, d'abord et avant tout, la création de l'individu humain dans lequel l'institution de la société est massivement incorporée.

Dans cette création générale de la société, chaque institution particulière et historiquement donnée de la société représente une création particulière. La création, au sens où je l'entends, signifie la position d'un nouvel *eidos*, d'une nouvelle essence, d'une nouvelle forme au sens plein et fort de ce terme : de nouvelles déterminations, de nouvelles normes, de nouvelles lois. Qu'il s'agisse des Chinois, des Hébreux classiques, de la Grèce antique, ou du capitalisme moderne, l'institution de la société est position de déterminations et de lois différentes : pas seulement de lois « juridiques », mais de manières obligatoires de percevoir et de concevoir le monde social et « physique » et d'agir en lui. Au sein et en vertu de cette institution globale de la société apparaissent des créations spécifiques : la science, par exemple, telle que nous la connaissons et que nous la concevons, est une création particulière du monde gréco-occidental.

Il s'ensuit toute une série de questions cruciales sur lesquelles je dois me contenter d'esquisser ici quelques réflexions. Tout d'abord, comment pouvons-nous comprendre les institutions de la société passées et/ou

« étrangères » ? (Et, en l'occurrence, comment et en quel sens pouvons-nous prétendre comprendre notre propre société ?)

Nous n'avons pas, dans le domaine social-historique, d'« explication » au sens des sciences physiques. Toute « explication » de la sorte est soit triviale, soit fragmentaire et conditionnelle. Les innombrables régularités de la vie sociale – sans lesquelles, bien sûr, cette vie n'existerait pas – sont ce qu'elles sont parce que l'institution de cette société particulière a posé ce complexe particulier de règles, de lois, de significations, de valeurs, d'outils, de motivations, etc. Et cette institution n'est que le magma socialement sanctionné (de manière formelle ou informelle) des significations imaginaires sociales créées par cette société particulière. Ainsi, comprendre une société signifie, d'abord et surtout, pénétrer (ou se réapproprier) les significations imaginaires sociales qui tiennent cette société ensemble. Est-ce possible ? Il nous faut prendre en compte deux faits.

Le premier fait est incontestable : la *quasi-totalité* des membres d'une société donnée ne comprennent ni ne sauraient comprendre une société « étrangère ». (Bien entendu, je ne parle pas des obstacles triviaux.) C'est ce que j'ai nommé la clôture cognitive de l'institution.

Le second (qui peut être discuté et qui l'est, mais que je tiens pour acquis) est que, sous certaines pré-conditions sociales, historiques et personnelles bien précises, certaines personnes peuvent comprendre quelque chose d'une société étrangère – ce qui laisse supposer quelque « universalité potentielle » de tout ce qui est humain pour les humains. Contrairement à des lieux communs hérités, la racine de cette universalité n'est pas la « rationalité » humaine (s'il s'agissait de rationalité en ce domaine, jamais personne n'eût compris quoi que ce soit au Dieu hébreu ou, en l'occurrence, à n'importe quelle religion), mais l'imagination créatrice en tant que composante nucléaire de la pensée non triviale [5]. Tout ce qui a été imaginé par quelqu'un avec assez de force pour façonner le comportement, le discours ou les objets peut, en principe, être réimaginé (de nouveau représenté, *wiedervorgestellt*) par quelqu'un d'autre.

Il convient d'insister ici sur deux polarités significatives.

Dans cette compréhension social-historique, une distinction s'impose entre « vrai » et « faux » – et pas simplement en un sens superficiel. On peut dire des choses sensées sur les sociétés « étrangères » comme on peut en dire des absurdités (les exemples abondent).

Le « vrai » ne saurait être soumis en ce cas (comme plus généralement, chaque fois qu'il est question de pensée) aux procédures ordinaires de « vérification » ou de « réfutation » qui, pense-t-on aujourd'hui (à tort et sans craindre les lieux communs), permettent de tracer une ligne de démarcation entre « science » et « non-science ». L'idée de Burckhardt sur l'importance de l'élément agonistique (*agôn* : lutte, combat, rivalité, compétition) dans le monde grec (qui occupe une place de premier plan dans les réflexions de Hannah Arendt sur la Grèce), par exemple, est *vraie* – mais pas au même sens que E = mc². Que veut dire vrai en l'occurrence ? Que cette idée rassemble une classe indéfinie de phénomènes historiques et sociaux en Grèce qui demeureraient autrement sans connexion – pas nécessairement dans leur rapport « causal » ou « structurel », mais dans leur *signification* ; et que sa prétention de posséder un *référent* « réel » ou « effectif » (c'est-à-dire qui ne soit pas simplement imaginé, ni une fiction commode ni même un *Idealtypus*, une construction rationnelle limite[a] *de l'observateur*) peut faire l'objet d'une discussion féconde, bien

---

5. La confiance en la seule « rationalité » a conduit, par exemple, le XIXe siècle à taxer les religions primitives et les mythes d'absurdités pures et simples (« stupidité primitive », comme écrivait Engels, lettre à K. Schmidt du 27 octobre 1890) ; elle a aussi conduit aux lits de Procuste contemporains, structuralistes et autres.

a. « Limite centrale », dirait-on en mathématiques.

que cette discussion puisse être (et, en des cas décisifs, *doive* être) interminable. En bref, elle *élucide*, et initie un processus d'élucidation.

La situation prend un aspect différent, au premier coup d'œil, lorsque nous parlons de notre histoire ou de notre tradition, de sociétés qui, quoique « autres », ne sont pas « étrangères », au sens où il existe des liens généalogiques étroits entre leurs significations imaginaires et les nôtres, que d'une manière ou d'une autre nous continuons à « partager » le même monde, qu'il subsiste quelque rapport actif intrinsèque entre leur institution et la nôtre. Puisque nous venons après cette création mais dans la même concaténation, puisque nous nous trouvons, pour ainsi dire, en aval et que nous vivons, du moins partiellement, dans le cadre mental et l'univers d'êtres qu'elles ont posés, il semblerait que notre compréhension de nos sociétés « ancestrales » ne présente aucun mystère. Mais il va de soi que d'autres problèmes surgissent. Par la force des choses, cette « appartenance commune » est en partie illusoire, bien que l'on ait souvent tendance à la considérer comme pleinement réelle. Les « jugements de valeur » projectifs prennent une grande importance et interfèrent avec notre compréhension. La distance convenable entre nous-mêmes et « notre propre passé » est extrêmement difficile à établir ; les attitudes envers la Grèce que j'ai mentionnées plus haut en portent témoignage. L'illusion de la *Selbstverständlichkeit* peut être catastrophique : ainsi d'aucuns pensent-ils aujourd'hui que la démocratie ou la recherche rationnelle vont de soi, en projetant naïvement sur toute l'histoire la situation exceptionnelle de leur propre société – et, ce faisant, ils se mettent dans l'incapacité de comprendre ce que la démocratie ou la recherche rationnelle pouvaient signifier pour la société où elles ont été créées pour la première fois.

La seconde question se présente de la manière suivante : si l'histoire est création, comment pouvons-nous juger et choisir ? Cette question, il convient de le souligner, ne se poserait pas si l'histoire était simplement et strictement une concaténation causale, ou si elle comprenait sa *phusis* et son *telos*. C'est précisément parce que l'histoire est création que la question du jugement et du choix apparaît comme une question radicale et non triviale.

La radicalité de la question tient à ce qu'en dépit d'une illusion naïve et fort répandue il n'y a ni ne saurait y avoir de fondement rigoureux et ultime de quoi que ce soit – pas même de la connaissance et pas même des mathématiques. Rappelons que cette illusion des fondements n'a jamais été partagée par les grands philosophes : pas plus par Platon ou Aristote que par Kant ou Hegel. Descartes a été le premier philosophe marquant à succomber à l'illusion du « fondement » – et c'est là un des domaines où son influence s'est avérée catastrophique. Depuis Platon, on sait que toute démonstration présuppose quelque chose qui n'est pas démontrable. Je voudrais insister ici sur un autre aspect de la question : les jugements que nous portons et les choix que nous effectuons appartiennent à l'histoire de la société dans laquelle nous vivons et en dépendent. Non qu'ils soient tributaires de « contenus » social-historiques particuliers (bien que cela soit aussi exact). Je veux dire, plus précisément, que le simple fait de juger et de choisir, en un sens non trivial, présuppose non seulement que nous faisons partie de cette histoire particulière, de cette tradition particulière où il est devenu pour la première fois effectivement possible de juger et de choisir ; mais qu'avant tout jugement et choix de « contenus » nous avons déjà, à cet égard, jugé assertivement et choisi cette tradition et cette histoire. Car cette activité et l'idée même de jugement et de choix sont gréco-occidentales et ont été créées dans ce monde-ci et nulle part ailleurs. L'idée ne serait pas venue ni ne pouvait venir à l'esprit d'un Hindou, d'un Hébreu classique, d'un authentique chrétien ou d'un musulman. Un Hébreu n'a rien à choisir. Il a reçu une fois pour toutes la vérité et la Loi des mains de Dieu – et s'il se mettait à juger et à choisir à ce propos, il ne serait plus un Hébreu. Un véritable chrétien n'a rien non plus à juger ni à choisir : il n'a qu'à croire et à aimer, car il est écrit : *ne juge pas, et tu ne seras pas jugé* (Matthieu 7,1). Inversement, un Gréco-Occidental (un « Européen ») qui produit des arguments rationnels pour rejeter la tradition européenne, confirme *eo ipso* cette tradition en même temps que sa propre appartenance continuée à cette tradition.

Mais cette tradition ne nous permet pas non plus de nous reposer. Car elle a engendré la démocratie et la philosophie, les révolutions américaine et française, la Commune de Paris et les conseils ouvriers hongrois, le Parthénon et *Macbeth* ; mais elle a aussi produit le massacre des Méliens par les Athéniens, l'Inquisition, Auschwitz, le Goulag et la bombe H. Elle a créé la raison, la liberté et la beauté – mais aussi la monstruosité en masse. Aucune espèce animale n'aurait pu créer Auschwitz ou le Goulag : il faut être un être humain pour s'en montrer capable. Et ces possibilités extrêmes de l'humanité dans le domaine du monstrueux se sont réalisées, *par excellence*, dans notre tradition. Le problème du jugement et du choix surgit donc aussi dans cette tradition que nous ne saurions, ne fût-ce qu'un instant, valider *en bloc*. Et, bien entendu, ce problème ne se pose pas comme une simple possibilité intellectuelle. L'histoire même du monde gréco-occidental peut être interprétée comme l'histoire de la lutte entre l'autonomie et l'hétéronomie.

On sait que le problème du jugement et du choix fait l'objet de la troisième *Critique* de Kant, et que Hannah Arendt, dans ses dernières années, s'est tournée vers cette troisième *Critique* dans la quête d'un fondement pour ces activités de l'esprit. J'ai le sentiment qu'une sorte d'illusion se répand aujourd'hui parmi les disciples ou les commentateurs de Hannah Arendt, illusion consistant à penser *a)* que, d'une manière ou d'une autre, Kant a « résolu » ce problème dans la troisième *Critique*, et *b)* que sa « solution » pourrait être transposée au problème politique ou, tout au moins, faciliter l'élaboration de ce dernier. Elle la facilite, en effet – mais, comme je tenterai de le montrer brièvement, de manière négative.

Je prétends que toute cette affaire est un étrange chassé-croisé (fréquent en philosophie) d'intuitions justes auxquelles on est arrivé pour de mauvaises raisons. Cela commence avec Kant lui-même. Pourquoi, neuf ans après la première édition de la *Critique de la Raison pure*, Kant est-il amené à poser la question de l'*Urteil* et de l'*Urteilskraft*[b] ? Les réponses apparemment solides apportées à cette question dans la Préface et l'Introduction à la troisième *Critique* m'apparaissent comme des reconstructions rationnelles ou des rationalisations, une entreprise d'habillage systématique et systématisante de motivations philosophiques plus profondes et pas toujours pleinement conscientes. La première de ces motivations est sans aucun doute que Kant a réalisé que tout l'édifice de la *Critique de la Raison pure* restait en l'air, que tout « donné » ne fera pas l'affaire en vue de produire de l'*Erfahrung* (expérience), que l'organisation d'un « monde » à partir de la *Mannigfaltigkeit* (diversité) des données suppose que cette *Mannigfaltigkeit* possède déjà un minimum d'organisation intrinsèque, puisqu'elle doit être au moins *organisable*. Nulle catégorie de causalité ne saurait légiférer une *Mannigfaltigkeit* qui se conformerait à cette loi : si y a jadis succédé à x, jamais un y

b. Il est vrai que dans ses projets initiaux remontant à 1771, alors qu'il projetait un ouvrage sous le titre « Limites de la sensibilité et de la raison », Kant se proposait de traiter dans le même cadre la raison théorique, l'éthique et le goût. Mais la manière dont le dernier de ces objectifs se réalise dans le livre de 1790 et surtout sa liaison avec la « téléologie de la nature » me paraissent justifier les remarques du texte.

ne succédera de nouveau à un x[6]. Certes, dans un monde
« totalement chaotique » de ce genre, l'existence d'un
« sujet connaissant » réel, effectif, serait impossible – mais
cela n'est qu'un deuxième argument, tout aussi puissant,
contre la monocratie du transcendantalisme subjectif. L'objet de la législation doit apparaître comme « légiférable » ;
et le législateur doit « exister » réellement. L'une et l'autre
de ces conditions impliquent un monde qui ne soit pas totalement chaotique.

A cette problématique, l'« heureux hasard » *(glücklicher
Zufall)*, le caractère « contingent » de l'« unité systématique » des lois de la nature et de leur faculté de répondre
aux impératifs du *Verstand* – qui est en fait, en un sens, la
vérité de la question – n'apporte pas une réponse philosophique digne de ce nom. D'où le passage à une téléologie
(réflexive et non pas constitutive) de la nature : bien que nous
ne puissions le « prouver », la nature fonctionne comme
si elle était organisée suivant certaines fins. L'œuvre d'art
humaine offre un analogon de ce travail de la nature, car
nous pouvons y voir « l'imagination en sa liberté même
comme déterminable de manière finale pour l'entendement » (§ 59).

Et précisément, la deuxième motivation est la reconnaissance de la spécificité de l'œuvre d'art[7]. Kant doit concilier
son désir (ou son besoin) de présenter une « esthétique » au
sens habituel, une philosophie du beau et un *locus* philosophique pour celle-ci, et son vague sentiment de la spécificité ontologique de l'art comme *création*. C'est bien
entendu sur ce point que Kant dépasse la tradition et l'onto-

6. Le problème est déjà reconnu dans la *Critique de la Raison pure*,
p. 653-654 (A), trad. fr. Tremesaygues et Pacaud, Paris, PUF, 1965.
Voir *Critique de la faculté de juger*, Introduction, V et VI, où apparaît
l'expression « heureux hasard » *(glücklicher Zufall)*.
7. On trouvera une étude utile et riche en informations de l'intérêt
général manifesté à cette époque pour l'œuvre d'art et l'imagination *in*
James Engell, *The Creative Imagination*, Harvard University Press,
1981.

logie classiques. La grande œuvre d'art ne se conforme pas à des règles mais en pose de nouvelles – elle est *Muster* et *exemplarisch*. L'artiste, le génie, n'est pas capable de « décrire » ou d'« expliquer scientifiquement » son produit, mais il pose la norme « comme nature » (*als Natur*, § 46). Bien entendu, il s'agit ici de la *natura naturans* et non pas de la *natura naturata* ; non pas de la nature de la *Critique de la Raison pure*, mais d'une force d'émergence « vivante », rassemblant la matière sous la forme. Le génie est *Natur* – et la *Natur* génie ! – *en tant que* libre imagination déterminable suivant la finalité.

La troisième motivation est l'intérêt croissant que Kant porta aux questions de société et d'histoire – intérêt manifeste dans ses nombreux écrits de la période touchant à ces sujets et exprimé dans la troisième *Critique* à travers l'idée d'un *sensus communis* et la distinction entre validité universelle *(Allgemeingültigkeit)* objective et subjective.

Avant d'en venir aux questions que soulève le recours – aujourd'hui fréquent – à la troisième *Critique* en rapport avec les activités du jugement et du choix, il est nécessaire de s'attarder sur un paradoxe de première magnitude [8]. Pourquoi devrait-on recourir à la *Critique de la faculté de juger*, quand toute la philosophie *pratique* de Kant est explicitement tournée vers la formulation de règles et de maximes de jugement et de choix dans les affaires « pratiques » ? Pourquoi, dans les discussions récentes, néglige-t-on les bases apparemment solides offertes par la philosophie pratique de Kant en matière de jugement politique fondamental – alors que, il y a quelque quatre-vingts ans de cela, elles ont abondamment inspiré les socialistes néokantiens, les austro-marxistes, etc. ? Si l'impératif catégorique en tant que tel est vide, s'il n'est que la forme élémen-

8. Richard Bernstein a justement et clairement insisté sur ce point *in* « Judging – the Actor and the Spectator », étude présentée lors du colloque sur l'œuvre de Hannah Arendt organisé à New York en octobre 1981.

taire de l'universalité abstraite, ainsi que l'ont justement vu
et dit Schiller et Hegel, si les tentatives de Kant pour dériver des injonctions positives et des interdictions à partir du
principe de contradiction laissent à désirer, on ne saurait
certainement en dire autant de ses « impératifs pratiques ».
Sois une personne et respecte les autres en tant que
personnes ; respecte l'humanité en tout être humain ; traite
les autres comme des fins et jamais comme des simples
moyens – si ces principes tiennent, alors on sera certainement toujours choqué par Eichmann et ce qu'il représente,
mais on n'éprouvera aucune perplexité quant à la possibilité de le juger. Hans Jonas n'aurait plus alors à s'inquiéter
d'être capable de dire à Hitler : « je vous tuerai », mais non
pas : « vous avez tort » [9].

Mais évidemment, l'affaire n'est pas réglée de cette
façon. Premièrement, Hitler aurait raison de répondre : vous
ne pouvez pas me *démontrer* la validité de vos maximes.
Deuxièmement, il ne répondrait rien de la sorte, car ni les
nazis ni les staliniens ne discutent : ils se contentent de sortir leurs revolvers. Et troisièmement, si les maximes échappent à l'indétermination, c'est uniquement parce que nous
avons pris l'habitude de donner un contenu (plus ou moins)
déterminé aux notions de « personnes », d'« humanité »,
etc. Cela n'est pas de l'ergotage philosophique. Il n'y a pas
si longtemps, l'Église condamnait des hommes au bûcher
afin de sauver leur « humanité » – leur âme. Les maximes
(ou toutes règles similaires) n'ont de valeur que dans et
pour une communauté où *a)* l'on accepte la discussion
raisonnable (non pas « rationnelle ») comme un moyen de
dépasser les différences, *b)* l'on admet que tout ne saurait
être « démontré », et *c)* il existe un degré de consensus suf-

9. Voir Michael Denneny, « The Privilege of Ourselves : Hannah
Arendt on Judgment », *in* M. A. Hill (ed.), *Hannah Arendt : The Reco-
very of the Public World*, New York, St. Martin's Press, 1979, p. 259
et 273. Voir également, *ibid.*, l'échange entre Hans Jonas et Hannah
Arendt, p. 311-315.

fisant (ne fût-il que tacite) quant à la signification, au-delà de leur définition logique, de termes tels que « personne » ou « humanité » (ou, en l'occurrence, « liberté », « égalité », « justice », etc.) On notera que ces termes renvoient à des significations imaginaires sociales *par excellence*.

Les similitudes de ces présupposés avec ceux de toute discussion sur l'art sont évidentes. Ce qui ne veut pas dire, bien sûr, que les jugements politiques et esthétiques procèdent d'une souche commune – mais que, *prima facie*, il n'est pas déraisonnable d'étudier les conditions sous lesquelles une communauté peut discuter et s'entendre sur des questions qui sortent du champ des procédures rigoureuses de la démonstration.

Mais il n'est pas moins évident que ces conditions sont si restrictives qu'elles perdent toute utilité lorsque nous abordons les questions de fond. La troisième *Critique* de Kant représente en fait une description, non pas une « solution » du problème du jugement. Aussi importante soit-elle, elle n'est d'aucun secours dans une quête des « fondements ». En tant que « solution », elle ne fait que poser une pétition de principe d'un point de vue de logicien ; ce qui revient à dire, dans ma propre terminologie, qu'elle décrit le cercle primitif de la création social-historique, sans le savoir. C'est cette question que je me propose de discuter maintenant brièvement.

Notons dès le début que, autant que je sache, l'invocation de la *Critique de la faculté de juger* à cet égard a trait uniquement aux idées de « goût » et de « jugement réfléchissant », mais absolument pas à l'idée que la grande œuvre d'art est une création. Ce faisant, on ignore ou on dissimule une aporie centrale (et fatale) de l'œuvre de Kant.

Pour Kant, le « jugement réfléchissant » esthétique possède une *subjektive Allgemeingültigkeit* (une validité universelle subjective) – par opposition à la validité universelle objective des jugements déterminants dans le champ théorique, par exemple. Il s'adresse au *goût* – et il est tributaire de la possibilité pour le sujet de se mettre « à la place de l'autre ». Aucune condition de cette nature n'est requise pour les jugements de validité universelle objective où l'« autre », du point de vue du *quid juris*, ne présente pas le moindre intérêt.

D'où vient cette validité universelle (subjective) du jugement de goût ? Du fait que, dans le jugement esthétique, je ne dis pas « cela me plaît » ni « je trouve ça beau », mais « ceci *est* beau ». Je revendique l'universalité de mon jugement. Mais, de toute évidence, cela ne suffit pas. Il est parfaitement possible que je donne (ou que je sois tenu de donner) la forme de l'universalité à une classe de mes jugements – sans que le moindre contenu ne corresponde de manière valide à cette forme. Il est parfaitement possible que je formule une prétention à l'universalité – et que cette prétention soit vouée à demeurer vaine et vide.

A velle ad esse non valet consequentia. Le piège logico-transcendantal ne fonctionne pas ici. Lorsque je dis, non pas « je crois *P* vrai », mais « *P* est vrai », la question de la validité universelle de mon jugement peut, en principe, être tranchée au moyen de règles et de procédures. Et, si quelqu'un me dit que « rien n'est jamais vrai » ou bien que « la vérité est une affaire de caprice », il sort, *de jure*, du champ de la discussion rationnelle. Je n'ai pas à m'en inquiéter – et plus généralement (aux yeux de Kant), dans les questions théoriques, je peux me passer de l'assentiment d'« autrui » et je n'ai pas besoin non plus d'observer les choses de « son point de vue »[10]. Tel n'est pas le cas du jugement réfléchis-

10. En réalité, même dans le champ théorique, cela n'est pas vrai, mais je ne saurais aborder ici la question des conditions social-historiques de la pensée. Il suffira de préciser que la « validité universelle objective », telle que Kant la conçoit, équivaut pratiquement à un isolement parfait ou à une « désincarnation » de la « conscience théorique » et par conséquent à une forme de solipsisme. Kant, par exemple, fait totalement abstraction de l'inséparabilité de la pensée et

sant, où il est nécessaire que je fasse intervenir le point de vue de l'autre. Or, si autrui était du « goût pur » – s'il existait quelque chose comme un « goût pur », *même* « transcendantalement », c'est-à-dire au sens où le *reiner Verstand* doit « exister » –, tout cela ne serait qu'un simple jeu de mots. Autrui ne serait qu'un exemple concret de plus du même « universel » (bien que cet universel ne soit bien sûr ni logique ni « discursif ») dont je serais moi aussi un exemple. Si le « goût pur » existait, en effet, cela supposerait qu'il ne doit rien aux « particularités empiriques » des sujets concernés, et qu'il n'est aucunement affecté par celles-ci (pas plus que dans le cas de la connaissance, ou de l'éthique). Or, dans le domaine du jugement esthétique, autrui doit précisément être pris en considération *en tant qu'autre*. Il ne diffère pas de moi « numériquement », comme auraient dit les scolastiques, mais substantivement. En dépit des connotations du terme réfléchissant, dans le jugement réfléchissant, autrui n'est pas un miroir. C'est *parce qu'*il est autre (différent en un sens non trivial) qu'il peut fonctionner à la place que Kant lui assigne. C'est parce que des personnes *différentes* peuvent s'entendre sur des questions de beauté que le jugement esthétique existe et qu'il est d'une nature autre que le jugement théorique ou pratique pur (éthique). Dans ce dernier cas, l'accord est à la fois nécessaire et superflu ; l'universalité est ici identité à travers des « exemplifications » numériques indéfinies et indifférentes. La « validité universelle subjective » du jugement esthétique est en revanche communauté à travers la non-identité. L'autre doit trouver – ou trouve – belle *La Ronde de nuit*, bien qu'il soit différent de moi en un sens non trivial.

---

du langage en tant que problème *théorique* (et non pas « psychologique »). Dans le même temps, il affirme (dans la troisième *Critique*), assez curieusement du point de vue « transcendantal », qu'il n'est pas de connaissance sans communication.

Mais différent comment, dans quelle mesure, jusqu'à quel point ? Juste assez, pas trop ni trop peu. Le jugement que je porte sur *Œdipe Roi* serait-il ébranlé si une masse de mandarins Tang, Song ou Ming extrêmement raffinés trouvaient la pièce répugnante ? Devrais-je penser du point de vue de Hokusai lorsque je regarde *Les Demoiselles d'Avignon* ? Kant parle, bien entendu, à plusieurs reprises de l'« éducation du goût ». Mais l'éducation du goût soulève deux problèmes philosophiques formidables (formidables dans *cette* perspective). En premier lieu, l'éducation du goût est impossible à moins *a)* que la beauté soit déjà là, et *b)* qu'elle soit reconnue justement comme telle. A partir de quoi, par qui, sur quelle base ? Qui éduquera les éducateurs ? Ou bien l'éducation du goût est une expression vide de sens : ou bien la beauté est un *Faktum* historique (comme l'est aussi, en fait l'*Erfahrung*), et sa « reconnaissance » ou « réception » ne saurait « s'expliquer » ni se « comprendre » (et encore moins être « fondée ») davantage que sa création (Kant dit « production », *Erzeugung*). Ce que nous découvrons derechef ici, c'est le cercle primitif, originaire, de la création : *la création présuppose la création*. En second lieu, si nous pensons à une éducation historiquement efficace, nous aboutirions (et de fait nous aboutissons) à *l'imposition* d'un « goût » donné dans une culture particulière. Dès lors, l'uniformité du goût sera plus ou moins « obligatoire » – et le jugement réfléchissant ne donnera rien de plus [comme *output*] que les *inputs* déjà injectés dans les sujets historiques.

En outre, si la beauté est un *Faktum* historique, il n'y a pas une seule et unique histoire de ce *Faktum*, mais une immense pluralité d'histoires, et donc aussi de goûts. Nous avons été éduqués – et nous continuons à éduquer notre progéniture – dans et à travers les créations de notre propre histoire. Et c'est également notre propre histoire – *et cette histoire seulement* – qui nous a éduqués de telle sorte que nous savons apprécier la beauté des sculptures mayas, des

peintures chinoises, ou de la musique et de la danse bali-
naises – tandis que la réciproque n'est pas vraie. Certes,
quelques-uns des meilleurs interprètes contemporains de
Mozart sont des Japonais. Mais, si tel est le cas, c'est qu'ils
ont été « occidentalisés » : non pas tant au sens où ils ont
appris le piano, Mozart, etc., qu'au sens où ils ont accepté
cette ouverture, ce mouvement d'acculturation avec son
corollaire – que la musique de certains barbares n'est pas à
repousser d'avance mais peut mériter la peine qu'on se
l'approprie [11].

Si l'autre n'est pas une ombre ou un mannequin, il appartient à une communauté social-historique définie et concrète.
Concrète veut dire particulière : une communauté particulière, et son « éducation » particulière – c'est-à-dire sa
tradition. Mais alors, le recours à son point de vue flotte
dangereusement entre la vacuité et la tautologie. Il est vide,
si l'autre en question est censé se trouver en n'importe
quelle communauté. Il est tautologique, s'il est un appel à
notre propre communauté : car alors il n'est jamais qu'un
appel à continuer à juger beau ce que nous jugions déjà tel.

Qu'il doive en être ainsi découle bien entendu de ce que
j'ai nommé la clôture cognitive de mondes social-historiques différents. Et cela s'applique à l'art aussi bien qu'à la
« science », aux raisons suffisantes de mourir aussi bien
qu'aux manières de table. Il y a certes une distinction à
faire entre la « science » et le reste, ou en tout cas l'art.
Même si nous dédaignons les arguments pragmatiques du
genre : la validité universelle de notre science, par opposition à la magie des sauvages, est « prouvée » par le fait que
nous tuons les sauvages bien plus efficacement que leur
magie ne peut nous tuer, il reste que les chances d'une

---

11. Une anecdote célèbre rapporte qu'il y a deux siècles l'empereur
chinois repoussa une proposition de traité commercial présentée par
une ambassade anglaise en faisant observer : je vois bien pourquoi les
barbares souhaitent acquérir nos produits, mais je ne vois pas comment ils pourraient nous en offrir un équivalent qui en vaille le coup.

« validité universelle » effective de la science sont bien
supérieures à celles de l'art. Car, dans le cas de la science,
la composante ensembliste-identitaire (*legein* et *teukhein*)
est d'une importance énorme et cette composante est moins
variable entre les cultures [12]. Par exemple, dans la mesure
où la causalité est universellement reconnue (la magie elle-
même fonctionne sur la base d'une sorte de postulat de la
causalité), vous pouvez convaincre n'importe quel sauvage,
au prix d'un petit nombre d'opérations, que X est la cause
de Y. Les chances que vous avez de l'amener à aimer *Tris-
tan und Isolde* sont infiniment plus faibles : pour ce faire,
vous devriez l'initier à plusieurs siècles de culture européenne. Naturellement, ce n'est pas là un hasard : l'« art » –
qui n'a jamais été « art » pur, hormis durant une période
historique aussi courte que récente – est beaucoup plus
étroitement et profondément lié au noyau des significations imaginaires d'une société que la « connaissance des
choses ».

Il existe bien sûr une réponse kantienne à tout ceci, et
cette réponse est (au moins) triple. Premièrement, l'œuvre
d'art s'adresse à la « part subjective qu'on peut supposer
chez tout homme (comme exigible pour la connaissance
possible en général) » (§ 38). Et cette part se trouve dans
l'animation réciproque de l'imagination dans sa liberté et
de l'entendement dans sa conformité à une loi *(Gesetzmäs-
sigkeit)* (§ 35), suivant la proportion qui convient (§ 21).
Deuxièmement, la « nécessité » du jugement de goût se
fonde sur un « concept indéterminé », le « concept d'un
substrat supra-sensible de phénomènes » (§ 57). Et, troisièmement, il existe un processus historique, équivalant à un
progrès de l'éducation du goût – et certainement à une
actualisation de l'universalité effective à travers une marche
convergente –, et celui-ci est manifeste dans le développe-

12. Sur ces termes, et le problème proprement dit, voir mon livre
L'Institution imaginaire de la société, op. cit., chap. v.

ment de la civilisation en général, et dans l'*Aufklärung* en particulier (§ 41).

Il n'est ni possible ni nécessaire de discuter ici de ces points. Je me contenterai de noter, en rapport avec le premier, que ses implications sont beaucoup plus larges qu'il n'y paraît au premier regard. On peut sans mal accorder que l'imagination, l'entendement, et l'interaction « productive » de l'une et de l'autre sont présents chez tous les hommes ; la question du goût met en jeu bien plus que ces « facultés » universelles abstraites, elle se rapporte à leur spécification historique concrète (Kant en était parfaitement conscient, son troisième point le montre ; voir aussi la *Remarque* qui suit le § 38). Mais, et cela est beaucoup plus important, ces idées renvoient à la philosophie kantienne dans sa totalité – aussi bien à la « philosophie pure » qu'à la « philosophie de l'histoire ». Sans cela, la troisième *Critique* se trouve comme suspendue dans les airs. Je m'étonne que les avocats contemporains d'un recours à la troisième *Critique* ne paraissent pas réaliser qu'ils devraient accepter, avec le reste de l'héritage, les idées d'un « substrat supra-sensible des phénomènes » (au sens kantien du terme « supra-sensible ») et de l'« humanité », ou encore l'idée que la beauté est le « symbole du bien moral » (§ 59). Et je trouve encore plus étonnant qu'ils puissent ne tenir aucun compte du lien essentiel qui existe entre la théorie du goût et du jugement exposée par Kant et l'univers historique – lien qui se trouve dans la position claire et sans équivoque de Kant sur l'*Aufklärung*. Si toutes les tribus humaines, après leur longue période d'errance dans les forêts sauvages de la pré-civilisation, étaient maintenant en train de se rassembler dans les clairières de l'*Aufklärung* où nous, les premiers arrivés, les saluons amicalement au fur et à mesure qu'elles arrivent, les problèmes seraient certainement bien différents. Mais ne nous avait-on pas expliqué au départ que toute la discussion a précisément commencé en raison de la crise qui ébranla les idées et les normes de l'*Aufklärung* ?

Passons maintenant à l'autre noyau des idées de la troisième *Critique*. Les beaux-arts sont les arts du génie ; et l'œuvre du génie est une *création* – bien que Kant lui-même n'emploie pas ce terme [13]. Elle est nouvelle, non pas « numériquement », mais essentiellement, en ce qu'elle pose de nouvelles normes : elle est un nouvel *eidos*. Aussi est-elle également « modèle », « prototype » *(Muster)*.

Mais un modèle de quoi, et pour quoi faire ? Le terme est étrange, puisqu'on s'attendrait naturellement à cette réponse : un modèle à imiter ; or Kant rejette et condamne, sévèrement et à juste titre, l'imitation et insiste fortement sur l'originalité essentielle qu'il présente comme la marque distinctive de l'œuvre d'art, c'est-à-dire du génie *(ach*, si seulement on avait pu faire comprendre aux gens cette identité, art = génie, depuis deux siècles…).

A prendre le terme « prototype » au sens formel, l'œuvre de génie est un prototype de rien et pour rien [14]. Mais elle

13. Il ne parle qu'une seule fois de *schöpferische Einbildungskraft*, d'imagination créatrice (§ 49). Cette dernière expression étant courante au XVIIIe siècle, l'insistance de Kant à toujours qualifier l'imagination de *productive* ne saurait être fortuite. Bien évidemment le terme *Schöpfung* (création) est amplement utilisé à propos de la « création du monde » par « Dieu » dans les paragraphes finals de la troisième *Critique*, par exemple § 84, 87, etc.

14. Bien entendu, l'œuvre d'art est aussi une « présentation » de l'idéal moral. Mais, dans le contexte présent, cette notion n'a aucune pertinence. De surcroît, on ne saurait la prendre en considération qu'à condition de souscrire à la métaphysique de Kant. Cela découle du caractère supra-sensible de ce qui doit être présenté *(dargestellt)*. En fin de compte, nous nous trouvons en présence d'une aporie apparente :

– toute *Darstellung* (par un génie artistique) est appropriée ;

– toute série de *Darstellungen* est insuffisante, puisqu'elle n'« épuise » jamais, pour ainsi dire, ce qui est à présenter.

On peut voir ici un autre fondement important de la dépendance de l'esthétique de Kant (et de sa théorie du jugement) à l'égard de sa métaphysique – comparable à celle de la *Critique de la Raison pratique* : la distance infinie ou insurmontable entre l'humanité et l'Idée – et la (vaine) tentative de la maintenir *et* de la couvrir moyennant est un prototype de deux autres points de vue. Elle est un prototype du « fait » de la création : elle se propose en « exemple » non pas à imiter (*Nachahmung*, ou *Nachmachung*), mais qui appelle une « succession » ou une « continuation » *(Nachfolge)*, pour que se rejouent le fait et l'exploit de la création. Et elle sert également de modèle pour l'éducation du goût. Dans les deux cas, on retrouve cependant le cercle de la création historique, et nulle construction « logique » ou « analytique » ne nous permet de sortir de cette situation paradoxale. Le *chef-d'œuvre* ne peut servir de modèle pour l'éducation du goût que si le goût est déjà assez développé pour reconnaître en lui un *chef-d'œuvre*. Et il ne peut servir de modèle pour une reprise de l'acte créateur que s'il est déjà reconnu comme l'incarnation d'un tel acte.

Derrière la construction apparemment – comme toujours – étanche de Kant, et au-delà de la prise de conscience de sa nature, comme d'habitude, instable, nous trouvons une intuition profonde de la vérité en la matière. En tant que création, l'art ne saurait être « expliqué ». Et la réception de la grande œuvre d'art ne saurait « être expliquée » non

---

quelque espèce de marche infinie. Dans la *Critique de la Raison pratique*, cela conduit, *inter alia*, à l'argumentation absurde concernant l'immortalité de l'âme. Dans la *Critique de la faculté de juger* (où est clairement envisagée une progression historique « immanente »), cela conduit à l'idée d'une série interminable de *Darstellungen*. La différence est que dans le premier cas (l'action morale) nous sommes en permanence déficients (personne n'est jamais saint, affirme la *Critique de la Raison pratique*), tandis que dans le second cas (l'art) l'œuvre du génie n'est certainement pas déficiente. Ce point mériterait un examen plus approfondi, qui tienne compte de l'anthropologie kantienne, mais qui n'a pas sa place ici. Que l'on me permette d'ajouter seulement ceci : en vérité l'adéquation absolue du chef-d'œuvre n'est rien d'autre que sa présentation de l'Abîme (du Chaos, du Sans-Fond) et l'inexhaustibilité de l'art s'enracine dans le caractère ontologique de l'Abîme aussi bien que dans le fait que chaque culture (et chaque génie individuel) crée sa propre voie vers l'Abîme – le second étant de nouveau une manifestation du premier.

plus. La fonction « éducative » du nouveau et de l'original est tout à la fois un fait et un paradoxe [15]. Elle est un exemple du fait et du paradoxe de toute création historique.

La théorie de l'esthétique de Kant forme le seul pan de ses écrits fondamentaux où il est forcé d'aller au-delà de son approche strictement dualiste et de prendre en compte ce que des néokantiens ultérieurs (Rickert) devaient nommer *das Zwischenreich des immanenten Sinnes* (la région intermédiaire du sens immanent). C'est là aussi qu'il est le plus près de reconnaître la création dans l'histoire – en substance, bien qu'il ne la nomme pas, ni ne pouvait la nommer. La beauté est créée. Mais il est caractéristique, en premier lieu, que Kant doive se faire une idée « exceptionnaliste » de la création : seul le génie crée – et il le fait « comme nature ». (Cette nature n'a, bien sûr, rien à voir avec la « nature » de sa philosophie théorique. On comprend sans mal que « nature » est ici un pseudonyme gêné en lieu et place de « Dieu » ; le « génie » est un rameau fragmenté de l'intelligence créatrice que doit poser toute réflexion sur la téléologie de la « nature ».) Et, en second lieu, que la création soit restreinte au domaine – ontologiquement privé de poids – de l'art. Ce que Kant a à dire du travail scientifique dans la troisième *Critique* est caractéristique de la nécessité intrinsèque dans laquelle il se trouve de le banaliser et de le réduire à un processus cumulatif. Dans le domaine de l'art, la validité effective, la reconnaissance et la réception des normes (les significations, ou les « valeurs » dans la terminologie néo-kantienne), doit acquérir une importance décisive. D'où le passage de la « validité universelle objective » à la « validité subjective », et du « déterminant » au « réfléchissant » : la détermination ne dépend pas de l'opinion d'autrui, tandis que la réflexion

---

15. Voir aussi mon texte, « Le dicible et l'indicible », in *Les Carrefours du labyrinthe, op. cit.*, en particulier p. 140-141 [et coll. « Points Essais », p. 161-189].

la fait intervenir. Ainsi le caractère irréductible de la création et la communauté/collectivité des humains acquièrent-ils, quoique à contrecœur, quelque statut philosophique, ne fût-ce qu'à titre de problèmes.

Kant croit qu'il apporte une réponse à la question de l'essence de la beauté (de ce qu'*est* la beauté) et de la « nécessité » de sa reconnaissance commune. Naturellement, il ne fait rien de tel. Nous devons prendre acte de l'importance capitale de la troisième *Critique, non pas* sur la question du jugement, mais pour ses intuitions concernant la création et la communauté humaine. Nous devons aussi reconnaître les limites de ces intuitions – et l'origine nécessaire de ces limites dans le « corps principal » de la philosophie kantienne (dans les deux autres *Critiques*). Si l'on veut s'affranchir de ces limites, il faut faire exploser ce corps principal – mais alors, les intuitions de la troisième *Critique* prennent un sens entièrement différent et nous entraînent dans des directions inattendues. Du fait de ces limites – en vérité communes au courant central de la tradition philosophique héritée –, Kant n'a pas la possibilité de penser l'imaginaire social radical, ni l'institution de la société ; il ne saurait réellement penser ni la socialité de l'histoire, ni l'historicité de la société [16]. D'où aussi la restriction au « génie », et la restriction à l'« art » : la création des institutions est purement et simplement ignorée ou, dans le meilleur des cas, doit être présentée comme une affaire exclusivement « rationnelle » (*cf.* la « nation de démons » in *Zum ewigen Frieden*). Et c'est pour cette raison que le cercle primitif de la création (le fait que la création se présuppose elle-même) ne peut apparaître que confusément et indistinctement entre les lignes de ses écrits

---

16. C'est aussi la raison pour laquelle il doit confiner ses intuitions à la dimension strictement « individuelle-subjective » de l'imagination. Voir mon texte « La découverte de l'imagination », in *Libre*, n° 3, Paris, Payot, 1978 [ici même, p. 411-453].

et à travers les apories de son analyse : la beauté est reconnue parce qu'existe le goût ; et le goût est là parce que les hommes ont été éduqués ; et les hommes ont été éduqués parce qu'ils étaient déjà en contact avec la beauté, donc parce qu'ils ont reconnu la beauté avant d'être, en principe, capables de le faire.

Dans le domaine de l'art comme ailleurs, le social-historique est auto-institution. Le « génie » est en l'occurrence à la fois un cas particulier et un pseudonyme de la création historique en général. La réception de l'œuvre d'art est un cas particulier de la participation et de la coopération actives et autocréatrices des communautés humaines à l'institution du nouveau – à l'institution *tout court*. La « réception » n'est pas moins paradoxale – ni moins créatrice – que la création. Et, bien sûr, rien dans tout cela ne nous rapproche d'un doigt de la réponse à la question qui est la nôtre : comment juger et choisir ? La généralisation et la radicalisation des intuitions de Kant ne peut qu'aboutir à une généralisation et à une radicalisation des apories que contient son œuvre. Car chacun juge et choisit toujours non seulement au sein, mais aussi au moyen de l'institution social-historique particulière – la culture, la tradition – qui l'a formé, et, sans cela, serait *incapable* de juger et de choisir quoi que ce soit. Que Kant puisse à la fois être conscient de ce fait et le laisser de côté témoigne de sa position fondamentale d'*Aufklärer* : en vérité, il n'est *qu'une seule* histoire – et, pour tout ce qui réellement importe, cette histoire unique se confond avec la nôtre (ou encore, notre propre histoire est le point de rencontre « transcendantalement obligatoire » de toutes les histoires particulières). On pourrait être tenté de voir dans cette attitude une position « empirique » et dont on peut se passer – mais ce serait faire fausse route. Car ce postulat – la « transcendantalisation » du fait historique de l'*Aufklärung* – est nécessaire si l'on veut apporter un semblant de réponse, en termes « universels », à la question initiale. Si nous appartenions tous à la même tradition fondamentale – ou s'il n'y avait, *de jure*, qu'une seule et unique tradition « vraie » –, nous pourrions invoquer le « même » goût. (Mais, même en ce cas, il faudrait supposer, contre les faits, que les ruptures créatrices qui jalonnent cette tradition demeurent à l'intérieur de quelques limites indéfinissables.)

Nous pouvons maintenant conclure sur le chassé-croisé permanent d'intuitions justes et de mauvaises raisons qui se poursuit avec l'invocation contemporaine de la troisième *Critique*. On recourt à la théorie kantienne du jugement dans l'illusion qu'elle peut apporter des éléments de réponse à la question du jugement et du choix – ce qu'elle ne fait pas. Et la troisième *Critique* n'est *pas* prise en compte pour ce qui est, en vérité, son germe le plus précieux : l'intuition du fait de la création. Mais cela n'est pas un hasard. Car nos contemporains répudient (au moins tacitement) le corps principal de la philosophie de Kant ; s'ils ne le faisaient pas, ils n'auraient aucun besoin de recourir à la troisième *Critique* dans des matières de jugement pratico-politique. Or, une fois libérée de l'échafaudage (ou de la cage) transcendantal et des postulats relatifs au supra-sensible, l'idée de création devient incontrôlable. Si les normes elles-mêmes sont créées, comment échapper à l'idée terrifiante que le Bien et le Mal sont eux-mêmes des créations social-historiques ? Aussi préfère-t-on se réfugier dans un vague *sensus communis* en matière de Bien et de Mal – et oublier, une fois de plus, que c'est précisément l'effondrement effectif de ce *sensus communis* qui est à l'origine de toute la discussion.

Pouvons-nous aller plus loin qu'énoncer quelques faits évidents – que juger et choisir ont toujours lieu au sein et au moyen d'une institution social-historique existante, ou bien procèdent d'une nouvelle création en face de laquelle il n'est d'autres critères disponibles que ceux qu'établit cette nouvelle création pour la première fois ? Et comment pou-

vons-nous aborder raisonnablement, sinon « rationnellement », la question du jugement et du choix entre différentes institutions de la société – la question politique *par
excellence* ?

Je ne saurais discuter de ce problème ici. Je répéterai seulement ceci : l'absolue singularité de notre tradition, gréco-
occidentale ou européenne, tient au fait qu'elle est la seule
tradition où ce problème surgit et devient pensable. (Ce qui
ne veut pas dire qu'il devient « soluble » – paix à Descartes
et à Marx.) La politique et la philosophie, *et* leur lien, ont
été créés ici, et ici seulement. Et, bien entendu, cela *ne
signifie pas* que cette tradition puisse être rationnellement
imposée à – ou défendue contre – une autre tradition qui ne
tiendrait aucun compte de cette position ou la rejetterait.
Toute argumentation rationnelle présuppose l'acceptation
commune du critère de rationalité. Discuter « rationnellement » avec Hitler, Andropov, Khomeini ou Idi Amin Dada
n'est pas tant vain d'un point de vue pragmatique que logiquement absurde. De fait, « pragmatiquement », une telle
discussion peut se défendre comme une activité politique
(« pédagogique ») : il y a toujours une chance que certains
partisans de ces messieurs soient (ou deviennent) *inconsé-
quents*, et *donc* perméables à des arguments « rationnels ».
Mais, pour prendre un exemple plus élevé, une argumentation invoquant la rationalité, l'égale valeur de tous les
êtres humains *en tant* qu'humains, etc., peut-elle peser de
quelque poids contre la conviction profondément ancrée
que Dieu s'est révélé en même temps qu'il a révélé sa
volonté – cette révélation impliquant, par exemple, la
conversion forcée et/ou l'extermination des infidèles, des
sorciers, des hérétiques, etc. ? Dans sa stupidité, l'esprit
de clocher moderne est capable de se moquer de cette
idée « exotique » – alors qu'il y a deux siècles encore
elle occupait une place centrale dans toutes les sociétés
« civilisées ».

Le juger et le choisir, en un sens radical, ont été créés en Grèce, et c'est là l'un des sens de la création grecque de la politique et de la philosophie. Par politique, je n'entends pas les intrigues de cour, ni les luttes entre groupes sociaux qui défendent leurs intérêts ou leurs positions (choses qui ont existé ailleurs), mais une activité collective dont l'objet est l'institution de la société en tant que telle. C'est en Grèce que nous trouvons le premier exemple d'une société délibérant explicitement au sujet de ses lois et changeant ces lois [17]. Ailleurs, les lois sont héritées des ancêtres, ou données par les dieux, sinon par le Seul Vrai Dieu ; mais elles ne sont pas posées, c'est-à-dire créées par des hommes à la suite d'une confrontation et d'une discussion collectives sur les bonnes et les mauvaises lois. Cette position conduit à la question qui trouve également ses origines en Grèce – non plus seulement : *cette loi-ci* est-elle bonne ou mauvaise ? mais : qu'est-ce, pour une loi, que d'être bonne ou mauvaise – autrement dit, qu'est-ce que la justice ? Et elle est immédiatement liée à la création de la philosophie. De même que dans l'activité politique grecque l'institution existante de la société se trouve pour la première fois remise en question et modifiée, la Grèce est la première société à s'être interrogée explicitement sur la représentation collective instituée du monde – c'est-à-dire à s'être livrée à la philosophie. Et, de même qu'en Grèce l'activité politique débouche rapidement sur la question : qu'est-ce que la justice en général ? et pas simplement : cette loi particulière est-elle bonne ou mauvaise, juste ou injuste ?, de même l'interrogation philosophique débouche rapidement sur la question : qu'est-ce que la vérité ? et non plus seulement : est-ce que telle ou telle représentation du monde

17. Je ne saurais souscrire à l'idée de Hannah Arendt suivant laquelle l'activité législative était en Grèce un aspect secondaire de la politique. Cela ne serait vrai qu'en un sens restreint du terme « légiférer ». Aristote dénombre onze « révolutions » à Athènes – autrement dit, onze changements de la législation fondamentale (« constitutionnelle »).

est vraie ? Et ces deux questions sont des questions authentiques – c'est-à-dire des questions qui doivent rester ouvertes à jamais.

La création de la démocratie et de la philosophie, et de leur lien, trouve une pré-condition essentielle dans la vision grecque du monde et de la vie humaine, dans le noyau de l'imaginaire grec. La meilleure façon de mettre cela en lumière est peut-être de se référer aux trois questions par lesquelles Kant a résumé les intérêts de l'homme. En ce qui concerne les deux premières : que puis-je savoir ? que dois-je faire ? l'interminable discussion commence en Grèce, mais il n'y a pas de « réponse grecque ». Mais à la troisième question : que m'est-il permis d'espérer ? il est une réponse grecque claire et précise, et c'est un : *rien*, massif et retentissant. Et, de toute évidence, cette réponse est la bonne. L'espoir n'est pas pris ici en son sens quotidien et trivial – l'espoir que le soleil brillera demain, ou que les enfants naîtront vivants. L'espoir auquel pense Kant est l'espoir de la tradition chrétienne ou religieuse, l'espoir correspondant à ce souhait et à cette illusion centraux de l'homme, qu'il doit y avoir quelque correspondance fondamentale, quelque consonance, quelque *adequatio* entre nos désirs ou nos décisions et le monde, la nature de l'être. L'espoir est cette supposition ontologique, cosmologique et éthique suivant laquelle le monde n'est pas simplement quelque chose qui se trouve là-dehors, mais un *cosmos* au sens propre et archaïque, un ordre total qui nous inclut nous-mêmes, nos aspirations et nos efforts, en tant que ses éléments centraux et organiques. Traduite en termes philosophiques, cette hypothèse donne : l'être est foncièrement bon. Platon, chacun le sait, fut le premier à oser proclamer cette monstruosité philosophique, *après* la fin de la période classique. Et cette monstruosité est demeurée le dogme fondamental de la philosophie théologique, chez Kant bien sûr, et chez Marx aussi. Mais le point de vue grec est exprimé dans le mythe de Pandore, tel que nous le rapporte Hésiode :

l'espoir est à jamais emprisonné dans la boîte de Pandore. Dans la religion grecque pré-classique et classique, il n'y a pas d'espoir de vie après la mort : ou bien il n'y a pas de vie après la mort, ou bien, s'il y en a une, elle est pis encore que la pire vie que l'on puisse avoir sur terre – telle est la révélation d'Achille à Ulysse dans le Pays des morts. N'ayant rien à espérer d'une vie après la mort ni d'un Dieu attentif et bienveillant, l'homme se trouve libre pour agir et penser en *ce* monde.

Tout cela est profondément lié à l'idée grecque fondamentale du *chaos*. Chez Hésiode, au commencement était le chaos. Au sens propre et au sens premier, chaos, en grec, signifie vide, néant. C'est du vide le plus total qu'émerge le monde[c]. Mais, déjà chez Hésiode, l'univers est aussi chaos au sens où il n'est pas parfaitement ordonné, c'est-à-dire où il n'est pas soumis à des lois pleines de sens. Au début régnait le désordre le plus total ; puis l'ordre, le *cosmos* a été créé. Mais, aux « racines » de l'univers, au-delà du paysage familier, le chaos règne toujours souverain. Et l'ordre du monde n'a pas de « sens » pour l'homme : il dicte l'aveugle nécessité de la genèse et de la naissance, d'une part, de la corruption et de la catastrophe – de la mort des formes – de l'autre. Chez Anaximandre – le premier philosophe sur lequel nous possédons des témoignages dignes de foi – l'« élément » de l'être est l'*apeiron*, l'indéterminé, l'indéfini, une autre façon de penser le chaos ; et la forme, l'existence particularisée et déterminée des divers êtres, est l'*adikia* – l'injustice, que l'on peut aussi bien appeler l'*hubris*. C'est bien pourquoi les êtres particuliers doivent se rendre mutuellement justice et réparer leur injustice à travers leur décomposition et leur disparition[18]. Il existe un

c. Comme l'a clairement établi Olof Gigon, in *Der Ursprung der griechischen Philosophie von Hesiod bis Parmenides*, Bâle, 1945.

18. Le sens de ce fragment d'Anaximandre (Diels, B, 1) est clair, et, pour une fois, les historiens « classiques » de la philosophie l'ont correctement interprété. L'« interprétation » heideggérienne (« Der

lien étroit, quoique implicite, entre ces deux paires d'op-
positions : *chaos/cosmos* et *hubris/dikè*. En un sens, la
seconde n'est qu'une transposition de la première dans le
domaine humain.

Cette vision conditionne, pour ainsi dire, la création de la
philosophie. La philosophie, telle que les Grecs l'ont créée
et pratiquée, est possible parce que l'univers n'est pas totalement ordonné. S'il l'était, il n'y aurait pas la moindre
philosophie, mais seulement un système de savoir unique
et définitif. Et si le monde était chaos pur et simple, il n'y
aurait aucune possibilité de penser. Mais elle conditionne
aussi la création de la politique. Si l'univers humain
était parfaitement ordonné, soit de l'extérieur, soit par
son « activité spontanée » (« main invisible », etc.), si les
lois humaines étaient dictées par Dieu ou par la nature, ou
encore par la « nature de la société » ou par les « lois de
l'histoire », il n'y aurait alors aucune place pour la pensée
politique, ni de champ ouvert à l'action politique, et il serait
absurde de s'interroger sur ce qu'est une bonne loi ou sur
la nature de la justice (*cf.* Hayek). De même, si les êtres
humains ne pouvaient créer quelque ordre pour eux-mêmes
en posant des lois, il n'y aurait aucune possibilité d'action
politique, instituante. Et, si une connaissance sûre et totale
(epistèmè) du domaine humain était possible, la politique
prendrait immédiatement fin, et la démocratie serait tout à
la fois impossible et absurde, car la démocratie suppose que
tous les citoyens ont la possibilité d'atteindre une *doxa*
correcte, *et* que personne ne possède une *epistèmè* des
choses politiques.

Spruch des Anaximander », in *Holzwege*, trad. fr. par W. Brokmeier,
« La parole d'Anaximandre », in *Chemins qui ne mènent nulle part*,
Paris, Gallimard, 1962 [nouv. éd. Gallimard, coll. « Tel », 1986])
n'est, comme d'habitude, que du Heidegger travesti en Anaximandre.
[Cornelius Castoriadis est revenu sur la philosophie d'Anaximandre
dans le cadre de son séminaire de l'année 1982-83 à l'Ecole des
hautes études *(NdE)*.]

Il est important, me semble-t-il, d'insister sur ces liens parce que les difficultés auxquelles se heurte la pensée politique moderne tiennent, pour une bonne part, à l'influence dominante et persistante de la philosophie théologique (c'est-à-dire platonicienne). De Platon jusqu'au libéralisme moderne et au marxisme, la philosophie politique a été empoisonnée par le postulat opératoire qui veut qu'il y ait un ordre total et « rationnel » (et par conséquent « plein de sens ») du monde, et son inéluctable corollaire : il existe un ordre des affaires humaines lié à cet ordre du monde – ce que l'on pourrait appeler l'ontologie unitaire. Ce postulat sert à dissimuler le fait fondamental que l'histoire humaine est création – fait sans lequel il ne saurait y avoir d'authentique question du jugement et du choix, pas plus « objectivement » que « subjectivement ». Par la même occasion, il masque ou écarte en fait la question de la responsabilité. L'ontologie unitaire, quel que soit son masque, est essentiellement liée à l'hétéronomie. Et, en Grèce, l'émergence de l'autonomie a été tributaire d'une vision non unitaire du monde, exprimée dès les origines dans les « mythes » grecs.

Lorsque l'on étudie la Grèce, et plus particulièrement les institutions politiques grecques, la mentalité « modèle/anti-modèle » a une conséquence curieuse mais inévitable : ces institutions sont considérées, pour ainsi dire, « de manière statique », comme s'il s'agissait d'*une seule* « constitution » avec ses divers « articles » fixés une fois pour toutes, et que l'on pourrait (et que l'on devrait) « juger » ou « évaluer » en tant que tels. C'est une approche pour personnes en quête de recettes – dont le nombre, en vérité, ne semble pas être en diminution. Mais l'essence de ce qui importe dans la vie politique de la Grèce antique – le *germe* – est, bien sûr, le *processus historique* instituant : l'activité et la lutte qui se développent autour du changement des institutions, l'auto-institution explicite (même si elle reste partielle) de la *polis* en tant que processus permanent. Ce processus se

poursuit sur près de quatre siècles. L'élection annuelle des
thesmothetai à Athènes remonte à 683-682, et c'est probablement à la même époque que les citoyens de Sparte
(9 000 d'entre eux) se sont établis comme *homoioi* (« semblables », c'est-à-dire égaux) et que le règne du *nomos* (loi)
y a été affirmé. Et l'élargissement de la démocratie à
Athènes se poursuit jusqu'à une date avancée du IVe siècle.
Les *poleis*, et en tout cas Athènes sur laquelle notre information est la moins lacunaire, ne cessent de remettre en
question leur institution ; le *dèmos* continue à modifier les
règles dans le cadre desquelles il vit. Tout cela est, bien sûr,
indissociable du rythme vertigineux de la création durant
cette période, et ce dans tous les domaines, au-delà du
champ strictement politique.

Ce mouvement est un mouvement d'auto-institution
explicite. La signification capitale de l'auto-institution
explicite est l'autonomie : nous posons nos propres lois.
De toutes les questions que soulève ce mouvement, j'en
évoquerai brièvement trois : « qui » est le « sujet » de cette
autonomie ? quelles sont les limites de son action ? et quel
est l'« objet » de l'auto-institution autonome [19] ?

La communauté des citoyens – le *dèmos* – proclame
qu'elle est absolument souveraine (*autonomos, autodikos,
autotelès* : elle se régit par ses propres lois, possède sa juri-
diction indépendante, et se gouverne elle-même, pour
reprendre les termes de Thucydide). Elle affirme également
l'égalité politique (le partage égal de l'activité et du pouvoir)
de tous les hommes libres. C'est l'autoposition, l'auto-
définition du corps politique qui contient – et contiendra *toujours* – un élément d'arbitraire. *Qui* pose la *Grundnorm*,
dans la terminologie de Kelsen, la norme qui gouverne la

---

19. Pour des raisons d'espace, je serai moi-même obligé de parler
en termes « statiques », laissant de côté le mouvement et ne considérant que quelques-uns de ses « résultats » les plus significatifs. Je prie
le lecteur de ne pas perdre de vue cette inéluctable limitation.

position des normes, est un *fait*. Pour les Grecs, ce « qui » est le corps des citoyens mâles libres et adultes (ce qui veut dire, en principe, des hommes nés de citoyens, bien que la naturalisation fût connue et pratiquée). L'exclusion des femmes, des étrangers et des esclaves de la citoyenneté est certes une limitation qui nous est inacceptable. En pratique, cette limitation n'a jamais été levée dans la Grèce antique (au niveau des idées, les choses sont moins simples ; mais je n'aborderai pas cet aspect de la question ici). Mais, si nous nous laissons aller un instant au jeu stupide des « mérites comparés », rappelons que l'esclavage a survécu aux États-Unis jusqu'en 1865 et au Brésil jusqu'à la fin du XIXᵉ siècle ; que, dans la plupart des pays « démocratiques », le droit de vote n'a été accordé aux femmes qu'au lendemain de la Seconde Guerre mondiale ; qu'à ce jour aucun pays ne reconnaît le droit de vote aux étrangers, et que dans la grande majorité des cas la naturalisation des étrangers résidents n'a rien d'automatique (un sixième de la population résidente de la très « démocratique » Suisse est formé de *metoikoi*).

L'égalité des citoyens est naturellement une égalité au regard de la loi *(isonomia)*, mais essentiellement elle est bien plus que cela. Elle ne se résume pas à l'octroi de « droits » égaux passifs – mais est faite de la *participation* générale active aux affaires publiques. Cette participation n'est pas laissée au hasard : elle est, au contraire, activement encouragée par des règles formelles aussi bien que par l'*éthos* de la *polis*. D'après le droit athénien, un citoyen qui refusait de prendre parti dans les luttes civiles qui agitaient la cité devenait *atimos* – c'est-à-dire perdait ses droits politiques [20].

La participation se matérialise dans l'*ecclèsia*, l'Assemblée du peuple qui est le corps souverain agissant. Tous les citoyens ont le droit d'y prendre la parole *(isègoria)*, leurs

---

20. Aristote, *Constitution des Athéniens*, VIII, 5.

voix pèsent toutes du même poids *(isopsèphia)*, et l'obligation morale s'impose à tous de parler en toute franchise
(parrhèsia). Mais la participation se matérialise aussi dans
les tribunaux, où il n'y a pas de juges professionnels ; la
quasi-totalité des cours sont formés de jurys, et les jurés
sont tirés au sort.

L'*ecclèsia*, assistée par la *boulè* (Conseil), légifère et
gouverne. Cela est la *démocratie directe*. Trois aspects de
cette démocratie méritènt plus ample commentaire.

a) *Le peuple par opposition aux « représentants »*. A
chaque fois que dans l'histoire moderne une collectivité
politique est entrée dans un processus d'autoconstitution
et d'auto-activité radicales, la démocratie directe a été redécouverte ou réinventée : conseils communaux *(town meetings)* durant la Révolution américaine, *sections* pendant la
Révolution française, Commune de Paris, conseils ouvriers
ou soviets sous leur forme initiale. Hannah Arendt a
maintes fois insisté sur l'importance de ces formes. Dans
tous ces cas, le corps souverain est la totalité des personnes
concernées ; chaque fois qu'une délégation est inévitable,
les délégués ne sont pas simplement élus mais peuvent
être révoqués à tout moment. N'oublions pas que la grande
philosophie politique classique ignorait la notion (mystificatrice) de « représentation ». Pour Hérodote aussi bien
que pour Aristote, la démocratie est le pouvoir du *dèmos*,
pouvoir qui ne souffre aucune limitation en matière de
législation, et la désignation des magistrats (*non* de « représentants » !) par tirage au sort ou par rotation. D'aucuns
s'obstinent à répéter aujourd'hui que la constitution préfé-
rée d'Aristote, ce qu'il nomme la *politeia*, est un mélange
de démocratie et d'aristocratie – mais oublient d'ajouter
que pour Aristote l'élément « aristocratique » de cette *politeia* tient au fait que les magistrats sont *élus* : car à plusieurs
reprises il définit clairement l'élection comme un principe
aristocratique. Cela n'était pas moins clair pour Montesquieu et pour Rousseau. C'est Rousseau, et non pas Marx

ni Lénine, qui écrivit que les Anglais se sentent libres parce qu'ils élisent leur Parlement, mais qu'en réalité ils ne sont libres qu'un jour tous les cinq ans. Et, lorsque Rousseau explique que la démocratie est un régime trop parfait pour les hommes, qu'il n'est adapté qu'à un peuple de dieux, il entend par démocratie l'identité du *souverain* et du *prince* – c'est-à-dire l'absence de *magistrats*. Les libéraux modernes sérieux – par opposition aux « philosophes politiques » contemporains – n'ignoraient rien de tout cela. Benjamin Constant n'a pas glorifié les élections ni la « représentation » en tant que telles ; il a défendu en elles des moindres maux, dans l'idée que la démocratie était impossible dans les pays modernes en raison de leurs dimensions *et* parce que les gens se désintéressaient des affaires publiques. Quelle que soit la valeur de ces arguments, ils sont fondés sur la reconnaissance explicite du fait que la représentation est un principe étranger à la démocratie. Et cela ne souffre guère la discussion. Dès qu'il y a des « représentants » permanents, l'autorité, l'activité et l'initiative politiques sont enlevées au corps des citoyens pour être remises au corps restreint des « représentants » – qui en usent de manière à consolider leur position et à créer des conditions susceptibles d'infléchir, de bien des façons, l'issue des prochaines « élections ».

b) *Le peuple par opposition aux « experts »*. La conception grecque des « experts » est liée au principe de la démocratie directe. Les décisions relatives à la législation, mais aussi aux affaires politiques importantes – aux questions de *gouvernement* – sont prises par l'*ecclèsia*, après l'audition de divers orateurs et, entre autres, le cas échéant, de ceux qui prétendent posséder un savoir spécifique concernant les affaires discutées. Il n'y a pas ni ne saurait y avoir de « spécialistes » ès affaires politiques. L'expertise politique – ou la « sagesse » politique – appartient à la communauté politique, car l'expertise, la *technè*, au sens strict, est toujours liée à une activité « technique » spécifique, et est naturellement reconnue dans son domaine propre. Ainsi, explique Platon dans le *Protagoras*, les Athéniens prendront l'avis des techniciens quand il s'agit de bien construire des murs ou des navires, mais écouteront n'importe qui en matière de politique. (Les juridictions populaires incarnent la même idée dans le domaine de la justice.) La guerre est bien sûr un domaine spécifique – qui suppose une *technè* propre : aussi les chefs de guerre, les *stratègoi*, sont-ils élus, au même titre que les techniciens qui, en d'autres domaines, sont chargés par la *polis* d'une tâche particulière. Somme toute, Athènes fut donc bien une *politeia* au sens aristotélicien, puisque certains magistrats (très importants) étaient élus.

L'*élection* des experts met en jeu un second principe, central dans la conception grecque, et clairement formulé et accepté non seulement par Aristote, mais aussi par l'ennemi juré de la démocratie, Platon, en dépit de ses implications massivement démocratiques. Le bon juge du spécialiste n'est pas un autre spécialiste, mais l'*utilisateur* : le guerrier (et non pas le forgeron) pour l'épée, le cavalier (et non le bourrelier) pour la selle. Et naturellement, pour toutes les affaires publiques (communes), l'utilisateur, et donc le meilleur juge, n'est autre que la *polis*. Au vu des résultats – l'Acropole, ou les tragédies couronnées –, on est enclin à penser que le jugement de cet usager était plutôt sain.

On ne saurait trop insister sur le contraste entre cette conception et la vision moderne. L'idée dominante suivant laquelle les experts ne peuvent être jugés que par d'autres experts est l'une des conditions de l'expansion et de l'irresponsabilité croissante des appareils hiérarchico-bureaucratiques modernes. L'idée dominante qu'il existe des « experts » en politique, c'est-à-dire des spécialistes de l'universel et des techniciens de la totalité, tourne en dérision l'idée même de démocratie : le pouvoir des hommes politiques se justifie par l'« expertise » qu'ils seraient seuls à posséder – et le peuple, par définition inexpert, est périodiquement appelé à donner son avis sur ces « experts ». Compte tenu de la vacuité de la notion d'une spécialisation ès universel, cette idée recèle aussi les germes du divorce croissant entre l'aptitude à se hisser au faîte du pouvoir et l'aptitude à gouverner – divorce de plus en plus flagrant dans les sociétés occidentales.

c) *La Communauté par opposition à l'« État »*. La *polis* grecque *n'est pas* un « État » au sens moderne. Le mot même d'« État » n'existe pas en grec ancien (il est significatif que les Grecs modernes aient dû inventer un mot pour cette chose nouvelle et qu'ils aient recouru à l'ancien *kratos*, qui veut dire pure force). *Politeia* (dans le titre du livre de Platon, par exemple) ne signifie pas *der Staat* comme dans la traduction allemande classique (le latin *respublica* est moins *sinnwidrig*), mais désigne à la fois l'institution/constitution politique et la manière dont le peuple s'occupe des affaires communes. Que l'on s'obstine à traduire le titre du traité d'Aristote, *Athènaiôn Politeia*, par « la Constitution d'Athènes » fait honte à la philologie moderne : c'est à la fois une erreur linguistique flagrante et un signe inexplicable d'ignorance ou d'incompréhension de la part d'hommes très érudits. Aristote a écrit *La Constitution des Athéniens*. Thucydide est parfaitement explicite à ce sujet : *Andres gar polis*, « car *la polis*, ce sont les hommes ». Avant la bataille de Salamine, lorsqu'il dut recourir à un argument de dernière extrémité afin d'imposer sa tactique, Thémistocle menaça les autres chefs alliés : les Athéniens s'en iraient avec leurs familles et leur flotte pour fonder une nouvelle cité à l'ouest, et ce bien que pour les Athéniens – plus encore que pour les autres Grecs – leur terre fût sacrée et qu'ils fussent fiers de proclamer qu'ils étaient autochtones.

L'idée d'un « État », c'est-à-dire d'une institution distincte et séparée du corps des citoyens, eût été incompréhensible pour un Grec. Certes, la communauté politique existe à un niveau qui ne se confond pas avec la réalité concrète, « empirique », de tant de milliers de personnes assemblées en un lieu donné tel ou tel jour. La communauté politique des Athéniens, la *polis*, possède une existence propre : par exemple, les traités sont honorés indépendamment de leur ancienneté, la responsabilité pour les actes passés est acceptée, etc. Mais la distinction n'est pas faite entre un « État » et une « population » ; elle oppose la « personne morale », le corps constitué permanent des Athéniens pérennes et impersonnels, d'une part, et les Athéniens vivant et respirant, de l'autre.

Ni « État », ni « appareil d'État ». Naturellement, il existe à Athènes un mécanisme technico-administratif (très important aux Ve et IVe siècles), mais celui-ci n'assume aucune fonction politique. Il est significatif que cette administration soit composée d'esclaves, jusqu'à ses échelons les plus élevés (police, conservation des archives publiques, finances publiques ; peut-être Donald Regan et certainement Paul Volcker auraient-ils été esclaves à Athènes). Ces esclaves étaient supervisés par des citoyens magistrats généralement tirés au sort. La « bureaucratie permanente » accomplissant des tâches d'*exécution* au sens le plus strict de ce terme est abandonnée à des esclaves (et, pour prolonger la pensée d'Aristote, pourrait être supprimée lorsque les machines…).

Dans la plupart des cas, la désignation des magistrats par tirage au sort ou rotation assure la participation d'un grand nombre de citoyens à des fonctions officielles – et leur permet de les connaître. Que l'*ecclèsia* décide sur toutes les questions *gouvernementales* d'importance assure le contrôle du corps politique sur les magistrats élus, au même titre que la possibilité d'une révocation de ces derniers à tout moment : la condamnation, au cours d'une procédure judiciaire, entraîne, *inter alia*, le retrait de la charge de magistrat. Bien entendu, tous les magistrats sont responsables de leur gestion et sont tenus de rendre des comptes *(euthunè)* ; ils le font devant la *boulè* pendant la période classique.

En un sens, l'unité et l'existence même du corps politique sont « pré-politiques » – dans la mesure, tout au moins, où il est question de cette auto-institution politique explicite. La communauté commence, pour ainsi dire, à « se recevoir » de son propre passé, avec tout ce que ce passé charrie. (Cela correspond, pour une part, à ce que les modernes ont appelé la question de la « société civile » contre l'« État ».) Certains éléments de ce donné peuvent être politiquement sans intérêt, ou bien intransformables. Mais, *de jure*, la « société civile » est en soi un objet d'action politique instituante. Certains aspects de la réforme de Clisthène à Athènes (506 avant J.-C.) en donnent une illustration frappante. La division traditionnelle de la population en tribus est remplacée par une nouvelle division qui a deux objets essentiels. En premier lieu, le nombre même des tribus est modifié. Les quatre *phulai* traditionnelles (ioniennes) deviennent dix, et chacune d'elles est subdivisée en trois *trittues* qui ont toutes une part égale dans l'ensemble des magistratures par rotation (ce qui implique, en fait, la création d'une nouvelle année et d'un nouveau calendrier « politiques »). En second lieu, chaque tribu est formée, de manière équilibrée, par des dèmes agraires, maritimes et urbains. Les tribus – dont le « siège » se trouve désormais dans la cité d'Athènes – deviennent donc neutres quant aux particularités territoriales ou professionnelles ; ce sont manifestement des unités politiques.

Ce à quoi nous assistons ici, c'est à la création d'un espace social proprement politique, création qui s'appuie sur des éléments sociaux (économiques) et géographiques sans pour autant être *déterminée* par ceux-ci. Nul fantasme d'« homogénéité » en l'occurrence : l'articulation du corps des citoyens, ainsi créée dans une perspective politique, vient se surimposer aux articulations « pré-politiques » sans les écraser. Cette articulation obéit à des impératifs strictement politiques : l'égalité dans le partage du pouvoir, d'une part, et l'unité du corps politique (par opposition aux « intérêts particuliers »), d'autre part.

Une disposition athénienne des plus frappantes témoigne du même esprit (Aristote, *Politique*, 1330a 20) : lorsque l'*ecclèsia* délibère sur des questions entraînant la possibilité d'un conflit (d'une guerre) avec une *polis* voisine, les citoyens habitant au voisinage des frontières n'ont pas le droit de prendre part au vote. Car ils ne pourraient voter sans que leurs intérêts particuliers dominent leurs motifs – alors que la décision doit être prise en vertu de considérations générales.

Cela trahit une nouvelle fois une conception de la politique diamétralement opposée à la mentalité moderne de défense et d'affirmation des « intérêts ». Les intérêts doivent, autant que possible, être tenus à distance au moment d'arrêter des décisions politiques. (Que l'on imagine la disposition suivante dans la Constitution des États-Unis : « Chaque fois qu'il faudra trancher de questions touchant à l'agriculture, les sénateurs et les représentants des États où l'agriculture prédomine ne pourront pas participer au scrutin. »)

Parvenus à ce stade, on peut commenter l'ambiguïté de la position de Hannah Arendt concernant ce qu'elle appelait le « social ». Elle a vu, à juste titre, que la politique est anéantie lorsqu'elle devient un masque pour la défense et l'affirmation des « intérêts ». Car alors l'espace politique se trouve désespérément fragmenté. Mais, *si* la société est, en réalité, profondément divisée en fonction d'« intérêts » contradictoires – comme elle l'est aujourd'hui –, l'insistance sur l'autonomie du politique devient gratuite. La réponse ne consiste pas alors à faire abstraction du « social » mais à le changer, de telle sorte que le conflit des intérêts « sociaux » (c'est-à-dire économiques) cesse d'être le facteur dominant de la formation des attitudes politiques. A défaut d'une action en ce sens, il en résultera la situation qui est aujourd'hui celle des sociétés occidentales : la décomposition du corps politique, et sa fragmentation en groupes de pression, en *lobbies*. Dans ce cas, comme la « somme algébrique » d'intérêts contradictoires est très souvent égale à zéro, il s'ensuivra un état d'impuissance politique et de dérive sans objet, comme celui que nous observons à l'heure actuelle.

L'unité du corps politique doit être préservée même contre les formes extrêmes du conflit *politique* : telle est, à mon sens, la signification de la loi athénienne sur l'ostracisme (contrairement à l'interprétation courante qui y voit une précaution contre les graines de tyrans). Il ne faut pas laisser la communauté éclater sous l'effet des divisions et des antagonismes politiques ; aussi l'un des deux chefs rivaux doit-il endurer un exil temporaire.

La participation générale à la politique implique la création, pour la première fois dans l'histoire, d'un *espace public*. L'accent que Hannah Arendt a mis sur cet espace, l'élucidation de sa signification qu'elle a fournie forment l'une de ses contributions majeures à l'intelligence de la création institutionnelle grecque. Je me limiterai en conséquence à quelques points supplémentaires.

L'émergence d'un espace public signifie qu'un domaine public est créé qui « appartient à tous » *(ta koina)* [21]. Le « public » cesse d'être une affaire *« privée »* – du roi, des prêtres, de la bureaucratie, des hommes politiques, des spécialistes, etc. Les décisions touchant les affaires communes doivent être prises par la communauté.

Mais l'essence de l'espace public ne renvoie pas aux seules « décisions finales » ; si tel était le cas, cet espace serait plus ou moins vide. Il renvoie également aux présupposés des décisions, à tout ce qui mène à elles. Tout ce qui importe doit apparaître sur la scène publique. On en trouve

---

21. On trouve quelque chose de similaire dans certaines sociétés sauvages ; mais ce domaine est confiné à la gestion des affaires « courantes » puisque, dans ces sociétés, la loi (traditionnelle) ne saurait être remise en question.

la matérialisation effective dans la *présentation* de la loi, par exemple : les lois sont gravées dans le marbre et exposées en public afin que chacun puisse les voir. Mais, et cela est bien plus important, cette règle se matérialise également dans la parole des gens qui se parlent librement de politique, et de tout ce qui peut les intéresser, dans l'*agora*, avant de délibérer à l'*ecclèsia*. Pour comprendre le formidable changement historique que cela suppose, il n'est que de comparer cette situation avec la situation « asiatique » typique.

Cela équivaut à la création de la possibilité – et de la réalité – de la liberté de parole, de pensée, d'examen et de questionnement sans limites. Et cette création établit le *logos* comme circulation de la parole et de la pensée au sein de la collectivité. Elle va de pair avec les deux traits fondamentaux du citoyen déjà mentionnés : l'*isègoria*, droit égal pour chacun de parler en toute franchise, et la *parrhèsia*, l'engagement pris par chacun de parler réellement en toute liberté dès qu'il est question d'affaires publiques.

Il importe d'insister ici sur la distinction entre le « formel » et le « réel ». L'existence d'un espace public n'est pas une simple affaire de dispositions juridiques garantissant à tous la même liberté de propos, etc. Ces clauses ne sont jamais qu'une condition de l'existence d'un espace public. L'essentiel est ailleurs : qu'est-ce que la population va faire de ces droits ? Les traits déterminants à cet égard sont le courage, la responsabilité et la honte *(aidôs, aischunè)*. A défaut de cela l'« espace public » devient simplement un espace pour la propagande, la mystification et la pornographie – à l'exemple de ce qui arrive de plus en plus actuellement. Il n'est pas de dispositions juridiques qui peuvent contrecarrer une telle évolution – ou alors elles engendrent des maux pires que ceux qu'elles prétendent guérir. Seule l'éducation *(paideia)* des citoyens en tant que tels peut donner un véritable et authentique contenu à l'« espace public ». Mais cette *paideia* n'est pas, principalement, une question de livres et de crédits pour les écoles. Elle est d'abord et avant tout la prise de conscience du fait que la *polis*, c'est aussi vous, et que son destin dépend aussi de votre réflexion, de votre comportement et de vos décisions ; autrement dit, elle est participation à la vie politique.

La création d'un *temps public* ne revêt pas moins d'importance que cette création d'un espace public. Par temps public, je n'entends pas l'institution d'un calendrier, d'un temps « social », d'un système de repères temporels sociaux – chose qui, naturellement, existe partout –, mais l'émergence d'une dimension où la collectivité puisse inspecter son propre passé comme le résultat de ses propres actions et où s'ouvre un avenir indéterminé comme domaine de ses activités. Tel est bien le sens de la création de l'historiographie en Grèce. Il est frappant qu'à rigoureusement parler l'historiographie n'ait existé qu'en deux périodes de l'histoire de l'humanité : en Grèce antique, et dans l'Europe moderne, c'est-à-dire dans les deux sociétés où s'est développé un mouvement de remise en cause des institutions existantes. Les autres sociétés ne connaissent que le règne incontesté de la tradition, et/ou la simple « consignation par écrit des événements » par les prêtres ou par les chroniqueurs des rois. Hérodote, en revanche, déclare que les traditions des Grecs ne sont pas dignes de foi. L'ébranlement de la tradition et la recherche critique des « véritables causes » vont naturellement de pair. Et cette connaissance du passé est ouverte à tous : Hérodote, dit-on, lisait ses *Histoires* aux Grecs rassemblés à l'occasion des Jeux olympiques *(se non è vero, è bene trovato)*. Et l'« Oraison funèbre » de Périclès contient un survol de l'histoire des Athéniens du point de vue de l'esprit des activités des générations successives – survol qui conduit jusqu'au temps présent et indique clairement de nouvelles tâches à accomplir dans l'avenir.

Quelles sont les limites de l'action politique – les limites de l'autonomie ? Si la loi est donnée par Dieu, ou s'il y a une « fondation » philosophique ou scientifique de vérités politiques substantives (la Nature, la Raison ou l'Histoire tenant lieu de « principe » ultime), alors il existe pour la société une norme extra-sociale. On a une norme de la norme, une loi de la loi, un critère sur la base duquel il devient possible de discuter et de décider du caractère juste ou injuste, approprié ou non d'une loi particulière (ou de l'état des choses). Ce critère est donné une fois pour toutes et, *ex hypothesi*, ne dépend aucunement de l'action humaine.

Dès que l'on a reconnu qu'il n'est pas de telle base – soit parce qu'il y a une séparation entre la religion et la politique comme c'est, imparfaitement, le cas dans les sociétés modernes ; soit parce que, comme en Grèce, la religion est maintenue rigoureusement à l'écart des activités politiques – et qu'il n'y a pas non plus de « sciences », ni *epistèmè* ni *technè*, en matière politique –, la question : qu'est-ce qu'une loi juste ? qu'est-ce que la justice ? – quelle est la « bonne » institution de la société ? – devient une authentique question (c'est-à-dire une question sans fin).

L'autonomie n'est possible que si la société se reconnaît comme la source de ses normes. Par suite, la société ne saurait éluder cette question : pourquoi telle norme plutôt que telle ou telle autre ? En d'autres termes, elle ne saurait éviter la question de la justice (en répondant, par exemple, que la justice est la volonté de Dieu, ou la volonté du tsar, ou encore le reflet des rapports de production). Elle ne saurait non plus se dérober devant la question des *limites* à ses actions. Dans une démocratie, le peuple *peut* faire n'importe quoi – et doit savoir qu'il ne *doit pas* faire n'importe quoi. La démocratie est le régime de l'autolimitation ; elle est donc aussi le régime du risque historique – autre manière de dire qu'elle est le régime de la liberté – et un régime tragique. Le destin de la démocratie athénienne en est une illustration. La chute d'Athènes – sa défaite dans la guerre du Péloponnèse – fut le résultat de l'*hubris* des Athéniens. Or l'*hubris* ne suppose pas simplement la liberté ; elle suppose aussi l'absence de normes fixes, l'imprécision fondamentale des repères ultimes de nos actions. (Le péché chrétien est, bien sûr, un concept d'hétéronomie.) La transgression de la loi n'est pas *hubris*, c'est un délit défini et limité. L'*hubris* existe lorsque l'autolimitation est la seule « norme », quand sont transgressées des limites qui n'étaient nulle part définies.

La question des limites de l'activité auto-instituante d'une collectivité se déploie en deux moments. Y a-t-il un critère intrinsèque de la loi et pour la loi ? Peut-on garantir effectivement que ce critère, quelle qu'en soit la définition, ne sera jamais transgressé ?

Au niveau le plus fondamental, la réponse à ces deux questions est un *non* catégorique. Il n'est pas de norme de la norme qui ne serait pas elle-même une création historique. Et il n'y a aucun moyen d'éliminer les risques d'une *hubris* collective. Personne ne peut protéger l'humanité contre la folie ou le suicide.

Les temps modernes ont pensé – prétendu – avoir découvert la réponse à ces deux questions en les amalgamant en une seule. Cette réponse serait la « Constitution » conçue comme une charte fondamentale incorporant les normes des normes et définissant des clauses particulièrement strictes en ce qui concerne sa révision. Il n'est guère nécessaire de rappeler que cette « réponse » ne tient pas l'eau, ni logiquement ni dans les faits, que l'histoire moderne, depuis maintenant deux siècles, a tourné en dérision de toutes les manières imaginables cette idée d'une « Constitution », ou encore que la plus ancienne « démocratie » du monde libéral occidental, la Grande-Bretagne, n'a pas de « Constitution ». Il suffit de souligner le manque de profondeur et la duplicité de la pensée moderne à cet égard – telles qu'ils se manifestent dans le domaine des relations internationales aussi bien que dans le cas des changements de régimes politiques. Au niveau international, en dépit de la rhétorique des professeurs de « droit public international », il n'y a pas en réalité de droit mais la « loi du plus fort » ; autrement dit, il existe une « loi » tant que les choses n'ont pas vraiment d'importance – tant que l'on n'a pas réellement besoin de loi. Et la « loi du plus fort » vaut également pour la mise en place d'un nouvel « ordre légal » dans un pays : « une révolution victorieuse crée du droit », enseignent la quasi-totalité des professeurs de droit public international , et tous les pays suivent cette maxime dans la réalité des faits. (Cette « révolution » n'a pas à être, et généralement n'est pas, une révolution à proprement parler : le plus souvent, ce n'est qu'un *putsch* qui a réussi.) Et, dans l'expérience de l'histoire européenne des soixante dernières années, la législation introduite par des régimes « illégaux », sinon même « monstrueux », a toujours été maintenue, pour l'essentiel, après leur chute.

La vérité, en l'occurrence, est très simple : face à un mouvement historique qui dispose de la *force* – soit qu'il mobilise activement une large majorité, soit qu'il s'appuie sur une minorité fanatique et impitoyable face à une population passive ou indifférente, quand la force brute n'est tout simplement pas concentrée entre les mains d'un quarteron de colonels – les dispositions juridiques ne sont d'aucun effet. Si nous pouvons être raisonnablement assurés que le rétablissement, demain, de l'esclavage aux États-Unis ou dans un pays européen est extrêmement improbable, le caractère « raisonnable » de notre prévision n'est pas fondé sur les lois existantes ou sur les constitutions (car alors nous serions tout bonnement idiots), mais sur un jugement relatif à la réaction d'une immense majorité de la population devant une telle tentative.

Dans la pratique (et la pensée) grecque, la distinction entre la « Constitution » et la « loi » n'existe pas. La distinction athénienne entre les lois et les décrets de l'*ecclèsia (psèphismata)* ne présentait pas le même caractère formel et, au demeurant, elle a disparu dans le courant du IVe siècle. Mais la question de l'autolimitation a été abordée de

manière différente (et, je crois, plus profonde). Je ne m'arrê-
terai que sur deux institutions en rapport avec ce problème.

La première est une procédure apparemment étrange
mais fascinante connue sous le nom de *graphè paranomôn*
(accusation d'illégalité)[22]. En voici une rapide description.
Vous avez fait une proposition à l'*ecclèsia* qui a été adoptée. Sur ce, un autre citoyen peut vous traîner devant la justice en vous accusant d'avoir incité le peuple à voter une loi
illégale. Soit vous êtes acquitté, soit vous êtes condamné –
auquel cas la loi est annulée. Ainsi, vous avez le droit de
proposer absolument tout ce que vous voulez – mais vous
devez réfléchir soigneusement avant de faire une proposition sur la base d'un mouvement d'humeur populaire, et de
la faire approuver par une faible majorité. Car l'éventuelle
accusation serait jugée par un jury populaire de dimensions
considérables (501, parfois 1 001 ou même 1 501 citoyens
siégeant en qualité de juges) désigné par tirage au sort.
Ainsi le *dèmos* en appelait-il au *dèmos* contre lui-même : on
en appelait contre une décision prise par le corps des
citoyens dans sa totalité (ou sa partie présente lors de
l'adoption de la proposition) devant un large échantillon,
sélectionné au hasard, du même corps siégeant une fois les
passions apaisées, pesant de nouveau les arguments contradictoires et jugeant la question avec un relatif détachement.
Le peuple étant la source de la loi, le « contrôle de la consti-
tutionnalité » ne pouvait être confié à des « professionnels »

22. M. I. Finley a récemment souligné l'importance et éclairé l'esprit de cette procédure in *Démocratie antique et démocratie moderne*,
trad. fr. par M. Alexandre, Paris, Payot, 1976, p. 77 et 176 [rééd.
« Petite bibliothèque Payot », 1990, *ibid.*]. Voir aussi V. Ehrenberg,
The Greek State, 2ᵉ éd., Londres, Methuen, 1969, p. 73, 79 et
267 [trad. fr. *L'État grec*, Paris, Maspero, 1976 (rééd. La Découverte,
1982, coll. « Fondations »), p. 129 et 137], qui évoque également deux
autres procédures ou dispositifs importants qui témoignent du même
esprit : l'action en illégalité pour *apatè tou dèmou* (tromperie du
dèmos) et l'exception *ton nomon mè epitèdeion einai* (l'inadéquation
d'une loi).

– l'idée aurait de toute façon paru ridicule à un Grec –, mais au peuple lui-même agissant sous des modalités différentes. Le peuple dit la loi ; le peuple peut se tromper ; le peuple peut se corriger. C'est là un magnifique exemple d'une institution efficace d'autolimitation.

Une autre institution d'autolimitation est la tragédie. On a pris l'habitude de parler de « tragédie grecque » (et des chercheurs écrivent des ouvrages sous ce titre), alors qu'il n'existe rien de tel. Il existe seulement une tragédie *athénienne*. La tragédie (par opposition au simple « théâtre ») ne pouvait en effet être créée que dans la cité où le processus démocratique, le procès d'auto-institution, atteignit son apogée.

La tragédie possède, bien sûr, une pluralité de niveaux de signification, et il ne saurait être question de la réduire à une fonction « politique » étroite. Mais il y a sans aucun doute une dimension politique cardinale de la tragédie – qu'il faut se garder de confondre avec les « positions politiques » prises par les poètes, ou même avec le plaidoyer eschyléen tant commenté (à juste titre, quoique de manière insuffisante) pour la justice publique et contre la vengeance privée dans *L'Orestie*.

La dimension politique de la tragédie tient d'abord et surtout à son assise ontologique. Ce que la tragédie donne à voir à tous, non pas « discursivement » mais par *présentation*, c'est que l'Être est Chaos. Le Chaos est d'abord présentifié ici comme l'absence d'ordre *pour* l'homme, le défaut de correspondance positive entre les intentions et les actions humaines, d'un côté, et leur résultat ou leur aboutissement, de l'autre. Plus que cela, la tragédie montre non seulement que nous ne sommes pas maîtres des conséquences de nos actes, mais que nous ne maîtrisons pas même leur *signification*. Le Chaos est aussi présentifié comme Chaos *dans* l'homme, c'est-à-dire comme son *hubris*. Et, comme chez Anaximandre, l'ordre prévalant à la fin est ordre à travers la catastrophe – ordre « privé de sens ». C'est de l'expérience universelle de la catastrophe que procède l'*Einstellung* fondamentale de la tragédie : l'universalité et l'impartialité.

Hannah Arendt avait raison d'écrire que l'impartialité est venue au monde par l'intermédiaire des Grecs. C'est déjà parfaitement clair chez Homère. Non seulement on ne saurait trouver dans les poèmes homériques le moindre mot de dénigrement sur l'« ennemi » – les Troyens ; mais dans l'*Iliade* la figure réellement centrale n'est pas Achille mais Hector, et les personnages les plus émouvants sont Hector et Andromaque. Il en va de même avec *Les Perses* d'Eschyle – pièce représentée en 472, soit sept ans après la bataille de Platées, alors que la guerre se poursuivait. Cette tragédie ne contient pas un seul mot de haine ou de mépris contre les Perses ; la reine des Perses, Atossa, est une figure majestueuse et vénérable ; la défaite et la ruine des Perses est imputée exclusivement à l'*hubris* de Xerxès. Et, dans ses *Troyennes* (415), Euripide présente les Grecs sous les traits de brutes on ne peut plus cruelles et monstrueuses – comme s'il disait aux Athéniens : voici ce que vous êtes. De fait, la pièce fut représentée un an après l'horrible massacre des Méliens par les Athéniens (416).

Mais, du point de vue de la dimension politique de la tragédie, la pièce la plus profonde est peut-être *Antigone* (442 avant J.-C.). On s'est obstiné à voir dans cette tragédie une espèce de pamphlet contre la loi humaine et pour la loi divine, ou tout au moins un tableau du conflit insurmontable entre ces deux principes (ou entre la « famille » et l'« État » – ainsi chez Hegel). Tel est bien, en effet, le contenu manifeste du texte, inlassablement répété. Et, comme les spectateurs ne peuvent s'empêcher de « s'identifier » à Antigone, à la pure, l'héroïque, la solitaire, la désespérée, face à un Créon obstiné, autoritaire, arrogant et soupçonneux, ils trouvent claire la « thèse » de la pièce. En réalité, le sens de la pièce se déploie à plusieurs niveaux et l'interprétation classique (qui, encore une fois, est à peine une « interprétation ») manque le niveau qui me semble le plus important. Une justification détaillée de l'interprétation que je propose exigerait une analyse complète de la pièce, hors de question dans ces pages. Je me contenterai d'attirer l'attention sur quelques points. L'insistance sur l'opposition évidente – et assez superficielle – entre les lois humaine et divine oublie que pour les Grecs enterrer les morts est *aussi* une loi humaine – au même titre que défendre son pays est *aussi* une loi divine (Créon le dit explicitement). Du début à la fin, le chœur ne cesse d'osciller entre les deux positions qu'il place toujours sur le même plan. Le célèbre hymne (v. 332-375) à la gloire de l'homme, le bâtisseur des cités et le créateur des institutions, s'achève sur un éloge de celui qui est capable de *tisser ensemble (pareirein)* « les lois du pays et la justice des dieux à laquelle il a prêté serment ». (*Cf.* aussi v. 725 : « bien parlé dans les deux sens ».) Antigone affaiblit considérablement la force de sa défense de la « loi divine » en arguant que son acte est justifié parce qu'un frère est irremplaçable une fois les parents disparus, et que la situation eût été différente s'il s'était agi d'un mari ou d'un fils. Assurément, ni la loi humaine, ni la loi divine sur l'enterrement des morts ne reconnaîtraient une telle distinction. De surcroît, ici comme partout ailleurs dans la pièce, plus encore que le respect de la loi divine, c'est l'amour passionné d'une sœur pour son frère qui s'exprime par la bouche d'Antigone. Inutile d'aller aux extrêmes de la sur-interprétation et d'invoquer quelque attirance incestueuse ; mais il n'est certainement pas superflu de rappeler que cette tragédie n'aurait point été le chef-d'œuvre qu'elle est si Antigone et Créon n'avaient été que de pâles représentants de principes et n'avaient été animés par de puissantes passions – l'amour de son frère dans le cas d'Antigone, l'amour de la cité *et* de son propre pouvoir, dans le cas de Créon –, au regard desquelles les arguments des protagonistes apparaissent *aussi* comme des rationalisations. Et enfin, présenter

Créon comme chargé unilatéralement de tous les « torts », c'est aller à l'encontre de l'esprit le plus profond de la tragédie – et sans nul doute de la tragédie sophocléenne.

Ce que glorifient les derniers vers du chœur (v. 1348-1355), ce n'est pas la loi divine – mais le *phronein*, mot intraduisible qu'affadit de manière intolérable la traduction latine par *prudentia*. Le coryphée loue le *phronein*, met en garde contre l'impiété, puis réitère son conseil de *phronein*, mettant en garde contre les « grands mots » des hommes excessivement orgueilleux *(huperauchoi)* [23]. Or la teneur de ce *phronein* est clairement indiquée au cours de la pièce. La catastrophe se produit parce que Créon *comme* Antigone se crispent sur leurs raisons, sans écouter les raisons de l'autre. Inutile de répéter ici les raisons d'Antigone ; rappelons seulement que les raisons de Créon sont irréfutables. Nulle cité ne peut exister – et, par conséquent, *aucun dieu ne peut être honoré* – sans *nomoi* ; nulle cité ne saurait tolérer qu'on la trahisse et que l'on prenne les armes contre son propre pays en s'alliant avec des étrangers par soif pure et simple de pouvoir, comme l'a fait Polynice. Le propre fils de Créon, Hémon, avoue clairement qu'il ne saurait prouver que son père a tort (v. 685-686) ; il exprime tout haut l'idée centrale de la pièce lorsqu'il prie son père de « ne pas vouloir être sage tout seul » *(monos phronein, v. 707-709)*.

La décision de Créon est une décision politique, prise sur

---

23. Je dois laisser ici ouverte la question que soulève l'interprétation présentée par Hannah Arendt (et Hölderlin) de ces derniers vers *(Condition de l'homme moderne*, trad. fr. par G. Fradier, préface de Paul Ricœur, Paris, Calmann-Lévy, 1983, p. 34-35, n. 2 [rééd. Presses Pocket, coll. « Agora », 1988, p. 63]) – interprétation qui, de toute façon, ne crée pas de difficultés pour le propos qui est le mien. Assez curieusement, dans son excellente étude citée plus haut, Michael Denneny ne mentionne pas la traduction proposée dans *Condition de l'homme moderne* et donne une version (orale) différente suggérée par Hannah Arendt – version totalement inacceptable, tant d'un point de vue philologique qu'au regard de la signification globale de la pièce. *Cf.* Denneny, *op. cit.*, p. 268-269 et 274.

des bases très solides. Mais les bases politiques les plus
solides peuvent se révéler vacillantes si elles ne sont que
« politiques ». Pour dire les choses autrement, c'est précisément en raison du caractère total du domaine du politique
(incluant, en l'occurrence, les décisions relatives à l'inhu-
mation ainsi qu'à la vie et à la mort) qu'une décision politique correcte doit prendre en compte tous les facteurs, au-
delà des facteurs strictement « politiques ». Et même
lorsque nous pensons, pour les raisons les plus rationnelles,
que nous avons pris la bonne décision, cette décision peut
s'avérer mauvaise, et même catastrophique. Rien ne peut
a priori garantir la justesse d'un acte – pas même la raison.
Et, par-dessus tout : c'est de la folie que de prétendre à tout
prix « être sage tout seul », *monos phronein*.

Antigone aborde le problème de l'action politique en des
termes qui acquièrent la pertinence la plus aiguë dans le
cadre démocratique plus qu'en tout autre. Elle fait voir l'incertitude partout présente en ce domaine, elle fait ressortir à
grands traits l'impureté des mobiles, elle révèle le caractère
peu concluant des raisonnements sur lesquels nous fondons
nos décisions. Elle montre que l'*hubris* n'a rien à voir avec
la transgression de normes bien définies, qu'elle peut
prendre la forme de la volonté inflexible d'appliquer les
normes, s'abriter derrière des motivations nobles et dignes
– qu'elles soient rationnelles ou pieuses. Par sa dénonciation du *monos phronein*, elle formule la maxime fondamentale de la politique démocratique [24].

24. On peut trouver à la fin des *Sept contre Thèbes* (v. 1065-1075)
d'Eschyle un argument supplémentaire en faveur de mon interprétation. Il s'agit certainement d'un ajout au texte initial, datant probablement des années 409-405 (Mazon, dans l'édition Budé [3ᵉ éd. revue,
Paris, 1941], p. 103). Cet ajout a été inséré de manière à annoncer la
représentation d'*Antigone* immédiatement après. Ainsi les *Sept*
s'achèvent-ils sur une division du chœur, le premier demi-chœur
chantant qu'il soutiendra ceux qui sont solidaires de leur sang *(genea)*
parce que ce que la *polis* tient pour juste est différent selon les temps ;
autrement dit, les lois de la *polis* changent alors que le droit du sang

Quel est l'objet de l'auto-institution autonome ? C'est une question que l'on peut refuser par avance si l'on pense que l'autonomie – la liberté collective et individuelle – est une fin en soi ; ou encore, qu'une fois établie une autonomie significative dans et par l'institution politique de la société, le reste n'est plus une question politique, mais un champ ouvert à la libre activité des individus, des groupes, et de la « société civile ».

Je ne partage pas ces points de vue. L'idée d'autonomie conçue comme une fin en soi déboucherait sur une conception purement formelle – « kantienne ». Nous voulons l'autonomie à la fois pour elle-même et afin d'être en mesure de *faire*. Mais de faire quoi ? Qui plus est, on ne saurait dissocier l'autonomie politique du « reste », ou de la « substance » de la vie en société. Enfin, pour une part très importante, cette vie a affaire avec des œuvres et des objectifs communs, dont il faut décider en commun et qui deviennent ainsi des objets de discussion et d'activité politiques.

Hannah Arendt avait une conception substantive de l'« objet » de la démocratie – de la *polis*. Pour elle, la démocratie tirait sa valeur du fait qu'elle est le régime politique où les êtres humains peuvent révéler ce qu'ils sont à travers leurs actes et leurs paroles. Cet élément était certes présent et important en Grèce – et (mais) pas seulement dans la démocratie. Hannah Arendt (après Jacob Burckhardt) a souligné à juste titre le caractère agonistique de la culture grecque en général – pas seulement en politique, mais dans tous les domaines, et il faut ajouter pas seule-

---

est pérenne, et l'autre demi-chœur se rangeant du côté de la *polis* et du *dikaion*, c'est-à-dire du droit. Le premier demi-chœur ne fait aucune mention d'une « loi divine » ; le deuxième mentionne, par contre, les « bienheureux », sans doute les héros protecteurs de la cité, et Zeus lui-même. Encore une fois, tout cela appartient au texte *manifeste*. Témoignage non négligeable sur la manière dont, à la fin du Ve siècle, les Athéniens envisageaient la question et sur le sens qu'ils donnaient à *Antigone*.

ment en démocratie mais dans toutes les cités. Les Grecs se préoccupaient par-dessus tout de *kleos* et de *kudos*, et de l'immortalité fuyante qu'ils représentaient.

Néanmoins, la réduction du sens et des fins de la politique et de la démocratie en Grèce à cet élément est impossible : cela ressort clairement, je l'espère, du rapide exposé qui précède. Par ailleurs, il est sûrement très difficile de défendre ou de soutenir la démocratie sur cette base. En premier lieu, bien que la démocratie permette sans nul doute aux hommes de se « manifester » plus que tout autre régime, cette « manifestation » ne saurait concerner tout le monde – ni même n'importe qui en dehors d'une petite minorité de personnes qui agissent et prennent des initiatives dans le champ politique au sens strict. En second lieu, et c'est là le plus important, la position de Hannah Arendt laisse de côté la question capitale de la teneur, de la substance, de cette « manifestation ». Pour prendre des cas extrêmes, Hitler, Staline et leurs tristement célèbres compagnons ont certainement révélé ce qu'ils étaient à travers leurs actes et leurs discours. La différence entre Thémistocle et Périclès, d'une part, et Cléon et Alcibiade, de l'autre, entre les bâtisseurs et les fossoyeurs de la démocratie, ne se trouve pas dans le simple fait de la « manifestation », mais dans le contenu de cette manifestation. Plus même : c'est précisément parce que seule comptait aux yeux de Cléon et d'Alcibiade la « manifestation » en tant que telle, la simple « apparition dans l'espace public », qu'ils provoquèrent des catastrophes.

La conception substantive de la démocratie en Grèce se laisse voir clairement dans la masse globale des *œuvres* de la *polis* en général. Et elle a été explicitement formulée, avec une profondeur et une intensité inégalées, dans le plus grand monument de la pensée politique qu'il m'ait été donné de lire, l'« Oraison funèbre » de Périclès (Thucydide, II, 35-46). Je ne cesserai de m'étonner de ce que Hannah Arendt, qui admirait ce texte et a fourni de brillantes indications pour son interprétation, n'ait pas vu qu'il présentait une conception *substantive* de la démocratie guère compatible avec la sienne.

Dans son « Oraison funèbre », Périclès décrit les usages et façons de faire des Athéniens (II, 37-41) et présente, dans une moitié de phrase (début du II, 40), une définition de ce qu'est, en fait, l'« objet » de cette vie. Le passage en question est le fameux *Philokaloumen gar met' euteleias kai philosophoumen aneu malakias*. Dans *La Crise de la culture* (*op. cit.*, p. 272 *sq.*), Hannah Arendt en propose un commentaire riche et pénétrant. Mais je ne parviens pas à trouver dans son texte ce qui, à mon sens, est le point le plus important.

La phrase de Périclès défie la traduction dans une langue moderne. Littéralement, on peut rendre les deux verbes par « nous aimons la beauté (…) et nous aimons la sagesse… », mais, comme Hannah Arendt l'a bien vu, ce serait perdre de vue l'essentiel. Les verbes ne permettent pas cette séparation du « nous » et d'un « objet » – beauté ou sagesse – extérieur à ce « nous ». Ils ne sont pas « transitifs » ; et ils ne sont pas même simplement « actifs », ils sont en même temps des « verbes d'état » – comme le verbe *vivre*, ils désignent une « activité » qui est en même temps une façon d'être ou plutôt *la* façon en vertu de laquelle le sujet du verbe *est*. Périclès ne dit pas : nous aimons les belles choses (et les plaçons dans les musées) ; nous aimons la sagesse (et payons des professeurs, ou achetons des livres). Il dit : nous sommes dans et par l'amour de la beauté et de la sagesse et l'activité que suscite cet amour ; nous vivons par, avec, et à travers elles – mais en fuyant les extravagances et la mollesse [25]. Et c'est pour cela qu'il s'estime en droit de qua-

25. Je reprends la traduction habituelle d'*euteleia*. Bien qu'elle ne soit pas rigoureusement impossible, la traduction que Hannah Arendt donne de ce terme, et qui débouche sur l'interprétation : « nous aimons la beauté dans les limites du jugement politique », est extrêmement improbable.

lifier Athènes de *paideusis* – éducation et éducatrice – de la Grèce.

Dans son « Oraison funèbre », Périclès montre implicitement la futilité des faux dilemmes qui empoisonnent la philosophie politique moderne et, d'une manière générale, la mentalité moderne : l'« individu » contre la « société », ou la « société civile » contre l'« État ». L'objet de l'institution de la *polis* est, à ses yeux, la création d'un être humain, le citoyen athénien, qui existe et qui vit dans et par l'unité de ces trois éléments : l'amour et la « pratique » de la beauté, l'amour et la « pratique » de la sagesse, le souci et la responsabilité du bien public, de la collectivité, de la *polis* (« ils sont tombés vaillamment au combat prétendant, à bon droit, n'être pas dépossédés d'une telle *polis*, et il est facile à comprendre que chacun, parmi les vivants, soit prêt à souffrir pour elle » – II, 41). Et l'on ne saurait faire de séparation entre ces trois éléments : la beauté et la sagesse *telles que* les Athéniens les aimaient et les vivaient ne pouvaient exister qu'à Athènes. Le citoyen athénien n'est pas un « philosophe privé » ni un « artiste privé » : il est un citoyen pour qui l'art et la philosophie sont devenus des modes de vie. Telle est, je pense, la véritable réponse, la réponse concrète de la démocratie antique à la question concernant l'« objet » de l'institution politique.

Quand je dis que les Grecs sont pour nous un germe, je veux dire, en premier lieu, qu'ils n'ont jamais cessé de réfléchir à cette question : qu'est-ce que l'institution de la société doit réaliser ? ; et en second lieu que, dans le cas paradigmatique, Athènes, ils ont apporté cette réponse : la création d'êtres humains vivant avec la beauté, vivant avec la sagesse, et aimant le bien commun.

Paris-New York-Paris, mars 1982-juin 1983

Nature et valeur de l'égalité*

Je voudrais d'abord remercier M. Busino pour son introduction tellement bienveillante; remercier aussi Bernard Ducret et Jean Starobinski grâce à qui j'ai le plaisir de pouvoir parler devant vous. Et je voudrais formuler avec vous des vœux pour le prompt rétablissement de la santé de Jean Starobinski.

Jean Starobinski, précisément, dans son texte d'invitation à cette rencontre, notait très justement : « La question de l'égalité concerne la représentation que nous nous faisons de la nature humaine; elle se rattache donc à une interrogation philosophique et religieuse. Mais elle concerne aussi le modèle que nous nous proposons de la société juste : elle a donc une dimension socio-politique. » Et c'est un des indices de la difficulté de notre question, la question de la nature et de la valeur de l'égalité, que l'existence de ces deux dimensions, la dimension philosophique et la dimension politique, leur relative indépendance en même temps que leur solidarité.

Philosophie et politique naissent ensemble, au même moment, dans le même pays, portées par un même mouvement, le mouvement vers l'autonomie individuelle et col-

* Conférence prononcée le 28 septembre 1981 à l'université de Genève, lors des XXVIIIes Rencontres internationales de Genève consacrées à « l'exigence d'égalité ». Publiée dans le volume contenant les actes de ces Rencontres : *L'Exigence d'égalité*, Éditions de la Baconnière, Neuchâtel, 1982.

lective. Philosophie : il ne s'agit pas des systèmes, des livres, des raisonnements scolastiques. Il s'agit d'abord et avant tout de la mise en question de la représentation instituée du monde, des idoles de la tribu, dans l'horizon d'une interrogation illimitée. Politique : il ne s'agit pas des élections municipales, ni même des présidentielles. La politique, au vrai sens du terme, est la mise en question de l'institution effective de la société, l'activité qui essaie de viser lucidement l'institution sociale comme telle.

Les deux naissent ensemble, ai-je dit, en Grèce évidemment, et renaissent ensemble en Europe occidentale à la fin du Moyen Age. Ces deux coïncidences sont en vérité beaucoup plus que des coïncidences. Il s'agit d'une co-nativité essentielle, d'une consubstantialité.

Mais consubstantialité ne signifie pas identité, et encore moins dépendance de l'un des termes par rapport à l'autre. Il se trouve qu'à mes yeux l'ontologie héritée, le noyau central de la philosophie, est restée infirme et que cette infirmité a entraîné de très lourdes conséquences pour ce qu'on a appelé la philosophie politique, laquelle n'a jamais été en vérité qu'une philosophie *sur* la politique et *extérieure* à celle-ci ; cela commence déjà avec Platon.

Mais, même s'il en avait été autrement, il aurait encore été impossible de tirer de la philosophie une politique. Il n'y a pas de passage de l'ontologie à la politique. Affirmation banale, et elle l'est en effet. Pourtant, sa répétition est nécessaire devant la confusion qui perpétuellement renaît entre les deux domaines. Il ne s'agit pas simplement de ce que l'on ne saurait légitimement passer du fait au droit, ce qui est vrai. Il s'agit de beaucoup plus ; les schèmes ultimes mis en œuvre dans la philosophie et dans la politique, comme aussi la position à l'égard du monde, comportent dans les deux cas des différences radicales, bien que, comme déjà dit, les deux procèdent du même mouvement de mise en question de l'ordre établi de la société.

Essayons d'expliciter brièvement cette différence. La

philosophie ne peut pas fonder une politique – elle ne peut d'ailleurs rien « fonder » du tout. En matière de politique, en particulier, tout ce que la philosophie peut dire c'est : si vous voulez la philosophie, il vous faut aussi vouloir une société dans laquelle la philosophie soit possible. Cela est tout à fait exact, et il y a des sociétés – il en existe aujourd'hui – où la philosophie n'est pas possible, où, au mieux, elle ne peut être pratiquée qu'en secret. Mais, pour accepter ce raisonnement, il nous faut encore vouloir la philosophie, et ce vouloir de la philosophie, nous ne pouvons pas le justifier rationnellement puisqu'une telle justification rationnelle présupposerait encore la philosophie, invoquerait comme prémisse ce qui est à démontrer.

Nous savons aussi que la philosophie ne peut pas, comme elle a souvent voulu le faire, se « fonder » elle-même. Toute « fondation » de la philosophie se révèle ou bien directement fallacieuse, ou bien reposant sur des cercles. Cercles qui sont vicieux du point de vue de la simple logique formelle, mais qui à un autre égard sont les cercles que comporte la véritable création social-historique. Création : cette idée dont l'absence marque précisément ce que j'ai appelé tout à l'heure l'infirmité de l'ontologie héritée. La création en général, comme la création social-historique, est incompréhensible pour la logique établie tout simplement parce que dans la création le résultat, l'effet des opérations dont il s'agit est présupposé par ces opérations elles-mêmes.

Exemple dans notre domaine : l'autocréation de la société – j'y reviendrai tout à l'heure – n'est possible que si des individus *sociaux* existent ; ou : l'autotransformation de la société n'est possible que si des individus existent qui visent cette transformation de la société et peuvent l'effectuer. Mais d'où viennent donc ces individus ?

La création philosophique n'a un sens, comme la création politique, que pour ceux qui sont en aval de cette création. C'est pour cela que nous rencontrons cette limite : la philosophie non seulement ne peut pas être fondée en logique, mais elle ne pourrait pas prévaloir contre des attitudes et des croyances qui ignorent le monde philosophique, qui sont en amont de ce monde. De même que, j'y reviendrai aussi tout à l'heure, les idées politiques dont nous nous réclamons ne sont pas démontrables à l'encontre d'individus formés par d'autres sociétés et pour qui elles ne représentent pas une partie de leur tradition historique ou de leur représentation du monde.

La philosophie, elle-même création social-historique, dépend évidemment du monde social-historique dans lequel elle est créée, ce qui ne veut pas dire qu'elle est déterminée par ce monde. Mais cette dépendance, comme du reste aussi la liberté de la création philosophique, trouve sa limite en même temps que son contrepoids dans l'existence d'un référent de la pensée, d'un terme auquel la pensée se réfère, qu'elle vise, qui est autre que la pensée elle-même. Philosopher ou penser au sens fort du terme est cette entreprise suprêmement paradoxale consistant à créer des formes de pensée pour penser ce qui est au-delà de la pensée – ce qui, simplement, *est*. Penser, c'est viser l'autre de la pensée tout en sachant que, cet autre, ce n'est jamais que dans et par la pensée que l'on pourra le saisir, et que finalement la question de savoir : qu'est-ce qui, dans ce que l'on pense, vient de celui qui pense, et qu'est-ce qui vient de ce qui est pensé, cette question restera à jamais indécidable comme question ultime. Et ce paradoxe est lui-même, paradoxalement, le lest, le seul, de la pensée.

Mais le penser/vouloir politique, le penser/vouloir une autre institution de la société n'a pas de référent extérieur à lui-même. Certes, s'il n'est pas délirant, il trouve lui aussi son lest ou un certain lest, en tout cas certainement sa source, dans la volonté et l'activité de la collectivité à laquelle il s'adresse et dont il procède. Mais, précisément, la collectivité, ou la partie de la collectivité qui agit politiquement, n'a affaire dans ce contexte qu'à elle-même. La pensée, la philosophie n'a pas de fondement assuré, mais elle a des repères dans ce qui lui est, d'une certaine manière, extérieur. Aucun repère de ce type n'existe pour le penser/vouloir politique. La pensée *doit* viser son indépendance – paradoxale et finalement impossible – par rapport à son enracinement social-historique. Mais le penser/vouloir politique ne *peut* pas viser une telle indépendance absolument. Le propre de la pensée est de vouloir se rencontrer avec autre chose qu'elle-même. Le propre de la politique est de vouloir se faire soi-même autre qu'on est, à partir de soi-même.

Infirmité de l'ontologie héritée, disais-je ; elle consiste, brièvement parlant, dans l'occultation de la question, plutôt du *fait*, de la création et de l'imaginaire radical à l'œuvre dans l'histoire. Et c'est cette ontologie qui doit être dépassée car elle continue à surdéterminer, qu'on en soit conscient ou non, ce que l'on pense dans tous les domaines. C'est cette ontologie qui doit être dépassée si l'on veut affronter la question de la politique sur son terrain propre. Et cela apparaît avec une intense clarté sur la question qui nous concerne aujourd'hui, la question de l'égalité, comme aussi sur cette autre question étroitement liée à la première, celle de la liberté.

En effet, depuis qu'elles existent, les discussions sur l'égalité comme celles sur la liberté sont hypothéquées par une ontologie anthropologique, par une métaphysique concernant l'être humain qui fait de cet être humain – de l'exemplaire singulier de l'espèce *homo sapiens* – un *individu-substance*, un individu de droit divin, de droit naturel ou de droit rationnel. Dieu, Nature, Raison posés chaque fois comme êtres-étants suprêmes et paradigmatiques, qui fonctionnent comme être à la fois et sens, ont été toujours aussi posés dans le cadre de la philosophie héritée comme des sources d'un être/sens dérivé et second de la société et monnayés chaque fois comme parcelles ou molécules de divinité, de naturalité ou de raisonnabilité qui définissent, ou devraient définir, l'humain comme individu.

Ces fondements métaphysiques de l'égalité entre humains sont intenables en eux-mêmes – et, de fait, on n'en entend plus tellement parler. On n'entend plus guère dire que l'exigence d'égalité ou l'exigence de liberté se fondent sur la volonté de Dieu, qui nous a créés tous égaux, ou sur le fait que naturellement nous sommes égaux, ou que la raison exige que… Et il est tout à fait caractéristique, à cet égard, que toutes les discussions contemporaines sur les droits de l'homme sont marquées par une pudeur, pour ne pas dire pudibonderie, pour ne pas dire pusillanimité philosophique tout à fait nette.

Mais aussi, ces « fondements » philosophiques ou métaphysiques de l'égalité sont, ou deviennent dans leur utilisation, plus qu'équivoques. Moyennant quelques glissements logiques ou quelques prémisses cachées supplémentaires, on peut en dériver aussi bien la défense de l'égalité que son contraire.

Le christianisme, par exemple, en bonne théologie, n'a affaire qu'à une égalité devant Dieu, non pas à une égalité sociale et politique. De même, en bonne pratique historique, il a presque toujours accepté et justifié les inégalités terrestres. L'égal statut métaphysique de tous les humains en tant qu'enfants de Dieu promis à la rédemption, etc., concerne la seule affaire importante, le sort « éternel » des âmes. Cela ne dit rien, et ne *devrait* rien dire, sur le sort des humains ici-bas, pendant cette infime fraction de temps intramondain de leur vie qui est, comme dirait un mathématicien, de mesure nulle devant l'éternité. Le christianisme a été, du moins le christianisme initial et originaire, tout à fait conséquent et cohérent là-dessus : rendez à César ce qui est à César, mon Royaume n'est pas de ce monde, tout pouvoir vient de Dieu (Paul, Épître aux Romains), etc. Cela était formulé lorsque le christianisme était encore une confession fortement a-cosmique. Lorsqu'il a cessé de l'être pour devenir religion instituée, et même légalement obligatoire pour les habitants de l'Empire (avec le décret de

Théodose le Grand), il s'est parfaitement accommodé de l'existence des hiérarchies sociales et il les a justifiées. Tel a été son rôle social pour l'écrasante majorité des pays et des époques.

Il est étrange de voir, parfois, des penseurs par ailleurs sérieux vouloir faire de l'égalité transcendante des âmes professée par le christianisme l'ancêtre des idées modernes sur l'égalité sociale et politique. Pour le faire, il faudrait oublier, ou gommer, de la façon la plus incroyable, douze siècles de Byzance, dix siècles de Russie, seize siècles ibériques, la sanctification du servage en Europe (et ce beau vocable allemand pour le servage, *Leibeigenschaft*, la propriété sur le corps : évidemment, l'âme est propriété de Dieu), la sanctification de l'esclavage hors d'Europe, les positions de Luther pendant la Guerre des paysans, et j'en passe.

Il est certain que notre égalité à tous en tant que descendants des mêmes Adam et Ève a pu souvent être évoquée par des sectes et des mouvements socio-religieux et par ces mêmes paysans, d'ailleurs, au XVIᵉ siècle. Mais cela montre seulement qu'on entrait enfin de nouveau, et après mille ans d'un règne religieusement confirmé et ratifié de hiérarchie sociale, dans une nouvelle période de mise en question de l'institution de la société, mise en question qui au départ faisait feu de tout bois et utilisait ce qui lui paraissait utilisable dans les représentations établies en lui donnant une *nouvelle* signification. La montée du mouvement démocratique et égalitaire à partir du XVIIᵉ, et surtout du XVIIIᵉ siècle, ne se fait pas dans tous les pays chrétiens, loin de là. Elle n'a lieu que dans quelques-uns seulement, et en fonction d'autres facteurs ; elle traduit l'action de nouveaux éléments historiques, requiert de nouveaux frais, représente une nouvelle création sociale. C'est dans ce contexte que prend sa vraie signification la fameuse phrase de Grotius au début du XVIIᵉ siècle (je cite de mémoire) : « A supposer même, ce qui ne saurait s'énoncer sans le plus grand blasphème, qu'il n'existe pas de Dieu, ou qu'Il ne s'intéresse point aux affaires humaines, on pourrait encore fonder le contrat social sur le droit naturel. » Ce que Grotius dit ainsi, avec ces précautions – qui pour lui n'étaient certainement pas seulement oratoires, car il était croyant, un bon protestant –, c'est que finalement on n'a pas besoin de la loi divine pour fonder une loi humaine. Et, du reste, il est à peine nécessaire de rappeler dans cette ville de Genève que même le statut métaphysique de l'« égalité » des âmes est en soi plus qu'équivoque, puisque le christianisme est parfaitement compatible avec la doctrine la plus extrême de la prédestination qui crée des classes sociales-métaphysiques, ou sociales-transcendantes, dans l'au-delà et pour l'éternité.

Tout aussi équivoques sont dans ce domaine les invocations de la « nature » ou de la « raison ». Il est caractéristique que le seul philosophe grec qui ait entrepris de « fonder » l'esclavage (lequel était pour les Grecs un pur *fait* résultant d'une *force* inégale et que personne n'avait essayé de *justifier*), je veux dire Aristote, invoque pour ce faire à la fois la « nature » et la « raison ». Lorsque Aristote dit qu'il existe des *phusei douloi*, des esclaves par nature, la *phusis* pour lui ici, comme toujours, n'est pas une « nature » au sens de la science moderne, c'est la forme, norme, destination, le *telos*, la finalité, l'essence d'une chose. Est esclave « par nature », selon Aristote, celui qui n'est pas capable de se gouverner lui-même ; ce qui, lorsqu'on y réfléchit, est presque une tautologie au niveau des *concepts*, et que nous continuons d'appliquer, par exemple, dans les cas d'interdiction juridique ou d'internement psychiatrique. Et il est frappant de constater que l'argumentation d'Aristote tendant à priver des droits politiques ceux qui exercent des professions banausiques (les *banausoi*) est reprise presque mot pour mot par un des représentants les plus éminents du libéralisme moderne, Benjamin Constant, dans sa défense du suffrage restreint et censitaire.

Il n'en va pas autrement pour ce qui est de l'insuffisance et de l'équivoque des argumentations scientifiques modernes. La « nature scientifique » (en l'occurrence celle de la biologie) crée à la fois une « égalité » des humains à certains égards – par exemple, sauf anormalité, tous les hommes et toutes les femmes sont capables de fécondation intraspécifique – et une « inégalité » à d'autres égards, pour une foule de caractéristiques somatiques par exemple. Non seulement le racisme, mais même l'antiracisme « biologique » me paraissent reposer sur des glissements logiques. Qu'il y ait des traits chez les humains qui sont génétiquement transmis, c'est un truisme, c'est incontestable. Au-delà de ce truisme, la question de savoir *quels* sont les traits qui sont génétiquement transmis est une question empirique. Mais la réponse à cette question ne nous dira jamais ce que *nous voulons* et ce que *nous devons vouloir*. Si nous pensions que la valeur suprême de la société, la valeur à laquelle tout le reste doit être subordonné, est de courir le 100 mètres en moins de 9 secondes, ou de soulever à l'arraché 300 kilogrammes, il y aurait certainement lieu de sélectionner des lignées humaines pures capables de ces performances – comme nous avons sélectionné les poules Leghorn parce qu'elles sont de grandes pondeuses et les poules Rhode Island parce qu'elles ont une chair très tendre.

Des confusions analogues entourent d'habitude les discussions sur le « quotient d'intelligence ». Je ne toucherai pas à cette question ; je crois qu'Albert Jacquard en parlera. Je ferai simplement deux remarques. D'abord : même si on parvenait à « démontrer » l'héritabilité du quotient d'intelligence, il n'y aurait là pour moi ni scandale scientifique, ni motif pour changer d'un iota mon attitude politique. Car si le « quotient d'intelligence » mesure quelque chose – ce dont on peut fortement douter – et à supposer que ce qu'il mesure soit séparable de toutes les influences postnatales subies par l'individu – ce qui me paraît encore plus douteux –, il ne mesurerait finalement l'intelligence de l'homme qu'en

tant qu'intelligence purement *animale*. En effet, il mesurerait au mieux l'« intelligence » qui consiste en la capacité
de combinaison et d'intégration de données, autant dire la
perfection plus ou moins grande de l'individu examiné en
tant qu'automate ensembliste-identitaire, c'est-à-dire ce
qu'il partage avec les singes, le degré auquel il est un
hyper-singe particulièrement réussi. Aucun test ne mesure
et ne pourra jamais mesurer ce qui fait l'intelligence proprement humaine, ce qui signe notre sortie de la pure animalité, l'imagination créatrice, la capacité de poser et de
faire être du nouveau. Une telle « mesure » serait, par définition, privée de sens.

Par ailleurs, d'aucune mesure du type du quotient d'intelligence on ne saurait tirer des conclusions *politiques*.
Pour le faire, il faudrait ajouter des prémisses supplémentaires, que généralement on passe sous silence, et parfaitement arbitraires sinon franchement absurdes telles que, par
exemple : il faut que les plus intelligents aient plus d'argent
(on se demande si Einstein était moins intelligent que
Henry Ford ou si, au cas où on lui aurait donné plus d'argent, il serait allé plus loin dans sa performance scientifique). Ou bien : il faut que les plus intelligents gouvernent,
ce qui, d'abord, semble aller contre le consensus des sociétés contemporaines qui démontrent répétitivement, lors
des élections, qu'elles ne tiennent surtout pas à avoir des
gouvernants très intelligents ; et, d'autre part, impliquerait
une prise de position politique, à la fois très spécifique et
suprêmement vague : les plus intelligents doivent gouverner en vue de quoi ? et pour quoi faire ?

Nous ne pouvons pas tirer de conclusions politiques de ce
genre de considérations. Nous appartenons à une tradition
qui prend ses racines dans la volonté de liberté, d'autonomie individuelle et collective – les deux étant inséparables.
Nous assumons explicitement (et critiquement) cette tradition par un *choix politique* dont le caractère non délirant est
démontré par les moments où dans notre tradition euro-

péenne le mouvement vers l'égalité et vers la liberté est allé de l'avant, comme aussi d'ailleurs par le simple fait que nous pouvons aujourd'hui tenir librement ici cette discussion. Malgré l'inégalité provisoire de nos positions – moi vous parlant, vous simplement écoutant –, il est en notre pouvoir d'inverser les rôles, et de discuter, par exemple, demain matin sans que qui que ce soit puisse parler plus que les autres. Cette tradition et ce choix politique ont un ancrage dans la structure anthropologique de l'homme gréco-occidental, de l'homme européen tel qu'il s'est créé. Ce choix se traduit en l'occurrence par cette affirmation : nous voulons que tous soient autonomes, c'est-à-dire que tous apprennent à *se* gouverner, individuellement et collectivement : et l'on ne peut développer sa capacité de se gouverner qu'en participant sur un pied égalitaire, de manière égale, au gouvernement des choses communes, des affaires communes. Certes, la deuxième affirmation contient une importante composante factuelle ou « empirique » – mais qui semble difficilement contestable. Tout être humain possède génétiquement la capacité de parler – qui ne sert à rien, s'il n'apprend pas un langage.

La tentative de fonder l'égalité comme la liberté, c'est-à-dire l'*autonomie* humaine, sur un fondement extra-social, est intrinsèquement antinomique. C'est la manifestation même de l'hétéronomie. Que Dieu, la Nature ou la Raison aient décrété la liberté (ou du reste l'esclavage), nous serions toujours, dans ce cas, soumis et asservis à ce prétendu décret.

La société est autocréation. Son institution est auto-institution jusqu'ici auto-occultée. Cette auto-occultation est précisément la caractéristique fondamentale de l'hétéronomie des sociétés. Dans les sociétés hétéronomes, c'est-à-dire dans l'écrasante majorité des sociétés qui ont existé jusqu'ici – presque toutes –, on trouve, institutionnellement établie et sanctionnée, la représentation d'une source de

l'institution de la société qui se trouverait *hors* la société :
chez les dieux, chez Dieu, chez les ancêtres, dans les lois
de la Nature, dans les lois de la Raison, dans les lois de
l'Histoire. On y trouve, autrement dit, la représentation
imposée aux individus que l'institution de la société ne
dépend pas d'eux, qu'ils ne peuvent pas poser eux-mêmes
leur loi – car c'est cela que veut dire *autonomie* –, mais que
cette loi est déjà donnée par quelqu'un d'autre. Il y a donc
auto-occultation de l'auto-institution de la société, et cela
est une partie intégrante de l'hétéronomie de la société.

Mais il y a aussi confusion considérable dans les discussions contemporaines, et cela déjà depuis le XVIIIe siècle,
sur l'idée ou la catégorie d'individu. L'individu, dont on
parle toujours dans ce contexte, est lui-même création
sociale. C'est une partie totale, comme disent les mathématiciens, de l'institution de la société. L'individu incarne une
imposition de cette institution à une psyché qui est, par
nature, asociale. L'individu est création sociale comme
forme en général : cela ne pousse pas, si l'on fait pousser
quelqu'un dans une forêt sauvage, il sera un enfant loup, un
enfant sauvage, un fou ou ce que vous voudrez, il ne sera
pas un individu. Mais l'individu est aussi chaque fois, et
dans chaque type donné de société, une fabrication, je dis
bien fabrication, une production – presque production en
série – sociale spécifique. Cette création est toujours là.
Toute société s'instituant pose l'individu comme forme
instituée, aucune société, pratiquerait-elle même la forme
la plus extrême de « totémisme », ne confond vraiment
un individu humain, quel que soit son statut social, avec un
léopard ou avec un jaguar. Mais elle est aussi chaque fois
création d'un *type (eidos)* historique *spécifique* d'individu,
et « fabrication en série » d'exemplaires de ce type : ce que
la société française, suisse, américaine ou russe fabrique
comme individu a très peu de rapport, à part des caractéristiques tellement générales qu'elles sont vides, avec l'individu que fabriquaient les sociétés romaine, athénienne,

babylonienne ou égyptienne, pour ne pas parler des sociétés primitives.

Cette création et cette fabrication impliquent toujours la forme abstraite et partielle de l'égalité, parce que l'institution opère toujours dans et par l'universel, ou ce que j'appelle l'ensembliste-identitaire : elle opère par classes, propriétés et relations. La société, dès lors qu'elle est instituée, crée d'emblée une « égalité » surnaturelle entre êtres humains qui est autre chose que leur similarité biologique, car la société ne peut pas s'instituer sans établir des relations d'équivalence. Elle doit dire : *les* hommes, *les* femmes, *ceux qui* ont entre dix-huit et vingt ans, *ceux qui* habitent tel village… ; elle opère nécessairement par classes, relations, propriétés. Mais cette « égalité » segmentaire et logique est compatible avec les inégalités substantives les plus aiguës. C'est toujours une équivalence quant à *tel* critère, ou, comme disent les mathématiciens, *modulo* quelque chose. Dans une société archaïque, les membres d'une « classe d'âge » donnée sont « égaux » entre eux – *en tant que* membres de cette classe. Dans une société esclavagiste, les esclaves sont « égaux » entre eux – *en tant qu'*esclaves.

Qu'y a-t-il au-delà ? Y a-t-il une dotation universelle des êtres humains qui s'impose à toutes les sociétés, à part leur constitution animale biologique ? La seule dotation universelle des êtres humains est la psyché en tant qu'imagination radicale. Mais cette psyché ne peut ni se manifester, ni même subsister et survivre si la forme de l'individu social ne lui est pas imposée. Et cet individu est « doté » de ce dont le dote, chaque fois, l'institution de la société à laquelle il appartient.

Pour le voir, il suffit de réfléchir à ce fait énorme : dans la majorité des cas et la majorité des temps historiques, l'individu est fabriqué par la société de telle manière qu'il porte en lui-même l'exigence d'inégalité par rapport aux autres, et non pas d'égalité. Et cela n'est pas un hasard. Car une institution de la société qui est institution de l'inégalité cor-

respond beaucoup plus « naturellement » – bien que le
terme ici soit tout à fait déplacé – aux exigences du noyau
psychique originaire, de la monade psychique que nous
portons en nous et qui se rêve toujours, quel que soit notre
âge, toute-puissante et centre du monde. Cette toute-puissance, et cette centralité par rapport à l'univers, n'est évidemment pas réalisable ; mais on peut en trouver un simulacre dans une petite puissance et dans la centralité
relativement à un petit univers. Et il est évident qu'un corrélat fondamental des exigences de l'économie psychique
de l'individu est créé, inventé par la société sous la forme
précisément de la hiérarchie sociale et de l'inégalité.

L'idée d'une égalité sociale et politique substantive des
individus n'est, et ne peut être, ni une thèse scientifique ni
une thèse philosophique. C'est une *signification imaginaire
sociale*, et plus précisément une idée et un vouloir politique, une idée qui concerne l'institution de la société
comme communauté politique. Elle est elle-même création
historique et une création, si l'on peut dire, extrêmement
improbable. Les Européens contemporains (Européen ici
n'est pas une expression géographique, c'est une expression de civilisation) ne se rendent pas compte de l'énorme
improbabilité historique de leur existence. Par rapport à
l'histoire générale de l'humanité, cette histoire-là, cette tradition, la philosophie, la lutte pour la démocratie, l'égalité
et la liberté sont tout aussi improbables que l'existence de
la vie sur terre est improbable par rapport aux systèmes
stellaires qui existent dans l'univers. Aux Indes, encore
aujourd'hui, le système des castes reste extrêmement puissant : les castes ne sont mises en cause par personne. On
pouvait lire récemment dans les journaux que, dans un État
de l'Inde, les parias qui voulaient se libérer de leur situation
n'ont pas déclenché un mouvement politique pour l'égalité
des droits des parias, mais ont commencé à se convertir à
l'islam, parce que l'islam ne connaît pas les castes.

L'exigence d'égalité est une création de *notre* histoire, ce segment d'histoire auquel nous appartenons. C'est un fait historique, ou mieux un *méta-fait* qui naît dans cette histoire et qui, à partir de là, tend à transformer l'histoire, y compris aussi l'histoire des *autres* peuples. Il est absurde de vouloir la fonder dans un sens admis quelconque du terme, puisque c'est elle qui nous fonde en tant qu'hommes européens.

La situation à cet égard est profondément analogue avec les exigences de l'enquête rationnelle, de l'interrogation illimitée, du *logon didonai* – rendre compte et raison. Si j'essaie de « fonder » rationnellement l'égalité, je ne peux le faire que dans et par un discours qui s'adresse à tous et refuse toute « autorité », discours donc qui a *déjà présupposé* l'égalité des humains comme êtres raisonnables. Et celle-ci n'est évidemment pas un fait empirique ; elle est l'hypothèse de tout discours rationnel, puisqu'un tel discours présuppose un espace public de la pensée et un temps public de la pensée ouverts, tous les deux, à tous et à n'importe qui.

Comme les idées – les significations imaginaires sociales – de liberté et de justice, l'idée d'égalité anime depuis des siècles les luttes sociales et politiques des pays européens (au sens large indiqué tout à l'heure) et leur processus d'autotransformation. La culmination de ce processus est le projet d'instauration d'une *société autonome* : à savoir, d'une société capable de s'auto-instituer explicitement, donc de mettre en question ses institutions déjà données, sa représentation du monde déjà établie. Autant dire : d'une société qui, tout en vivant sous des lois et sachant qu'elle ne peut pas vivre sans loi, ne s'asservit pas à ses propres lois ; d'une société, donc, dans laquelle la question : quelle est la loi juste ? reste toujours effectivement ouverte.

Une telle société autonome est inconcevable sans individus autonomes et réciproquement. C'est une grossière

fallace que d'opposer ici, encore une fois, société et individu, autonomie de l'individu et autonomie sociale, puisque,
quand nous disons individu, nous parlons d'un versant de
l'institution sociale, et, quand nous parlons d'institution
sociale, nous parlons de quelque chose dont le seul porteur
effectif, efficace et concret est la collectivité des individus.
Il ne peut y avoir des individus libres dans une société
serve. Il peut y avoir peut-être des philosophes qui réflé-
chissent dans leur poêle ; mais ces philosophes ont été rendus possibles dans cet espace historique parce qu'il y a eu
déjà avant eux des collectivités autonomes qui ont créé du
même coup la philosophie et la démocratie. Descartes peut
bien se dire qu'il préfère se changer plutôt que l'ordre du
monde. Pour pouvoir se le dire, il lui faut la tradition philosophique. Et cette tradition philosophique *n'a pas* été
fondée par des gens qui pensaient qu'il vaut mieux se changer plutôt que l'ordre du monde. Elle a été fondée par des
gens qui ont commencé par changer l'ordre du monde, ren-
dant par là même possible l'existence, dans ce monde
changé, de philosophes. Descartes, comme philosophe qui
« se retire de la société », ou n'importe quel autre philosophe, n'est possible que dans une société dans laquelle la
liberté, l'autonomie se sont déjà ouvertes. Socrate baby-
lonien est inconcevable. Cela, il le savait et il le dit dans le
Criton, ou c'est ce que Platon lui fait dire : il lui fait dire
qu'il ne peut pas transgresser les lois qui l'ont fait être ce
qu'il est. De même, Kant égyptien (pharaonique, j'entends)
est tout à fait impossible, bien qu'on puisse douter que lui
l'ait vraiment su.

L'autonomie des individus, leur liberté (qui implique,
bien entendu, leur capacité de se remettre en question eux-
mêmes) a aussi et surtout comme contenu l'*égale participation de tous* au pouvoir, sans laquelle il n'y a évidemment pas de liberté, de même qu'il n'y a pas d'égalité sans
liberté. Comment pourrais-je être libre si d'autres que moi
décident de ce qui me concerne et qu'à cette décision je ne

puis prendre part ? Il faut affirmer fortement, contre les lieux communs d'une certaine tradition libérale, qu'il y a non pas antinomie mais implication réciproque entre les exigences de la liberté et de l'égalité. Ces lieux communs, qui continuent à être courants, n'acquièrent un semblant de substance qu'à partir d'une conception dégradée de la liberté, comme liberté restreinte, défensive, passive. Pour cette conception, il s'agit simplement de « défendre » l'individu contre le pouvoir : ce qui présuppose qu'on a déjà accepté l'aliénation ou l'hétéronomie politique, qu'on s'est résigné devant l'existence d'une sphère étatique *séparée* de la collectivité, finalement qu'on a adhéré à une vue du pouvoir (et même de la société) comme « mal nécessaire ». Cette vue n'est pas seulement fausse : elle représente une dégradation éthique affligeante. Cette dégradation, nul ne l'a mieux exprimée que Benjamin Constant, un des grands porte-parole du libéralisme, lorsqu'il écrivait que, à l'opposé de l'individu antique, tout ce que l'individu moderne demande à la loi et à l'État, c'est, je cite, « la garantie de ses jouissances ». On peut admirer l'élévation de la pensée et de l'éthique. Et est-il nécessaire de rappeler que cet idéal tellement sublime, la « garantie de nos jouissances », même cela est impossible à réaliser si l'on reste passif à l'égard du pouvoir et que, puisqu'il y a nécessairement dans la vie sociale des règles qui affectent tout le monde, qui s'imposent à tous, la seule garantie de la fameuse liberté de choisir, dont on nous rebat les oreilles à nouveau depuis quelque temps, c'est la participation active à la formation et à la définition de ces règles ?

Une autre fallace monstrueuse circule actuellement. On prétend montrer que la liberté et l'égalité sont parfaitement séparables, et même antinomiques, en invoquant l'exemple de la Russie ou des pays dits, par antiphrase, socialistes. On entend dire : vous voyez bien que l'égalité totale est incompatible avec la liberté et va de pair avec l'asservissement. Comme s'il y avait une égalité quelconque dans un régime comme celui de la Russie ! Comme si, dans ce régime, il n'y avait pas une fraction de la population qui est privilégiée de toutes les façons, qui gère la production, qui, surtout, a entre les mains la direction du Parti, de l'État, de l'Armée, etc. ! Quelle « égalité » existe-t-il lorsque je peux vous mettre en prison sans que vous puissiez faire de même ?

On peut, on doit même aller plus loin. Et, en faisant une rapide allusion à Tocqueville, dire que la « démocratie despotique » qu'il craignait, dont il prophétisait la possibilité sinon même la probabilité, ne peut pas être réalisée. Il ne peut pas exister de « démocratie » despotique ». Tocqueville apercevait effectivement quelque chose qui préparait ce qui a été par la suite le totalitarisme ; il voyait dans son époque ce qui allait fournir une des composantes du totalitarisme et il appelait « démocratie », dans un langage qui était le sien et qui est assez flottant, la limite de ce qu'il nommait l'égalité des conditions, de la tendance vers l'égalité. Mais, à vrai dire, l'idée d'une « démocratie despotique » est un non-concept, c'est un *nichtiges Nichts*, comme dirait Kant. Il ne peut pas y avoir de « démocratie despotique », d'égalité totale de tous dans la servitude, qui soit réalisée au profit de personne, de *nobody*, de *niemand*. Elle est toujours réalisée à l'avantage au moins de quelqu'un ; et ce quelqu'un ne peut jamais régner tout seul dans une société. Elle est donc toujours établie à l'avantage d'une fraction de la société ; elle implique l'inégalité. Profitons de cette remarque pour souligner que les distinctions traditionnelles entre égalité des droits, égalité des chances et égalité des conditions doivent être très fortement relativisées. Il est vain de vouloir une société démocratique si la possibilité d'égale participation au pouvoir politique n'est pas traitée par la collectivité comme une tâche dont la réalisation la concerne. Et cela nous fait passer de l'égalité des droits à l'égalité des conditions d'*exercice effectif*, et même d'*assomption* de ces droits. Ce qui, à son tour, nous renvoie directement au problème de l'institution totale de la société.

Je reprends le même exemple déjà cité de Constant. Lorsque Benjamin Constant dit, répétant en fait une idée d'Aristote, que l'industrie moderne rend inaptes ceux qui y travaillent à s'occuper de politique, que donc le vote censitaire est absolument indispensable, la question pour nous est de savoir : est-ce que nous voulons cette industrie moderne telle qu'elle est et avec ses supposées conséquences, parmi lesquelles l'oligarchie politique, parce que c'est de cela qu'il s'agit en fait, et c'est cela qui existe d'ailleurs ; ou bien voulons-nous une véritable démocratie, une société autonome ? Dans la deuxième hypothèse, nous prenons l'organisation de l'industrie moderne, et cette industrie elle-même, non pas comme une fatalité naturelle ou un effet de la volonté divine, mais comme une composante, parmi d'autres, de la vie sociale qui, par principe, peut et doit elle aussi être transformée en fonction de nos visées et de nos exigences politiques et sociales.

Bien évidemment, la question de savoir ce qu'implique et exige chaque fois l'égale participation de tous au pouvoir reste ouverte. Cela n'a rien d'étonnant : c'est l'essence même du débat et de la lutte politiques véritables. Car, comme la justice, comme la liberté, comme l'autonomie sociale et individuelle, l'égalité n'est pas une réponse, une solution que l'on pourrait donner une fois pour toutes à la question de l'institution de la société. C'est une signification, une idée, un vouloir qui ouvre les questions et qui ne va pas sans question.

Aristote définissait le juste, ou la justice, comme le légal et l'égal. Mais il savait aussi que ces termes, légal et égal, ouvrent l'interrogation plutôt qu'ils ne la ferment. Qu'est-ce que l'égal ? L'égal « arithmétique », donner la même chose à tous – ou l'égal « géométrique », donner à chacun *selon..., en proportion de...* ? *En proportion de* quoi, *selon* quoi ? Quel est le critère ? Ces questions sont toujours avec nous. En fait, même dans la situation contemporaine de la société, les deux égalités sont, en partie du moins, reconnues et appliquées. Par exemple, il y a égalité « arithmétique » des adultes pour ce qui est du droit de vote ; mais il y a aussi, tant bien que mal, et quelles que soient les réserves qu'on puisse faire là-dessus, égalité « géométrique » selon les besoins pour ce qui est des dépenses de santé, du moins dans les pays où une Sécurité sociale fonctionne approximativement.

Quelle frontière tracer, ici, entre l'« arithmétique » et le « géométrique », et à partir de quel critère ? Ces questions ne se laissent pas esquiver. L'idée qu'il pourrait y avoir une institution de la société dans laquelle elles disparaîtraient, ou seraient automatiquement résolues une fois pour toutes, comme dans la mythique phase du communisme supérieur de Marx, est pire que fallacieuse. C'est une idée profondément mystificatrice, car le miroitement d'une terre promise devient, comme on a pu le constater depuis un demi-siècle, source de la plus profonde des aliénations politiques.

Il est vain d'esquiver notre vouloir et notre responsabilité devant ces questions. Cela apparaît encore, et c'est encore une facette de la question de l'égalité, dans le problème de la *position constitutive* de la communauté politique. Quand on a dit que tous doivent être égaux quant à la participation au pouvoir, on n'a pas encore dit ni *qui* sont ces tous, ni *ce* qu'ils sont. Le corps politique, tel qu'il est chaque fois, s'autodéfinit sur une base dont il faut reconnaître qu'elle est *de fait* et qu'en un certain sens elle repose sur la *force*. Qui *décide* qui sont les *égaux* ? Ceux qui, chaque fois, se sont *posés comme égaux*. Nous ne devons pas esquiver l'importance de principe de cette question. Nous prenons sur nous, par exemple, de fixer un âge à partir duquel seulement les droits politiques peuvent être exercés ; nous prenons sur nous, aussi, de déclarer que tels individus sont – pour des raisons médicales vraies, ou supposées, ou fausses, et avec les détournements possibles qu'on sait – dans l'incapacité d'exercer leurs droits politiques. Nous ne pouvons pas éviter de le faire. Mais il ne faut pas oublier que c'est *nous* qui le faisons.

De même nous ne pouvons pas ignorer, c'est le moins qu'on puisse dire, que *ce que* sont ces individus égaux, dont nous voulons qu'ils participent également au pouvoir, est chaque fois codéterminé de manière décisive par la société et par son institution, moyennant ce que j'ai appelé tout à l'heure la fabrication sociale des individus, ou, pour utiliser un terme plus classique, leur *paideia*, leur éducation au sens le plus large. Quelles sont les implications d'une éducation qui viserait à rendre tous les individus aptes, le plus possible, à participer au gouvernement commun – ce qu'Aristote, encore une fois, connaissait très bien et appelait la *paideia pros ta koina*, l'éducation en vue des affaires communes, qu'il considérait comme la dimension essentielle de la justice ?

Je ne voudrais pas terminer sans évoquer un autre problème énorme qui apparaît dans le contexte de l'égalité et qui concerne non plus simplement les relations des individus d'une communauté donnée et leurs rapports au pouvoir politique dans cette communauté, mais les rapports entre communautés, c'est-à-dire, dans le monde contemporain, entre nations. Il est inutile de rappeler l'hypocrisie qui règne dans ce domaine lorsqu'on déclare que toutes les nations sont égales. Hypocrisie du point de vue du brut et brutal rapport des forces, de la possibilité de certaines nations d'imposer leur volonté à d'autres ; mais hypocrisie aussi dans la fuite devant un problème beaucoup plus substantiel, beaucoup plus difficile au point de vue des idées, de la pensée. Ce problème est celui de la nécessité et de l'impossibilité de concilier ce qui découle de notre exigence d'égalité, à savoir : l'affirmation que toutes les cultures humaines sont, à un certain point de vue, équivalentes ; et la constatation qu'à un autre point de vue elles ne le sont pas, puisqu'un grand nombre d'entre elles *nient activement* (en tout cas, dans les faits) aussi bien l'égalité entre individus que l'idée d'équivalence entre cultures autres. C'est, dans sa substance, un paradoxe analogue à celui auquel nous confronte l'existence de partis totalitaires dans des régimes plus ou moins démocratiques. Ici, le paradoxe consiste en ceci, que nous affirmons que toutes les cultures ont des droits égaux ; cela, à l'égard de cultures qui, elles, n'admettent pas que toutes les cultures ont des droits égaux et affirment leur droit d'*imposer* leur « droit » aux autres. Il y a paradoxe à affirmer que le point de vue de l'islam, par exemple, vaut autant que n'importe quel autre – lorsque ce point de vue de l'islam consiste à affirmer que *seul* le point de vue de l'islam vaut. Et nous-mêmes en faisons autant : nous affirmons que seul notre point de vue, selon lequel il y a équivalence des cultures, vaut – niant par là même la valeur du point de vue, éventuellement « impérialiste », de telle autre culture.

Il y a donc cette singularité paradoxale de la culture et de la tradition européennes (encore une fois, au sens non géographique), consistant à affirmer une équivalence de droit de toutes les cultures alors que les autres cultures récusent cette équivalence, et que la culture européenne elle-même la récuse en un sens, du fait même qu'elle est la seule à l'affirmer. Et ce paradoxe n'est pas simplement théorique ou philosophique. Il pose un problème politique de première grandeur, puisqu'il existe, et surabondamment, des sociétés, des régimes, des États qui violent constamment, systématiquement et massivement les principes que nous considérons comme constitutifs d'une société humaine. Faudrait-il considérer l'excision et l'infibulation des femmes, la mutilation des voleurs, les tortures policières, les camps de concentration et les internements politiques « psychiatriques » comme des particularités ethnographiques intéressantes des sociétés qui les pratiquent ?

Il est évident que, comme disait Robespierre, « les peuples n'aiment pas les missionnaires armés », il est évident que la réponse à ce genre de questions ne peut pas être donnée par la force ; mais il est aussi évident que ces questions, au niveau international et mondial, non seulement subsistent mais acquièrent actuellement un regain d'importance qui risque de devenir critique.

A toutes ces questions nous devons, chaque fois, donner une réponse qui n'a pas et ne peut pas avoir un fondement scientifique, qui est basée sur notre opinion, notre *doxa*, notre vouloir, notre responsabilité politiques. Et à cette responsabilité, quoi que nous fassions, nous avons *tous* part *également*. L'exigence d'égalité implique aussi une égalité de nos responsabilités dans la formation de notre vie collective. L'exigence d'égalité subirait une perversion radicale si elle concernait seulement des « droits » passifs. Son sens est aussi et surtout celui d'une activité, d'une participation, d'une responsabilité égales.

LOGOS

La découverte de l'imagination[*]

AVERTISSEMENT

Ces pages sont extraites d'un ouvrage en préparation, L'Élément imaginaire, *dont le premier volume, volume « historique », comporte une partie consacrée à la découverte de l'imagination par Aristote dans le traité* De l'âme (Peri psuchès). *Quelques indications, plus que schématiques, sur l'orientation et les thèmes de ce travail pourraient faciliter la tâche du lecteur.*

Il est éclairant de penser, en dépit du risque d'unilatéralité, l'histoire de la philosophie dans son courant central comme l'élaboration de la Raison, homologue à la position de l'être comme être déterminé, soit déterminité (peras, Bestimmtheit). *Le risque en question, réduit lorsqu'on en est conscient, est du reste en luimême faible. Car ce qui ne relève pas de la Raison et de l'Être déterminé a toujours été assigné, dans ce courant central, à l'infra-pensable ou au supra-pensable, à l'indétermination comme simple privation, déficit de détermination, c'est-à-dire d'être, ou à une origine absolument transcendante et inaccessible de toute détermination.*

* Publié d'abord dans *Libre*, n° 3, 1978.

Cette position a, de tout temps, entraîné le recouvre-
ment de l'altérité et de sa source, de la rupture positive
des déterminations déjà données, de la création comme
non pas simplement indéterminée mais déterminante,
soit position de nouvelles déterminations. Autrement
dit, elle a de tout temps entraîné l'occultation de l'ima-
ginaire radical et, corrélativement, celle du temps
comme temps de création et non de répétition.

Occultation totale et patente pour ce qui est de la
dimension social-historique de l'imaginaire radical,
soit l'imaginaire social ou la société instituante. Dans
ce cas, les motivations, si l'on peut s'exprimer ainsi,
sont claires. Il appartient intrinsèquement et constituti-
vement à l'institution connue de la société, comme ins-
titution hétéronome, d'exclure l'idée qu'elle pourrait
être auto-institution, œuvre de la société comme insti-
tuante. Au plus (temps modernes), l'auto-institution de
la société sera vue comme mise en œuvre ou applica-
tion aux affaires humaines de la Raison enfin comprise.

Mais la philosophie ne pouvait pas ne pas rencontrer
l'autre dimension de l'imaginaire radical, sa dimension
psychique, imagination radicale du sujet. Ici, l'occulta-
tion ne pouvait pas être radicale. Elle a été occultation
du caractère radical de l'imagination, réduction de celle-
ci à un rôle second, tantôt perturbant et négatif, tantôt
auxiliaire et instrumental : la question posée a toujours
été celle du rôle de l'imagination dans notre relation à
un Vrai/Faux, Beau/Laid, Bien/Mal posés comme déjà
donnés et déterminés par ailleurs. Il s'agissait, en effet,
d'assurer la théorie *– la vue, ou la constitution – de ce*
qui est, de ce qui doit être fait, de ce qui vaut, dans sa
nécessité, soit dans sa déterminité. L'imagination est
pourtant, quant à l'essentiel, rebelle à la déterminité.
Dans cette mesure elle sera, la plupart du temps, simple-
ment scotomisée, ou reléguée à la « psychologie » ou
« interprétée » et « expliquée » dans ses produits moyen-

*nant des superficialités flagrantes, comme l'idée de la
« compensation » du besoin ou du désir insatisfaits.
(L'imagination n'est évidemment pas effet, mais condition du désir, comme le savait déjà Aristote : « il n'est pas
de désirant sans imagination », De l'âme, 433b 29.) Et
même là où le rôle créateur de l'imagination sera
reconnu, lorsque Kant saura voir dans l'œuvre d'art
« produite » par le génie la position indéterminée et indéterminable de nouvelles déterminations, il y aura encore
« instrumentalité » d'un ordre supérieur, subordination
de l'imagination à autre chose qui fournit la jauge de ses
œuvres. Le statut ontologique de l'œuvre d'art, dans la*
Critique de la faculté de juger, *est un reflet ou un dérivé
de son statut de valeur, laquelle consiste en la présentation dans l'intuition des Idées dont la Raison ne peut pas,
par principe, fournir de représentation discursive.*

*Ce recouvrement sera pourtant rompu à deux reprises
dans l'histoire de la philosophie. La rupture sera chaque
fois difficile, antinomique, créatrice d'apories inso-
lubles. Ce qui est découvert, l'imagination, ne se laisse
pas tenir et contenir, ni mettre en place et à sa place
dans une relation claire, univoque et assignable avec la
sensibilité et la pensée. Et chaque fois, la rupture sera
immédiatement suivie d'un oubli étrange et total.*

*Aristote découvre le premier l'imagination – et il la
découvre deux fois, à savoir il découvre deux imagina-
tions. Il découvre d'abord (*De l'âme, III, 3) *l'imagination au sens devenu par la suite banal, que j'appellerai
désormais l'*imagination seconde, *et il en fixe la doctrine depuis lui conventionnelle et encore régnante en
fait et en substance aujourd'hui. Puis il découvre une
autre imagination, à fonction beaucoup plus radicale,
qui n'a presque avec la précédente qu'un rapport d'homonymie, et que j'appellerai désormais l'*imagination
première. *Cette découverte se fait au milieu du Livre III
du traité* De l'âme *; elle n'est pas explicitée, ni thémati-*

sée comme telle ; elle rompt l'ordonnance logique du traité, et, chose infiniment plus importante, fait éclater virtuellement l'ontologie aristotélicienne – autant dire, l'ontologie tout court. Aussi bien, elle sera ignorée par l'interprétation et le commentaire, de même que par l'histoire de la philosophie, qui utiliseront la découverte de l'imagination seconde pour recouvrir la découverte de l'imagination première.

Il faudra attendre Kant (et à sa suite Fichte) pour que la question de l'imagination soit de nouveau posée, renouvelée, ouverte d'une manière beaucoup plus explicite et beaucoup plus ample – mais tout autant antinomique, intenable et incontenable. Et, dans ce cas encore, le nouveau recouvrement surviendra rapidement. Dans ses écrits de jeunesse Hegel poursuit et, par moments, radicalise le mouvement entamé par Kant et Fichte : l'imagination, écrit-il dans Foi et Savoir, *n'est pas un « moyen terme » mais « ce qui est premier et originaire ». Mais ces écrits resteront inédits ou inconnus. Il en va tout autrement dans l'œuvre publiée. On ne trouvera pas de trace du thème et du terme de l'imagination dans la* Phénoménologie de l'Esprit. *Et, par la suite, Hegel déplacera l'accent de l'imagination à la mémoire, à laquelle il transférera les œuvres « objectivables » de l'imagination (et reprochera aux Anciens d'avoir rabaissé la mémoire au rang de l'imagination :* Encyclopédie, § 462, Zusatz) *et ce qu'il appellera encore, dans la* Propédeutique *et l'*Encyclopédie, *« imagination active » et « imagination créatrice » ne sera en fait – atterrante banalité, après les* Critiques *kantiennes – qu'une recombinaison sélective des données empiriques guidée par l'Idée. Hegel restaure et rétablit ainsi la tradition vulgaire sur la question, toujours dominante, et qui n'est que la reproduction de la première exposition de l'imagination dans le traité d'Aristote : relégation de l'imagination à la « psychologie », fixa-*

tion de sa place entre la sensation et l'intellection (obli-
térant complètement l'admirable chapitre 9 du Livre III
du traité De l'âme, *réfutation anticipée des rangements*
*d'apothicaire de l'*Encyclopédie*), caractère simplement*
reproductif et recombinatoire de son activité, statut
déficient, illusoire, trompeur ou suspect de ses œuvres.

Aucun doute que c'est à Heidegger que l'on doit,
avec Kant et le Problème de la métaphysique *(1929), la*
restauration à la fois de la question de l'imagination
comme question philosophique et la possibilité d'un
abord de Kant qui rompt avec la somnolence et l'assè-
chement néo-kantiens. Aucun doute aussi que Heideg-
ger reproduit à son tour et à lui tout seul, spectacle
impressionnant, la succession des mouvements de
découverte et de recouvrement qui ont marqué l'histoire
de la question de l'imagination. Je parlerai ailleurs de
la re-découverte par Heidegger de la découverte kan-
tienne de l'imagination, et de son caractère, à mes yeux,
partiel et biaisé. Je note seulement ici que le « recul »
que Heidegger imputait à Kant devant l'« abîme sans
fond » ouvert par la découverte de l'imagination trans-
cendantale, ce recul, Heidegger lui-même l'effectue
après le livre sur Kant. Nouvel oubli, recouvrement et
effacement de la question de l'imagination, dont on ne
trouvera plus de trace dans les écrits ultérieurs de Hei-
degger, suppression de ce que cette question ébranle
dans toute ontologie (et dans toute « pensée de l'être »).

Plus près de nous, la trace des difficultés et des apo-
ries que fait naître la question de l'imagination et de
l'imaginaire persiste dans Le Visible et l'Invisible *de*
Maurice Merleau-Ponty. *Comment comprendre autre-*
ment cette hésitation qui tantôt y fait de l'imaginaire un
synonyme de la fiction irréelle, de l'inexistant sans
phrase, et tantôt va presque jusqu'à dissoudre la dis-
tinction de l'imaginaire et du réel ? On y voit Merleau-
Ponty aller très loin dans son effort pour effacer « les

*anciens clivages » – en même temps que quelque chose
le tire en arrière : sans doute, la persistance du* schème
*de la perception au sens le plus large, dont il n'arrive
pas à se dégager complètement, perception devenue
maintenant expérience ou* réception *ontologique.*

*Des fragments de ce texte ont été publiés en grec,
sous le titre « Jamais l'âme ne pense sans phantasme »,
dans la revue athénienne* Tomes *(janvier 1977).*

*Les traductions des passages d'Aristote sont de moi.
Souvent, elles divergent considérablement (et parfois
sur des points « élémentaires » de sens) des traductions
existantes. Je ne me suis guère soucié d'élégance.*

*Partout où il n'y avait pas risque de malentendu, j'ai
conservé les dérivés français des termes grecs (par
exemple* noème*). Ainsi aussi j'ai traduit* phantasma *par*
phantasme*. Traduire ce mot, comme on le fait, par
image, représentation, etc., est infidèle et fortement interprétatif ; c'est une source d'arbitraire, le traducteur ren-
dant* phantasma *tantôt par image, tantôt par représentation, tantôt par autre chose à sa guise ou selon ce qu'il a
décidé être un « sens » indiqué par le contexte, et sans
que le lecteur puisse même soupçonner qu'il y aurait là
problème. Aucune confusion avec le phantasme freudien
n'est à craindre. Le phantasme, ici, c'est l'œuvre de la*
phantasia, *de l'imagination. Quant à savoir ce qu'est la*
phantasia, *c'est la question dont traite le texte.*

Sur mes traductions de sumbebèkos *par* comitant *(au
lieu de l'habituel* accident*) et du* ti èn einai *par* ce qu'il
était à être, *je me suis expliqué ailleurs (*L'Institution
imaginaire de la société, *op. cit., p. 255, p. 440-441
[réed. « Points Essais », p. 274-275, 476-477] ;* Les
Carrefours du labyrinthe, *op. cit., p. 308-310 [réed.
« Points Essais », p. 402-405]).*

Janvier 1978

« *Jamais l'âme ne pense sans phantasme* »

Dès le départ, la question de l'imagination est marquée par les embarras, les apories, les impossibilités qui l'accompagneront toujours. Premier signe, déjà : ce n'est pas là où Aristote se propose explicitement d'en parler et en parle *ex professo* (*De l'âme*, III, 3), mais ailleurs, fragmentairement et incidemment, qu'il dit l'essentiel de ce qu'il a à en dire (*De l'âme*, III, 7 et 8). Voici les passages les plus lourds.

(III, 7) « Et pour l'âme pensante les phantasmes sont comme des sensations. (…) C'est pourquoi jamais l'âme ne pense sans phantasme…

« Donc, le noétique [de l'âme] pense les formes *(eidè)* dans les phantasmes, et comme c'est dans elles qu'est déterminé pour lui ce qui est à rechercher et à fuir, il se meut même en dehors de la sensation lorsqu'il a affaire à des phantasmes. (…) D'autres fois c'est par les phantasmes ou noèmes qui sont dans l'âme, comme s'il voyait, qu'il calcule et délibère des choses à venir par rapport aux choses présentes (…) :

« … Et la pensée *(nous)*, telle qu'elle est en acte, est totalement les choses. Mais s'il est possible qu'elle puisse penser quelque objet ayant-été-séparé *(kechôrismenon)* elle-même n'ayant-pas-été-séparée de la grandeur, ou non, cela il faudra l'examiner ultérieurement.

(III, 8) « Et maintenant récapitulant ce que nous avons dit de l'âme, disons à nouveau que l'âme est d'une certaine façon *(pôs)* tous les êtres ; car les êtres sont ou bien sensibles ou bien intelligibles, et la connaissance *(epistèmè)* est, d'une certaine façon, les connaissables *(epistèta)* et la sensation les sensibles ; comment cela est, il faut le chercher.

« La connaissance et la sensation se divisent selon les objets, [se rapportant] en tant qu'elles sont en puissance aux objets en puissance, et en tant qu'elles sont en acte aux objets en acte. Mais le sensitif et le connaissant de l'âme sont en puissance cela même, le connaissable et le sensible. Et ils sont nécessairement ou bien ceux-là mêmes [*sc.* le connaissable et le sensible] ou bien leurs formes *(eidè)*. Mais ils ne sont pas ceux-là mêmes ; car ce n'est pas la pierre qui est dans l'âme, mais la forme ; de sorte que l'âme est comme la main ; car la main aussi est un instrument d'instruments, et la pensée forme des formes et la sensation forme des sensibles. Et puisque aucune chose n'est, semble-t-il, ayant-été-séparée et à côté des grandeurs sensibles, les intelligibles *(noèta)* sont dans les formes sensibles, aussi bien ceux qui sont dits par abstraction que ceux qui sont des dispositions et affections *(hexeis kai pathè)* des sensibles. Et c'est pour cela que si l'on ne sentait rien on ne pourrait rien apprendre ni comprendre ; et que lorsqu'on pense *(theôrei)* il est en même temps *(hama)* nécessaire de contempler *(theôrein)* quelque phantasme ; car les phantasmes sont comme des sensations, mais sans matière. Mais l'imagination est autre que l'affirmation et la négation ; car c'est une complexion de noèmes que le vrai ou l'erreur. Mais qu'est-ce qui différenciera alors les premiers noèmes [faisant qu'ils ne soient pas] des phantasmes ? Ou bien [faut-il dire que] ce ne sont pas des phantasmes, mais pas non plus sans phantasmes » (431a 14-432a 14).

Invasion de l'intraitable, de l'*aporon* – essence de la philosophie. Les apories de l'imagination sont toutes indiquées ici, implicitement ou explicitement. Ce que l'imagination est, et le dire de ce qu'elle est, n'est pas « cohérent » au sens d'une logique ou dialectique quelconque. Non seulement il n'est pas « clair » : la *phantasia*, corrélat du *phainesthai*, se faire voir dans la lumière, liée au *phaos* (429a 3-4), ne se laisse pas voir si facilement – et encore moins dire *(apophainesthai)*. Elle fuit de tous les côtés, ne se contracte pas en *eidos*, ne peut pas être-tenue-ensemble *(concipere, erfassen, be-greifen)*. Encore moins peut-elle

être mise en place et à sa place à côté de l'*aisthèsis* (sensibilité), de la *noèsis* (pensée). Cette situation ne changera
pas essentiellement chez le seul auteur qui, vingt et un
siècles plus tard, saura voir et dire de l'imagination plus
qu'Aristote. Ce que Kant découvrira d'essentiel au-delà
d'Aristote quant à l'imagination ne fera que rendre les
choses encore plus intenables et radicalement in-conte-
nables.

Vacillation du sensible et de l'intelligible

Deux termes semblent et sont assurés pour Aristote,
comme pour la tradition philosophique dont il hérite déjà :
l'*aisthèton* et le *noèton*, le sensible et l'intelligible. Centraux dans le traité *De l'âme*, ils sont les seuls à avoir un
poids ontologique, ils donnent accès aux deux grands types
d'étants et, autant que faire se peut, détermination de leur
mode d'être. « Car les êtres sont ou bien sensibles ou bien
intelligibles » et, « d'une certaine façon », l'*epistèmè* (savoir
à la fois vrai et certain de son objet) *est* les *epistèta*, de
même que l'*aisthèsis*, « d'une certaine façon », *est* les *aisthèta*. « Comment cela est, ajoute Aristote, il faut le chercher. » Il faut le chercher – phrase surprenante, puisqu'on
est presque à la fin du troisième et dernier Livre du traité,
et que, surtout, on n'a fait que cela, chercher le rapport
entre le *nous* et les *noèta,* l'*aisthèsis* et les *aisthèta*, d'une
manière ou d'une autre, depuis le début du deuxième Livre.
La phrase précède-t-elle de nouveaux et longs développements proportionnels à l'importance décisive de la question, en préannonce-t-elle la solution ? Non. La « solution »
est congédiée en deux courtes phrases : l'âme est en puissance *(dunamei)* le sensible et l'intelligible – non pas eux-
mêmes *(auta)*, mais leurs formes *(eidè)*. Mais surtout, la
question est aussitôt déportée vers autre chose : une nouvelle et inattendue invasion de la question de la *phantasia*

(pourtant déjà traitée et apparemment épuisée dans le Livre III, 3), marquée par l'affirmation que toute pensée *(theôrein)* est nécessairement en même temps contemplation *(theôrein)* d'un phantasme. Ce qui conduit à constater qu'à vrai dire on ne sait pas si et en quoi les premiers noèmes – les noèmes irréductibles, originaires, élémentaires – ne sont pas des phantasmes purs et simples. Ce qui est en tout cas certain, c'est qu'ils ne sauraient *être sans* phantasmes.

Mais qu'en est-il alors, que peut-il alors en être de la bipartition *noèton-aisthèton, noèsis-aisthèsis* ? Comment penser qu'elle est exhaustive, qu'elle épuise ce qui jamais pourrait être dit être ? Le phantasme n'est pas « rien », puisque non seulement « nous l'avons », mais qu'il est nécessairement impliqué dans le penser, qu'il est impossible de penser sans phantasme. (Si l'on veut employer la terminologie moderne, il n'est pas « donnée empirique », mais « condition transcendantale ».) Il n'est pas rien – mais on ne sait pas *ce* qu'il est. Il n'est pas évidement sensible : il est « comme le sensible », mais *sans matière*, et cela fait toute la différence au monde pour l'ontologie aristotélicienne, et pour toute ontologie[a]. Impossible aussi de réduire le phantasme dont il s'agit ici à la définition de l'imagination donnée en III, 3, « mouvement engendré par une sensation en acte ». Définition de l'*imagination seconde*, seule traitée en III, 3, et sur laquelle se sont fixés les interprètes et toute la tradition philosophique et psychologique post-aristotélicienne – mais qui ne peut convenir à l'imagination dont il s'agit en III, 7 et 8, origine des phantasmes qui ou bien *sont* les « premiers noèmes » ou bien sont *ce sans quoi* les premiers noèmes ne sauraient être. – Mais le phantasme n'est pas non plus intelligible au sens strict, comme le montre la phrase : « mais l'imagination est autre

a. Pour Aristote, rien n'*est* vraiment sans matière, sauf la pensée se pensant elle-même, *noèsis noèséos*, l'activité *(energeia)* pure, l'être/étant suprême – ce qu'il nomme aussi Dieu.

que l'affirmation et la négation; car c'est une complexion
de noèmes que le vrai ou l'erreur ».

Aussitôt réaffirmée, la division de part en part de ce qui
est en sensible et intelligible est, de part en part, ébranlée.
Un Troisième surgit, qui échappe à la division et met
en cause son fondement. Il n'apparaît pas, en effet, comme
quelque chose qui aurait été laissé en dehors, indiquerait
une insuffisance de la division à épuiser le donné, inviterait
à la compléter ou à la surmonter. C'est de et à l'intérieur de
la division qu'il agit, et semble la rendre impossible
puisque ce Troisième se retrouve tantôt dans l'Un et tantôt
dans l'Autre, sans être l'Un ou l'Autre. C'est en étant
comme un sensible que le phantasme est *ce qui* est pensé,
du moins ce qui est « nécessairement aussi et du même
coup » *(anankèi hama)* pensé lorsqu'il y a pensée. Ce qui
veut dire que le *nous* ne peut être vraiment, en acte, *energeia*, c'est-à-dire dans l'acte de penser, que moyennant cet
être-non-être problématique, le phantasme. Inversement,
c'est en tant et pour autant que le phantasme se différencie
de ce qui fait être le sensible *comme* sensible – l'indissocia-
tion effective d'*eidos* et d'*hulè*, de forme et de matière –,
en étant donc, d'une certaine façon, lui aussi un ayant-été-
séparé, comme l'intelligible, qu'il peut « être comme »
(fonctionner comme) le sensible alors même et là même où
celui-ci n'*est* pas.

L'ordonnance du traité De l'âme *et la rupture du Livre III*

Le traité *De l'âme* est sans doute, avec plusieurs des
Petits traités d'histoire naturelle (Parva naturalia) –
« Petits traités d'histoire psychique » serait en fait le titre
correct – qui lui sont directement liés et en forment presque
des annexes, un des derniers écrits d'Aristote. Quoi qu'en
aient dit de grands philologues (W. Jaeger, *Aristotle, Fun-
damentals...*, Oxford U. P., 1962, p. 331-334 [1re éd. all.,

1923] ; D. Ross, *Aristotle*, Londres, Methuen, 1923/1964, p. 17-19 ; Jaeger va jusqu'à écrire, hélas, que le Livre III du traité est « *peculiarly Platonic and not very scientific* »), l'unité de sa composition est évidente. Le mouvement du traité est clair et ordonné – beaucoup plus que celui d'autres écrits d'Aristote tels qu'ils nous sont parvenus – jusqu'au milieu du Livre III.

Le Livre I est consacré, comme si souvent chez Aristote, à la définition du problème et de ses difficultés et apories, à l'exposition des théories antérieures et à leur critique. Les formules utilisées préparent ou annoncent les idées qui seront exposées et soutenues par la suite et notamment dans le Livre III. Le Livre II donne la définition aristotélicienne de l'âme – « l'âme est essence en tant que *eidos* d'un corps naturel possédant la vie en puissance. Et l'essence est entéléchie » (412a 19-21) –, puis discute des puissances *(dunameis)* de l'âme : nutritive (ou végétative), désirante, sensitive, locomotrice, dianoétique. Cette discussion est en plein accord avec ce qui sera dit dans l'indépassable chapitre 9 du Livre III, où Aristote récuse et réfute toute séparation de l'âme en « parties » ou « facultés » (le *dunameis* d'Aristote est traduit la plupart du temps par « facultés » ; il est clair cependant que pour Aristote il s'agit de pouvoirs ou de puissances qui s'actualisent différemment mais n'existent effectivement que comme *un*). Il faut noter qu'apparaît déjà ici – comme du reste dans le Livre I – une incertitude quant au statut et la place de l'imagination, qui n'est pas comptée parmi ces *dunameis* (414a 31-32) et pourtant se trouve souvent mentionnée comme située au même plan qu'elles (413a 22, 414b 16, 415a 10-11 ; *cf.*, dans le Livre I, 402b 22-403a 2, 403a 7-10). La suite du Livre II est consacrée à l'examen détaillé de la puissance nutritive (végétative), puis de la puissance sensitive comme telle et des cinq sens. Aucune interruption du mouvement de l'enquête entre la fin du Livre II, qui reprend l'examen de certains problèmes généraux de la sensation, et les deux premiers chapitres du

Livre III qui, après avoir écarté la possibilité d'un sixième sens, entreprennent de manière plus approfondie la discussion du « sens commun », ou sensation des sensibles communs (mouvement, repos, nombre, figure, grandeur), déjà défini en II, 6.

La question de l'imagination est introduite, discutée *ex professo* et en apparence « résolue » dans le troisième chapitre du Livre III. Cette discussion, plus courte (427a 17-429a 9) que celle consacrée auparavant à la sensation des communs (424b 22-427a 16), aboutit à la définition de l'imagination en bonne et due forme aristotélicienne : « l'imagination serait mouvement qui advient à partir de la sensation en acte » (429a 1-2). Le chapitre s'achève sur la remarque que, comme les images persistent et ressemblent aux sensations, les animaux agissent souvent d'après elles, tantôt, comme les bêtes, parce qu'ils sont privés de pensée, tantôt, comme les hommes, parce que leur pensée est recouverte par la maladie ou le sommeil. « Pour ce qui est donc de l'imagination, ce qu'elle est et pour quoi elle est, qu'il en soit dit autant » (429a 4-9).

La question est réglée, et Aristote procède pour s'attaquer au problème suprême et sublime : la connaissance et la pensée. Les chapitres 4 à 6 et la majeure partie du chapitre 7 du Livre III sont consacrés au *nous*, son mode d'être, ses attributs ou déterminations, sa manière d'opérer, son intellection des divisibles et indivisibles, son accès à la vérité (429a 10-431a 14, puis 431b 12-19). Rien n'est dit, dans ces passages, de la *phantasia*, rien ne laisse soupçonner qu'elle pourrait avoir affaire, d'une manière quelconque, avec la pensée.

Le traité serait cependant incomplet s'il s'achevait sur ces considérations. Il reste à discuter de cette puissance essentielle d'une grande partie des vivants, dont l'homme, la puissance du mouvement local (soit, l'action). C'est donc à celle-ci que sont consacrés les chapitres 9 à 11 (432a 15-434a 21), où est aussi contenue la digression réfutant l'idée de « parties » de l'âme (432a 22-432b 7). Le traité s'achève par deux chapitres (12 et 13) qui sont plutôt comme une annexe. Portant sur l'importance relative des sens pour la vie, le caractère nécessairement composé du corps vivant et le privilège élémentaire du toucher, ils auraient pu aussi bien trouver leur place dans le Livre II, sauf dans la mesure – très faible – où ils présupposent quelque peu la discussion du mouvement local.

Mouvement ordonné de l'enquête, qui n'est pas démenti par le fait que l'examen de la puissance du mouvement local vient après celle du *nous*, contrairement à la hiérarchie impliquée par l'ontologie d'Aristote et réaffirmée dans le passage déjà mentionné (414a 31-32). En effet, le mouvement local présuppose au moins la sensation et l'imagination (chez les bêtes) et aussi l'intellection (chez l'homme) ; celles-ci appartiennent aux puissances par lesquelles l'âme connaît. Il est donc logique, et requis pour la clarté de l'exposé, que l'examen des puissances cognitives – sensation, imagination, intellection – soit mené à son terme d'abord, avant que ne soit entrepris celui de la puissance du mouvement local.

Or cette ordonnance du Troisième Livre du Traité est brutalement rompue à deux reprises : d'abord, par une soudaine réapparition de la question de la *phantasia* en plein milieu de l'examen de la puissance dianoétique (III, 7, 431a 14-b 12, et III, 8, 431b 20-432a 14 ; ce sont les passages cités au début de ce texte) ; ensuite, par un retour insistant de la *phantasia* tout au long de l'examen de la puissance du mouvement (III, 9 à 11, 432b 14-434a 21).

La rupture ne se situe pas au plan de la composition littéraire. L'invasion de la *phantasia* dans III, 7 et 8, aurait pu très bien être une digression, un *excursus* – Aristote, comme tout auteur qui pense, c'est-à-dire est emporté par sa pensée, est coutumier du fait, autant que Platon et infiniment plus que les auteurs modernes – et l'utilisation du terme et de l'idée lors de la discussion du mouvement local en III, 9 à 11, n'a en soi rien de surprenant. La rupture se situe à un niveau beaucoup plus profond. La *phantasia* dont il s'agit ici n'a pour ainsi dire rien à voir avec celle définie *ex professo* dans la *sedes materiae* apparente, en III, 3. Son rapport à celle-là est un rapport d'homonymie ; ses déterminations et ses fonctions non seulement excèdent celles de l'autre mais apparaissent comme incompatibles avec elles ; à la fois sa « place » et son « essence » deviennent incertaines ; et, finalement, ce qui en est dit apparaît comme inconciliable non seulement avec ce que le traité a essayé de déterminer comme puissances de l'âme, mais avec ce que l'ensemble de l'œuvre d'Aristote a essayé de dégager comme détermination de l'être.

La doctrine conventionnelle de l'imagination seconde

Le traitement de l'imagination en III, 3 du traité peut être appelé, anachroniquement, conventionnel ; en découvrant l'imagination seconde, Aristote fixe en même temps ce qui deviendra les conventions d'après lesquelles à sa suite sera pensée, c'est-à-dire ne sera pas pensée, l'imagination. Aussi bien ce traitement peut paraître banal ou naïf au lecteur contemporain, dans la mesure où celui-ci ignore l'origine des « évidences » dont son esprit est rempli, ce que leur découverte a exigé et surtout la richesse débordante dans laquelle elle a été faite et dont la tradition a été appauvrissement, déformation et méconnaissance.

Dans le cas présent, deux remarques permettront peut-être de mieux mesurer ce qui était requis pour que même l'imagination seconde puisse être découverte et thématisée. On peut douter qu'il y ait jamais eu une langue ignorant complètement la catégorie du « fictif » trivial – langue où il soit impossible de dire à quelqu'un, non pas « tu te trompes » ou « tu mens », mais « tu inventes ». Mais en même temps, ce « fictif » trivial ou mineur n'a pas de statut dans l'ontologie ou la pré-ontologie impliquée par la langue, il ne délimite aucune région des étants, il n'est qu'une variante inconsistante, affaiblie, de ce qui n'est pas. Et cela semble relié à la non-reconnaissance de l'imaginaire comme tel, au statut de *réalité* presque toujours accordé, dans la représentation archaïque, au rêve ou au délire, jusques et y compris dans les termes utilisés pour leur description (« cette nuit *j'étais* à tel endroit » ou « *j'ai vu* un tel »).

Par ailleurs, il faut se rappeler que, juste avant Aristote, Platon lui-même, constamment préoccupé par la *phantasia,* ne parvient cependant pas à la penser comme telle, que pour lui elle est un « mélange de sensation et d'opinion » pris dans la classe plus générale de l'*eikôn*, des icônes-images, essentiellement *imitation* à laquelle s'adjoint une fausse croyance portant sur le type de réalité de ses produits (voir l'excellente discussion de Jean-Pierre Vernant, « Image et apparence dans la théorie platonicienne de la *mimèsis* », *Journal de psychologie*, n° 2, avril-juin 1975, p. 133-160).

Cette conception de Platon sera explicitement critiquée et rejetée par Aristote. En commençant l'exposition de sa doctrine (de la doctrine « conventionnelle »), Aristote place aussitôt l'imagination parmi les puissances par lesquelles « l'âme juge – sépare, *krinei* – et connaît un être quel-conque » (427a 20-21 ; 428a 1-4). D'entrée de jeu, il déclare que « l'imagination est autre que la sensation et la pensée *(dianoia)* » (427b 14-15). La distinction entre sensation et pensée est posée comme évidente : la sensation des sen-sibles propres est toujours vraie, et appartient à tous les ani-maux, cependant que la pensée peut aussi bien être fausse, et n'appartient qu'aux êtres doués de *logos* (427b 6-14). Or l'imagination diffère de la sensation, puisque la sensation est toujours puissance ou acte (vue ou vision), cependant qu'il y a des apparitions *(phainetai ti)* indépendamment de cette puissance ou acte – comme dans les rêves, ou les visions que l'on peut avoir « les yeux fermés ». La sensation est toujours présente mais non l'imagination. Enfin, les sensations sont toujours vraies, tandis que la plupart des produits de l'imagination sont faux (428a 5-16). – Mais l'imagination n'est pas non plus pensée et conviction *(noèsis kai hupolepsis)*. Elle ne peut pas appartenir à la pensée qui est toujours vraie, le *nous* et l'*epistèmè*, puisqu'il existe de l'imagination fausse. Elle ne peut pas être non plus pensée susceptible de vérité et d'erreur, à savoir opinion *(doxa)* ; car elle dépend de nous-même *(eph' hèmin)*, nous pouvons la produire à volonté, comme ceux qui fabriquent les effigies *(eidolopoiountes)*[b], cependant qu'il n'est pas en notre pouvoir d'avoir ou non des opinions puisque « il est toujours nécessaire d'être dans le vrai ou dans le faux ». Et l'opinion, toujours nécessairement accompagnée de croyance *(pistis)*, provoque immédiatement la passion ou émotion, ce qui n'est pas le cas de l'imagination (croire que telle chose est terrible provoque la terreur, l'imaginer simplement ne la provoque pas). Enfin, elle ne peut pas être, comme le pensait Platon, une complexion de sensation et d'opinion *(doxa)*, puisque sensation et *doxa* portant sur le même objet peuvent être l'une fausse et l'autre vraie (le Soleil apparaît comme ayant un pied de diamètre, mais on le croit plus grand que la Terre habitée).

C'est en conclusion de cette discussion, à partir de la constatation que l'imagination est une espèce de mouvement, impossible sans la sensation, possible seulement pour des êtres sentants et pour des objets dont il y a sensation, et que l'acte de la sensation peut engendrer un mouvement lequel sera nécessairement semblable à la sensation, qu'Aristote parvient à la définition de l'imagination déjà

---

b. La leçon de tous les manuscrits est, mot à mot : « ... (car il est possible de faire être une image devant les yeux, comme ceux qui mettent [des images] en ordre mnémonique et fabriquent des effigies)... » (427b 18-20). La redondance de la phrase est évitée si on lit *kai hoi eidolopoiountes*, « et *ceux* qui fabriquent des effigies » – idée par ailleurs évidente.

mentionnée, comme « mouvement qui advient à partir de la sensation en acte ». Comme telle, elle pourra être cause de beaucoup d'actions et de passions pour l'être qui la possède, et sera susceptible aussi bien de vérité que d'erreur. Cette dernière possibilité est une conséquence directe de la dépendance, ici clairement présupposée, de l'imagination à l'égard de la sensation. Il y a sensation des sensibles propres (le blanc, le doux) qui est « toujours vraie » (et à cette occasion, pour la *seule* fois dans le traité, Aristote ajoute : « ou bien ne comporte qu'une erreur minime », 428b 19). Il y a sensation de l'objet *avec lequel* vont les sensibles propres, dont les sensibles propres sont les comitants : cet objet blanc est perçu comme le fils de Cléon. Qu'il s'agisse d'un objet blanc est certain, mais peut-être n'est-ce pas le fils de Cléon. Enfin, il y a sensation des communs (par exemple mouvement, grandeur), à propos desquels les possibilités d'erreur sont les plus considérables (*cf.* la question de la grandeur apparente). Or, dit Aristote, la possibilité de vérité/erreur de l'imagination sera différente selon le genre de sensation qui en est l'origine. S'il s'agit de la première espèce de sensation (celle des sensibles propres), l'imagination sera vraie si la sensation est présente. S'il s'agit des deux autres, et que la sensation soit présente ou absente, l'imagination sera (ou : pourrait être, *eien*) fausse, et ce d'autant plus que l'objet sensible est éloigné (428b 17-30).

Ainsi, au bout de cette discussion, l'imagination apparaît comme placée sous la dépendance entière de la sensation, homogène à celle-ci et causée par elle (les deux déterminations étant, on le sait, métaphysiquement liées chez Aristote). Elle en apparaît comme le doublet superfétatoire ; et, telle qu'elle est présentée ici, elle semble ne posséder qu'une seule, et fort étrange, fonction : multiplier considérablement les possibilités d'erreur inhérentes à la sensation de l'objet comitant et à celles des communs.

Les difficultés de la doctrine conventionnelle

Certes, on ne saurait négliger la complexité du texte (dont le résumé qui précède fait nécessairement litière), son balancement et ses contradictions. Ils apparaissent clairement à propos de deux questions, à vrai dire cruciales. En premier lieu – et cela est tout à fait indépendant de la discussion et de la critique de toute conception de « parties » ou de « facultés » de l'âme – l'imagination, déjà ici, à la fois appartient à la pensée (427b 28-30 : « … la pensée, autre que la sensation, est d'une part imagination, d'autre part conviction… » ; *cf.* Livre I, 1, 403a 7-10) et, comme on l'a vu, est *autre* que *toute* espèce de pensée. En même temps, on l'a vu aussi, elle est *autre* que la sensation, que *toute* espèce de sensation, et finalement se trouve en fait déterminée comme rien d'autre que *rémanence* (*emmenein,* 429a 4-5) de la sensation, écho affaibli et distordu, rétention d'« image » qui n'y ajoute, étrangement, qu'un négatif positif, une possibilité accrue d'erreur. Cette vue de l'imagination comme rémanence de la sensation est encore plus clairement affirmée dans le petit traité *Des rêves* (459a 23-459b 24 et 460a 31-b 27), contemporain ou postérieur au traité *De l'âme* (Aristote y renvoie explicitement à la définition de l'imagination donnée en III, 3 du traité : 459a 14-18). Ici, l'« appartenance » de l'imagination à la sensation est formulée moyennant le recours à la distinction aristotélicienne *esti / to d'einai* : « dans leur existence effective *(esti)* l'imagination et la sensation sont le même, mais leur essence *(to d'einai)* est autre (…) le rêve apparaît comme quelque phantasme (…) il est clair que rêver appartient à la sensibilité, et à celle-ci en tant que *(hèi)* elle est imagination » (459a 15-22). Dans le même sens vont des formulations comme (460b 16-18 et 461b 5-8) : « ce n'est pas selon la même puissance que l'instance principale [*sc.* de l'âme, *to kurion*] juge et que les phantasmes adviennent ».

En deuxième lieu, on ne peut taire les implications des critères mis en avant pour différencier la sensation de l'imagination, et l'imagination de la pensée – critères que j'ai rappelés plus haut. Aristote oppose la sensation, « toujours vraie », aux produits de l'imagination, « pour la plupart faux » (428a 11-12). Or cela pourrait différencier l'imagination de la sensation des sensibles propres (la seule qui soit toujours vraie), non pas de la sensation de l'objet comme comitant ou de la sensation des communs ; et, en fait, nombreuses sont les formulations où imagination et sensation des communs deviennent pratiquement indiscernables et parfois même sont identifiées. En outre, l'argument selon lequel la sensation serait toujours présente, tandis que l'imagination ne le serait pas (il est vrai que le sens du passage est peu clair), est difficilement compatible avec la définition centrale de l'imagination en III, 3. Si la sensation est toujours présente, elle ne peut l'être qu'en puissance et cela établirait une distinction non entre sensation et imagination, mais entre sensation en puissance et ce qui peut être en acte, que ce soit sensation ou imagination ; et l'on ne voit pas pourquoi la sensation en acte n'engendrerait pas toujours ce « mouvement » qu'est l'imagination – du moins chez les animaux qui en ont la possibilité de principe et laissant de côté « les fourmis, les abeilles ou les vers » (428a 10-11). Enfin, comment concilier la définition de l'imagination comme mouvement engendré par la sensation en acte avec l'argument invoqué pour la différencier de la *doxa*, selon lequel, contrairement à celle-ci, celle-là serait « en notre pouvoir » ? Il est en mon pouvoir d'ouvrir ou de fermer les yeux ; mais le mouvement engendré par la sensation en acte n'explique nullement, et semble plutôt exclure, mon pouvoir d'évoquer, une fois mes yeux fermés, tantôt la lagune de Missolonghi et tantôt celle de Venise.

Ces oscillations et contradictions s'expliquent lorsque l'on comprend qu'Aristote pense ici simultanément ou alternativement à *deux* manifestations ou réalisations de l'imagination *seconde*, sans en expliciter et thématiser la différence. D'une part, à une résonance, à un doublet généralement déformé de la sensation ou *aura* l'entourant, indiscernable de la sensation des communs sinon même identique à celle-ci (*De la mémoire*, 450a 10-11 : « le phantasme est une affection de la sensation commune »), rétention et rémanence des « images » sensibles et donc au fondement de la mémoire – laquelle n'en serait qu'une « partie » ; cette imagination peut sans doute être pensée comme « déterminée » depuis la sensibilité. D'autre part, à la capacité d'évocation de telles images indépendamment de toute sensation présente, incluant un certain pouvoir de recombinaison (*cf.* les *eidolopoiountes*, les fabricants d'effigies[c] ; mais Aristote y touche à peine), laquelle est « en notre pouvoir », donc relève, en langage moderne, d'une liberté ou spontanéité, et qui, voudrait-on même la penser comme « déterminée », par exemple par des « lois psychologiques » quelconques (rappelons que c'est Aristote qui le premier fixe ce que l'on a appelé par la suite les « lois de l'association des idées » par similitude, opposition ou

c. Ou les inventeurs et utilisateurs de procédés mnémotechniques, etc., cités dans le même passage. Il est tout à fait fondamental de constater qu'Aristote n'évoque à aucun moment de toute l'enquête (à l'exception près peut-être de la phrase discutée dans la note b, *supra*) à propos de la *phantasia* l'« art », la *technè* au sens le plus général, qu'il s'agisse de la *technè* bâtissant des maisons ou de la *technè poiètikè* par excellence, de l'art poétique comme nous disons. Il dira pourtant, dans la *Poétique* précisément, que c'est la capacité de « créer des mythes », plus que la versification, qui fait par excellence le poète tragique (1451b 26-27, *cf.* aussi 1450a 21-22). Cela – comme, du reste, l'essentiel de toute *technè* – ne se laisse guère emprisonner dans la *mimèsis*. Mais cet emprisonnement est nécessaire, du point de vue de l'ontologie « centrale » d'Aristote. Voir aussi, sur ce point, mes textes « Technique », dans *Les Carrefours du labyrinthe*, p. 224-226 [et coll. « Points Essais », p. 289-324], et « Valeur, égalité… », *ibid.*, p. 306-313 [« Points Essais », p. 325-413]. La liaison explicite de l'imagination et de l'art sera surtout élaborée au XVIIIe siècle – et aboutira, là encore, d'étrange façon, à Kant. Je reviendrai longuement sur tout cela dans *L'Élément imaginaire*.

contiguïté : *De la mémoire*, 451b 18-20), ne le serait certes pas dans son surgissement par le « mouvement de la sensation en acte » qu'elle reproduirait. Et, de toute évidence, c'est aux produits de celle-ci (de la capacité d'évocation) et non de celle-là (de la rémanence de la sensation) que se réfère le défaut de croyance *(pistis)*.

L'imagination première

Tout cela constitue déjà une avancée décisive par rapport à Platon, un changement de l'espace dans lequel sont pensés la *phantasia* et le *phantasma*. Mais cette avancée apparaît comme presque négligeable, lorsque l'on tente de mesurer l'importance du bouleversement qu'Aristote opère, implicitement, dans les chapitres 7 et 8, puis 9 à 11, du Livre III. Ici, l'imagination à laquelle pense Aristote, qu'il découvre sans la nommer et sans la thématiser, est d'un ordre radicalement différent. (Dans les pages qui suivent, ma discussion se limite aux chapitres 7 et 8 du Livre III et ne fait qu'occasionnellement appel aux chapitres 9 à 11.)

Si « l'âme ne pense jamais sans phantasme », il est clair que l'on ne peut plus dire qu'imaginer est en notre pouvoir, et pas davantage qu'il s'agit, dans l'imagination, d'un mouvement engendré par la sensation en acte. Est-ce que penser est « en notre pouvoir » ? Non, nous pensons – ou avons une opinion, *doxazein* – toujours (hors le sommeil ou, peut-être, la maladie) : « avoir une opinion n'est pas en notre pouvoir ; car il est nécessaire d'être dans l'erreur ou la vérité » (427b 21). Donc, il y a *toujours* phantasme, nous imaginons *toujours*. Et certes, en même temps, nous pouvons penser tel objet plutôt que tel autre. Nous pouvons donc aussi mobiliser tel phantasme (ou tel genre de phantasme) plutôt que tel autre. Donc nous pouvons toujours avoir et même nous avons toujours nécessairement phantasme, indépendamment d'un « mouvement de la sensation en acte ». L'affirmation que l'âme ne pense jamais sans phantasme pulvérise les déterminations conventionnelles de l'imagination (celles de III, 3) et rend insignifiant l'horizon où elles avaient été posées.

Mais que signifie l'idée que l'âme ne pense jamais sans phantasme ? Et sans *quel* phantasme ?

La présentation de l'objet de pensée

A cette question, le chapitre III, 8 donne une première réponse – qui est en vérité double. « Ce n'est pas la pierre qui est dans l'âme, mais la forme » ; « les phantasmes sont comme des sensations, mais sans matière » ; « il est nécessaire chaque fois que l'on pense de contempler en même temps quelque phantasme ». Ici le phantasme, image *in absentia* de l'objet sensible, fonctionne comme substitut ou représentant de celui-ci. En langage moderne, la pensée implique la *re-présentation (Vertretung)* de l'objet pensé par sa représentation *(Vorstellung)*, qui est comme la sensation, mais sans l'acte de la présence effective de l'objet. Présentation dans et par laquelle peut être donné tout ce qui appartient à la *forme* de l'objet, au sens le plus général du mot forme, soit tout ce qui de l'objet peut être pensé ; donc, le tout de l'objet *sauf* sa « matière », laquelle est, de toute façon, la limite du pensable, dans laquelle, lorsqu'elle est prise comme matière absolument, il n'y a rien à penser.

La présentation des abstraits. Séparation et composition

Mais aussi, « puisque aucune chose n'est, semble-t-il, ayant-été-séparée et à côté des grandeurs sensibles, les intelligibles sont dans les formes sensibles », aussi bien les abstraits que les relations *(hexeis kai pathè)* ; l'on ne peut rien apprendre ni comprendre sans aucune sensation, et « il est nécessaire, chaque fois que l'on pense, de considérer en même temps quelque phantasme ». Par conséquent, phantasme et imagination sont ce qui permet la *séparation* – et aussi la *composition*, soit la synthèse. Les intelligibles sont dans les formes sensibles ; l'intellection des intelligibles présuppose la donnée de telle forme sensible comme séparée (c'est-à-dire comme elle n'est jamais donnée en réalité et en acte). Analyse et synthèse, abstraction et construction, présupposent l'imagination. Il n'y a ici aucune « interprétation » du texte : Aristote avait déjà expliqué que « les formes sont pensées dans les phantasmes » (431b 2), et explicité ce qu'il entendait par là. Comment pense-t-on les abstraits ? Lorsque l'on pense le [nez] camus en tant que [nez] camus, on ne le sépare pas de la matière ; mais, lorsque l'on pense en acte le concave – le concave comme tel –, on le pense sans la chair dans laquelle il existe. De même, les objets mathématiques – qui ne sont jamais séparés de la matière –, on les pense comme séparés, lorsque l'on pense les abstractions (431b 12-19). On ne peut jamais *sentir* du courbe sans matière ; or, penser le courbe *comme* courbe, c'est le séparer de la matière où il se réalise et qui n'a rien à voir avec le courbe comme tel ; mais on ne peut pas penser le courbe sans « sentir » le courbe, sans présence ou présentation du courbe ; cette présentation – « comme une sensation, mais sans matière » – est assurée par la *phantasia*, elle se réalise dans et par le *phantasma*. L'imagination qu'a ici en vue Aristote est donc *abstraction sensible*, abstraction *dans* le sensible fournissant l'intelligible.

L'abstraction c'est l'*aphairèsis*, la soustraction ou sépa- ration. Le *phantasma* est une sensation abstraite, à savoir séparée ; soustraite ou séparée de la matière de l'objet, mais aussi bien séparée ou séparable des autres « moments » de la forme de l'objet (je peux me représenter un ensemble de boules en tant qu'il s'agit de boules, en tant qu'elles sont rangées de telle ou telle façon, en tant qu'elles figurent tel nombre). La *phantasia* est donc pouvoir séparateur dans le sensible, puissance abstractive présentifiant l'abstrait, facteur universalisant ou généricisant (mais toujours dans la figure) du donné. (Et c'est évidemment parce qu'elle est séparatrice qu'elle est universalisante.) La même idée est exprimée dans le petit écrit *De la mémoire* : « On a déjà parlé de l'imagination dans les écrits concernant l'âme, et on y a dit qu'il n'est pas possible de penser sans phantasme ; car il arrive la même chose dans le penser que dans le tracer [d'une figure] ; en effet, dans ce cas aussi, bien que n'ayant nullement besoin que la grandeur du triangle soit déterminée, nous traçons [un triangle] déterminé selon la grandeur ; et de même celui qui pense, même s'il ne pense pas une grandeur, pose devant ses yeux une grandeur, et ne la pense pas en tant que grandeur. Et, s'il s'agit de la nature des quantités, mais des quantités indéterminées, il pose une quantité déterminée, mais la pense seulement en tant que quantité » (449b 30-450a 6).

Cette séparation est, au niveau de ces considérations, indissociable de la composition, l'abstraction de la construction, la division de l'unification. Parlant auparavant de l'intellection, Aristote disait : « là où sont et l'erreur et le vrai, il y a déjà une certaine composition de noèmes comme étant un », et, après avoir discuté cette idée et constaté que « l'erreur est toujours dans la composition », il ajoutait : « il est tout autant possible d'appeler tout cela [*sc.* les opérations de composition] division » (III, 6, 430a 27-b 3). Et cela est évident. Non seulement l'ordre dans lequel nous parcourons la chaîne des séparations et des compositions n'a pas d'importance intrinsèque, mais, beaucoup plus essentiellement, toute position de l'un est en même temps division et toute division pose à nouveau, et de multiples façons, l'un. Cependant, il concluait alors, dans ce chapitre 6, que « ce qui fait l'un, c'est chaque fois le *nous* », la pensée (430b 5-6). Or, parlant du mouvement local, du désir et de l'action dans le chapitre 11, Aristote impute aussi à l'imagination le pouvoir d'unifier : « elle peut faire un phantasme à partir de plusieurs » (434a 9-10). Et certes, dans ce dernier passage, il s'agit de l'imagination délibérative *(bouleutikè)*, identique à l'imagination rationnelle/calculante *(logistikè*, 433b 29) et opposée à l'imagination sensible *(aisthètikè, ibid.)*. L'introduction si tardive de cette nouvelle distinction, que l'on ne peut que tenir pour capitale, laquelle pourtant n'est ni argumentée ni même précisée, et qui est signifiée par deux termes différents *(bouleutikè/logistikè)*, proches mais nullement synonymes, témoigne encore une fois de la rupture qui survient, au milieu du Livre III, pour ce qui est de l'imagination ; d'autant que peu auparavant, au début de sa discussion de ce qui est, chez les animaux, à l'origine du mouvement, Aristote avait de nouveau placé l'imagination du côté du *nous* : « il apparaît que ces deux-là sont origines du mouvement, soit le désir, soit le *nous*, si l'on pose l'imagination comme une sorte de pensée » *(noèsin tina*, III, 10, 433a 9-10). Mais pour ce qui est de la fonction unifiante de l'imagination, l'implication est évidente : impossible de parler d'action sans « délibération » concernant l'avenir, et de « délibération » sans imagination – soit, sans position/présentation de plusieurs (au moins deux : 434a 8) ensembles d'« images » composées et unifiées de ce qui n'est pas là.

Le Schématisme aristotélicien

La *phantasia* est donc condition de la pensée, en tant qu'elle seule peut présenter à la pensée l'objet, comme sensible sans matière. Elle l'est également, en tant qu'elle sépare, dans la forme de l'objet, les « moments » différents de cette forme et peut les présenter comme abstraits, soustraits du reste : la triangularité séparée non seulement de la « matière » du triangle mais de sa dimension ; la quantité séparée de ce dont elle est quantité et de son être-quantité-déterminée (le « combien »). Cette fonction séparatrice, abstractrice est indissociable (n'est que l'autre face) de sa fonction unificatrice, composante. Mais il y a plus dans la phrase « et lorsque l'on pense *(theôrei)* il est nécessaire de contempler *(theôrein)* en même temps quelque phantasme ». Ce *plus* considérable est ce qu'il faut bien appeler, négligeant le risque de l'accusation de rétro-lecture, le Schématisme aristotélicien. Le passage cité ne livre le sens qu'il contient en puissance que lorsqu'on comprend qu'il forme le chaînon intermédiaire entre la discussion de la pensée des indivisibles selon la forme, soit des essences, menée en III, 6, et les formulations de l'écrit *De la mémoire* dont j'ai déjà cité une partie.

Avant la nouvelle invasion de la question de l'imagination, en parlant du *nous* et des problèmes que pose la pensée des indivisibles, Aristote écrit : « Ce qui est indivisible, non pas selon la quantité, mais selon l'*eidos*, il [le *nous*] le pense dans un temps indivisible et par l'indivisible de l'âme. Et ce par quoi il le pense et le temps dans lequel il pense sont divisibles par comitance, et non pas comme les continus ; il pense en effet en tant qu'ils sont indivisibles ; car même en ceux-ci [*sc.* le temps où il est pensé et le pouvoir par lequel il est pensé], il est quelque chose d'indivisible, bien que sans doute non séparé, qui fait que le temps est un et la longueur une. Et cela est également dans tout continu, temps aussi bien que longueur » (III, 6, 430b 14-20).

Limitons-nous au seul problème du temps. La pensée de l'indivisible selon la forme, de l'*eidos*, est faite, doit être faite, dans un temps indivisible. Penser une *ousia*, ce n'est pas inspecter successivement des termes ou éléments en lesquels on pourrait la décomposer, précisément parce qu'elle ne se laisse pas décomposer ainsi. Cependant, le temps « effectif » dans et par lequel l'âme pense est toujours du temps – continu et divisible (en puissance) indéfiniment.

Aristote essaie d'abord de réduire, si l'on peut dire, la difficulté moyennant son idée fondamentale de la comitance :

il se trouve que l'âme ne pense que dans et par le temps et que le temps est divisible, mais cela est comitant, ici donc extrinsèque, n'affecte pas l'essence de ce qui est en cause – la pensée de l'essence. Mais cela ne lui suffit pas, et pour cause. Si le temps (ou la longueur) n'étaient *que* continuité et divisibilité en puissance (rappelons que pour Aristote la continuité signifie la divisibilité indéfinie : *Physique*, VI, 1, 231a 24-25), l'énigme d'une pensée indivisible dans et par un temps divisible resterait entière. Le *en tant que* (le *nous* pense les indivisibles par un pouvoir de l'âme et dans un temps *en tant que* ceux-ci sont indivisibles) doit avoir quelque part un point d'appui. Il introduit donc l'idée qu'il y a quelque chose d'indivisible (bien entendu, indivisible même en puissance) dans le temps – mais non séparé. Ce quelque chose est *ho poiei héna ton chronon kai to mèkos* – ce qui fait que le temps est un et la longueur une.

Mais est-ce là une solution ? Ce qui fait l'unité du temps, ce par quoi le temps est un, doit être là bien entendu de part en part, tout le temps et dans tout temps, puisque c'est ce qui fait qu'il n'y a jamais, en tout et pour tout, qu'un seul temps. De même que doit être là tout le temps ce qui fait la divisibilité indéfinie du temps. Or, ce même temps doit fonctionner tantôt *en tant que* ce qui permet la pensée des divisibles, tantôt *en tant que* ce qui permet la pensée des indivisibles. Il subsiste donc, ici encore, une question du fondement de la possibilité de l'abstraction-séparation, permettant de « soustraire » du temps tantôt l'une, tantôt l'autre de ces composantes non séparées. Mais il y a plus encore. La composante catholique de tous les temps « particuliers », au fondement de l'unité et de l'unicité du temps, l'unifiant du temps ne peut pas, comme tel, fonder l'indivision de l'intellection des indivisibles. Ce qui est requis pour celle-ci, c'est une unité des *segments* du temps – de *tel segment* du temps – permettant de poser tel segment en tant qu'essentiellement un et indivisible, et de considérer aussi bien sa divisibilité « interne » *que* son inclusion logiquement et réellement infracturable dans l'Un du temps comme simplement comitantes, extrinsèques, non essentielles. Une telle unité par-delà deux contradictions ou impossibilités, on ne la trouvera ni dans la physique ni dans la logique – ni dans la sensation comme telle, ni dans le raisonnement.

La question n'est pas, en vérité, résolue et l'on peut voir ici la limite des possibilités de la perspective « intellectualiste », si j'ose dire, des chapitres 4 à 6 du Livre III traitant du *nous*, et, sans doute, le mobile sourd qui pousse Aristote, dans les deux chapitres qui suivent (7 et 8), à réintroduire la *phantasia*. En effet, des éléments de la réponse se trouvent dans le passage central de III, 8 cité au début de ce texte, et dans l'écrit *De la mémoire*.

« *Jamais l'âme ne pense sans phantasme.* » « Le noétique pense les *eidè* dans les phantasmes. » « Il est nécessaire, lorsque l'on pense, de contempler en même temps quelque phantasme. » « Mais alors, qu'est-ce qui différenciera les premiers noèmes des phantasmes ? Ou bien [ces premiers noèmes] ne sont pas des phantasmes, mais ne sont pas non plus sans phantasmes » (*De l'âme*, III, 7 et 8).

« Il est impossible de penser sans phantasme ; car il arrive la même chose dans le penser que dans le tracer [*sc.* d'une figure] ; en effet, dans ce cas aussi, bien que n'ayant nullement besoin que la grandeur du triangle soit déterminée, nous traçons [un triangle] déterminé selon la grandeur ; et de même celui qui pense, même s'il ne pense pas une grandeur, pose devant ses yeux une grandeur et ne la pense pas en tant que grandeur. Et, s'il s'agit de la nature des quantités, mais des quantités indéterminées, il pose une quantité déterminée, mais la pense seulement en tant que quantité. Et pour quelle raison il n'est pas possible de penser quoi que ce soit sans le continu, ni de penser sans le temps ce qui n'est pas dans le temps, c'est une autre discussion *(logos allos)*. Mais l'on connaît, nécessairement, la grandeur et le mouvement par le même par lequel nous connaissons aussi le temps ; et le phantasme est une affection du sens commun ; il est donc clair que la connaissance de ceux-là [*sc.* de la grandeur, du mouvement et du temps] se fait par la sensibilité première *(tôi prôtôi aisthètikôi)* ; et la mémoire, même celle des intelligibles, n'est pas sans phantasme ; de sorte qu'elle [la mémoire] appartiendrait au noétique par comitance, mais en elle-même *(kath' hauto)* elle appartiendrait à la sensibilité première » (*De la mémoire*, 449b 31-450a 13).

On remarquera que, dans ce dernier passage, Aristote identifie, comme je l'ai déjà noté plus haut, l'imagination au « sens commun » (sensation des communs) et inclut les deux dans la « sensibilité première », autrement dit élémentaire ou originaire. Comme dans chacune des deux éditions de la *Critique de la Raison pure* et à travers les deux, la « place » de l'imagination n'arrive pas à être déterminée. Mais l'importance de ce passage est ailleurs.

« Il n'est pas possible de penser sans le temps ce qui n'est pas dans le temps. » Aristote ne dit pas qu'il est impossible de penser ce qui n'est pas dans le temps sans *être* soi-même dans le temps – assertion évidente et sans intérêt. Il dit qu'il est impossible de penser ce qui n'est pas dans le temps *sans le temps* – sans mise à contribution de quelque chose du temps, sans appui pris sur quelque chose du pensé du temps. Pour quelle raison il en est ainsi, cela relève, dit-il, d'une autre discussion *(allos logos)*. Cette autre discussion n'est menée nulle part. Si nous pouvons, sans arrogance, prendre le risque de l'entamer à sa suite, nous devons rassembler ces éléments épars, et tenter de faire passer à l'*energeia* ce que nous percevons, peut-être à tort, peut-être parce que nous avons lu Kant, qu'Aristote n'avait pas lu, mais lequel avait lu Aristote, comme la *dunamis* du texte.

L'âme connaît, moyennant la « sensibilité première » – élémentaire, originaire – temps, grandeur, mouvement. Cette « sensibilité première », comme toute sensibilité pour Aristote, n'est pas « passivité » ou « réceptivité », mais *puissance*. On peut remarquer superficiellement qu'il n'est pas pour Aristote d'*a priori* au sens de Kant (ou d'anamnèse au sens de Platon), mais il faut surtout rappeler que, à ce niveau, la distinction *a priori* - *a posteriori* n'a aucun sens dans la perspective aristotélicienne. Tout est *a posteriori* (puisque « sans sensation on ne peut rien apprendre ni comprendre »), et tout est *a priori* (puisque « l'âme est en puissance tous les êtres » et que « la sensation est, d'une certaine manière, les sensibles »). Le sensible n'est, pleinement, que dans et par la sensation, laquelle est actualisation de deux puissances, celles de l'âme comme sentante et de l'objet comme sensible – de même que l'intelligence en acte est *holôs*, pleinement, les intelligibles (431b 16-17 ; *cf.* aussi 431a 1-2).

L'âme connaît, donc, moyennant la sensibilité première, temps, grandeur, mouvement. Et, sans ceux-ci, il n'est possible de rien penser. Or ceux-ci sont *aussi* des phantasmes. Cette assertion, implicite dans le texte, doit être explicitée pour que fasse sens l'enthymème[d] de 450a 9-12 : « Mais l'on connaît nécessairement la grandeur et le mouvement par le même par lequel nous connaissons aussi le temps *[à savoir, par ce qui fait être des phantasmes]* ; et le phantasme est une affection du sens commun ; il est donc clair que la connaissance de ceux-là [de la grandeur, du mouvement et du temps] se fait par la sensibilité première. » Sans le phantasme d'un temps, impossible de penser le horstemps. Sans le phantasme du continu, impossible de penser ce qui, indivisible selon l'*eidos*, n'a rien à voir avec le continu/discontinu.

Il n'y a pas du pensé sans du phantasmé. Penser les intelligibles exige de contempler quelque phantasme. Mais cela

---

d. Ici, comme plus bas, j'utilise le terme *enthymème* dans le sens moderne (qui a prévalu depuis Boèce) : syllogisme dont plusieurs propositions restent implicites ou sous-entendues, et non pas dans le sens qu'Aristote lui-même lui avait donné : « syllogisme à partir des probables *(eikotôn)* », *Premiers Analytiques*, L. II, 2770a 10.

exige également de penser aussi le temps – donc de tenir sous les yeux quelque phantasme du temps. Cela est également vrai des indivisibles. Leur pensée implique un phantasme, spécifique sans doute chaque fois à l'indivisible considéré, mais aussi quelque phantasme du temps qui présentifie – ou rend sensible, pour rester au plus près des expressions d'Aristote – l'*indivision*, alors même que le temps est essentiellement divisible *et que* « ce qui le fait un » n'est pas « séparé » du temps, et doit être ici contemplé-pensé moyennant à la fois une séparation-abstraction-soustraction *et* une fracture, celle qui permet de faire de la figure d'*un segment* du temps la figure de l'indivision comme telle. (La situation, et les problèmes, sont analogues lorsque le phantasme d'une quantité déterminée permet de penser la quantité comme telle et comme indéterminée.)

Nous sommes certainement à la limite des implications du texte – d'aucuns diront, très au-delà de cette limite – et il n'est guère possible de continuer d'avancer sous le masque du commentaire ou de l'interprétation. Notons seulement que le texte d'Aristote porte l'exigence d'un phantasme du temps qui doit être unification d'un temps donné, défini, comme présentation de l'indivision de ce qui n'est pas dans le temps. *Nous* ne pouvons penser cela que comme phantasme/figure présentifiant la permanence comme telle. Ce qui présentifie – et le terme devient maintenant franchement inadéquat : ce qui représente, ce qui *est là pour* – le hors-temps a affaire avec le phantasme/figure de ce qui est là *tout le temps*, l'unifiant du temps. La pensée des intelligibles, des immuables, des hors-temps, ne peut pas être, pour Aristote, « sans le temps » – sans se figurer dans et par le continu et le temps (et sans doute aussi, dans le discret : continu et discret sont indissociables). Impossible de ne pas se rappeler que, non pas au plan de la pensée, mais au plan de l'être, Platon assignait au temps une fonction analogue dans ce que l'on peut appeler son Schématisme ontologique. Pour imprimer au monde « la plus grande similarité possible » à son Paradigme éternel, pour approcher « le plus possible » « la nature éternelle » du Vivant, le Démiurge du *Timée* (37c-38b) invente le temps comme « image mobile de l'éternité (…) de l'éternité immobile qui demeure dans l'un, image mobile selon le nombre ». Chez Platon aussi, quoique à un autre niveau, le non-temps est présenté-figuré par le temps, et bien entendu le temps n'« est » que comme cette présentation-figuration du non-temps. C'est pourquoi, depuis lors et jusqu'à maintenant, son contenu ne peut être que Répétition.

Phantasme et noème

Dans le Schématisme aristotélicien le rôle et la fonction de l'imagination sont beaucoup moins précis, mais aussi beaucoup plus vastes que dans le Schématisme kantien. Le phantasme n'est pas simplement médiation entre les catégories et le donné *empirique*. Il est support de toute pensée, y compris la pensée des abstraits, des relatifs, des intelligibles, des formes indivisibles[e]. Et cela crée une aporie cruciale, par rapport à l'assertion, centrale et fondamentale pour Aristote, de l'accès direct et immédiat du *nous* à l'essence. Assertion formulée avec force dans le traité *De l'âme*, à la fin de III, 6, juste avant les passages où la question de l'imagination envahit de nouveau le texte : « Et toute énonciation dit quelque chose de quelque chose *(ti kata tinos)*, comme l'affirmation, et est toujours vraie ou fausse. Et le *nous* est vrai, non pas toujours, mais lorsqu'il pense le ce qu'est selon le ce qu'il était à être, non pas lorsqu'il pense quelque chose de quelque chose ; et comme la

---

e. Je peux simplement indiquer ici que cette constatation, qui est comme la limite ou l'horizon du texte d'Aristote, est le point de départ de l'enquête sur l'imagination radicale *(subjective)* dans *L'Élément imaginaire*.

vue du [visible] propre est vraie, mais quant à savoir si la chose blanche est un homme ou non, la réponse n'est pas toujours vraie, de même en va-t-il de tout ce qui est sans matière » (430b 26-31).

Cette aporie est portée directement par le texte du Traité, et les phrases des chapitres 7 et 8 citées au début de ce texte l'attestent avec éclat. « L'âme ne pense jamais sans phantasme » : donc, même la pensée du « ce qu'est selon le ce qu'il était à être », de l'*ousia*, ne peut pas se faire sans phantasme. Les dernières lignes du chapitre 8 montrent qu'Aristote a pleine conscience de la difficulté et que, ici encore, il ne l'escamote pas. « L'imagination est autre que l'affirmation et la négation ; car c'est une complexion de noèmes que le vrai ou l'erreur. Mais qu'est-ce qui différenciera alors les premiers noèmes des phantasmes ? Ou bien [faut-il dire que] ce ne sont pas des phantasmes, mais pas non plus sans phantasmes. »

Le vrai et le faux sont complexion de noèmes. Plus précisément : *ce* vrai et *ce* faux dont il s'agit ici, propriétés de l'énonciation *(phasis)*, résultent de la complexion de noèmes. Sans doute aussi, une complexion de noèmes est un (autre) noème. La pensée discursive produit des noèmes par complexion de noèmes. Inversement, un noème donné peut être analysé en d'autres noèmes. Cette analyse doit trouver un terme, parvenir à des noèmes inanalysables, à des premiers noèmes. En quoi donc ceux-ci seront-ils différents des phantasmes ? Ou bien faut-il dire plutôt que ce ne sont pas des phantasmes, mais qu'ils ne peuvent pas être non plus sans phantasmes ?

Pourquoi les premiers noèmes pourraient-il être des phantasmes ? Mais que pourraient-ils être d'autre ? Que sont les premiers noèmes ? Des interprètes (comme Ross) ont voulu voir dans les « premiers noèmes » les noèmes les « moins abstraits », les plus proches de la sensation. Mais, s'il s'agissait de cela, Aristote aurait-il senti le besoin d'ajouter qu'ils ne sauraient exister sans phantasmes, ce qui devient, dans ce cas, presque une platitude, et ne ferait que répéter, sans rien y ajouter, ce qu'il avait déjà dit dix lignes plus haut? Après avoir écrit que les intelligibles sont dans les formes sensibles, de sorte que l'on ne peut rien apprendre ni comprendre sans sensation, et que, les phantasmes étant comme des sensations mais sans matière, il est nécessaire lorsque l'on pense de contempler toujours quelque phantasme, serait-il revenu sur la question pour affirmer que le noème « rouge » ne peut exister sans le phantasme « rouge » ?

Mais de toute manière, qu'ils soient moins abstraits ou plus abstraits, les noèmes sont des complexions de noèmes. Et tout noème que je pense, dit Aristote, je le pense en considérant en même temps « quelque phantasme ». Je sais que ce n'est pas qu'un phantasme – pourquoi ? Parce que je peux l'analyser en noèmes. Soit un triangle. Je ne peux le penser sans un phantasme – une image, représentation, ou « intuition pure » du triangle. Mais le triangle n'est pas *que* ce phantasme. Il est aussi un noème, ce qui se traduit par ceci, qu'il peut être « analysé » en d'autres noèmes (ou « composé » moyennant ceux-ci), soit être défini : figure plane rectiligne fermée à trois côtés. Trois : un et un et un. Mais est-ce que *figure* et *un* sont analysables (ou composables) ? En quoi le noème *figure* diffère-t-il du phantasme *figure* ? En quoi le noème *un* diffère-t-il du phantasme *un* ?

Les intelligibles sont dans les formes sensibles. Il n'y a accès à l'intelligible que sur le corps du sensible. Mais l'âme n'a pas besoin que le sensible soit là, « en personne », pour y penser l'intelligible : la présence en acte de la matière de la sensation comme telle n'apporte rien à la pensée. Plus même : « la matière est inconnaissable en elle-même » (*Métaphysique* Z, 10, 1036a 8), ce n'est pas la matière de la sensation comme telle qui pourrait être pensée. La solution est fournie par l'imagination : il faut et il suffit qu'il y ait « comme » *(hôsper)* une sensation, et qu'elle soit sans matière. Il faut et il suffit que le sensible soit représenté par le phantasme. De telle sorte que le phantasme est nécessairement *(anankèi)* là, lorsqu'il y a pensée ; la pensée est en même temps et du même coup *(hama)* contemplation du phantasme. Ainsi, sur le corps incorporel du phantasme, l'âme peut procéder à la séparation des intelligibles – à partir de quoi la pensée peut commencer son propre travail de complexion, synthèse, attribution, du *ti kata tinos*. Par quoi elle a effectivement commencé n'a évidemment guère d'importance ; il se peut qu'elle découvre que tel noème « abstrait » (= séparé) directement du phantasme peut et doit être recomposé à partir de noèmes plus élémentaires. De toute façon, elle devra s'arrêter quelque part, aboutir à des premiers, ou derniers, noèmes.

Que sont ces noèmes, et en quoi diffèrent-ils des phantasmes ? La question ne prend son sens qu'en supposant que nous savons en quoi les noèmes intermédiaires ne sont pas des phantasmes. Or, ceux-ci aussi sont toujours accompagnés de phantasmes – mais ils sont analysables en d'autres noèmes. C'est la seule différence. Sous peine de se perdre à l'infini, à savoir dans l'indéterminé, cette analyse doit s'arrêter quelque part. Il *doit* y avoir des noèmes inanalysables ; ce qui veut dire, aussi, indéfinissables. Comment en faire alors la différence d'avec les phantasmes ? Ce sont les termes dont il n'y a ni définition, ni pensée discursive possible.

Et c'est de *termes [horoi]* en effet que parle Aristote dans le passage connu de l'*Éthique à Nicomaque* : « Des termes premiers et des derniers, il y a *nous* et non pas *logos* » (VI, 12, 1143a 35) – je traduis : saisie pensante, et non intellection discursive. Ces termes, il les appelle les *simples (hapla)* dans la *Métaphysique* : « Il est donc clair qu'il n'y a ni recherche ni enseignement portant sur les simples, et que leur quête est d'un autre genre » (Z, 17, 1041b 9). Le *logos* est dans et par la complexion *(sumplokè)*, il est complexion. Les termes premiers et les derniers ne peuvent pas être engendrés par la complexion. Synthèse et analyse ne peu-

vent avoir lieu qu'au milieu de la chaîne du *logos* ; ses
deux extrémités doivent être fixées, et données, autrement.
Le *logos* ne peut pas fournir les termes extrêmes, puisque
son opération les présuppose. Dans l'*Éthique à Nicomaque*,
Aristote rapporte au *nous* la possibilité de ces termes
extrêmes. Dans le traité *De l'âme* leur situation est devenue
plus obscure. Certes, la partie principale du traité, qui
expose la doctrine conventionnelle, éclaircit et précise
de manière parfaitement cohérente avec l'enseignement
du reste du *Corpus* la nature de ces termes extrêmes et des
pouvoirs corrélatifs de l'âme : à l'une des extrémités, la
sensation des sensibles propres, toujours vraie ; à l'autre, le
nous, la pensée lorsqu'elle a affaire avec ce que j'ai appelé
ailleurs son *pensable propre*, l'essence, le « ce qu'est selon
le ce qu'il était à être », pensée elle aussi toujours vraie.
Entre ces deux rocs, les flots incertains de la sensation des
communs, de l'imagination, de la pensée attributive *(ti kata
tinos)*, où le vrai et le faux sont également possibles. Mais,
dans les passages excentriques et explosifs du traité que je
discute ici, l'organisation est tout autre. « Jamais l'âme ne
pense sans phantasme. » La proposition est universelle,
absolue, sans restriction. On contemple toujours nécessairement quelque phantasme, lorsque l'on pense. La question
de la nature des termes extrêmes, des termes qui précèdent
toute discursivité, toute complexion de noèmes, surgit alors
inéluctablement de nouveau, et dans un horizon autre, où la
réponse précédente n'aurait plus, n'a plus de sens. Dans *ce*
contexte, les termes extrêmes ne peuvent plus être les couleurs et les sons d'un côté, les essences de l'autre. Ce qui
reste certain, c'est que ces termes « précèdent » toute discursivité. Ou bien ce sont des phantasmes ; ou bien ils ne
peuvent pas être sans phantasmes. De toute façon, la saisie
doit se faire à la fois, *hama*, dans l'universalité, ou mieux la
généricité, et la figure. Et n'est-ce pas, après tout, évident ?
Que l'*un*, par exemple (ou la *figure*), ne soit pas vraiment
pensable (essayez donc de le « penser » et de dire ce que

penser l'un veut dire), mais figurable/imaginable/représentable, condition impensable de toute pensée, qui n'est donnée que comme figure figurante, souffre à peine une discussion. Platon le savait déjà : mais il le disait « visible » – visible « dehors », « au-delà », « là-bas » *(ekei)*. Aristote dit en fait : oui, l'un est « visible », mais « dedans », *dans* l'âme – moyennant un phantasme, avec un phantasme ou *comme* un phantasme. L'*un est*-il phantasme ? Peut-être. Mais que faire, alors, de l'affirmation répétée d'Aristote : l'un et l'être c'est le même ?

On doit noter en passant qu'ici encore la problématique du Schématisme resurgit, et beaucoup plus fortement. Que les premiers noèmes ne sont pas sans phantasmes ne peut pas vouloir dire : sans phantasmes quelconques, n'importe lesquels. Les premiers noèmes ne peuvent être sans phantasmes *homologues* ou *correspondants*. Mais qu'est-ce qu'un phantasme qui correspond à un « premier noème », ou lui est homologue ? Que peut signifier l'« homologie » ou la « correspondance » d'un phantasme et d'un « premier noème » ?

Duplication et vacillation du vrai

Un blanc qui ne s'oppose pas au noir est-il le même blanc que celui qui s'oppose au noir ? Une lumière qui ne produirait jamais de l'ombre, est-ce la même lumière que celle qui ne peut rien éclairer sans faire aussitôt surgir une ombre ?

Dans le traité *De l'âme* (et ailleurs, mais c'est du traité que je parle ici), le mot suprême *alèthès* (vrai) porte deux significations, presque sans rapport l'une avec l'autre.

La sensation des sensibles propres est « toujours vraie ». Cette sensation vraie ne s'oppose pas à une sensation fausse : *il ne peut pas y avoir* de sensation (des sensibles propres) qui soit fausse (il est facile de montrer que la sensation

« pathologique » ne crée pas de problème à cet égard dans la perspective d'Aristote). – La pensée par le *nous* de ses pensables propres, des essences, est « toujours vraie », elle ne s'oppose pas à une pensée des essences fausse; *il ne peut pas y avoir* de pensée des essences qui soit fausse. Sensation des propres et pensée des propres sont toujours vraies; elles sont ou elles ne sont pas, mais, si elles sont, elles n'ont qu'une seule modalité d'être, et l'on peut dire indifféremment qu'elles sont ou qu'elles sont vraies. Leur être est coactualisation d'un pouvoir de l'âme et d'une puissance de l'objet, qui se fait ou ne se fait pas, mais, étant unique, ne peut pas se faire « mal » ou « faussement ».

Tout autre est le cas de la sensation des communs, de la sensation de l'objet comitant, de l'imagination seconde, de l'opinion, de l'intellection attributive *(ti kata tinos)*. Elles peuvent *toujours* être soit vraies, soit fausses, et sont nécessairement l'un ou l'autre. Ce vrai-ou-faux n'est pas, comme le vrai de la sensation ou de la pensée des propres, *être* simple ou *être* des simples *(hapla)*; il est une *propriété* de composition, de complexion, de synthèse. « Donc, la pensée des indivisibles concerne ces choses à propos desquelles l'erreur n'est pas. Mais, là où sont et l'erreur et le vrai, il y a déjà une certaine composition de noèmes comme étant un. (...) Car l'erreur est toujours dans la composition... » (III, 6, 430a 25-b 2). « Car c'est une complexion de noèmes que le vrai ou l'erreur » (III, 8, 432a 11-12).

Avant d'aller plus loin, réglons deux points mineurs. En même temps qu'il dit que c'est dans la composition de *noèmes* que se trouve le vrai-ou-faux, Aristote parle très fréquemment de la sensation des communs ou de l'imagination comme vraie-ou-fausse. Il est clair que cette utilisation du terme est très large, ce qu'on appellerait un abus de langage. La perception du Soleil comme ayant un pied de diamètre ne devient « erreur » que traduite en noèmes et avec adjonction de la *pistis*, de la croyance, de la thèse : il en est ainsi. En disant que tel produit de la sensation des communs ou de l'imagination est faux, Aristote veut dire qu'affirmer la complexion de noèmes correspondante serait une erreur.

Par ailleurs, nous ne discutons pas ici du critère de la vérité et de l'erreur de ce qui peut être vrai-ou-faux, et des problèmes corrélatifs. Ce qui nous importe, c'est la « nature » différente des deux vérités, ou leur « consistance ». La première, vérité d'être ou vérité ontologique, « consiste » en la co-actualisation en un simple, qui est en acte, de l'âme et de son objet. La deuxième, vérité d'attribution ou vérité logique, consiste en la complexion de produits des autres pouvoirs cognitifs de l'âme (plus exactement, de leurs équivalents ou traductions noématiques).

Or, si l'imagination seconde discutée en III, 3 appartient à ces pouvoirs cognitifs dont les produits sont vrais-ou-faux au sens que je viens de préciser (et les siens sont « la plupart du temps faux », dit Aristote, 428a 12), il n'en est absolument pas de même de l'imagination première de III, 7 et 8. Celle-ci n'a pas affaire au vrai-ou-faux. Aristote l'affirme, au-delà de tout doute possible, dans le passage cité de III, 8 (431b 10-12) : « Et l'imagination est autre que l'affirmation et la négation ; car c'est une complexion de noèmes que le vrai ou l'erreur. » Passage énigmatique, incompréhensible si l'on pense toujours à l'imagination seconde, nécessairement vraie-ou-fausse. Mais, après ce que je viens de dire, il est facile de développer l'enthymème et d'en voir clairement la signification : « Et l'imagination est autre que l'affirmation et la négation ; *[ce qui veut dire qu'elle n'est pas complexion de noèmes. Donc, elle n'est pas vraie-ou-fausse]* ; car c'est une complexion de noèmes que le vrai ou l'erreur. » Si l'on préfère :

Le vrai-ou-faux est [dans la] complexion de noèmes ;

[toute complexion de noèmes est affirmation ou négation] ;

l'imagination est autre que l'affirmation ou la négation ;

[donc, l'imagination n'est pas complexion de noèmes] ;

[donc, l'imagination n'est pas vraie-ou-fausse].

L'imagination première est au-delà ou en deçà du vrai-ou-faux. Et, indépendamment du passage cité, cela résulte clairement de ce qui a été retracé plus haut de sa fonction dans la pensée. Si l'âme ne pense jamais sans phantasme, l'idée que la plupart des produits de l'imagination sont faux devient insignifiante. Le vrai-ou-faux est sans intérêt lorsqu'il s'agit de ces fonctions de l'imagination première que sont la présentation de l'objet, la séparation et la composition, enfin et surtout le Schématisme. Ce n'est pas seulement que ce sont là des préalables requis pour qu'il puisse même être question d'un vrai-ou-faux ; c'est que, comme on l'a vu en commentant le Schématisme aristotélicien tel qu'il est esquissé dans l'écrit *De la mémoire*, le « vrai » est pensé à partir et au moyen de la présentation de son contradictoire : l'indéterminé à partir du déterminé, le discontinu avec le continu, le hors-temps avec le temps. Quel sens y aurait-il à dire que la figure temporelle fournie par l'imagination et sur laquelle est pensé le hors-temps est « fausse » (ou « vraie », d'ailleurs), lorsque, sans cette figure, il n'y aurait aucune pensée du hors-temps ? Aussi bien cette figure elle-même que son rapport à la pensée dont elle est support échappent entièrement aux déterminations du vrai-ou-faux. La possibilité, la *nécessité* de penser A moyennant le non-A (que l'on retrouve, au plan de l'institution social-historique, comme constitutive du symbolisme en général, du langage en particulier) vide de sens aussi bien la question : est-ce que non-A est vrai-ou-faux ? que la question : est-ce que le rapport de A et de non-A est vrai-ou-faux ? est-ce que le nom Callisthène est vrai-ou-faux ? est-ce que le rapport du nom Callisthène à l'homme qui le porte est vrai-ou-faux ?

L'imagination première ne peut pas être mise en relation avec la vérité d'attribution ou vérité logique, ni placée sous sa coupe. Elle n'appartient pas au royaume du *logos*, qui la présuppose. Mais pas davantage elle ne peut être mise en relation avec la vérité d'être ou vérité ontologique. De ce qu'elle fournit, on ne saurait dire dans l'horizon aristotélicien ni qu'il est, au sens de la *ousia*, ni qu'il n'est absolument pas. Beaucoup plus même, elle met en question, par rétroaction, aussi bien le mode d'accès du *nous* à ses pensables propres, aux essences, que les déterminations fondamentales de tout étant et finalement l'ontologie comme telle. L'âme ne pense jamais sans phantasme. Il y a donc phantasme de l'essence, du *ce qu'est selon le ce qu'il était à être*. Aristote le dit explicitement : on pense les indivisibles moyennant le continu, les hors-temps avec le temps. Cette pensée toujours vraie ne peut donc plus être conçue simplement comme pure coactualisation, par laquelle le *nous* deviendrait *cela même*, le *noèton*. Le « cela même », le *noèton* est nécessairement accompagné et porté par, saisi dans le *non-cela non-même* : le hors-temps avec le temps, dans et par une figure du temps. On a vu également que l'imagination première ébranle la bipartition des étants en sensibles et intelligibles et cette distinction elle-même. Enfin, que dire du statut ontologique de l'imagination et de ses œuvres ? La définition canonique de l'imagination en III, 3 – « mouvement engendré par la sensation en acte » –, conforme dans son esprit et dans sa lettre à l'ontologie d'Aristote, laisse subsister des problèmes considérables même relativement à l'imagination seconde ; j'espère avoir montré qu'elle est sans rapport avec l'imagination première. Certes, on peut suppléer à ce manque. L'imagination en général, et l'imagination première en particulier, peut être définie comme une des puissances (ou pouvoirs) de l'âme qui permettent à celle-ci de connaître, juger et penser – comme aussi de mouvoir selon le mouvement local (*cf.* III, 9, 432a 15-18). Son être se laisse ainsi déterminer à partir des déterminations téléologiques-ontologiques de l'être de l'âme, destinée à connaître et à mouvoir. Mais cela n'efface pas l'impossibilité de fixer un statut ontologique quelconque à ses *œuvres*, de dire *ce* qu'elles sont, de les amener (autrement que « de manière logique et vide », comme dirait Aristote lui-même) sous les déterminations de la forme et de la matière, de la puissance et de l'acte. La sensibilité est une puissance ; son acte est la sensation, qui *est*, parce qu'elle est en même temps actualisation du sensible dans l'objet. L'imagination est une puissance ; son acte est le phantasme – qui *est quoi* ? Et sans doute un problème analogue se retrouve dans le cas de cette autre puissance de l'âme, l'intellection attributive ; son acte est la complexion de noèmes, dont on peut se demander ce qu'elle *est*. Que l'on ne s'empresse pas de dire que cette question n'a pas de sens dans l'horizon d'Aristote – puisque Aristote lui-même affirme que les intelligibles *ne sont pas* comme séparés et à part des sensibles, mais *sont* dans les formes sensibles. La consistance ontologique, si l'on peut s'exprimer ainsi, de l'énonciation, de la complexion de noèmes, lui vient de ce qu'elle *peut* être mise en rapport avec la composition effective des intelligibles dans le sensible, autrement dit être amenée sous le point de vue du vrai-ou-faux. (« Ce n'est pas parce que nous te croyons blanc avec vérité que tu es blanc, mais parce que tu es blanc que nous, en disant que tu l'es, sommes dans la vérité », *Métaphysique* Θ, 10, 1.) L'énonciation attributive vraie « est » quelque chose, en un sens affaibli du terme « est », parce qu'elle est commandée depuis l'être-ainsi effectif d'une chose qui simplement *est*, et qu'elle lui « correspond » ; elle est reproduction, on pourrait presque dire imitation. Évidemment cela laisse entièrement ouvert l'immense problème de l'énonciation *fausse*, soit de l'origine de l'erreur, que je ne peux pas aborder ici (si ce n'est pour noter qu'Aristote assigne à l'erreur l'imagination comme source privilégiée, en quoi il sera suivi par toute la tradition philosophique, laquelle, pas plus que lui, ne se préoccupera pas d'élucider cette étrange capacité de *création de non-être* reconnue ainsi à l'imagination). Mais finalement même celle-ci – l'énonciation fausse –, moyennant la détermination du vrai-ou-faux, ne rompt pas les amarres ontologiques, garde un rapport à l'être, comme négation ou priva-

tion. On ne peut pas en dire autant du phantasme, œuvre de
l'imagination première, pour lequel, comme on l'a vu, la
détermination du vrai-ou-faux est privée de toute pertinence. Des œuvres de l'imagination première, donc aussi
finalement de l'imagination première elle-même, impossible de dire *ce* qu'elles *sont* et *comment* elles le *sont*.

Il n'est pas difficile de comprendre pourquoi le mouvement qui s'empare d'Aristote dans la deuxième moitié du
dernier Livre du traité *De l'âme* et l'emporte vers la découverte d'une autre imagination, située à une couche beaucoup plus profonde que celle dont il avait déjà parlé, devait
rester sans suite dans le traité lui-même, mais aussi dans
l'histoire de la philosophie, jusqu'à la publication de la
Critique de la Raison pure en 1781. Aristote reconnaissait
ici un élément qui ne se laisse saisir ni dans l'espace défini
par le sensible et l'intelligible, ni, ce qui est beaucoup
plus important, dans celui défini par le vrai et le faux, et,
derrière eux, par l'être et le non-être. Il le reconnaissait non
pas comme monstruosité, phénomène pathologique, scorie,
accident, forme déficitaire (le rêve, par exemple, quels
que soient les immenses problèmes qu'il aurait dû poser
par ailleurs, se laisse scotomiser philosophiquement d'une
manière incomparablement plus facile) ; mais comme condition et dimension essentielle de l'activité de l'âme lorsqu'elle est, à ses yeux, âme par excellence : *psuchè dianoè-
tikè*, âme pensante. Il voyait que la possibilité pour l'âme de
penser, donc aussi de différencier le sensible et l'intelligible,
repose sur quelque chose qui n'est ni vraiment sensible, ni
vraiment intelligible ; et que la possibilité pour la pensée de
distinguer le vrai et le faux – et, derrière eux, l'être et le non-
être – repose sur quelque chose qui ne tombe pas sous les
déterminations du vrai et du faux et qui, dans son mode
d'être comme dans le mode d'être de ses œuvres – les *phan-
tasmata* – n'a pas de lieu dans les régions de l'être telles
qu'elles paraissent assurément établies par ailleurs.

Certes, ce mouvement reste essentiellement limité. Aristote ne reconnaît pas, et ne pouvait pas reconnaître – pas plus que Kant – dans l'imagination une source de *création*. L'imagination première chez lui, de même que l'imagination transcendantale de la *Critique de la Raison pure* – la *Critique de la faculté de juger* pose d'autres problèmes encore –, sont invariantes en elles-mêmes et fixes dans leurs œuvres. Pour accomplir leur destination et leur fonction, fournir un accès, fût-ce par des moyens paradoxaux, à *ce qui est* intemporellement, elles doivent être posées implicitement (Aristote) ou explicitement (Kant) comme produisant toujours du Stable et du Même. Rien de plus dépourvu d'imagination que l'imagination transcendantale de Kant. Et, certes, cette position est inévitable aussi longtemps que le problème de l'imagination et de l'imaginaire est pensé uniquement par rapport au *sujet*, dans un horizon psychologique ou égo-logique. En effet, tant que l'on reste confiné dans cet horizon, reconnaître l'imagination radicale comme création ne pourrait conduire qu'à la dislocation universelle. Si l'imagination transcendantale se mettait à imaginer quoi que ce soit, le monde s'effondrerait aussitôt. C'est pourquoi, par la suite, l'« imagination créatrice » restera, philosophiquement, un simple mot et le rôle qu'on lui reconnaîtra sera limité à des domaines qui semblent ontologiquement gratuits (l'art). Une pleine reconnaissance de l'imagination radicale n'est possible que si elle va de pair avec la découverte de l'autre dimension de l'imaginaire radical, l'imaginaire social-historique, la société instituante comme source de création ontologique qui se déploie comme histoire.

Ces limitations n'empêchent pas la découverte aristotélicienne de l'imagination de mettre en question, et en vérité de faire éclater, aussi bien la théorie des déterminations de l'être que celle des déterminations du savoir – et cela, non pas au profit d'une instance transcendante, mais d'une puissance de l'âme, puissance indéterminée et indéterminable en même temps que déterminante. Comment la mettre vraiment en relation avec tout ce qui a été dit par ailleurs – à moins de tout recommencer? Aussi Aristote, au soir de sa vie, ne le tente même pas. Avec son honnêteté acharnée et héroïque, sans se soucier des contradictions et des antinomies qu'il fait ainsi surgir dans son texte, il montre ce qu'il a vu dans sa nécessité profonde et dans quoi il nous laisse, si nous le pouvons, voir plus loin. Moins profonds, ou moins courageux, interprètes et philosophes qui lui succéderont s'acharneront répétitivement à étouffer le scandale de l'imagination.

Institution de la société
et religion*

L'humanité émerge du Chaos, de l'Abîme, du Sans-Fond. Elle en émerge comme psyché : rupture de l'organisation régulée du vivant, flux représentatif/affectif/intentionnel, qui tend à tout rapporter à soi et vit tout comme sens constamment recherché. Sens essentiellement solipsiste, monadique – soit aussi : plaisir de tout rapporter à soi. Cette recherche, si elle reste absolue et radicale, ne peut qu'échouer et conduire à la mort du support vivant de la psyché et de la psyché elle-même. Détournée de son exigence originaire totale, essentiellement altérée, formée/déformée, canalisée, elle se trouve à moitié satisfaite moyennant la fabrication sociale de l'individu. Radicalement inapte à la vie, l'espèce humaine survit en créant la société, et l'institution. L'institution permet à la psyché de survivre en lui imposant la forme sociale de l'individu, en lui proposant et imposant une autre source et une autre modalité du sens : la signification imaginaire sociale, l'identification médiatisée à celle-ci (à ses articulations), la possibilité de tout rapporter à elle.

* Ce texte est extrait d'un ouvrage en préparation sur l'institution de la société et la création historique, continuant les recherches que j'avais commencées avec « Marxisme et théorie révolutionnaire » (*Socialisme ou Barbarie*, nᵒˢ 36-40, 1964-1965) et poursuivies dans *L'Institution imaginaire de la société*, *op. cit.* Quelques renvois à ces textes sont indiqués ici par les sigles *MTR* (= *IIS*) ou *IIS*, suivis du numéro de la page. Publié dans *Esprit*, mai 1982, et dans les *Mélanges Jacques Ellul*, Paris, PUF, 1983, p. 3-17.

La question du sens devait être ainsi saturée, et la quête de la psyché se clore. En vérité, tel n'est jamais le cas. D'une part, l'individu socialement fabriqué, aussi solide et structuré soit-il par ailleurs, n'est jamais qu'une pellicule recouvrant le Chaos, l'Abîme, le Sans-Fond de la psyché elle-même, qui ne cesse jamais, sous une forme ou une autre, de s'annoncer à lui et d'être présent pour lui. On peut reconnaître ici une vérité partielle et déformée de certaines conceptions psychanalytiques contemporaines, qui voient dans toute la structure de l'individu (le « Moi conscient ») une défense contre la psychose. Cette structure est certes, par construction, une défense contre le Chaos psychique – mais il est impropre d'appeler celui-ci « psychotique ». Que les strates successivement formées de la psyché présentent, chacune en elle-même et dans leur coexistence presque impossible, des traits et des modes de fonctionnement très proches de la psychose – au sens que celle-ci tend à en préserver des parties importantes – c'est incontestable (l'avoir vu est un des grands apports de Melanie Klein). Mais la psychose n'est ni la simple préservation ni même la dominance de ces traits et modes de fonctionnement ; elle est, comme l'a très justement montré Piera Castoriadis-Aulagnier[1], la construction ou création d'une pensée délirante, avec ses traits et ses postulats propres, ce qui est tout à fait autre chose.

D'autre part, l'institution de la société ne peut pas recouvrir totalement le Chaos du point de vue des individus. Elle peut, tant bien que mal, supprimer le Hasard en gros, non pas en détail. Par exemple, du point de vue de la société, un événement singulier (unique, et affectant l'ensemble : une guerre, une calamité naturelle) n'échappera jamais à l'investissement par la signification qui l'apprivoise ou le domestique, et il sera incapable de détruire, par lui-même, le magma de significations imaginaires qui tiennent cette

---

1. Voir *La Violence de l'interprétation*, Paris, PUF, 1975.

société ensemble – à moins de détruire celle-ci corps et biens. L'histoire juive en fournit l'exemple le plus pur et le plus éclatant : les épreuves les plus dures, les catastrophes les plus tragiques s'y trouvent continuellement réinterprétées et investies de signification comme signes de l'élection du peuple juif et de sa permanence. Mais ces mêmes événements se monnayent nécessairement dans des conséquences particulières pour les individus particuliers : c'est un fils, un mari, un frère qui a été tué à la guerre ou noyé par l'inondation. La différence de ces conséquences, qui n'est réductible que par des raisonnements formels et vides (« statistiques »), renvoie chaque individu au non-sens de son destin particulier. Des élaborations sociales compensatrices sont possibles dans beaucoup de cas, difficilement dans tous. La mère spartiate peut se glorifier ou, à la limite, être heureuse de la mort valeureuse de son fils à la guerre : elle ne pourrait plus le faire si tous ses enfants étaient mort-nés ou jetés dans le *Kaiadas*. Ailleurs, tout est couvert par la volonté de Dieu ; mais l'expérience montre que les individus ne parviennent pas, en général, à se tenir à la hauteur de cette idée dès que leur sort personnel est en jeu.

L'institution de la société est institution des significations imaginaires sociales qui doit, par principe, conférer sens à tout ce qui peut se présenter, « dans » la société comme « hors » celle-ci. La signification imaginaire sociale fait être les choses comme *telles* choses, les pose comme étant *ce qu'*elles sont – le *ce que* étant posé par la signification, qui est indissociablement principe d'existence, principe de pensée, principe de valeur, principe d'action. Mais ce travail de la signification est perpétuellement menacé (et, à un point de vue ultime, toujours déjà mis en échec) par le Chaos qu'elle rencontre, et par le Chaos qu'elle fait resurgir elle-même. Cette menace se manifeste, avec toute sa réalité et toute sa gravité, aux deux niveaux extrêmes de l'édifice des significations : par l'absence de clef de voûte de cet édifice, et par le sable qui est à la place de ce qui devait le soutenir comme son fondement.

Ce fondement aurait dû être la prise des significations sur le monde, sur tout ce qui se présente et pourrait jamais se présenter. Mais cette prise est toujours incomplète et toujours précaire. Elle n'aurait pu être assurée que si chaque chose n'était que *ce qu'*elle est, si le monde n'était jamais que *ce qu'*il est – ce qu'ils sont posés par la signification comme étant. Or, d'une part, la signification imposée au monde (et à la société qui s'institue en se posant comme partie du monde qu'elle institue) est essentiellement « arbitraire ». L'autocréation de la société, qui se traduit chaque fois comme position/institution d'un magma particulier de significations imaginaires, échappe à la détermination parce qu'elle est précisément autoposition, elle ne peut être ni fondée sur une Raison universelle ni réduite à la correspondance avec un prétendu être-ainsi du monde. La signification constitue le monde et organise la vie sociale de façon corrélative, en asservissant celle-ci chaque fois à des « fins » spécifiques : vivre comme les ancêtres et les honorer, adorer Dieu et accomplir ses commandements, servir le Grand Roi, être *kalos kagathos*, accumuler les forces productives, construire le socialisme. Toutes ces fins sont surnaturelles ; elles sont aussi indiscutables, plus exactement leur discussion n'est possible et n'a de sens qu'en présupposant la valeur de cette « fin » particulière, création d'une institution particulière de la société – l'institution gréco-occidentale –, qu'est la recherche de la vérité.

D'autre part, aussi fine, subtile, puissante que soit la signification, sa prise complète sur les choses et le monde : sur l'être, exigerait que celui-ci soit réglé de part en part et une fois pour toutes ; ce qui veut dire achevé, terminé, déterminé, identitaire. Or le monde – l'être – est essentiellement Chaos, Abîme, Sans-Fond. Il est altération et auto-altération. Il n'est que pour autant qu'il est toujours aussi *à-être*, il est temporalité créatrice-destructrice. La signification, en se posant comme totale et recouvrant tout – ce qu'elle est obligée de faire pour répondre aux exigences de la psyché qu'elle socialise –, a renoncé à se créer la niche ontologique étroite dans et par laquelle vit l'animal, lequel ne donne être et sens qu'à ce dont l'être et le sens sont déjà pour lui fonctionnellement assurés. Par là, la signification affronte toujours le risque de se trouver sans prise devant le Chaos, de ne pas pouvoir repriser les déchirures de son recouvrement de l'être. (Pour une religion comme le christianisme, qui est né et s'est développé dans un espace social-historique où l'interrogation illimitée avait déjà surgi, cette situation sous-tend l'insoluble question de la théodicée.)

La clef de voûte absente de l'édifice des significations est représentée par ce point évident et suprêmement mystérieux : la question de la signification de la signification. Formulé ainsi, cela semble un simple arrangement de mots. Cela cesse de l'être, si on le traduit et on le détaille dans et par les questions que la signification elle-même fait être, auxquelles elle donne sens, par lesquelles elle organise le sens en général et le sens de chaque chose particulière. Question de l'origine, question de la cause, question du fondement, question de la fin ; en somme, question du *pourquoi* et du *pour quoi*. Du fait que la signification instaure ces questions comme catholiques et universelles, elle court toujours le risque qu'elles puissent rejaillir sur elle-même – comme questions de l'origine, de la cause, du fondement, de la fin de la société, de l'institution, de la signification.

Or ces questions sont à la fois irrésistiblement appelées par l'institution de la signification – et tout particulièrement par les potentialités du langage – et elles ne peuvent pas recevoir de réponse, car, à vrai dire, elles « n'ont pas de sens ». On ne voit pas à partir de quoi elles pourraient recevoir sens et réponse : toute question sur le *pourquoi* et le *pour quoi* de la signification s'est *déjà* située dans l'espace créé par la signification et ne peut être formulée qu'en le

supposant comme inquestionnable. Il ne s'agit pas ici simplement d'un argument « logique », mais de l'explicitation
de l'idée même de création, émergence d'un niveau ontologique qui se présuppose lui-même et se donne les moyens
d'être. Le vivant présuppose le vivant : le « programme
génétique » ne peut fonctionner que si les produits de son
fonctionnement sont déjà disponibles. L'institution présuppose l'institution : elle ne peut exister que si des individus
fabriqués par elle la font exister. Ce cercle primitif est le
cercle de la création.

Le surgissement de la signification – de l'institution, de la
société – est création et autocréation ; il est manifestation
de l'être comme *à-être*. Les questions de l'origine, du
fondement, de la cause, de la fin sont posées dans et par la
société ; mais la société, et la signification, n'« a » pas
d'origine, de fondement, de cause, de fin, autres qu'elle-
même. Elle est sa propre origine – c'est cela que veut dire
autocréation ; elle n'a pas son origine véritable et essentielle
dans *quelque chose* qui serait extérieure à elle-même, et pas
de fin autre que sa propre existence comme société qui pose
ces fins-*là* – ce qui est un usage simplement formel et finalement abusif du terme fin.

La signification émerge pour recouvrir le Chaos, faisant
être un mode d'être qui se pose comme négation du Chaos.
Mais c'est encore le Chaos qui se manifeste dans et par
cette émergence elle-même, pour autant que celle-ci n'a
aucune « raison d'être », que la signification est finalement
pur fait qui en lui-même n'a pas et ne peut pas « avoir de
la signification », qu'elle ne peut pas se redoubler sur elle-
même. En termes logiques : pour que quelque chose « ait de
la signification », elle doit se situer en deçà de la nécessité
absolue, comme au-delà de l'absolue contingence. Ce qui
est absolument nécessaire a aussi peu de signification que
ce qui est absolument contingent. Or la signification imaginaire sociale – le magma des significations imaginaires
sociales – est à la fois d'une nécessité absolue, pour celui

qui se tient à son intérieur, et d'une contingence radicale, pour celui qui lui est extérieur. Autant dire que la signification sociale est à la fois au-delà et en deçà de la nécessité et de la contingence – elle est *ailleurs*. Elle est à la fois *méta-nécessaire* et *méta-contingente*.

Soit dit par parenthèse, la discussion qui précède montre pourquoi tous les propos sur le « sens de l'histoire » sont dérisoires. L'histoire est ce dans et par quoi émerge le sens, où du sens est conféré aux choses, aux actes, etc. Elle ne peut pas « avoir du sens » elle-même (ou du reste « ne pas en avoir ») – pas plus qu'un champ gravitationnel ne peut avoir (ou ne pas avoir) du poids, ou un espace économique avoir (ou ne pas avoir) un prix.

Sous deux formes, donc, l'humanité continue, prolonge, recrée le Chaos, l'Abîme, le Sans-Fond dont elle émerge. Chaos psychique, Sans-Fond de l'imagination radicale de la psyché ; Abîme social, Sans-Fond de l'imaginaire social créateur de la signification et de l'institution. Et, en même temps, elle doit se tenir face au Chaos, à l'Abîme, au Sans-Fond du monde. De cette situation, elle a dès le départ obscurément connaissance sans en avoir connaissance et tout en déployant un immense effort pour ne pas en avoir connaissance, dans une modalité originale, hyperpara-doxale, pour ainsi dire inconcevable. Il s'agit de recouvrir ce qui s'annonce et s'affirme dans et par cet effort de recouvrement même. Ce mode, d'affirmation/négation du Chaos pour l'humanité, on ne saurait l'appeler ni refoulement, ni forclusion, ni méconnaissance, ni scotomisation, ni rationalisation, ni idéalisation. Plutôt, tous ces mécanismes apparaissent comme des dérivés ou des rejetons de cette *présentation/occultation* fondamentale, qui est la modalité du rapport de l'humanité au Chaos qui l'entoure et qu'elle contient.

Cette présentation/occultation du Chaos moyennant la signification sociale ne peut, essentiellement, s'effectuer que d'une seule manière : le Chaos lui-même, comme tel, doit être pris dans la signification – *être* signification – et aussi, et ainsi, conférer une signification à l'émergence et à l'être de la signification en tant que telle.

Or c'est précisément cela qu'essaie toujours d'affirmer l'institution de la société. Elle pose, en effet, que l'être est signification et que la signification *(sociale)* appartient à l'être. Tel est le sens du noyau *religieux* de l'institution de toutes les sociétés connues – à deux ruptures imparfaites et incomplètes près, la Grèce et le monde occidental moderne, qui nous occuperont longuement ailleurs. La signification imaginaire sociale du *mana*, par exemple, comme plus généralement toutes celles qui sont impliquées dans les croyances archaïques, pose le monde entier comme une société d'êtres animés et motivés selon les mêmes modalités que la société humaine. Il importe peu, à cet égard, que la « représentation *mana* », *die Mana-Vorstellung* de Cassirer, soit, comme le voulait celui-ci, une catégorie moyennant laquelle la « pensée mythique » pense l'être en général, ou que, comme l'affirmait Heidegger en critiquant Cassirer, le *mana* soit pour cette pensée un *étant*[2]. La distinction elle-même – la « différence ontologique » – entre une pensée qui pense l'être comme tel et une pensée qui pense les étants comme tels est impossible, quoi qu'en ait dit Heidegger. Le *mana*, pour la pensée mythique, *est*. Cela veut dire que cet étant concentre en lui, « représente » ce par quoi *tout* étant *est* : il est détermination ontologique *présentifiée* par ce qui est, chez tout étant, principe d'existence *effective (Wirtlichkeit-wirken ; énergéia-énergein ; actualitas-actus-agere)*. La situation est la même dans toute

---

2. La critique par Heidegger du deuxième volume de la *Philosophie der symbolischen Formen* d'Ernst Cassirer, *Das mythische Denken* (1925), a été publiée dans la *Deutsche Literaturzeitung*, Heft 21 (1928), col. 1000-1012. Je remercie Marcel Gauchet de m'avoir communiqué ce texte [trad. fr. dans Ernst Cassirer-Martin Heidegger, *Débat sur le kantisme et la philosophie…*, Paris, Beauchesne, 1972, p. 85-100 *(NdE)*].

ontologie philosophique qui ne se borne pas à dresser une liste des « traits généraux » des étants, qui ne reste pas ontologie formelle, mais essaie de dire *ce que* l'être est, ce qui *fait que* X peut être dit *être vraiment*. Ainsi, pour Platon, *est* vraiment l'*eidos* (ou l'*agathon*) et toute chose n'*est* que dans la mesure où elle « participe » à l'*eidos* (et/ou, ainsi, médiatement, à l'*agathon*). Le *type* de la pensée n'est pas différent de celui qui préside à la *Mana-Vorstellung*. Il ne s'agit nullement d'« ethnologiser » Platon – pas plus que d'« ontologiser » superficiellement les croyances archaïques ; mais de montrer les nécessités profondes immanentes à l'effort d'identifier l'être et la signification, et qui dominent aussi bien la religion que le courant principal de la philosophie, de Parménide à Hegel.

L'institution de la société est toujours aussi, non consciemment, ontologie générale et spéciale. Elle pose, elle doit toujours poser, *ce qu'*est chaque chose particulière, toute relation et tout assemblage de choses, comme aussi ce qui « contient » et rend possible la totalité des relations et des assemblages – le monde. La détermination, par chaque société, de *ce qu'*est toute chose est *ipso facto* donation de sens à chaque chose et insertion de cette chose dans des relations de sens ; elle est, chaque fois, création d'un monde corrélatif aux significations imaginaires sociales et dépendant de celles-ci. Mais le monde tout court ne se laisse pas réduire à cette dépendance. Il est toujours aussi autre chose et plus que *ce qu'*il est (posé comme étant). A cela, la signification instituée parvient, tant bien que mal, à faire face. Mais elle ne peut pas faire face de la même façon à l'Abîme qu'elle représente elle-même, à la manifestation du Chaos que constitue sa propre création. Ici, la « solution » a été de *lier ensemble* origine du monde et origine de la société, signification de l'être et être de la signification. Telle est l'essence de la religion : tout ce qui est devient subsumable aux mêmes significations (même lorsqu'un principe du mal s'oppose à un principe du bien, Ahriman à

Ormuzd, le second reste pôle privilégié auquel le premier emprunte, par négation, son sens). Et même dans la société moderne (capitaliste traditionnelle, ou capitaliste bureaucratique), qui prétend s'instituer à distance de la religion, la persistance d'une dimension quasi ou pseudo-religieuse de l'institution s'énonce et se dénonce de la même manière : origine du monde et origine de la société, fonctionnement de l'un et de l'autre sont *liés ensemble* dans et par la « rationalité », les « lois de la nature » et les « lois de l'histoire ».

Ce *lier ensemble* de l'origine du monde et de l'origine de la société doit, bien entendu, toujours reconnaître la spécificité de la société sans rompre l'homogénéité du monde. Il doit à la fois différencier et articuler fermement institution humaine et ordre imputé aux choses, culture et nature. Que l'homogénéité du monde et de la société, soit l'homogénéité de l'être, du point de vue de la signification, ne doive pas être rompue, est une conséquence pratiquement irrésistible de l'*illimitation* de l'exigence de la signification : réponse au Chaos, la signification est simultanément négation de celui-ci. Or, ce postulat de l'homogénéité de l'être – l'ontologie unitaire – est consubstantiel à l'*hétéronomie* de la société. Il entraîne en effet nécessairement la position d'une source extra-sociale de l'institution (et de la signification), donc l'occultation de l'auto-institution de la société, le recouvrement par l'humanité de son propre être comme autocréation. Inversement, cette position, et le postulat de l'homogénéité dont elle découle, équivaut à la dénégation de la « contingence » de la signification et de l'institution, plus exactement de ce que nous avons désigné comme l'*ailleurs* de la signification par rapport à la nécessité et à la contingence, et que nous appelons la *méta-contingence* (ou la *méta-nécessité*) de la signification. Cette dénégation est évidemment consubstantielle à l'*hubris* suprême de l'existence humaine, l'*hubris* ontologique. Plus que partout ailleurs, elle est manifeste dans l'institution de la religion, même lorsqu'elle s'y déguise, admirablement, sous l'apparence de son contraire.

Il serait plus que superficiel de dire qu'il y a toujours « relation » entre la religion et l'institution de la société. Comme l'avait bien vu Durkheim, la religion est « identique » à la société au départ et pendant très longtemps : en fait, pour la totalité presque des sociétés connues. Toute l'organisation du monde social est, presque partout, presque toujours, essentiellement « religieuse ». La religion n'« accompagne » pas, n'« explique » pas, ne « justifie » pas l'organisation de la société : elle *est* cette organisation, dans son noyau non trivial (organisation qui certes inclut toujours sa propre « explication » et « justification »). C'est elle qui pose ce qui est pertinent et non pertinent. Plus exactement, comme tout est pertinent pour la société, la signification et la religion, c'est la religion qui organise, polarise et valorise le pertinent, qui le *hiérarchise* dans un usage du terme qui retrouve ici son sens initial.

Lier ensemble : « image du monde » et « image de la société » pour elle-même – et donc aussi, de sa « place dans le monde » – ont toujours été deux faces du même, appartenant au même magma de significations imaginaires sociales dans et par lequel chaque société se fait être en le faisant être. « Image » ici ne veut évidemment pas dire décalque ou reflet, mais œuvre et opération de l'imaginaire radical, schème imaginaire organisateur et constituant [3]. Les significations imaginaires qui organisent la société ne peuvent qu'être « cohérentes » avec celles qui organisent le monde. *Du moins, tel est le fait fondamental qui jusqu'ici caractérise l'institution de la société.* Et qui, formulé ainsi et assorti de la question : et pourquoi donc *doit-il* en être ainsi ? nous

---

3. Voir, sur tous ces aspects, *MTR* (= *IIS*), p. 163-165, 178-185, 191-197, 200-202, 208-209, 225-228. (Textes publiés pour la première fois dans *Socialisme ou Barbarie* en 1965.) [Rééd. « Points Essais », p. 175-178, 191-199, 205-213, 215-218, 225-227, 241-246.]

révèle ce qui, à la fois, a été apparente *nécessité* de l'institution de la société dans son être-ainsi, et qui se manifeste à nous, *après coup*, comme « arbitraire » radical de cette modalité de l'institution.

En particulier, l'origine de l'existence et de l'institution de la société a toujours été définie dans et par les croyances religieuses. La liaison profonde et organique de la religion avec l'hétéronomie de la société s'exprime dans ce double rapport : toute religion inclut dans son système de croyances l'origine de l'institution ; et l'institution de la société inclut toujours l'interprétation de son origine comme extra-sociale, et renvoie par là à la religion. (Je parle des religions socialement effectives, non pas des sectes ni de certains mouvements religieux comme le christianisme ou le bouddhisme à leurs origines et avant leur transformation en religions instituées. Cette transformation, notamment dans le cas du christianisme, a entraîné du point de vue discuté ici des conséquences très lourdes : l'institution sociale, au départ ignorée ou mise à distance, a été par la suite proprement sacralisée.)

L'institution hétéronome de la société et la religion sont d'essence identique. Elles visent, toutes les deux, le même et par les mêmes moyens. Elles ne visent pas simplement l'organisation de la société. Elles visent à donner *une* signification à l'être, au monde *et* à la société, et la *même* signification. Elles *doivent* masquer le Chaos, et en particulier le Chaos qu'est la société elle-même. Elles le masquent en le reconnaissant à faux, par sa présentation/occultation, en en fournissant une Image, une Figure, un Simulacre.

Le Chaos : le Sans-Fond, l'Abîme générateur-destructeur, la Gangue matricielle et mortifère, l'Envers de tout Endroit et de tout Envers. Je ne vise pas, par ces expressions, un résidu d'inconnu ou d'inconnaissable ; et pas davantage ce que l'on a appelé transcendance. La séparation de la transcendance et de l'immanence est une construction artificielle, dont la raison d'être est de permettre le recouvrement même dont je discute ici [4]. La prétendue transcendance – le Chaos, l'Abîme, le Sans-Fond – envahit constamment la prétendue immanence – le donné, le familier, l'apparemment domestiqué. Sans cette invasion perpétuelle, il n'y aurait tout simplement pas d'« immanence ». Invasion qui se manifeste aussi bien par l'émergence du nouveau irréductible, de l'altérité radicale, sans quoi ce qui est ne serait que de l'Identique absolument indifférencié, c'est-à-dire Rien ; que par la destruction, la nihilation, la mort. La mort est mort des formes, des figures, des essences – non pas simplement de leurs exemplaires concrets, sans quoi encore ce qui est ne serait que répétition dans le prolongement indéfini ou dans la simple cyclicité, éternel retour. Il est à peine nécessaire de souligner que la destruction ontologique fait surgir une interrogation aussi lourde que la création ontologique. C'est par le même mouvement et les mêmes nécessités que les deux ont toujours été, dans les faits et au-delà des mots, méconnues par la pensée héritée moyennant la suppression du temps, l'idéalité comme conservation intemporelle, la dialectique comme dépassement cumulatif et récupération intégrale du devenir dans l'Absolu. Et c'est par les mêmes nécessités que la philosophie traditionnelle a toujours nié la possibilité de destruction de ce qui *vraiment est* : destructible et périssable ont été pour elle (depuis Parménide et Platon) les noms mêmes du moins-être, du non-être, de l'illusion, ou bien simples décompositions-recompositions de collectifs, derrière lesquelles se tiendrait toujours le permanent ou l'a-temporel, que ce soit sous forme de constituants ultimes inaltérables, ou sous forme de lois idéales.

[Je lis dans un texte récemment publié en français de Jan Patočka (« Les fondements spirituels de la vie contemporaine », *Études phénoménologiques*, 1985, n° 1, Éd. Ousia,

4. Cf. *IIS*, p. 445 [réed. « Points Essais », p. 481-482].

Bruxelles, p. 84) que, dans un écrit posthume (que je ne connais pas), Husserl affirmait que « bien que l'homme soit naturellement fini et mortel, le fondement même de l'humain, la conscience transcendantale qui ne cesse de fonctionner au-dedans de l'homme et qui répond de son expérience, serait infinie et immortelle ». Ce qui m'importe ici n'est pas la thèse en elle-même (qui n'a rien de nouveau), mais l'argumentation. Elle aussi n'a rien de nouveau, mais d'une part elle frappe par la persistance, chez Husserl lui-même, de modes d'argumentation archaïques, d'autre part elle illustre de manière éclatante ce que je dis plus haut sur l'impossibilité pour la pensée héritée de reconnaître la destruction ontologique pour des raisons strictement identiques à celles qui lui ont toujours rendu impossible de reconnaître la création ontologique. Voici comment Patočka résume l'argumentation de Husserl : « La seule chose qui soit impensable, c'est la disparition totale. La passivité pure n'est pas une disparition. Husserl appuie ici son argumentation sur l'*impossibilité de penser la mort* [souligné dans le texte]. La mort, la disparition en général, est quelque chose que nous sommes incapables de penser. Aucun mode de la philosophie ne saurait thématiser effectivement la disparition pure. En l'évoquant, nous pensons ou bien à un changement (ce qui présuppose la persistance d'un quelque chose qui change), ou à un continuum d'extinction qui, à travers des diminutions infinitésimales, ne parviendrait jamais à une fin totale ; ou bien encore nous la concevons dialectiquement, en affirmant : "l'être et le néant sont identiques", mais dans ce cas le passage s'effectue aussi bien du néant à l'être que de l'être au néant. » Le premier argument est le vieil argument de l'*hupokeiménon* : dans toute altération, c'est *quelque chose* qui s'altère, qui elle-même ne s'altère pas. Logique et vide, il est particulièrement spécieux dans le cas considéré : il suppose ce qui est à démontrer – que la conscience transcendantale est un *hupokeiménon* dans ce sens –; sans cela, aucune *qualité*, par exemple, ne saurait jamais changer, ou bien il serait exclu que, autre exemple, l'âme soit la *forme* d'un être vivant, comme le pensait Aristote. – Le deuxième n'est qu'une réédition de la démonstration éléatique de l'impossibilité du mouvement. Quant au troisième, il est le plus intéressant, car il ne dit rien d'autre et rien de plus que cela : impossible d'accepter la disparition (le passage de l'être au néant), car il faudrait alors accepter aussi la création (le passage du néant à l'être). Or (sous-entendu) cette dernière hypothèse est inacceptable. Donc... Au total, que disent ces arguments ? Que ne peut pas être ce qui ne se conforme pas *à un certain mode de penser* – le mode d'après lequel *il y a* des substances inaltérables en elles-mêmes, tout changement ne peut être que de « quantité » (« *continuum*... diminutions infinitésimales »), et aucun passage du « néant à l'être » et inversement n'est concevable. La conclusion est claire : ou bien en effet « cela » ne peut pas être, ou bien il faut changer de mode de penser. Remarquons aussi, pour finir, que les arguments de Husserl valent – et *ne* valent *que* – pour une immortalité *personnelle* – alors qu'il s'agit au départ d'une « conscience transcendantale » qui « répond de l'expérience de l'homme ».]

L'idée de transcendance implique l'idée d'une séparation absolue, expression du reste redondante : l'ab-solu est le totalement séparé. Mais le Chaos n'est pas séparé. Il y a envers insondable de toute chose, et cet envers n'est pas passif, ce qui simplement résisterait, en cédant ou pas du terrain, à nos efforts de compréhension et de maîtrise. Il est source perpétuelle, altération toujours imminente, origine qui n'est pas reléguée hors temps ou à un moment de mise en marche du temps, mais constamment présente dans et par le temps. Il est littéralement temporalité – à condition de comprendre que le temps dont il s'agit ici n'est pas le temps des horloges, mais le temps qui est création/destruction, le temps comme altérité/altération. La création est *déjà*

destruction – destruction de ce qui était dans son apparente
« complétude » désormais rompue. Le temps de la création
est aux antipodes du temps de la répétition, qui seul, par
définition, se laisse « mesurer » – à savoir, transformer en
son contraire. Le temps n'est pas seulement l'excès de
l'être sur toute détermination que nous pourrions en concevoir et en fournir. Le temps est l'excès de l'être sur lui-
même, ce par quoi l'être est toujours essentiellement à-être.

De cet Abîme, l'humanité a sans doute l'obscure expérience dès son premier jour ; c'est, sans doute, cette expérience qui signe et scelle sa sortie de la simple animalité.
« L'homme est un animal inconsciemment philosophique,
qui s'est posé les questions de la philosophie longtemps
avant que la philosophie n'existe comme réflexion explicite ; et il est un animal poétique, qui a fourni dans l'imaginaire la réponse à ces questions [5]. » Naissance, mort, rêve,
désir, hasard, prolifération indéfinie des étants, identité et
altérité des sujets, immensité de l'espace, retour des saisons
et irréversibilité du temps : en un sens nommés, désignés,
saisis depuis toujours dans et par le langage, en un autre
sens toujours aussi neufs, aussi autres, aussi au-delà. Manifestation elle-même de l'émergence de l'être, l'humanité
rompt dès le départ la simple régulation biologique, apparemment et à nos yeux « fermée sur elle-même ». L'homme
est le seul vivant à rompre la clôture informationnelle/
représentative/cognitive dans et par laquelle est tout autre
vivant. Simultanément, dans une scission absolue et une
absolue solidarité, surgissent la monade psychique, essentiellement « folle », a-réelle, création une fois pour toutes et
source d'une création perpétuellement continuée, l'Abîme
en nous-mêmes, flux représentatif/affectif/intentionnel
indéterminé et immaîtrisable, psyché en elle-même radicalement inapte à la vie, et le social-historique, création une
fois pour toutes de la signification et de l'institution, et

5. *MTR* (= *IIS*), p. 206 [rééd. « Points Essais », p. 222].

source d'une création continuée, l'Abîme comme imaginaire social ou société instituante, origine de la création comme histoire, de la création/destruction des significations et des institutions particulières. La monade psychique ne saurait survivre un instant si elle ne subissait pas sa socialisation violente et forcée ; c'est par la fabrication sociale de l'individu que l'institution rend possibles la vie du sujet humain et sa propre vie comme institution. Et la sève de la monade psychique, qui ne tarit jamais, une fois prise dans un espace socialement institué et formée par un langage, des objets, des idées, des normes qu'elle ne saurait jamais produire elle-même, contribue à nourrir la création historique.

L'humanité se constitue en faisant surgir la question de la signification et en lui fournissant d'emblée des réponses. (En fait, c'est sur les réponses que nous lisons la question.) La société existe en instaurant un espace de représentations participées par tous ses membres, qui monnayent le magma des significations imaginaires sociales chaque fois instituées. Imaginaires au sens strict et fort. Aucun système de déterminations instrumentales, fonctionnelles, s'épuisant dans la référence à la « réalité » et à la « rationalité », ne peut se suffire à lui-même. Pour autant qu'elle pose la question de la signification, la société ne peut jamais s'enfermer dans l'« en deçà » de son « existence réelle ». Ce n'est pas, comme le croit Marx – et, par moments, Freud –, qu'à une « existence réelle » insatisfaisante elle chercherait pendant toute une période des compensations imaginaires (on se demande si l'existence des vaches est complètement satisfaisante et, dans la négative, quelle est leur religion). C'est que cette « existence réelle » est impossible et inconcevable, comme existence d'une *société*, sans la position de *fins* de la vie individuelle et sociale, de *normes* et de *valeurs* qui règlent et orientent cette vie, de l'*identité* de la société considérée, du *pourquoi* et *pour quoi* de son exis-

tence, de sa *place* dans le monde, de la *nature* de ce monde
– et que rien de tout cela ne se laisse déduire de la « réalité » ou de la « rationalité », ni « déterminer » par les opérations de la logique ensembliste-identitaire [6].

L'humanité ne peut pas être enfermée dans son existence
« réelle ». Cela veut dire qu'elle fait l'expérience de l'Abîme,
ou que l'Abîme s'impose à elle. En même temps, elle est
restée jusqu'ici incapable d'accepter simplement cette
expérience. Cela peut paraître paradoxal, mais c'est évident
lorsqu'on y réfléchit : dès l'origine et toujours, la religion
répond à l'incapacité des humains d'accepter ce que l'on a
mal nommé « transcendance », c'est-à-dire d'accepter le
Chaos et de l'accepter *comme* Chaos, d'affronter, debout,
l'Abîme. Ce que l'on a pu appeler le besoin de religion
correspond au refus des humains de reconnaître l'altérité
absolue, la limite de toute signification établie, l'envers
inaccessible qui se constitue pour tout endroit où l'on
accède, la mort qui loge dans toute vie, le non-sens qui
borde et pénètre tout sens.

Dans toutes les sociétés connues, et jusqu'au moment
de la décomposition commençante de la société capitaliste,
les significations imaginaires sociales ont été centralement
et essentiellement « religieuses » : elles ont réuni la reconnaissance et le recouvrement de l'Abîme. Reconnaissance,
pour autant qu'elles font droit à l'expérience de l'Envers,
du Surgissement, de la soudaine étrangeté du Familier, de la
révolte du Domestiqué, de l'évanescence du Donné. Recouvrement pour autant que de l'Abîme elles fournissent toujours un Simulacre, une Figure, une Image – à la limite un
Mot ou un Verbe – qui le « re-présentent » et en sont la présentation instituée : le Sacré. Moyennant le Sacré, l'Abîme
est prétendument circonscrit, localisé et comme présent
dans la vie sociale « immanente ».

La religion fournit un nom à l'innommable, une représen-

6. Voir *MTR* et *IIS*, chap. III, V et VII en particulier.

tation à l'irreprésentable, un lieu à l'illocalisable. Elle réalise et satisfait à la fois l'expérience de l'Abîme et le refus de l'accepter, en le circonscrivant – en prétendant le circonscrire –, en lui donnant une ou plusieurs figures, en désignant les lieux qu'il habite, les moments qu'il privilégie, les personnes qui l'incarnent, les paroles et les textes qui le révèlent. Elle est, par excellence, la présentation/occultation du Chaos. Elle constitue une *formation de compromis*, qui ménage à la fois l'impossibilité pour les humains de s'enfermer dans l'ici-maintenant de leur « existence réelle » et leur impossibilité, presque égale, d'accepter l'expérience de l'Abîme. Le compromis religieux consiste en une fausse reconnaissance de l'Abîme moyennant sa re-présentation *(Vertretung)* circonscrite et, tant bien que mal, « immanentisée ».

Cette re-présentation obligatoire – la « délégation par représentation », la *Vorstellungsrepräsentantz* de l'Abîme dans la « réalité », de l'Envers dans l'Endroit social – constitue l'idolâtrie nécessaire de la religion. Toute religion est idolâtrie. Aucune religion effective, telle qu'elle est historiquement instituée et telle qu'elle fonctionne socialement, n'a ni ne peut avoir vraiment affaire à l'Abîme – à ce qu'elle appelle la « transcendance », lorsqu'elle l'appelle ainsi. L'Abîme, à la fois énigme, limite, envers, origine, mort, source, excès de ce qui *est* sur *ce qu'*il est, est toujours là et toujours ailleurs, partout et nulle part, le non-lieu dans quoi tout lieu se découpe. Et toute religion le condense fictivement, le chosifie – ou le personnifie, cela revient au même – d'une manière ou d'une autre, l'exporte dans un « ailleurs » quelconque et le ré-importe de nouveau dans ce monde sous la forme du Sacré. Le Sacré est le simulacre chosifié et institué de l'Abîme : il se donne comme présence « immanente », séparée et localisée, du « transcendant ». La relation « mystique » à l'Abîme, qu'elle soit « authentique » ou phénomène hallucinatoire, n'importe pas ici : il n'y a jamais eu et il n'y aura jamais de religion mystique ou religion des mystiques. Le mystique vrai ne peut être que séparé de la société. Dans son effectivité sociale la religion fournit et doit toujours fournir des simulacres institués de l'Abîme. Les « vies des mystiques » elles-mêmes fonctionnent comme de tels simulacres. Toute religion est idolâtrie – ou n'est pas religion sociale effective. Dans la religion, les mots eux-mêmes – les mots sacrés – fonctionnent, et ne peuvent fonctionner que, comme des idoles.

Formation de compromis, la religion est fausse reconnaissance, présentation/occultation de l'Abîme. Elle fournit des « réponses » déterminées, figurées, chosifiées aux questions en lesquelles s'articule et se monnaye la question de la signification. Parmi ces questions, se trouve toujours la question de l'origine, du fondement, de la cause, de la fin – et qui s'adresse tout autant et surtout à la société elle-même et à son institution. Cette même reconnaissance/recouvrement de l'Abîme que la religion effectue relativement à tout, elle l'effectue aussi et surtout – c'est-à-dire la société moyennant sa religion l'effectue – relativement à l'être de la société elle-même. En assignant une origine extra-sociale, « transcendante », à l'institution comme à l'être de la société, la religion réalise, ici encore, une formation de compromis. Elle reconnaît que la société ne se réduit jamais à *ce qu*'elle est, que son existence « réelle », « empirique » ne l'épuise pas ; que, par exemple, ni le fonctionnement de la société instituée ne peut jamais rendre compte de son institution puisqu'il la présuppose ; ni aucune « cause », « raison », « facteur » immanents, déterminés, « intramondains » (donc, « intra-sociaux », au sens de la société instituée) ne peuvent expliquer, encore moins fonder, le pourquoi et le pour quoi de l'institution de la société en général et de son être-ainsi chaque fois spécifique. Mais en même temps elle recouvre l'Abîme, le Chaos, le Sans-Fond que la société est elle-même pour elle-même, elle l'occulte comme autocréation, source et origine immotivée de son institution. Elle nie l'imaginaire radical et met à sa place une création imaginaire particulière. Elle voile l'énigme de l'exigence de la signification – que fait naître et qui fait naître la société – en imputant à la société elle-même une signification qui lui viendrait d'ailleurs.

Quelle est l'origine, la cause, le fondement de l'institution (c'est-à-dire de la société)? Quel est son *pour quoi*, sa raison d'être? A cette question la religion depuis toujours fournit une réponse, en affirmant que l'institution de la société procède de la même « origine » que toute autre chose, qu'elle possède donc la même solidité et le même fondement que le monde entier et les choses qui le remplissent, et une finalité articulée à la leur. Ainsi ménage-t-elle une sortie ou une fenêtre à l'en deçà, reconnaissant que la société, pas plus qu'une autre chose quelconque, ne s'épuise pas dans *ce qu'*elle est. Et, en même temps, elle ferme la question, elle assigne à l'être et à l'être-ainsi de la société une cause et une raison d'être déterminées. Pierre angulaire de l'institution de la société, véhicule des significations ultimes et garant de toutes les autres, la religion doit sanctifier, d'une manière ou d'une autre, *à la fois sa propre* origine *et* l'origine de l'institution de la société dont elle forme le noyau.

Or pas plus que l'individu ne peut, généralement, reconnaître l'Abîme qui est en lui-même, pas davantage la société ne peut, n'a pu jusqu'ici, se reconnaître comme matrice et comme Abîme. A l'individu, l'institution sociale assigne chaque fois imaginairement une origine ou cause et un *pour quoi* qui est fin ou destination. Elle lui assigne comme origine une généalogie, une famille, le milieu social lui-même – afin qu'il puisse recouvrir et méconnaître le noyau abyssal qu'il est en lui-même, oublier qu'il ne peut être réduit à aucune origine, qu'il *est* toujours aussi autre que *ce qu'*il est, « effet qui dépasse ses causes, cause que n'épuisent pas ses effets[7] », que sa fabrication sociale

7. « Épilégomènes à une théorie de l'âme... », *L'Inconscient*, n° 8, 1968 ; maintenant in *Les Carrefours du labyrinthe, op. cit.,* p. 43 [rééd. « Points Essais », p. 52].

comme individu ne pourra jamais ramener ce qu'il sera
à ce qu'il a déjà été. Elle lui assigne un *pour quoi* – une
fonction, fin, destination sociale et cosmique – pour lui
faire oublier que son existence est sans *pour quoi* et sans
fin. C'est cette assignation d'une origine et d'une fin *hors*
lui, l'arrachant au monde de la monade psychique (qui
est, pour elle-même, origine et fin d'elle-même) qui fait de
l'individu quelque chose de socialement déterminé, qui lui
permet de fonctionner comme individu social, astreint à
la reproduction en principe indéfinie de la même forme de
société que celle qui l'a fait être *ce qu'*il est.

L'origine, la cause, le fondement de la société est la
société elle-même, comme société instituante. Et, jusqu'à
maintenant, cela n'a pas pu être reconnu. La société n'a pas
pu reconnaître en elle-même sa propre origine ; se reconnaître comme faisant surgir la question de la signification,
engendrant des réponses immotivées à cette question,
réponses incarnées dans et instrumentées par son institution ; se voir comme création, source de son institution,
possibilité toujours présente d'altération de cette institution ; se reconnaître comme toujours plus et toujours aussi
autre chose que *ce qu'*elle est. Reconnaissance, sans doute,
extrêmement difficile. Il est caractéristique que la pensée
philosophique a su, dès l'origine, reconnaître plus ou moins
le Chaos générateur/destructeur de la psyché, l'Abîme dans
le sujet singulier, fût-ce sous des titres maladroits ou inap-
propriés ; mais que rien d'analogue n'a pu jusqu'ici être
pensé dans le domaine du social-historique dont l'altération, l'instauration et l'existence même ont toujours été
considérées par la pensée héritée comme effet ou conséquence de causes extérieures à la société.

Cette occultation acharnée, cette méconnaissance ininter-
rompue pose une question, à laquelle j'ai essayé de fournir
des éléments de réponse ailleurs[8]. L'essentiel revient à ceci :

_____

8. *IIS*, p. 293-296 [rééd. « Points Essais », p. 316-319].

l'auto-occultation de la société, la méconnaissance par la société de son propre être comme création et créativité, lui permet de poser son institution comme hors d'atteinte, échappant à sa propre action. Autant dire : elle lui permet de s'instaurer comme société *hétéronome*, dans un clivage désormais lui-même institué entre société instituante et société instituée, dans le recouvrement du fait que l'institution de la société est auto-institution, soit autocréation. Ici certes une nouvelle question surgit : et pourquoi donc la société s'institue-t-elle comme société hétéronome ? On sait qu'il y a eu des auteurs pour affirmer que l'hétéronomie sociale est d'essence ou de structure. L'humilité politique à laquelle ils nous convient cache mal l'arrogance métaphysique de la réponse – on saurait déjà l'essentiel sur l'essence du social –, laquelle n'est guère qu'une constatation empirique (déjà discutable) travestie en tautologie ontologique.

Dans ce cadre traditionnel, la question non seulement ne comporte pas de réponse : elle ne peut même pas être pensée. La société *se crée* – et, pour commencer, *se crée comme* société hétéronome. Ces faits ne comportent pas d'« explication ». Quel pourrait jamais être le lieu où se tiendrait celui qui la fournirait, et comment pourrait être fabriquée la sonde qui sonderait cet endroit particulier de l'Abîme ? Nous pouvons certes élucider en partie la chose en constatant – comme je l'explique ailleurs [9] – que c'est une condition presque nécessaire de l'existence de l'institution *telle qu'elle a été créée, telle que nous l'avons connue jusqu'ici*, qu'elle affirme sa propre inaltérabilité pour se stabiliser ; que, produit de l'activité créatrice de la société, elle se donne une origine extérieure à la société, tendant ainsi à se soustraire à l'altération. Mais seule la distraction pourrait nous faire oublier qu'en disant cela, nous nous

9. *IIS*, p. 293-296 et 496-498 [rééd. « Points Essais », p. 316-319 et 536-538].

mouvons à l'intérieur du cercle de la création déjà faite, nous ne faisons qu'expliciter la solidarité de ses points. En posant son institution comme imposée par une source extérieure à elle, la société recouvre le Chaos, ou établit un compromis avec lui, elle se défend contre l'Abîme qu'elle est en elle-même. Ce n'est assurément pas la seule façon possible de vivre sur l'Abîme. Et seule la distraction pourrait nous faire oublier que cette interrogation même réfute l'idée d'une hétéronomie essentielle ou structurale, puisqu'elle n'est elle-même possible que comme rupture effective – fût-elle partielle – de cette hétéronomie.

Nous ne pouvons pas « expliquer » l'hétéronomie de la société, ni pourquoi la religion a été, jusqu'ici, une composante centrale de l'institution de la société. Mais nous avons élucidé certains aspects de ce fait capital : que toute institution hétéronome de la société ait été, centralement et essentiellement, religieuse. Autrement dit : *l'énigme de la société hétéronome et l'énigme de la religion sont, pour une très large part, une et la même énigme* [10].

Inutile d'ajouter, après cela, que l'idée selon laquelle la religion appartiendrait à l'« idéologie », à la « superstructure » ou serait un « reflet inversé » du « monde réel » est au-dessous du ridicule. Le « monde réel » est chaque fois défini et organisé moyennant un magma de significations imaginaires sociales ; significations relatives à des questions auxquelles aucune réponse « réelle » ou « rationnelle » ne saurait jamais être fournie. La réponse, de même que la manière d'articuler implicitement les questions, a été chaque fois fournie par cet ensemble de croyances instituées que nous appelons religion. Et, en situant obligatoirement l'origine de l'institution au même lieu que sa propre origine – à l'extérieur de la société –, la religion a toujours

---

10. Voir aussi sur cette question le texte important de Marcel Gauchet, « La dette du sens et les racines de l'État », in *Libre*, n° 2, Paris, Payot, 1977, p. 5-43.

été expression centrale, véhicule essentiel et garant ultime de l'hétéronomie de la société.

L'*autonomie* de la société présuppose, évidemment, la reconnaissance explicite de ce que l'institution de la société est auto-institution. Autonome signifie, littéralement et profondément : posant sa propre loi pour soi-même. Auto-institution explicite et reconnue : reconnaissance par la société d'elle-même comme source et origine ; acceptation de l'absence de toute Norme ou Loi extra-sociale qui s'imposerait à la société ; par là même, ouverture permanente de la question abyssale : quelle peut être la *mesure* de la société si aucun *étalon* extra-social n'existe, quelle peut et quelle doit être la loi, si aucune norme extérieure ne peut lui servir de terme de comparaison, quelle peut être la vie sur l'Abîme une fois compris qu'il est absurde d'assigner à l'Abîme une figure précise, fût-ce celle d'une Idée, d'une Valeur, d'un Sens déterminés une fois pour toutes ?

La question de la société autonome est aussi celle-ci : jusqu'à quand l'humanité aura-t-elle besoin de se cacher l'Abîme du monde et d'elle-même derrière des simulacres institués ? La réponse ne pourra être fournie, si elle l'est, que simultanément au plan collectif et au plan individuel. Aux deux plans, elle présuppose une altération radicale du rapport à la signification. Je ne suis autonome que si je suis origine de ce qui sera (*archè tôn esomenôn*, disait Aristote) et me sais comme tel. Ce qui sera – ce que je ferai –, compris non trivialement, ne concerne pas le tas de foin vers lequel je me dirigerai de préférence à un autre équidistant, mais le *sens* de ce que je ferai, de mes actes, de ma vie. Sens qui n'est ni contingent, ni nécessaire, qui est audelà, ou ailleurs ; il ne pourrait être nécessaire que dans le solipsisme absolu, et contingent que si je me plaçais, par rapport à moi-même, dans une position de totale extériorité.

L'analogie – et ce n'est pas seulement une analogie – est valide pour la société. Une société autonome est origine des significations qu'elle crée – de son institution – et elle se sait comme telle. Une société autonome est une société qui s'auto-institue explicitement. Autant dire : elle sait que les significations dans et par lesquelles elle vit et elle est comme société sont son œuvre, et qu'elles ne sont ni nécessaires, ni contingentes. Et ici encore, l'idée que les significations sociales sont, dans leur être-ainsi défini, nécessaires est allée de pair, historiquement, avec l'équivalent d'un solipsisme social-historique : la vraie Révélation est celle dont nous avons bénéficié, notre société est la seule vraie ou société par excellence, les autres ne sont pas vraiment, sont moins, sont dans les limbes, sont en attente d'être – d'évangélisation. De même, l'idée que les significations sociales sont *simplement* contingentes semble bien à la base de la décomposition progressive du tissu social dans le monde contemporain.

Août 1978-mai 1980

La logique des magmas
et la question de l'autonomie *

*A la mémoire
de Claude Chevalley*

Ce que j'ai à dire pourra paraître désordonné et hétérogène, et je vous prie de m'en excuser. J'espère que la discussion permettra de voir les fortes connexions qui relient les six points que j'ai décidé de traiter : ensembles ; magmas ; puissance de la logique ensembliste-identitaire ; thèses ontologiques ; interrogations sur le vivant ; question de l'autonomie sociale et individuelle.

1. *Ensembles*

Dans une lettre de Cantor à Dedekind du 28 juillet 1899, on rencontre cette phrase étonnante et importante : « Toute multiplicité ou bien est une multiplicité inconsistante, ou

---

* L'essentiel de ce texte a été présenté d'abord à un séminaire animé par Claude Chevalley, Norbert Borgel et Denis Guedj à l'université de Paris-VIII en mai 1981, puis au colloque de Cerisy, « L'auto-organisation » (10-17 juin 1981). De la version qui en a été publiée dans les actes de ce colloque (*L'Auto-organisation. De la physique au politique*, Paris, Éd. du Seuil, 1983, p. 421-443), j'avais dû retrancher, pour des raisons d'espace et de temps, quelques paragraphes restitués ici entre crochets.

bien elle est un ensemble [1]. » Dire d'une multiplicité qu'elle est inconsistante, implique évidemment que cette multiplicité *est* : elle *est*, d'une certaine façon, qui reste à préciser, et que Cantor ne précise pas. Il est clair qu'il ne s'agit pas de l'ensemble vide, lequel est un ensemble de plein droit, avec sa place dans la théorie des ensembles.

C'est vers ces multiplicités inconsistantes – inconsistantes du point de vue d'une logique qui se veut consistante ou rigoureuse – que je me suis tourné à partir du moment, en 1964-1965, où m'est apparue l'importance de ce que j'ai appelé l'imaginaire radical dans le monde humain. La constatation que le psychisme humain ne peut être « expliqué » par des facteurs biologiques, ni considéré comme un automate logique de n'importe quelle richesse et complexité ; aussi et surtout, que la société ne peut pas être réduite à des déterminations rationnelles-fonctionnelles quelles qu'elles soient (par exemple, économiques/productives, ou « sexuelles » dans une vue étroite du « sexuel »), indiquait qu'il fallait penser autre chose et penser autrement pour pouvoir comprendre la nature et le mode d'être spécifique de ces domaines, le psychique d'une part, le social-historique de l'autre. Il ne suffisait pas de poser simplement un type d'être nouveau, inouï, non pensé auparavant qui serait celui de la psyché et du social-historique. Cette position ne pouvait acquérir un contenu que si l'on parvenait à dire quelque chose sur la spécificité, non seulement phénoménologique et descriptive, mais logique et ontologique, de ces deux strates, le psychique et le social-historique. Notons au passage que cette spécificité se marque déjà dans leur mode de coexistence unique : le psychique et le social sont à la fois radicalement irréductibles l'un à l'autre et absolument indissociables, impossibles l'un sans l'autre.

1. G. Cantor, *Gesammelte Abhandlungen* [Hildesheim, Olms, 1962], p. 444.

Pour ce mode d'être, et l'organisation logico-ontologique qu'il porte, j'ai abouti, après diverses pérégrinations terminologiques – amas, conglomérat et autres – au terme de *magma*. Je devais découvrir par la suite que les éditions de l'*Algèbre* de N. Bourbaki à partir de 1970 utilisaient le terme dans une acception qui n'a aucun rapport avec celle que je voulais lui donner et qui est, bien entendu, strictement ensembliste-identitaire. Comme le terme, par ses connotations, se prête admirablement à ce que je veux exprimer, et comme, j'ose dire, son utilisation par N. Bourbaki me semble à la fois rare et superfétatoire, j'ai décidé de le garder [2].

Avant d'aller plus loin, il me semble utile de fournir un repérage intuitif moyennant deux illustrations. Que chacun pense à la totalité des représentations dont il est capable : tout ce qui peut se présenter, et être représenté, comme perception présente de « réalité », comme souvenir, comme fantaisie, comme rêverie, comme rêve. Et que chacun essaie de réfléchir à la question : pourrait-on dans cette totalité vraiment séparer, découper, ranger, ordonner, compter – ou bien ces opérations sont-elles à la fois impossibles et absurdes eu égard à ce dont il s'agit ? Ou bien : que l'on pense à la totalité des significations qui pourraient être convoyées par des énoncés du français contemporain. Certes, ces énoncés en eux-mêmes sont en nombre fini : ils correspondent à des combinaisons des éléments d'un ensemble fini, elles-mêmes chaque fois à nombre de termes fini. Notons-le au passage, c'est à tort que l'on dit – comme Chomsky – que la « créativité des locuteurs natifs » s'exprime dans le fait qu'ils peuvent former une infinité d'énoncés. En premier lieu, dans ce fait en tant que tel il n'y a aucune « créativité » : il s'agit d'une activité purement

---

2. Dans l'édition de l'*Algèbre* (chap. I) de 1951, le terme « magma » n'apparaît pas. Il est l'objet de développements assez nourris dans l'*Algèbre* (chap. II et III) de 1970.

combinatoire (laquelle, précisément parce que la dimension *sémantique* en est absente, est, depuis des années, trivialement reproductible par un ordinateur). Deuxièmement, il est faux de parler à ce propos d'un nombre *infini* d'énoncés. Il ne pourrait y avoir nombre infini d'énoncés que si l'on pouvait se donner des énoncés d'une longueur arbitrairement grande, ce qui n'existe et ne peut exister dans aucune langue naturelle (et même dans aucun système à support physique). Les énoncés d'une langue (même si l'on ne peut pas fixer avec précision une borne supérieure de leur longueur permise) sont les arrangements avec répétition d'un nombre de termes fini (et relativement petit), termes pris eux-mêmes dans un ensemble fini (et relativement petit). Aussi grand que soit leur nombre, il est fini[3]. Mais cet aspect est encore secondaire, relativement à ce qui importe ici. Pour ce que j'ai à dire des magmas, l'opposition pertinente n'est pas fini/infini, mais déterminé/indéterminé. Or toutes les entités mathématiques sont parfaitement déterminées. Dans l'ensemble des réels, par exemple, n'importe quel nombre quel qu'il soit – rationnel, algébrique, transcendant – est parfaitement déterminé ; il n'existe pas la moindre ambiguïté concernant ce qu'il est, où il est, entre quels autres nombres il est, etc. Et, pas plus que l'opposition fini/infini, n'est ici pertinente l'opposition discret/continu (ou digital/continu) avec laquelle on a voulu « assouplir » la logique traditionnelle. A *ce* point de vue, il n'y a pas de différence essentielle entre la topologie et l'arithmétique. Les deux appartiennent à la logique ensembliste-identitaire. Les deux élaborent le monde du déterminé et de la détermination, le monde de la distinction catégorique (même si elle est « probabiliste » : une probabilité est déterminée ou n'est rien), le monde de la séparation (au sens certes courant, et non pas topologique, du terme séparation).

3. Cf. *L'Institution imaginaire de la société, op cit.*, p. 345 [rééd « Points Essais », p. 374].

Rappelons-nous la définition des ensembles qu'en donnait le fondateur de la théorie, Cantor : « Un ensemble est une collection en un tout d'objets définis et distincts de notre intuition ou de notre pensée. Ces objets sont appelés les éléments de l'ensemble[4]. » (Intuition, ici, c'est l'*Anschauung* : non pas l'intuition bergsonienne, mais ce que l'on peut « voir » ou inspecter.) Cette définition, qu'on appellerait maintenant naïve, est fantastiquement profonde et éclairante, parce qu'elle exhibe l'indéfinissable dans la définition du défini, la circularité inéliminable dans toute entreprise de fondation.

On sait que très rapidement l'élaboration de la théorie des ensembles a fait apparaître des antinomies et des paradoxes (dont le paradoxe de Russell n'est que le plus célèbre). Pour les éviter, on a essayé de formaliser la théorie. On a ainsi abouti à différents systèmes d'axiomes, lesquels, au prix d'un formalisme toujours plus lourd, ont supprimé le contenu intuitif et clair de la définition de Cantor et cela, à mon avis, sans véritable gain formel[5]. On peut illustrer cela par deux exemples.

Dans un exposé relativement récent de la théorie axiomatique des ensembles, celle-ci apparaît comme faisant un usage intensif et très lourd de la mathématique constituée ; des morceaux énormes d'autres branches des mathématiques (eux-mêmes mettant en jeu, évidemment, une foule de présupposés) sont mis à contribution. L'existence d'un cercle vicieux est manifeste. L'auteur en est certes parfaitement conscient, et sa réponse revient à dire que la théorie axiomatique des ensembles ne vient pas « au début » des mathématiques, mais que cela serait, « peut-être », vrai pour

---

4. *Beiträge zur Begründung der transfiniten Mengenlehre. I. Math. Annalen.*, 46, 1895, p. 481.
5. En fait, le véritable gain, à la fois formel et substantiel, produit par le travail de formalisation a été qu'il a mené aux différents théorèmes d'indécidabilité et d'incomplétude, qui signifient évidemment l'échec de l'intention formalisatrice initiale.

la « théorie naïve » »[6]. Sur ce « peut-être » on pourrait facilement faire de l'humour. Retenons-en simplement l'aveu
que l'on ne sait pas avec *certitude* ce qui doit venir « au
début » des mathématiques – à savoir, à partir de quoi et
moyennant quoi on démontre quoi que ce soit en mathématiques.

J'ose croire, pour ma part, que la théorie « naïve » des
ensembles vient en effet « au début », qu'elle est inéliminable, et qu'elle doit être posée *d'emblée*, avec ses circula-
rités et ses axiomes reliant entre eux des termes indéfinissables qui n'acquièrent leur consistance que par la suite,
moyennant leur utilisation effective. Le cercle axiomatique
n'est que la manifestation formalisée du cercle originaire
impliqué par toute *création*.

On peut illustrer ce point, s'il en est besoin, par la pseudo-
définition du terme « ensemble » que fournit N. Bourbaki à
un moment où son courage faiblit et où, pensant peut-être à
sa grand-mère, il consent à s'exprimer en français, tout en
rappelant qu'il ne peut pas y avoir de « définition » de ce
terme. « Un *ensemble* est formé *d'éléments* susceptibles
de posséder certaines *propriétés* et d'avoir entre eux, ou avec
des éléments d'autres ensembles, certaines *relations*[7]. » Les
quatre mots soulignés dans l'original – ensemble, éléments,
propriétés, relations – le sont-ils parce qu'ils introduisent
des termes spécifiques à cette théorie ou bien parce qu'ils
sont considérés comme indéfinissables, ou bien encore
parce qu'ils sont considérés comme encore plus indéfinissables que les autres termes de la phrase ? Mais les termes
« être formé », « être susceptible de posséder », « avoir »
ou « autre » sont-ils moins mystérieux que « ensemble »,
« propriété », etc. ?

Bien entendu, la véritable « définition » des ensembles,

6. Jean-Louis Krivine, *Théorie axiomatique des ensembles*, Paris,
PUF, 1969, p. 6.
7. *Théorie des ensembles*, E. R. 1.

du point de vue mathématique, se trouve dans les groupes d'axiomes que fournissent les diverses formalisations de la théorie. Ce n'est pas mon propos d'en discuter ici. Je vais plutôt essayer de dégager ce que je considère comme les traits essentiels, ou, encore mieux, les « catégories » ou opérateurs logico-ontologiques qui sont nécessairement mis en œuvre par la logique ensembliste-identitaire, que celle-ci fonctionne dans l'activité d'un mathématicien ou dans celle d'un sauvage qui classifie les oiseaux, les poissons et les clans de sa société. Les principaux de ces opérateurs sont : les principes d'identité, de non-contradiction et du tiers exclu ; l'équivalence propriété ≡ classe ; l'existence fortement affirmée de relations d'équivalence ; l'existence fortement affirmée de relations de bon ordre ; la déterminité. Un bref commentaire sur ces termes n'est pas inutile.

Au lieu de tiers exclu, on peut parler de énième exclu ; il n'y a aucune différence essentielle. L'équivalence propriété ≡ classe a été, comme on le sait, contestée parce que, prise absolument, elle conduit au paradoxe de Russell. Mais en fait on ne pourrait fonctionner une seconde, ni en mathématiques ni dans la vie courante, sans poser constamment qu'une propriété définit une classe et qu'une classe définit une propriété de ses éléments (appartenir à cette classe). Inférer de telle propriété d'un élément qu'il appartient ou n'appartient pas à tel ensemble, ou l'inverse, c'est le pain quotidien de toute démonstration mathématique.

L'existence fortement affirmée de relations d'équivalence pose des questions plus complexes. On sait que, dans les théories formalisées, la relation d'équivalence est un concept défini à une étape assez avancée de la construction. Mais en fait la relation d'équivalence est présupposée, et avec le contenu le plus fort possible, celui de l'identité absolue de soi à soi, dès le premier pas de la mathématique (comme de la pensée ordinaire). Elle est même posée, paradoxalement, comme postulat (implicite) contrefactuel. Le x qui apparaît à deux endroits différents d'une démonstration quelconque *doit* être pris comme *le même x* – bien qu'il ne soit, de toute évidence, « matériellement » *pas le même*. Il n'y a pas de mathématique sans *signes*, et pour utiliser les signes il faut pouvoir poser que deux « réalisations » différentes de *x* sont *absolument* le même *x*. Certes, du point de vue de la mathématique formalisée, on dira que cette identité absolue de soi à soi imposée à ce qui est « matériellement » différent est simplement une équivalence modulo toute relation que l'on pourrait définir. C'est là la définition de l'identité en mathématiques ; elle est la même que celle que donnait déjà Leibniz, lorsqu'il disait : *eadem sunt quae substitui possunt salva veritate*, « sont identiques les choses que l'on peut substituer les unes aux autres en sauvant *la* vérité » – en sauvant *toutes* les vérités. Mais il est clair que l'on ne peut substituer une chose à une *autre* chose en sauvant *toutes* les vérités ; cela ne pourrait se faire que s'agissant de choses absolument indiscernables auquel cas il ne pourrait pas être question de *substitution*. On reste donc – en dehors de l'identité de soi à soi – avec simplement l'équivalence modulo telle relation, l'équivalence relative, l'équivalence *quant à...*

La relation de bon ordre, aussi, apparaît dans la mathématique formalisée comme une construction qui intervient à une étape avancée du développement. En fait, elle est utilisée et opérante dès le premier moment. N'importe quelle formule, n'importe quelle démonstration présupposent le bon ordre et le mettent en œuvre. Comme on sait, il n'y a nullement équivalence entre les énoncés « quel que soit *x* il existe *y* tel que R *(x, y)* » et « il existe *y* tel que quel que soit *x* R *(x, y)* », qui ne diffèrent entre eux que par l'ordre des signes (termes). Certes, ici – comme aussi dans le cas précédemment évoqué de la relation d'équivalence présupposée avant qu'elle ne soit « construite » –, l'objection formaliste est connue. Le formaliste nous reprocherait – à bon droit, en un certain sens – de confondre les niveaux ; il affirmerait que le bon ordre qui doit régner sur les signes d'une formule ou d'une démonstration n'est pas le bon ordre défini à l'intérieur des mathématiques, de même que l'équivalence des différentes occurrences d'un signe n'est pas l'équivalence mathématique ; il s'agirait, dans les deux cas, de notions méta-mathématiques. L'objection est irréfutable, et privée de tout intérêt. De même, il est simplement « logique et vide », comme dirait Aristote (« logique », ici, voulant dire sous la plume d'Aristote, en fait éristique), d'affirmer que dans une théorie stratifiée (comme la théorie des types de Russell) l'« équivalence » n'a pas le même sens au premier niveau, au deuxième niveau, au énième niveau, etc. Car, déjà dire que l'équivalence n'a pas le même sens à travers les niveaux implique que l'on se donne, comme inspectable d'emblée et simultanément (du point de vue logique), la totalité (dénombrable) de ces niveaux *et* qu'il existe une catégorie d'équivalence hors niveau (ou valant à travers et pour tous les niveaux), qui s'applique (et, en l'occurrence, ne s'applique pas) aux « équivalences » rencontrées sur les niveaux particuliers. Nous nous intéressons ici aux opérateurs logico-mathématiques (catégories) impliqués, dès les premiers pas, dans la construction des mathématiques elles-mêmes. La formalisation de la théorie des ensembles, et de la logique ensembliste-identitaire, présuppose absolument la mise en œuvre de catégories et d'opérateurs de la « logique naturelle », c'est-à-dire de la logique ensembliste-identitaire déjà immanente dans le langage comme une de ses dimensions. La « construction » de la logique ensembliste-identitaire *présuppose* la logique ensembliste-identitaire (et certes aussi autre chose : l'imaginaire radical).

Enfin, moyennant tous ces termes, opère cette hypercatégorie, ce schème originaire de la logique ensembliste-identitaire qu'est la *déterminité*. La déterminité fonctionne, dans toute l'histoire de la philosophie (et de la logique) comme une exigence suprême, mais plus ou moins implicite ou cachée. Elle est relativement moins cachée chez les anciens

Grecs : le *peras* (la limite, la détermination) qu'ils opposent
à l'*apeiron* (« indéterminé ») est, pour eux, la caractéristique décisive de toute chose dont on peut vraiment parler,
c'est-à-dire qui est vraiment. A l'autre bout de l'histoire de
la philosophie, chez Hegel, le même schème opère tout
aussi puissamment, mais de manière beaucoup plus implicite : c'est la *Bestimmtheit*, la déterminité, que l'on rencontre dans chaque page de la *Science de la logique*, mais
qui n'est nulle part thématisée et explicitée. Il s'agit là de la
tendance dominante, du courant central de la pensée philosophique. On trouvera certes, chez les grands philosophes,
des qualifications ou des restrictions apportées à cette thèse.
Déjà le pythagoricien Philolaos affirmait que tout ce qui
est est fait de *peras* et d'*apeiron* ; idée que reprendra et
enrichira Platon en écrivant : « tout ce qui peut être dit être
est fait d'un et de plusieurs, et comporte poussant avec lui
dès le départ le *peras* et l'*apeiron*[8] ». Mais la fixation du
courant dominant de la philosophie sur la déterminité et le
déterminé se traduit par cela, qu'alors même qu'une place
est reconnue à l'indéterminé, à l'*apeiron*, celui-ci est posé
comme hiérarchiquement « inférieur » : ce qui est vraiment
est ce qui est déterminé, et ce qui n'est pas déterminé n'est
pas, ou est moins, ou a une qualité inférieure d'être.

Dans tout cela, il n'y a pas seulement une « logique ». Il y
a une *décision ontologique* – clairement affirmée, dès les
débuts de la philosophie, avec Parménide – et une constitu-
tion/création. Moyennant les catégories ou opérateurs mentionnés, on constitue une région de l'être – et, en même
temps, l'on décide soit qu'elle épuise l'être (le rationalisme
intégral, l'idéalisme absolu ou le réductionnisme méca-
niste-matérialiste n'en sont que des formes), soit qu'elle
représente le paradigme du vraiment étant *(ontos on)*, le
reste étant accident, illusion et erreur, ou imitation déficiente, ou « matière » amorphe et essentiellement « pas-

8. Diels, Fr. 1, 3, 4 ; *Philèbe*, 16c-d.

sive ». Même pour Kant, c'est cette équivalence être ≡ être déterminé qui reste l'étoile polaire ontologique : « ... toute *chose*, quant à sa possibilité, est soumise encore au principe de la *détermination complète* suivant lequel, de *tous* les prédicats *possibles des choses*, en tant qu'ils sont comparés à leurs contraires, un seul doit lui convenir (...). Cette proposition : *toute chose existante est complètement déterminée*, signifie que, non seulement de chaque couple de prédicats contradictoires *donnés*, mais aussi de tous les prédicats *possibles*, il y en a toujours un qui lui convient [9]. » On remarquera la très profonde et nullement accidentelle proximité de cette idée avec le concept mathématique d'ultrafiltre[a]. On remarquera aussi que cette décision proprement métaphysique [être ≡ être déterminé] reste encore centrale dans la science contemporaine, malgré les ébranlements qu'elle a subis depuis soixante ans par l'évolution même de cette science.

---

9. *Critique de la Raison pure*, trad. fr. de Tremesaygues et Pacaud, Paris, PUF, p. 415.

a. Je rappelle qu'un *filtre F* est une famille de parties d'un ensemble E telle que 1) le vide ne fait pas partie de *F* ; 2) toute intersection d'éléments de *F* appartient à *F* ; 3) toute partie de E contenant un élément de *F* appartient à *F*. – Un *ultra-filtre U* est un filtre tel que, quelle que soit la partie A de E, ou bien A appartient à *U* ou bien le complémentaire de A appartient à *U*. Je ne peux pas poursuivre ici la discussion de cette analogie, qui mènerait trop loin. – Inutile de rappeler aussi que pour Kant cette définition de la « chose existante » conduit à l'« Idéal transcendantal » comme *omnitudo realitatis* et *ens realissimum* – savoir Dieu – qui doit cependant, *du point de vue de la raison théorique*, rester « idée d'un tel être » et ne pas être transformé en « hypostase » (car « un tel usage (...) dépasserait les limites de sa destination et de son admissibilité », *ibid.*, p. 418-419). Mais il faut remarquer *a)* que c'est quand même, donc, l'idée de Dieu comme « être complètement déterminé » qui donne le sens de : être, et *b)* que c'est la validité continuée de cette décision métaphysique (être ≡ être déterminé) qui indique, dans une perspective kantienne, l'origine du déficit d'être de *nos* objets et constitue l'une des sources du phénoménisme kantien.

2. *Magmas*

On ne peut parler des magmas que dans le langage ordinaire. Cela implique que l'on ne peut en parler qu'en utilisant la dimension ensembliste-identitaire de ce langage.
C'est ce que je vais faire dans ce qui suit. La situation va
être aggravée même, dans la mesure où, en essayant d'en
parler d'une manière rigoureuse, on aura à faire appel à des
termes et des notions qui soit appartiennent à la logique et
la mathématique constituées, soit s'y réfèrent. Situation
plus lourde que celle que l'on rencontre dans le cas de la
« fondation » de la théorie des ensembles ou de la mathématique, puisque ici il ne s'agit pas seulement de « cercle
vicieux » mais d'une entreprise que l'on pourrait qualifier
d'antinomique ou inconsistante. Nous allons utiliser le
langage et, dans une certaine mesure, les ressources de
la logique ensembliste-identitaire pour définir, éclairer et
même justifier la position de quelque chose qui dépasse la
logique ensembliste-identitaire et même la transgresse. En
utilisant les ensembles, on va tenter de décrire les magmas.
Et, idéalement, à partir des magmas, nous devrions essayer
de décrire les ensembles comme « plongés dans » les magmas. Tout au plus, nous pouvons prendre une précaution
morale, en attirant l'attention du lecteur sur le fait que tous
les termes logiques ou mathématiques utilisés dans ce qui
suit sont idéalement placés entre un nombre de guillemets
arbitrairement grand.

Je rappelle, pour commencer, la « définition » du magma
que je donnais dans *L'Institution imaginaire de la société*
(p. 461) : « Un magma est ce dont on peut extraire (ou :
dans quoi on peut construire) des organisations ensemblistes en nombre indéfini, mais qui ne peut jamais être
reconstitué (idéalement) par composition ensembliste (finie
ou infinie) de ces organisations. »

Ainsi, encore une fois, si l'on prend la totalité des significations que porte ou peut porter le français contemporain, on peut en extraire un nombre arbitraire d'organisations ensemblistes. Mais on ne pourrait pas la refabriquer à partir d'éléments ensemblistes quelconques.

Je note en passant que Jean-Pierre Dupuy m'avait fait remarquer que la « définition » citée plus haut n'est pas satisfaisante, car elle couvrirait aussi bien ce que, pour éviter le paradoxe de Russell, on a appelé en mathématiques « classe ». L'objection est formellement correcte. Elle ne me trouble pas beaucoup, car j'ai toujours pensé, et pense toujours, que la « classe », dans cette acception, est un artefact logique construit *ad hoc* pour contourner le paradoxe de Russell, ce qu'il ne réussit à faire que moyennant un *regressus ad infinitum*.

Mais, plutôt que de commenter cette « définition », on va essayer ici d'éclairer d'autres aspects de l'idée de magma, en explorant les voies (et les impasses) d'un langage plus « formel ».

Pour cela, il est nécessaire d'introduire un terme/relation primitif (indéfinissable et indécomposable) : le terme/relation *repérer*, à valence à la fois unaire et binaire. Ainsi, on suppose que le lecteur comprend sans ambiguïté les expressions : « repérer X » ; « X repère Y » ; « repérer X dans Y » (repérer un chien ; le collier repère le chien ; repérer le chien dans le champ). En utilisant ce terme/relation, je « définis » un magma par les propriétés suivantes :

M 1 : Si M est un magma, on peut repérer dans M des ensembles en nombre indéfini.

M 2 : Si M est un magma, on peut repérer dans M des magmas autres que M.

M 3 : Si M est un magma, il n'existe pas de partition de M en magmas.

M 4 : Si M est un magma, toute décomposition de M en ensembles laisse comme résidu un magma.

M 5 : Ce qui n'est pas magma est ensemble ou n'est rien.

La première propriété assure le pont indispensable vers

les domaines formalisables et leurs applications, c'est-à-dire le savoir « exact ». Elle permet également d'éclairer le terme/relation (ou : opération) de repérage. En effet, pour pouvoir parler de M, je dois pouvoir, au départ, repérer M « comme tel » vaguement – *et* le repérage *dans* M d'une « suite » d'ensembles définis me permet de rendre progressivement moins « vague » l'identification de M.

La deuxième propriété exprime une inexhaustibilité, ou potentialité indéfinie. Mais ce qu'elle exprime implicitement, et qui surtout importe ici, c'est qu'il ne s'agit pas seulement et pas tellement d'une inexhaustibilité quantitative. Ce n'est pas la cardinalité qui est ici en jeu, le « nombre d'objets » que peut « contenir » un magma (sur ce plan on ne peut pas aller plus loin que la mathématique existante), mais l'inexhaustibilité de modes d'être (et de types d'organisation) que l'on peut y découvrir (et qui restent évidemment, chaque fois, à spécifier tant que faire se peut).

La formulation de cette deuxième propriété fait surgir une question : quand est-ce qu'un magma est *autre* qu'un (autre) magma – ou : comment le sait-on ? On peut y répondre par une question : quand est-ce qu'un signe d'une théorie mathématique est *autre* qu'un (autre) signe, et comment le sait-on ? Ce qui est mis en jeu par la propriété *M 2* relève de la même chose que ce qui est mis en jeu, *non-* ou *pré-mathématiquement*, dans toute théorie mathématique et, plus simplement, dans tout acte de langage : poser originairement et simultanément le signe et ce dont il est signe dans leur identité à eux-mêmes et leur différence relativement à tout le reste [10].

La troisième propriété est sans doute la plus décisive. Elle exprime l'impossibilité d'appliquer ici le schème/opérateur de la *séparation* – et, surtout, sa non-pertinence dans ce domaine. Dans le magma de mes représentations, je ne peux pas séparer rigoureusement celles qui « renvoient à

---

10. Cf. *L'Institution imaginaire de la société, op. cit.*, chap. v, *passim*.

ma famille » et les autres. (Autrement dit : dans les représentations qui, de prime abord, « ne renvoient pas à ma
famille », s'origine toujours au moins une chaîne associa-
tive qui, elle, conduit à « ma famille ». Cela revient à dire
qu'une représentation n'est pas un « être distinct et bien
défini », mais qu'elle est tout ce qu'elle entraîne avec elle.)
Dans les significations convoyées par la langue française
contemporaine, je ne peux pas séparer rigoureusement
celles qui (non pas dans ma représentation, mais dans la
langue elle-même) renvoient d'une manière quelconque
aux mathématiques, et les autres. On peut donner à cette
propriété une formulation plus faible : les « intersections »
de sous-magmas ne sont presque jamais vides. (Notons à ce
propos que le langage que nous devrions utiliser devrait
être plein de : « presque partout », « presque jamais », « fortement », « faiblement », etc.)

La quatrième propriété est surtout utile par son « complément » : si X est exhaustivement décomposable en
ensembles, alors X est un ensemble et non un magma.
Par exemple, un être mathématique aussi monstrueux que
$\mathfrak{F}$ ($\mathbb{R}^N$, $\mathbb{R}^N$), l'ensemble des applications de $\mathbb{R}^N$ dans lui-
même, est exhaustivement décomposable, et ce d'une infi-
nité de manières, en ensembles.

La cinquième propriété équivaut à affirmer que l'idée de
magma est absolument universelle – ou, de manière plus
pragmatique, que nous appelons magmatique tout mode
d'être/mode d'organisation non ensembliste-identitaire que
nous rencontrons ou que nous pouvons penser. (Il revient
au même de dire que tout ce qui est/tout ce qui est concevable, et dans quoi nous sommes, est un sur-magma.)

Voici maintenant une tentative de « remonter au-dessus »
des magmas – ou de « descendre en dessous » des magmas
– pour les « construire », en même temps que les ensembles,
à partir d'autre chose. Cette tentative échoue, mais je crois
cet échec instructif.

Nous nous donnons toujours le terme/relation/opération « repérer » et, comme auparavant, la notion d'ensemble. L'on définit une *diversité* (*polueidès*, Platon ; *Mannigfaltigkeit*, Kant) par :

D 1 : Si dans D on peut repérer une famille d'ensembles non vides, D est appelé une diversité.

D 2 : Soit N la réunion des ensembles repérés dans D. Si D−N = Ø, D est un ensemble. Si D−N ≠ Ø, D est un magma.

Adjoignons à *D 1* et *D 2*, les propriétés *M 1-M 4*. Il est à peine nécessaire de rappeler les multiples abus de langage et de notation dans ce qui précède. (D−N n'a de sens que si N est une partie d'un *ensemble* D ; X ≠ Ø n'a de sens que si X est un ensemble, etc.) Notons simplement ceci : si D−N ≠ Ø, D−N est un magma d'après *D 2* et *M 4* ; donc *(M 1)*, il existe des ensembles repérables dans D−N. Donc, N défini comme la réunion des ensembles repérables dans D ne contient pas tous ces ensembles : contradiction.

Cet exemple ne « prouve » certes rien. Mais, outre l'impossibilité qu'il illustre de « remonter au-dessus » des magmas, il indique peut-être aussi autre chose. La voie féconde n'est peut-être pas la voie « constructive » et « finitiste », celle qui procède par position d'« éléments » et d'« inclusions », mais une autre. Les magmas excèdent les ensembles non pas du point de vue de la « richesse de la cardinalité » (de ce point de vue, rien ne peut excéder l'échelle cantorienne des infinis), mais du point de vue de la « nature de leur constitution ». Celle-ci ne se reflète que très imparfaitement, et de manière très appauvrissante, dans les propriétés *M 1-M 4* et, je crois, dans toutes autres propriétés *du même type* que l'on pourrait inventer. Et cela, encore une fois, indépendamment des cercles et des pétitions de principe qui y font nécessairement leur apparition.

C'est pourquoi, tout en conservant les propriétés *M 1-M 4* comme « descriptives » ou « intuitives », nous essaierons une autre voie.

Nous nous donnons la mathématique constituée, et une autre « primitive » : les classes d'énoncés portant sur un domaine D. On dira qu'une classe d'énoncés possède une organisation ensembliste-identitaire si tous ses énoncés sont des axiomes, des théorèmes ou des propositions indécidables au sens de Gödel (ce qui revient à dire que tous ses énoncés sont formellement constructibles et qu'ils sont « localement décidables » presque partout). On dira qu'une classe d'énoncés C *est référée* à D s'il existe une correspondance bi-univoque (bijection) entre une partie (non vide) des signes de C et une famille de parties (non vide) de D. On dira enfin qu'un énoncé *e* de C est *significatif* au sens ensembliste-identitaire si le méta-énoncé : « il existe des objets de D qui satisfont à *e* ou à *non-e* ; ou bien, *e* (ou *non-e*) appartient à une chaîne déductive où il est connecté à un *e'* qui satisfait à la condition précédente », est vrai.

Si les énoncés significatifs au sens ensembliste-identitaire épuisent la classe des énoncés significatifs référés à D, alors D est un ensemble. S'il existe des énoncés significatifs référés à D et qui ne sont pas significatifs au sens ensembliste-identitaire, alors D est un magma.

On remarquera que la distinction ainsi faite semble comporter (et comporte effectivement) une dimension « empirique », « historique » ou « contingente » : on ne peut pas dire d'avance si un domaine D qui pendant très longtemps est apparu comme non ensemblisable, ne sera pas, par la suite, ensemblisé (c'est, on le sait, ce qui s'est passé progressivement avec des domaines considérables). La question se pose donc de savoir si la distinction que l'on tente d'établir n'est pas simplement historique ou relative – relative à une étape du processus de formalisation/ensemblisation. Autrement dit : existe-t-il des magmas irréductibles ?

La réponse est affirmative, et l'on peut exhiber immédiatement un tel magma : l'activité de formalisation elle-même n'est pas formalisable. Toute formalisation présuppose une activité de formalisation et celle-ci n'est pas formalisable (sauf, peut-être, dans des cas triviaux). Toute formalisation s'appuie sur les opérations originaires d'*institution* de signes, d'une syntaxe et même d'une sémantique (sans laquelle elle est vaine et sans intérêt). Ces opérations sont le présupposé de toute formalisation ; toute tentative de les pseudo-formaliser ne ferait que les repousser d'un cran. C'est ce dont est finalement obligée de convenir la « Préface » de N. Bourbaki : nous ne prétendons pas enseigner la mathématique à « des êtres qui ne sauraient pas lire, écrire et compter [11] ».

De cela découlent des conséquences intéressantes. Par exemple, si l'on admet (ce qui me paraît évident) que toute théorie déterministe doit correspondre à une chaîne d'énoncés significatifs au sens ensembliste-identitaire, il en résulte qu'il existe des domaines auxquels des énoncés significatifs peuvent être référés, mais qui ne satisfont à aucune théorie déterministe. (Bien entendu, la distinction habituelle entre déterministe et probabiliste est sans aucun intérêt ici : les énoncés probabilistes sont des énoncés déterministes puisqu'ils assignent des probabilités déterminées à des classes d'événements déterminés. La théorie des probabilités et toutes ses applications relèvent pleinement de la logique ensembliste-identitaire.) Autrement dit : toute théorie déterministe est formée par des chaînes d'énoncés significatifs au sens ensembliste-identitaire, et, par conséquent, aucune théorie déterministe ne peut avoir de validité autre que « locale ». Bien évidemment, cela ne règle nullement la question de savoir si tel domaine particulier – le domaine « physique », par exemple – satisfait ou non à une ou à des théories déterministes.

[Je ne veux pas clore cet aspect de l'examen sans mentionner l'heureux hasard théorique qu'a été pour moi la rencontre avec une participante du colloque, Mme Mugur-Schächter, qui a eu la gentillesse de m'offrir un tiré à part

---

11. *Théorie des ensembles*, E. I. 10.

du texte qu'elle a publié dans *Einstein 1879-1955* (Colloque du Centenaire, Collège de France, 6-9 juin 1979, Paris, Éditions du CNRS, 1980, p. 249-264). Présenté à une table ronde de ce colloque consacrée à ce que l'on appelle le paradoxe d'Einstein, Podolsky et Rosen, en bref paradoxe EPR – et qui a cessé d'être un « paradoxe », depuis les expériences de Freedman et Clauser, Fry et Thompson, enfin Aspect et ses collaborateurs –, ce texte contient une foule de formulations qui m'enchantent. Je rappelle auparavant l'ironie tragique que contient la définition et l'histoire de ce « paradoxe » : formulé en 1935 par Einstein et ses deux collaborateurs d'alors pour montrer, sur la base d'un expériment mental, que l'hypothèse que la mécanique quantique est complète est incompatible avec l'idée d'une « réalité objective », il a conduit, moyennant la formulation des « inégalités de Bell » (1965), aux expériences mentionnées plus haut, dont la seule interprétation possible semble bien être la nécessité d'abandonner l'idée d'une « réalité à déterminisme local », ou de *séparabilité* des « phénomènes élémentaires ». (*Cf.* aussi mon texte « Science moderne et interrogation philosophique », 1973, repris dans *Les Carrefours du labyrinthe, op. cit.*, p. 160-164 ; pour des indications bibliographiques plus récentes, outre celles fournies par Mme Mugur-Schächter, art. cité, voir les références dans B. d'Espagnat, *A la recherche du réel*, Paris, Gauthier-Villars, 1979, p. 175, et *Une incertaine réalité*, Paris, Gauthier-Villars, 1985, p. 301-304 ; pour les discussions antérieures du « paradoxe », *cf.* A. Pais, « *Subtle is the Lord...* », Clarendon Press, Oxford, 1982, p. 455-459, avec bibliographie). Cette non-séparabilité possède sans doute une importance philosophique capitale, qui me semble loin d'être élaborée. Mais ce qui m'importe ici, c'est l'admirable description par Mme Mugur-Schächter de la manière dont le physicien extrait de (ou impose à) ce que j'appellerai *le magma de l'être/étant physique* un quadrillage ensembliste-identitaire – ce

qu'elle désigne respectivement par « boue sémantique » et
« organisation syntaxique ». Mais il vaut la peine de citer
in extenso les lignes où, après un enchaînement de formules, elle se retourne sur son activité :

« Je m'arrête un instant et je regarde ce que je viens
d'écrire. Quel mélange de "nécessités" et d'arbitraires, de
signes et de mots qui ont l'air de pointer vers un *designa-
tum* précisé et sous lesquels pourtant on ne trouve que des
images floues et mouvantes accrochées à ces mots et ces
signes de manière *non séparée* [souligné par moi, C. C.].
J'écris entre guillemets "valeur du temps", par exemple,
parce qu'à chaque fois que je réfléchis au degré d'inexplo-
ration où se trouvent encore les concepts de durée et de
temps et leur relation, je ressens une réticence à écrire quoi
que ce soit en dehors d'un algorithme qui fixe une règle du
jeu. La paramétrisation de la propriété fondamentale de
durée à l'aide de la variable de temps t, telle que cette paramétrisation est pratiquée dans les théories existantes – et
même dans la Relativité –, est encore certainement très sim-
plificatrice et souvent falsificatrice, rigidifiante, mécani-
sante en quelque sorte. Les changements ne sont pas toujours des déplacements d'entités stables intérieurement.
[Ne pas oublier que *toute* la physique depuis Galilée est
fondée sur ce postulat : *tout* est réductible aux déplacements
d'entités "élémentaires" *intérieurement stables*. Je parle de
la physique théorique, non pas de la cuisine à prédictions
numériques, C. C.] Pour pouvoir rendre compte pleinement
de l'entière diversité des types et des intensités des changements, il faudrait une sorte de grandeur vectorielle, un
champ de temps processuel défini en chaque point de l'espace abstrait encadré par l'axe de durée et par les axes des
changements envisagés. Mais un tel temps se transforme-
rait-il selon Lorenz ? Quel rôle joue la vitesse d'un "signal"
lumineux face aux vitesses de propagation d'"influences"
(?) dans un tel espace processuel ? Qu'est-ce que la Relativité impose véritablement au processus *quelconque*, et

qu'est-ce qu'elle laisse en blanc? Lorsqu'il s'agit de processus (relativement) très "intenses" localement, "catastrophiques", comme l'est probablement la "création d'une paire", que devient le "temps"? En théorie générale relativiste de la gravitation par exemple, un gradient non nul du champ de gravitation [à savoir plus simplement la simple *existence* d'un champ gravitationnel, sans laquelle des "observateurs" réels sont évidemment impossibles, C. C.] est lié à une non-définissabilité d'*un* temps unique pour les observateurs d'un même référentiel, si ces observateurs sont spatialement distants l'un de l'autre. [En d'autres termes : en relativité générale, pour des observateurs réels distants *il n'y a pas* de temps unique, ni, contrairement à la relativité restreinte, de possibilité de transformation univoque entre les temps des différents observateurs, C. C.] Quant à l'invariance de la *vitesse de la lumière* elle-même (et non la vitesse d'autres sortes d'"influences") lorsqu'on passe d'un référentiel à un autre, elle n'est postulée que localement car il n'existe aucune définition univoque des distances et des temps dans des champs gravitationnels variables (Weinberg, *Gravitation and Cosmology*, J. Wiley Sons, New York, 1975) (espace-temps courbe). Comment savoir quelle sorte de "courbure" locale de l'espace-temps produit (ou non) un processus – essentiellement variable – de création d'une paire? [Évidemment, le "local" est une *strate non locale*, C. C.] Enfin, la Relativité n'introduit aucune quantification, sa description est continue. Lorsqu'on écrit vitesse = distance/temps, le temps est un paramètre continu.

« Si ensuite on se demande comment on trouve la valeur de *t*, on s'aperçoit qu'elle est de la forme NT_H, où N est un entier et T_H une "période d'horloge" (*supposée* constante !), ce qui ramène au discret. En macroscopie ou cosmologie cela peut être négligeable aussi bien sur le plan du principe que sur le plan numérique. Mais, lorsqu'on considère des processus microscopiques qui, comme la création d'une

paire, sont essentiellement quantiques et relativement très
brefs, quel est le degré de signifiance d'une condition
comme

$$v = \frac{\text{distance}}{\text{temps}} = \frac{\text{distance}}{NT_H} = \text{const.}\,?$$

« Quelle horloge faut-il choisir, avec quel T_H, et comment
par ailleurs s'assurer que, lorsqu'on écrit $\Delta t = 10^{-x}$, on fait
plus qu'un calcul vide de sens ?

« On comprend, devant de telles questions, les prudences
positivistes et les normes qui conseillent de se maintenir
dans la zone salubre de l'opérationnellement défini et du
syntaxisé, où la pensée circule sur des voies tracées et
consolidées. Au-dehors, on s'enfonce dans une véritable
boue sémantique. *Pourtant ce n'est que là, dans cette boue,
et lorsqu'on force le regard à discerner les formes mouvantes, que l'on peut percevoir les contacts entre le non-
fait et le partiellement fait et amorcer ainsi du nouveau* »
(*op. cit.*, p. 256-257 ; la dernière phrase est soulignée par
moi, C. C.).

Je ne veux pas commenter cet extrait, qui me semble parler suffisamment de lui-même. Je remarque simplement que
ce que Mme Mugur-Schächter appelle la boue sémantique
pourrait tout aussi bien être appelé l'humus ou le limon
où naissent les significations ; c'est ce limon – l'imaginaire
radical – qui engendre les schèmes permettant au physicien
d'aller plus loin, et précisément *dans l'ensemblisation de
l'être-étant physique* – lequel, par ailleurs, s'y prête indéfiniment, *et* pas n'importe comment, c'est ce que montre
toute l'histoire de la physique. En outre, on peut à partir de
ces formulations illustrer une fois de plus la thèse déterministe (dont la substance *logiciste* apparaît ainsi de manière
éclatante) : la « boue » – le magma – est « provisoire », illusion, ou résidu, due à l'état de notre ignorance ; *demain* on
l'asséchera complètement (inscription connue sur la vitrine
d'un barbier déterministe et malhonnête).]

Il nous faut revenir sur la question de la signification. On a essayé de préciser ce que peut être un énoncé significatif au sens ensembliste-identitaire. Peut-on aller plus loin ?

On peut donner au terme *sens* une interprétation, dans ses *deux* acceptions essentielles qui, je crois, épuisent le sens du sens pour la logique ensembliste-identitaire (et, peut-être, pour la « logique du vivant » – du vivant *comme tel*).

1. « *"Sinn"* en allemand n'a pas tout à fait le même sens que "sens" en français. » Ici, sens a l'acception de valoir comme = « valeur d'échange » = équivalence = « classe ».

2. « Ce que tu fais là n'a pas de sens », « traiter une pneumonie par des douches écossaises n'a pas de sens ». Ici, sens a l'acception de valoir pour = « valeur d'usage » = appropriation, adéquation, appartenance = « relation ».

Bien évidemment, chacune des deux acceptions renvoie à l'autre, à la fois horizontalement et « en escalier »[12].

Thèse : la signification au sens ensembliste-identitaire est réductible à des combinaisons de ces deux acceptions du « sens » – et réciproquement : toute signification réductible à des combinaisons de ces deux acceptions du « sens » est ensembliste-identitaire. Autrement dit : les énoncés significatifs au sens ensembliste-identitaire concernent toujours les inclusions dans des classes, les insertions dans des relations, et la combinatoire qui peut être construite là-dessus.

Autre formulation de la thèse : les significations au sens ensembliste-identitaire sont constructibles par classes, propriétés et relations (« par figures et mouvements », aurait dit Descartes).

Corollaire de la thèse : il existe des significations qui ne sont pas constructibles par classes, propriétés et relations.

L'exemple immédiat est, évidemment, celui des significations qui constituent « primitivement » un domaine de

12. Cf. *L'Institution imaginaire de la société, op. cit.*, chap. V, p. 344-347 [rééd. « Points Essais », p. 372-377].

classes, propriétés et relations (tel, par exemple, le domaine minimal de signes, syntaxe et sémantique nécessaire pour commencer à faire des mathématiques). Il est sans doute aussi le plus contraignant pour les formalistes et les positivistes. Mais le domaine essentiel (et dont, en fait, l'exemple précédent n'est qu'un cas particulier) est celui des significations imaginaires sociales et de celles que l'on peut désigner, par abus de langage, comme les significations psychiques [13].

Car, en fait, on a dû s'en apercevoir, nous nous sommes donné une autre « primitive » : l'énoncé significatif. Autant dire : on s'est donné une langue naturelle, et une classe de locuteurs de cette langue, pour qui il existe des critères, peut-être changeants et flous, mais suffisants quant au besoin/usage, de discrimination entre énoncés significatifs et énoncés non significatifs. Et, bien évidemment, toute tentative de « commencer » les mathématiques, de quelque façon que ce soit, est obligée de présupposer cette langue naturelle, de se « la donner », de même que la capacité de ses locuteurs de distinguer énoncés significatifs et non significatifs.

Or cette « langue naturelle » – qui n'a évidemment rien de « naturel » – est chaque fois socialement instituée et n'existe que moyennant son institution sociale. De ce fait même, elle porte – elle convoie – des significations qui ne sont pas ensemblistes-identitaires : des significations imaginaires sociales. Mais nous savons aussi – et nous l'avons de nouveau constaté – qu'il est impossible de parler, dans n'importe quel cadre, sans utiliser les opérateurs ensemblistes-identitaires (et, par exemple, les opérateurs classe, relation, propriété). D'où : *la « partie » ensembliste est « partout dense » dans le langage naturel.*

Ce n'est pas ici le lieu d'essayer d'avancer dans l'élucidation du mode d'être et de l'organisation des significations

---

13. Cf. *L'Institution imaginaire de la société, op. cit.*, chap. VI et VII.

imaginaires sociales. Je me bornerai à quelques notations.

Il nous faut sans doute distinguer une première couche, en un sens originaire et fondatrice, du signifier, que l'on peut appeler, en souvenir de Kant, *transcendantale* et qui présuppose l'*imaginer radical*. L'imaginer radical est la *position, ex nihilo*, de quelque chose qui n'« est » pas et la liaison (sans détermination préalable, « arbitraire ») entre ce quelque chose qui n'« est » pas et quelque chose qui, par ailleurs, « est » ou n'« est » pas. Cette position et cette liaison sont évidemment *présupposées* par toute relation signitive[14] et tout langage. Par là même elles sont fondatrices de tout domaine ensembliste-identitaire comme de tout autre domaine humainement concevable. Ainsi, écrire (ou lire et comprendre) « $0 \neq 1$ » présuppose la position de « ronds » et de « barres » « matériels-abstraits » (toujours identiques à eux-mêmes, quelle qu'en soit la « réalisation » concrète) en tant que *signes* (qui, comme tels, ne « sont » pas « naturellement »), mais aussi la position des « notions », « idées », « concepts », ou comme on voudra, *zéro, un, différent* qui, eux non plus, ne « sont » pas comme tels « naturellement », et la liaison des uns et des autres. C'est moyennant cette liaison que « $0 \neq 1$ » *signifie* – et, pour qu'il signifie, il faut la capacité de voir dans « $0 \neq 1$ » ce qui n'y « *est* » pas, des *zéro* et des *un* là où « il n'y a que » des ronds et des barres.

A l'autre extrémité, il y a les significations imaginaires sociales nucléaires ou centrales, dont nous n'avons pas à nous occuper ici. Qu'il suffise de rappeler, encore une fois, que ces significations impliquent constamment les opérations ensemblistes-identitaires, mais ne s'y épuisent pas. Elles s'« instrumentent » toujours dans des classes, des relations et des propriétés – mais ne sont pas *constructibles* à partir de celles-ci.

Au contraire : c'est moyennant les significations imagi-

---

14. Cf. *L'Institution imaginaire de la société, op. cit.*, p. 333-344 [rééd. « Points Essais », p. 361-374].

naires sociales que s'opère la *position* de classes, propriétés et relations dans le monde créé par la société. L'institution imaginaire de la société revient à la constitution de points de vue « arbitraires », à partir desquels « équivalences » et « relations » sont établies. (Par exemple, des paroles spécifiques prononcées par un individu particulier dans un endroit et un contexte spécifiques établissent l'équivalence entre un bout de pain et le corps d'un Dieu – ou font entrer tel objet dans le cercle de relations qui caractérise le « sacré ».) Et, certes, un des champs à explorer ici serait la manière dont « équivalence » et « relation » se transforment lorsqu'elles fonctionnent, non plus dans le domaine ensembliste-identitaire, mais dans le domaine imaginaire au sens propre et fort du terme.

3. *Puissance de la logique ensembliste-identitaire*

Pourquoi la fantastique puissance de la logique ensembliste-identitaire (ce que Hegel appelait la « puissance terrible de l'entendement ») ?

C'est que, d'abord, sans aucun doute, cette logique *s'étaye* sur une strate de ce qui est – autrement dit, qu'elle « correspond » bel et bien à une dimension de l'être. On peut même dire plus : soit qu'il existe une partie ensemblisable de l'être qui est « partout dense » ; soit que l'être est ensemblisable « localement » (ou : par morceaux, ou : par strates). J'y reviendrai brièvement plus bas.

Cet étayage de la logique ensembliste-identitaire sur ce qui est se présente à nous sous deux formes, du reste indissociables. La première : la logique ensembliste-identitaire répète, prolonge, élabore la logique du vivant – ou du moins, une partie essentielle de la logique du vivant. Incontestablement, pour une partie énorme de ses opérations – est-ce pour *toutes* ses opérations ? –, le vivant travaille par classes, propriétés et relations. Le vivant constitue un monde – *se* constitue *son* monde[15] – organisé, dont l'organisation est évidemment corrélative à (n'est que l'autre face de) l'organisation propre du vivant. Équivalence et relation en sont les ingrédients partout présents. Le vivant crée *pour soi* sa propre universalité et son propre ordre. De cette universalité et de cet ordre, nous héritons nous-mêmes, en tant que vivants. J'aurai à revenir là-dessus.

Mais le vivant pourrait-il organiser un monde *absolument chaotique*? Pour que le vivant puisse organiser, pour soi, un monde à partir de X, encore faut-il que X soit organis*able*. C'est là le vieux problème du criticisme kantien, sur lequel on ne saurait glisser[16]. Toutes les formes d'organisation immanentes à la conscience transcendantale – ou dans le génome: la position logique du problème est rigoureusement identique dans les deux cas – ne peuvent rien donner si le «matériel» qu'elles doivent «former» ne comportait pas déjà en soi cette «forme minimale»: d'être form*able*. On peut remarquer en passant que l'idée d'un univers *absolument* désordonné nous est impensable; et rapprocher cela de l'impossibilité de démontrer qu'une suite infinie est aléatoire[b].

Nous sommes donc obligés de postuler qu'à l'organisation (par classes, propriétés et relations), moyennant laquelle le vivant constitue *son* monde, correspond «quelque chose» dans le monde tel qu'il est «indépendamment du vivant»; autant dire qu'il existe *en soi* une *strate* de l'étant total qui «possède» une organisation ensembliste-identitaire (au sens minimal qu'elle peut *se prêter* à une telle organisation). Mais aussi nous sommes obligés de constater plus:

---

15. *Cf.* mon texte « Science moderne et interrogation philosophique » (1971) maintenant in *Les Carrefours du labyrinthe, op. cit.*, p. 180-181 [et coll. « Points Essais », p. 236-237].

16. Cf. *L'Institution imaginaire de la société, op. cit.*, p. 459-460 [rééd. « Points Essais », p. 495-497].

b. Cette question et celles qui la suivent sont longuement rediscutées dans le texte qui clôt ce volume, « Portée ontologique de l'histoire de la science ».

que cette organisation dépasse de loin les simples implications *ex post* (et apparemment tautologiques) que l'on peut
tirer du fait que le vivant existe, qu'elle présente bien une
universalité *en soi*. Peut-être l'existence des vivants terrestres, tels que nous les connaissons, aurait-elle été impossible sans la chute des pommes. Mais il n'y a pas que la
chute des pommes : la rotation des galaxies ou l'expansion
des amas stellaires sont régies par la même loi. Si le vivant
existe en parasitant, ou en symbiose ontologique avec, une
strate de l'étant total qui est localement ensembliste-identitaire, cette strate s'étend là même où le vivant n'est pas. Et
c'est évidemment cela qui rend compte à la fois de l'extraordinaire réussite de la science occidentale moderne, et de
la *unreasonable effectiveness of mathematics* (Wigner).

Mais la puissance de la logique ensembliste-identitaire
plonge aussi ses racines dans l'institution de la société. Elle
traduit une nécessité fonctionnelle-instrumentale de l'institution sociale, dans tous les domaines : il faut du déterminé
et du nécessaire pour que n'importe quelle société fonctionne – et même pour qu'elle puisse se présentifier, à elle-
même, ses significations proprement imaginaires. Il n'y a
pas de société sans mythe, et il n'y a pas de société sans
arithmétique. Et, plus important encore : il n'y a pas de
mythe (ou de poème, ou de musique) sans arithmétique –
et certes, aussi, il n'y a pas d'arithmétique sans mythe (fût-
il le mythe de la « pure rationalité » de l'arithmétique).

A cette nécessité, trans-historique, s'ajoute, pour nous, un
développement historique particulier, et que l'on peut penser dépassable : le tour spécifique qu'a pris la philosophie
depuis Parménide et surtout Platon comme ontologie de la
déterminité, soit comme dilatation exorbitante de l'ensembliste-identitaire, recouvrant presque tout le domaine de la
pensée, constituant aussi une « philosophie politique rationnelle », pour finalement aboutir – moyennant certes aussi
d'autres apports – au règne de la pseudo-« rationalité » que
nous connaissons dans le monde moderne.

4. *Thèses ontologiques*

Ce qui est n'est pas ensemble ou système d'ensembles. Ce qui est n'est pas pleinement déterminé.

Ce qui est est Chaos, ou Abîme, ou Sans-Fond. Ce qui est est Chaos à stratification non régulière.

Ce qui est comporte une dimension ensembliste-identitaire – ou une partie ensembliste-identitaire partout dense. Question : la comporte-t-il – ou la lui imposons-nous ? Réponse (pour en finir avec le constructivisme, les reflets et les tables rases) :

Pour l'observateur limite, la question de savoir, en un sens ultime, ce qui vient de lui et ce qui vient de l'observé est indécidable. (Il ne peut exister d'observable absolument chaotique. Il ne peut exister d'observateur absolument inorganisé. L'observation est un co-produit non pleinement décomposable.)

La non-détermination de ce qui est n'est pas simple « indétermination » au sens privatif et finalement trivial. Elle est création, à savoir émergence de déterminations *autres*, de nouvelles lois, de nouveaux domaines de légalité. L'« indétermination » (si elle ne signifie pas simplement un « état de notre ignorance », ou une situation « statistique ») a ce sens précis : aucun état de l'être n'est tel qu'il rende impossible l'émergence *d'autres* déterminations que celles déjà existantes.

Si l'être n'est pas création, alors il n'y a pas de temps (le « temps » n'est, dans ce cas, que la quatrième dimension d'un R^4 pleinement spatialisé – une quatrième dimension ontologiquement surnuméraire).

5. *Interrogations sur le vivant*

Que le vivant se caractérise fondamentalement par la constitution d'un monde propre, comportant sa propre organisation, d'un monde *pour soi* dans lequel rien ne peut être donné ni apparaître que pour autant qu'il est prélevé (sur un X « extérieur ») et transformé, c'est-à-dire formé/informé par cette organisation du vivant lui-même, cela me paraît depuis longtemps évident[17]. A cet égard, Varela, avec les idées de clôture opérationnelle, informationnelle et cognitive du vivant, apporte, je pense, des clarifications décisives.

Je suis moins heureux avec son utilisation du terme « autonomie biologique » pour caractériser cette situation. Car le terme autonomie a été utilisé depuis très longtemps – et, à nouveau, par moi depuis 1949 – pour désigner, dans le domaine humain, un état de choses radicalement différent : brièvement parlant, l'état où « quelqu'un » – sujet singulier ou collectivité – est auteur de sa propre loi explicitement et, tant que faire se peut, lucidement (non pas « aveuglément »). Cela implique, j'y reviendrai dans la dernière partie de cet exposé, qu'il instaure un rapport nouveau avec « sa loi », signifiant, entre autres, qu'il peut la modifier sachant qu'il le fait. Identifier, comme l'entraîne l'usage du terme par Varela, l'autonomie avec la clôture cognitive conduit à des résultats paradoxaux. Un paranoïaque – qui transforme immédiatement toute donnée pour l'adapter à son système d'interprétation parfaitement bouclé et étanche – serait le paradigme d'un être autonome (psychiquement). De même, une société à système du monde totalement clos et rigide – qu'il s'agisse d'une société archaïque ou de la société de *1984* – serait « autonome ». Pour éviter cette polysémie qui aboutit en somme à une rigoureuse équi-

---

17. *Cf.* le texte cité dans la note 15, et *L'Institution imaginaire de la société, op. cit.*, p. 316-324 [rééd. « Points Essais », p. 342-350].

voque (le même terme pour désigner deux contradictoires), je préférerais le mot autoconstitution. (Le terme de plus en plus utilisé d'auto-organisation ne me semble pas assez radical.) – Soit dit en passant, je ne pense pas non plus que le « deuxième niveau » que Paul Dumouchel essayait de distinguer – une « autonomie du social » qui serait située entre ce qu'il appelle l'« autonomie au sens de Varela » et l'« autonomie au sens de Castoriadis » – soit vraiment un niveau indépendant[c].

J'en viens maintenant aux questions que je me pose, et que je voudrais poser en particulier à Atlan et à Varela. On peut considérer le vivant comme un *automate*, au sens vrai et étymologique du terme. Automate ne signifie pas « robot », mais ce qui se meut soi-même (sens qui est déjà là chez Homère). La précision est utile : Aristote, en effet, définit l'animal [et l'être naturel en général] comme ce qui « a en lui-même le principe de mouvement » *(archèn kinéséos)*. Or Aristote est évidemment précartésien et prégaliléen : le mouvement, pour lui, n'est pas seulement le mouvement local, le mouvement local n'est qu'une des espèces du mouvement, il compte parmi les autres la génération et corruption d'une part, l'altération d'autre part. Autrement dit, à cet endroit, Aristote parle comme s'il considérait que l'animal a en lui-même le principe de sa génération et corruption, comme de son altération ; il est, en fait, très proche de ce que nous disons.

Maintenant, peut-on penser le vivant comme un automate *pleinement* ensembliste-identitaire ? Et peut-on penser qu'un automate pleinement ensembliste-identitaire, mais aussi *pleinement automate*, à savoir ayant en lui les principes de sa génération et corruption, comme de son altération, autrement dit encore, capable non seulement d'auto-conservation, mais d'autoreproduction et d'auto-altération, qu'un tel automate est « productible » par des procédures

c. Voir *L'Auto-organisation, op. cit.*, p. 354.

strictement ensemblistes-identitaires (autrement dit, « déterministes »)? Je ne connais pas la réponse à ces deux questions ; je voudrais simplement en commenter quelques aspects.

Dire que le vivant est « autonome » (au sens de Varela) ou « autoconstituant », dans la terminologie que je préfère, veut dire que le vivant pose ses propres « significations », à savoir qu'il constitue lui-même primitivement ses domaines de classes, propriétés et relations. Cela me paraît évident. Mais dans quelle mesure pouvons-nous dire que l'être du vivant s'épuise dans et par le fonctionnement par classes, propriétés et relations ? Et dans quelle mesure une « autoconstitution » primitive fait-elle sens dans un système strictement ensembliste-identitaire ? On pourrait examiner divers critères. Par exemple, on pourrait dire que le vivant n'est qu'un automate ensembliste-identitaire si les « significations primitives » pour une espèce vivante donnée (celles qui constituent son organisation et sa clôture) peuvent être construites par classes, propriétés et relations dans un autre système ensembliste-identitaire. Ainsi, un chien serait un tel automate si l'on pouvait construire les formes et les partitions qui constituent le monde du chien par opérations ensemblistes-identitaires dans un système qui serait extérieur au chien et qui ne serait pas lui-même du vivant. Mais est-ce satisfaisant et suffisant ? Il me semble que non ; il me semble que, formellement, on pourrait peut-être faire cette construction, mais qu'on n'aurait ni raison ni *critère* pour la faire, *si le chien n'existait pas déjà*. Il me semble que l'être-ainsi effectif, déjà réalisé, du chien est l'*a priori logique* de sa « recomposition » ensembliste-identitaire ; que celle-ci soit toujours (peut-être !) formellement possible ne signifie peut-être rien de plus, à la limite, que ceci : à tout « état du chien » correspond, biunivoquement, un état physiquement réalisable d'un nuage de particules élémentaires. Mais cet état n'a, du point de vue « prébiologique », aucun privilège et aucune caractéristique propre ; physiquement, rien ne permet de le distinguer de l'infinité des autres états possibles du même nuage de particules (rien qui ne soit trivialement descriptif). Bref : pour fabriquer un chien, il faudrait avoir l'idée d'un chien. Idée : *eidos*, « forme » au sens plein du terme (union de l'organisation et de l'organisé).

Je pense que l'existence, l'émergence de cet *eidos* sont une instance, une manifestation de l'être comme création. Je pense que le vivant représente une autocréation (« aveugle », certes). Comment réfuter cette vue ? On pourrait dire : on démontrera que le vivant ne représente pas une autocréation, lorsque son existence – sa nécessité, son extrême probabilité ? – sera devenue un théorème dans une théorie déterministe d'un domaine plus vaste. Cela impliquerait d'abord que l'on aurait tranché par l'affirmative la question : le vivant est-il un automate pleinement ensembliste-identitaire ? Cela impliquerait aussi que l'on accepte l'idée que le soi est rigoureusement déductible à partir du non-soi et selon les lois du non-soi – idée dont je suis convaincu qu'elle est privée de sens.

6. *La question de l'autonomie sociale et individuelle*

L'autonomie, ce n'est pas la clôture, mais l'ouverture : ouverture ontologique, possibilité de dépasser la clôture informationnelle, cognitive et organisationnelle qui caractérise les êtres autoconstituants, mais *hétéronomes*. Ouverture ontologique, puisque dépasser cette clôture signifie altérer le « système » cognitif et organisationnel déjà existant, *donc* constituer son monde et soi selon des lois *autres*, *donc* créer un nouvel *eidos* ontologique, un soi autre dans un monde autre.

Cette possibilité n'apparaît, que je sache, qu'avec l'humain. Elle apparaît comme possibilité de remettre en cause, non pas aléatoirement ou aveuglément, mais sachant qu'on le fait, ses propres lois, sa propre institution lorsqu'il s'agit de la société.

Le domaine humain apparaît, au début, comme un domaine à hétéronomie forte (à « autonomie » au sens de Varela). Les sociétés archaïques, comme les sociétés traditionnelles, sont des sociétés à très forte clôture informationnelle, cognitive et organisationnelle. En fait, tel est l'état de presque toutes les sociétés que nous connaissons, presque partout, presque toujours. Et, non seulement rien ne prépare, dans ce type de sociétés, la mise en cause des institutions et des significations établies (qui représentent, dans ce cas, les principes et les porteurs de la clôture), mais tout y est constitué pour rendre cette mise en cause impossible et impensable (c'est en fait une tautologie).

C'est pourquoi on ne peut concevoir que comme une rupture radicale, une création ontologique, l'émergence de sociétés qui mettent en question leurs propres institutions et significations – leur « organisation » au sens le plus profond –, dans lesquelles des idées comme : nos dieux sont peut-être de faux dieux, nos lois sont peut-être injustes, non seulement cessent d'être impensables et imprononçables, mais deviennent ferment actif d'une auto-altération de la société. Et cette création, comme toujours, se fait dans une « circularité », ses « éléments », qui se présupposent les uns et les autres et n'ont de sens que les uns par les autres, sont posés d'emblée. Des sociétés qui se mettent en question, cela veut dire, concrètement, des individus capables de mettre en question les lois existantes – et l'apparition de tels individus n'est possible que si quelque chose est en même temps changé au niveau de l'institution globale de la société. Cette rupture, vous connaissez ma thèse, n'a eu lieu que deux fois dans l'histoire : en Grèce ancienne puis, d'une manière à la fois parente et profondément autre, en Europe occidentale.

[Faut-il s'étendre sur la relation entre l'idée de magma telle qu'elle a été exposée au début de ce texte, les thèses ontologiques formulées plus haut, et la rupture ontologique

que représente la création humaine de l'autonomie ? Si la logique ensembliste-identitaire épuisait de part en part ce qui est, il ne pourrait jamais être question de « rupture » d'aucune sorte, mais pas davantage d'autonomie. Tout serait déductible/productible à partir du « déjà donné », et même notre contemplation des effets de causes éternelles (ou de lois données une fois pour toutes) serait simple effet inéluctable, assorti de l'inexplicable illusion que nous pouvons tendre vers le vrai et essayer d'éviter le faux. Un sujet pris de part en part dans un univers ensembliste-identitaire, loin de pouvoir y changer quelque chose, ne pourrait même pas *savoir* qu'il est pris dans un tel univers. Il ne pourrait, en effet, *savoir* que sur le mode ensembliste-identitaire, c'est-à-dire essayer éternellement et en vain de démontrer comme des théorèmes les axiomes de son univers ; car, bien entendu, du point de vue ensembliste-identitaire, aucune *méta*-considération n'a de sens. Soit dit en passant, c'est dans cette situation absurde que se placent encore aujourd'hui les déterministes de tout genre, qui se mettent rigoureusement dans l'obligation de produire *à partir de rien* les « conditions initiales » de l'univers (nombre de dimensions, valeur numérique des constantes universelles, « quantité totale » de matière/énergie, etc.) comme *nécessaires* (*cf.* « Science moderne… », art. cité, p. 163-164).

En même temps, je l'ai rappelé plus haut, il y a nécessité fonctionnelle-instrumentale de la société (de *toute* société) faisant que l'être social-historique ne peut exister qu'en *posant*, en *instituant* une dimension ensembliste-identitaire (cf. *L'Institution imaginaire de la société*, chap. IV à VI, *passim* ; et, ici même, « L'imaginaire : la création dans le domaine social-historique », p. 272-298). De même, il y a nécessité pour toute pensée de s'appuyer constamment sur l'ensembliste-identitaire. Ces deux faits conspirent, finalement, dans notre tradition historique – essentiellement depuis Platon – pour conduire à diverses « philosophies politiques », comme aussi à un imaginaire politique diffus (que les

« idéologies » expriment et « rationalisent »), placés sous le signe de la « rationalité » (ou de sa pure et simple négation, mais qui reste, et de loin, un phénomène marginal). Favorisée aussi par le recul de la religion et par mille autres facteurs, cette pseudo-« rationalité » fonctionne finalement comme la seule signification imaginaire explicite et explicitable pouvant aujourd'hui cimenter l'institution, la légitimer, tenir la société ensemble. Ce n'est peut-être pas Dieu qui a voulu l'ordre social existant, mais c'est la Raison des choses, et vous n'y pouvez rien.

Dans cette mesure, casser l'emprise de la logique-ontologie ensembliste-identitaire sous ses divers déguisements est actuellement une tâche politique qui s'inscrit directement dans le travail pour la réalisation d'une société autonome. Ce qui est, tel qu'il est, nous permet d'agir et de créer ; et il ne nous dicte rien. Nous faisons nos lois ; c'est pourquoi aussi nous en sommes *responsables*.]

De cette rupture, nous sommes les héritiers. C'est elle qui continue de vivre et d'agir dans le mouvement démocratique et révolutionnaire qui a animé le monde européen depuis des siècles. Et les avatars historiques, connus, de ce mouvement, nous permettent aujourd'hui – moyennant aussi et surtout ses échecs – de donner une nouvelle formulation à ses objectifs : l'instauration d'une société autonome.

Qu'il me soit permis ici de faire un détour par mon histoire personnelle. Dans mon travail, l'idée d'autonomie apparaît très tôt, en fait dès le départ, et non pas comme idée « philosophique » ou « épistémologique », mais comme idée essentiellement politique. Son origine est ma préoccupation constante, avec la question révolutionnaire, la question de l'autotransformation de la société.

Grèce, décembre 1944 : mes idées politiques sont, au fond, les mêmes qu'aujourd'hui. Le parti communiste, le parti stalinien, essaie de s'emparer du pouvoir. Les masses sont avec lui. Les masses sont avec lui, donc : ce n'est pas un putsch, c'est une révolution. Mais ce n'est pas une révolution. Ces masses sont menées par le parti stalinien au doigt et à l'œil : il n'y a pas création d'organismes *autonomes* des masses – d'organismes qui ne reçoivent pas leurs directives de l'extérieur, qui ne sont pas soumis à la domination et au contrôle d'une instance à part, séparée, parti ou État. Question : quand est-ce qu'une période révolutionnaire commence ? Réponse : lorsque la population forme ses *propres* organes *autonomes* – lorsqu'elle entre en activité pour se donner à elle-même ses formes d'organisation et ses normes.

Et d'où vient ce parti stalinien ? En un sens, « de Russie ». Mais en Russie il y avait eu, précisément, une telle révolution en 1917, et de tels organes autonomes (soviets, comités de fabrique). Question : quand est-ce qu'une révolution se termine, « dégénère », cesse d'être une révolution ? Réponse : lorsque les organes autonomes de la population cessent d'exister et d'agir, soit qu'ils soient carrément éliminés, soit qu'ils soient domestiqués, asservis, utilisés par un nouveau pouvoir *séparé* comme instruments ou éléments décoratifs. Ainsi, en Russie, les soviets et les comités de fabrique créés par la population en 1917 ont été graduellement domestiqués par le parti bolchevique et finalement privés de tout pouvoir pendant la période 1917-1921. L'écrasement de la Commune de Kronstadt en mars 1921 mettait le point final à ce processus désormais irréversible au sens que, après cette date, il n'aurait fallu rien de moins qu'une révolution pleine pour déloger le parti bolchevique du pouvoir. Cela réglait du même coup la question de la nature du régime russe, du moins négativement : une chose était certaine, ce régime n'était pas « socialiste » ni ne préparait le « socialisme »[18].

18. *Cf.* l'« Introduction générale » à *La Société bureaucratique, op. cit.*

Si donc une nouvelle société doit surgir de la révolution, elle ne peut être constituée que sur le pouvoir des organismes autonomes de la population, étendu à toutes les sphères de l'activité et de l'existence collectives : non seulement la « politique » au sens étroit, mais la production et l'économie, la vie quotidienne, etc. Donc : autogouvernement et autogestion (que j'appelais à l'époque gestion ouvrière et gestion collective) reposant sur l'auto-organisation des collectivités concernées [19].

Mais autogestion et autogouvernement de quoi ? S'agirait-il d'autogérer les prisons par les prisonniers, les chaînes d'assemblage par les ouvriers parcellisés ? [L'auto-organisation aurait-elle comme objet les décorations des usines ?] L'auto-organisation, l'autogestion, n'a de sens que si elle s'attaque aux conditions instituées de l'hétéronomie. Marx ne voyait dans la technique que du positif, et d'autres y ont vu un moyen « neutre » pouvant être mis au service de n'importe quelles fins. Nous savons qu'il n'en est rien, que la technique contemporaine est partie intégrante de l'institution hétéronome de la société. Il en est de même du système éducatif, etc. Si donc l'autogestion, l'autogouvernement ne doivent pas devenir mystifications ou simple masque d'autre chose, toutes les conditions de la vie sociale doivent être mises en question. Il ne s'agit pas de faire table rase, encore moins de faire table rase du jour au lendemain ; mais de comprendre la solidarité de tous les éléments de la vie sociale et d'en tirer la conclusion : il n'y a rien qui puisse être, par principe, exclu de l'activité instituante d'une société autonome.

On arrive ainsi à l'idée que ce qui définit une société autonome est son activité d'auto-institution explicite et lucide – le fait qu'elle se donne à elle-même sa loi, sachant qu'elle le fait. Cela n'a rien à voir avec la fiction d'une

---

19. *Cf.* le texte « Socialisme ou barbarie », in *La Société bureaucratique, op. cit.*

« transparence » de la société[d]. Encore moins qu'un individu, la société ne pourra jamais être « transparente » à elle-même. Mais elle peut être libre et réfléchie – et cette liberté et cette réflexion peuvent être elles-mêmes des objets et des objectifs de son activité instituante.

A partir de cette idée, un retour en arrière sur la conception d'ensemble de la société et de l'histoire devenait inéluctable. En effet, cette activité instituante que nous voudrions libérer dans notre société a toujours été auto-institution; les lois n'ont pas été données par les dieux, par Dieu ou imposées par l'« état des forces productives » (ces « forces productives » n'étant, elles-mêmes, qu'une des faces de l'institution de la société), elles ont été créées par les Assyriens, les Juifs, les Grecs, etc. En ce sens, la société a toujours été « autonome au sens de Varela ». Mais cette auto-institution a toujours été occultée, recouverte par la représentation, elle-même fortement instituée, d'une source extra-sociale de l'institution (les dieux, les ancêtres – ou la « Raison », la « Nature », etc.). Et cette représentation visait, et vise toujours, à annuler la possibilité de la mise en question de l'institution existante; elle en verrouille, précisément, la *clôture*. En ce sens, ces sociétés sont hétéronomes, car elles s'asservissent à leur propre création, leur loi, qu'elles posent comme intangible car provenant d'une origine qualitativement autre que les hommes vivants. En ce sens aussi, l'émergence de sociétés qui mettent en question leur propre « organisation », au sens le plus ample et le plus profond, représente une création ontologique : l'apparition d'une « forme » *(eidos)* qui s'altère explicitement elle-même *en tant que forme*. Cela signifie que, dans le cas de ces sociétés, la « clôture » représentative-cognitive est,

d. J'ai dénoncé l'absurdité de cette fiction de la « transparence » depuis 1965 dans « Marxisme et théorie révolutionnaire », *Socialisme ou Barbarie,* n° 39, mars-avril 1965, p. 35-40, repris maintenant dans *L'Institution imaginaire de la société, op. cit.,* p. 151-157 [rééd. « Points Essais », p. 164-170].

« en partie », « en quelque sorte », *brisée*. Autrement dit : l'homme est le seul animal capable de rompre la clôture dans et par laquelle *est* tout autre vivant.

L'autonomie est donc, pour nous, au niveau social : l'auto-institution explicite, se sachant comme telle. Et cette idée anime le projet politique de l'instauration d'une société autonome.

A partir de là, certes, commence une foule immense de questions, aussi bien politiques que philosophiques. Je n'en évoquerai, très brièvement, que quelques-unes, reliées aux discussions que l'on a eues ici.

L'autonomie, comme objectif : oui, mais cela est-il suffisant ? L'autonomie est un objectif que nous voulons pour lui-même – mais aussi, pour autre chose. Sans cela, nous retombons dans le formalisme kantien, et dans ses impasses. Nous voulons l'autonomie de la société – comme des individus – à la fois pour elle-même, et pour pouvoir *faire* des choses. Faire *quoi* ? C'est peut-être l'interrogation la plus lourde que suscite la situation contemporaine : ce *quoi* se rapporte aux *contenus*, aux valeurs substantives – et c'est ce qui apparaît en crise dans la société où nous vivons. On n'y voit pas – ou très peu – l'émergence de nouveaux contenus de vie, de nouvelles orientations, qui serait synchrone avec la tendance – qui, elle, apparaît effectivement dans beaucoup de secteurs de la société – vers une autonomie, une libération à l'égard des règles simplement héritées. Pourtant, il est permis de penser que, sans l'émergence de nouveaux contenus, ces tendances ne pourront ni s'amplifier ni s'approfondir et s'universaliser[e].

Allons plus loin. Quelles sont les « fonctions » de l'institution ? L'institution sociale est, d'abord, fin d'elle-même,

---

e. J'ai discuté longuement cette question dans « Transformation sociale et création culturelle », publié dans *Sociologie et Sociétés*, Montréal, XI, 1, 1979, repris dans *Le Contenu du socialisme, op. cit.*, p. 413-439.

cela veut dire aussi qu'une de ses fonctions essentielles est l'autoconservation. L'institution contient des dispositifs incorporés qui tendent à la reproduire à travers le temps et les générations, et même, généralement, imposent cette reproduction avec une efficacité qui, à bien y réfléchir, apparaît comme miraculeuse. Mais cela l'institution ne peut le faire que si elle accomplit une autre de ses « fonctions », à savoir la socialisation de la psyché, la fabrication d'individus sociaux appropriés et conformes. Dans le processus de la socialisation de la psyché, l'institution de la société peut, trivialités mises à part, à peu près tout faire ; mais il y a aussi un minimum de choses qu'elle ne peut pas ne pas faire, qui lui sont imposées par la nature de la psyché. Il est clair qu'elle doit fournir à la psyché des « objets » de dérivation des pulsions ou des désirs ; qu'elle doit aussi lui fournir des pôles identificatoires. Mais surtout : elle doit lui fournir du *sens*. Cela implique, en particulier, que l'institution de la société a toujours visé – et plus ou moins réussi – à recouvrir ce que j'ai appelé plus haut le Chaos, le Sans-Fond, l'Abîme ; Abîme du monde, de la psyché elle-même pour elle-même, de la société elle-même pour elle-même. Ce *donner sens*, qui a été en même temps recouvrement de l'Abîme, a été le « rôle » des significations imaginaires sociales les plus centrales, nucléaires : les significations religieuses. La religion est à la fois présentation et occultation de l'Abîme. L'Abîme est annoncé, présentifié dans et par la religion – et en même temps, essentiellement occulté. Ainsi, par exemple, de la Mort dans le christianisme : présence obsédante, lamentation interminable – et, en même temps, dénégation absolue, puisque cette Mort n'en est pas une en vérité, elle est accès à une autre vie. Le sacré est le simulacre institué de l'Abîme : la religion confère une figure ou figuration à l'Abîme – et cette figure est présentée à la fois comme sens ultime et source de tout sens. Pour prendre l'exemple le plus clair, le Dieu de la théologie rationnelle chrétienne est à la fois sens ultime et source de tout sens. Il est aussi, donc, à la fois source et garant de l'être de la société et de son institution. Il en résulte – il en a toujours résulté, sous différentes formes – l'occultation de la *méta-contingence* du sens, à savoir de ce que le sens est création de la société, qu'il est radicalement contingent pour celui qui se tient à son extérieur, et absolument nécessaire pour celui qui se tient à son intérieur – donc, ni nécessaire ni contingent. Il revient au même de dire que cette occultation est occultation de l'auto-institution de la société, et de cette double évidence : que la société ne peut être sans les institutions et les significations qu'elle crée – et que celles-ci ne peuvent avoir aucun fondement « absolu »[f].

Mais, si la société autonome est la société qui s'auto-institue explicitement et lucidement, qui sait que c'est elle qui pose ses institutions et ses significations, cela veut dire aussi qu'elle sait qu'elles n'ont aucune autre source que sa propre activité instituante et donatrice de signification, et aucune « garantie » extra-sociale. Et par là nous retrouvons le problème radical de la démocratie. La démocratie, quand elle est vraie, est le régime qui renonce explicitement à toute « garantie » ultime, et qui ne connaît d'autre limitation que son autolimitation. Cette autolimitation, elle peut certes la transgresser, comme cela a été le cas si souvent dans l'histoire, par quoi elle peut s'abîmer ou se retourner en son contraire. Autant dire que la démocratie est le seul régime politique tragique – c'est le seul régime qui *risque*, qui affronte ouvertement la possibilité de son autodestruction. La tyrannie ou le totalitarisme ne « risquent » rien, car ils ont déjà réalisé tout ce qui peut exister comme risque dans la vie historique. La démocratie est toujours dans le problème de son autolimitation, que rien ne peut « résoudre » d'avance ; impossible de fabriquer une Constitution qui empêche, par exemple, qu'un jour 67 % des individus prennent « démocratiquement » la décision de priver les autres

f. Voir plus haut, « Institution de la société et religion », p. 455-480.

33 % de leurs droits. On pourra inscrire dans la Constitution des droits imprescriptibles des individus, on ne peut pas y inscrire une clause interdisant absolument la révision de la Constitution, et, si on l'y inscrivait, elle s'avérerait tôt ou tard impuissante. La seule limitation essentielle que peut connaître la démocratie, c'est l'autolimitation. Et celle-ci, à son tour, ne peut être que la tâche des individus éduqués dans, par et pour la démocratie[g].

Mais cette éducation comporte nécessairement l'acceptation du fait que les institutions ne sont, telles qu'elles sont, ni « nécessaires » ni « contingentes » ; autant dire, l'acceptation du fait qu'il n'y a ni du sens donné comme cadeau ni de garant du sens, qu'il n'y a d'autre sens que celui créé dans et par l'histoire. Autant dire encore que la démocratie écarte le sacré, ou que – c'est la même chose – les êtres humains acceptent finalement ce qu'ils n'ont jamais, jusqu'ici, voulu vraiment accepter (et qu'au fond de nous-mêmes nous n'acceptons jamais vraiment) : qu'ils sont mortels, qu'il n'y a rien « au-delà ». Ce n'est qu'à partir de cette conviction, profonde et impossible, de la mortalité de chacun de nous et de tout ce que nous faisons, que l'on peut vraiment vivre comme être autonome – et qu'une société autonome devient possible.

Mai-juin 1981

---

g. Voir plus haut, « La *polis* grecque et la création de la démocratie », p. 325-382.

Portée ontologique
de l'histoire de la science*

Notre sujet est philosophique, non pas « épistémologique » comme l'appellerait la pudeur ou pusillanimité contemporaine. Il n'y a pas d'« épistémologie » qui tienne, si elle n'est pas à la fois enquête sur l'objet et le sujet du savoir. Or cette enquête est, depuis les origines, partie centrale du travail de la philosophie.

Notre point de départ est fourni par quelques affirmations :

– Il existe une certaine connaissance de l'étant (dans le cas discuté ici, de l'étant dit naturel). On peut contester cela – mais alors il faut renoncer à la discussion, et on perd son temps à rester dans cette salle (ou à lire ce texte). Discuter n'a de sens que si je reconnais en autrui un être à la fois naturel et surnaturel : je sais qu'il est là en tant qu'être naturel – et je sais, ou je présume, qu'il est capable de discuter, ce que les êtres simplement naturels ne font pas. Je sais aussi, ou je présume, qu'il sait à son tour tout cela

* Une partie de ce texte a fourni la matière d'un exposé, « Imaginaire social et changement scientifique », fait le 23 mai 1985 dans le cadre des conférences-débats organisées depuis 1983 par l'Action locale Bellevue du CNRS sous le titre général « Sens et place de la connaissance dans la société » [Les conférences faites à cette occasion sont parues, sous ce titre, en 1987 (Paris, CNRS) *(NdE)*]. Certaines des idées qu'il contient ont été également exposées au cours de mes interventions aux trois séminaires de Thomas S. Kuhn à l'École des hautes études les 1er, 11 et 14 juin 1985.

me concernant. Nous postulons donc notre capacité commune de connaître, et de nous connaître, jusqu'à un certain point minimal. Un sceptique est tout à fait respectable, aussi longtemps qu'il n'ouvre pas la bouche avec une intention. Autant dire : la seule réfutation possible du scepticisme, c'est la communauté humaine – ou la vie même du sceptique, mais, si on y réfléchit bien, c'est la même chose.

– Cette connaissance (dans ce qui est pour elle certain, *comme* dans ce qui est pour elle incertain) s'altère au cours du temps ; il ne s'agit pas d'un état, d'une somme ou système achevé de vérités, mais d'un processus.

– Ce processus est essentiellement social-historique. En vérité, cette affirmation serait superflue, tellement elle va de soi, s'il n'y avait pas, constamment renaissante, n'ayant rien appris et rien oublié, l'*égologie* de la tradition philosophique dominante. Rappelons donc qu'il n'est pas de processus de connaître sans langage, par exemple (cela étant vrai même des mathématiques), et que le langage est beaucoup plus que le langage car il est, chaque fois, « partie totale » du monde social-historique dont il s'agit. *Pas* de pensée sans langage, pas de langage qui soit pur *code* (pur système formel), pas de connaissance réductible au maniement d'algorithmes ; et pas de langage dont l'organisation et la teneur ne soient consubstantielles aux significations imaginaires de la société considérée, à sa saisie et organisation du monde, à sa manière à elle de *faire sens* de ce qui est donné – et, pour commencer, au degré le plus fruste et le plus décisif, de *faire être* pour elle du « donné », déjà par des opérations de langage – car, certes, il n'y a pas de récoltes d'« information », binaire ou autre, répandues dans la nature et qui n'attendent que les premiers hommes pour être engrangées[1].

---

1. Voir, sur ces différents aspects, *L'Institution imaginaire de la société* (*op. cit.*, chap. v et vii), et « Science moderne et interrogation philosophique », in *Les Carrefours du labyrinthe, op. cit.*, p. 203-211 [rééd. « Points Essais », p. 266-277].

Social : le terme ne renvoie pas à la Sécurité sociale, ni à
la « question sociale », l'existence de riches et de pauvres,
ni à la question de savoir si la science est ou n'est pas un
instrument de la classe dominante, ou si les scientifiques
forment une couche, un corps, une confrérie dans la société
globale avec des règles, des intérêts, des coutumes, des jar-
gons particuliers, ni à la « sociologie » de la science ou des
scientifiques. Ce que signifie le social, entre autres : l'individu humain, fût-il scientifique (ou philosophique) – et ce
qu'on appelle en philosophie son entendement –, n'existe
que comme le produit d'un processus perpétuel de socialisation, il est d'abord et avant tout un fragment ambulant de
l'institution de la société en général et de *sa* société particulière. (Il n'est certes pas *que* cela ; on y reviendra.)
Mais il y a aussi la dimension proprement historique de la
connaissance – et de la science. Ici encore, historique ne
renvoie pas aux batailles, aux invasions, aux changements
de gouvernements – ou à la lente évolution des forces productives, des coutumes et de la vie quotidienne. Historique
est essentiellement *toute* société (donc aussi tout individu),
même si elle est « pré-historique » ou « sans histoire », au
sens qu'elle s'altère elle-même, qu'elle n'est pas seulement
autocréation une fois pour toutes, mais autocréation continuée, manifestée à la fois comme auto-altération impercep-
tible incessante *et* comme possibilité, et effectivité, de ruptures posant de nouvelles formes de société. Et, dans ce
dernier cas, le cas de la rupture, historique est éminemment
ce mode – sans analogue à ce que nous connaissons par
ailleurs de la nature ou de la vie – d'altération, qui altère ce
qu'il maintient au moment même où il l'altère. Historique
est le mode de relation de la rupture avec la tradition,
comme du socialement institué avec ce qui va le détruire.
Comprendre l'historique exige de contempler (sans s'arrêter
à une « explication », au-delà des « explications ») l'abîme
qui s'ouvre lorsque nous nous demandons quel est le rapport
de la France de l'Ancien Régime avec la France d'après

la Révolution, de la Russie contemporaine avec la Russie des tsars, de la physique quantique avec la physique du XVIIIe siècle. Notre connaissance en général et notre science en particulier sont historiques dans ce sens-là aussi et surtout – ce qui signifie précisément tout le contraire de « cumulatives », on y reviendra.

La position dont je vais esquisser ici l'essentiel est que la simple existence de ce processus de connaître dit quelque chose aussi bien sur *ce* qui est – donc, sur ce qui *est* – que sur *celui* qui connaît – donc aussi sur un autre aspect de l'être. Il est paradoxal d'entendre si souvent dire : nous ne connaissons rien de l'être ; tout ce que nous connaissons ne concerne que le sujet connaissant – comme si l'on pouvait exclure ce sujet connaissant de l'être[2]. Et cela doit être compris de la manière la moins triviale possible. Qu'*il y ait* de la science (indépendamment du *contenu* « concret », « particulier » des assertions scientifiques) signifie quelque chose *du monde*. Et que cette science ait une *histoire* au sens fort signifie, de ce monde, des propriétés particulièrement fortes. Et ces deux assertions se transposent au sujet de la science : à travers l'histoire de la science, se manifeste un sujet capable de connaître d'une certaine manière ce monde et d'altérer cette connaissance du monde en s'altérant lui-même. Les deux aspects – « objectif » et « subjectif » – sont absolument indissociables.

Il importe, dans un domaine tellement encombré, de tout

---

2. Kantiens et néo-kantiens répondraient sans doute : le sujet connaissant n'*est* pas, il *vaut (es ist nicht, es gilt)*. La réponse est nulle. Valoir est un mode de l'être tel que ce terme est entendu ici, et tel qu'il a presque toujours été entendu. Et si un sujet se limite à valoir sans être (au sens habituel, cette fois-ci), il en découle une série de conséquences désagréables. D'abord, nous ne pouvons pas nous parler. Ensuite, la *Critique de la Raison pure* devient à la fois superflue et impossible. Car ce qui nous importe, c'est *notre* savoir, non pas celui d'un *constructum* fictif. Et je ne sache pas que la plume de Kant ait été tenue par une main transcendantale.

faire (sans trop d'illusions) pour rendre les malentendus aussi difficiles que possible. Nous parlons ici au-delà du « kantisme ». Que toute connaissance est connaissance *de (par)* un sujet – que donc, elle est le fait du sujet, et qu'elle est, dans son organisation, décisivement affectée par l'organisation du sujet comme connaissant ; que même, si elle doit valoir pour tout sujet, d'autres réquisits apparaissent (bien qu'à partir de là la situation devienne incomparablement plus complexe), cela est entendu et présupposé. Le physicien d'aujourd'hui (et même, depuis le temps de Niels Bohr) est tout à fait le bienvenu dans la maison du philosophe lorsqu'il répète, par exemple, qu'il n'y a phénomène que « par référence à des observations obtenues dans des circonstances spécifiées, y compris la description de tout le dispositif expérimental », et que « les systèmes quantiques que nous appelons "particules" (...) n'ont pas de propriétés (et même, en physique relativiste, n'ont guère d'existence) *en soi*. Ils en ont seulement *pour nous*, et cela selon notre choix du type d'instruments au moyen desquels ils sont observés ». Le philosophe le prierait seulement de répéter encore plus fort ces évidences à l'usage de ses collègues biologistes ou même mathématiciens[3]. Mais il importe de ne pas perdre de vue – parmi les philosophes, le danger serait plutôt de ce côté – que, par exemple, aucun dispositif expérimental ne pourrait faire accoucher une vache d'un agneau, ni même, au niveau quantique, faire apparaître (« créer ») des particules sans rapport avec les niveaux d'énergie disponibles et utilisés. Comme le dit

3. Bernard d'Espagnat, qui commente la première des phrases citées dans le texte (due à Niels Bohr) moyennant la seconde (*Une incertaine réalité*, Paris, Gauthier-Villars, 1985, p. 7), l'avait du reste remarquablement fait lors d'une émission de France-Culture au début des années soixante-dix, en observant que Jacques Monod en était visiblement resté à la physique du XIXᵉ siècle. A lire *L'Homme neuronal*, de Jean-Pierre Changeux (Paris, Fayard, 1983 [rééd. Hachette, coll. « Pluriel », 1984]), on a le plaisir de constater que le flambeau de cette vénérable tradition est toujours porté haut au Collège de France.

B. d'Espagnat (après W. Dilthey), la réalité, cela résiste.

La solidarité de ces deux dimensions – « subjective » et « objective » –, leur entrelacement perpétuel sont incontournables. Chaque pas nouveau dans une des directions renvoie derechef à l'autre – et *vice versa*. Toute connaissance est une coproduction et, dans les cas non triviaux, nous ne pouvons pas vraiment séparer ce qui « vient » du sujet et ce qui « vient » de l'objet. C'est ce que j'aimerais appeler le *principe de l'indécidabilité de l'origine*. Pour l'observateur limite, la question de savoir, en un sens ultime, ce qui vient de lui et ce qui vient de l'observé est indécidable [4]. *Nous* jouons ce jeu – mais nous ne pouvons pas le jouer tout seuls : ni tout seuls comme « individus », ni tout seuls comme « collectivité de sujets ».

Qu'une philosophie ait pu affirmer qu'elle pouvait fournir les « conditions de possibilité de l'expérience » en regardant *uniquement* le « sujet » – en prétendant donc que ce qu'elle dit vaudrait et vaut *dans n'importe quel monde*, est une des plus étonnantes absurdités enregistrées dans l'histoire de la grande pensée. C'est cette absurdité qui est au fondement de la *Critique de la Raison pure* – ce qui n'empêche pas, paradoxe familier dans l'histoire de la philosophie, que la *Critique* reste une source de réflexion inépuisable.

On peut en effet penser, *prima facie*, que deux voies s'ouvrent pour mener cette enquête : partir d'une analyse du sujet, et aller vers l'élucidation de l'expérience dont un tel sujet serait capable ; ou bien partir du fait de l'expérience (du *Faktum der Erfahrung*) et se demander comment doit être le sujet pour qu'il puisse accéder à cette expérience. On le sait (*Prolégomènes*, § 4 *in fine*), Kant suit tantôt l'une (dans la *Critique*), tantôt l'autre (dans les *Pro-*

---

4. Voir, ici même, « L'imaginaire : la création dans le domaine social-historique » p. 272-295, et « La logique des magmas... », p. 481-523.

légomènes). En vérité, les deux démarches sont boiteuses. Les deux négligent – *ignorent* au sens à la fois français et anglais du terme – l'*objet* ; les deux ignorent l'*histoire* (les altérations) de l'expérience ; les deux, enfin, ignorent (ce qui est en partie, mais en partie seulement, relié avec le deuxième point) l'énorme charge d'indétermination qui affecte le terme (et l'idée) d'expérience (ou de connaissance). Dire, par exemple : *il y a Erfahrung, donc* le sujet lie les phénomènes selon la catégorie de causalité ; *ou bien* : le sujet ne peut penser les phénomènes qu'en les liant causalement, *donc* l'*Erfahrung* est, entre autres, liaison causale des phénomènes, ce n'est pas simplement circulaire ou tautologique. Ce cercle entier *est* tautologique relativement à une idée préconçue de la connaissance qui est celle de Kant. Kant entend en effet par connaissance (ou expérience) une connaissance *déterministe*, d'*un certain style*, de *certains phénomènes* « physiques » et « psychiques ». Donc : cette tautologie est admissible – en termes plus nobles : elle est une *Explikation* – en tant que simple explicitation d'une certaine signification imaginaire sociale portée historiquement par le terme « expérience » ou « connaissance ». A la fin du XVIIIe siècle, un philosophe européen pouvait penser raisonnablement cela. Et cela – fait remarquable pour nous, mais certes non pour Kant – dépasse son époque. *Il y a*, en effet, aussi pour nous une telle connaissance –, on peut même montrer que dans un certain sens, pour la moitié de tous les parcours possibles, *il doit toujours y avoir aussi* une telle connaissance –, une liaison de certains phénomènes, ou de certains aspects des phénomènes, selon une relation nécessaire d'avant-après. Je ne le ferai pas ici. Mais n'y a-t-il *que* cela ? Ne faisons-nous *que* cela ? Ne devons-nous faire *que* cela ? Si la réponse était affirmative, nous devrions reléguer au statut de non-connaissance l'essentiel de la physique contemporaine. Nous devrions, en outre, nous interdire la réflexion sur l'immense travail, non pas « expérimental » et « empirique » mais catégoriel, impliqué dans cette physique. Nous devrions, enfin, laisser *en fait* de côté la pensée du vivant *en tant que vivant* – et encore plus, évidemment, celle du psychique et du social-historique *en tant que tels*[5].

Kant en dit à la fois trop et pas assez. Trop, parce qu'il pose « *sa* » science (sa mathématique et sa physique) comme *la* science (mathématique et physique), ce qu'elle n'est certainement pas. Et pas assez, parce qu'il ne réfléchit pas, ou pas vraiment, sur les conditions et le contenu d'une expérience qui ne relève pas de la science mathématique et physique. Comme on le verra plus loin, l'explosion et les altérations dans la nature du savoir mathématique (il s'agit d'infiniment plus que les « géométries non euclidiennes ») ruinent à elles seules la construction de la *Critique*, à moins de prendre celle-ci (ce qui est peut-être, aux yeux d'un kantien dogmatique, la suprême injure) non pas pour ce qu'elle se donne – *fundamentum inconcussum* de la science rigoureuse –, mais comme une idéalisation et « transcendantalisation » (certes insuffisante) de la *Lebenswelt* husserlienne. Comme Bohr, Heisenberg et les autres ou, dans une autre perspective, Hilbert, le savaient en effet très bien, *il me faut* une sorte de géométrie euclidienne pour constater et « démontrer » le caractère non euclidien de l'espace-temps ; il me faut une sorte de « règle de causalité » (liant « ce qui se passe » et les lectures de l'instrument de mesure) pour constater la non-causalité quantique ; il me faut une intuition, une *Anschauung* spatiale banale, avec l'avant-après, pour écrire une démonstration formalisée relative à un objet mathématique radicalement non intuitionnable (par exemple, démontrer que $2 \times N = N \times N$). Mais tout cela est un *ingrédient* de la science – non pas *la* science ; et, dans *cette* perspective, comme le disait Husserl, la Terre, en tant qu'arche

5. Je discuterai l'apparente exception de la *Critique de la faculté de juger* dans *Temps et création*. Voir, en attendant, ici même, « La *polis* grecque et la création de la démocratie », en particulier p. 334-355.

primordiale, ne se meut pas. En d'autres termes, la *Critique* fournit une « épistémologie », excessive et incomplète, de la vie quotidienne.

Et, bien entendu, elle reste – elle doit rester, vu son option de départ – muette sur ce qui, dans l'objet, rend possible l'application non vide, *inhaltsvoll*, des catégories : Kant se borne à l'appeler *(Critique de la faculté de juger)* « heureux hasard », *glücklicher Zufall*. Voilà donc le fondement nécessaire de ce que nos formes nécessaires de savoir ne sont pas pur délire paranoïaque (tous les délires paranoïaques sont parfaitement étanches, cohérents et irréfutables) : c'est un heureux hasard. Les kantiens répondent souvent que cette expression (ou, pire, le problème auquel elle est censée répondre) ne relève pas du domaine « constitutif », qui serait celui de la *Critique de la Raison pure*, mais de la réflexion qui revient sur la constitution. Comme je reprendrai ailleurs longuement le fond du problème, je me borne à noter ici les raisons dirimantes qui rendent cette réponse complètement irrecevable. D'abord, la distinction elle-même entre le constitutif et le réflexif n'est pas tenable au niveau ultime. Il n'y a évidemment pas réflexion sans constitution ; mais la constitution n'est jamais achevée, *en tant que* constitution, tant que le moment de la réflexion n'est pas intervenu. Un élémentaire retour sur l'histoire de l'idéalisme allemand après Kant (et indépendamment du « contenu » des positions prises) aurait dû rendre attentif à ce fait. Ensuite et surtout, certaines conditions relatives *à l'objet lui-même* sont requises pour toute *constitution* du savoir le concernant. Il ne peut y avoir indifférence complète de la forme à la matière et réciproquement, autrement « l'art du charpentier pourrait s'investir dans les flûtes », comme Aristote le savait déjà[6]. Enfin, comme on le sait

---

6. *De anima*, 1, 3, 407b 24 *sq.* Cette remarque merveilleusement limpide et profonde a paru la plupart du temps mystérieuse aux traducteurs et interprètes.

très bien, un « hégélianisme » (hésitant et masqué, mais peu importe) est déjà là dans la deuxième partie de la *Critique de la faculté de juger*, relativement à l'organisation de la nature et à la signification de l'existence du vivant, comme il l'est, relativement à l'histoire humaine, dans le *Premier Supplément de la garantie de la paix perpétuelle*. Au vu du *contenu* qui est similaire, les protestations concernant la forme apparaissent pour ce qu'elles sont : ce qu'on appelle en psychanalyse une dénégation. « Cette femme que j'ai vue en rêve n'était pas ma mère. » Pourquoi donc affirmez-vous cela de façon si imprévue et si véhémente ? Sans doute, parce qu'elle *était* votre mère.

Nous commencerons, ici, notre discussion, au plan factuel, concret, et, en un sens, génétique. Nous la conclurons par une reprise à un niveau plus abstrait.

Soit un être vivant quelconque. Sa simple existence montre (démontre), *ex post*, l'existence d'un certain rapport entre l'organisation de ce vivant et celle du monde. Bien entendu, cette constatation comme telle implique la présence d'un méta-observateur (nous, ou le sujet scientifique). L'aspect qui nous importe le plus ici est que ce rapport n'est pas simplement « de matière ». Nous ne visons pas seulement le fait que, le vivant étant composé surtout de carbone, il se trouve donc du carbone dans le monde ; ni même seulement le fait (certes aussi important) que le carbone n'aurait pu jouer le rôle qu'il a joué dans la constitution du vivant s'il ne possédait pas certaines propriétés. L'aspect qui nous importe est surtout « de forme ». Par exemple : la relative *permanence* (durée) du vivant présuppose et entraîne la relative *stabilité* de certains rapports *dans le monde*[7].

---

7. Bien entendu, tout le problème du fondement de l'induction est à reprendre à partir de cela aussi. J'y reviens, indirectement, plus loin ; j'en traiterai *in extenso* ailleurs. Notons simplement : on sait au moins depuis Aristote que « quelques x sont p » n'implique pas « tous les x sont p », et que la négation de cette implication est en fait une tauto-

Aussi : l'*organisation* du vivant présuppose et entraîne l'*organisabilité* de certaines parties (au moins) du monde. (Les êtres vivants ne sont pas importés dans « notre » monde à partir d'un « para-monde » extérieur.) Or cette *organisabilité* est d'abord celle dont témoigne le vivant lui-même, en lui-même, en son intérieur ; mais aussi – la séparation elle-même étant, du reste, hautement énigmatique du point de vue qui nous importe ici – celle que manifeste le monde « à l'extérieur » du vivant. Celui-ci ne peut pas, en effet, fonctionner (c'est-à-dire simplement vivre, être ce qu'il est) sans « classifier », « catégoriser », donc aussi « distinguer », « séparer », et même « énumérer », mais aussi : mettre en relation les éléments qu'il distingue – finalement : former et informer une partie du monde. Cela serait impossible s'il n'y avait pas des parties du monde form*ables* et inform*ables* – autrement dit séparables, énumérables, classifiables, catégorisables – et si leurs « éléments » et leurs « classes » ne pouvaient pas, à certains égards, être mis en relation.

Nous ne présupposons évidemment dans tout cela, chez le vivant, aucune « subjectivité » du genre qui nous est familier. Mais nous présupposons ce fait évident, que chaque vivant (chaque espèce vivante, au moins – un olivier, une étoile de mer, une cigale) forme et informe, organise le monde, à *sa* manière [8].

---

logie. Il est affligeant de penser qu'une partie immense de la philosophie européenne, classique et contemporaine, a voulu construire des systèmes sur cette tautologie vide, laquelle, comme c'est si souvent le cas avec les tautologies dans ces contextes, sert à masquer une non-tautologie cardinale. Celle-ci est, tout simplement, qu'il existe du quasi-universel immanent. Il y a *des* arbres. Il y a *des* étoiles. *Anthrôpos anthrôpon genna.* Et ainsi de suite, sans fin.

8. Cette ligne de pensée est jalonnée, pour ce qui me concerne, par les chapitres v et vi de *L'Institution imaginaire de la société*, écrits entre 1968 et 1974 (et publiés en 1975), par « Science moderne et interrogation philosophique » (1970-1973, repris maintenant dans *Les Carrefours du labyrinthe*, notamment p. 178-185 [et coll. « Points Essais », p. 233-243]) et par certains autres textes contenus dans le

Soit maintenant un minimum de notre connaissance
(« scientifique ») du monde. Elle nous fait constater que
cette stabilité, organisabilité, formabilité du monde (*prima
facie* relative et partielle) ne se limite pas aux « besoins du
vivant ». Telle que nous la connaissons, la vie sur terre
serait impossible et inconcevable sans la gravitation : sans
la chute des pommes, les marées, le mouvement apparent
du soleil, etc. Mais *il se trouve que (sumbainei)* une foule
encore plus grande de phénomènes qui sont im-pertinents
pour le vivant – telles, par exemple, l'expansion des amas
stellaires globulaires, la rotation et les structures mêmes des
galaxies – sont régis (en partie) par la gravitation. Autrement dit : l'hypothèse que les vivants construisent à partir
de leurs « besoins » et d'un X totalement chaotique un
« fragment de monde » où tout se passe comme s'il y avait
gravitation s'avère excéder les limites acceptables de gra-
tuité éristique. Elle est, en outre, intrinsèquement contradictoire. Elle présuppose l'universalité et la clôture de ces
besoins du vivant *comme* constitutives de ce monde – dont
elle prétend par ailleurs affirmer la totale X-ité. Beaucoup
plus, cette *constructibilité* du monde en tant que virtualité

---

présent volume. Ce que je désignais, dans « Science moderne... »,
comme « un système essentiellement subjectif » montrant que le
vivant « ne peut jamais être pensé que de l'intérieur, qu'il constitue
son cadre d'existence et de sens, qu'il est son propre *a priori*, bref,
qu'être vivant, c'est être pour soi », comme certains philosophes
l'avaient depuis longtemps affirmé » (p. 181 [et « Points Essais »,
p. 237]), a été depuis appelé, de façon précise et heureuse, la *clôture*
du vivant par Francisco Varela (*Principles of Biological Autonomy*,
North Holland, New York et Oxford, 1979 ; trad. fr. profondément
remaniée, *Autonomie et connaissance*, Paris, Éditions du Seuil, 1989),
terme qu'à sa suite j'ai été souvent amené à utiliser aussi. Dans cette
même ligne de pensée je me suis aussi rencontré avec Henri Atlan (*cf.*
notamment *Entre le cristal et la fumée*, Paris, Éd. du Seuil, 1979)
et, derechef, avec Edgar Morin dont *La Vie de la vie* (vol. II de *La
Méthode*, Paris, Éd. du Seuil, 1980 [rééd. coll. « Points Essais »])
contient sur le vivant une réflexion d'une richesse et d'une pertinence
extraordinaires.

dépasse infiniment le « cercle épistémique » du vivant –
et, en fait, toute limite assignable. Autant dire : il y a de
l'*universel immanent*, ou de l'ensembliste-identitaire immanent, et ce indépendamment de l'existence du vivant lui-
même [9].

Cela ne signifie certes pas que cette « stabilité », cette
« organisabilité », cette « séparabilité » – « formabilité » en
général – épuisent le monde. Pour ce que nous en savons,
c'est tout le contraire : elles n'en concernent qu'une (ou
des) partie(s). Mais une chose au moins est certaine : il
existe une strate de l'étant naturel qui est organis*able*, suffisamment pour que le vivant y existe ; et l'essentiel de
l'organisation que le vivant impose à (ou construit sur)
cette strate est ensembliste-identitaire – *ensidique*, pour la
brièveté [10]. J'appelle cette strate, le vivant y compris, la première strate naturelle. Partie de la première strate naturelle,
le vivant s'en nourrit, non seulement en en utilisant la
matière-énergie, ou même (Schrödinger) en y puisant de
l'« entropie négative » : il s'en nourrit, peut-on dire, ontologiquement et logiquement, pour autant qu'elle lui permet
de construire chaque fois son monde à lui vivant, pour
autant qu'il y trouve, non pas de l'« information » (l'expression n'aurait pas de sens), mais du formable.

Attardons-nous un moment sur la signification de cette
« construction du monde » par et pour le vivant. Le terme
« construction » est mauvais : il implique que le « constructeur » ne fait qu'assembler des éléments qui étaient déjà
là dans leur « forme », qu'il se livre à une activité combinatoire et simplement juxtaposante selon un plan. Tel n'est
certainement pas le cas du vivant. C'est aussi la raison pour

---

9. Sur la notion d'ensembliste-identitaire, voir ici même, « La
logique des magmas… », p. 481-523, et *L'Institution imaginaire de la
société*, chap. v, *passim*.

10. J'utilise désormais ce néologisme maniable et transparent
(ensembliste-identitaire) ainsi que ses dérivés : ensidiser, ensidisable,
ensidisation, dont le sens est immédiat.

laquelle le terme d'« auto-organisation », tellement utilisé depuis quinze ans, me semble mauvais. Dans la langue normale, il signifierait que le vivant, déjà existant d'une certaine, mystérieuse, façon, procéderait à son « organisation », se ré-arrangerait autrement. Ce n'est pas un hasard si cette terminologie est si souvent liée, dans le domaine biologique, à une utilisation persistante de la théorie de l'information, qui est ici une véritable *lepsis tou zètoumenou*, un *begging the question*, une manière de se donner d'avance la solution du problème avec le problème. Il n'y a pas, dans la « nature » non vivante, de l'« information » *pour* le vivant. C'est le vivant qui *crée* même les *bits* de ce qui est, *pour lui*, information. De même, dans le domaine social et politique, le terme d'auto-organisation est utilisé par ceux qui, ignorant la radicalité de l'autocréation du social-historique, persistent à penser (qu'ils le sachent ou non) en termes et à partir d'un « individu » (possédant de naissance, on ne sait comment, langue, entendement, visées réelles et articulées, etc. ; un être de fiction auprès de quoi Centaures et Chimères rougissent honteusement de leur réalisme) et qui, multiplié à un nombre suffisant d'exemplaires, ferait apparaître du « social » comme simple effet de coexistence ou de juxtaposition ; ou bien par ceux qui veulent réduire la profondeur de la question politique, comme question de l'auto-institution explicite de la société, donc de son auto-transformation radicale, à des replâtrages au cours desquels il serait permis aux membres de la société de s'« auto-organiser » – sans doute, en ayant leur mot à dire sur la composition des menus des cantines des entreprises.

Le vivant, s'étayant sur un être-ainsi organisable, c'est-à-dire ensidisable, de la nature non vivante, s'autocrée en tant que vivant en créant du même coup un monde, son monde, le monde *pour* lui, vivant. Il importe de distinguer (distinction et séparation « abstraite », certes) un « positif » et un « négatif », ou un « intérieur » et un « extérieur » de cette création. Le vivant crée des formes nouvelles, et d'abord, se crée lui-même en tant que *forme* ou plutôt *sur-forme* qui intègre, et se déploie en, une multiplicité innombrable de formes catégoriales spécifiques au vivant (nutrition, métabolisme, homéostasie et homéorhésie, reproduction, sexuation, etc.) en même temps qu'il se multiplie en se différenciant entre espèces. Mais, d'un autre point de vue, il crée en existant des strates entières « matériellement » saisissables et assignables de « réalité ». Ainsi, par exemple, la couleur et les couleurs : l'être-coloré en général est une pure création du vivant (de certaines espèces de vivant). *Il n'y a pas de couleurs* dans la nature non vivante – fait dont l'immense signification est, non par hasard, constamment ignorée ou passée sous silence par la grande majorité des philosophes et des scientifiques, obsédés qu'ils sont par le souhait d'éliminer les « qualités secondes » et de les « réduire » à des propriétés, relations, etc., de la nature non vivante. Bien évidemment, les qualités « secondes » sont plus premières que les autres, c'est dans celles-là que vit le vivant (et nous) et l'idée qu'on les fait disparaître en les « expliquant » est d'une stupidité insondable. On ne fait pas disparaître la couleur en l'« expliquant » par des corrélations entre des longueurs d'onde et telle structure des récepteurs et du système nerveux central ; et surtout, on n'*explique* rien du tout, on constate simplement une corrélation régulière. Le fait et l'être-ainsi de la sensation *subjective* de la couleur sont absolument *irréductibles* (comme le sont ceux de l'odeur, du goût – ou du plaisir, de la douleur, etc.).

Le vivant crée ainsi des strates d'être irréductibles – c'est l'aspect « positif » ou « intérieur » – et il les crée dans une *clôture* – c'est là l'aspect « négatif » ou « extérieur » : elles ne sont *que* pour lui, et chaque fois (pour chaque classe, ou espèce, ou même exemplaire singulier du vivant) *ce qu'*elles sont (le *ti estin*) et leur charge d'être – ce que la théorie de l'information est condamnée à ignorer : « pertinence, poids, valeur, signification[11] » – est autre *selon* le vivant considéré. Ainsi pour nous humains, en tant que simples vivants, la lumière polarisée n'existe pas (alors qu'elle est d'une immense charge d'être pour les abeilles ou les tortues de mer), pas plus que les ondes radio n'existent pour aucun vivant terrestre.

Je rappelle, pour les besoins du présent enchaînement, quelques-unes des *limitations* (pour nous) du vivant et de cette création[12] :

– cette création a lieu, au moins pour chaque espèce, *une fois pour toutes* (relativement et « pour l'essentiel ») ;

– cette création se fait en même temps sous une astreinte ou contrainte fondamentale (« pour l'essentiel » : *exclusive*) : celle de la *fonctionnalité* ou *finalité instrumentale*[13].

Soit dit par parenthèse : il nous est impossible de concevoir ce faire être quelque chose *pour soi dans la clôture* du vivant sans un équivalent minimal, chez lui, d'une *spontanéité représentative*, au sens de : création/position d'un monde *qualifié*, soit plein de qualités, dont certaines ont des corrélats, mais non des « équivalents » externes, et d'autres non. Autrement dit, encore une fois, même pour les qualités dont des corrélats « externes » réguliers existent, leur *être-ainsi* spécifique pour le vivant relève d'une spontanéité (et *non* d'une « passivité » ou « réceptivité ») de celui-ci. Bien entendu, la représentation *(Vorstellung)* au sens élémentaire n'implique pas la réflexion (le rêve est la plupart du temps une représentation sans réflexion). Or dans la mesure où il y a, nécessairement, pluralité de représentations et où chacune est intrinsèquement multiple, cette spontanéité représentative implique une puissance *(dunamis)* in-sen-

11. « Science moderne… », *op. cit.*, p. 180 [et coll. « Points Essais », p. 236].

12. Voir *L'Institution…*, chap. v, et, ici même, « L'imaginaire : la création dans le domaine social-historique », en particulier p. 281-283.

13. Sur les abîmes que recouvre cette expression, voir « Science moderne… », art. cité, p. 182 [rééd. « Points Essais, p. 238-239].

sible créatrice des conditions les plus englobantes de la
sensibilité, soit d'un Réceptacle, soit encore d'un « espace »
et d'un « temps » comme purs réceptacles *ensidiques*. Cela
n'est rien d'autre que la possibilité des « formes pures de
l'intuition » de la *Critique de la Raison pure*. Autrement
dit, l'*Esthétique transcendantale* est bonne pour les chiens
– et bien entendu aussi pour nous, dans la mesure,
immense, de notre parenté avec les chiens. La même chose
vaut pour l'« imagination transcendantale » de Heidegger
(dans *Kant et le Problème de la métaphysique*). L'imagination de la *Critique* comme celle de *Kant et le Problème...*
produisent, et ne produisent que, la même chose une fois
pour toutes ; elles ne sont que les ombres unidimension-
nelles de l'imagination radicale et de l'imaginaire radical
sans lesquels il n'y a ni ne saurait y avoir connaissance
et *histoire* de la connaissance. (On peut, du reste, dire
de même pour les formes élémentaires et nécessaires de
liaison : « catégories ».) Je reviens longuement sur tout cela
dans *L'Élément imaginaire*.

Nous retenons donc que la simple existence du vivant
implique l'effectivité d'une immense strate ensidisable de ce
qui est, excédant incommensurablement le vivant, en même
temps qu'elle implique la possibilité et l'effectivité de surgissement, dans l'être/étant, de formes nouvelles et irréductibles (comme le vivant lui-même, et ses œuvres). Elle
implique donc (puisque le vivant appartient à l'être/étant)
une *hétérogénéité ontologique* essentielle : soit, une stratification irrégulière de ce qui est ; soit encore une incomplétude radicale de toute détermination *entre* strates de
l'être/étant [14].

---

14. J'entrerai dans la discussion détaillée de tout cela, y compris du
point de vue « scientifique positif », dans *Temps et création*. Mais cela
uniquement par acquit de conscience et tempérament politico-pédago-
gique. A quiconque réfléchit, le fait de la couleur devrait suffire pour
établir ce qui est dit dans le texte.

Nous continuons sur la voie concrète ou factuelle. Nous considérons l'être humain – et la question de sa spécificité par rapport au simple vivant. Nous nous concentrons sur une dimension, pour commencer, la dimension psychique (ce qui est certes une abstraction séparatrice). Nous savions depuis toujours, et la psychanalyse comme théorie et comme praxis confirme, amplifie et élucide immensément ce savoir, que le psychisme humain n'est ce qu'il est que moyennant une rupture radicale avec le « psychisme » animal, ou ce que nous pouvons penser de ce dernier. Je ne marque ici que quelques traits, mais décisifs, de cette rupture. Il y a chez l'être humain dé-fonctionnalisation du fonctionnement psychique, traduite en particulier par la dé-fonctionnalisation de l'imagination et la dé-fonctionnalisation (devenant souvent, comme on sait, la contre-fonctionnalisation) du « plaisir », et, en particulier, la *domination du plaisir représentatif sur le plaisir d'organe*.

Pourquoi il en a été ainsi, ce n'est pas notre problème. (Il est évidemment impossible de ne pas relier ce développement à l'accroissement quantitatif considérable du système nerveux central chez *homo sapiens*, mais aussi et peut-être surtout à des changements dans l'organisation de ce système nerveux [15].) Toujours est-il que la boucle fonctionnelle du simple vivant est, chez l'humain, rompue – et que cette rupture se fait sous la pression d'un développement exorbitant, proprement monstrueux, du psychisme, analogue à une néo-formation pathologique, et en particulier de l'imagination comme imagination radicale, flux représentatif incessant, sans relation avec des « besoins vitaux » et même contraire à ceux-ci, surgissement immotivé de représentations et centrage sur elles. Des morceaux de l'organisation psychique « précédente », essentiellement ensidique, sub-

---

15. Il semble bien que pour certains mammifères marins le rapport poids du cerveau/poids total soit du même ordre que, sinon supérieur à, celui d'*homo sapiens*.

sistent certes – la logique du rêve les montre constamment à
l'œuvre, et, par la suite, la fabrication sociale de l'individu
s'étaiera aussi là-dessus –, mais comme débris flottants
après naufrage sur une mer démontée.

En tant que proprement biologique, l'espèce humaine
s'avère donc une monstruosité, formée de spécimens absolument inaptes à la vie comme tels. Elle aurait probablement disparu, si un autre surgissement n'avait pas eu lieu
au niveau de l'anonyme collectif avec l'auto-création de la
société comme société instituante. J'en ai suffisamment
parlé ailleurs. Il suffit ici de rappeler ces évidences, que la
psyché monadique, folle, du spécimen singulier d'*homo
sapiens* est transformée en individu social par l'imposition
qu'elle subit d'un langage, de comportements, de visées
réalisables, de la capacité de coexister avec autrui – et finalement, des aspects concrètement monnayables du magma
de significations imaginaires sociales chaque fois institué,
seul capable de fournir pour la psyché un sens à l'existence
« individuelle » et collective et à la réalité –, existence et
réalité qui ne peuvent se prêter à cet investissement de sens
que précisément parce qu'elles sont, chaque fois, construites
de façon appropriée par l'institution de la société.

L'institution de la société se fait, *aussi*, par reconstitution
d'une dimension ensidique (ensembliste-identitaire) explicite. C'est cette dimension qui se déploie dans le *legein*
et le *teukhein* – le langage comme code pseudo-univoque, et
la pratique comme fonctionnelle-instrumentale – de chaque
société [16]. Reconstitution qui s'étaye sur l'être-ainsi de la
première strate naturelle – mais qui est loin de « reproduire »
purement et simplement, et même de reproduire tout court,
la logique ensidique du vivant. Car la dimension ensidique
de la société est chaque fois décisivement co-déterminée
par ce qui, dans l'institution de cette société, *n'est pas* ensidique : la dimension proprement imaginaire, ou poïétique.

---

16. Voir *L'Institution imaginaire…*, chap. v.

Ici encore, nous avons à penser un multiple irréductible. D'une part, l'institution de la société, de toute société, doit sous peine de mort établir un rapport « fonctionnel » avec la première strate naturelle. (Quelle que soit sa religion, par exemple, une société de pasteurs ne pourra *jamais* s'amuser à croire que vaches, brebis, chèvres sont fécondées *exclusivement* par l'action des esprits, etc.) Pour autant que, sur Terre, cette première strate naturelle est partout « la même », il y aura, de ce fait, des « éléments communs » dans certaines articulations au moins du *legein* et du *teukhein* à travers les diverses sociétés (dans le temps et dans l'espace). La présence de ces éléments communs est d'une importance capitale : elle est un des étais d'une universalité virtuelle de l'histoire humaine. Car *il y a*, partout, relation signitive – comme *il y a*, partout, les mots pour les premiers éléments au moins de l'ensemble des entiers naturels, ou pour le ciel et les étoiles, ou pour le chaud et le froid, etc. [17]. Je peux donc si je veux – et s'il ne me tue pas auparavant – commencer à « parler » (à utiliser la monstration pour un enseignement réciproque des rudiments des langues respectives) avec un autre humain, quelle que soit sa tribu. Mais cette condition nécessaire est totalement insuffisante (comme le montrent les interminables difficultés des ethnologues et des historiens devant les sociétés différentes de la leur). Car telle qu'elle est instituée par chaque société, cette dimension ensidique est totalement immergée dans le magma des significations imaginaires de celle-ci. A la limite : « un » ne signifie *un* (et *que* signifie *un* ?) à travers les différentes langues *que* dans son usage comme élément d'un code, rabattu sur le pur *legein*. Et cela est facile à voir sur l'exemple de notre propre société.

---

17. Voir « Le dicible et l'indicible », dans *Les Carrefours du labyrinthe*, notamment p. 130-133 [rééd. « Points Essais », p. 167-172] ; et, en particulier sur la relation signitive, le chap. v de *L'Institution imaginaire…*, notamment p. 333 *sq.* [rééd. « Points Essais », p. 361 *sq.*]

Le pieux commerçant chrétien n'accepterait jamais qu'on lui donne un franc au lieu de trois – alors qu'il confesse l'égalité un = trois chaque dimanche au moins, et cela sans aucun « clivage » psychique. Et, bien entendu, ces significations imaginaires, dont l'ensidique lui-même fait partie en tant qu'institué, ne sont nullement superposables, congruentes, mutuellement réductibles entre différentes sociétés (par exemple, Brahma, Shiva, Vichnou sont sans rapport aucun avec la Trinité chrétienne). La possibilité d'une véritable communication entre sociétés autres, et notamment d'une véritable compréhension et élucidation, a des présupposés d'un tout autre ordre, loin au-delà de l'ensidique, jamais *donnés* « naturellement », toujours à conquérir[18].

Par ailleurs, indépendamment de sa solidarité avec les significations imaginaires sociales, l'ensidique reconstitué et institué par la société semble bien différent de l'ensidique que nous rencontrons dans la nature, et en particulier dans le fonctionnement et l'organisation du vivant. C'est cela, à mon avis, la vérité profonde que von Neumann avait entrevue, lorsqu'il écrivait, déjà en 1955-1956, que « le langage du cerveau n'est pas le langage des mathématiques[19] ». Du moins pas de *nos* mathématiques, *jusqu'ici*. Et c'est probablement aussi ce qu'il y a derrière ce qu'on peut bien appeler en gros l'échec de l'« intelligence artificielle », plus exactement : la coexistence en celle-ci d'avancées dépassant incommensurablement tout ce dont le vivant est capable, et d'une infirmité apparemment indépassable, congénitale, devant une foule de tâches qui sont, pour le

18. Voir par exemple, plus haut, « La *polis* grecque et la création de la démocratie », en particulier p. 330-333.
19. J. von Neumann, *The Computer and the Brain*, New Haven, Yale University Press, 1958, p. 80-82 [trad. fr. *L'Ordinateur et le Cerveau*, Paris, La Découverte, 1992, rééd. Flammarion, coll. « Champs », 1996 *(NdE)*]. Mêmes idées dans *The Theory of Self-reproducing Automata*, Urbana et Londres, University of Illinois Press, 1966, p. 31-80

vivant, plus que triviales. Et à cela, il semble bien y avoir au moins une raison centrale. Il n'y a certainement pas, pour et dans le système nerveux central humain (et sans doute aussi animal), séparation des fonctions strictement logiques et des fonctions thymiques (affectives) et orectiques (intentionnelles ou désirantes). Il n'y a donc rien, à première vue, d'étonnant à ce que l'on ne puisse pas reconstituer moyennant une logique nue et appauvrie – celle des calculatrices, celle de l'« intelligence artificielle » – une organisation *magmatique* au plus haut point, dans laquelle, par exemple, non seulement le thymique (affectif) n'est pas et ne peut pas être séparé du noétique ou logique, mais le thymique lui-même ne peut exister (et par exemple de ce fait « perturber » – aux yeux des ingénieurs – le logique) sans être lui-même intrinsèquement en partie « déterminé » – donc ensidique –, la réciproque étant sans doute vraie bien qu'infiniment plus difficile à formuler.

J'ai pris cet exemple car dans quel autre domaine, sinon les mathématiques, pourrions-nous prétendre avoir créé ou reproduit une structure aussi neutre, aussi indifférente, une fois son *hypothèse* posée, aux particularités de notre société et de toute société ? Or il semble bien que même dans ce cas la logique ensidique créée par la société *n'est pas la même* que celle impliquée dans les opérations du vivant – alors qu'il existe d'autres strates de la nature pour lesquelles la coïncidence est complète (tout ce qui, par exemple, dans la nature relève de la mécanique rationnelle). Autrement dit – conclusion dont la portée dépasse de loin l'exemple ici discuté : la société doit créer *de novo* et à nouveaux frais quelque chose qui *ressemble* à des données naturelles fondamentales (celles de la vie), mais n'en est nullement la copie ou la réplique.

Qu'il y ait société, et diversité de sociétés, renvoie à une organisation *sui generis* de la première strate naturelle. Celle-ci doit être telle qu'elle puisse étayer (et se prêter à) une multitude indéfinie d'organisations, correspondant chaque fois à une institution autre de la société, avec sa dimension ensidique particulière.

Et les mêmes faits renvoient au champ social-historique et à la société instituante, comme exemplifiant l'existence de *puissances (dunameis)* non imputables à des « sujets » déterminés.

Mais cette organisation *sui generis*, multitude d'organisations potentielles et effectives *in re*, et d'organisations dont chacune est presque exhaustivement ensidisable, ne s'arrête pas à la première strate naturelle. Elle semble bien concerner la totalité de l'être/étant « naturel » qui nous est accessible. C'est cela que montre l'*histoire*, au sens fort du terme, de la science : de notre science, de la science gréco-occidentale. Pour bien en saisir la signification, il nous en faut situer la naissance dans le contexte plus général de l'organisation ensidique de toutes les sociétés.

Aucune société ne pourrait fonctionner (ni même dire et se dire ses propres significations imaginaires) sans une dimension ensidique. Mais celle-ci reste *bornée* (au sens mathématique du terme) dans son déploiement pour presque toutes les sociétés que nous connaissons. Les sociétés dites sauvages possèdent déjà un savoir immense – à bien y réfléchir, beaucoup plus étonnant que le nôtre – incorporé dans leurs activités et leur fonctionnement, et explicitable, en principe, dans leur langage. D'autres sociétés, dites traditionnelles – de l'Égypte et de la Chine aux Mayas et aux Aztèques, sans oublier la Mésopotamie, l'Iran ou l'Inde –, ont, en plus, cultivé ce savoir comme tel et pour lui-même, indépendamment de son utilisation fonctionnelle ou de son importance comme armature de leur imaginaire au sens étroit. On a voulu définir, dans le premier cas, la « pensée sauvage » comme « bricolage » – et à vrai dire, avec les mêmes arguments, on aurait pu appliquer le même attribut à la pensée des sociétés traditionnelles mentionnées plus haut [20]. La caractérisation n'est pas fausse, elle est simplement superficielle. Ce qui apparaît à l'observateur occidental comme bricolage est le manque d'unité et de systématicité de cette pensée selon ses critères à lui, Occidental. Ces critères n'ont pas ici de pertinence. Les sauvages « rationalisent » ce qui leur importe, les intéresse ou s'impose à eux ; ils ne sont pas possédés par la folie de l'extension indéfinie de la rationalisation. Cela renvoie à – et dépend en vérité de – un autre trait, beaucoup plus décisif, et qui ne concerne plus seulement le savoir, mais la totalité du faire et du représenter social, pour toutes ces sociétés, sauvages et traditionnelles : *l'arrêt de l'interrogation est institué, et scellé par le mythe* (ou la religion, mais au sens où je prends ici le terme de mythe cela revient au même). Le fait que les sauvages travaillent avec les moyens du bord et les « bouts de ficelle » disponibles apparaît alors clairement comme second et dérivé. Le bricoleur est celui qui ne fabrique pas lui-même ses outils et matériaux, mais se borne à ré-utiliser et à recombiner le déjà disponible. Dans le domaine du savoir (comme du reste dans les autres), fabriquer outils et matériaux exige que l'on commence à faire table rase de l'hérité, à mettre en cause et en question les représentations et les mots de la tribu, soit, en fin de compte, l'institution établie de la société. La définition même de la société traditionnelle (« sauvage » ou « historique ») est l'impossibilité instituée – et l'inconcevabilité psychique – de ce faire.

Certes, même dans ces cas la société continue de s'auto-créer, donc de s'auto-altérer alors même qu'elle ne le sait pas et qu'elle fait tout pour que cela ne se sache pas. Ainsi il y a dans les sociétés sauvages et traditionnelles cumulation plus que lente – bien qu'immense sur le long et l'hyper-long terme – du savoir, tout à fait comparable à

---

20. Claude Lévi-Strauss, *La Pensée sauvage*, Paris, Plon, 1962 [rééd. Paris, Presses Pocket, coll. « Agora », 1990].

celle de la technique, ce qui est par ailleurs compréhensible vu qu'elle n'en est le plus souvent que l'autre face.
Mais elle est inobservable à l'échelle des générations, et
même des siècles, et elle doit le rester. Le savoir ensidique, son développement surtout, doit rester implicite, et
même enfoui, de même et au même titre que celui impliqué par le travail des galets, la fabrication des armes, l'invention et le perfectionnement de la poterie et de l'agriculture [21].

La rupture, la première, on le sait, survient avec la Grèce
ancienne. Ici, quelque chose se détache du « savoir commun » – ou du « savoir secret » des prêtres et des mages – et
veut devenir *epistèmè* humaine, et *epistèmè publique*,
ouverte à tous ceux qui peuvent et veulent y travailler. Ici
naissent les deux exigences, et l'exploration de la possibilité
d'y satisfaire, qui caractérisent ce que nous entendons par
pensée rationnelle : l'interrogation illimitée, d'une part ; la
démonstration, quels qu'en soient les moyens, d'autre part.
Évidemment l'interrogation porte et se porte *aussi*, et
presque immédiatement, sur les *moyens* et l'*idée* même de
démonstration. Les deux ensemble forment ce que les Grecs
appelaient le *logon didonai*, rendre compte et raison [22].

---

21. Voir *L'Institution imaginaire*, chap. V, p. 365-369 [rééd. « Points
Essais », p. 395-399].
22. Périodiquement reviennent, et à grand bruit, les discours sur les
« influences », proche-orientales ou autres, sur la création grecque.
Sur certains points, ces « influences » sont incontestables et importantes (Hérodote en parlait déjà !) ; sur d'autres, triviales ou inventées
de toutes pièces. Mais ces discours manquent, de toute façon, la nature
même d'une création historique. Des « influences », il y en a eu et il y
en aura pratiquement toujours ; les isolats historiques parfaits sont
extrêmement rares. Dans les cas importants, elles sont reprises, méta-
bolisées, incorporées dans une *forme* autre et nouvelle, qui se suffit à
elle-même. En outre, les discours en question traduisent une méconnaissance lamentable de la logique la plus élémentaire de l'enquête :
pourquoi donc l'« influence » égyptienne n'a-t-elle pas fait naître une
mathématique éthiopienne ? Et, pendant qu'on y est, qu'est-ce que les

Les liaisons profondes, la consubstantialité de cette création avec la création politique des Grecs, et notamment avec le surgissement de la démocratie, ne nous occuperont pas ici [23]; pas davantage les conditions sous lesquelles, après un recouvrement de nombreux siècles, les deux mouvements – mouvement émancipateur des hommes dans la cité, mouvement émancipateur de la pensée – ont resurgi en Europe occidentale. Il nous faut seulement, pour les besoins de ce qui va suivre, rappeler deux traits profondément différents – et parents entre eux – qui marquent autrement les magmas de significations imaginaires dans et par lesquelles se fait cette création de la pensée rationnelle en Grèce, sa re-création beaucoup plus tard en Europe occidentale. Chacun renvoie, par toutes ses fibres, à la totalité de l'imaginaire de chacune des deux sociétés. Il s'agit, pour les désigner brièvement, de la place de l'*infini*, d'un côté, de l'*artificialité*, de l'autre. Thèmes connus, dont un seul aspect, non relevé à ma connaissance jusqu'ici, m'importe pour la suite.

Hébreux ont fait de l'« influence » mathématique et astronomique des Égyptiens et des Mésopotamiens, beaucoup plus proches d'eux que des Grecs ? Et pourquoi l'« influence » grecque elle-même n'a-t-elle pas pu empêcher qu'il n'y ait pas *un seul*, je dis bien un seul, mathématicien romain dont on puisse citer le nom ? Enfin, il vaut mieux, dans ce cas comme dans les autres, essayer de comprendre de quoi on parle. Il ne s'agit pas du « contenu » de certaines idées, ou des « résultats ». Il s'agit de la création d'un espace du *logos*, et des moyens de s'y mouvoir. Personne, que je sache, n'a crédité les Grecs de l'invention (capitale) de la ficelle à mesurer les longueurs. On les a crédités de la *démonstration* du théorème de l'hypoténuse. À la limite : découvrirait-on demain, sur un papyrus ou sur des tablettes, en Égypte ou en Mésopotamie, les *résultats* complets de N. Bourbaki que cela ne changerait *rien* à ce qui est en question et à ce que j'affirme. Il y a eu mathématique, telle que nous l'entendons, à partir du moment où il y a eu *démonstration*.

23. Pour une vue rapide, voir plus haut, « La *polis* grecque et la création de la démocratie ».

L'infini : nous pouvons commencer par la catastrophe connue des irrationnels. On se rappelle comment le théorème dit de Pythagore conduit immédiatement à la démonstration de l'irrationalité de la racine carrée de 2 (telle qu'elle se formulera finalement dans Euclide, la démonstration de cette irrationalité est potentiellement démonstration de l'irrationalité de *toutes* les racines, d'ordre quelconque, de *tout* nombre rationnel qui n'est pas puissance parfaite de cet ordre). La catastrophe se trouve en ceci, que les nombres irrationnels (en grec : *arrhètoi*, indicibles ; *surd* est encore le mot anglais, de *surdus*, muet puis silencieux) ne peuvent pas être *déterminés* (en un nombre *fini* de termes, dirions-nous) comme exhibables ou proportion de deux nombres exhibables, ils sont *apeiroi*, illimités, indéterminés. Or ce qui est *apeiron*, qui n'a pas de *peras*, de terme, de limite, de détermination, à la fois contrevient à l'interprétation centrale de l'être comme déterminité et, en grec, *dit de lui-même* qu'il est inconnaissable. Il importe peu ici de savoir comment Eudoxe (environ 390-340 av. J.-C.) en étendant la théorie des proportions (qu'on trouvera dans le Vᵉ Livre d'Euclide) et en inventant l'approximation indéfinie de la limite (que les Modernes ont appelée méthode d'exhaustion) a, à la fois, résolu ce problème et créé la solution grecque de la question des infinitésimaux (Euclide, Livre X, prop. 1). L'essentiel est que les Grecs n'ont jamais accepté en mathématiques des démonstrations autres que celles qu'on appellerait aujourd'hui *finitistes* et *constructivistes*. De même, Antiphon le « sophiste » (contemporain de Socrate) avait « en fait » résolu la fameuse quadrature du cercle, comme *nous* la résolvons : il a fait de la circonférence la limite du périmètre des polygones inscrits, lorsque leur nombre de côtés augmente indéfiniment. (Et l'on savait déjà que pour tout polygone il y a un carré équivalent – par la suite, Euclide, II, 14.) Mais Aristote le rabrouait sévèrement : *ton tetragônismon (...), ton Antiphontos ou geometrikou*, la quadrature d'Antiphon n'est pas de la géométrie (mais serait plutôt « dialectique »), la géométrie doit procéder par « résolution en des parties »[24].

Un autre exemple extrêmement instructif concerne l'apparente « absurdité » de la théorie du mouvement d'Aristote. Thomas Kuhn a déjà dit ce qu'il faut plutôt penser de l'incompréhension obtuse des Modernes et de sa signification[25]. Être, c'est être déterminé ; qu'est-ce qui entre donc dans les déterminations essentielles des choses ? Pour les Anciens en général, et Aristote en particulier, son *lieu* : la réponse à *où ? (pou ?)* est catégoriale. Et, pour Aristote, tout a sa finalité, son *telos* qui est sa nature ; une chose « matérielle » a par conséquent un *lieu naturel* – là où elle se trouve, ou bien là où elle est d'elle-même, naturellement, portée (que nous déterminons par l'observation : le bas pour les graves, le haut pour les légers). La force, comme cause, est donc ce qui provoque le changement de *lieu* – qu'elle soit « naturelle » et mène la chose à son lieu naturel, ou qu'elle soit « non naturelle », « violente », et mène la chose ailleurs qu'à son lieu naturel. Pour changer tout cela, il faudra admettre ces idées étranges : que ce n'est pas le lieu qui appartient aux déterminations essentielles d'une chose, mais son état de mouvement, et que l'« état naturel » de ce mouvement, si l'on peut dire, n'est pas le zéro de mouvement, mais le mouvement rectiligne et uniforme, dont le zéro de mouvement n'est qu'un cas particulier. Il en résulte

24. Antiphon : Diels, II, B 13 = Simplicius, *ad Phys.* 54, 12 ; Aristote, *Physique*, I, 2, 185a 14 *sq.* – Sur Archimède : utilisation des méthodes extragéométriques (mécaniques) permise comme procédé heuristique, *à condition que* la vraie démonstration géométrique rigoureuse suive, *Pros Ératosthenèn Ephodos,* la *Méthode à Ératosthène*, Mugler (Budé), III, p. 82-84.

25. Je dis bien des *Modernes* qui se croient si savants et si intelligents ; je ne parle pas des pionniers qui, du XIIIᵉ au XVIIᵉ siècle, ont lutté pour créer la nouvelle théorie du mouvement. Voir Thomas S. Kuhn, *The Essential Tension*, University of Chicago, Chicago et Londres, 1977, p. 11-13 [tr. fr. *La Tension essentielle*, Paris, Gallimard, 1990, p. 13-16], et ses séminaires (inédits) mentionnés au début du présent texte.

évidemment qu'il ne peut plus y avoir de « lieu naturel »
pour quoi que ce soit, et que la force est cause non pas
de mouvement, mais de *changement* de l'état de mouvement[26]. Il en résulte aussi qu'il devait pouvoir y avoir un
mouvement rectiligne uniforme infini – donc un espace
infini. (Notons que pour nous aujourd'hui cette dernière
idée est, en toute rigueur, fausse.)

Pourquoi était-il exclu qu'Aristote pût penser tout cela,
pourquoi était-il « naturellement » amené à penser ce qu'il a
pensé ? Kuhn l'a rappelé : parce que pour lui les « qualités »
sont très importantes ; parce que sa notion de mouvement
n'est pas seulement celle de « mouvement local », mais
comprend aussi l'altération, la croissance et la décrois-
sance, enfin la génération et la corruption – mouvements
« qualitatifs » ; parce que le « mouvement local » lui apparaît en un sens, lui aussi, comme un changement de qualité ;
et que, ces changements étant, en règle générale, « naturels », il doit y avoir aussi *lieu* naturel. (On peut tout autant
dire qu'il doit y avoir *finalité locale* des choses.)

A tous ces éléments mis justement en lumière par Kuhn,
on peut en ajouter un autre : si, par impossible, Aristote
avait pensé le mouvement autrement, il aurait peut-être (et
même probablement) été conduit à accepter l'infinité de
l'espace. Or cela était impossible : pour Aristote l'espace
doit être fini, le monde clos et sphérique. Y avait-il là une
borne absolue de la pensée d'Aristote, ou grecque ancienne,
un impensé et impensable ? Pas du tout : Aristote répète *ad
nauseam* qu'il ne peut pas y avoir d'infini *en acte*, précisément *parce qu'*une foule de penseurs précédents et
contemporains avaient affirmé *le contraire*. Pour n'en nommer que le plus important, et avec qui Aristote discute tout
le temps : le grand Démocrite, pour qui il n'y avait que
« des atomes et du vide », professait, à en croire les doxo-

26. Voir *L'Institution imaginaire...*, p. 271-272, n. 30 [rééd. « Points
Essais », p. 293, n. 30].

graphes, *l'infinité de l'espace et des mondes*. La bifurcation était donc là : la pensée grecque avait, parmi tout le reste, créé *aussi* la notion d'infini, tant en mathématiques qu'en physique. Mais celui qui en a été le représentant culminant et privilégié pour les siècles suivants, Aristote, sans rejeter tout à fait cette idée, l'a, si l'on peut dire, « remise à sa place » : il n'y a d'infini que *virtuel*, la suite des entiers ou la subdivision de la ligne en segments *ne s'arrêtent pas* – mais ils ne peuvent jamais être *donnés* ensemble tous à la fois *(hama)*. C'est aussi ce qui explique qu'Aristote (et les anciens Grecs en général) puisse à la fois refuser l'infini spatial et accepter l'infini temporel : un passé infini, un avenir infini ne « sont » que *virtuellement* ; un espace infini (et des mondes infinis) signifierait une totalité infinie donnée en acte. S'il y a (comme le dit *Physique*, IV) toujours du temps « autre et autre », il surgit au fur et à mesure ; mais, s'il y avait de l'espace « autre et autre », il ne surgirait pas à partir du moment de notre visite, il aurait toujours déjà été là.

Le passage du « monde clos » à l'« univers infini », selon la belle caractérisation d'Alexandre Koyré, mettait donc en jeu deux *mondes* de signification, précisément. Sa difficulté n'était pas la difficulté de « reconnaître » l'infini, mais de *le mettre au centre*. (Et le Dieu hébraïque ou chrétien n'a *rien à voir* avec ce passage : il était là pendant quinze siècles, et le monde restait sphérique.) C'est pourquoi aussi Nicolas Bourbaki est un peu rapide lorsqu'il parle de ce « passage, si naturel (dès qu'on s'est engagé dans cette voie) que nous l'avons vu annoncé déjà par Fermat, du plan et de l'espace "ordinaire" à l'espace à *n* dimensions… ». Ce passage « si naturel » a mis « plus de deux siècles à pénétrer dans les esprits » ; il n'apparaît qu'« obscurément » chez Gauss et il faut attendre Cayley et Grassmann, « vers 1846 », pour le voir pratiqué « avec aisance »[27]. Ce n'est certes pas qu'Ar-

---

27. N. Bourbaki, *Algèbre I*, chap. i à iv, Note historique, A III, p. 205, 208-209.

chimède ou Gauss étaient troublés par le passage de 3 à 4 –
c'est que des significations et des schèmes beaucoup
plus profonds étaient en jeu. – On peut dire la même chose
des géométries non euclidiennes : la construction de la
trigonométrie sphérique entre Hipparque et Ménélaos, soit
du IIe siècle avant J.-C. au Ier siècle après J.-C., aurait pu
conduire à une considération *intrinsèque* des propriétés
d'un espace sphérique, soit courbe.

Je serai beaucoup plus bref, faute de place, concernant
l'*artificialité*. Quelques faits : il n'y a pas que la « machine
à vapeur » d'Héron d'Alexandrie (Ier siècle après J.-C.). Il y a
les calculatrices analogiques (le « mécanisme d'Anticythère »,
Ier siècle avant J.-C. ; le « calendrier de Londres », entre 330
et 640 après J.-C., mais avec des antécédents sans doute beaucoup plus anciens [28]) ; aussi et surtout, les extraordinaires
machines de guerre. Mais il y a aussi manque d'intérêt
pour l'« artificiel » en dehors précisément de cette dernière
catégorie (exception qui se comprend assez aisément). Or
ce manque d'intérêt pèse surtout sur l'*artificiel théorique*.
Aristote utilise déjà dans ses écrits les lettres « algébriquement » ; cet usage ne trouvera guère d'écho, et, même chez
Diophante, beaucoup plus tard, les symboles « artificiels »
(artificiels évidemment au second degré) resteront rares.
L'Europe, depuis Cardan au moins, n'arrêtera pas d'en
inventer.

Pour les Grecs, il y a *phusis* et il y a *nomos* ; mais, pour
le courant devenu chez eux dominant, contre Démocrite
et contre Protagoras, le *connaître* de la *phusis* ne relève pas
du *nomos*. Les Modernes non plus n'accepteront pas, en
règle générale, et *en droit*, l'idée de l'*artificialité* du savoir ;
en fait, cependant, ils s'y livreront sans frein.

---

28. Voir, en dernier lieu, Pierre Thuillier, « Les mécaniciens
grecs sortent de l'ombre », *La Recherche*, décembre 1985, p. 1540-
1544.

Il y a, quoi qu'on en ait dit, bel et bien unité du projet théorique entre la Grèce et l'Europe occidentale. Elle se traduit par la reprise de l'exigence du *logon didonai*, pleinement active depuis Guillaume d'Occam, au moins. Elle est symbolisée par le développement en un sens unitaire des mathématiques, d'Hippocrate de Chios et d'Eudoxe aux grandes inventions modernes. Mais cette exigence est essentiellement surdéterminée, dans les deux cas, par le magma de significations imaginaires d'où elle jaillit; elle conduit ainsi dans des directions différentes.

Cette différence, on peut tenter de la caractériser par ces deux idées : de l'*infini*, et de l'*artificialité*. La science moderne apparaît comme l'élaboration subjectivement et objectivement illimitée (et sans aucun doute interminable) de la logique ensidique et des strates que celle-ci découvre/construit dans le « réel ». L'*illimitation* de l'enquête moderne dépend sans doute elle-même d'un schème imaginaire de la *rationalité de part en part* de l'être/étant physique – schème étranger aux Grecs (en tout cas, jusques et y compris Aristote). L'*artificialité* conduit à une transformation de l'essence même de l'« objet » mathématique, aboutissant à la « libre position » des axiomes – impensable pour les Grecs pour lesquels (comme encore pour Kant) ces axiomes exprimaient des propriétés intrinsèques ou « naturelles » (fussent-elles « subjectives ») de l'espace, non pas des positions arbitraires soumises simplement aux contraintes de l'indépendance, de la non-contradiction et éventuellement de la complétude.

Il est certes difficile de ne pas rapprocher cette illimitation, et cette artificialité, de la signification imaginaire centrale du capitalisme : l'expansion illimitée de la maîtrise « rationnelle »[29]. Mais ce qui nous importe ici, c'est ce que ce déploiement de la science moderne (au « vieux »

29. *Cf.* plus haut, « Réflexions sur le "développement" et la "rationalité" ».

sens de ce mot, soit depuis la « fin du Moyen Age ») dévoile à la fois dans l'être de son objet et dans l'être de son sujet – précisément en fonction de son illimitation et de son artificialité. On l'aura deviné, si l'on a compris notre mode d'argumentation précédent : un déploiement scientifique du type qu'exhibe la science occidentale depuis, disons, Galilée, *ne* serait possible *ni* dans « n'importe quel univers », *ni* pour « n'importe quelle société » formée par des incarnations accidentelles et inessentielles d'une conscience en général.

Ce que ce déploiement dévoile dans son objet est, d'un côté, la confirmation de l'extraordinaire universalité immanente des lois découvertes/créées par nous à partir de considérations étroitement « locales » (ou bien leur extensibilité, pratiquement sans modification, « illimitée » mais « bornée » : nous en avons déjà parlé plus haut, à propos du vivant), ces lois paraissant comme « localement universelles » ou « universelles par strates », « local » ne signifiant pas ici une boule ou un compact dans R^4, mais un ou plusieurs feuillets d'un feuilleté transversal ; et d'un autre côté, de loin le plus important – contrairement au programme initial et pour beaucoup de gens toujours valide du projet scientifique occidental –, une énorme irrégularité en profondeur, l'absence d'« unité systématique » – du moins, telle que nous pouvons ou même pourrions la concevoir –, des fractures, des canyons ou des crevasses cosmiques, lesquels ne signifient par ailleurs – autre sujet d'étonnement sans fin – aucune « incohérence » positive.

Nous savions déjà – ce savoir restant certes pour beaucoup encore un sujet de controverse – qu'il n'y a pas de *véritable* pont allant du physico-chimique au vivant, ni du vivant au psychique et au social-historique. Les réductionnistes crieront à l'obscurantisme ; la seule réponse que méritent ces barbiers qui raseront toujours gratis, mais demain, est : *hic Rhodus, hic salta*. Même moins. On ne

vous demande pas de *donner* l'« explication » de la *sensation* : rouge, mais seulement de dire *en quoi elle pourrait consister*, quelles seraient la syntaxe et la sémantique de la phrase qui la fournirait. Seraient-elles plutôt du genre :
« $\dfrac{a+b^n}{n} = X$ donc Dieu existe » (Euler à Diderot, Saint-Pétersbourg, 1774), ou bien plutôt : « 400 nanomètres sensibilisent certains de vos récepteurs alors que 780 en sensibilisent d'autres, donc voilà pourquoi votre fille est muette et vous voyez tantôt violet et tantôt rouge » ? Certes, encore une fois, cela ne signifie aucune incohérence « positive » – ni que le vivant puisse « violer » les lois physico-chimiques, ou l'humain les lois biologiques (dans ce dernier cas, il faut réviser à fond le sens du terme loi, mais c'est une autre histoire). Ils ne les violent pas ; ils se contentent d'en créer d'*autres*. *Ce que* sont ces lois, ces connexions, etc., au niveau du vivant, *n'a pas de sens pour le physicien*, comme le neurophysiologiste, *comme* neurophysiologiste, ne voit et n'est capable de rien voir de plus dans *L'Enterrement du comte d'Orgaz* que dans n'importe quelle autre surface colorée.

Cette discussion n'a d'utilité, du reste, que par rapport aux biologistes et aux physiciens attardés (il est vrai qu'ils sont légion). Car, pour qui ne veut pas s'aveugler volontairement, la rupture et l'hétérogénéité sont logées au cœur même du rocher, l'ennemi est déjà installé depuis cinquante ans au moins dans le bastion principal, la physique théorique. Le noyau de la fiction de l'homogénéité de l'univers physique – à la base de l'idée de *réductibilité* – est disloqué. Les strates de l'être/étant physique sont évidemment « compatibles » ; mais elles ne se laissent pas intégrer en un système unitaire et homogène. Macrophysique ordinaire, physique quantique et hyper-macrophysique (pour utiliser le terme employé par W. Heisenberg déjà en 1935) fournissent l'exemple, à l'étape actuelle de notre ignorance, de trois strates théoriquement irréductibles les unes aux autres.

Entre ces trois strates, les passages sont « praticables » : *il y a* un monde. Mais ils ne sont pas rigoureux, ils sont simplement « numériques », non théoriquement constructibles : ce monde n'est pas « système » ou système de systèmes [30].

S'il faut illustrer davantage la situation théorique de la physique fondamentale aujourd'hui, rappelons que des structures tellement profondes qu'elles restaient en fait tout à fait implicites et parfaitement classiques, dans les conceptions les plus subversives de la dernière période, la relativité générale et les quanta, comme la *topologie* de l'espace-temps, sont mises en question depuis plus de vingt ans, et semblent bien en fait devoir être abandonnées. La conception de John Wheeler, par exemple, revient à considérer plusieurs « échelles » de l'espace-temps, dont les topologies différeraient essentiellement. Pour reprendre son image, nous « voyons » et « vivons » dans la vie (et la physique) ordinaire un espace-temps lisse comme la surface de l'océan vue d'un avion – alors qu'à une distance moindre cette surface est parcourue par des vagues, et que, de très près, on s'aperçoit qu'elle comporte des courants, des turbulences, de l'écume, etc. Cette « écume » de l'espace-temps – à la fois introduisant des discontinuités *et* des changements perpétuels de la topologie elle-même – apparaîtrait à l'échelle de la longueur de Planck, soit 2×10^{-33} cm [31].

---

30. J'ai déjà depuis longtemps insisté sur ce point (« Science moderne et interrogation philosophique », *op. cit.*, p. 158-174 [rééd. « Points Essais », p. 206-228]), qui semble toujours incompréhensible pour le tout-venant des physiciens, à propos de la relation entre théorie newtonienne et relativité. Présenter la première comme une « moins bonne approximation » que la seconde, c'est ignorer l'hétérogénéité des postulats et des structures théoriques des deux conceptions, et parler non pas en physicien théorique mais en cuisinier de décimales.

31. La topologie est, sommairement parlant, l'étude des homéomorphismes, à savoir des transformations biunivoques et bicontinues. En langage plus ordinaire, et humoristique, un topologue est quelqu'un d'incapable de voir la différence entre une chambre à air et une tasse à thé, ou un cube et une sphère – alors qu'il voit d'innombrables abîmes

Et ce seraient les fluctuations quantiques de la topologie de l'espace-temps à cette dernière échelle qui donneraient lieu à la naissance et à la disparition des particules « élémentaires ». Il ne sert à rien de dire que ce n'est là qu'une théorie. Si la conception de Wheeler ne l'emporte pas, ce seront d'autres conceptions, encore « pires » peut-être – comme l'espace twistoriel de Penrose –, car il faudra bien tenter de sortir de la situation absolument chaotique de la physique fondamentale aujourd'hui. Et il ne sert à rien non plus de dire qu'il ne s'agit dans tout cela que d'« effets d'échelle » sans portée théorique ou philosophique. Remarquons tout d'abord que de tels prétendus « effets d'échelle » sont déjà là en relativité générale, où, tout au contraire, la condition du « lissage », ou de la « régularité habituelle », est l'inverse : l'espace-temps qui n'est pas euclidien dans sa totalité *(whatever that may mean)* est euclidien « localement » (le « local » signifiant ici, bien sûr, une boule de R^4 à diamètre « suffisamment » petit). Or, déjà en relativité générale, les différences d'échelle ne sont pas des différences d'« aspect » ou de « perspective », mais se traduisent bel et bien par des *lois* autres dans chacun des deux domaines. Et bien évidemment, encore plus fortement, tel est le cas avec l'« écume » de Wheeler : il ne suffit pas que les « grains » se comportent d'une certaine manière lors-

---

séparant un panier d'osier tressé et un panier de même forme et dimension coulé d'une seule pièce de plastique. – La topologie concerne des propriétés en un sens plus « profondes » et (car) plus cachées de l'espace que son nombre de dimensions ou même que son caractère euclidien ou pas. Dans la conception de Wheeler, par exemple, citée dans le texte, c'est avec l'*écume* qu'intervient le changement de topologie. On passe d'une mer plate à une mer agitée par transformation continue (même topologie) – alors que l'écume ruine l'unité topologique de cette surface. Pour un résumé très clair de la thèse de Wheeler (et d'autres conceptions contemporaines encore plus étranges), voir l'article d'Abhay Ashtekar (professeur aux universités Pierre-et-Marie-Curie à Paris et de Syracuse, État de New York), « La gravitation quantique », *La Recherche*, novembre 1984, p. 1400-1410.

qu'on a le nez sur l'eau ; il faut encore que tout cela apparaisse comme se comportant avec régularité à un observateur situé dix kilomètres au-dessus. Or, je l'ai déjà dit et je le répète : il est radicalement exclu que l'«œil» de cet observateur impose une telle régularité à quelque chose qui ne s'y prête pas, ou qui est «intrinsèquement» tout à fait amorphe [32].

La conclusion est inéluctable : il existe des strates hétérogènes de l'être/étant physique. Chacune de ces strates comporte une dimension ensidique – ou se prête, indéfiniment, à une élaboration ensidique, à une ensidisation [33]. Mais leur *relation* ne s'y prête pas. «Empiriquement», il n'y a pas d'incohérence positive : nous retombons sur nos pattes dans les calculs, pour v/c suffisamment petit les formules de Lorentz sont inutiles. Mais, théoriquement et logiquement, il y a manque de rapport. Les axiomes, les concepts fondamentaux et la structure logique des théories correspondantes sont autres. On ne passe pas de Newton à Einstein par transition continue. Pour faire le passage, il faut remplacer : «il est vrai que P», par : «il n'est pas vrai que P» [34]. Ce changement d'axiomes, au niveau de la théorie, correspond à la fracture au niveau de l'objet.

Et ce terme d'axiome nous rappelle aux mathématiques, sans lesquelles – sans l'immense développement desquelles

---

32. C'est pour cela que ce qui est dit dans le texte est *totalement et rigoureusement indépendant* du succès ou non des théories dites de grande unification – ou du «serpent qui se mord la queue» de Sheldon Glashow (la gravitation redevenant force dominante à l'échelle de la longueur de Planck). Ce qu'on obtiendrait alors, ce serait une unité du «substrat» : cela n'expliquerait en rien l'*existence réglée* du monde newtonien, soit de la *presque* totalité du monde visible.

33. Il est clair que cela seul suffit pour éliminer des absurdités comme le *anything goes* de Feyerabend.

34. P étant, par exemple, la proposition : «il existe des signaux se propageant à vitesse infinie» – ou même : «il existe des actions instantanées à distance».

– la physique occidentale n'existerait tout simplement pas. A la suite de tant d'autres, je me suis moi aussi étonné de la *unreasonable effectiveness of mathematics*, l'efficacité déraisonnable des mathématiques, pour reprendre l'expression de Wigner[35]. Je le reste toujours – mais, en fonction de ce que nous avons déjà dit, je crois que la question devient enfin pensable. Que sont les mathématiques, dans leur déploiement moderne (et une fois libérées de la « naturalité » grecque – qui est encore, même si c'est une naturalité du « sujet », celle de Kant)? Une élaboration proliférante de la logique ensembliste-identitaire, d'une part; *et* une élaboration qui, tout en continuant interminablement, aurait depuis longtemps atteint les limites de la trivialité et de l'insignifiance, s'il n'y avait pas l'imagination créatrice des mathématiciens, qui s'exprime d'abord et avant tout par la position de *nouveaux axiomes*, fondateurs de branches (d'arborescences de théorèmes) autres que celles déjà existantes. Bien entendu, la *libération* de cette imagination créatrice requiert un ensemble de conditions social-historiques qui, elles, relèvent de l'imaginaire social (et ne se rencontrent qu'en Europe occidentale moderne); et, d'autre part, la liberté de l'imagination du mathématicien – tout à fait comparable en cela avec la liberté d'imagination du créateur de l'œuvre d'art – se plie d'elle-même à des exigences que nous pouvons formuler, mais qui, en elles-mêmes, ne fournissent aucune *règle*, non seulement pour « inventer » des axiomes, mais même pour juger immédiatement et à coup sûr de leur *importance*. Nous pouvons en effet dire qu'un système d'axiomes peut être quelconque (arbitraire) *pourvu que* les axiomes soient indépendants et non contradictoires (la « complétude » est encore une autre question). Mais cela n'exclut nullement la position de systèmes d'axiomes qui ne présentent aucun intérêt – ou

35. Voir la Préface des *Carrefours du labyrinthe*, p. 8-10 [rééd. « Points Essais », p. 6-10].

aucune véritable « fécondité ». Mais quel intérêt, quelle fécondité, qui en juge ?

Or, et sans un seul instant insinuer que cette importance ou fécondité se jauge à l'applicabilité des théories mathématiques aux phénomènes physiques – ce qui serait intrinsèquement absurde *et*, on le verra tout de suite, ne ferait que repousser la question d'un cran –, le fait fascinant et plein de signification, tout à fait connu mais sur lequel en général on ne réfléchit pas sous cet angle, est l'étrange interrelation entre le déploiement des mathématiques et l'histoire de la physique moderne. Je vise cette interminable partie de saute-mouton, le *leap frog game*, où tantôt les mathématiques ont l'air de « préparer » d'avance les formes dont la physique « aura besoin », tantôt la physique « force » l'invention de formes mathématiques qui n'existaient pas jusqu'alors, tantôt les deux se font ensemble, tantôt enfin la physique reste bloquée parce qu'on n'arrive pas à créer les outils mathématiques requis. Il n'est pas question de traiter ici cet immense sujet. Je me bornerai à fournir quelques exemples clairs des quatre principaux cas que j'ai mentionnés.

Un exemple classique du premier cas est fourni par la relativité générale : la géométrie riemannienne et le calcul différentiel absolu de Ricci et de Levi-Civita étaient là depuis, respectivement, cinquante et vingt ans, « à la disposition » d'Einstein[36]. A l'inverse – deuxième cas –, Dirac a dû inventer sous leur première forme pour les besoins de la physique quantique (1926) ce dont Laurent Schwartz allait faire les distributions. Le troisième cas est classiquement illustré par Newton avec l'invention de l'analyse et son application à la physique (cette marche plus ou moins

---

36. Lequel a, d'ailleurs, dû ré-inventer des mathématiques qui étaient restées ignorées des physiciens (et de Hilbert lui-même !) comme les identités de Bianchi. Voir Abraham Pais, *« Subtle is the Lord... »*, Clarendon Press, Oxford et New York, 1982, p. 221-223, 256, 258.

parallèle en mécanique rationnelle se prolonge du reste tout le XVIIIe siècle jusqu'à Lagrange et Laplace, si ce n'est jusqu'à Hamilton et Jacobi au milieu du XIXe). Le quatrième cas, enfin, peut être illustré par les obstacles que rencontre depuis longtemps l'hydrodynamique des flux turbulents faute d'« outils » mathématiques suffisants. On pourrait ajouter un cinquième cas : une théorie mathématique se développe et se perfectionne indéfiniment, sans aucun corrélat « réel ». Rigoureusement parlant, ces cas sont innombrables – mais personne ne peut jamais dire s'ils ne sont pas seulement « provisoires ». Ainsi, pour ce qui est de la reine (la théorie pure des nombres) de la reine (la mathématique) des sciences. Mais la récente utilisation de la théorie des nombres premiers en cryptographie incite à considérer ce cas avec prudence du point de vue qui nous intéresse ici (bien qu'il s'agisse d'une utilisation technique plutôt que d'une correspondance avec une « réalité »).

Or, *ce* rapport, ce *type* de rapport des mathématiques à la réalité physique, cette *histoire* des deux, au sens fort du terme, leur entrelacement et l'histoire de cet entrelacement à la fois posent une nouvelle question *et* déplacent radicalement l'espace de cette question et des réponses possibles. Une minute de réflexion suffit pour montrer que, eu égard à ces *faits* énormes, à leur signification certes inexhaustible, mais non arbitrairement malléable, la philosophie héritée (en tant que « théorie de la connaissance » – mais il n'est pas de théorie de la connaissance qui ne présuppose et n'entraîne une ontologie) apparaît comme totalement privée d'intérêt, parce que privée d'objet. Ce n'est pas seulement qu'empirisme ou rationalisme, idéalisme critique ou idéalisme absolu apparaissent comme désespérément naïfs ; ils sont en dehors du sujet, à côté du problème. Ils sont dans un monde de rêve, où les présupposés du savoir ne sont pas social-historiques et où ce savoir n'a pas de véritable *histoire* : soit que celle-ci est réduite à une cumulation (Kant), soit qu'elle relève d'une « dialectique » (Hegel) qui en est en vérité la *négation* (et qui, au surplus, n'est jamais, dans ce cas, *durchgeführt*, mise en œuvre et appliquée).

Ce rapport lui-même *dit* quelque chose *du monde*. Le monde physique *est* ensidisable (mathématisable). Il l'est, non pas « de diverses façons » (soi-disant arbitraires, *any-thing goes*), il n'y a pas deux théories de la gravitation pour les phénomènes ordinaires, de la molécule à la galaxie, il y en a une et une seule ; mais il l'est *autrement, selon* la *strate* de ce monde que l'on considère (que l'on « découvre » – que l'on « construit » – que l'on « crée »). La relation entre ces strates *n'est pas* ensidisable elle-même, n'est pas constructible. Et le « sujet » de la connaissance – c'est-à-dire, en fait, indissociablement, la société/l'individu, « scientifique » ou autre – *re*-crée de toute façon cette organisation ensidique relative à la première strate naturelle dans et par laquelle il vit. Mais aussi, ce « sujet », à partir d'une rupture, double, dans l'histoire, d'abord remet en question la dépendance de cette organisation ensidique relativement à ses propres significations imaginaires ; et, ensuite, crée librement sous certaines contraintes minimales, dans et par les mathématiques, des systèmes ou quasi-systèmes ensidiques apparemment gratuits, dont pourtant un grand nombre *se trouve* correspondre, d'une manière ou d'une autre, à l'organisation de telle ou telle autre strate de l'être/étant physique.

L'histoire de la science a donc deux aspects. D'un côté, le déploiement, l'élaboration de la logique ensidique. Ce fait, insuffisamment réfléchi, a nourri les illusions associées aux idées de progrès, la fiction asymptotique, les naïvetés (encore chez Kant) de la cumulativité et de l'additivité de la science. Certes, il y a – dès l'hominisation, et même avant ! – « progression » d'un certain savoir ; on en a parlé plus haut. Mais, si on ne la voit pas uniquement d'un point de vue « pragmatique » comme accroissement d'une maîtrise instrumentale, des moyens d'une domination accrue sur l'environnement, cette « progression » a été en vérité re-création et re-conquête de l'organisation de la première strate naturelle. Elle a été, d'autre part, dépendante, chaque fois, du magma des significations imaginaires de la société considérée. Ainsi, ce que *nous* aujourd'hui appelons science est nettement une veine du magma imaginaire occidental ; car c'est ici *seulement* qu'on a voulu (et presque réussi à) détacher l'ensidique de tout le reste, et que le simplement logique, le simplement instrumental, le simplement formalisable sont devenus significations imaginaires dominantes. Mais, même *à l'intérieur* de cette période historique, l'avancée ne se fait pas et ne peut pas se faire par simple élaboration de l'ensidique, encore moins bien entendu par accumulation des résultats expérimentaux et des observations ; quelles expériences décide-t-on de faire et pourquoi, qu'est-ce qu'on est capable de voir dans ce qu'on observe, et moyennant quoi le voit-on ? Elle se fait, dans les grands cas, par *ruptures*, soit par émergence/création de nouveaux schèmes ou matrices imaginaires référés au « réel » (*ou pas* : mathématiques). A cet égard, la différence est radicale entre ce qu'on peut symboliser, pour prendre les cas les plus incontestables, par les noms de Newton et d'Einstein, d'un côté, de Dulong et Petit, ou de Balmer, de l'autre. Ce que Kant dit dans le § 47 de la *Critique de la faculté de juger* (la distinction ne serait que « de degré ») montre son incompréhension de ce dont il s'agit ici, et l'incapacité de sa conception d'accorder sa place à une *imagination relative aux idées*. Dix mille Balmer travaillant dix mille ans n'auraient pas pu écrire les *Principia philosophiae naturalis*.

L'imaginaire et l'imagination interviennent donc quadruplement dans notre question :

– comme re-création et construction par la société d'une dimension ensidique qui atteint effectivement la première strate naturelle sans nullement la « copier » ;

– comme première mise en question de la perméation

de cet ensidique par l'imaginaire hérité/institué, et création
du *logos* et du *logon didonai* ;

– comme visée de détachement de l'ensidique par rapport
à tout le reste, et émergence/dominance des idées imaginaires de l'*illimitation* et de l'*artificialité*, donnant lieu à la
naissance de la science occidentale moderne proprement
dite ;

– comme travail continué de l'imaginaire au sein de cette
dernière, manifesté dans et par la création de nouvelles
théories atteignant d'autres strates de l'être/étant.

Dans cette affaire, la notion naïve de « progrès » est tout
aussi dérisoire que l'est l'idée incroyablement superficielle
de la simple « élimination du faux », de la *falsification*.
Apparemment, Sir Karl et ses prosélytes ne sont pas capables
de penser simultanément ces deux choses : que la théorie de
Newton est fausse eu égard à ses propres prétentions à une
vérité sans restriction *et* à l'incarnation de ces prétentions
dans ses axiomes ; et que la théorie de Newton est vraie (ou,
je veux bien, exacte) dans un domaine de validité dont
Newton n'aurait même pas pu rêver lorsqu'il la créait (non
pas à cause des *dimensions*, mais de la *nature même* des
objets en cause dans ce domaine). C'est cela aussi que, de
façon opposée et identique, Feyerabend et d'autres comme
lui ne peuvent pas comprendre. Ce que nous avons ici :
l'*histoire*. Non pas cumulation, addition, ou simple progrès.
Les prétendus acquis ne le sont qu'en étant, obligatoirement, re-pris, re-conquis, ré-interprétés. Après tout, c'est ce
que Goethe disait déjà – de tout héritage.

Deux sont donc aussi, *dans* cette histoire (l'histoire de
la science), les grandes ruptures : la grecque, inaugurale,
et l'européenne moderne, qui est loin d'en être la simple
reprise et continuation. En ce sens, nous devons nous
méfier de toute généralisation sur l'histoire de la science :
nous ne pouvons pas en parler comme si l'on pouvait vérifier nos énoncés sur un nombre indéfini de cas, en un sens
notre objet n'a guère plus que quatre siècles d'existence,

comportant, peut-être, quatre ou cinq véritables « révolutions », pour reprendre le terme de Kuhn. Mais aussi, cette histoire elle-même, il faudrait cesser de la présenter comme une série de parties d'échecs – ou, à l'opposé, de pas de somnambule. Il faudrait lui restituer sa logique interne : logique de la création imaginaire sous la double contrainte de la référence au « réel », d'un côté, de la « continuité », de l'autre [37] ; imaginaire lui-même englobé par l'imaginaire de la société et de la période historique où il s'ancre.

Mais, en même temps, nous ne pouvons pas méconnaître la continuité *sui generis* liant notre science et ses origines grecques. Car, à travers et par-delà la rupture dont j'ai parlé, subsiste le sol commun, défriché pour la première fois par les Grecs. Le *logon didonai* est toujours là – et *rien que là*, c'est-à-dire, aujourd'hui, *ici* –, mais aussi il se traduit par des exigences communes et centrales. D'un côté, les *critères internes ultimes* restent les mêmes. On peut être parfois surpris ou déçus par tel raisonnement d'Aristote dans les traités biologiques, ou même dans la *Physique* ; nous ne doutons jamais (et, si nous le faisions, nous serions stupides) qu'Aristote aurait accepté, autant que nous, mieux que nous peut-être, d'être réfuté par un raisonnement logiquement valide, ou par un contre-exemple empirique pertinent. Nous ne pouvons plus parler son langage ; nous sommes intimement convaincus – je pense, avec raison – que nous l'amènerions aisément à parler le nôtre. – D'un autre côté, le *référent externe* ou l'objet se recoupe, quand même, largement. Il n'est pas identique : la définition de la *phusis* par Aristote, l'ensemble des êtres/étants qui ont *en eux-mêmes* le *principe* de leur mouvement (toujours vraie à mes yeux), ne serait pas acceptée par l'écrasante majorité des scientifiques des quatre derniers

37. Dans cette voie, ouverte par le grand – et presque oublié en France – Pierre Duhem, le livre admirable de Thomas Kuhn, *Black Body Theory and the Quantum Discontinuity, 1894-1912*, Clarendon Press, Oxford et New York, 1978, représente un modèle qui sera difficile à dépasser.

siècles, soit à cause de leur théisme ou déisme, soit, encore plus drôle, à cause de leur matérialisme. Mais lui et nous serions d'accord pour considérer cet être/étant, ce qu'il peut bien être, *oti pot' estin, whatever it may be, was immer es sein mag, en et pour lui-même*, et non pas comme un rêve de Brahma ou une manifestation de Yahvé.

Nous étions partis d'une série d'affirmations, qui contenaient virtuellement nos questions. Reformulons clairement, donc, près de ce terme évidemment provisoire, ces dernières :

– comment doit être le monde, pour qu'une certaine science (au-delà de la simple survie du vivant, donc aussi de nous-mêmes), soit possible ?

– comment doit être *ce même monde* pour qu'une véritable *histoire* de la science (*non* cumulative, *non* additive, *non* « progressive ») soit possible ?

– comment enfin doit être le « sujet connaissant » pour qu'il puisse créer d'abord, bouleverser/conserver ensuite, cette science et son histoire ?

En vertu de ce qui a été élaboré, nous pouvons apporter quelques éléments de réponse. Le monde physique doit être « localement » ensidique – ou bien : dans ce monde, l'ensidique doit être « partout dense ». Mais ce monde ne forme pas « système » ensidique ; il est stratifié, et cette stratification est irrégulière, hétérogène (Nous ne parlons évidemment pas ici des « constituants ultimes de la matière » : nous parlons de ce qui *est vraiment*, à savoir : des *formes* et des *lois*.) L'histoire de la science montre que le monde n'est pas ensidisable *dans sa totalité*, mais qu'il l'est presque indéfiniment *par morceaux*, et que, dans les cas décisifs, le raccord entre ces morceaux est simplement *de fait* (traduit à notre échelle par des accords numériques « au second ordre près »). Cela est déjà vrai du monde strictement « physique » – sans parler des écarts d'une autre nature séparant le physique du biologique, et les deux du psychique et du social-historique. Le « sujet connaissant », enfin, n'est pas et ne peut pas être *ego* – et encore moins *ego logique*. Langage et entendement sont des créations social-historiques, institutions imaginaires qui ont à être imposées à la psyché singulière et permettent à celle-ci de faire quelque chose des débris de son organisation ensidique pré-humaine. Il n'y a pas d'*ego-langage*, pas plus que de *mono-entendement*, l'existence social-historique est une condition *absolue* de la subjectivité. Et cette subjectivité est loin d'être « simplement logique », *même* dans son fonctionnement « logique » et « connaissant ». Il y a puissance créatrice du sujet – du sujet singulier – précisément aussi dans le domaine du savoir, qui est source de novation. En altérant son savoir – *le* savoir social-historique établi à chaque fois – le sujet ne s'« adapte » pas, il *pose* de nouvelles *figures pensables* de l'être/étant comme connaissable et pensable. Et cela, il ne peut le faire que parce qu'il est aussi et surtout *imagination radicale*, puissance présentative virtuellement communicable – figurable et dicible. Il ne pourrait pas le faire par sa « raison », ou par son « entendement ». L'une et l'autre peuvent controuver et contrôler, systématiser ou déduire – l'une et l'autre ne peuvent rien *poser* qui soit *nouveau* et ait un *contenu* [38]. Mais, sans le langage, sans l'entendement, sans la référence à une « réalité » et même à la tradition d'une recherche, cette imagination ne produirait que des phantasmes privés ; avec et par eux, elle peut créer un *savoir*.

Nous avons à comprendre que l'être est stratifié essentiellement – et cela, non pas une fois pour toutes, mais « diachroniquement » : la stratification de l'être est aussi une expression de son autocréation, de sa temporalité essentielle, soit de l'être comme incessant *à-être*.

---

38. Le kantisme est immédiatement empirisme ordinaire et relativiste pour ce qui est du *contenu* du savoir. Je reviendrai dans *L'Élément imaginaire* sur les raisons profondes qui rendent impossible, dans le contexte kantien, une *phantasia* pensante (contrairement à Aristote ; voir plus haut « La découverte de l'imagination »).

Nous avons à comprendre aussi qu'*il y a* vérité – et qu'*elle est à faire*, que pour l'*atteindre*, nous devons la *créer*, ce qui veut dire, d'abord et avant tout, l'*imaginer*.

Ici encore, le grand poète est plus profond et plus philosophe que le philosophe. « Ce qui est maintenant prouvé a d'abord été purement imaginé », écrivait William Blake [39].

Paris, 9 décembre 1985

---

39. « *What is now proved was once only imagin'd.* » Cette phrase évidente et éblouissante (citée par A. Ashtekar, *op. cit.*, p. 1404) est le Proverbe n° 33 des « Proverbs of Hell », in *The Marriage of Heaven and Hell*. Je remercie Cliff Berry et David Curtis d'avoir localisé pour moi la référence exacte [trad. fr. *Le Mariage du Ciel et de l'Enfer*, Paris, Corti, 1981 *(NdE)*].

Table

POLIS

LOGOS

Du même auteur

AUX ÉDITIONS DU SEUIL

L'Institution imaginaire de la société
coll. « Esprit », 1975
et « Points Essais » n° 383

Les Carrefours du labyrinthe
coll. « Esprit », 1978
et « Points Essais » n° 369

De l'écologie à l'autonomie
avec Daniel Cohn-Bendit, 1981

Le Monde morcelé
Les carrefours du labyrinthe, III
coll. « La Couleur des idées », 1990

La Montée de l'insignifiance
Les carrefours du labyrinthe, IV
coll. « La Couleur des idées », 1996

Fait et à faire
Les carrefours du labyrinthe, V
coll. « La Couleur des idées », 1997

Figures du pensable
Les carrefours du labyrinthe, VI
coll. « La Couleur des idées »
à paraître, septembre, 1999

Sur « Le Politique » de Platon
coll. « La Couleur des idées »
à paraître, septembre 1999

CHEZ D'AUTRES ÉDITEURS

Mai 1968 : la brèche
avec C. Lefort et E. Morin
Fayard, 1968

La Société bureaucratique
1. Les rapports de production en Russie
2. La révolution contre la bureaucratie
10/18, 1973
et Christian Bourgois éditeur, 1990

L'Expérience du mouvement ouvrier
1. Comment lutter
2. Prolétariat et Organisation
10/18, 1974

Capitalisme moderne et Révolution
1. L'impérialisme et la guerre
2. Le mouvement révolutionnaire
sous le capitalisme moderne
10/18, 1979

Le Contenu du socialisme
10/18, 1979

La Société française
10/18, 1979

Devant la guerre
1. Les réalités
Fayard, 1981

Post-scriptum sur l'insignifiance
Entretien avec Daniel Mermet
Éditions de l'Aube, 1998

Dialogue
Éditions de l'Aube, 1999

RÉALISATION : PAO ÉDITIONS DU SEUIL
IMPRESSION : BUSSIÈRE CAMEDAN IMPRIMERIES À SAINT-AMAND (CHER)
DÉPÔT LÉGAL : OCTOBRE 1999. N° 37233 (994356/1)